HEYNE <

JASPER FFORDE

EISWELT

Roman

Aus dem Englischen
von Kirsten Borchardt

WILHELM HEYNE VERLAG
MÜNCHEN

Titel der Originalausgabe:
EARLY RISER

FSC
www.fsc.org
MIX
Papier aus verantwortungsvollen Quellen
FSC® C083411

Verlagsgruppe Random House FSC® N001967

Deutsche Erstausgabe 12/2018
Redaktion: Sven-Eric Wehmeyer

Printed in the Czech Republic
Umschlaggestaltung: DAS ILLUSTRAT, München,
unter Verwendung von Motiven von Shutterstock
(muh23, photosoft, Lavrushka, pupsy, Sergey Mastepanor)
Satz: KompetenzCenter, Mönchengladbach
Druck und Bindung: CPI books GmbH, Leck

ISBN: 978-3-453-31969-1

Für
Rhulen Marya Ivy Anna Fforde-Gorringe,
ein Kind Australiens, doch beseelt von Wales –
die sich ihrerseits ziemlich gut mit Winterschlaf auskennt

Innenansicht mit Erläuterungen zum

Dormitorium

nach dem modernen „Tallboy“-Design Modell 27b, das sich bereits in mehr als 87 Nationen als Standard etabliert hat.

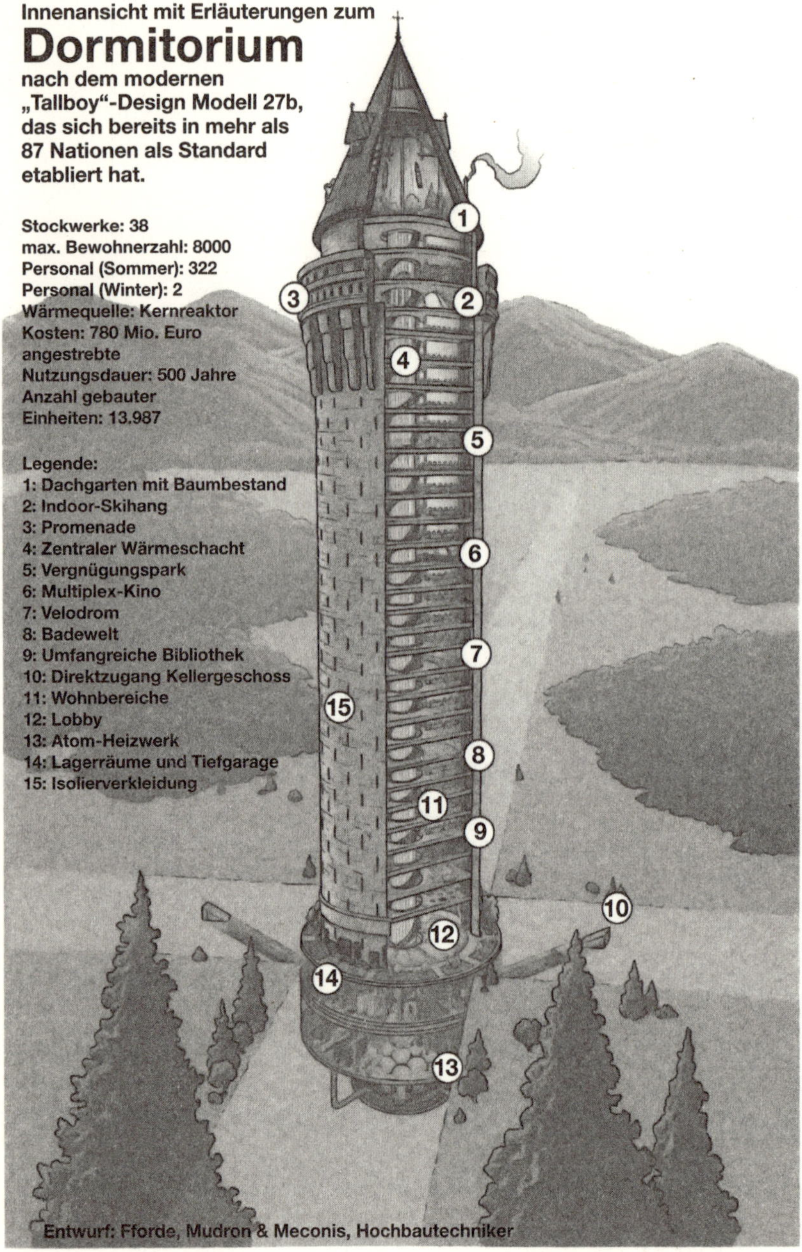

Stockwerke: 38
max. Bewohnerzahl: 8000
Personal (Sommer): 322
Personal (Winter): 2
Wärmequelle: Kernreaktor
Kosten: 780 Mio. Euro
angestrebte
Nutzungsdauer: 500 Jahre
Anzahl gebauter
Einheiten: 13.987

Legende:
1: Dachgarten mit Baumbestand
2: Indoor-Skihang
3: Promenade
4: Zentraler Wärmeschacht
5: Vergnügungspark
6: Multiplex-Kino
7: Velodrom
8: Badewelt
9: Umfangreiche Bibliothek
10: Direktzugang Kellergeschoss
11: Wohnbereiche
12: Lobby
13: Atom-Heizwerk
14: Lagerräume und Tiefgarage
15: Isolierverkleidung

Entwurf: Fforde, Mudron & Meconis, Hochbautechniker

Mrs. Tiffen spielte Bouzouki

»... Seit dem Bau von Dormitorien, der Entwicklung von effizienten Maßnahmen zur Gewichtszunahme und der Einführung von Morphenox überleben mehr Menschen als früher die Hibernation, aber dennoch sind Angst und Aberglauben weit verbreitet. Bei der Hib geht es nicht nur darum, den schlimmsten Seiten des Winters aus dem Weg zu gehen, sondern ebenso sehr um Ruhe, Schonung und Erneuerung, und wir tun unser Bestes, um dem öligen Teer des Langschlafes einen warmen und freundlichen Zauber zu verleihen ...«

Siebzehn Winter, Winterkonsul Lance Jones

Mrs. Tiffen spielte Bouzouki. Nicht besonders gut allerdings. Und sie beherrschte auch nur eine Melodie: »Help Yourself« von Tom Jones. Sie zupfte die Saiten durchaus meisterlich, ließ aber jegliches Gefühl dabei vermissen, während sie mit leerem Blick aus dem Zugfenster auf das Eis und den Schnee draußen starrte. Sie und ich hatten, seit wir uns vor fünf Stunden das erste Mal begegnet waren, kein vernünftiges Wort gewechselt, und dafür gab es einen einfachen Grund. Mrs. Tiffen war tot, und das schon seit einigen Jahren.

»Es wird ein milder Winter werden«, sagte die grauhaarige Frau, die Mrs. Tiffen und mir gegenübersaß, während der Zug aus dem Hauptbahnhof von Cardiff rollte. »Durchschnittlich niedrige Temperaturen von höchstens minus vierzig Grad, würde ich vermuten.«

»Geradezu mild also«, gab ich zurück, und wir beide lachten, obwohl das gar nicht lustig war – nein, nicht im Geringsten.

Nachdem ich unsere Mitreisende eine Weile studiert hatte, war ich zu dem Schluss gekommen, dass es sich bei der Frau wahrscheinlich um eine Schauspielerin handelte und sie zu denen gehörte, die mit großem Einsatz die Winterspielzeit-Tradition aufrechterhielten. Zu dieser Zeit war das Publikum zwar klein, aber ausgesprochen dankbar. Bei den Sommeraufführungen musste man sich mit dem verwässerten Respekt zahlreicher Zuschauer zufriedengeben, doch im Winter konnte man sich der Begeisterung einer kleinen, aber dafür umso enthusiastischeren Menge sicher sein.

Der Zug hielt kurz an der Queen Street, dann rumpelte er langsam nordwärts. Zwar hätte er theoretisch schneller fahren können, aber in Wales gilt acht Tage vor bis acht Tage nach dem Winter eine Obergrenze von 75 dB[1] für Lärmbelastungen.

»Überwintern Sie schon lange?«, fragte ich, um ein bisschen Konversation zu betreiben.

»Ich habe seit drei Jahrzehnten keinen Sommer mehr ge-

1 Warum, weiß niemand so genau. Angeblich hat es irgendwas mit dem St.-David's-Tag zu tun, dem 1. März, wenn man in Wales dem Nationalheiligen, David von Menevia, gedenkt.

sehen«, antwortete sie lächelnd. »An meinen ersten Auftritt kann ich mich noch gut erinnern: Das war in Hartlepool, im Winter 76, im Don Hector Playhouse. Wir bildeten das Vorprogramm bei der ersten und einzigen Wintertournee der Chuckle Brothers und gaben *König Lear*. Es war knackevoll – beinahe dreihundert Leute. So etwas hatte ich vorher noch nie gesehen, außer bei der Bonzo Dog Band oder Val Doonican, aber danach wurde die Winterspielzeit zu einer Art Markenzeichen für sie, wie früher für Mott The Hoople und Richard Stilgoe oder heute für Paul Daniels und Take That.«

Nur wenige Sommerkünstler wagten eine Tour in der Kälte – der Winter erwies sich oft als harter Zuchtmeister. Was dabei alles passieren konnte, zeigte beispielsweise die Konzertreise, die Showaddywaddy 1974 durch Wales unternahmen: Erst wurde die Band in ihrem Hotel in Aberystwyth von Nachtwandlern belagert, die vor Hunger halb wahnsinnig waren, danach verloren sie die halbe Besetzung in einem Eissturm. Die nächsten zwei Monate wurde ihr Manager von »Lucky« Ned Farnesworth gefangen gehalten und erst gegen ein Lösegeld wieder freigelassen, drei Roadies verloren durch Erfrierungen ihre Füße, und der Bassist wurde angeblich vom Wintervolk geholt. Dessen ungeachtet waren die überlebenden Mitglieder der Auffassung, es sei eine ihrer erfolgreichsten Tourneen überhaupt gewesen.

»Mir war gar nicht klar gewesen, wie stark sich die Stille auf die Psyche auswirkt«, sagte meine Begleitung und unterbrach damit meinen Gedankengang, »und wie es sich anfühlt, wenn die Einsamkeit körperliche Schmerzen verursacht. Einmal habe ich sieben Wochen lang keine Seele zu Gesicht bekommen, als ich wegen der ausgedehnten Kältewelle 78 im Ledbury Playhouse gestrandet war. Es war kälter als eine Gronk-Zitze, und vier Wochen lang tobte ein Blizzard. Selbst die Schurken verkrochen sich, und die Nachtwandler froren im Wandeln ein. Als dann mildere Wetter einsetzte, hielt die Starre sie aufrecht – sie fielen erst um, als sie bis zu den Wadenbeinen aufgetaut waren. Jenen, die nicht wirklich die Berufung in sich fühlen, kann das Fehlen anderer menschlicher Wesen schon schwer zu schaffen machen.« Sie hielt einen Augenblick inne und fuhr dann fort: »Aber wissen Sie, irgendwie liebe ich es trotzdem. Man gelangt zu so einem Gefühl von … *Klarheit*.«

Langzeitüberwinterer waren dafür bekannt, solche Ansichten zu äußern – eine dunkle Vorliebe für die Tristesse und die feste Überzeugung, dass die Einsamkeit sehr förderlich für die Entwicklung philosophischer Gedankengänge war. Oft genug kam es allerdings auch vor, dass gerade jene, die so wortreich die Vorzüge des Winters priesen, ebendies bis zu genau dem Augenblick taten, da sie einen überaus entschuldigenden Schrieb hinterließen, sich splitternackt auszogen und nach draußen in die Minustemperaturen spazierten. Man sprach in diesem Fall vom »Kalten Ausweg«.

»Hummer«, sagte Mrs. Tiffen zusammenhangslos, während sie weiter ihre Bouzouki spielte. Wieder »Help Yourself«, zum ungefähr zweihundertsten Mal.

Aus dem tiefen Abgrund der Hibernation zurückzukehren barg stets ein gewisses Risiko. Wenn man den minimalen synaptischen Austausch unterbrach, der die Aufrechterhaltung der Lebensfunktionen garantierte, erlitt man einen neuronalen Kollaps und starb den Schlaftod.

Wenn man keine Fette mehr im Körper hatte, die zu verwendbarem Zucker verstoffwechselt werden konnten, starb man den Schlaftod. Wenn die Temperatur zu schnell sank, starb man den Schlaftod. Ungezieferbefall, eine Ansammlung von Kohlendioxid, Knochenschwund durch Kalziummangel, eine bereits vor der Hibernation ausgebrochene Krankheit oder ein Dutzend anderer Komplikationen – Schlaftod.

Allerdings führte nicht jeder neuronale Kollaps unweigerlich zum Exitus. Manche Menschen, wie Mrs. Tiffen, die auf Morphenox gewesen war – es traf *immer* die Morphenox-Verwender – wachten wieder auf und verfügten über gerade noch genügend rudimentäre Erinnerungen, um selbstständig gehen und essen zu können. Und während die meisten Leute diese Nachtwandler als gruselige, hirntote Winterwesen betrachteten, die Hobbys wie unverständliches Brabbeln und Kannibalismus pflegten, sahen wir sie als Menschen, die bei der Rückkehr vom dunklen Abgrund der Hibernation fast alles dort zurückgelassen hatten. Normalerweise wurden sie zusammengetrieben, bevor alle erwachten, erst umgewidmet und später ausgeschlachtet, aber hin und wieder stieß man dennoch auf Nachzügler, denen es gelungen war, durch die Maschen des Netzes zu schlüpfen. Billy DeFroid hatte einmal drei Wochen nach dem Frühlingserwachen einen Nachtwandler entdeckt, der sich am Stacheldraht im Obstgarten hinter dem St. Granata verfangen hatte. Er meldete ihn den Behörden, aber erst, nachdem er ihm die Armbanduhr abgenommen hatte, die er, wie ich glaubte, bis zu seinem Tod trug.

»Neun senkrecht«, las die Schauspielerin und musste

etwas lauter sprechen, um sich über Mrs. Tiffens Bouzouki Gehör zu verschaffen, »*Klempner-Werkzeug mit besonderem Griff*?«

»Ich bin nicht gut in Kreuzworträtseln«, antwortete ich ebenso laut und setzte dann hinzu: »Ich hoffe, die Bouzouki stört Sie nicht zu sehr?«

Die Schauspielerin lächelte. »Es geht. Zumindest sorgt sie dafür, dass sich keine Schwachköpfe in dieses Abteil verirren.«

Da hatte sie recht. Heute war Schlummeranfang minus Eins, der letzte volle Tag vor dem offiziellen Winterbeginn. Der Zug wimmelte von Eingemotteten und Überwinterern, die – je nach sozialem Status – auf dem Weg zu ihrem Dormitorium oder zur Arbeit waren. Zwar hatten schon mehrere andere Passagiere unser Abteil betreten, sich jedoch nach einem längeren Blick auf Mrs. Tiffens glasige Nachtwandler-Augen schnell wieder verabschiedet.

»Eigentlich mag ich Tom Jones sogar ziemlich gern«, setzte die Schauspielerin jetzt hinzu. »Spielt sie vielleicht auch ›Delilah‹ oder ›She's A Lady‹?«

»Wäre ja schön«, sagte ich, »allein der Abwechslung halber. Tut sie aber leider nicht.«

Der Zug folgte dem zugefrorenen Fluss an Castell Coch vorbei weiter nach Norden, und als die dicken weißen Dampfwolken aus dem Schornstein der Lokomotive am Fenster vorbeidrifteten, konnte ich überall bereits Zeichen der beginnenden Winterruhe erkennen – Fensterläden wurden geschlossen und verrammelt, Fahrzeuge mit mehreren Lagen gewachsten Sackleinens abgedeckt, Flutschleusen geölt und auf Automatik eingestellt. Es war auf gewisse, kribblig-gefährliche Weise aufregend. Ursprünglich hatte ich mich vor dem Überwintern gegruselt, aber allmählich wich die Beklommenheit neugieriger Abenteuerlust. Vielleicht würde die sich im Laufe der Zeit sogar noch in Begeisterung verwandeln, aber einstweilen hatte ich ein höheres Ziel im Sinn: Überleben. Ein Drittel der Neulinge, die zum Winterkonsuldienst stießen, schaffte es nicht bis zum Frühling.

»Und sie?«, fuhr die Schauspielerin fort und nickte zu dem Wesen hinüber, das einmal Mrs. Tiffen gewesen war. »Wurde sie beherbergt[2]?«

»Fünf Jahre lang, von ihrem Mann.«

Die meisten Menschen, denen ich das sagte, reagierten angeekelt auf diese Eröffnung, die Schauspielerin jedoch nicht.

»Er muss sie sehr geliebt haben.«

»Ja«, sagte ich, »er hat alles gegeben, was er hatte, um sie zu schützen.«

Während Mr. Tiffen seine Frau als Kranke mit schweren neurologischen Problemen betrachtet hatte, war sie für uns kaum mehr als ein weiteres Winteropfer. Das Bouzouki-Spiel war lediglich eine Art Marotte, ein Stück rudimentärer Erinnerung eines Verstandes, den einst eine lebhafte Persönlichkeit und schöpferische Energie erfüllt hatten. Fast alles davon war verschwunden und allein die mechanische Fähigkeit übrig geblieben.

Zischend fuhren wir in den Bahnhof von Abercynon ein. Die Reisenden warteten vorbildlich schweigend auf dem Bahnsteig, was jedoch schlicht daran lag, dass jene, die

2 Laut Gesetzestext: »Nicht-Auslieferung oder Rückbehalt einer Person in pseudobewusstem und mobilem vegetativen Zustand.«

dankbar ihren Schlummerfreuden entgegenstrebten, für große Aktionen viel zu erschöpft waren, während jene, die sich auf die Überwinterung einstellten, innerlich mit den einsamen sechzehn Wochen beschäftigt waren, die ihnen nun bevorstanden. Es wurde kaum gesprochen, als die Passagiere ein- und ausstiegen, und selbst das Klackern des Signalwärters schien seine übliche Schärfe verloren zu haben.

»Die Gerichte sind meist großzügig, wenn es einen familiären Hintergrund gibt«, sagte die Schauspielerin mit leiser Stimme, »aber trotzdem – Beherbergen ist nun mal Beherbergen.«

»Es wird keinen Prozess geben«, sagte ich. »Ihr Mann ist tot – in ehrenvoller Pflichterfüllung gestorben.«

»Solche Menschen sind meiner Meinung nach die besten.« Die Frau klang nachdenklich. »Ich hoffe, das wird man auch einmal von mir sagen können. Wie steht es mit Ihnen? Haben Sie schon viele Winter hinter sich?«

»Das ist mein erster.«

Sie sah mich dermaßen überrascht und schockiert an, dass es mir durch und durch ging.

»Ihr *erster Winter*?«, wiederholte sie ungläubig. »Und dann schickt man Sie für eine Nachtwandler-Auslieferung in Sektor 12?«

»Ich bin ja nicht *direkt* allein«, betonte ich, »da ist noch …«

»Seinen ersten Winter sollte man drinnen verbringen, sich Notizen machen und akklimatisieren«, sagte sie und ging über meinen Einwurf hinweg. »Ich habe viel zu viele Neulinge vor die Hunde gehen sehen, als dass ich das nicht nur zu genau wüsste. Was hat man getan? Ihnen mit einer Abreibung gedroht?«

»Nein.«

Das war gar nicht nötig gewesen. Ich hatte mich ohne Druck freiwillig gemeldet – acht Wochen zuvor, beim Fat-Thursday-Fest.

Fat Thursday

»… Die Länge der Zeitspanne, die Menschen in der Hibernation verbringen, hat sich leicht verändert, hauptsächlich aufgrund von klimatischen Veränderungen und Fortschritten in der Landwirtschaft. Der ›Standardwinter‹ wurde 1775 eingeführt und auf acht Wochen vor und acht Wochen nach der Wintersonnenwende festgelegt. Vom Schlummeranfang bis zum Frühlingserwachen begeben sich 99,99 Prozent der Bevölkerung in den dunklen Abgrund des Schlafes …«

DIE MENSCHLICHE HIBERKULTUR, MORRIS DESMOND

Fat Thursday hatte sich schon seit langer Zeit als der erste Tag konzentrierten Vollfressens etabliert: Es war der Punkt, an dem man begann, sich mit den neusten Methoden zum Thema »Der schnelle Weg zum Fettansatz« zu beschäftigen und gute Vorsätze zur Vermeidung jeglicher Körperfett reduzierender Aktivität zu fassen. Während man tags zuvor noch hinter einem knapp verpassten Bus herlaufen konnte, ohne dass man schief angesehen wurde, galt ein solches Verhalten tags darauf bereits als Energieverschwendung, die man als beinahe kriminell verantwortungslos betrachtete. In den zwei Monaten bis Schlummeranfang war jede Kalorie gewissermaßen heilig, und man kämpfte um den Erhalt eines jeden Gramms Körpergewicht. Der Frühling wartete nur auf jene, die mit ihren Fettreserven haushalten konnten.

Skinny Pete fiel in Schlaf, war nur Haut und Knochen
Skinny Pete fiel in Schlaf, starb nach ein paar Wochen

Bei meinem Job als Stellvertretende Hausverwaltung unterstand ich der generell wohlwollenden Schwester Zygotia, die mit Hingabe delegierte, was wiederum bedeutete, dass die gesamten Feierlichkeiten zum Fat Thursday mehr oder weniger meiner Verantwortung oblagen. Und obwohl ich dadurch mehr Kritik zu fürchten hatte als normalerweise, bot es doch eine willkommene Abwechslung von der alltäglichen Langeweile, die bei der hauswirtschaftlichen Leitung des Geburts- und Erziehungspools St. Granata[3] ansonsten auf mich wartete. Im Grunde mussten für den Fat Thursday nur drei Dinge beachtet werden: Man brauchte genug zu essen sowie genügend Stühle und musste aufpassen, dass Schwester Placentia nicht den Gin in die Finger bekam.

Megan Hughes traf als Erste ein. Sie hatte zwölf Jahre im Pool verbracht, bevor ein reiches Paar aus Bangor sie ausgewählt hatte. Nach meinen letzten Informationen hatte sie einen Mann geheiratet, der eine große Nummer beim Mrs.-Nesbit-Konzern war, der eine florierende Kette von

3 Inoffizielles Motto: »Mit uns stimmt die Quote – auch ohne Ihren Beitrag.«

Tearooms im traditionellen Stil betrieb, während sie selbst inzwischen zu den Förderern von St. Granata zählte: Wir verdienten gutes Geld damit, Ausgleichskinder gegen Bezahlung Leuten wie Megan zuzuschreiben, für die diese ganze Baby-Geschichte unerträglich nach Bauernhof roch.[4] Es war reine Ironie, dass ausgerechnet sie Karriere bei ABwurF gemacht hatte – dem Amt für Bevölkerungswachstum und rigorose Fruchtbarkeit –, indem sie dafür sorgte, dass *andere* Frauen ihrer Fortpflanzungspflicht verantwortungsbewusst genügten. Es war schon einige Jahre her, dass Megan und ich uns das letzte Mal gesehen hatten, aber immer, wenn wir das taten, erzählte sie mir, wie sehr sie mich bewundert hatte, als wir aufwuchsen, und dass ich großen Einfluss auf sie gehabt habe.

»Matschbirne!«, rief sie auf spöttisch-aufgeregte Art, »du siehst *echt* großartig aus.«

»Danke, aber ich heiße jetzt nur noch Charlie.«

»'tschuldigung. *Charlie.*« Sie hielt kurz inne und dachte nach. »Ich denke immer an dich und das St. Granata.«

»Jetzt auch?«

»Ja. Und«, sie beugte sich etwas näher zu mir, »weißt du was?«

Na bitte.

»Was denn?«

»Ich habe dich echt bewundert, als wir aufgewachsen sind. Wie du immer gelächelt hast, obwohl du unglücklich warst. Du hattest Rieseneinfluss auf mich.«

4 Ausgesetzte Kinder galten als Umgehung einer Schwangerschaft, nicht als Vermeidung – ein kleiner, rechtlich aber entscheidender Unterschied.

»Ich war nicht unglücklich.«

»Du hast aber unglücklich *ausgesehen*.«

»Manchmal trügt der Schein.«

»Das ist wohl wahr«, sagte sie, »aber ich meine es ernst: Du warst auf eine tragische Weise inspirierend, so wie der Versager der Familie, der aber trotzdem immer versucht hat, das Beste aus allem zu machen.«

»Du bist wirklich zu freundlich«, sagte ich, denn schließlich war ich an Megans Art schon lange gewöhnt, »aber es könnte auch schlimmer sein: Ich hätte ohne Takt oder Mitgefühl auf die Welt kommen und hohl, egozentrisch und grässlich bevormundend werden können.«

»Das ist wohl auch wahr«, sagte sie grinsend und legte mir die Hand auf den Arm. »Wir haben ja *so* ein Glück, du und ich. Hab ich dir erzählt, dass ich bei ABwurF befördert worden bin? Vierunddreißigtausend plus Dienstwagen und Pension.«

»Na, das freut mich aber«, sagte ich.

Sie strahlte.

»Du bist *so* nett. Aber jetzt muss ich mich beeilen. Bis bald, Matschbirne.«

»Charlie.«

»Richtig. Charlie. Ein Rieseneinfluss.«

Damit marschierte sie den Flur hinunter. Es wäre leicht gewesen, sie von Grund auf zu verabscheuen, aber tatsächlich empfand ich gar nichts für sie.

Lucy Knapp war die nächste wichtige Person, die zur Tür hereinkam. Wir hatten uns achtzehn Jahre lang jeden Tag gesehen, bis sie aufs HiberTech Training College wechselte. Im Pool kamen und gingen Freundschaften wie die Gezeiten, aber Lucy und ich waren uns immer nahe gewesen. In den sechs Jahren seit ihrem Auszug hatten wir uns mindestens einmal im Monat gesprochen.

»Hey«, sagte ich, und dann stießen wir mit den Fäusten aneinander, eine über der anderen. Ein geheimes Begrüßungsritual, das wir schon seit einer Ewigkeit so praktizierten.

Lucy und ich waren dafür verantwortlich, dass am Gesicht von St. Somnia im Fries über unseren Köpfen immer noch ein bisschen Bananentoffee klebte, das Überbleibsel einer herrlichen Essensschlacht anno 1996. Ebenso deutlich sah man auch die Delle im Putz, wo Donna Trinket, die unbedingt den Erdgeschoss-Rundenrekord auf Roller Skates hatte brechen wollen, mit richtig viel Schwung zu Fall gekommen war, weil irgendwer aus der Küche Spaghettiringe in Tomatensoße auf dem Boden ausgekippt hatte.

»Stimmt es, dass du zur Prudential-Winter-Überlebensvorsorge gehst?«, fragte sie mit einem Unterton, in dem ich freundliche Verachtung mitschwingen hörte.

»Ich würde alles tun, um aus diesem Loch rauszukommen«, antwortete ich. »Und es ist schließlich auch nicht so, dass ich dann *nur* Hibernations-Schutz mit optionaler Neueinstufung und obligatorischer Transplantationserstattung verkaufen kann, sondern auch Lebens-, Zahnersatz-, Feuer- und KFZ-Versicherungen, von Frostschäden gar nicht zu reden. Was hältst du davon?«

»Ich kann mich vor Gleichgültigkeit kaum halten.«

»Geht mir auch so, aber ich sag nur: Morphenox.«

Zwar würde ich die ersten zehn Jahre bei der Prudential nur den Mindestlohn bekommen, aber dennoch war es die

Sache wert. Nicht der Arbeit wegen, die war so fad wie Schmelzwasser, aber es gab einen anderen Bonus: Die Versicherung würde meinen Anspruch auf Morphenox vom St. Granata ohne Unterbrechung transferieren. Ich würde also im wahrsten Sinn des Wortes ruhig schlafen können. Trotz strenger vertraglicher Verpflichtungen und des Mangels an Flexibilität, die der Job mit sich brachte, war das eine Karriereentscheidung gewesen, über die ich nicht lange hatte nachdenken müssen. Ich würde endlich hier rauskommen, aber sämtliche pharmazeutische Privilegien mitnehmen können.

»Hey«, sagte ich, »hast du gehört, dass Ed Dweezle den Nacht-Fandango getanzt hat[5]?«

»Ja«, antwortete Lucy. »Hab ich.«

Dweezle hatte immer schon Probleme gehabt, sein Gewicht zu halten. Oft hatten wir ihm etwas von unserem Essen zugesteckt, damit er zurechtkam. Ich weiß nicht, wie er es geschafft hatte, drei Winter allein zu überstehen, nachdem er nicht mehr im St. Granata lebte, aber es hatte vermutlich eine Stange Geld gekostet. In seinem vierten Winter war er zu leichtgewichtig in die Hib gegangen, wenn auch randvoll mit Morphenox, und drei Wochen vor Frühlingserwachen waren ihm die Ressourcen ausgegangen. Nach seiner Nachtwandlung hatte man ihn zunächst umgewidmet und irgendwo oben im Norden als Straßen-

5 Slangausdruck für »zum Nachtwandler werden«. Die Wandler selbst bezeichnete man gern als Spreu, Leergut, Ausgeknipste oder Hirntote. Wiedergänger war die wohl höflichste Bezeichnung, aber praktisch gesehen befanden sie sich eher in einem »pseudobewussten und mobilen vegetativen Zustand«.

kehrer eingesetzt, und acht Monate später war er ausgeschlachtet worden.

»Nützlich bis über den Tod hinaus«, sagte Lucy, »wie das Unternehmen in seinem Slogan immer verkündet.«

Mit besagtem Unternehmen meinte sie HiberTech, das Morphenox herstellte, geeignete Nachtwandler umwidmete und dann ihr Transplantationspotential kontrollierte. Ihre Nachtwandler-Politik entsprach stark – manche sagten sogar: perfekt – dem Modell der Vertikalen Integration. Ein anderer Slogan lautete:

Außer dem Gähnen ist alles von Nutzen.™

Ich ging mit Lucy aus der Lobby in den Großen Saal.

»Mir ist bei diesen Pool-Wiedersehenstreffen nicht ganz wohl«, sagte sie. »Insgesamt war es eine ganz gute Erfahrung, aber ich mochte ja nicht jeden hier.«

»Es gab halt immer ein paar Idioten dazwischen«, stimmte ich ihr zu.

»Arschlöcher und Heilige halt.«

Wir mischten uns unter die anderen Pooler und begrüßten sie mit Handschlag, Umarmung oder Nicken, je nach ihrem Platz auf der genau festgelegten Respekt- und Zuneigungsskala. Williams, Walter, Keilly, Neal, der andere Walter, der andere Williams und McMullen, die darauf einigermaßen weit oben standen, waren alle da. Kurz überlegte ich, ob ich etwas zu Gary Findlay sagen solle, aber er hatte mich kaum gesehen, als er sich auch schon von mir abwandte unter dem Vorwand, sich noch ein Bier aus der Kühlbox holen zu wollen. Seit unserem zwölften Lebensjahr hatten wir kein Wort mehr miteinander gewechselt, seit dem Tag, als er aufhörte, mich herumzuschubsen – nachdem ich ihm ein Ohr abgebissen hatte.[6]

Ältere Ehemalige, die ich nicht kannte, standen neben jenen, die aktuell hier großgezogen wurden, und denen, die aus meiner Zeit noch übrig waren. Zwischen allen Poolkindern bestand ein gewisses Band, wie in einer Familie. Davon abgesehen waren viele von uns aufgrund der Einsatzfreude der Schwesternschaft tatsächlich miteinander verwandt.

Lucy wollte die Oberen Schwestern begrüßen, die auf dem Podium saßen und wie sieben Herzoginnen Hof hielten. Sie kicherten albern über irgendeinen kleinen Witz; offenbar hatte sich die strenge Haltung, die sie sonst gewöhnlich zeigten, durch den dreifachen Angriff von besonderem Anlass, reichlichem Essen und (zumindest für jene von ihnen, die gerade nicht schwanger waren) dem billigsten Sherry, der für Geld zu haben war, ein wenig verflüchtigt.

»Sieh da, unsere liebe Lucy Knapp«, säuselte Schwester Placentia, als wir näher traten, und sie umarmte Lucy, während sie mich ignorierte wie ein Möbelstück, das an seiner gewohnten Stelle stand. »Erzähl doch mal, was es Neues gibt.«

Lucy berichtete höflich, dass sie bei HiberTech inzwischen das Express-Ausbildungsprogramm zum Manager absolvierte. Ich stand stumm daneben. Trotz der hin und wieder etwas unberechenbaren Betreuung und Erziehungsweise waren die meisten Schwestern einigermaßen

6 Falls es jemanden interessiert: Es schmeckte salzig und löste sich erstaunlich leicht vom Kopf.

in Ordnung. Ohne sie wäre ich gar nichts gewesen – selbst weniger beeinträchtigte Kinder als mich ließ man gewöhnlich untergewichtig in ihren ersten Winter gehen. Es gab schlimmere Pools als diesen.

»*Faszinierend,* meine Liebe«, bemerkte Schwester Placentia, nachdem Lucy einen kurzen Überblick über ihre aktuellen Tätigkeiten gegeben hatte. »Besteht vielleicht die Möglichkeit, dass du uns einen Edward als Küchenhelfer organisieren kannst?«

»Das verbesserte Modell, das im nächsten Jahr erscheinen soll, könnte dazu vielleicht taugen«, antwortete Lucy zurückhaltend. »Ich werde dann mal schauen, was sich machen lässt.«

Edward oder Jane waren die Standardnamen, die umgewidmete Nachtwandler erhielten. Sobald ihre kannibalistischen Tendenzen ausgemerzt und die zerfaserten Überreste ihres Verstands wieder einigermaßen verdrahtet worden waren, konnten sie einfache Aufgaben übernehmen. Allerdings, wie manche meinten, nur so einfache, dass sie im Haushalt gar nicht sinnvoll einzusetzen seien. Das St. Granata in Port Talbot hatte einen Edward, der abwaschen konnte[7], aber meist wurden sie für ausschließlich repetitive Aufgaben eingesetzt, beispielsweise zum Türenöffnen, Wasserpumpen oder Gräbenausheben. Ich hatte von einem gehört, der in der Lage war, einen Gabelstapler zu fahren, und angeblich gab es einen Nachtwandler, der Zahlenreihen addierte, aber ich wusste nicht, ob das stimmte.

»Wie sieht's aus, Matsch?« Die Stimme erklang so unver-

7 Allerdings nur Teller, Untertassen, Töpfe, Pfannen und Besteck. Tassen, Krüge und Becher stellten eine zu hohe Anforderung dar.

mittelt an meinem Ohr, dass ich zusammenzuckte. Es war Schwester Zygotia, die ich besonders gern mochte, obwohl oder vielleicht gerade *weil* sie recht exzentrisch war. Sie hegte eine Vorliebe für Erdnussbutter und Anchovis, pflegte über den Winter ihre Schlafzimmertür zuzunageln, »um sich vor umherziehendem Wintervolk zu schützen«, und bestand darauf, dass Pudding nach dem Zufallsprinzip mit Currypulver versetzt werden musste, um uns, wie sie sagte, »besser auf die unvermeidlichen Enttäuschungen des Lebens vorzubereiten«.

»Geht so«, sagte ich. »Der Haushalt für das nächste Jahr ist zwar recht knapp, aber wir sollten zurechtkommen, solange die Ausgleichszahlungen nicht gesenkt werden und wir nur einmal in der Woche Fleisch auf den Tisch bringen.«

»Gut, gut«, sagte sie geistesabwesend, dann legte sie mir die Hand auf die Schulter und bugsierte mich in eine Ecke. »Hör mal, ich will zwar nicht die Überbringerin schlechter Nachrichten sein, aber mir bleibt nichts anderes übrig. Mutter Fallopia hat von deiner Bewerbung bei der Prudential erfahren, und, nun ja, sie hat mit dem dortigen Personalbeamten gesprochen. Deine Bewerbung wurde … annulliert.«

Die Nachricht überraschte mich zwar zugegebenermaßen nicht wirklich, aber es war dennoch kein gutes Gefühl. Frustration hat einen ganz eigenen Geruch, wie heißer Toffee. Ich sah Schwester Zygotia an, die mir versicherte, es täte ihr wirklich leid, und ich sagte, dass es schon in Ordnung sei, ja, wirklich, und dann war ich froh, dass man mich bat, dabei zu helfen, Schwester Contractia wieder zur Ordnung zu rufen, die ihre Aufgaben als Türsteherin etwas enthusiastischer versah, als man insgesamt für nötig hielt. Schwester Contractia hatte viel übrig für eine gute Schlägerei, und daher dauerte es zehn Minuten, um sie zu besänftigen und die Platzwunde über ihrem Auge zu versorgen. Als ich zurückkam, erzählte Lucy Knapp gerade allen von ihrer ersten Überwinterung bei HiberTech, und dass sie tatsächlich schon einmal eine Wintersonnenwende *erlebt* hatte. Sie zeigte allen den Messingstern, der an ihrer Bluse steckte, um es zu beweisen.

»Hast du durch den Schlafmangel eine Narkose bekommen?«, fragte ich und schob meinen Frust ganz hinten in mein Bewusstsein, wo er auf gute und alteingesessene Gesellschaft stieß.

»Sobald man seinen Schlafzyklus auf den Spätsommer umgestellt hat, geht's«, sagte Lucy, »aber die erste Saison kann schon ganz schön hart sein. Das einzig Gute war: Während man sich eigentlich den Arsch abfriert, gefressen oder als Hauspersonal zwangsrekrutiert wird, kann man immerhin davon halluzinieren, dass man auf der Gower-Halbinsel sitzt, einen Falschen Banana Daiquiri[8] schlürft und vom Worm's Head Bar & Grill aus den Sonnenuntergang beobachtet.«

Lucy war nicht die einzige Person aus dem Pool, die inzwischen überwinterte, sondern nur die bisher letzte, die sich dazu entschlossen hatte. Ein Poolkamerad namens Billy DeFroid war drei Jahre zuvor in den Winterkonsuldienst eingetreten, und man hatte sich von ihm nur das Beste erzählt, bis er von einer Rotte Nachtwandler gefressen wor-

8 Ein Löffel Nesquik Banane und zu gleichen Teilen Rum und Robinson's Barleywater Lemon.

den war, die sich in Llandeilo zusammengerottet hatten. Immerhin hatte er länger durchgehalten als die meisten anderen. Die durchschnittliche Lebenserwartung für einen Novizen für den ersten Winter »mit den Stiefeln im Schnee« lag bei nur sechs Wochen. Der Winter verzieh nicht den kleinsten Fehler, und kleine Winterwunderneulinge verbrachten ihre erste Saison am besten hinter verschlossenen Türen und kümmerten sich um Papierkram.

»Lucy«, bat ich, »erzähl doch mal von der Narkose.«

»Das ist … am Anfang ganz schön heftig«, sagte sie. »Ich dachte, meine Beine wären aus Schokolade. Je kälter es wurde, desto brüchiger fühlten sie sich an. Ich machte mir Sorgen, ob ich überhaupt würde abhauen können, falls irgendwelche Nachtwandler kämen.«

»Solche Träume habe ich manchmal auch«, warf Maisie Rogers ein, »dass ich laufe und laufe, aber nicht fliehen kann.«

Träume. Niemand, der etwas auf sich hielt, hatte *Träume.* Wer von uns Zugang zu Morphenox hatte, tauschte jegliche unbewussten Schlafaktivitäten gegen eine dramatische Verringerung an gespeichertem Energiebedarf. Morphenox löschte die Fähigkeit zum Träumen und sorgte im Austausch für eine höhere Überlebenschance. Zum ersten Mal seit Menschengedenken konnte man damit tatsächlich *erwarten,* den Winter zu überleben. Wie hieß es so schön in der Werbung: »Morphenox bringt Ihnen den Frühling!« Im Kleingedruckten hätte vielleicht der Hinweis stehen können: »Aber nur, wenn Sie das Glück, das Geld oder die gesellschaftliche Stellung haben, die Ihnen den Zugang zu diesem Medikament ermöglichen.«

»Du musst diese ganze Traumgeschichte nicht wie ein

Ehrenabzeichen vor dir hertragen«, rüffelte Megan, die sich jetzt ebenfalls zu uns gesellt hatte.

Wir alle nickten zustimmend. Die meisten Menschen, die sich ohne pharmazeutische Hilfe durch den Winter quälen mussten, sprachen nicht darüber. Es war, als trüge man eine Mütze mit dem Slogan »Bürger 3. Klasse«.

Aber Maisie hatte kein Problem damit.

»Ich schäme mich nicht«, sagte sie ungehalten, während wir anderen stöhnten und mit den Augen rollten, »und ich werde mir das auch nicht einreden lassen. Davon abgesehen sind Träume auch lustig und zufällig, und auf diese Weise werde ich wenigstens niemals ein Nachtwandler, der sich durch den Winter schleppt, Käfer und Vorhänge und Menschen und sonst irgendwelchen Kram frisst und dann sein Dasein als Ersatzteillager beschließt.«

»Wenn du ausgeknipst wirst, dann weißt du ja nicht, dass du nur noch eine Hülse bist«, stellte ich fest. »Darin liegen Tragik und Segen dieses Zustands – kein Hirn, keine Sorgen.«

Natürlich zeitigte Morphenox einige unvermeidliche Nebenwirkungen: entsetzliche Kopfschmerzen, einige furchterregende Halluzinationen – und von zweitausend Anwendern, die den Winter gut überstanden, stand einer als Nachtwandler wieder auf. Die 50 Prozent der Bevölkerung, denen Morphenox gewährt wurde, waren es schließlich eben, die zu sabbernden Hülsen mit schweren Problemen in der persönlichen Hygiene und einer erschreckenden Vorliebe für Kannibalismus werden konnten. Dessen ungeachtet glaubte aber jeder, dass es sich lohnte, das Risiko einzugehen.

Als das Essen hereingebracht wurde, breitete sich Unruhe im Saal aus. Wir stellten uns zu einer ordentlichen Schlange auf, und der Geräuschpegel nahm aufgrund der Vorfreude auf das Mahl deutlich zu. Während wir warteten – Schwestern, Kinder und Unterernährte wurden zuerst versorgt –, unterhielten wir uns über die blöde Idee, die der selbsternannte »Extremschlaf«-Guru Gaer Brills für den trendbewussten Winterschläfer entwickelt hatte, und natürlich auch darüber, wer diese Runde von *Albion sucht das Supertalent* gewinnen würde.

»In Jutesäcke eingewickelt und mit Gänseschmalz eingeschmiert mit Minimal-BMI auf Bäumen pennen«, schnaubte Lucy bezüglich der Ideen von Gaer Brills. »Da wird es den ganzen Winter über Hipster regnen.«

Was *Albion sucht das Supertalent* betraf, hatten wir nach dem Überraschungsgewinner des letzten Jahres – Bertie, einem Dackel mit Südwester, der stepptanzen konnte – keine Ahnung, wer dieses Jahr das Rennen machen würde, und daher wandte sich die Unterhaltung bald einem Thema zu, das in jüngster Zeit die Nachrichten dominierte – die gestiegene Wintersterblichkeit und was man dagegen tun könnte. Gemäßigte Stimmen schlugen Baby-Werbung und finanzielle Anreize für Schwangerschaften vor, um den Rückgang der Bevölkerungszahlen zu kompensieren, die Hardliner wiederum drängten auf öffentliches Anprangern von Kinderlosigkeit, die Abschaffung aller Austragungsbefreiungen und Einstellung aller Kinderüberschreibungsprogramme. Zwar hatte der Bevölkerungszuwachs die Winterverluste bisher auffangen können, aber ein gelegentlicher Knick in der Geburtenstatistik führte dennoch oft zu Panik, was rechten Hardlinern immer ausgesprochen gelegen kam.

»Ich habe gehört, dass der Winterschwund mit einem

Schlag aufgefangen werden könnte, wenn man das Mindestalter für Schwangerschaften senken würde«, sagte Megan, die jetzt zu uns gestoßen war.

»Das würde aber bedeuten, dass man den Begriff Kind neu definieren muss«, sagte Lucy, »und ich bin mir nicht so sicher, ob das wünschenswert oder überhaupt machbar wäre.«

»Man könnte sicher das Geschlechterverhältnis auf 70:30 trimmen«, überlegte ich laut.

»Damit noch weiter herumzufummeln wäre eine wirklich *schlechte* Idee«, sagte Lucy. »Ich habe jetzt schon genug Schwierigkeiten, ein anständiges Date zu finden.«

»Ich würde sagen, man sollte die enormen staatlichen Subventionen für HiberTech einfrieren«, erklärte Maisie in ihrem besten Revoluzzerton. »Und anstelle Morphenox nur wenigen zukommen zu lassen, sollte es eine machbare Strategie geben, um sicherzustellen, dass *alle* Bürger am Schlummeranfang den Ziel-BMI erreichen. Wir sollten die elitäre Hibernation nicht akzeptieren, sondern stattdessen auf gleichwertigen Schlaf für alle hinarbeiten – das ist fair und gerecht, würde die Überlebenschancen erhöhen und den Winterschwund mindern, und dann würde auch eine geringere Geburtenrate ausreichen.«

Wir alle verstummten sofort. Das war die zentrale Forderung und das schon seit Langem formulierte Ziel der einst hochgeachteten Opposition, aus der inzwischen der strikt illegale Interessensverband RealSleep – Kampagne für Echten Schlaf geworden war. Dort hielt man natürlichen Schlaf für den einzig wahren, lehnte eine pharmakologische Lösung für den Winterschwund als moralisch verwerflich ab – erst recht, wenn sie nicht allen zugänglich war – und ging davon aus, dass Menschen träumen mussten, um langfristig ihre Gesundheit zu erhalten.[9] Wer sich öffentlich zu ihren Ansichten bekannte oder auch nur darüber diskutieren wollte, war entweder sehr mutig oder sehr verrückt. Maisie war vermutlich eher mutig.

»Die Subventionen werden vor allem für die Forschung verwendet, damit eines Tages die gesamte Hibernation in der schützenden Hülle von Morphenox stattfinden kann«, sagte Lucy verteidigend. »Don Hector war zwar ein Genie, aber selbst er stieß an Grenzen. Eines Tages aber werden wir so weit sein.«

»Das wissen wir nur, weil deine Kumpels bei HiberTech das behaupten«, gab Maisie zurück. »Das ist ein Mechanismus zum Aufrechterhalten sozialer Regeln. Don Hector hat uns nicht befreit, er hat eine Klassengesellschaft geschaffen, in der die einen gut und die anderen schlecht schlafen. Wir sollten ein einziges großes, globales Winterschlafdorf sein, mit gleichem Schlaf und gleicher Würde.«

Entgeistertes Einatmen wurde hörbar. Das war die Missionsaussage von RealSleep, eine Art Ruf zu den Waffen.

»Wir sollten über so etwas nicht reden«, sagte Lucy, die plötzlich *wesentlich* ernster wurde. »Ich könnte große Probleme bekommen, weil ich dich nicht melde. Und Don Hector war ein großer Mann, der Millionen Menschen durch Morphenox gerettet hat.«

»Mein Dormitologe hat mir gesagt, dass demnächst eine neue Formel auf den Markt kommt«, berichtete Megan. »Morphenox-B. Was ist denn da dran?«

9 Das inoffizielle Motto von RealSleep lautete, frei nach Shakespeare: Was auch für Träume kommen mögen.

»Und ich habe etwas über das Projekt Lazarus gehört«, fügte ich hinzu, da meine Neugier jetzt meine Vorsicht überwand.

»Wenn man die Hitze der HiberTech-Gerüchteküche kanalisieren könnte«, sagte Lucy nach kurzem, verärgertem Schweigen, »dann ließe sich damit vermutlich für alle Zeiten der Winter vertreiben.«

»Du hast Megans Frage nicht beantwortet«, sagte Maisie.

Lucy und Maisie starrten einander feindselig an, und Lucys Augenlider flatterten. Ich mochte sie sehr, aber sie war eine loyale HiberTech-Mitarbeiterin, durch und durch.

»Ich muss Megans Frage auch nicht beantworten«, sagte sie langsam und akzentuiert.

Das Gespräch wurde unterbrochen, da jetzt Unruhe an der Tür entstand. Die Gäste machten eine Gasse frei, um Leute durchzulassen, und das hieß entweder, dass ein Promi oder jemand von großer Wichtigkeit erschien. Oder, wie sich herausstellte, beides.

Es waren zwei Leute, die sich gepflegt unterhielten. Zum einen unsere Mutter Fallopia, hochgewachsen, elegant, streng und mit einem Habit, der so schwarz war, dass sie wie ein nonnenförmiges Loch in der Luft erschien. Neben ihr stand ein großer Mann in dem weißen, gesteppten Kampfanzug eines Winterkonsuls. Der Goldene Sonnenwendstern, der an seinem Kragenaufschlag steckte, wies darauf hin, dass er mindestens zwanzig Winter erlebt hatte. Zwei identische Bambis mit Walnussholzgriffen ragten aus den Gurten über seiner Brust, und seine Haltung vermittelte eine gewisse stille Würde. Er war dunkelhaarig, von hoher Statur und hatte die Aura eines Filmstars aus alter Zeit. Außerdem sah er Euan, Sian, Maisie, Daphne, Billy und Ed

Dweezle ein wenig ähnlich – aber dafür gab es einen Grund.

»Wow«, sagte Lucy, die ebenso beeindruckt war wie wir anderen – und wie vermutlich alle Anwesenden. »Das … das ist Jack Logan.«

Jack Logan

»… von allen Winterdiensten war das Amt des Winterkonsuls das gefährlichste. Kaum einer, der sich dafür entschied, rechnete damit, bis zum Ende des Jahrzehnts zu überleben, aber dennoch war es nie ein Problem, neue Anwärter zu finden. Dabei war es kein Beruf, den man für sich entdeckte, sagte man – vielmehr wurde man entdeckt. Unter denen, die freiwillig in den Winter zogen, war niemand, der nicht irgendetwas hinter sich zurücklassen wollte …«

27 Wintersonnenwenden und kein Ende,
Konsul »Rock« McDozer

Die meisten Konsuln waren bestrebt, außerhalb des Winters anonym zu leben, aber einige suchten aus dem einen oder anderen Grund aktiv das Scheinwerferlicht. »Wildcat« deLuth aus Sektor 9 Ost war dafür bekannt, Nachtwandler lebend fangen zu können – 462 hatte sie bereits an die Umwidmungszentren übermittelt, und das war ein einsamer Rekord. »Tangy« Schneider aus Sektor 19 Nord lebte in der dienstfreien Zeit mit einem Winternomaden zusammen, was der herrschenden Auffassung von Sitte und Anstand stark zuwiderlief, und Hauptkonsul Toccata aus Sektor 12 stand in dem Verdacht, sich mit weniger Skrupeln und mehr Begeisterung auf den Winterkannibalismus eingelassen zu haben, als man allgemein für akzeptabel oder auch notwendig hielt.

Jack Logan hingegen war das angepasste, saubere Gesicht des Konsuldiensts. Sicher, manche sagten ihm nach, er sei übereifrig und versuchte, seine Stellung kommerziell auszubeuten, aber seine Leistungen sprachen für ihn. Nirgendwo sonst in Wales gab es dauerhaft so wenig Winterschwund, HotPot-Überhitzung, Schurkenangriffe und Nachtwandler-Vorfälle wie in der Region Newport, Port Talbot und Cardiff. Auch genetisch zählte er zum Ersten Rang – gerüchteweise hätte er atemberaubende Zeugungshonorare verlangen können, tat dies aber nicht.

Logan nickte grüßend, als er vorüberging, suchte Augenkontakt mit den Anwesenden und schrieb Autogramme auf Papierfetzen, die man ihm schnell entgegenstreckte. Wir wussten, dass er schon lange zu den Förderern des St. Granata zählte, aber er ließ sich nur selten bei gesellschaftlichen Anlässen sehen.

Nachdem die erste Aufregung vorüber war, bewegte sich die Schlange vor der Essensausgabe langsam weiter voran, und wir nahmen uns zunächst von den Maiskolben, die vor Butter trieften, bevor wir uns bei Reis und Hühnchen bedienten. Große Portionen. Es erschien beinahe aufregend extravagant.

»Was macht denn Jack Logan hier?«, fragte Brian, der hinter dem Tresen stand und das Essen verteilte. »Nicht das Übliche, würde ich mal vermuten.«

»Er verleiht Mutter Fallopia ihren achtundzwanzigsten

Silberstorch«, sagte Gary Findlay, der drei Plätze vor uns in der Schlange stand.

»Wohlverdient«, sagte Brian.

Brian war der zwölfte Silberstorch der Ehrwürdigen Schwester gewesen, Gary und Lucy ihr vereinter achtzehnter. Die Schwestern der Unaufhörlichen Austragung nahmen ihr Gelöbnis ernst. Den Rekord hielt Schwester Vulvolia in Sektor 51 mit 34 Schwangerschaften. Zudem hatten nur neun dieser Kinder den ersten Winter nicht überlebt, und alle sie stammten von verschiedenen Begattern – denn Schwester Vulvolia hatte ein gutes Auge[10] und hielt sich an die Maßgabe, für eine möglichst große genetische Vielfalt zu sorgen.

»Hmmm«, sagte Lucy, die sich ein Hühnerbein nahm, »meint ihr, dass Logan heute Nachmittag auftreten wird?«

Das war immerhin möglich. Leute, die beim Militär oder in der Strafverfolgung arbeiteten, hatten sich mit der Präsentation ihrer Winterabenteuer oft ein zweites Standbein aufgebaut. Logans Auftritte waren sehr ausgefeilt und mit Kunstschnee und Windmaschinen aufwändig inszeniert. Einmal hatte er sogar einen echten, lebendigen Nachtwandler mitgebracht, aber damit war Schluss, nachdem der sich losgerissen und im ersten Rang des Theaters ausgetobt hatte. Eine tragische Geschichte, obwohl sich vermutlich niemand aufgeregt hätte, wäre der Nachtwandler über die Leute auf den billigen Plätzen hergefallen.

Nachdem wir beim Hauptgericht richtig zugeschlagen

10 Gerüchteweise näherte sie sich potenziellen Zeugungspartnern in Einkaufszentren und Kinos, aber ich weiß nicht, ob das wirklich stimmt.

und die letzten Reste Öl und Soße mit Brötchen aufgetupft hatten, bereiteten wir uns darauf vor, nach ein oder zwei Stunden noch einmal dieselbe Menge Pudding in uns hineinzustopfen und schließlich, nach wiederum ein oder zwei Stunden, mit Keksen und Süßigkeiten nachzulegen. Jeder, der nicht mindestens das Fünffache seiner sonst üblichen Kalorienmenge zu sich nahm, geriet leicht in den Verdacht, nicht mit dem nötigen Ernst an die Gewichtszunahme heranzugehen.

Wir unterhielten uns weiter und brachten uns gegenseitig auf den neusten Stand. Was andere Ex-Pooler so trieben, wer gestorben war, dann folgte eine lange Abfolge von »weißt du noch« – Geschichten, die im Laufe der Zeit immer weniger schockierend und dafür immer amüsanter wurden. Donna Trinkets Unfall war dabei ein immer wieder gern genommener Klassiker, gefolgt von dem einen Mal, als Betty Simcox bei einem aus dem Ruder gelaufenen Streich beinahe lebendig begraben worden war, oder von einem anderen, bei dem sich Joplin selbst angezündet hatte und der dann genauso ausging, wie man es sich vorher hätte denken können. Darauf folgte wie immer die Geschichte, wie Dai Powell an seinem sechzehnten Geburtstag verschwand und an seinem zwanzigsten wieder auftauchte, ohne dass irgendjemand eine Ahnung gehabt hätte, wo er zwischenzeitlich gewesen war.

»Er weiß das selbst auch immer noch nicht«, sagte Lucy. »Ich habe ihn erst letzte Woche abermals gefragt.«

»Wahrscheinlich von irgendwelchen Schurken als Hausdiener verschleppt«, vermutete Megan, »und es ist ihm zu peinlich, das zuzugeben.«

Nachdem auch die Biskuitrolle, der Apfelkuchen und der

Brot-und-Butter-Pudding mit etwa zehn Litern Custard vertilgt worden waren[11], hielt Mutter Fallopia eine Rede. Sie bestand aus den typischen Fat-Thursday-Ermahnungen, wie wir sie schon viele Male zuvor gehört hatten: Dass wir jetzt, da es auf den Winter zuging, die Verpflichtung hatten, uns der Völlerei und Trägheit so entschlossen wie möglich hinzugeben, dass wir uns an jene erinnern sollten, die im letzten Jahr die Hibernation nicht überlebt hatten, weil sie nicht genug auf ihr Gewicht geachtet hatten, dass die weiblichen Anwesenden über eine Karriere bei der Schwesternschaft nachdenken und die männlichen ihr Möglichstes tun sollten, um ein produktives Mitglied der Gesellschaft zu werden, und dass wir täglich die Prinzessin Gwendolyn ehren und Wales und der Nördlichen Föderation treu bleiben sollten – und so weiter und so fort. Dann kündigte sie an, sich aufgrund nachlassender Fruchtbarkeit zur Ruhe zu setzen und die Leitung des St. Granata vertrauensvoll in die Hände Schwester Placentias zu legen, was mit halbherzigem Applaus – und von weiter hinten mit einem hörbaren Stöhnen – bedacht wurde.

Dann ergriff Winterkonsul Logan das Wort und hob lobend hervor, dass die Schwesternschaft mehr als ihren Teil zum Ausgleich des Winterschwunds beitrug, dankte Mutter Fallopia für ihre zahlreichen Austragungen und die weise und engagierte Führung des St. Granata, beglückwünschte Schwester Placentia zu ihrer neuen Führungsposition und wiederholte dann das meiste dessen, was Mutter Fallopia gesagt hatte. Am Schluss brachte er einen kurzen Vers, der damals völlig unsinnig zu sein schien:

11 Nicht pro Person zwar, aber es fühlte sich so an.

Die Eskorte von Leuten aus Lower Llanboidy mit Collies und Rollis nach Chiswick, während Affen mit Waffen nur Streifschüsse schaffen, reicht wohl jedem Mammut, das weiß, was ihm guttut, um mit einem Clown aus Manchester Town schnell abzuhaun.

Wir sahen uns alle an und zuckten die Achseln, dann applaudierten wir pflichteifrig, als Logan Mutter Fallopia ihren Silberstorch überreichte. Anschließend kehrten wir an unseren Tisch zurück und widmeten uns den dachziegelgroßen After-Dinner-Mints, der Käseplatte, all dem, was noch auf den Tellern anderer Leute zu finden war und schließlich den Servierschüsseln. In der Regel musste man nach dem Fat Thursday nichts mehr abwaschen.

Einige andere Ex-Pooler setzten sich zu uns, und wir unterhielten uns, oder vielmehr, die anderen redeten und ich hörte zu, da ich in Gedanken nach wie vor ganz woanders war. Eine Polizistin, die in der forensischen Abteilung arbeitete, erzählte uns von ihrem Job, bei dem sie vor allem Essens-Kleckermuster analysierte, wenn es irgendwo einen Vorratsüberfall oder Nahrungsmitteldiebstahl gegeben hatte.

»So ein Verbrechen geschieht stets aus Hunger, deswegen wird meist gleich an Ort und Stelle gegessen«, berichtete sie, »und wer aus Hunger isst, der isst nie manierlich.«

Dann erzählte sie von dem schlau eingefädelten Lebensmittelraubzug im Dormitorium *Cary Grant*. Es war zu diesem Zeitpunkt unbewacht, da es kurz zuvor wegen einer Reaktorabschaltung geräumt worden war, aber Lebensmitteldiebstahl war damals genau wie heute ein Vergehen, das mit Frostikution bestraft wurde. Die meisten schrieben die

Tat den Schurken zu, aber die Behörden beschlossen, die Kampagne für Echten Schlaf dafür verantwortlich zu machen, die angeblich genug Vorräte anlegen wollten, um eine Überwinterungskampagne[12] ins Leben zu rufen. Niemand, der einigermaßen klar bei Verstand war, glaubte das, und Kiki – der offizielle Kopf von RealSleep – wies den Bericht als »lächerlich« zurück.

»Manche sagten, die Bullen hätten den Einbruch selbst begangen, um anschließend den Kiki zu fassen, wenn er sich rührt, um die Sache abzustreiten«, sagte jemand, ich weiß nicht mehr, wer.

»Wer ist Kiki überhaupt?«, fragte ich.

»Der Kopf von RealSleep«, antwortete Megan.

»Das weiß ich. Ich habe nicht *was* gefragt, sondern *wer*.«

»Das weiß niemand«, erklärte Lucy achselzuckend. »Kiki bezeichnet keine Person, sondern die Stellung. Wenn man einen Kiki absetzt, rückt der Vize-Kiki nach.«

Das stimmte zweifellos, denn schließlich funktionierte vieles nach dem Hydra-Prinzip, von königlichen Familien über den Winterkonsuldienst und das Militär bis zum Personal bei der Café-Kette Mrs. Nesbit's Tearooms. Sobald man eine Person entfernte, stand dahinter schon die nächste. Unabhängig davon war es um RealSleep gerade ziemlich ruhig, aber damit verhielt es sich ähnlich wie bei dem eigentlich aktiven, aber gegenwärtig schlafenden Vulkan auf der Insel Skye – man wusste nicht so recht, ob das eine gute oder schlechte Sache war.

12 Um einen Winter ohne Hibernation zu überstehen, braucht man jede Menge Vorräte, viel Glück, warme Kleidung und mehrere Dutzend guter Bücher.

Ich ließ die anderen weiterreden und machte mich nun daran, die Kinder dazu anzuhalten, aufzuräumen und dann die Brettspiele und die Wasserpfeifen hervorzuholen. Schwester Placentia liebte ihren Himbeer-Dampf-Blubber zum Scrabble, während Schwester Fertizilia eine nichtaggressive Schachvariante bevorzugte, bei der man keine Figuren schlagen durfte. Zygotia spielte nichts so gern wie eine lautstarke Runde Hungry Hippos – jede hatte ihre eigenen Vorlieben. Aber als ich an Mutter Fallopias Büro vorüberkam, weil ich für Schwester Placentia etwas zu erledigen hatte, fiel mir eine Reihe von Leuten auf, die auf der davor aufgestellten Bank saßen. Ich fragte, was los sei, und Williams blinzelte mich wie eine Eule an, bevor er mir erklärte, dass Logan offene Bewerbungsgespräche für einen Job als Winterkonsul führte.

»*Offene* Gespräche? Ohne Vorauswahl?«

»Scheint so. Er hat seinen Novizen verloren und sucht einen neuen.«

Einen Augenblick dachte ich nach. Oder vielmehr, ich dachte keinen Augenblick nach. Stattdessen sagte ich Williams, er solle ein Stück rücken, und setzte mich neben ihn. Mein Herz klopfte wie wild, und das hatte seinen Grund: In den Winterdienst einzutreten war riskant – kaum besser als Selbstmord, sagten einige –, aber man bekam Zugang zu Morphenox.[13]

»Wann hast du zum ersten Mal über eine Karriere beim Winterdienst nachgedacht?«, fragte Williams, der offenbar gesprächig aufgelegt war.

13 Sie nutzten es natürlich nicht während des Winters, aber während ihrer Schlafperiode im Spätsommer.

»Oh, vor acht Sekunden«, gab ich zurück.

Für die 99,9 Prozent der Bevölkerung, die hibernierten, war der Winter ein abstraktes Konzept. Man schlief ein und wachte – wenn alles gut lief – vier Monate später wieder auf.

Im Herbst noch am Leben, im Frühjahr dann tot
Mit der Hibernation hat der Mensch seine Not
Friss wie ein Wolf und schlaf wie ein Bär
Man lebt oder stirbt, am besten nimmt man's nicht schwer.

Von denen abgesehen, die in der Transplantationsbranche arbeiteten und sich daher dem Winter stellen *mussten*, entschieden sich wenige Leute dafür, seine Härte zu erdulden – die Kälte, das Ungeziefer, die Schurken, die Einsamkeit, das Wintervolk. Aber bei meinem öden Job in der Hausverwaltung, die keinerlei Karriereperspektive bot, und angesichts der Tatsache, dass es kaum Stellen für Ungelernte gab, die mit Morphenox-Ansprüchen verbunden waren, hatte die Vorstellung des Überwinterns plötzlich sehr an Reiz gewonnen.

»Und Winterkonsul zu sein«, fuhr Williams fort, »wie lange wünschst du dir das schon?«

»Oh, schon seit Jahren.«

Die ehrliche Antwort hätte dank dem Risiko und dem üblicherweise übertrieben rigorosen Auswahlverfahren gelautet: *Nie.* Aber nun saß ich auf der Bank, versuchte ruhig zu bleiben und überlegte, was ich sagen sollte. Jedes Vorstellungsgespräch dauerte ungefähr zehn Minuten, und jeder Bewerber, der mit langem Gesicht wieder herauskam, wurde von den Wartenden mit Fragen bestürmt. Sie alle zuckten darauf nur die Achseln und wussten lediglich zu sagen, dass sie abgelehnt worden waren und keine Ahnung hatten, was Logan eigentlich suchte.

Nachdem Williams voller Begeisterung hineingegangen und niedergeschmettert wieder herausgekommen war, war ich an der Reihe.

Probezeit

»... hibernationelle Schlaflosigkeit oder auch Winsomnia hat vielerlei Ursachen: Bei einigen Menschen liegt eine Anomalie oder eine Störung des Hypothalamus vor, die eine Hibernation zum Teil oder vollständig verhindert, andere leiden an Hypnophobia oder einer angeborenen Disposition für Kalkablagerungen oder Muskelschwund. Die meisten Betroffenen entscheiden sich dafür, während des Winters einer sinnvollen Tätigkeit nachzugehen, aber einige, die sogenannten »unverdient Wachen«, ziehen es vor, auf Kosten der Arbeit und Vorräte anderer durch den Winter zu kommen ...«

GRAYS HANDBUCH DER HIBERNATIONSPHYSIOLOGIE, XXII. AUFLAGE

Mutter Fallopia wartete mit Logan in ihrem Arbeitszimmer, einer kleinen, karg eingerichteten Kammer, die nach Möbelpolitur, Kaffee und Fotokopierer-Toner roch. In der Mitte des Raumes stand ein großer Schreibtisch aus Holz; davon abgesehen gab es nur ein paar Aktenschränke, und an den Wänden hingen Kinderbilder. Man hatte stets ein ungutes Gefühl, wenn man sich in diesem Raum aufhielt, und das lag nicht nur an Mutter Fallopia und ihrem durchdringenden Blick, der ständig »Womit rechtfertigst du deine Existenz?« zu fragen schien. Die Fotos zeigten die namenlosen Kinder, die ihren ersten Winter nicht überlebt hatten, und die schon Benannten, denen ihr zweiter Winter zum Verhängnis geworden war. Wir fanden nie heraus, ob die Bilder hier aus Erinnerungsgründen hingen, als Mahnung für die Schwestern, bessere Zuchtergebnisse zu liefern, oder einfach nur, weil Mutter Fallopia Kinderbilder mochte und ihr alles andere egal war.

»Hast du eine Nachricht?«, fragte Mutter Fallopia.

»Nein«, antwortete ich. »Aber ich habe gehört, die Bewerbungsgespräche für die Stelle als Winterkonsul stünden allen offen.«

»Du hast schon eine Stelle«, erklärte Mutter Fallopia mit einer Stimme wie ein Zinkrohr, »eine weitere brauchst du nicht, und ich kann dir sagen, du würdest keine zehn Minuten als Konsul bestehen.«

Zugegebenermaßen überfiel mich sofort der überwältigende Wunsch, mich wortreich zu entschuldigen und wieder nach draußen zu schleichen, aber glücklicherweise widerstand ich.

»Charlie Worthing«, sagte ich mit bebender Stimme. »Ich möchte mich gern für den Posten bewerben.«

»Machen wir weiter«, drängte Mutter Fallopia, »wir verschwenden hier unsere Zeit.«

»Nein, Prudence«, sagte Logan, und ich hörte zum ersten Mal, dass jemand Mutter Fallopia widersprach und sie noch dazu mit ihrem Vornamen anredete. »Wir sehen uns jeden an, der gesehen werden will.«

Dann wandte er sich an mich.

»Der normale Ausleseprozess ist gründlich«, erklärte er,

»aber nicht fehlerlos. Ich suche gern nach den verborgenen Juwelen, die bei der Vorauswahl übersehen wurden. Dich habe ich hier schon öfter gesehen, Worthing – bist du eins von meinen?«

»Nein, Sir. Ich bin eine … Leihmutterschaft, die schiefgegangen ist.«

»Daher dein Kopf?«

»Ja, daher mein Kopf.[14] Nach Auszahlung der halben Versicherungssumme wurde ich ins St. Granata gebracht. Den Rest bekamen meine Biologis als Entschädigung.«

»Worthing ist ein Versicherungsschaden«, sagte Mutter Fallopia, »bei dem unsere Freundlichkeit noch nicht völlig abgegolten wurde.«

»Das sehe ich anders«, erklärte Logan. »Du *warst* ein Versicherungsschaden. Jetzt gerade bist du ein Kandidat für das Amt eines Winterkonsuls. Alles zu seiner Zeit.«

Ich mochte Logan sofort, und plötzlich merkte ich, dass ich alles tun wollte, um mit ihm zu arbeiten, selbst ohne die Morphenox-Garantie. Er fragte mich, ob ich meine berufliche Bestimmung als Hausverwaltung hier im St. Granata sah.

»Nein, Sir«, erwiderte ich und setzte mich ein wenig aufrechter hin, wobei ich Mutter Fallopias brennenden Blick ignorierte. »Kürzlich hatte ich mich bei Winter Prudential beworben.«

»Und?«

»Wurde abgelehnt.«

»Aus welchem Grund?«

»Einmischung … von dritter Seite.«

14 Mehr zu meinem Kopf später.

Dabei sah ich Mutter Fallopia an, und sie wandte die Augen ab. Logan folgte meinem Blick und erriet vermutlich, was passiert war.

»Das muss nicht unbedingt ein Thema sein«, sagte er. »Qualifikationen?«

»Beim Lesen und Schreiben bin ich auf Level 4A«, erklärte ich, »ich habe eine Ausbildung in Erster Hilfe, laufe hundert Meter in 14,2 Sekunden, und ich kann Auto fahren, schwimmen und Tuba spielen.«

»Vielleicht solltest du Jack auch sagen, dass du in Allgemeinen Fertigkeiten eine Vier minus bekommen hast«, warf Mutter Fallopia ein, die es noch nicht aufgegeben hatte, mein Bewerbungsgespräch zu sabotieren.

»Es war eine Vier plus«, korrigierte ich und fügte hinzu: »Auch wenn das keinen großen Unterschied macht.«

»Ich verlasse mich nicht so sehr auf Zensuren«, sagte Logan, bevor ich fortfahren konnte. »Schließlich war ich selbst der Schlechteste in meiner Klasse. Ich suche vor allem jemanden mit einem guten Gedächtnis.«

Das war nun wieder interessant.

»Beim Gedächtniswettbewerb von Swansea Town habe ich den zweiten Platz erreicht, nachdem ich mir nach nur zweimaligem Lesen 648 unzusammenhängende Wörter merken konnte«, berichtete ich mit gewissem Stolz. Es war ein Rekord, der in der Stadt noch immer an dritter Stelle lag. Schwester Zygotia hatte mich für die Regionalausscheidung von Südwales anmelden wollen, aber ich mag es nicht, wenn mich die Leute anstarren.

»Wusstest du das?«, fragte Logan und sah Mutter Fallopia durchdringend an.

»Das war mir wohl entfallen«, sagte sie, »und ich hätte

auch nie erwartet, dass Worthing so undankbar ist, sich hier zu bewerben.«

Logan nickte und wandte sich wieder mir zu.

»Ich brauche einen neuen Novizen mit einem guten Erinnerungsvermögen zum Anlernen. Gute Aufstiegschancen. Viele spannende Herausforderungen. Etwas Bargeld, Extraportionen Pudding. Mittleres bis hohes Todesrisiko.«

»Was war das Letzte?«

»Extraportionen Pudding.«

»Und *danach*?«

»Kaffee und Minzschokolade?«

»Ich meinte, auf Ihrer Liste?«

»Oh – mittleres bis hohes Todesrisiko.«

»Ich verstehe«, sagte ich. »Und wie geht's Ihrem letzten Novizen so?«

»Oh, der geht's ganz gut.«

»Das stimmt nicht«, widersprach Mutter Fallopia mit verschränkten Armen, »sie ist im Augenblick in einer Irrenanstalt und schreit die Wände an.«

»Weswegen?«

»Ach, was weiß ich«, wiegelte Logan ab. »Wegen Ameisen oder Lloyd George oder Knöpfen oder irgendwas.«

»Und der Novize davor?«

Jetzt antwortete Mutter Fallopia.

»Man brachte ihren Körper zurück, aber ohne Kopf.«

»Ja«, räumte Logan ein, »das war ziemlich gemein, fand ich.«

»Nachtwandler?«

»Schurken.«

Schurken lebten normalerweise am Rande der Eisfelder und unternahmen Raubzüge in die umliegenden Städte, um Vorräte und Hausangestellte einzusacken. Sie lebten vom Handel mit Mammuts, die sie als Lasttiere verkauften, und versuchten sich auch am Börsenmarkt, allerdings mit bescheidenem Erfolg. Bei ihnen gab es einen eigenen Verhaltenskodex, der um Begriffe wie Eis und Ehre und gute Manieren und Nachmittagstee kreiste, und sie fanden nichts dabei, jemanden um die Ecke zu bringen, der nicht mit ihnen einer Meinung war, um den Hinterbliebenen dann aber oft ein Entschuldigungsschreiben zu schicken. »Gute Manieren«, pflegten sie zu sagen, »kosten nichts.«

»Ich weiß, dass ich das nicht fragen sollte«, sagte ich, »aber wieso hat man sie ohne Kopf wieder ausgehändigt?«

Er zuckte die Achseln.

»Ganz ehrlich, ich bin mir nicht sicher. Wir hätten die Schurken fragen sollen, nachdem wir sie aufgespürt hatten, aber ich war nicht in der Stimmung für eine Unterhaltung, und, naja, an dem Ergebnis hätte es vermutlich auch nichts geändert. Du solltest dich von diesen Kleinigkeiten nicht abschrecken lassen. Willst du immer noch dabei sein?«

Ich sah Mutter Fallopia an.

»Überraschenderweise *ja*.«

»Na gut. Es gibt einen Test, und er beginnt jetzt.«

Es folgte eine Pause.

»Ich weiß ja gar nicht, was ich machen soll.«

»Das genau ist der Test.«

Etwa dreißig Sekunden saß ich da und versuchte herauszufinden, was er von mir erwartete, aber mir fiel nichts ein.

»Ich habe dir doch gesagt, es ist reine Zeitverschwendung«, triumphierte Mutter Fallopia.

»Nun, vielen Dank, dass du hereingeschaut hast«, sagte

Logan, nachdem eine Minute vergangen war. »Wie viele sind noch draußen?«

»Niemand mehr.«

Er klappte sein Notizbuch zu.

»Dann sind wir fertig.«

Wieder fühlte ich die Verzweiflung in mir aufsteigen, und ich mied Mutter Fallopias Blick, während ich aufstand, mich bei Logan bedankte und zur Tür ging. Doch als ich den Türgriff schon in der Hand hatte, hielt ich inne. Mir kam ein Gedanke, und ich wandte mich um.

»Die Eskorte von Leuten«, sagte ich langsam, »aus Lower Llanboidy mit Collies und … *Rollis* von Flitwick nach Chiswick, während … Affen mit Waffen nur Streifschüsse schaffen, reicht wohl jedem … Mammut, das weiß, was ihm … *guttut*, um mit einem Clown aus Manchester Town schnell abzuhaun.«

Logan nickte.

»Das ist sehr gut.«

»Das war kompletter Müll«, bemerkte Mutter Fallopia verärgert. »Worthing hat ›von Flitwick‹ mit hineingemogelt.«

»Ich weiß«, sagte ich, »so fließt es aber besser.«

Logan lächelte.

»Das stimmt wohl. Wann kannst du anfangen?«

»Sofort. Darf ich etwas fragen?«

»Natürlich.«

»Wieso brauchen Sie mein Gedächtnis?«

Er sah mich eine Weile an. »Weil meins für das, was ich vielleicht werde tun müssen, nicht ausreicht.«

Dann stand er auf, nahm meine Hand und zog mich in eine Winterumarmung. Jetzt, aus der Nähe, roch ich eine Mischung aus Aftershave, Dinner und Kognak.

»Willkommen an Bord. Bleib nah bei mir, tu, was ich dir sage, und mach so viele Fehler, wie du willst – nur nie zweimal denselben. Kapiert?«

»Jawohl, Sir.«

Er ließ mich los, sah auf seine Uhr und sagte, er müsse nun los. Zu meiner Erschütterung verabschiedete er sich von Mutter Fallopia – Prudence – mit einem Kuss auf den Mund. Sie umarmten sich innig, dann ging er zur Tür.

»Komm mit mir«, sagte er, und ich wandte mich zur Mutter um.

»Danke für alles, was Sie für mich getan haben«, sagte ich und versuchte, aufrichtig zu klingen, aber es hörte sich zutiefst sarkastisch an. Sie antwortete darauf mit einem bösen Blick.

»Zum Frühlingserwachen wirst du zurück sein«, sagte sie, »entweder mit eingeklemmter Rute oder in einem Zinksarg. Aber das wird nichts nützen. Wenn du wiederkommst, wird deine Stelle nicht mehr offen sein. Viel Glück. Du wirst es brauchen.«

Mehr Worte wechselten wir nicht, und ich folgte Logan nach draußen.

»Prudence ist nicht so übel, wie sie immer tut«, sagte er, als wir zum nächsten Ausgang im hinteren Teil des Saales schritten. »Was hast du angestellt, dass sie so sauer auf dich ist?«

»Eigentlich hätte ich meinen zweiten Winter gar nicht überleben sollen«, sagte ich, »und meine Adoptionsaussichten waren schlecht, deswegen kostete ich mehr, als ich einbrachte. Ich bin mir nicht sicher, dass die Versicherung wirklich viel gezahlt hat.«

»Der Pool kann grausam sein«, sagte Logan, »aber sie

leisten hier wirklich wichtige Arbeit. Was war die längste Zeit, die du aufgeblieben bist?«

»Ich habe mal 108 Stunden und 26 Minuten lang Schlaf-Telefon-Tennis gespielt.«

»Wie war das so?«

»Nicht besonders gut.«

Wie ich ihm erklärte, hatte ich damals mit den inzwischen verstorbenen Billy DeFroid und Sian Morgan gespielt und, als ich sechzehn Wochen später allmählich wieder munter wurde, ihre höhnischen Telefonnachrichten gehört. Billy hatte mit 142 Stunden gewonnen, aber er konnte sich nicht recht an seinem Sieg freuen: Sian wurde schlaftot aufgefunden, da es bei ihr wegen schlechter Vorbereitung auf die Hib Komplikationen gegeben hatte. Daraufhin wurden Billy und ich – unfairerweise, wie wir meinten – wegen Anstiftung zum Schlafentzug angeklagt und schuldig gesprochen. Ich akzeptierte die Verpflichtung zu sechs Wochen gemeinnütziger Arbeit, während Billys Adoptivvater das Bußgeld zahlte.

»Wäre nicht das erste Mal, dass so etwas passiert«, sagte Logan grinsend, als wir die Tür aufstießen und aus dem Gebäude traten, »und es wird sicher auch nicht das letzte Mal sein. Weißt du, was im Winter die meisten Todesopfer fordert?«

»Schurken?«

»Probier's noch mal.«

»Nachtwandler?«

»Nein.«

»Die Kälte?«

»Es ist die *Einsamkeit*. Im Sommer macht sie einen nur niedergeschlagen, aber im Winter kann sie tödlich sein. Ich habe starke Menschen innerlich zusammenbrechen sehen. Und das nicht metaphorisch, sondern *wortwörtlich.* Ihre Seele verdampfte gewissermaßen. Das sieht man an den Augen. Sie werden glasig, wie bei einem Nachtwandler.«

Er machte mir den Winter nicht gerade schmackhaft, aber ich sagte nichts. Logan fuhr fort:

»Der Feind, das sind weder die Schurken noch Womaden, Aasfresser, Winsomniasten, Eis-Eremiten, Megafauna, Nachtwandler, Frostnager oder fleischfressender Kaltschleim – es ist der Winter. Um zu überleben, musst du ihn zuallererst respektieren. Was musst du tun?«

»Ich muss den Winter respektieren.« Ich hielt inne. »Sir?«

»Ja?«

»Was ist fleischfressender Kaltschleim?«

»Es ist wahrscheinlich das Beste, wenn du gar nicht weiter darüber nachdenkst.«

Wir blieben an der Bordsteinkante stehen, wo ein orangefarbener Cosmo parkte. Logan schloss den Wagen auf und stieg ein, dann kurbelte er das Fenster herunter.

»Für den Augenblick sind wir fertig. Ich hau mich jetzt sechs Wochen lang hin, und zwei Wochen vor Schlummeranfang sehen wir uns wieder. Melde dich beim Konsulat in Cardiff. Wir haben unser Hauptquartier direkt neben dem *Melody-Black*-Dormitorium, dort kannst du eine Wohnung bekommen. Aber vorher nimm dir noch ein paar Tage frei. Fahr auf die Gower-Halbinsel, sieh dir einen Film an. Vielleicht hast du auch ein dickes Buch angefangen, das du gern noch fertiglesen möchtest, bist mitten in einer ausgedehnten Partie Post-Schach, oder es gibt irgendwelche anderen besonderen Dinge, bei denen es dir leidtäte, wenn du sie nicht mehr klären könntest.«

»Ist es *so* wahrscheinlich, dass ich nicht überlebe?«

»Das sind nur Vorsichtsmaßnahmen«, behauptete Logan. »Wenn es irgend möglich ist, versuche ich, keinen Novizen in der ersten Saison zu verlieren. Mach's gut.«

Diese Erklärung war auch nicht gerade angetan, mich zu beruhigen, aber immerhin war ich raus aus dem St. Granata und hatte mir meinen Morphenox-Anspruch erhalten. Ich sah Logan nach, als er sich in den Verkehr einfädelte und die Straße hinabfuhr, bis er aus meinem Blickfeld verschwand.

Dann wandte ich mich um und betrachtete das alte Gebäude, das mir in den letzten zweiundzwanzig Jahren meines Lebens ein Zuhause gewesen war. Erst dachte ich darüber nach, wieder hineinzugehen, allen davon zu erzählen und dann noch einmal zu einer ausgedehnten Fresstour durch alle örtlichen Restaurants an der Seepromenade aufzubrechen – Kebab, Fish & Chips, Burger, Tofu, Kebab –, um dann mit straff gespanntem Bauch und aufgequollenen Achselhöhlen zusammenzubrechen und morgens um drei stöhnend unter Verdauungsbeschwerden zu leiden, glücklich und pleite.

Aber das stand jetzt nicht mehr zur Debatte. Ich würde diesen Winter auf eine Art beginnen, wie ich es noch nie getan hatte: als Leichtgewicht.

Cardiff

»… Frühe Impulswaffen benötigten eine Druckluftkammer, aber die modernen Exemplare verwenden eine Thermalbatterie, die einen Zünder zur Aktivierung der Wärmequelle enthält. Die wiederum verflüssigt die Elektrolyten, um die erforderliche elektrische Spannung zu generieren. Dabei entstehen beträchtliche Stromstärken, jedoch nur auf den Bruchteil einer Sekunde begrenzt …«

Handbuch für TVK (Tragbare Vortexkanonen)

»Wow«, sagte Lucy Knapp, als wir uns sechs Wochen später bei Hefeteilchen und Kaffee trafen. Bei dem Gebäck handelte es sich um Rosinenschnecken, die wirklich gut waren, während der Kaffee an kiesigen Schlamm erinnerte. Ich hatte Lucy ins Sektorenhaus von Cardiff eingeladen, in erster Linie, um sie zu beeindrucken. Sie sah zu den Großraumbüros hinüber, die in ihrem Aufbau genauso gestaltet waren wie in jedem anderen Konsulat des Landes, das sich an das NullAhnung-Protokoll hielt. Die Zwillingsporträts von Don Hector und Prinzessin Gwendolyn XXXVIII. blickten in der großen Eingangshalle auf uns herab, während die Barographen[15] leise vor sich hinsummten und die Kurven darauf hindeuteten, dass das Wetter sich allem Anschein zum Trotz tatsächlich besserte.

»Wow«, sagte sie, als wir im Gemeinschaftsraum Platz genommen hatten. »Charlie Worthing, Novize bei Jack Logan. Wer hätte das gedacht?«

»Ich nicht.«

»Wie hat es sich denn angefühlt, dünn zu bleiben, während alle anderen, die du kennst, fett werden?«

»Nach einer Weile habe ich mich nicht mehr mit ihnen getroffen.«

»Ist immer dasselbe.«

Tatsächlich waren es die anderen gewesen, die sich nicht mehr mit mir getroffen hatten. Während jeder sich bis auf sein Zielgewicht futterte, um den Winter zu überstehen, sahen sie in mir weiter nichts als ein personifiziertes Gesundheitsproblem. Nach einem Monat riefen sie mich nicht mehr an. Alle, außer Lucy. Sie hatte mich in der vielfältigen Überwintererfamilie willkommen geheißen und sparte weder mit Lob noch mit nützlichen Ratschlägen.

»Es kommt auf ein gutes Frühstück an«, sagte sie, »und auf gut passende Stiefel, Merinosocken und einen verlässlichen Vorrat an Snacks. Es hilft auch, immer mal wieder ein kleines Schläfchen zu halten und eine Tube Après-Froid bereitzulegen – und unterschätze nie die Bedeutung schöner Tapeten.«

»Tapeten?«

»Du wärst überrascht, wie beruhigend es sein kann,

15 Ein Gerät zur Aufzeichnung barometrischen Drucks. Normalerweise wird auf einem Stück Papier eine Kurve aufgezeichnet.

wenn das Zimmer angenehm gestaltet ist. Eine geschmackvolle Einrichtung in Pastelltönen, dann noch eine Auswahl Kammermusik – aber eher auf Phonographenwalzen als auf Vinyl oder Tonband. Die Stromversorgung ist manchmal nervtötend unzuverlässig, und Batterien nützen in der Kälte nichts.«

Sie fragte mich, wie die Winterkonsuln mich behandelten, und ich berichtete, dass ich für sie kochte, die Wäsche machte und bügelte.

»So war es bei mir im ersten Winter bei HiberTech auch«, sagte sie. »Ich glaube, das ist so eine Art Schikane. Beim Militär setzen sie dich fünfzig Kilometer weit draußen nur in Unterwäsche im Schnee aus, und bei den Zivilbehörden quälen sie dich mit Waschen und Stricken. Aber weißt du, es ist gut für den Teamaufbau, und irgendwann wirst du feststellen, dass du beim Bügeln immer besser wirst.«

»Ich muss beim Bügeln nicht besser werden.«

»Das schadet *niemandem*, glaub mir.«

Dann dachte sie eine Weile nach und bat mich, »die Augen offen zu halten«. Ich fragte, wonach und warum, und sie antwortete, dass sie als Vertreterin von HiberTech angehalten war, sich ein gutes Netz an Informanten aufzubauen – und sonst wüsste sie bei den Konsuln niemanden, dem sie vertrauen konnte.

»Wie kann man einem Konsul nicht vertrauen?«, fragte ich.

»Da gibt es jede Menge Gründe«, erklärte sie, führte dies aber nicht weiter aus, und unser Gespräch wandte sich sehr bald anderen Themen zu.

»Möge der Frühling dich umarmen«, sagte ich, als ich sie bei unserem Abschied in die Arme schloss.

»Und dich ebenso«, gab sie zurück.

Logan sah ich erst zehn Tage vor Schlummeranfang wieder. Die Tage waren inzwischen kurz, die Temperaturen lagen unter null, und es hatte sich längst eine feste Schneedecke gebildet. In der letzten Woche hatte sich kein Lüftchen gerührt, und der Schnee türmte sich inzwischen gefährlich hoch, selbst auf den steilsten Dächern. Immer wieder hörte ich einen dumpfen Aufschlag, wenn wieder eine halbe Tonne Weiß ins Rutschen kam und auf die darunterliegende Straße krachte. Wasser tötet nicht nur durch Ertrinken.

Ich stützte mich auf die breiten Ketten des Sno-Tracs, höllisch nervös und mit klopfendem Herzen, und versuchte dabei, in meiner eng anliegenden Winterkonsuluniform so professionell wie möglich auszusehen. Abgesehen von meinen hauswirtschaftlichen Pflichten im Konsulat hatte ich zwei Wochen an der Ausbildungsakademie des Winterkonsuldiensts verbracht und dort ein grundsätzliches Überlebenstraining erhalten sowie eine Reihe von Lerneinheiten zu den verschiedensten Themen genossen, über die Physiologie des Schlafes, Träume, Schurken, Klima, Windchill, H4S-Radartechnik und sogar das Wintervolk. Die Tutoren hatten mich von Kopf bis Fuß gemustert und dann hinter meinem Rücken leise über einen Mangel an Vorbereitung getuschelt. Die meisten Novizen hatten einen ganzen Sommer dafür Zeit.

Die Tür zum *Ivor-Novello*-Dormitorium öffnete sich. Logan trat heraus, hielt kurz inne und atmete in der kühlen Morgenluft tief ein. Er sah erfrischt aus und war überraschend hager – das Notfallfett, das ich mir für einen Monat zugelegt hatte, war für ihn offenbar keine Option.

»Schön, Sie wiederzusehen, Sir«, sagte ich. »Gut geschlafen?«

Er musterte mich mit einem fragenden Blick.

»Ihr neuer Novize«, erinnerte ich ihn, da ich wusste, dass es manchmal eine Weile dauert, bis der Verstand nach der Hibernation wieder alle Verknüpfungen hergestellt hat. »Ich bin ...«

»... sag es nicht.«

Er konzentrierte sich sichtlich, schnippte dann mit den Fingern und grinste.

»Charlie Worthing mit dem guten Gedächtnis, aus dem Pool drüben bei Pru. Richtig?«

»Ja, Sir. Sie haben mir nie gesagt, wozu Sie mein gutes Gedächtnis brauchen.«

»Nein«, sagte er, »das habe ich nicht.«

Wir stiegen in den Sno-Trac.

»Hast du meine Anweisungen?«

Mit einem Zischen des Druckluftkompressors ließ ich den Motor an und reichte ihm den Schnellhefter. Logan blätterte ihn durch, während wir durch die leeren Straßen fuhren, verziert mit Schnee, der an den Gebäuden hohe Wehen bildete. In der Mappe steckten die überarbeiteten Richtlinien von HiberTech zum Umgang mit Nachtwandlern, eine Liste mit Warnungen sowie eine von vermissten und gesuchten Personen.

»Na, sieh mal einer an«, sagte er, »das Kopfgeld für Lucky Ned ist auf zehntausend Euro erhöht worden.«

»Lucky« Ned Farnesworth zählte zu den waghalsigeren Mitgliedern der inoffiziellen Überwinterergemeinde. Er glaubte unbeirrbar an die Überlegenheit von Männern gegenüber Frauen und widmete sein Leben mit Begeisterung

Unternehmungen wie Diebstahl, Mord und Kidnapping. Außerdem sammelte er mit einer Freude, die, wie manche sagten, an Besessenheit grenzte, Briefmarken. Kluge Philatelisten schlossen ihre Sammlungen seinetwegen über den Winter in Tresore ein.

»Zehntausend? Reicht das, damit seine eigenen Leute ihn verraten?«

»Auf keinen Fall.«

Um ein Exempel zu statuieren, stopften die Schurken Spitzel und Verräter noch lebend mit Schnee voll, was zwar einerseits eine barbarische Vergeltungsmethode darstellte, aber auch genügend Raum für künstlerische Interpretationen ließ: Auf diese Weise konnte man den Körper in beinahe jede Position bringen, bevor er steif gefror. Nachahmungen des *David* waren besonders beliebt, gefolgt von verschiedenen Arbeiten Rodins. Einmal führte eine Reiberei zwischen zwei Schurkendynastien dazu, dass die Verlierer zu einer sehr lebensechten Darstellung des *Letzten Abendmahls* geformt wurden. Bis zu seinem Auftauen bildete das Tableau eine äußerst beliebte Touristenattraktion und stellte zudem das Motiv der bestverkauften Postkarte der Saison.

Wir parkten vor dem Sektorenhaus von Cardiff und wurden nach einem Summton durchs Schocktor gelassen. Dahinter wartete bereits das Team darauf, seinen Hauptkonsul zu begrüßen: Pryce, Klaar, Thomas, Price, Powell, Williams. Mit mir und Logan waren es acht Konsuln, die sich um Cardiff kümmerten. Vor nur zehn Jahren noch waren es zwanzig gewesen. Aber Haushaltskürzungen gab es nun einmal überall.

Den ersten Tag verbrachte Logan damit, sich wieder ordentlich einzuarbeiten und allgemein auf den neusten Stand zu bringen, vor allem hinsichtlich der langfristigen Kältevorhersagen und der wärmetechnischen Funktionstüchtigkeit der einzelnen Dormitorien. Nachdem ich bereits die letzten sechs Wochen mit dem Team verbracht hatte, war ich mit einigen ihrer Marotten und den guten wie schlechten Seiten meiner Kollegen vertraut. Sicher, sie ließen mich ihren gesamten Haushalt erledigen, aber im Gegenzug unterhielten sie mich mit Geschichten, die gleichermaßen erschütternd und erhellend waren: Sie erzählten von wochenlang anhaltenden Blizzards, dicker als Milch, von in Eis gehüllten Bäumen, die aussahen, als seien sie luftdicht in Glas verpackt. Von Regen, der gefroren wie tausend Edelsteine vom Himmel fiel und mit dem süßen Klang kleiner Glöckchen auf die Steine prasselte, von so niedrigen Temperaturen, dass Quecksilber in den Thermometern erstarrte und Menschen, die so dumm waren, sich nach draußen zu wagen, binnen Minuten steifgefroren wurden. Sie berichteten von Schneeflocken, groß wie Essteller, von über zwanzig Meter hohen Schneeverwehungen, die ganze Dörfer wochenlang unter sich begruben, und von Schneeskulpturen, die der Wind so scharfkantig und pervers und schön geschliffen hatte, dass man hätte glauben können, die Götter hätten sie erschaffen.

Ich lauschte diesen Geschichten mit einer Mischung aus Staunen, Angst und Ungläubigkeit. Dabei fiel mir eines auf: Auch wenn der Winter sich immer wieder von seiner schlimmsten und härtesten Seite zeigen mochte, sie alle sprachen mit einer gewissen Zuneigung von ihm.

Am zweiten Tag fingen wir ein verwirrt wirkendes, wolliges Rhinozeros auf einem Supermarktparkplatz ein und brachten es nach Westen hinter den Megafaunazaun.[16] Nachdem das erledigt war, kümmerten wir uns um Winsomniasten verschiedenster Couleur. Da gab es solche, die unter echten, medizinischen Kontrahibernationsbeschwerden litten, aber auch moralisch verkommene Schlafscheue, Simulanten, faule Gammler und drogensüchtige Träumer. Winsomnia, die Winterschlaflosigkeit, wurde als nationales Problem betrachtet, für das es eine nationale Lösung gab: Die Betroffenen wurden aufgeteilt, damit die Nahrungsmittel- und Brennstoffvorräte der Gemeinden gleichmäßig belastet wurden. Wir verschoben drei nach St. David's und weitere vier nach Presteigne, bekamen dann aber unsererseits sechs aus Oswestry.

»Ich weiß«, sagte Logan, als ich darauf hinwies, wie sinnlos all das war, »aber lass den Stadtverwaltungen einfach ihren Spaß.«

Am dritten Morgen fuhren Logan und ich zum Schießstand, einem niedrigen Gebäude auf der anderen Seite des Flusses gegenüber einer Bowlingbahn und einem KFC-Restaurant, die jedoch beide im Winter geschlossen waren. Wir wollten herausfinden, wie gut ich mit einem Bambi

16 Megafauna stellte in all ihren Erscheinungsformen ein ständiges Ärgernis dar. Dennoch betrachtete man die Tiere meist schlicht als Bewohner Nordeuropas, die ebenso wie wir ein Recht darauf hatten, hier zu leben. Davon abgesehen wäre Pizza ohne Rhinozella-Käse nicht dasselbe gewesen, und das jährliche Ausdünnen der Mammutherden im Herbst sorgte für eine Menge dringend benötigter Nahrung.

klarkam, aber am Ende probierten wir fast jede Waffe aus, die es gab – von den handtellergroßen Plinkern, die ungefähr die Stoßkraft eines harten Faustschlags[17] hatten, bis hin zu Wummsern, die hauptsächlich zur Eindämmung von Ausschreitungen genutzt wurden. Wenn man sie mit einem Vollchoke verwendete, konnte man aus sechs Metern Entfernung ein Dutzend Leute umpusten.

»Ein Nachtwandler kann mehrere volle Packungen abbekommen, bevor er zusammenbricht«, erklärte Logan allerdings. »Offenbar hat es damit zu tun, dass bei ihnen im Oberstübchen nicht mehr so viel durcheinanderzubringen ist. Hast du schon mal einen getroffen?«

Ich erzählte ihm von dem Ausgeknipsten, den mein alter Freund Billy DeFroid in dem Stacheldraht im Obstgarten gefunden hatte, und Logan klopfte sich auf die oberste Anzugtasche, in der sich seine Reservewaffe hätte befinden sollen.

»Ein Doppelpack Snickers«, sagte er. »Du solltest mal sehen, wie schnell ein paar Leckereien ihren moralischen Kompass wieder ins Lot bringen. Ich habe schon erlebt, dass vor Hunger völlig wild gewordene Menschenfresser nach nur acht Tunnock's Teacakes so zahm wurden wie ein Wasserschwein.«

»Das sollten die in ihrer Werbung benutzen.«

»Tun sie schon, glaube ich. Probier mal die Bullenramme.«

Ich legte den Wummser wieder hin und nahm die nächste Waffe aus dem Schrank, aktivierte eine größere Batterie,

17 Etwa 2.500 Newton auf bis zu 1 Meter 80, aber auf weiterer Distanz in ihrer Wucht gemäß des Entfernungsgesetzes nachlassend.

schob den Schaft hart gegen meine Schulter, entsicherte und drückte den Abzug. Kurz ertönte ein hohes Heulen, und dann machte es

Wumms

Unter dem gewaltigen Dröhnen knackten meine Ohren, und das leere 180-Liter-Ölfass, das wir als Ziel benutzt hatten, wurde bis ans andere Ende der Bahn geschleudert, wo es heftig verbeult liegen blieb.

»Zwar werden Nachtwandler oft als das Verstörendste am Winter bezeichnet«, sagte Logan, der mir die Waffe wieder abnahm, »aber die Hälfte aller Toten unter den zur Unzeit Wachen kommt durch Panik um.«

»Wachnachtschrecken«, sagte ich.

»Deswegen tun wir Nachtmaiden, den Tonttu, die Gronk und anderes Wintervolk nicht einfach als Wintermythen und Legenden ab. Für die zur Unzeit Wachen, die vor Erschöpfung halb wahnsinnig sind, können eingebildete Schrecken ebenso gefährlich sein wie reale.«

»Schwester Umbilica hat mir erzählt, die Gronk ernähre sich von der Schande der Unwürdigen.«

»Schwester Umbilica erzählt eine ganze Menge«, bemerkte Logan, der die ganze Geschichte aber nicht halb so verächtlich abtat, wie ich erwartet hatte. Die Zahl physischer Beweise für die Existenz jeglicher Art von Wintervolk lief hart gegen null, aber die Gronk – die im Großen und Ganzen das unwahrscheinlichste aller dieser Wesen darstellte – wurde im Umkehrschluss am meisten ernst genommen.

»Meinen Sie, es gibt eine Gronk?«, fragte ich.

»Ich habe doch gesagt, wir tun nichts als Unsinn ab.«

Ich nickte weise. Die legendäre Gronk hatte viele Eigenarten, beispielsweise eine Vorliebe für Musicals von Rogers und Hammerstein und einen an Besessenheit grenzenden Hang zur Häuslichkeit, der sich bizarrerweise darin äußerte, dass sie es liebte, Bettwäsche zusammenzulegen. Als Ablenkungsmanöver ließen abergläubische Schläfer im Winter oft einen Korb mit zerknüllter Wäsche vor ihrem Haus stehen, nur zur Vorsicht.

»Meinen Sie, ich könnte auch den Schtumperschreck mal ausprobieren?«, fragte ich und deutete auf die größte Waffe im Schrank. Sie war ursprünglich für schwere Abrissarbeiten entwickelt worden und konnte ein kleines Auto mit Leichtigkeit umwerfen, wobei man sich allerdings beim Abfeuern vermutlich die Schulter ausrenkte.

»Nein, besser nicht.«

»Okay. Aber warten Sie…« Jetzt deutete ich auf ein Rugby-Ei-großes, graues Ding, das unten im Waffenschrank lag. »Ist das eine Golgotha?«

Die 18-B-«Golgotha« von Thermalite Industries war ursprünglich dafür gedacht gewesen, Bahnstreckenschneisen durch Gebirgszüge zu sprengen[18], aber nachdem das Militär von ihr erfahren hatte, hatte man das Unternehmen so lange bestürmt, bis es eine Armeevariante konstruierte.

»Ja, es ist eine, und nein, du darfst sie nicht anfassen. Warte mal«, sagte Logan dann und wühlte in seiner Hosentasche, »ich muss dir noch etwas geben.«

18 Es war angeblich die erste Impulsgranate mit mehr als einem Mega-Newton Leistung, aber der Hersteller veröffentlichte nie offizielle Daten zu dieser Waffe.

Damit überreichte er mir einen Omnischlüssel aus Guss-Zinnbronze, der an einem Lederband hing. Es wurde erwartet, dass ich ihn unter allen Umständen bei mir trug; Missbrauch oder Verlust würden mit sofortiger Entlassung und einer Gefängnisstrafe geahndet.

»Jetzt ist dir nichts mehr verschlossen, Charlie. Keine Tür, kein Auto, kein Safe, kein einziges Vorhängeschloss. Nutze diese Macht weise.«

Neugierig betrachtete ich den Omnischlüssel. Mein Name war darauf eingraviert, und meine Bürgernummer.

»Ich verstehe, Sir.«

Am folgenden Tag machten wir Wintervorratsinventur[19]. Die erforderliche Menge, die es vorzuhalten galt, wurde anhand der Formel Tage mal Personen ermittelt, und für die Zahl von Überwinterern, die wir erwarteten, besaßen wir mehr als genug Nahrungsmittel. Andere Sektoren führten ihre Lager weniger gewissenhaft, daher wurden Vorräte oft in Kellertresoren gelagert und gut bewacht. Großangelegter Vorratsdiebstahl ist immer noch das einzige Verbrechen, bei dessen Bekämpfung auch potenziell tödliche Gewalt eingesetzt werden darf, wobei derartige Vorgehensweisen nicht unumstritten sind. Vor vier Jahren kam jemand zu Tode, nachdem er ein Päckchen Butterkekse geklaut hatte, und dafür gerieten die Konsuln mächtig unter Beschuss.

Zwei Tage später wurde Konsul Klaar in Barry ermordet.

19 Nicht zu verwechseln mit dem Frühjahrsvorrat, der den Nahrungsbedarf in der Zeit bemisst, bevor die Zunahmesaison beginnt.

Sie starb vor dem Nightgrowls, einem Treffpunkt für Spätschläfer. Zwar waren wir gehalten, bei der Anwendung von Gewalt darauf zu achten, dass sie nicht zum Tode führte, aber es hatte sich eingebürgert, dass Kriminelle eher einer »unabsichtlich tödlichen Anwendung nicht-tödlicher Gewalt zum Opfer fielen«, als dass man sie lebendig festnahm, und daher wurde die Ausschaltung von Winterkonsuln nicht nur als Vergeltungsmaßnahme betrachtet, sondern als eine Art Sport. Klaar war dafür bekannt gewesen, dass sie korrupt eine Gang gegen die andere ausspielte, und die Brutalität ihres unvermeidlichen Ablebens war in ihrer Unangemessenheit entlarvend.

Ich spähte in Klaars Halbkettenfahrzeug, warf einen Blick auf ihre Überreste und beförderte spontan den größten Teil meines Mittagessens in die nächste Schneewehe.

»Erbrechen ist Verschwendung von Protein«, bemerkte Vizekonsul Pryce, ein kleiner Mann, der eine Vorliebe für Sarkasmus und schokolierte Erdnüsse hatte. »Aus rein praktischen Erwägungen solltest du dir das vielleicht für später einpacken.«

»Nein danke.«

»Wenn man es mit Gulasch mischt, schmeckt das kein bisschen durch«, erklärte er völlig ernsthaft.

»Wirklich, vielen Dank für den guten Rat, aber ich werde nicht mein eigenes Erbrochenes essen.«

»Das liegt nur daran, dass du noch nie hungrig genug warst. Wenn du das nämlich bist, frisst du Aas, Flechten, Pappe, die Kotze eines anderen, *alles*. Hast du schon mal von Hauptkonsul Toccata aus Sektor 12 gehört?«

Fast jeder hatte schon von Toccata gehört. Sie stand in dem Ruf, Übeltäter kaum jemals lebend zu fangen, und unter ihrem Befehl starben achtmal mehr Hilfskonsuln als im nationalen Durchschnitt. Es ging zudem das Gerücht um, sie hätte die Gronk gesehen – oben in den Feuertälern, wo der Schnee niemals liegen blieb und so viel Schwefeldunst in der Luft hing, als ob dort der Teufel persönlich unterwegs gewesen sei.

»Ich habe mal gehört, sie hätte einen Nachtwandler gegessen, um einen besonders tiefen Winter zu überstehen«, sagte ich.

»Zwei, meinem Vernehmen nach«, erklärte Pryce, »und angeblich hat sie inzwischen Geschmack daran gefunden.«

»Kommen Sie«, sagte ich abwiegelnd, da ich dachte, dass er mich auf den Arm nehmen wollte. Aber er wirkte völlig ernst.

»Es gibt Zeiten, da erfordert das Überleben extreme Maßnahmen. Manche haben behauptet, der Barde hätte Sir John Falstaff aus genau diesem Grund in so vielen seiner Stücke auftreten lassen, damit jemand mitspielt, der für die Jahreszeit ungewöhnlich stattlich ist und die Winterschauspieler etwas zu beißen haben, falls es zum Schlimmsten kommt.«

»Wirklich?«, fragte ich.

»Wer weiß? Winterschnitzel sind immer eine Überlegung wert, wenn der große Hunger kommt, die Vorratskammer leer und Hibernation nicht möglich ist. Oh, und wo wir gerade von Toccata sprechen, pass auf, dass du sie dem Chef gegenüber nicht erwähnst. Sie hatten vor ein paar Jahren mal etwas miteinander. Das ist immer noch ein wunder Punkt bei ihm.«

»Was ist passiert?«

»Er hat sich verliebt.«

»Ehrlich? Wie so einer sieht er eigentlich gar nicht aus.«

»Oh, er ist schon genau so einer. Aber sie hat ihn dann verraten, und, naja, wie ich schon sagte, er ist diesbezüglich immer noch ziemlich empfindlich.«

Zufällig wusste ich, dass Toccata kürzlich erst im Büro aufgetaucht war und mit Logan hatte sprechen wollen. Ich erzählte Pryce davon, und er hob eine Augenbraue.

»Was Persönliches?«

»Was Berufliches. Irgendwas Komisches in Sektor 12.«

»Das ist doch nichts Neues. In Sektor 12 läuft *immer* irgendwas Komisches.«

Es gab ein paar Hinweise darauf, wer für den Mord an Klaar verantwortlich war. Zwar hatte der jüngste Schneefall alle Spuren verdeckt, aber Logan hatte einige Konsuln losgeschickt, um bei den Zuträgern nachzuforschen, welche Gang den größten Hass auf sie gehabt hatte.

»Was passiert jetzt?«, fragte ich Logan, als ich uns wieder ins Konsulat zurückfuhr.

»Wir warten«, sagte der Chef. »Sobald der Hunger einsetzt, wird schon irgendjemand auftauchen, der um Essen bettelt und dafür Informationen anbietet. Es gibt nichts Besseres als ein gutes Abendessen mit Roastbeef, Soße und Yorkshire Pudding, um die Leute zum Reden zu bringen. ›Ein voller Bauch erzählt gern‹, wie wir immer sagen.«

An den nächsten beiden Tagen herrschte ein schwerer Schneesturm, und diese Situation nutzten wir, damit ich mithilfe des H4S-Radars Blindfahrten im Sno-Trac üben konnte. Am Anfang war es etwas knifflig, aber da ich schon einige Stunden am Simulator hinter mir hatte, stellte ich mich trotzdem nicht völlig dämlich an.

»Soll ich dir einen guten Rat geben?«, fragte Logan, während ich nur nach dem Signal auf dem Radarschirm rund um Cardiff kurvte.

»Geht es um Körperhygiene?«

»Nein«, erwiderte er. »Ich wollte nur sagen: Pläne sind im Sommer gut und schön. Im Winter ist es sinnvoller, einfach ein Ziel zu haben.«

»Ich dachte, wir sollten einen Plan aufstellen und uns an diesen Plan halten?«

»Manchmal überschlagen sich die Ereignisse«, sagte er, »und dann braucht man viel Flexibilität, damit der Plan nicht dem Ziel in die Quere kommt.«

Das schien tatsächlich ein ziemlich guter Rat zu sein.

»Danke«, sagte ich.

»Gern geschehen. Ach, und noch was – meine Hemden kannst du gern weniger stärken. Es fühlt sich an, als trüge ich einen Pappkarton.«

Nachdem wir wieder ins Büro zurückgekehrt waren, erschien Toccata erneut, und Logan sprach fast eine Stunde lang hinter verschlossenen Türen in seinem Büro mit ihr. Offenbar wollte sie, dass Logan sie begleitete, um ihr bei einem Fall zu helfen, aber so kurz vor dem Winter verließen die Konsuln ihre Sektoren nicht, das war Vorschrift. Außerdem ging es offenbar um eine Frau namens Aurora, bei der es sich, wie eine schnelle Recherche ergab, um die Sicherheitschefin von HiberTech in Sektor 12 handelte, und die außerdem, wie ich aus den Fetzen schloss, die ich von dem Gespräch mit anhören konnte, von beiden verabscheut wurde. Ich fragte Vizekonsul Pryce nach Aurora, und er warnte mich: »Halte dich von den dreien fern – das gibt sonst nur Ärger.«

Am nächsten Tag halfen wir den MediTechs beim Zusammentreiben der Edwards und Janes.

»Das ist ein Teil dieses Jobs, den ich noch nie mochte«, sagte Logan. Tatsächlich schien es niemandem Spaß zu machen, soweit ich es einschätzen konnte – außer den MediTechs selbst, die jetzt im Winter endlich all das tun durften, worauf sie sich den ganzen Sommer vorbereitet hatten. Die begrenzten Einsatzmöglichkeiten der Umgewidmeten waren nun ausgeschöpft, und da sie körperlich nicht zu hibernieren in der Lage waren, kamen sie jetzt ins Ersatzteillager und würden ausgeschlachtet werden, sobald die Empfänger der entsprechenden Körperteile vollständig in Winterschlaf gefallen waren. Wenn die Nachtwandler eine unbeabsichtigte Nebenwirkung von Morphenox darstellten, so waren die kostenlosen Arbeitskräfte und die Transplantationsmöglichkeiten gewissermaßen eine unbeabsichtigte Nebenwirkung der unbeabsichtigten Nebenwirkung. Die notwendigen Screenings waren über den Sommer erfolgt, und die Edwards und Janes trugen jetzt die Namen der ausgewählten Empfänger als Brandzeichen auf ihren jeweiligen Körperteilen. Beine, Gesichter, Finger, Organe – es gab nur wenig, was man nicht hätte ersetzen können. Das hatte irgendwas damit zu tun, dass der Körper im Winterschlaf einen Zustand erreichte, in dem die Abstoßung von transplantiertem Gewebe weniger wahrscheinlich wurde.[20]

»Es reicht trotzdem nie, oder?«, sagte einer der Medi-

20 Der Grund dafür liegt in der niedrigen Zahl weißer Blutkörperchen, die mit der Blutverdünnung einhergeht, die für die Hibernation typisch ist. Das wusste ich damals allerdings nicht.

Techs, der von seinem Klemmbrett zu den etwa dreißig Individuen blickte, die wir auf ihren Arbeitsstellen eingesammelt hatten. Sie standen mit leeren Gesichtern da und schwankten leise von einer Seite zur anderen, bis sie in einen Mammut-Truck verladen und abtransportiert wurden.

»Irgendwie ist das doch trotzdem nicht recht«, sagte ich wahrscheinlich eine Spur zu laut. Konsul Thomas hörte mich.

»Da wirst du anderer Meinung sein, sobald dir mal etwas abfriert und du es gern ersetzt hättest«, sagte sie und tippte auf ihren Arm, der, wie mir auffiel, ein gutes Stück blasser aussah als der Rest ihres Körpers. »Und das passiert irgendwann. Du bist kein Teil des Winters, bevor sich nicht der Winter einen Teil von dir genommen hat.«

Am vierten Tag vor Schlummeranfang inszenierte die örtliche Polizei die jahreszeitlich bedingte Übergabe der rechtlichen Zuständigkeit, eine Zeremonie mit der Bürgermeisterin, dem Polizeichef und einer riesigen symbolischen Schneeflocke aus Lebkuchen und Marzipan. Ich war nicht dabei; irgendjemand musste schließlich im Büro Telefondienst schieben und den Rest der Wäsche bügeln.

Zwei Tage später gab es im *Beryl Cook* beinahe eine Kernschmelze. Und an diesem Punkt kommt nun Mrs. Tiffen wieder ins Spiel.

Oliver Tiffen wird es heiß

»... HotPots wurden alle dreißig Jahre ersetzt, egal, ob es nötig war oder nicht, und zwar stets im Frühsommer. Nach der Einrichtung eines Sperrgebiets wurde die Arbeit von einem Team übernommen, das per Losentscheid aus der Gruppe der über Sechzigjährigen zusammengestellt worden war. Da die durchschnittliche Lebenserwartung bei 64 Jahren lag, spielten die Langzeitfolgen von Strahlenschäden bei ihnen keine große Rolle. Bei der Hochrisiko-Notfall-Abschaltung kam eine spezielle Truppe zum Einsatz: die High Octanes ...«

SIEBZEHN WINTER, WINTERKONSUL LANCE JONES

Wir fuhren bei Tagesanbruch durch die Stadt, und die Spuren unseres Sno-Tracs zeichneten ein klares, scharfes Muster in den frisch gefallenen Schnee. Der Himmel war schiefergrau. Nur die dünnen Rauchkringel, die von den verschiedenen Dormitorien aufstiegen, ließen erahnen, dass wir uns in einer Stadt mit fast einer halben Million Einwohner befanden.

Obwohl es bis zum offiziellen Winteranfang noch zwei Tage hin war, hatten sich die meisten Menschen bereits zurückgezogen, und wer noch nicht schlief, der durchlief seine winterschlafvorbereitenden Nestbaurituale. Yoga und Gregorianische Gesänge waren immer sehr beliebt, während andere Trends wie Jo-Jo, Tango, Bézique oder Aquarellmalerei kamen und gingen, je nachdem, was die aktuelle, kurzlebige Mode gerade diktierte. Für die meisten Menschen war es eine Zeit, in der sie ihre Aktivitäten bewusst herunterfuhren und Aufregungen vermieden. Man versuchte herunterzukommen und sich körperlich und geistig zu entspannen.

Um das Absinken in den Tiefschlaf und, im Falle unvorhergesehenen Erwachens, das Wiedereinschlafen zu erleichtern, zeigten die Fernsehsender über den Winter alte Folgen von *Bonanza* in Dauerschleife. Schläfer mit Hallo-Wach-Syndrom stellten sich oft einen angeschalteten Fernseher ans Fußende ihres Bettes, drehten den Ton leise und dimmten das Bild.

»Das ist nur aufgrund der endlosen Wiederholung so langweilig«, hatte Logan zuvor erklärt, als wir über die verschiedenen Strategien sprachen, wie man zur Unzeit Erwachende wieder zum Einschlafen bringen konnte, »und die Vertrautheit der Figuren und Situationen kann dafür sorgen, dass man geistig in einen beinahe transzendentalen Schwebezustand gerät.«

Niemand konnte so recht sagen, wieso *Bonanza* die beliebteste Fernsehserie für den Winter geworden war, aber je öfter man sie anschaute, desto besser eignete sie sich zur Entspannung. Und wenn die Abenteuer der Cartwrights nicht genügten, konnte man immer noch auf Wiederholungen von *Dallas* zurückgreifen oder auf die beliebten gedruckten Einstiegsdrogen für das ersehnte Minikoma: *Ulysses, Moby-Dick* oder *Krieg und Frieden.*

Ich bremste den Sno-Trac vor dem *Beryl-Cook*-Dormitorium, der größten der 27 Schlafburgen[21] an der Strandpromenade von Penarth. Dann überprüfte ich, ob der Drucklufttank noch auf Grün stand, sodass mir später der Neustart gelingen würde, schaltete den Motor aus und stieg aus der Heckklappe. Der jüngste Schnee war in der Morgensonne erst geschmolzen und dann wieder gefroren, und dadurch hörte es sich jetzt an, als würden wir mit unseren Stiefeln über Rice Krispies gehen.

»Wir haben die Kontrollstäbe bis zum Anschlag reingeschoben, aber die Reaktortemperatur wandert trotzdem immer wieder bis ans rote Feld«, sagte der Portier in einem seltsam begeisterten Ton, als stellte ein Reaktorbrand in der langweiligen Winterzeit eine willkommene Abwechslung dar. Er winkte uns alle in den kleinen Kontrollraum, der sich gleich hinter seiner Loge befand, und wir starrten auf die Temperaturanzeige des Reaktorkerns, deren Zeiger tatsächlich gefährlich in den roten Bereich der Skala zu wandern drohte.

Als Wärmequelle, die während des Winters die Dormitorien auf ihrer unteren Idealtemperatur[22] hielt, hatten Uranmeiler inzwischen die unberechenbaren und unzuverlässigen »GlowPits« ersetzt, in denen Torf, Pechblende, Kohle und Hartholz übereinandergeschichtet worden waren. Die mit Uran und Graphit betriebenen »HotPots« waren im Vergleich leistungsfähiger und so gut wie wartungsfrei, riefen sich allerdings hin und wieder – sehr selten, wie man

21 Schlafburg, Schnarchbude, Schlummerhütte, Pennecke – es gibt verschiedene Slangausdrücke für die ehrenwerten Dormitorien.

22 14 Grad Celsius.

bei Albion Nuclear immer wieder betonte – auf etwas Aufmerksamkeit heischende, temperamentvolle Art in Erinnerung.

»Ich kann doch nicht mit einer potenziellen Reaktorüberhitzung in den Winter gehen, wenn die Möglichkeit einer automatischen Abschaltung besteht«, sagte der Portier. »Wer zahlt denn die Verlegungen, wenn bei der *Beryl* mitten im Winter der Saft ausgeht? Ich jedenfalls nicht.«

Der Blick, mit dem ich den Boden betrachtete, drückte vermutlich meine milde Besorgnis aus.

»Der Fußboden wurde komplett abgeschirmt, als der GlowPit zum HotPot umgebaut wurde«, sagte Logan, der meine Verunsicherung spürte. »Zwischen uns und dem Meiler befinden sich dreißig Zentimeter Blei. In all den reaktorversorgten Schlafburgen von Cardiff gab es noch nie einen schlimmeren Zwischenfall als einen Code Orange, und das war im *Cary Grant*.«

»Die Kontrollstäbe haben sich verklemmt«, sagte der Portier und setzte in enttäuschtem Ton hinzu: »Aber die Ausfallsicherung ist angesprungen.«

Wir riefen den Notdienst bei Albion Nuclear an, wo man zunächst vorschlug, wir sollten »abwarten und mal gucken, ob es richtig schlimm wird«; dann könnte man immer noch eingreifen. Auf etwas mehr Nachdruck unsererseits war der dortige Mitarbeiter unter Gähnen bereit, jemanden vorbeizuschicken, der sich die Sache mal anschauen würde und ihm Bericht erstattete, falls wir denn wirklich meinten, dass es bedenklich aussähe.

Logan bat mich, den nächsten High-Octane-Techniker ausfindig zu machen, aber der Portier sparte mir den Anruf.

»Da haben wir Oliver Tiffen im achten Stock«, sagte er. »Ein netter Kerl. Ich hole ihn runter.«

Für Notabschaltungen[23], visuelle Begutachtungen oder andere potenziell fatale Situationen gab es eine Liste munterer Reaktorkenner jenseits der achtzig, bei denen eine kräftige Strahlendosis das Leben nicht mehr dramatisch verkürzen würde. Sie wurden für ihre Arbeit gut bezahlt, und man konnte zudem einen Orden erwarten, falls man wirklich einmal gebraucht wurde, aber dank der ausgesprochen robusten Sicherheitsvorkehrungen und der geringen Wattzahl der Meiler kamen die meisten nie zum Einsatz.

Mr. Tiffen erschien innerhalb von zehn Minuten, unpassenderweise in Tweedjacke und Knickerbockern, und zudem überraschend jung – er sah höchstens wie 45 aus. Sicher, man konnte sich altersunabhängig für den Freiwilligendienst melden, aber Mitglieder der High Octanes mussten jederzeit binnen einer halben Stunde einsatzbereit sein. Oliver Tiffen starrte die Temperaturanzeigen im Kontrollraum eine Weile an und verzog das Gesicht, als die Kerntemperatur um ein paar weitere Grade stieg.

»Das verspricht ja noch jede Menge Spaß und Spiel«, sagte er und zog sich ein paar Gartenhandschuhe an, bevor er sich eine Schutzbrille und ein primitives Telefon-Headset aufsetzte. Dazu hatte er sich ein Atemschutzgerät umgehängt, das in einer alten Tasche steckte, auf die auch die dazugehörige Sauerstoffflasche geschnallt war, und er trug

23 Eine Maßnahme zum schnellen Herunterfahren eines Reaktors, um eine potenziell gefährliche Überhitzung, Feuer und Explosion zu verhindern.

eine lederne Reisetasche voller Schraubenschlüssel bei sich, die bei jedem Schritt klapperten.

»Meinen Sie, es ist problematisch?«, fragte Logan, während Tiffen auf das Dienstlogbuch starrte, das alt und verschimmelt wirkte und zahllose Kaffeeflecken aufwies.

»Wenn ich mich nicht irre, haben wir keine zwanzig Minuten, bevor eine Explosion das ganze Gebäude in die Luft fliegen lässt und brennendes, spaltbares Material tausend Meter weit in jede Richtung schleudert.«

»Und falls Sie sich irren?«, fragte Logan.

»Dann liegt entweder ein Fehler bei den Instrumenten oder bei meiner Expertise vor«, erklärte der Mann grinsend. »Sie bringen sich besser alle in Sicherheit, nur für den Fall der Fälle. Portier? Sie können hier stehen bleiben, um die Brennkammer zu fluten, falls ich den Reaktor nicht rechtzeitig abschalten kann.«

»Ist es so schlimm?«

»Genau so schlimm ist es. Hier«, setzte er hinzu und reichte Logan einen versiegelten Umschlag[24], »nehmen Sie das für den Fall, dass hier alles den Bach runtergeht, ja?«

Dann wies er den Portier an, im Kontrollraum zu warten, öffnete mit dem Schlüssel, der um seinen Hals hing, die Zugangstür zum Reaktorkern und verschwand im Innern. Die Tür fiel krachend ins Schloss, und wir hörten, wie er hastig die stählerne Wendeltreppe hinuntereilte.

»Wenn Sie beide gehen wollen, dann sollten Sie das jetzt tun«, sagte der Portier, dessen Hand auf einem großen

24 Nicht ungewöhnlich: normalerweise die vorbereiteten letzten Worte, manchmal auch ein letzter Wille, ein Gedicht, ein Bekenntnis, eine Beleidigung – hin und wieder sogar nur ein leeres Blatt.

Hebel lag, der mit »NOTFALLFLUTUNG REAKTORKERN« bezeichnet war.

Als Portier hatte er zunächst ineffektiv und gedankenlos auf mich gewirkt, aber jetzt, da es zum Äußersten zu kommen schien, verhielt er sich so, wie man es von einem Portier erwartete – er ließ seine schlafenden Schäfchen nicht im Stich und wäre im Zweifelsfall mit dem Dormitorium untergegangen. Ich lernte, dass der Winter eine seltsame, ganz eigene Integrität besaß.

»Wir bleiben hier«, sagte Logan, der offenbar felsenfest überzeugt war, dass der Portier und Tiffen das Problem würden lösen können. Ob ich auch bleiben wollte, fragte er mich nicht, aber als sein Novize war ich schließlich so etwas wie ein Teil von ihm. Nach einigen Minuten hörten wir Oliver Tiffen über den knisternden Lautsprecher, wie er das Problem genauer beschrieb, welches eine technische Ursache zu haben schien, aber irgendwas mit einem Wasserverlust im Sicherheitstank oder dergleichen zu tun hatte. Schließlich erklärte er, dass »hier unten alles kocht«, es folgte ein »ach du Scheiße«, noch ein paar andere ausgesuchte Kraftausdrücke und dann, in ruhigem und gemessenem Ton: »Fluten fluten fluten.«

Der Portier zögerte keinen Augenblick, sondern zog den Hebel. Von irgendwo aus dem Inneren ertönte ein tiefes Grollen, als ob nasser Zement ins Rutschen kam, und dann herrschte Stille. Die Temperaturanzeige fiel plötzlich, und die anderen Messinstrumente pendelten sich langsam bei null ein.

»Tja«, sagte der Portier, »so schnell wird man arbeitslos.«

Die *Beryl Cook* hatte zweihundert Bewohner, und jeder, der

noch wach war, half bei der Evakuierung mit. Die Wachen und die Dösenden, die noch laufen konnten, wurden auf die Notschlafräume in anderen Dormitorien verteilt, aber alle, die schon den sirupartigen Abgrund des Winterschlafs hinabgeglitten waren, brachte man mitsamt den Betten in die Schlafburg *Honeycomb*, da sie davon ohnehin nichts mitbekommen würden, bevor sie aufwachten. Die Bürgermeisterin erschien mit einem Gefolge bedeutender und gähnender Bürokraten, die allesamt versuchten, den Vorfall herunterzuspielen – vermutlich, weil das bedeutet hätte, dass sie schneller wieder ins Bett konnten und es weniger Papierkram gab.

»Ich würde sagen, das ist eher ein ›ernster Zwischenfall‹ und Kategorie 3«, erklärte sie, »und nicht Kategorie 4, ein ›Unfall mit lokalen Auswirkungen‹, oder?«

»Ist nicht Mr. Tiffen bei dem Unfall umgekommen?«, fragte Logan, der offenbar wusste, worin der Unterschied zwischen beiden Kategorien bestand.

»Rein technisch betrachtet wurde er nicht durch die Reaktorüberhitzung getötet – er ist ertrunken. Streng genommen ist das eigentlich ein Problem für die Küstenwache.«

»Er verschwand unter zwanzig Tonnen Borsäureschlamm«, erinnerte Logan.

»Mag sein«, gab die Bürgermeisterin zurück. »Sie werden ihn im Frühjahr ausgraben. Sein Opfer werden wir in Erinnerung behalten und ihm alle Ehren erweisen.«

Anschließend posierte sie für die einsame Fotografin, die mit einem desinteressiert wirkenden Journalisten erschienen war, der eine Reihe gelangweilter Fragen stellte. Es war zwei Tage vor Schlummeranfang. In der letzten Woche, bevor sich die ganze Nation kollektiv schlafen legte, gab es kaum ein Thema, das wirklich von Interesse war.

»Komm mit«, sagte Logan, nachdem sich die Bürgermeisterin gähnend wieder ins Rathaus zurückgezogen hatte.

Alle Dormitorien waren nach einem standardisierten Design erbaut worden, das sich seit seiner Einführung durch Konstantin den Großen im 4. Jahrhundert nicht grundlegend verändert hatte. Es waren runde Gebäude, die meist von einem steilen, konischen Dach gekrönt wurden und mindestens zwanzig Stockwerke besaßen, in deren Mitte ein zentraler Wärmeschacht aufragte. Die Treppen verliefen entweder innerhalb der dicken und gut isolierten Mauern oder schraubten sich, wie hier im *Beryl Cook*, als Wendeltreppe um die große Leere in der Gebäudemitte nach oben.

Oliver Tiffens Wohnung lag im achten Stock, und Logan verschaffte sich mit seinem Omnischlüssel Zugang. Das Apartment war schwach beleuchtet und wies den typischen Tortenstück-Grundriss auf: Es nahm ein Achtel des runden Geschosses ein, wobei sich die Tür an der abgestumpften Spitze befand, und war aufgeteilt in ein Bad, ein Schlafzimmer und einen Wohnbereich. Die so hochgeschätzten Güter Wärme und Licht kamen hier aus verschiedenen Richtungen. Die Wärme drang aus dem Schacht in der Gebäudemitte in den Raum, das Licht durch dreifachverglaste schmale Durchlässe in der Außenmauer.

Wir fanden Mrs. Tiffen im Schlafzimmer, umgeben von Umzugskartons voller Nahrungsmittel. Sie war gut genährt, präsentierte aber einen völlig leeren Gesichtsausdruck. Oliver Tiffen hatte seine Frau beherbergt, seit sie zur

Nachtwandlerin geworden war. Sie schlug die Zähne aufeinander, als sie uns sah, dann nahm sie ihre Bouzouki und lieferte eine mitreißende Fassung von »Help Yourself«.

»Sie spielt ganz gut, was?«, sagte Logan.

Es war nicht ungewöhnlich, dass Nachtwandler bestimmte Fertigkeiten zeigten, die sie aus den ausgefransten Überresten ihres Gedächtnisses hatten bergen können. Die meisten wussten ein paar Wörter und beherrschten irgendeinen kleinen Trick; manchmal handelte es sich auch nur um ganz einfache Dinge wie beispielsweise den Weg zum Einkaufen finden oder ein Radio einschalten zu können. Aber es gab auch – selten – Nachtwandler, die ungewöhnliche Dinge beherrschten wie beispielsweise Schlittschuhlaufen oder Canasta spielen. Zu denen, die man im Nachtwandler-Jargon »Tricksy« nannte, gehörte auch Mrs. Tiffen. Gerüchteweise waren es vor allem diese Individuen, die man besonders für die anspruchsvolleren Aufgaben umzuwidmen versuchte und die dann zu Edwards und Janes wurden. Offenbar existierte bei ihnen im Oberstübchen noch genug Material für eine – wenn auch bescheidene – Neuverkabelung.

»Ihr Ehemann ist gerade unter zwanzig Tonnen Borsäureschlamm ertrunken«, sagte Logan zu Mrs. Tiffen, »aber er hat seine Pflicht ohne viel Aufhebens oder Drama erfüllt. Sie würden stolz auf ihn sein, wenn Sie das noch könnten.«

Mrs. Tiffen reagierte nicht, sondern spielte nur weiter.

»Wieso hat er den ganzen Aufwand betrieben, um sie hierzubehalten?«, fragte ich und starrte die Frau an, die bei recht guter Gesundheit zu sein schien, allerdings ein wenig blass wirkte. »Und wieso hat er sich freiwillig in so jungen Jahren für die High Octanes gemeldet, wo er doch wusste, dass möglicherweise ein schrecklicher Tod auf ihn wartet?«

Als Antwort drückte mir Logan den Umschlag in die Hand, den ihm Oliver Tiffen gegeben hatte, bevor er in die Brennkammer des HotPots hinabgestiegen war. Der Brief war nicht lang.

Auch wenn es anders erscheinen mag: Meine Frau ist nicht tot, sie ist lediglich tief in ihrem Innern eingeschlossen. Ich kann wohl kaum darauf hoffen, dass Sie sich um sie kümmern würden, aber ich wäre dankbar, wenn sie weder als Ersatzteillager verwendet noch umgewidmet werden würde.

»Das ist eine weit verbreitete Überzeugung«, sagte Logan, der den Brief wieder an sich nahm, »aber auch verständlich, wenn man bedenkt, was für starke Emotionen in diesen Bereich mit hineinspielen.«

»Werden Sie tun, was er vorschlägt, und sie ausmustern?«, fragte ich.

»Nein«, sagte Logan in Gedanken versunken, »ich werde sie in Sektor 12 bringen, damit sie dort umgewidmet wird. Das ist eine gute Entschuldigung, um bei Toccata reinzuschauen und herauszufinden, was sie will.«

Auf Logans Aufforderung hin sah ich im *Bradshaw's Railway Guide* nach und fand heraus, dass es möglich sein würde, die Hin- und Rückfahrt zu Sektor 12 an einem Tag zu bewältigen, bevor der Zugverkehr für den Winter eingestellt wurde.

»Was soll ich machen, während Sie weg sind?«, fragte ich.

»Du kommst mit, Worthing. Das ist eine gute Gelegenheit für deine Ausbildung.«

»Tatsächlich?«, fragte ich zweifelnd.

Dass ich derart zögerte, hatte seinen Grund. Talgarth, die Hauptstadt von Sektor 12, war der Ort mit der höchsten Bevölkerungszahl in einer Gegend, die ansonsten vor allem für weite, unbewohnte Landstriche bekannt war, in der sich allerdings jede Menge aktive Womaden und Schurken tummelten. Die Straßen dort waren im Winter unpassierbar, eine nachträgliche Versorgung mit Nahrungsmitteln unmöglich. Kein Ort, an dem man gern festsitzen wollte. Mehr noch: Kein Ort, an dem man überhaupt je hätte sein wollen.[25]

Das Umbetten der Bewohner aus dem *Beryl Cook* war abgeschlossen, als wir fünf Stunden später zu unserem Zug eilten. HiberTech nimmt nicht alle Tricksy-Nachtwandler an, daher hatte ich vorher schnell noch die entsprechenden Formulare ausgefüllt und ihnen eine entsprechende Anfrage zugefaxt, auf die ich innerhalb von zehn Minuten eine Antwort bekam: Wir erwarten Sie in Sektor 12, so schnell wie möglich.

»Darf ich eine Frage stellen?«, erkundigte ich mich bei Logan, als wir auf dem Zentralbahnhof von Cardiff warteten. Mrs. Tiffen saß neben uns und spielte immer noch »Help Yourself«, wobei diese Aufforderung – »Bedien dich« – mit jedem Mal ironischer klang. Für den Transport von Nachtwandlern brauchte man keine besondere Ausbildung – man musste nur dafür sorgen, dass sie genug zu

25 Jedenfalls nicht im Winter. Im Sommer ist es herrlich dort. Man kann bergwandern, schwimmen, Fahrrad fahren, es gibt gutes Essen – und freundliche Menschen.

essen bekamen. Sie stellen nur dann ein Problem dar, wenn sie hungrig werden, und wenn sie *richtig* Hunger haben, hat man ein *richtiges* Problem.

»Gerne.«

»Wobei braucht Toccata Ihre Hilfe, und wer ist Aurora?«

»Das sind zwei Fragen.«

»Ich dachte, vielleicht gehörten sie zusammen.«

Er sah mich an und lächelte.

»Sehr … scharfsinnig. Dann will ich es dir verraten. Toccata hat mich aufgesucht, weil in Sektor 12 in letzter Zeit ein viraler Traum umgeht. Ganz normale, vernünftige Leute scheinen von einem blauen Buick zu träumen und rasten dann plötzlich aus. Es kommt zu psychotischen Reaktionen, sie versuchen, Menschen zu ermorden, fabulieren schreiend von abgehackten Händen und Eichenbäumen oder davon, dass sie lebendig begraben werden. Sowas eben. Sie wollte wissen, was ich davon halte.«

»Buicks, abgehackte Hände, Eichbäume und lebendig begraben werden?«

»Es ist ein *Traum*, Charlie, es muss keinen Sinn ergeben. Habt ihr virale Träume beim Unterricht an der Akademie durchgenommen?«

»Nur als Teil von Modul 6A: ›Die Physiologie des Schlummers ohne Morphenox‹.«[26]

Niemand ging davon aus, dass dieses Thema im Lehrplan hätte vertieft werden müssen. Ein Traum ist letztlich nur das Unterbewusstsein, das versucht, aus einem Durcheinander an Gedanken, Fakten und Erinnerungen eine zu-

26 »Vollstopfen und aufs Beste hoffen«, wie man sonst auch gern sagte.

sammenhängende Erzählung zu schmieden und dabei nichts weiter tut, als körpereigene Ressourcen zu verschlingen, die wir anderweitig dringender benötigen, um gesund bis in den Frühling zu kommen.

»Und Aurora?«

»Ist die Sicherheitschefin von HiberTech. Ein Dreckstück allererster Ordnung. Sie und Toccata kommen nicht miteinander zurecht. Nein, das ist noch zu milde ausgedrückt. Sie verabscheuen einander. Wenn es um die Beziehungen zwischen HiberTech und den Konsuln in Bezug auf Sektor 12 geht, kann man nur eins tun: schnell in Deckung gehen.«

»Aurora«, murmelte ich, »die Göttin der Morgenröte.«

»Die Göttin der Schwierigkeiten«, brummte Logan, der jetzt aufstand, da der Zug in den Bahnhof einfuhr, »aber ich habe Toccata versprochen, dass ich ihr helfe.«

Ich nahm ein Abteil mit der Bouzouki spielenden Mrs. Tiffen, gab ihr einen Riegel Nussnougat, und nachdem sie gesättigt war, folgte die nächste Runde »Help Yourself« im Bouzouki-Stil. Logan war der Dauerbeschallung weniger gewachsen als ich, daher suchte er sich einen Platz in der Ersten Klasse.

Mrs. Tiffen und ich bekamen Gesellschaft von einer Frau, die sich als die Winterschauspielerin entpuppte, und der Zug rollte aus dem Bahnhof. Damals ahnte ich nicht, dass ich in Begleitung einer Frau *ohne* Träume auf dem Weg war, die Frau *meiner* Träume kennenzulernen.

Merthyr

»… Der Ursprung der traditionellen ›Winterumarmung‹ liegt in dem Bestreben, durch das Teilen von Körperwärme das eigene Überleben zu sichern. Während also eine Sommerumarmung darin besteht, sich kurzzeitig zu drücken, schmiegt man die Körper im Winter innig aneinander, die linke Hand im Nacken, die rechte Hand am unteren Rücken des Gegenübers, man berührt sich mit der rechten Wange und atmet einander ins Ohr. Außerhalb des Winterkontexts würde diese Art der Berührung bestenfalls unangemessen erscheinen, wenn nicht sogar als körperlich übergriffig …«

Die menschliche Hiberkultur, Morris Desmond

Die Winterschauspielerin hatte mir interessiert zugehört, als ich davon berichtete, wie ich an einem Nachmittag von der stellvertretenden Hausverwaltung im St. Granata zum angehenden Winterkonsul geworden war. Dabei ließ ich unerwähnt, dass es sich bei meinem Mentor um Jack Logan handelte, aber sie hatte Verständnis für meine Verschwiegenheit. Auch von Toccatas Geschichte über die viralen Träume hatte ich kein Wort gesagt, da ich davon ausging, dass es im Abteil Überwachungsmaßnahmen gab, und auch nichts von den Gehässigkeiten Mutter Fallopias, aber die Kernschmelze im *Beryl Cook* und Oliver Tiffens Opfer hatte ich in Gänze geschildert, und das schien in der Schauspielerin eine Saite zum Klingen zu bringen.

»Ein tapferer Mann«, raunte sie. »Hat schon einmal jemand aus Ihrem engeren Freundeskreis den Nacht-Fandango getanzt?«

»Schwester Oesterious aus dem St. Granata«, antwortete ich. »Sie wurde daraufhin weggebracht und hätte wohl in der Kohlegrube vor Ort gekeult und entsorgt werden sollen, aber offenbar hatte man nicht fest genug zugeschlagen, und so kehrte sie drei Tage später zurück, von Kopf bis Fuß besudelt mit Fischköpfen, alten Kohlblättern und durchweichten Zeitungen. Rückblickend hatte es sogar etwas düster Komisches, wie sie so durchs Eingangstor hereingetaumelt kam und alle kreischten. Mutter Fallopia war allerdings aus härterem Holz geschnitzt und musterte sie mit einer Schlagballkeule hinterm Fahrradschuppen endgültig aus. Lucy Knapp hatte eine Woche lang Albträume, aber insgesamt kamen die Leute gut damit klar, glaube ich. Wie ist es mit Ihnen? Kennen Sie jemanden, der zum Nachtwandler wurde?«

Sie rieb sich nachdenklich die Schläfen.

»Meinen Ehemann, Geoffrey. Wir lernten uns kennen, als wir die vordere und die hintere Hälfte eines Theaterpferds spielten, und bei der ›Pferde-Gavotte‹ kamen wir uns schließlich näher. Das ist ein ziemlich kniffliger Tanz, bei dem man sich sehr aufeinander abstimmen muss, vor allem, da ich aus Anstandsgründen die hintere Hälfte übernommen hatte.«

Sie lachte.

»Geoffrey sagte, dass es gut zu mir passte, da ich wirklich ein Pferdearsch sei. Da musste ich ihn natürlich heiraten, und wir hatten siebzehn gemeinsame Jahre lang ungezügelten Spaß. Er war mein Romeo und mein Macbeth, mein Rochester und mein Desmond. Auch später noch zogen wir hin und wieder einmal das Pferdekostüm über und tanzten die Pferde-Gavotte bei Partys, nur aus Spaß, um die Leute zum Lachen zu bringen.«

Nun schwieg sie, und das Lächeln wich aus ihrem Gesicht.

»Beim Frühlingserwachen vor fünf Jahreswechseln dachte ich zuerst, es wäre nur ein bisschen Morgennebel in seinem Kopf, doch bei ihm ging die holde Sonn' nie wieder auf. Auch er konnte einen Post-Mortem-Trick: Romeo, die Balkonszene. Immer und immer wieder. Ich dachte aber auch, er wäre noch irgendwo in seinem Innern eingeschlossen. Das ist offenbar ein ziemlich weit verbreiteter Glaube. Ich habe ihn allerdings keine fünf Jahre behalten – gleich am folgenden Dienstag fraß er den Norfolk-Terrier meiner Schwester, und das war's. Da habe ich HiberTech angerufen, und sie haben ihn abgeholt.«

Lieber sterbe ich im Schlaf / als dass ich tot erwacht
und dass des Winters harte Hand / mir Winterschnitzel macht.

»Mein Beileid.«

»Er wurde zum Straßenfeger umgewidmet, und ich glaube, ich habe ihn noch einmal gesehen, in Lee-on-the-Solent. Jedenfalls *dachte* ich, dass er es war. HiberTech hat dort ein Wiedereingliederungszentrum, von daher war es vielleicht auch einer von den vielen anderen. Im folgenden Winter wurde er ausgeschlachtet. Seine Beine gehören jetzt zu einem Gärtner in Stourbridge, und seine Augen blicken derzeit über den Sound of Mull, was ihm bestimmt gefallen hätte. Was mit dem Rest passiert ist, weiß ich nicht …«

Sie verfiel wieder in Schweigen. Am besten dachte man über so etwas nicht lange nach, egal, wie schwer einem das fiel.

Ich wandte mich zum Fenster und sah auf die Landschaft draußen, die sich zwar in ihren Einzelheiten ständig änderte, aber in einer Hinsicht immer gleichförmig blieb: Schnee und Eis, trist und leer, kalt und abweisend. *Der Winter.* Es hatte seine Gründe, dass die meisten von uns ihn verschliefen.

Mrs. Tiffen hörte auf zu spielen und verfiel in jene für Nachtwandler so typische Starre, die man *rigor torpis* nannte. Immerhin kamen wir so in den Genuss einer kurzen Pause vom andauernden Bouzoukispiel. Auch wenn sie »Help Yourself« ganz gut beherrschte – es war eben doch nur eine rein motorische Erinnerung, bei der in ihrem Kopf weiter gar nichts passierte.

»Das ist wirklich eine Erleichterung«, seufzte die Schauspielerin. Während der restlichen Fahrt gab sie mir einige weitere Tipps, um den Winter zu überstehen. Vor allem sollte ich der Versuchung widerstehen, Geld von Bürgen zu leihen[27], den Kontakt zu allen Leuten mit »niedrigen,

27 Bargeld ist im Winter ziemlich nutzlos, von daher gibt es Bürgen, die Geld vorstrecken, aber gegen eine Gebühr auch Darlehen und Kredite vermitteln.

fragwürdigen oder finanziell messbaren Moralvorstellungen« meiden und mich von den Einschläferinnen fernhalten.

»Einen Moment bist du wie verzaubert von ihren großen Augen und den süßen Worten und kannst dir nicht vorstellen, jemals wieder irgendwo anders sein zu wollen«, sagte sie, »und im nächsten zahlst du die Schulden in der Pfandleihe ab und fragst dich, wie du je so blöd sein konntest.«

»Ich werde aufpassen.«

Der Zug wurde langsamer, als wir Merthyr erreichten. Vor dem Nachmittagshimmel hob sich die Silhouette der stillgelegten Zechenbauten ab, die Straßenlaternen brannten schon. Weiter würden wir mit der Regionalbahn nicht fahren können; im Anschluss benötigten wir einen Transregionalzug mit einem Schneepflug, der uns »über den Buckel« bis in Sektor 12 bringen würde.

Die Schauspielerin stand auf und nahm ihre Taschen aus dem Gepäcknetz, während ich mit dem Finger einen Klacks Erdnussbutter an Mrs. Tiffens Gaumen schmierte, damit sie beschäftigt war. Dann öffnete die Schauspielerin die Abteiltür und trat hinaus auf den erst kürzlich mit Split abgestreuten Bahnsteig.

»Tja, dann viel Glück für Ihre erste Saison«, sagte sie. »Behalten Sie einen klaren Kopf, und seien Sie vorbereitet, wenn die Hydra bei Ihnen anklopft. Wenn ich früher eine Rolle annahm, bemühte ich mich immer gleich, auch den Text der nächsthöheren Position zu beherrschen. So bin ich an meinen ersten Hamlet rangekommen.«

Das Hydra-System gab es nicht nur bei Schauspielern, sondern bei uns allen. Sie zog mich in eine Winterumarmung.

»Möge der Frühling Sie umarmen.«
»Und Sie desgleichen.«

»Wer war das?«, fragte Logan, der aus der Ersten Klasse gekommen war und sich nun wieder zu Mrs. Tiffen und mir gesellte.

»Ihren Namen habe ich nicht erfahren«, sagte ich, »aber sie war eine Schauspielerin, die sich auf eine Wintertournee vorbereitet.«

»Eine edle Dienerin des Winters«, sagte Logan, »genau wie wir. Jetzt hör zu: Wir haben nur etwas mehr als eine Stunde, bevor unser Anschlusszug fährt, und ich bin noch kurz mit jemandem verabredet. Wir treffen uns in ungefähr fünfzig Minuten in Mrs. Nesbit's Tearoom. Bestell mir schon mal ein Bacon-Sandwich und einen Tee zum Mitnehmen.«

»Ja, Sir.«

»Und, Worthing ...«

»Ja?«

»Sieh zu, dass dir die Hülse nicht verloren geht.«

Damit drehte er sich um und ging schnellen Schrittes zum Ausgang. Einen Augenblick stand ich im leise fallenden Schnee auf dem Bahnsteig und nahm den angenehmen Geruch von brennender Kohle wahr. Eigentlich hätte man zwei Wochen nach Beginn der Winterruhe für alle Industriebetriebe überhaupt nichts dergleichen riechen sollen, aber die meisten Kohleflöze unter Tredegar, Rhondda und dem Taff Valley nördlich von Merthyr brannten inzwischen unterirdisch, im Bergland stieg überall Rauch aus Bodenspalten auf, und die Hitze verwandelte Bäume in verdrehte Brikettstückchen. Die oberschlauen Wissenschaftler hatten behauptet, es sei nur eine Frage der Zeit, bevor die Gase einen Teil der Wärme unseres Planeten einschließen würden, aber es wurde jedes Jahr kälter, die Gletscher rückten weiter vor, und die Vegetationsperiode verkürzte sich. Aber wir profitierten zumindest in einer Hinsicht davon: Wales erhielt einen großen Teil seiner Einnahmen aus der CO_2-Ausstoß-Vergütung, die zu einer Zeit ausgehandelt worden war, als die Emissionen noch sechsmal höher gewesen waren.

Da ich keinen Stationsvorsteher finden konnte, ging ich zum einzigen anderen Zug, der im Bahnhof stand. Die Lok war noch nicht angekoppelt worden, und hinter dem einzigen Passagierwaggon befanden sich zwei Pritschenwagen, die von einem Frachtkoordinator mit einem Gabelstapler beladen wurden. Ihn prägte die erschöpfte Haltung eines langjährigen Überwinterers; seine Augen waren stumpf und von dunklen Ringen umgeben, seine Haut war blass. Das Überwintern beschleunigte den Alterungsprozess um gut das Eineinhalbfache. Wenn man sich berufsbedingt für eine Überwinterungskarriere entschied, ließ man sich damit bewusst auf ein verkürztes Leben ein.

Die Holzkisten trugen Aufschriften wie Ambrosia Sahne-Milchreis, Mini-Schokorollen und Traumcreme. Wie so vieles andere verabschiedete sich über den Winter auch jegliches Bewusstsein für gesunde Ernährung. Moralisch war das deswegen zu rechtfertigen, weil die kalte Jahreszeit, wenn man sich wenigstens reichlich mit Naschereien verwöhnen durfte, zumindest etwas weniger wie eine eisige Hölle erschien und ein bisschen mehr wie ein Kindergeburtstag. Für mich war jedoch eine andere Aufschrift entscheidend. Mit Schablonen war außen an die Kisten

»HiberTech Industries – Sektor 12 – dringende Winterware« gesprüht worden. Obwohl ich mir daher sicher war, den richtigen Zug gefunden zu haben, fragte ich den Frachtkoordinator trotzdem, ob er mir das bestätigen konnte.

Wie ich erfuhr, hieß er Moody.

»Ich würde gern sofort aufbrechen, sobald die Lok eingetroffen und angekoppelt ist«, sagte er, während er nervös zum Himmel blickte. Der Schnee fiel inzwischen in dicken, trägen Spiralen. »Aber der Stationsvorsteher hält sich sklavisch an den Fahrplan, und daher fährt der Zug zum angegebenen Zeitpunkt ab – in 58 Minuten. Fahren Sie hin und zurück, oder übernachten Sie dort?«

»Wir fahren *ganz sicher* wieder zurück«, erwiderte ich.

»Eine weise Entscheidung. Sektor 12 ist nichts für Leute mit schwachen Nerven.«

»Sehe ich aus, als hätte ich schwache Nerven?«

»Was Sektor 12 angeht, hat *jeder* schwache Nerven.«

Darauf ließ sich schlecht etwas erwidern, und da ich wusste, dass die tote Frau schon bald wieder hungrig werden würde, brachte ich sie zu dem einzigen noch geöffneten Wasserloch: einer Filiale von Mrs. Nesbit's Traditional Tearooms. Bei der letzten Zählung gab es in der Nördlichen Föderation achttausend dieser beliebten Restaurationen, von denen 406 über den Winter geöffnet blieben.[28] Das Café verströmte eine gemütliche Vertrautheit. Das Logo der Unternehmenskette, das hier in leuchtenden Farben stolz an der Fensterscheibe prangte, zeigte die namensgebende und ganz und gar erfundene Mrs. Nesbit persön-

28 Das Schlafministerium hatte eine diesbezügliche gesetzliche Verfügung ausgesprochen.

lich. Sie hatte ein gewinnendes Einfache-Leute-Lächeln, das graue Haar war zu einem Knoten hochgesteckt, und unter ihrer Küchenschürze trug sie eine altmodische Bluse und ein rotes Kleid. Gerade weil diese Cafés so familiär und praktisch waren – zwei Eigenschaften, die von Nes-Corp gnadenlos ausgenutzt wurden –, waren sie für die meisten die erste Wahl, egal, zu welcher Gesellschaftsschicht man gehörte oder welche kulturellen Wurzeln man hatte.

Ich trat ein, die Bouzouki über der Schulter, und die tote Frau schlurfte vor mir her, immer noch damit beschäftigt, sich die Erdnussbutter vom Gaumendach zu lecken. Im Tearoom hing ein Geruch nach frischem Backwerk, billiger Marmelade und mit Zichorien versetztem Kaffee, und wie zu erwarten, war es nicht gerade voll. Nur sechs andere Gäste saßen in dem Raum, der zehnmal so vielen Menschen Platz geboten hätte.

»Tote werden hier nicht bedient.«

Diese Bemerkung kam von einer Frau, an deren beinahe durchscheinender Gesichtsfarbe und den *zwei* Goldenen Sonnenwendsternen ich sofort erkannte, dass sie zu den Langzeitüberwinterern zählte. Die meisten Winterfilialen von Mrs. Nesbit's wurden von ausgebrannten Ex-Konsuln betrieben, die für eine ununterbrochene Versorgung mit Tee und frischen Scones sorgten, bis sie das über Jahrzehnte aufgebaute Schlafdefizit schließlich einholte.

»Sie müssen sie gar nicht bedienen«, gab ich zurück. »Ich bitte nur darum, mich zu bedienen – und ich bediene dann sie.«

»Es bleibt beim Nein. Nur über meine Leiche bediene ich diese Leiche.«

»Linguistisch betrachtet war das sehr … poetisch«, räumte ich ein. »Ein Chiasmus, oder?«

»Eher ein Polyptoton, würde ich sagen. Und jetzt nehmen Sie Ihre Abscheulichkeit und verpissen Sie sich, klaro?«

»Ich bin ein Winterkonsul«, sagte ich und ließ meine Marke aufblitzen.

»Mein herzliches Beileid«, gab die Betreiberin zurück. »Verpissen Sie sich … mit allem gebührenden Respekt.«

Offenbar brachte sie mir in etwa genauso viel davon entgegen wie einem Nachtwandler. Während ich noch überlegte, ob ich Mrs. Tiffen für eine Stunde in eines der Schließfächer am Bahnhof würde quetschen können und dies mit meinen ethischen Ansprüchen zu vereinbaren war, meldete sich eine weitere Stimme zu Wort.

»Ist das eine Tetrachord- oder eine Triochord-Bouzouki?«

Es war eine Männerstimme, tief und selbstbewusst.

»Ich habe keine Ahnung«, sagte ich, während ich noch immer die Betreiberin ansah, aber ich deutete mit dem Daumen in Mrs. Tiffens Richtung. »Sie gehört ihr.«

Die Frau verzog das Gesicht. »Wenn sie Tricksys sind, ist das alles noch schlimmer. Als würden sie so tun, als seien sie noch am Leben.«

»Es heißt *unbewusste rudimentäre Erinnerung*«, erklärte ich, »und sie können überhaupt nicht so tun, als seien sie irgendwas. Aber ja, sie spielt Bouzouki. Ziemlich gut übrigens, falls Sie das interessiert.«

Wie eine Reaktion darauf spürte ich die Finger der Toten, als sie nach dem Instrument tasteten. Ich hatte es ihr kaum in die Hand gedrückt, und sogleich erscholl wieder einmal »Help Yourself«.

»Lassen Sie die beiden bleiben«, sagte der Mann, der nach der Bouzouki gefragt hatte. »Die Hülse kann uns was vorspielen. Davon abgesehen sollten die ausgeschiedenen Staatsdiener doch wohl diejenigen unterstützen, die noch im aktiven Dienst sind.«

Das war eine dieser Weisheiten, die mehr auf Hoffnung denn auf Realität basierten, aber mir gefiel sie trotzdem.

»Na schön«, brummte die Betreiberin nach kurzer Überlegung, »Sie und das Leergut können hierbleiben. Aber wenn es meine Gäste belästigt, ist sofort Schluss mit lustig.«

Ich wollte erst noch darauf hinweisen, dass Mrs. Tiffen eine Sie und kein Es war, beschloss dann aber, meinen kleinen Sieg in stiller Würde anzunehmen und weiter nichts zu sagen. Stattdessen bestellte ich zwei Bacon-Sandwiches – eins für mich, eins zum Mitnehmen –, einen Kaffee und einen Tee, und dann orderte ich Würstchen, Jaffa Cakes und Marshmallows für Mrs. Tiffen.

»Mit Aprikosenmarmelade«, setzte ich hinzu.

»Worauf?«

»Auf allem, was ich für sie bestellt habe, schön dick.«

Die Betreiberin warf mir einen grimmigen Blick zu und verzog sich. Ich drängte Mrs. Tiffen in eine Sitznische und schob sie auf der Bank weiter durch, bis ich mich neben sie quetschen konnte, dann gab ich ihr die Zuckerwürfel zu essen.

»Dürfte ich mich zu Ihnen setzen?«

Es war der Mann, der eben freundlicherweise für uns Partei ergriffen hatte.

»Gerne«, sagte ich, da ich mich wirklich über Gesellschaft freute.

Meiner Schätzung nach war er in den Vierzigern oder Fünfzigern. Sein Haar war bereits völlig weiß, und er trug die praktisch geschnittene Kleidung eines berufsmäßigen Überwinterers. Sein Kiefer war nach einem schlecht zusammengewachsenen Bruch ein wenig schief, und seitlich am Kopf hatte er eine kahle Stelle – frostbedingte Follikelschädigung, wie ich vermutete. Besonders auffällig war jedoch, dass er sein Frühjahrsgewicht hatte. In jedem anderen Kontext hätte er geradezu obszön untergewichtig gewirkt. Früher mochte er vielleicht auch einmal für das Konsulat gearbeitet haben, aber ich hatte eine ziemlich genaue Ahnung davon, was er jetzt war.

»Sie spielt recht gut, oder?«, sagte er.

»Wenn man gern eine kurze Instrumentalversion eines Tom-Jones-Hits aus den Sechzigern und sonst weiter nichts hören möchte«, sagte ich, »dann würde man das irgendwann wahrscheinlich ganz erträglich finden.«

»Spielt sie auch ›Delilah‹?«

»Das fragen alle. Nein. Und danke für das gerade eben.«

»Keine Ursache«, erwiderte er mit einem jungenhaften Lächeln. »Bringen Sie sie zu HiberTech für die Umwidmung?«

»Ja. Wissen Sie, wie die dabei vorgehen?«

»Keine Ahnung. HiberTech bewacht seine Geheimnisse äußerst aggressiv. Ich bin übrigens Hugo Foulnap.«

»Charlie Worthing«, sagte ich und nahm das Kärtchen, das er mir hinhielt. Ich hatte richtig geraten – er war ein Lakai. Solange man ihm den geforderten Stundenlohn zahlte, übernahm er jede Arbeit für jeden Auftraggeber. Lakaien waren Söldner, Dormeopathen, Hausmeister, Kindermädchen und Kopfgeldjäger in einer Person. Man konnte sie sogar zu einer Partie Scrabble engagieren, wenn man sich ihre Honorare leisten konnte; allerdings spielten sie nur auf Sieg. Wie die meisten Überwinterer nahmen auch die Lakaien ihre Arbeit sehr ernst und waren stolz darauf.

»Erster Winter?«, fragte Foulnap.

»Ist das so offensichtlich?«

»Japp«, sagte er. »Ich merke Ihnen jetzt schon an, dass Sie erschöpft sind.«

Das spürte inzwischen auch ich – ein dumpfer Schmerz, der an meinen Gelenken nagte, und das tiefsitzende Gefühl von Übelkeit, wie es eben mit der bewusst hinausgeschobenen Hibernation typischerweise einhergeht.

Jetzt kamen die Heißgetränke. Die Betreiberin fletschte mich immer noch an und warf der toten Frau Blicke wie Dolche zu, dann verschwand sie wieder.

»Mich hat letzte Woche eine Frau angerufen«, sagte Foulnap und rührte in seinem Kaffee, »die in der traditionellen Schlafstätte ihrer Familie oben in den Bergen hinter Abergavenny in den Tiefschlaf wollte. Da gab's wohl eine Farm in Familienbesitz oder sowas, irgendwo bei Cwmyoy. Wie es hieß, hatte sie ihr Auto schon gepackt, aber das Federbett guckte noch raus und hatte sich irgendwie in der Kofferraumklappe verklemmt. Wissen Sie, was sie gemacht hat?«

»Was denn?«

»Sie hat die Bettdecke angezündet.«

»Hat das geholfen?«

»Immerhin war der Kofferraumdeckel danach nicht mehr verklemmt. Als ich dazukam, war das ganze Auto komplett ausgebrannt. Ihre gesamten Vorräte, ihr Bettzeug, das Morphenox – alles weg. Ich musste alles neu beschaffen.«

»Wie haben Sie ihr denn Morphenox besorgt?«

»Sagen wir mal, ich kenne da ein Mädchen, die kennt so einen Typen, und der kennt diese andere Person, und die kennt wieder ein Mädchen.«

Ich probierte den Kaffee. Er schmeckte, als hätte man Eicheln aus der letzten Saison mit einem Paraffin-Schweißbrenner versengt.

»Der Kaffee ist ja *grässlich*«, sagte ich.

»Willkommen im Winter.«

Wir unterhielten uns noch ein bisschen. Er erzählte mir eine lustige Geschichte von hibernierenden Mammuts in der Nähe von Treherbert, die nach einem Fehlerwachen[29] wegen der unterirdischen Feuer über den Schnee und über die Berge nach Hirwauna getrieben worden waren. Das Buch, das von ihrem hannibalesken Abenteuer berichtete, war inzwischen ein Bestseller, und aktuell arbeitete man an einem Musical unter Mitwirkung der Puppenspieler von *Kriegophant*.

»Die Mammuts haben das aber tatsächlich im Grunde allein geschafft«, sagte Foulnap, »immer schön Rüssel an Schwanz, wie ein großes, pelziges, dickhäutiges Bettelarmband.«

Wir unterhielten uns über Politik, während die Uhr tickte und unsere Abfahrtszeit allmählich näher rückte. Schließlich fragte ich Foulnap, wo sich die Toiletten befanden, und er verriet es mir; Mrs. Tiffen, meinte er, könnte ich in seiner Obhut lassen.

29 Fehlerwachen: Wenn man früher aufwacht als gewöhnlich, meist aufgrund steigender Temperaturen. Man kann einen Schläfer relativ leicht aufwecken, indem man ihn aufwärmt; allerdings kann das vier oder fünf Tage dauern. Zehn ccl Kenobarbydol sind vergleichsweise schneller, allerdings auch wesentlich riskanter.

Ich bedankte mich, verließ den Tearoom und ging den Bahnsteig zu den besagten Örtlichkeiten hinunter. Nach dem Pinkeln wusch ich mir die Hände, benetzte mein Gesicht mit kaltem Wasser und starrte in den Spiegel. Meine Augen waren blutunterlaufen und schienen tief in ihren Höhlen zu liegen, meine Gesichtsfarbe war grau. Inzwischen dröhnte es beständig in meinen Ohren, meine Finger und Hände erschienen mir seltsam groß, und ich hatte immer wieder Schweißausbrüche. Zwar hatte man mir gesagt, dass eine mögliche Schlafentzugsnarkose sich mit solchen Symptomen ankündigte, aber hier war es wie bei der Höhenkrankheit: Im Vorfeld ließ sich schwer sagen, wer davon betroffen sein würde, wer nicht, und wie heftig die Beschwerden sein würden. Die meiste Angst verspürte ich jedoch vor Halluzinationen. So etwas hatte ich schon einmal erlebt, bei hohem Fieber – ich hatte geträumt, »Päckchen auspacken« zu spielen wie auf einem Kindergeburtstag, aber egal, wie viel Papier ich abwickelte, mein Päckchen wurde einfach nicht kleiner.

Froh darüber, dem unablässigen Bouzouki-Gezupfe kurz entronnen zu sein, spazierte ich gedankenverloren in die Wartehalle. Es war ein großer, luftiger Raum, dessen Glasdach inzwischen mit Schnee bedeckt war, mit weichem Licht, das aus keiner bestimmten Richtung zu kommen schien, und dunkler Einrichtung. Der Fahrkartenschalter war noch geöffnet, aber unbesetzt, und Poster der walisischen Touristeninformation hingen an den Wänden.

Von draußen erklang ein Ruf, und ich runzelte die Stirn. Es klang ungefähr wie »Hummer«, aber es gab nur eine Person, die Derartiges von sich geben würde, und die vermutete ich sicher bewacht im Mrs. Nesbit's.

Mrs. Tiffen.

Voller böser Vorahnungen rannte ich so schnell ich konnte zum Haupteingang und stieß die schwere Tür auf. Die beißende Luft draußen schlug mir ins Gesicht wie eine Wand aus Eis. Das Licht verging bereits, und der Wind ließ den Schnee zwischen den Gebäuden in Wirbeln aufsteigen. Zwar war niemand zu sehen, aber ich entdeckte frische Spuren im Schnee, die vom Taxistand wegführten.

»Das Taxi vor Ihnen«, rief ich dem Fahrer zu, der in dem verbliebenen Taxi saß, ein alter Mann, dessen Gesicht dermaßen voller weicher, hängender Falten war, dass ich mir kaum vorstellen konnte, dass er auch nur einen Sommer gesehen hatte. »Wer ist da eingestiegen?«

Er starrte die Konsuln-Marke an, die ich ihm hinhielt.

»Den Mann konnte ich nicht gut erkennen, aber die Frau sah ziemlich …«

»… tot aus?«

»Genau.«

Ich bat ihn herauszufinden, wohin das Taxi gefahren war, und mich anschließend dorthin zu bringen, dann rannte ich wieder zu Mrs. Nesbit's und stürmte so schnell in den Raum, dass ich beinahe ausgerutscht wäre, als ich mit dem festgetretenen Schnee unter den Füßen schwungvoll auf den Marmorboden trat. Die Bouzouki lag noch auf dem Tisch neben unseren halbleeren Tellern.

Ein hässliches, leeres, beklommenes Gefühl breitete sich in mir aus. Ich hatte Foulnap gemocht und ihm dummerweise *vertraut*. Lakaien ziehen möglichen Geldquellen hinterher, und Nachtwandler können auf verschiedene Weise versilbert werden. Da die tote Frau noch relativ jung war, bestand zum einen die Möglichkeit, sie auf einem Underground-Transplantationsmarkt ausschlachten zu lassen, aber da sie potenziell noch fruchtbar war, gab es auch noch eine andere: sie zu Zuchtzwecken zu benutzen. Ich sah auf, als die Betreiberin auf mich zukam.

»Haben Sie Ihre Verabredung verloren?«, fragte sie in spöttischem Ton.

»Wo könnte er sie hingebracht haben?«

Sie runzelte die Stirn und sah mich an, offenbar nicht sicher, was ich damit andeutete.

»Warten Sie – Sie meinen, dass Sie versuchen wollen, das Leergut zurückzuholen?«

»Ja.«

»Wie wollen Sie das denn bewerkstelligen?«

Das war eine sehr gute Frage. Es mit einem erfahrenen Lakaien aufzunehmen war bestenfalls verwegen und schlimmstenfalls selbstmörderisch – und angesichts des kleinen Zeitfensters, das uns zur Verfügung stand, und meinem bisherigen Erfahrungslevel war es schlicht unmöglich.

»Ich weiß es nicht.«

Sie sah mich eine Weile an, während ihr Zorn nach und nach einer Art mütterlicher Besorgnis wich. Mit einem Mal erinnerte sie mich an Schwester Zygotia.

»Wieso sind Sie Konsul geworden?«, fragte sie mit leiser Stimme.

»Ich brauchte einen Job, bei dem meine Morphenox-Versorgung garantiert war.«

»Das ergibt doch keinen Sinn«, sagte sie. »Da versuchen Sie, die Risiken eines Winters ohne Medikament zu minimieren und nehmen dafür *jedes* Risiko in Kauf, das im Winter generell auf Sie warten kann?«

»Jetzt, wo Sie es sagen, kommt es mir auch ziemlich dumm vor«, erwiderte ich. »Aber wenigstens bin ich raus aus dem St. Granata.«

Glücklicherweise war das der Augenblick, in dem Hauptkonsul Logan zur Tür hereinkam.

»Hallo, Fran«, sagte er und ging auf die Betreiberin zu, um sie mit der traditionellen Winterumarmung zu begrüßen, wobei er einen lockeren Spruch über die »spannenden Zeiten« abließ, die sie in irgendeinem Winter in irgendeinem Sektor gemeinsam verbracht hatten. Offenbar war Fran Teil der gut eingespielten Wintercrew an Logans erstem Einsatzort gewesen. Die Konsuln bildeten eine kleine, eng verbundene Familie, die fester zusammenhielt als das Militär. Logan und die Frau tauschten kurz einige Erinnerungen, beispielsweise an das eine Mal, als sie von einem frostverwirrten Glyptodon angefallen worden waren, aber es war natürlich nur eine Frage der Zeit, bis er mich bemerkte.

»Hast du an mein Bacon-Sandwich gedacht, Worthing?«, fragte er, und dann folgte die ärgerliche, vorhersehbare Frage: »Wo ist Mrs. Tiffen?«

»Ich … ich habe an das Bacon-Sandwich gedacht«, gab ich ein wenig dämlich zurück, »und an den Tee.«

»Sehr gut. Und Mrs. Tiffen?«

»Sie wurde … *entwendet.* Ich glaube, sie soll in einen Zuchtbetrieb.«

Logan warf mir einen schmerzerfüllten Blick zu.

»Das war ein Idiotenstück von dir, Worthing. Wer hat sie mitgenommen?«

Ich schilderte ihm so schnell wie möglich, was passiert war.

»Na, großartig«, brummte der Hauptkonsul, nachdem ich fertig war. »Du solltest ›Nachtwandler babysitten‹ von der kurzen Liste der Dinge streichen, die du fertigbringst. Jetzt sieh zu, dass du deinen Kram auf die Reihe bekommst, sonst kannst du diesen Winter Zuchttiere hüten. Willst du das?«

»Nein, Sir«, sagte ich. Winterzuchttiere hüten war ein Job, den man normalerweise Sträflingen übertrug oder Leuten, die, nun ja, allgemein *gehasst* wurden. »Aber«, setzte ich hinzu, »wir müssen sie doch zurückholen, oder?«

»Nein, müssen wir nicht. Reiß dich zusammen und überlege kurz. Wir verlieren eine Nachtwandlerin, und bei HiberTech wird man ein bisschen verärgert sein, weil ihnen eine Tricksy durch die Lappen geht, aber davon abgesehen, wer hat schon einen Schaden davon?«

»Mrs. Tiffen?«

»Mrs. Tiffen ist vor fünf Jahren gestorben. Was du verloren hast, war das, womit sie früher einmal durch die Gegend gelaufen ist. Sie ist weg, das ist nun einmal passiert, du hast Scheiße gebaut, und jetzt blicken wir nach vorn. Komm, wir müssen zum Zug.«

Ich wich zurück. »Nein.«

Mein Ton war der eines bockigen Kindes, und ich bedauerte das sofort. Logan bedachte mich mit einem ruhigen Blick, ohne zu blinzeln.

»Was meinst du, Fran?«, fragte er dann. »Grober Ungehorsam oder der Idealismus der Jugend?«

»Letzteres«, sagte sie. »Im Sommer ist das völlig harmlos, wenn auch nervig, aber im Winter ein Risiko, das ebenso tödlich ist wie Erfrieren oder die Masern.«

Logan trat näher zu mir und senkte die Stimme.

»Jetzt hör mir mal zu, du Neuzugang. Steig von deinem hohen ethischen Ross, oder sieh zu, dass du wegkommst, bevor du etwas tust, mit dem du danach nicht leben kannst. Denn eins kann ich dir sagen, so etwas wirst du unweigerlich tun, sobald sich die Kälte und die Angst und der Hunger melden. Irgendetwas wird schiefgehen, und du wirst versuchen, die bessere von zwei schlechten Möglichkeiten zu wählen, und *bing*: Schon hat dich der Winter in der Tasche, und du bist Tundra. Hohe Ideale, Greenhorn, sind ein Luxus, den man sich hier nicht leisten kann.«

Ich starrte ihn an, und er holte tief Luft.

»Ja, okay, wir *versuchen*, die Zuchtzellen zu zerschlagen, und nein, wir heißen diese Machenschaften auch nicht gut. Aber was dabei herauskommt, sind eine ganze Reihe glücklicher Eltern und vielleicht ein gutes Dutzend Kinder. Und wenn alles vorbei ist, wird sie zerlegt. Schön, das sind dann Schwarzmarkt-Körperteile, aber auch die nützen jemandem. Wir sind Konsuln, Worthing. Unser Anliegen ist es, auf das bestmögliche Ergebnis hinzuarbeiten, das einer Mehrheit von Menschen am meisten nützt.«

»Aber das Gesetz …«

»Im Winter *sind* wir das Gesetz. Ich sage es jetzt noch einmal, weil es eben offenbar noch nicht zu dir durchgedrungen ist. Wie unangenehm es auch sein mag und allem verletzten Stolz zum Trotz: Was bei dieser Geschichte unterm Strich stehen bleibt, ist ein sehr gutes Ergebnis. Und jetzt fahren wir in den Sektor 12, und ich rede mit Toccata und höre mir an, was sie über diesen Blödsinn mit dem viralen Traum zu erzählen hat, und dann nehmen wir den letzten Zug zurück. Währenddessen werde ich mit aller Kraft versuchen, diese Sache zu vergessen, und du wirst mit aller Kraft versuchen, nie wieder so eine Scheiße zu bauen. Gibt es irgendetwas, das du daran nicht verstanden hast?«

Ich starrte die Bouzouki an, und ein zerstörtes, leeres Gefühl breitete sich in meinem Magen aus. Scheitern hat einen ganz eigenen Geschmack, eine heiße, klebrige Teigigkeit. Wir konnten HiberTech sagen, sie sei auf der Fahrt gestorben. Das würde dort niemand bezweifeln. Nachtwandler starben dauernd. Es war richtig gewesen, dass ich einen Einwand geäußert hatte, aber ich wollte nicht meine Karriere für Mrs. Tiffen aufs Spiel setzen.

Doch dann erklang eine Stimme, hell und klar, und alles wurde anders.

Auftritt Aurora

»… Der Austausch von Gefälligkeiten und Schulden ist eine notwendige Währung, da Bargeld in der gesetzlosen Welt des tiefen Winters oft wenig bis gar nichts zählt. Noch komplizierter kann es werden, wenn Schulden und Gefälligkeiten eingetauscht, unterteilt, verkauft oder sogar als Sicherheit für ein Darlehen gehandelt werden. Das ist eine riskante Investition: Alle Schulden sind null und nichtig, wenn der Schuldner stirbt. Und das kommt bei Konsuln schließlich öfter vor …«

LEITFADEN DER WINTERNOMIE – KONSUL-PAMPHLET 9A

»Das war das beschissenste Mentorengespräch, das ich je gehört habe«, sagte eine Stimme. Sie gehörte einer Frau, die mit ein paar Arbeitern in HiberTech-Uniformen dasaß und ebenfalls auf den Zug wartete. Ihr schwarzes, von silbernen Strähnen durchzogenes Haar war zu einem losen Pferdeschwanz gebunden, und ihre Gesichtsfarbe fiel so bleich aus, dass sie an Sahne erinnerte. Ihr abgetragener Tarnanzug zeigte die Schulterstreifen der 4. Arid-Legion, ihre beiden Bambis waren so an den Körper geschnallt, dass sie die Waffen schnell über Kreuz ziehen konnte, und um den Hals trug sie einen dunklen, burgunderroten Pashmina-Schal, das Erkennungszeichen jener, die am Osmanen-Feldzug teilgenommen hatten. Am auffälligsten an ihr war jedoch ihr linkes Auge, das leer in die Höhe blickte, während uns das rechte mit einer seltsam verunsichernden Intensität anstarrte. Sie strickte etwas, das nach einer Bommelmütze aussah.

Logan starrte kurz schockiert zurück.

»Na, sieh mal einer an«, sagte er endlich. »Wenn du jetzt hier bist, Aurora, wer bewacht dann das Tor zur Hölle?«

»Das ist nicht besonders originell«, sagte die strickende Frau, die aufstand und näher kam. »Wie fühlt man sich so als unverheirateter Mann?«

Logans Miene wurde grimmig, während ich zu dem Schluss gelangte, dass es sich um diese Sicherheitschefin bei HiberTech handeln musste, diese Aurora, die sich weder mit Toccata noch offenbar mit Logan verstand.

»Du hattest kein Recht, das zu tun, was du getan hast, Aurora.«

»Mir kommen gleich die Tränen, Logan. Du und Toccata? Das hätte nie funktioniert, und das war uns doch allen klar. Ich habe euch beiden einen Gefallen getan.«

»Du warst eifersüchtig, oder? Eifersüchtig, dass jemand Toccata den Vorzug vor dir gegeben hatte?«

Fran und die anderen Anwesenden murmelten plötzlich etwas wie »noch schnell die Wäsche waschen« oder »einen wichtigen Anruf führen« und verließen den Tearoom sehr zügig.

»Eifersüchtig?«, gab Aurora zurück. »Wegen dem, was du zu bieten hattest? Ein zweitklassiger Konsul und ein drittklassiger Varieté-Künstler, der viertklassige Ratschläge für einen fünftklassigen Neuzugang hat?«

Der Hauptkonsul starrte sie eine Weile an. Da war etwas Seltsames an diesem Wortwechsel, aber ich kam nicht drauf, was es war. Logan hielt sich zurück, dachte nach, versuchte sich offenbar zurückzuhalten. Bisher hatte ich nicht gewusst, dass Logan und Toccata hatten heiraten wollen. Das verlieh der ganzen Sache eine ganz neue Dimension.

»Was willst du wirklich, Aurora?«, fragte Logan schließlich. »Das muss ja ein ziemlich großes Ding sein, wenn du dafür unter deinem Stein rausgekrochen bist.«

»Ich wollte wissen, weswegen du in den Sektor 12 reist. Angesichts der vergangenen Geschehnisse erscheint mir das als ein ziemlich unüberlegter Schachzug.«

»Ich wollte eine Nachtwandlerin abliefern«, sagte er. »Das kam in meinem Fax doch wohl deutlich zum Ausdruck.«

»Für diese Aufgabe hättest du jeden anderen schicken können. In Sektor 12 ist nichts los, Logan, da gibt es nichts außer einem verblendeten Hauptkonsul – einer Frau, die versucht, die schon lange erloschenen Funken einer zum Scheitern verurteilten Liebesbeziehung wieder anzufachen.«

»Wieso machst du dir plötzlich solche Sorgen um Toccata?«

Aurora dachte kurz darüber nach.

»Weil sie trotz allem wie eine Schwester für mich ist, und Schwestern halten zusammen, selbst dann, wenn es zwischen ihnen Streit gibt.«

Jetzt starrten sie sich gegenseitig an.

»Jedenfalls«, fuhr Aurora dann fort, »bei HiberTech werden Tricksy-Nachtwandler für das Projekt Lazarus gebraucht. *Besonders* solche von der Art, wie sie euch gerade durch diese Novizen-Dämlichkeit durch die Lappen gegangen ist. Du musst sie unbedingt wieder einfangen.«

»Wenn du sie haben willst, hol sie dir doch selbst.«

»Weil du es nicht schaffst?«

»Sie ist tot, ich kann dich nicht leiden, du hast nicht nett Bitte gesagt, ich habe keinen Bock, es ist draußen kalt – such dir irgendeinen Grund aus. Du hast während der Winterzeit keine Verfügungsgewalt über mich.«

Mit der Verfügungsgewalt hatte er recht, aber das spielte keine große Rolle. Er *war* für Mrs. Tiffen verantwortlich, und da Aurora ihm deswegen richtig viel Ärger machen konnte, würde er jetzt tatsächlich losziehen und nach ihr suchen müssen. Logan warf erst mir und dann Aurora einen zornigen Blick zu, bis ihm offenbar ein anderer Gedanke kam und er ein sanftes Lächeln aufsetzte, das mir ein wenig Unbehagen bereitete.

»Okay«, erklärte er, »das ist eine hervorragende Gelegenheit für einen Profilierungsauftrag. Hiermit übertrage ich Worthing die Aufgabe, deine kostbare tote Frau zu finden. Wenn das gelungen ist – oder auch nicht – und Charlie noch lebt, reisen wir beide in den Sektor 12. Und während wir dort sind, werde ich mich mit Toccata treffen – ohne dass du dich einmischst.«

»Das ist doch Blödsinn«, sagte Aurora und trat einen Schritt näher. »Und eine derart wichtige Arbeit zu einer Trainingsaufgabe herabzustufen, das ist absolut unverantwortlich.«

»Es sind noch zweiunddreißig Stunden bis zum Schlummeranfang«, warf ich ein, »und ich habe noch keine einzige wache Winterminute verbracht. Ich weiß nicht, ob ich schon so weit bin …«

»Du bist dann so weit, wenn ich es sage«, fuhr mich Logan an, »und davon abgesehen hast du sie verloren, also kannst du sie auch wiederbeschaffen. Das ist jetzt *deine* Operation. Wenn es dir gelingt, wirst du Hilfskonsul, wenn nicht, hütest du anschließend Zuchtvieh. Also, was ist jetzt deine erste Amtshandlung, Grünschnabel?«

Es war wie früher im St. Granata, wenn man dort eine unlösbare Aufgabe übertragen bekam, wie beispielsweise die, ohne Leiter bis aufs Dach des großen Saals zu gelangen, ein Soufflé mit Blumenkohl anstelle von Eiern zuzubereiten oder die Ford-Mädchen dazu zu bringen, mit dem Streiten aufzuhören.

Ich holte tief Luft. »Ich … muss einer Fährte folgen, die ich schon ausfindig gemacht habe.«

Logan stieß mir den Finger hart gegen das Brustbein. »*Falsch*.«

»Sondern was …« Bevor ich weitersprechen konnte, ertönten zwei unterdrückte Pfiffe von der Lokomotive. Es waren nur noch fünf Minuten bis zur Abfahrt des letzten Zugs nach Sektor 12.

»*Genau*«, erklärte Logan. »Du musst den Zug aufhalten.«

»Wie soll ich das denn anstellen?«

»Vielleicht den Kopf auf die Schienen legen?«

»Ernsthaft?«

»Keine Ahnung. Aber sagen wir mal so: Wenn du den Zug nicht aufhältst, bekommst du von mir fünf harte Schläge auf den Hinterkopf.«

»Einer würde zur Strafe vermutlich auch reichen.«

»Du brauchst keine Strafe, du brauchst Motivation. Und *nicht* fünfmal eins aufs Hirn zu bekommen, das ist ein großartiger Motivator. Das kannst du mir glauben.«

»Ich werde wegen dieser Sache eine offizielle Beschwerde einreichen«, erklärte Aurora.

»Ja, warum nicht, mach das doch«, knurrte Logan, der seine Jacke nahm und zur Tür ging. »Enttäusch mich nicht, Worthing.«

»Ich werde es versuchen«, sagte ich und fragte mich, wie ich das beinahe sichere Scheitern irgendwie abwenden sollte; genau das war vermutlich seine Absicht gewesen. Aurora sah mich mit ihrem einen Auge an, dann setzte sie sich neben mich an den Tresen.

»Enttäusch keinen von uns«, sagte sie dann in freundlichem Ton und legte ihre warme Hand auf meine. »HiberTech und ich werden dankbar sein, wenn du es schaffst, und diese Dankbarkeit, meine und die der Firma, ist an sich schon ein wertvolles Gut. Oh, und was ich vorhin sagte – das mit der Dämlichkeit und der Fünftklassigkeit und so – das habe ich nicht so gemeint. Das war nur Theater. Ein spontaner Einfall, um diesem Nervsack Logan so richtig auf die Zehen zu treten, was mir wohl auch gelungen ist. Viel Glück.«

»Äh – klar«, sagte ich. »Danke.«

Mit meiner Tasche und der Bouzouki in der Hand rannte ich zu Gleis 3, wo bereits dicke Wolken von der Lokomotive aufstiegen, als der Lokführer den überschüssigen Dampf in die kühle Luft abließ. Ich entdeckte den Frachtkontrolleur im zweiten Wagen; er schlief tief und fest.

Moodys Augen glitten unter den geschlossenen Lidern von einer Seite zur anderen, während er raunte: »Mrs. Nesbit, *bitte,* lassen Sie mich in Ruhe.« Das war ein wenig befremdlich – in der Öffentlichkeit zu schlafen, das ging schon in Ordnung, aber vor aller Augen zu schlafen und zu *träumen*, das widersprach jedem Gefühl von Anstand. Zwar halte ich mich für relativ tolerant, aber selbst mir war das ziemlich peinlich.

»Hey«, sagte ich und rüttelte ihn an der Schulter. Seine Augen klappten auf, und er wirkte plötzlich völlig entsetzt.

»Du solltest die Steine nicht verlassen!«, kreischte er und packte mich so hart am Arm, dass ich fast vor Schmerz aufschrie.

»Was für Steine?«

»Wenn du die Steine verlässt, dann kriegen dich die Hände«, stieß er in einer Art Panikanfall hervor, und seine Augen glitten schneller nach links und nach rechts, als ich für möglich gehalten hätte. »Du willst doch nicht lebendig begraben werden und … Ich bin Don Hector!«

»Es ist alles gut«, sagte ich, »und Sie können mir glauben, Sie sind nicht Don Hector.«

»Woher wollen Sie das wissen?«

»Sie sehen völlig anders aus – und außerdem ist er vor zwei Jahren gestorben.«

»Nur in der realen Welt«, widersprach Moody, »nicht *hier* drin.« Dabei tippte er sich mit dem Finger an die Schläfe.

»Hä?«

»Verdammt«, stieß er nun hervor und gewann plötzlich wieder seine Haltung zurück. »Es tut mir leid. Erschöpfung. Wir hatten hier kürzlich einige Verluste, und naja, seitdem schiebe ich Dreierschichten.«

»Was war das mit dem ›lebendig begraben werden‹?«

»Nichts. Blauer Buick.«

»Was?«

»Was meinen Sie mit ›was‹?«

»Sie haben ›blauer Buick‹ gesagt.«

»Habe ich? Und wenn?«, gab er verteidigend zurück. »Wer sind Sie überhaupt, dass Sie hier irgendwelche abfälligen Bemerkungen über meine Schlafgewohnheiten ablassen?«

Logan hatte blaue Buicks erwähnt, als er mir von dem viralen Traum erzählt hatte. Falls Moody so spät in der Saison noch Frachtfahrten organisierte, dann kam er garantiert aus Sektor 12.

»Egal«, sagte er nun allerdings und klatschte in die Hände. »Sind wir bereit zur Abfahrt?«

»Nein«, antwortete ich und nahm mir vor, all das später Logan zu erzählen. »Ich muss eine Nachtwandlerin hopsnehmen, und deswegen müssen Sie diesen Zug für mich anhalten.«

Moody sah mich mit einem halben Lächeln an. Pünktlichkeit war das Prinzip, dem sich diese Bahnangestellten mit ihrem Leben verschrieben hatten. Oft sogar im wahrsten Sinn des Wortes.

»Ach ja«, sagte er, »und wie soll ich das anstellen?«

Natürlich wusste er genau, wie man den Zug anhielt, deswegen hätte er nicht fragen müssen. Wir redeten jetzt nur noch über den Preis.

»Wie wäre es mit einem Gefallen?«

Wenn man im Winter dringend etwas von jemand anderem brauchte, dann war Einfluss die einzige Währung, die zählte. Ein Gefallen, das bedeutete schlicht Unterstützung jeglicher Art – ein Vorschuss ohne große Diskussion, ein aus der Welt geschaffenes Knöllchen fürs Falschparken, ein Zentner Pasta, wenn man gerade pleite und ein paar Kilo zu leicht war, so etwas in der Art. Aber Moody schien dieser Vorschlag nicht besonders zu beeindrucken.

»Bei allem Respekt«, sagte er, »aber ein Gefallen von

Ihnen sichert mir in Sektor 12 doch nicht mal eine Schweinebratenkruste.«

Ich dachte an die fünf harten Schläge auf den Kopf.

»Na gut, dann ... eine *Schuld*.«

Der Frachtkoordinator hob die Augenbrauen. Eine Schuld war etwa fünfzigmal so viel wert wie ein Gefallen. Mit einer Schuld hatte man einen Konsul für ein oder zwei Tage in der Tasche.

»Sie wollen das Leergut ja wirklich sehr dringend zurückhaben«, sagte er.

»Es hängt viel davon ab.«

»Na gut«, sagte er mit einem kurzen, schnaubenden Kichern, und seine Haltung änderte sich. »Dann haben wir einen Deal. Ich werde die Ladung noch einmal überprüfen, das wird so ungefähr eine Stunde dauern.«

Ich bedankte mich, rannte zum Ausgang und fand den Taxifahrer, der tatsächlich noch auf mich wartete. Dampf stieg von seinem kahlen Kopf auf, was sehr komisch aussah. Mrs. Tiffen war ins Dormitorium *John Edward Jones* gebracht worden, etwa zehn Autominuten entfernt.

»Das kostet fünfzig Euro«, sagte der Taxifahrer, als ich ihn bat, mich sofort dorthin zu bringen.

»Ich zahle, wenn wir wieder hier sind.«

Er wandte sich um und sah mich an. »Sie sind Novize und wollen eine Tricksy-Nachtwandlerin einfangen, die ein Lakai in ein Dormitorium draußen im Brand geschleppt hat?«

»Ja?«

»Sie zahlen im Voraus.«

Seufzend reichte ich ihm einen Fünfziger, dann fuhren wir los.

Das *John Edward Jones*

»... das Unternehmen Consolidated Power & Light kümmerte sich gut um seine Arbeiter. Es war der einzige Versorgungsbetrieb, der von August bis Schlummeranfang noch doppelte Puddingrationen ausgab, und die Arbeiter strömten in Scharen zu den Personalbüros. Dagegen hatten Angebote wie Pensionsfonds, Bonuszahlungen oder Bettdecken mit Wärmeklasse 5 keine Chance – fetttriefende Marmeladen-Biskuitrollen mit Custard, das waren die Zusatzleistungen, um die sich die Leute rissen ...«

DIE GESCHICHTE DES UNTERNEHMENS CP&L

Als wir nordwärts aus der Stadt fuhren, wurde der Brandgeruch immer stärker, und schon bald hatten wir eine völlig verödete, feuerversengte Gegend erreicht. Wir kamen an den Ruinen von Reihenhaussiedlungen und Zechengebäuden vorbei, die von der jahrzehntelangen Feuersbrunst geschwärzt waren, dann an einem ausgebrannten Musikpavillon sowie einigen verlassenen Autos, von denen nur noch die hauchdünn verbrannten Karosserien übrig waren. Mir fiel auf, dass der Schnee, der sich in der Stadt zu zwei Meter hohen Verwehungen aufgetürmt hatte, allmählich weniger wurde, bis schließlich gar keine Spur von Schnee oder Eis mehr zu sehen war und die Bäume den Eindruck erweckten, als hätten sie ihre Blätter nicht etwa wegen des nahenden Winters verloren, sondern durch *Verglühen*.

»Wir sind hier in den Feuertälern, oder?«, fragte ich mit einem leichten Zittern in der Stimme.

»Hier draußen nennen wir es einfach den Brand.«

Nachdem wir fünf Minuten durch die kohlschwarze Landschaft gefahren waren, hielten wir vor einem Dormitorium, dem einzigen aus einer Gruppe von sieben Gebäuden, das noch benutzt wurde; der Rest war ausgebrannt und aufgegeben worden. Das *John Edward Jones* war höher als die anderen – mindestens vierzig Stockwerke – und sah nach einem typischen K-14 aus: eine Pennbude mit verschiedenen Schlafmöglichkeiten, in der man sowohl hibernieren als auch billige, kürzere Schläfchen halten konnte, wobei die ganze Zeit über Angestellte vor Ort waren, um jeden Winterer zu wecken, der, ohne nachzudenken, zu nahe an den Abgrund gerückt war. Es war garantiert auch billig, so weit außerhalb der Stadt und mitten im Brand. Ich nahm die Bouzouki, stieg aus dem Taxi, und sofort überwältigte mich die warme Luft. In Cardiff und Merthyr hatten ungefähr minus 10 Grad geherrscht, aber hier war die Luft nahe am unteren Idealbereich. Der Rauch war stärker als in Merthyr und trieb über die Straße, gelegentlich begleitet von einem Hauch Schwefeldunst. Während ich mich umsah, ging ein toter Baum auf der Hügelkuppe plötzlich in Flammen auf.

Aus der Winterlounge drangen mir gedämpfte Stimmen

entgegen, als ich eintrat. Die Schläfer waren zwar nicht zu sehen, ich wusste aber, dass sie in der Nähe waren. Ein Dormitorium hat etwas an sich, das sie verrät – ein ganz leichter Geruch nach faulen Eiern, ein Geschmack, ein Geräusch – eine Präsenz.

Glühbirnen mit niedriger Wattzahl tauchten die Lobby in schwaches Licht, aber das orangefarbene Glühen, das vom Kamin ausging, sorgte für eine warme, freundliche Atmosphäre. Der Portier war eine Frau, die hinter dem Rezeptionstresen stand und mich mit fragender Miene ansah, als ich näher trat. Sie hatte üppiges, braunes Haar, eine Nase mit einem interessanten kleinen Knick, und sie trug eine Brille.

»Essen, Pennen, Wäsche, Schnaps, Einschläfern, Blackjack, Käfigkämpfe oder Poker[30]?«, spulte sie die gebotenen Möglichkeiten ab.

»Nichts davon«, erklärte ich. »Ich suche nach einem Lakaien. Um die fünfzig, mittelgroß, abgewetzte Tarnkleidung. Ist mit einer Toten hier reingekommen.«

»Wie jetzt, in einem Leichensack oder so?«

»Mit einer Nachtwandlerin.«

»Ah, das klingt ein bisschen einleuchtender«, sagte sie. »Nicht viel mehr, aber immerhin etwas. Lassen Sie mich raten: Sie wollen sie zurückhaben?«

Ich seufzte. Niemand hier im Winter schien von einer Winterkonsul-Uniform im Geringsten beeindruckt oder bereit, mir ein bisschen was zuzutrauen. Vielleicht lag es

30 Die Feuertäler waren aufgrund einer Gesetzeslücke nicht dem Glücksspielverbot unterworfen, das ansonsten zwanzig Tage vor und nach dem Winter galt.

nicht an der Uniform, sondern an der Überzeugungskraft, mit der man sie trug.

»Ja, ich will sie wiederhaben. Welches Zimmer ist das, haben Sie gesagt?«

»Ich habe gar nichts gesagt. Darf ich Ihnen einen Rat geben?«

»So etwas wie: Verlassen Sie dieses Haus sofort?«

»Genau.«

»Dann nicht, vielen Dank.«

Während ich über meinen nächsten Schachzug nachdachte, bewegte sich ein Mann aus der Winterlounge zu den Fahrstühlen, und in der weichen Berührung frisch aufgewirbelter Luft nahm ich einen ganz leisen Hauch von Karbolseife wahr. Der Geruch von Reinlichkeit haftete medizinischen Berufen ebenso sehr an wie der Hefegeruch einem Bäcker. Wenn Foulnap Mrs. Tiffen wirklich an einen Zuchtbetrieb verhökern wollte, dann erforderte das gründliche Vorbereitung und logistische Unterstützung – er würde beispielsweise einen Mediziner hinzuziehen müssen, der die Brauchbarkeit des vorliegenden Objekts bestätigte. Und daher würde ich nichts weiter tun müssen, als dem Mediziner zu folgen, damit er mich zu Foulnap führte.

»Hören Sie«, sagte ich zu der Portierin, »wenn ich in einer halben Stunde nicht wieder unten bin, rufen Sie im Mrs. Nesbit's am Bahnhof an. Fragen Sie nach Logan und sagen Sie ihm, dass er einen neuen Novizen benötigt.«

»Soll ich ihn nicht vielleicht jetzt gleich anrufen?«

Ich bedachte sie mit einem bösen Blick, der völlig an ihr abprallte. Sie sagte »Okey-dokey« und wandte sich wieder ihrer Zeitschrift zu.

Mit der Bouzouki in der Hand folgte ich dem Mediziner in den Fahrstuhl, lächelte, entschuldigte mich und drückte dann pro forma noch einmal auf den Knopf, den er auch schon gewählt hatte – für den 21. Stock. Die Türen schlossen sich, und ich spürte, wie mein Herz zu pochen begann. Unter seinem Anzug trug der Mann einen Arztkittel, und er sah erst mich, dann die Bouzouki misstrauisch an. Vermutlich bildete das Instrument die beste Tarnung, die ich hätte haben können. Winterkonsuln waren nicht mit Instrumenten unterwegs. Und selbst wenn, dann nie mit einer Bouzouki. Einer Viola vielleicht. Oder einer Tuba.

»Ich hatte mal eine Tante, die Gitarre spielte«, sagte der Mediziner.

»Das ist keine Gitarre«, erwiderte ich mit einer so ruhigen Stimme, dass es mich selbst überraschte.

Er seufzte tief.

»Sie war auch nicht meine Tante. Wintermusik?«

Ich dachte schnell nach. »Ich begleite eine … Pferdepantomime.«

»Und welches Ende sind Sie?«

»Ich bin der Arsch. Unsere Pferde-Gavotte ist überragend.«

»Ich werde danach Ausschau halten.«

Oben im 21. Stock öffneten sich die Fahrstuhltüren. Ich eilte über den abgewetzten Teppich hinter dem Mann mit dem Arztkittel her, bis er an einer Zimmertür stehen blieb. Nachdem ich ihm tiefen Schlaf gewünscht hatte, ging ich weiter bis zu der Stelle, wo mich die Krümmung des ringförmigen Korridors vor seinen Blicken verbarg. Dann wartete ich, bis ich das Türschloss klicken hörte, hastete zurück zur Zimmertür und lauschte. Drinnen gab es offenbar eine

Diskussion, und mit einer Mischung aus Erleichterung und Verzweiflung erkannte ich deutlich Foulnaps Stimme.

Ich zog meine Bambi aus dem Halfter, merkte, dass meine Hand zitterte, und schob die Waffe zurück, dann schlich ich wieder zum Fahrstuhl und tigerte davor auf und ab, während ich darüber nachdachte, ob hehre Ideale nicht wirklich ein Luxus waren – etwas, das man zwar langfristig anstreben, aber nicht mit Gewalt gleich beim ersten Winter zum Einsatz bringen sollte. Noch konnte ich einfach davonmarschieren, Logan einfach sagen, dass ich Mrs. Tiffen nicht hatte finden können, und Schluss. Dann würde ich meine berufliche Laufbahn in Ruhe angehen, lebendig und in dem Bewusstsein, eine wichtige Lektion gelernt zu haben.

Ich drückte die Stirn gegen die kalte Fahrstuhltür. Schwester Zygotia war ein strenger und kritischer Vormund gewesen, außerdem ein wahrer Schrecken, wenn sie zur Badezeit mit der Bürste auf einen losging, aber sie hatte stets den ehrlichen und rechtschaffenen Weg beschritten, *unter allen Umständen*. Wenn ich mich jetzt drückte, dann würde es nicht der Anfang meiner Karriere sein, sondern deren Ende.

Ich hielt inne, um mich zu sammeln, zog erneut meine Bambi, und dann ging ich, mit einem harten Knoten aus Angst und Übelkeit im Bauch, über den Flur zurück. Vor Foulnaps Tür blieb ich stehen, nutzte den Omnischlüssel, um sie mit zitternder Hand aufzuschließen, und ließ sie aufschwingen.

Foulnap telefonierte. Der Mediziner, dem ich gefolgt war, stand neben ihm und schien erschrocken, als er mich erblickte. Auf einem Stuhl saß ein Mann von nordischem

Aussehen, dessen Wange eine frische Bisswunde zierte. Nun wandte sich auch Foulnap mir zu, ignorierte allerdings die Bambi, die ich auf ihn gerichtet hatte, um seinem Gesprächspartner am anderen Ende der Leitung lapidar zu erklären, es sei ein »verdammtes Scheiß-Problem« aufgetaucht, das versuchte, ihm auf die Schuhe zu pinkeln, und er würde sich gleich noch einmal melden.

»Bei allem, was sinnlos mutig ist, Worthing, sind Sie das?« Er wirkte eher beeindruckt als besorgt.

»Das geht schon«, erklärte ich mit bebender Stimme.

»Tut es das?«, wiederholte Foulnap recht gemütlich. »Wieso sind Sie dann hier?«

»Ich habe mit mir gesprochen«, krächzte ich. »Damit meinte ich natürlich, dass das *nicht* geht.«

Meine Hände zitterten, und mir rann der kalte Schweiß über den Rücken. Foulnap hatte beinahe richtiggelegen: Zwar war ich kein verdammtes Scheiß-Problem, aber ich hatte eins. Ich hätte einfach abhauen sollen.

»Das klingt wesentlich sinniger. Also: Wieso geht das nicht?«

»Weil …«

Wumms

Ich hatte nicht aufgepasst. In der kurzen Zeit, in der Foulnap seine Bambi zog und abdrückte, hatte ich noch nicht einmal erkannt, dass er im Begriff stand, genau das zu tun. Noch bevor es mir klar wurde, ging eine Schockwelle durch den Raum, die mich in die Höhe wirbelte und rückwärts auf einen Stuhl schleuderte, der neben der Tür stand und sich unter mir prompt in Zahnstocher auflöste. Ich krachte benommen zu Boden, und mir drehte sich alles vor Augen, nachdem ich mit dem Kopf direkt neben dem Lichtschalter an die Wand geschlagen war.

»Hummer«, sagte Mrs. Tiffen aus dem Badezimmer.

Als ich wieder richtig sehen konnte, blickte Foulnap mit verärgertem Gesicht auf mich herab. Er nahm mir die Waffe ab und schüttelte dann bedauernd den Kopf.

»Mit den guten Ratschlägen ist es ja nun mal so«, sagte er. »Es bietet sich an, sie zu befolgen.«

Foulnaps Kollege mit der Bisswunde auf der Wange stand auf und zog nun eine eigene Waffe aus einer Reisetasche. Allerdings war es keine Handfeuerwaffe, sondern der Zwanzig-Kilo-Newton-Wummser, den man normalerweise verwendete, um Aufstände niederzuschlagen oder Entlastungslöcher in Schneestürme zu sprengen. Hilfskonsul Klaar war vor dem Nightgrowls mehrfach mit so etwas beschossen worden. Sie hatte sich aufgrund der Schockwellen innerlich verflüssigt, und als wir sie gefunden hatten, war sie bereits völlig ausgelaufen, in den Fußraum gesickert und dort festgefroren. Man hatte sie mitsamt den Fußmatten, mit denen sie sich unlöslich verbunden hatte, in die Pathologie bringen müssen.

Foulnap half mir, mich aufzusetzen, und ich tastete nach der Stelle am Mund, aus der ich blutete.

»Sie können es mir glauben oder nicht, ich war genauso grün wie Sie, als ich anfing«, erklärte er nun mit sanfter Stimme, während er mir das untere Augenlid herunterzog und das Weiße betrachtete – eine einfache Methode, um herauszufinden, ob Schockwellen bleibenden Schaden angerichtet haben. »Voller großartiger guter Absichten, aber so blöd, wie der Winter lang ist.«

Er sah mich eine Weile an, dann drückte er den Verriegelungsknopf für die Einrastvorrichtung an meiner Bambi, drehte die Vortexkammer und zog die Venturidüse zurück. Sofort zerfiel die Waffe in fünf Teile, die er mir mit einem metallischen Klappern in die Tasche warf, um ganz zuletzt – wie um seiner Geste Nachdruck zu verleihen – die Batterie dort zu versenken.

»Ich sag Ihnen, was ich tun werde«, erklärte er. »Sie sind völlig unwichtig und nur ein sehr, sehr kleiner Fisch, deswegen werde ich Sie wieder ins Meer werfen. Davon haben wir beide etwas – Sie müssen nicht sterben, und ich werde Sie nicht umbringen. Abgemacht? Es versteht sich von selbst, dass Sie kein Wort darüber verlieren werden. Niemals.«

Ich starrte ihn an. In meinem Mund schmeckte ich Blut, und mein Kopf schmerzte fürchterlich. Aber durch die Linse elenden Scheiterns betrachtet, rückte meine nächste Möglichkeit zu handeln plötzlich in einen klaren und schmerzhaft unlogischen Fokus. Wenn ich hier nicht mit Mrs. Tiffen rauskam, dann *konnte ich gar nicht rauskommen.* Dann endete meine Karriere genau hier, in den Feuertälern nördlich von Merthyr, weil ich für eine Frau kämpfte, die niemals wertschätzen würde, dass ich sie vor einem Schicksal bewahrte, das ihr herzlich egal war. Vielleicht war es das, was der Arbeit eines Winterkonsuls zugrunde lag. Die unveräußerlichen Rechte jener zu verteidigen, die sich ihrer gar nicht bewusst waren.

»Gar nichts ist abgemacht«, sagte ich mit überschlagender Stimme, und mein Mund war trocken vor Angst. »Mrs. Tiffen kommt mit mir. Und ja, es versteht sich von selbst, dass wir vergessen, dass das hier jemals passiert ist.«

Foulnap starrte mich ungläubig an, während ich ausatmete und meinen Mund öffnete. Schockschäden kann man reduzieren, wenn man die Atemwege offenhält. Aber dazu kam es nicht.

»Was zur Hölle geht hier vor sich?«, ertönte eine Stimme hinter mir, von der Tür.

Es war Logan. Plötzlich fühlte ich mich unendlich erleichtert – so sehr, dass ich tatsächlich spürte, wie mir die Tränen in die Augen traten. Ich war in Sicherheit.

Nur stimmte das leider nicht. Gar nicht. Nicht das kleinste bisschen.

»Es ist nicht meine Schuld, Jack«, sagte Foulnap. »Hattest du nicht gesagt, dein Neuzugang wäre ziemlich harmlos?«

»Vielleicht habe ich die Belastbarkeit von Worthings Eingeweiden unterschätzt«, räumte Logan ein, der mich jetzt mit einem gewissen Maß an Respekt betrachtete; zumindest war das mein Eindruck. »Das ist alles meine Schuld, ich hätte Charlie nicht einmal *versuchen* lassen dürfen, sich auf die Suche nach Mrs. Tiffen zu begeben.«

Ich schloss meine Augen und spürte ein leichtes Aufflackern von Angst. Es schwang ein anderer Ton in Logans Stimme mit. Jetzt erkannte ich, wieso ich mich so weit vorgewagt hatte. Irgendwie hatte ich gewusst, dass Foulnap keinen Mord begehen konnte. Aber Logan konnte das sehr wohl. Wahrscheinlich hatte er Foulnap schon im Vorfeld angewiesen, Mrs. Tiffen auf unserem Hinweg aus meiner Obhut zu entführen, damit er dann später jede Beteiligung abstreiten konnte. Er und Foulnap steckten bestimmt unter einer Decke, was die Zuchtbetriebe anging. Und es wäre alles auch nach Plan verlaufen – wenn ich nicht gewesen wäre.

»Vielleicht können wir dem Novizen vertrauen«, sagte der Mann mit dem Wummser, der jetzt ebenfalls einen anderen Ton anschlug. »Ich habe mich nicht auf diese ganze Sache eingelassen, um plötzlich Konsuln umzupusten.«

»Da bin ich mit Lopez ganz und gar einer Meinung«, sagte Foulnap, der damit dem dritten Mann im Raum einen Namen gab.

»Wir können nicht riskieren, dass wir auffliegen«, sagte Logan. »Außerdem ist Aurora in der Stadt.«

Lopez und Foulnap tauschten einen unruhigen Blick.

»Tatsächlich?«, fragte Foulnap. »Wie hat sie von uns erfahren?«

»Wir wissen noch gar nicht, ob sie das überhaupt getan hat. Ich kümmere mich um Worthing, ihr übernehmt Mrs. Tiffen. Steh auf, Charlie.«

Ich kam wacklig auf die Beine, und Logan bedeutete mir, den Raum zu verlassen.

»Du hättest vorhin auf mich hören«, sagte er, als wir in den ringförmigen Korridor traten, »und den Dingen einfach ihren Lauf lassen sollen.«

Vor den Fahrstühlen blieben wir stehen, und Logan drückte auf den Knopf.

»Kann ich Sie um einen Gefallen bitten?«, fragte ich.

»Was denn?«

»Verraten Sie Schwester Zygotia, wo meine Leiche liegt?«

»Du stellst das alles viel zu dramatisch dar, Worth…«

Pling.

Die Glocke ertönte, und als sich die Fahrstuhltüren öffneten, stand Aurora vor uns. Ich hatte schon lange niemanden mehr so überrascht dreinblicken sehen wie sie, aber ihre Hände glitten nach vorn und zogen ihre Bambis.

Logan war im Vorteil und schwang seine Waffe sofort in ihre Richtung. Sie stand direkt in seinem Schussfeld, und er hätte sie totwummsen können – *aber er zögerte.*

Die nächsten Geschehnisse schienen sich mit sirupartiger Langsamkeit zu vollziehen. Ich stürzte zu Boden, als die doppelte Druckwelle[31], die aus Auroras Bambis schoss, wie ein Windstoß an meiner Kleidung zerrte, bevor sie mit voller Wucht gegen Logans Brust prallte. Ich hörte, wie jedes Atom Luft knackend aus seinen Lungen gepresst wurde, und dann sah ich, wie er mit unglaublicher Geschwindigkeit und einem Geräusch, als ob ein Holzklotz in nasses Laub fällt, an die gegenüberliegende Wand krachte.

Einen Augenblick war alles still. Logan war zum Teil in die Lattenkonstruktion und den Gips der Wand gedrückt worden und stand daher noch immer aufgerichtet da, und ein Ausdruck bitterer Resignation legte sich über seine Züge. Das Weiße seiner Augen war durch die geplatzten Äderchen bereits blutrot. Aurora ließ die verbrauchten Energiezellen aus den Kolben ihrer Bambis fallen und lud rasch nach. Der Geruch heißer Elektrolyte erfüllte die Luft und vermischte sich mit dem Kohlenrauch zu einer ekelhaft süßlichen Note.

»Scheiße«, sagte ich, da mir kein anderer Kommentar zur jüngsten Wendung meines Schicksals einfiel. »Sie haben soeben Jack Logan umgebracht.«

»Scheiße«, sagte sie und war ebenso überrascht wie ich, »das habe ich wohl. Toccata wird *wahnsinnig* sauer sein.«

31 Erfahrene Impulswaffenanwender benutzten zwei gleichzeitig, um die Vortexringe genauer und gefährlicher zu fokussieren. Die weniger erfahrenen riskierten dabei allerdings den Tod und ernste Verletzungen.

Sie trat etwas näher zu der Stelle, an der Logan in der Wand hing, zuckte die Achseln und sagte: »Nun, das lässt sich nicht ändern.«

»Was lässt sich nicht ändern?«, fragte ich, während ich mich aufrappelte. »Dass Logan tot ist oder dass Toccata sauer wird?«

»Beides. Wo wollte er Sie hinbringen?«

»Ich glaube, er wollte mich töten.«

»Dann schulden Sie mir Ihr Leben – eine ziemlich große Schuld. Und jetzt führen Sie mich zu der Tricksy-Nachtwandlerin, Grünschnabel, wir müssen uns nämlich beeilen, damit wir unseren Zug noch erreichen. Und hey, der Plan sieht folgendermaßen aus: Sie reden, und ich stelle mich daneben und ziehe ein drohendes Gesicht. Klar?«

Ich fühlte mich, wenn ich es recht erinnere, wie gelähmt. Stand unter Schock. Noch nie zuvor hatte ich jemanden sterben sehen. Das taten die wenigsten. Schließlich wurden die Alten, die Schwachen und die Kranken in der Regel von der gütigen Hand des Winters aussortiert. Wenn jemand im Sommer starb, dann fast ausschließlich durch einen Unfall, was vermutlich auch erklärte, wieso das öffentliche Interesse an Verkehrstoten beinahe aberwitzige Formen annahm. Zwei Wochen nachdem ich mich im *Melody Black* niedergelassen hatte, wurde jemand draußen von einem Umzugswagen umgefahren. Man konnte sich vor Schaulustigen kaum noch rühren.

»Okay«, sagte ich.

Motiviert durch Auroras Furchtlosigkeit, marschierte ich ihr voraus über den Korridor und zurück in das Zimmer, das ich gerade verlassen hatte. Wir hatten den Raum kaum betreten, als der Kerl mit dem Wummser auf uns anlegte, aber eine von Auroras Bambis riss ihm den Arm am Ellenbogen ab. Sie zögerte keinen Augenblick, sondern trat sofort vor, um die zweite Waffe in kurzer Distanz auf Foulnaps Gesicht zu richten.

»Okay, okay«, sagte er, und obwohl er nach wie vor ziemlich selbstsicher klang, schien er den Ernst der Lage nicht zu verkennen. »Was wollen Sie?«

»Mrs. Tiffen«, sagte ich.

»Sie machen einen ernsten Fehler, Worthing. Aurora hat nicht unbedingt Ihr Wohl im Blick.«

»Aber Sie, oder was?«

»Es ist *wirklich* kompliziert.«

»Sie kommen mir bekannt vor«, sagte Aurora zu Foulnap. »Kennen wir uns?«

»Glaub ich nicht«, wehrte Foulnap ab. »Ich bin nur ein Lakai, der ein bisschen Geld verdienen will.«

»Suchen Sie sich dafür eine andere Beschäftigung. Als Maler und Anstreicher zum Beispiel, oder als Klempner, oder erfinden Sie ein Spiel wie Jenga oder Cluedo oder so.«

Foulnap verzog sich ins Badezimmer, während sich der Mediziner um den verletzten Lopez kümmerte, und einen oder zwei Augenblicke später stand Mrs. Tiffen mit dem üblichen leeren Gesichtsausdruck im Raum. Ich gab ihr die Bouzouki, die noch immer auf dem Boden gelegen hatte, und noch während wir zu den Fahrstühlen zurückgingen, hatte sie schon wieder mit »Help Yourself« begonnen.

Der Zug stand noch immer am Gleis, als das Taxi uns am Bahnhof absetzte, und ich sah, wie Moody die Spanngurte an dem Pritschenwagen nachzog, während nicht weit entfernt ein sichtbar erregter Stationsvorsteher demonstrativ auf seine riesige Taschenuhr blickte.

Wir hatten es gerade noch rechtzeitig geschafft.

Über den Berg

»… Der Winter gärtnert notwendigerweise mit harter Hand. Die Alten, Schwachen und körperlich Beeinträchtigten lässt er eingehen. Dabei zeigt die ›Proaktive Winter-Unterstützung‹ erste Früchte bei dem Versuch, die Überlebensraten von Menschen zu verbessern, die zwar einen hohen Intelligenzquotienten, aber eine schlechte Konstitution aufweisen, aber für den Großteil der Bevölkerung ist ein solches Programm so unpraktisch wie unwirtschaftlich. Nur die Starken und Reichen sollten den nächsten Frühling erleben …«

James Sleepwell gegen das Recht auf Morphenox für alle

Der Zug schlängelte sich schon bald nach Norden, Sektor 12 entgegen, und der Rauch lag so dick über den Feuertälern, dass er wie ein bösartiger Nebel in die Waggons kroch und Hustenreiz auslöste. Aber nachdem wir das Waliser Kohlerevier hinter uns gelassen hatten, löste er sich auf, und wir dampften wieder durch eine sanft geschwungene Hügellandschaft, die überwiegend von gefrorenen Stauseen, Steinbrüchen und verkrüppelten Eichen geprägt wurde, allesamt mit Schnee bedeckt.

Ich saß wie betäubt in einer Ecke des Wagens. Meine Finger fühlten sich übergroß und angeschwollen an, und mir war so eng um die Brust, dass ich meine Jacke öffnen und mein Hemd lockern musste. Zudem hatte ich Schluckbeschwerden, und mein Herz schien sich gar nicht mehr beruhigen zu wollen. Seltsamerweise war Mrs. Tiffen jetzt doch zu »Delilah« übergegangen. Es schien auf bizarre Art passend. Nicht der Text an sich, sondern einfach bloß die Tatsache, dass wir ins tiefste Herz von Wales hineinfuhren, während wir Tom Jones hörten, wenn auch auf einer Bouzouki. Nachdem ich ungefähr zehn Minuten lang versucht hatte, mich zu beruhigen – mit allenfalls mäßigem Erfolg –, machte ich mich daran, meine Bambi wieder zusammenzusetzen, und ich war gerade damit fertig, als ich eine Stimme hörte.

»Darf ich mich zu Ihnen setzen?«

Es war Aurora, die jetzt Platz nahm, ohne meine Antwort abzuwarten.

»Ohne Sie wäre ich jetzt tot«, sagte ich. »Vielen Dank.«

»Oh, gern geschehen«, erwiderte sie, als hätte sie mir einen Marsriegel geschenkt oder eine überzählige Eintrittskarte für den Zoo. »Aber ich fürchte«, setzte sie dann hinzu, »Toccata wird einen Riesenaufstand machen und bestimmt irgendwas Durchgeknalltes anstellen. Ich glaube, sie mochte ihn wirklich, obwohl er so ein arroganter Blödmann war.«

Komischerweise wusste ich wirklich nicht genau, was ich über diese ganze Sache denken sollte. Sie würde natürlich dramatische Nachwirkungen haben – man brachte keinen der führenden Hauptkonsuln des Landes um, ohne dass jemand Fragen stellte –, und obwohl ich Logan gemocht und respektiert hatte, rückte ihn seine Verbindung zu einer Zuchtfarm nun doch in ziemlich, nun ja, schummriges Licht. Davon abgesehen hatte er mich exekutieren wollen, von daher war ich nicht *völlig* untröstlich über seinen Tod. Aber glücklich war ich darüber auch nicht.

»Ich weiß nicht, ob ich für all das hier gemacht bin«, seufzte ich.

Aurora lächelte.

»Im Winter gibt es keine Helden, nur glückliche Überlebende. Davon abgesehen haben Sie Ihre Prüfungsaufgabe bestanden. Sie sind jetzt ein vollwertiger Winterkonsul.«

Diese Leistung schien mir inzwischen bedeutungslos.

»Mein Mentor hat mich beinahe umgebracht, und wenn Sie nicht gekommen wären, hätte er es auch geschafft. Mein Beitrag zur Sicherung von Mrs. Tiffen war bestenfalls minimal. Ich glaube kaum, dass das als bestanden gelten kann.«

»Das Ziel wurde jedenfalls erreicht«, sagte sie und lächelte, »und das ist so ziemlich alles, was zählt, jedenfalls im Winter. Weswegen wollte Logan sich mit Toccata treffen?«

»Wegen irgendwas mit blauen Buicks und viralen Träumen.«

»Was für ein Haufen Eiergrütze«, sagte Aurora. »So etwas wie virale Träume gibt es nicht.«

»Aber …«

»Nun«, unterbrach sie mich, »haben Sie vielleicht Beweise dafür, dass es so etwas gibt?«

Nun berichtete ich, dass Moody auch etwas von blauen Buicks gemurmelt hatte, und von Mrs. Nesbit und irgendwelchen Händen, die ihn holen wollten.

»Moody der Bahntechniker?«

Ich nickte. »Und außerdem«, fügte ich eingedenk meiner Ausbildung noch an, »nach Dienstvorschrift SX-70 zur Weiterführung von Befehlsanweisungen muss ich Logans Untersuchung übernehmen – oder zumindest ein paar Erkundigungen einziehen.«

»Über virale Träume? Bei Toccata?«

»Ich denke ja.«

Sie tätschelte meine Hand.

»Ich gebe Ihnen einen guten Rat. Setzen Sie die Bouzouki-Lady ab und springen Sie in den letzten Zug zurück. Die Winterkonsuln von Sektor 12 sind ein Haufen Vipern, *besonders* Toccata. Denen möchten Sie nicht in die Quere kommen.«

Das hatte ich nun schon von mehreren gehört.

»Stimmt es, dass Toccata einmal zwei Nachtwandler gegessen hat, um den Winter zu überleben?«

»Ja. Sie hat sie, wenn ich recht gehört habe, so lange am Leben gehalten, bis sie sie brauchte, und inzwischen hat sie wohl Geschmack daran gefunden. Gibt es noch etwas, was Ihnen zu den beiden Verbrechern einfällt?«

»Es waren drei, nicht zwei.«

Sie sah mich mit ihrem einen Auge eine Weile an, während sich das andere scheinbar wie von selbst bewegte.

»Sie meinen die eine links?«

»Es war ein Er. Ein Mediziner.«

»Das erklärt die Sache«, sagte sie und deutete auf ihr blickloses Auge, »ich sehe mit dem linken nicht so gut.«

Sie zeigte mir eine Skizze auf ihrem Notizblock, die, wenig überraschend, ein halbes Gesicht zeigte, und zwar das von Foulnap.

»Der Mann, der die Nachtwandlerin entführt hat, ist er das?«

Ich nickte, und sie schob sich den Block in ihre Brusttasche.

»Logan hat gezögert«, sagte ich nach kurzer Überlegung, »als ob er Sie nicht töten wollte. Woran lag das?«

»Ich habe keine Ahnung«, antwortete Aurora, »aber dass es sich so verhielt, war deutlich zu *Ihrem* Vorteil und deutlich zu *seinem* Nachteil. Erinnern Sie sich an das, was ich Ihnen sagte: Meiden Sie die Winterkonsuln aus Sektor 12, vor allem Toccata.«

Damit verabschiedete sie sich von mir und schritt durch den Passagierwaggon davon. Etwa eine halbe Stunde später hielt der Zug im Bahnhof von Torpantu.

Hier stiegen zwar weder Reisende ein oder aus, noch wurde Fracht ein- oder ausgeladen. Aber die Bahntechniker stellten die Bremsen für die steile Talfahrt ein, die nun folgte, und dann setzten wir unsere Reise auch schon wieder fort und kamen dabei zunächst durch den eineinhalb Kilometer langen Tunnel, der sich durch den Gipfel des Berges bohrte. Ein verwittertes Schild hieß uns in Sektor 12 willkommen, danach ging es in gemäßigtem Tempo abwärts. Auf dieser Seite der Bergkette hatte es aufgehört zu schneien, und im Dämmerlicht konnte ich die Umrisse der uns umgebenden Berge gerade eben noch ausmachen; ihre Spitzen lagen unter einer sanften Schneedecke versteckt. In den engeren Kurven war das rote Glühen der Lokomotive fünf Wagen voraus deutlich zu sehen, und gelegentlich erzitterte der gesamte Zug, wenn sich der Schneepflug durch eine Wehe fräste und Funkenflug vom Schornstein wie ein Grüppchen Glühwürmchen an den Fenstern vorüberschwebte.

Ich fütterte die tote Frau mit einem halben Dutzend Custard-Cream-Keksen, worauf sie zu meiner Erleichterung in völlige Starre versank. Um mir ein wenig die Beine zu vertreten, ging ich durch den Wagen und entdeckte am anderen Ende Moody. Er starrte gedankenverloren aus dem Fenster, sah aber auf, als ich neben ihm stehen blieb.

»Ich muss Ihnen das hier noch geben«, sagte ich und reichte ihm ein Stück Papier, auf dem ich die Schuld, in der ich bei ihm stand, genau beschrieben und notiert hatte, mit allen Einzelheiten dazu, wem sie gebührte, ordentlich datiert und unterschrieben.

»Sauber« sagte er und schob sich das Schriftstück in seine obere Jackentasche. »Wollen Sie mir Gesellschaft leisten?«

Ich setzte mich so, dass ich es mitbekommen würde, falls Mrs. Tiffen auf Wanderschaft gehen oder die Sitze annagen wollte.

»Wie haben Sie Ihre Hülse wiederbekommen?«, fragte Moody.

»Durch ganz altmodische Entschlossenheit, würde ich sagen.«

»Nein, mal ernsthaft«, sagte Moody, der mich gut durchschaut hatte, »wie haben Sie es geschafft?«

»Aurora ist mir zu Hilfe gekommen und hat alles ins Lot gebracht.«

»Das klingt schon wahrscheinlicher«, sagte Moody. »Das heißt aber auch, dass Sie ihr was schuldig sind. Keine gute Angewohnheit, um durch den Winter zu kommen, wenn man sich dauernd anderen Leuten verpflichtet.«

»Ich bin *Ihnen* was schuldig«, sagte ich.

»Das stimmt, aber selbst das ist nicht zu Ihrem Besten.

Fahren Sie wieder zurück, wenn Sie Ihre Nachtwandlerin abgeliefert haben?«

»Sobald ich mit Toccata wegen der viralen Träume geredet habe.«

Moody zuckte sichtlich zusammen und sah sich im Wagen um. Dann beugte er sich zu mir und senkte seine Stimme.

»Ich kann Ihnen etwas über virale Träume erzählen«, raunte er, »aber später, wenn wir unter uns sind. Sie treffen mich im Wincarnis – das ist leicht zu finden, direkt am Marktplatz. Seien Sie bei HiberTech auf der Hut – dieses ganze ›Retter der Menschheit‹-Gesülze ist kompletter Schwachsinn. HiberTech geht es nur ums Geld. Don Hector hatte vielleicht noch Ideale, aber die anderen haben seinen Traum schnell vereinnahmt und in einen Albtraum verwandelt. Und mit dem Projekt Lazarus wird alles nur noch schlimmer werden.«

»Was ist das Projekt Lazarus?«

»Ich erzähle Ihnen das, was ich weiß, später im Wincarnis. Es ist nicht viel. Aber passen Sie auf im Sektor 12 – irgendwas ist an dieser Gegend nicht in Ordnung.«

»Nicht in Ordnung?«

»Ungewöhnlich. Unheimlich. Sie kennen doch sicher all diese komischen Winterlegenden und Fabeln, die man als Kind immer erzählt bekommt? Vom Wintervolk und so?«

Ich wusste genau, was er meinte, und diese Geschichten hatten mich jahrelang fasziniert – nicht nur, weil sie so seltsam, sondern auch, weil sie so vielfältig waren. Da gab es die Thermalovauren, die sich von menschlicher Körperwärme nährten, oder die Wintersirenen, die einen aus dem Bett lockten, indem sie Musik und Tanz und traumhafte

Vergnügungen versprachen, die den Winterschläfer dann völlig erschöpft und aller Körperfeuchtigkeit beraubt zurückließen. Oder die Tonttu, das sogenannte Kleine Volk, das sich in die Schlafzimmer schlich, um einem die Zähne, das Geld und die Zehen zu stehlen. Oder auch den Glücksritter, der durch Wände gehen und sich vom Fett der Schlafenden ernähren konnte, bevor er die Menschen als leere Knochensäcke zurückließ, oder den Gizmo, der einem ins Ohr kroch und dort Eier legte, aus denen Würmer schlüpften, die sich dann von den Träumen nährten.

Sie alle waren wirklich prima, aber ich hatte einen ganz besonderen Liebling, und das war die Gronk. Ein Wesen, das sich vom Schuldgefühl der Unwürdigen nährte, während es Bettwäsche zusammenlegte und die Hits von Rodgers und Hammerstein summte – das hatte etwas inspirierend Zufälliges an sich.

»Ja«, sagte ich. »Ich habe schon vom Wintervolk gehört.«

Er beugte sich vor, berührte mich am Knie und senkte dann die Stimme zu einem Flüstern.

»*Im Zwölften sind alle Geschichten wahr.* Sie sind hier, sie sind echt. Mittelwales ist die Wiege aller Märchen – geschmiedet in den träumenden Köpfen der Schläfer.«

»O-kay«, erwiderte ich gedehnt. Seine Narkose ging offenbar schon weit über blaue Buicks, abgehackte Hände und ein Begräbnis bei lebendigem Leib hinaus.

»Ich meine es ernst«, beharrte er. »Portier Lloyd vom *Siddons*-Dormitorium. Schon mal von ihm gehört?«

»Nein.«

»Der hat die Gronk gesehen. Oder vielmehr, er ist ihr so nahe gekommen, dass er sie hätte anfassen können.«

»Weiter.«

Moody räusperte sich.

»Es gab einmal einen Winterviehzüchter namens Ichabod Block, der eine Farm bei Rhayder bewirtschaftete, ganz in der Nähe von dort, wo sich die Gletscherflächen von Eis zu Schmelzwasser wandeln und es kilometerweit keine bewohnten Stätten gibt. Man erzählt sich, dass Ichabod ein Mann mit bescheidenen Bedürfnissen gewesen sei, dass er schweigsam war und mit seinem Schicksal unzufrieden, und dass er eine Frau namens Maria und eine Tochter namens Gretl hatte. Aber sie gingen eines Nachmittags davon, niemand weiß, wohin, und daraufhin wurde er launisch und in sich gekehrt, und nur wenige wollten mit ihm reden oder mit ihm zu tun haben.«

»Jemanden von dieser Art hatten wir bei uns im Pool«, sagte ich und dachte an Schwester Conctractia[32].

»Eines Winters«, fuhr Moody fort, »meldete sich Ichabod bei einem Bekannten namens Lloyd, der bei ihm schon seit langen Jahren in einer Lebensschuld stand, und berichtete ihm, dass er ›aufs Ärgste drangsaliert‹ würde, und zwar vom Wintervolk. Lloyd hatte zehn Jahre lang als Portier gearbeitet, und daher gab es wenige Winterschrecken, vor denen er sich noch fürchtete. Er betrachtete das Wintervolk als Märchen alter Waschmänner, die sich nicht besonders helle Gemüter im Pub erzählten, ohne sie weiter zu hinterfragen.

›Woher weißt du, dass es wirklich das Wintervolk ist?‹, wollte Lloyd bei ihrem Treffen wissen.

32 Schwester Contractia lebte in dem Schuppen, in dem eigentlich der Rasenmäher hätte stehen sollen, und blieb ganz und gar für sich. Die Grundidee vergemeinschafteter Kinderbetreuung zieht nicht unbedingt immer Menschen an, die auch Kinder mögen.

›Letzte Woche wurde den Frostelchen das Geweih getrimmt, und sechs der 89 Kuhmammuts waren gestriegelt worden. Und im Haus‹, fuhr Ichabod fort, ›hat jemand alle Rosinen aus dem Müsli gesammelt, Gretls Schallplatte mit *The King And I* wurde gestohlen, und ich stellte fest, dass alle Bücher im Regal umsortiert worden waren.‹

›Nach dem Alphabet?‹, fragte Lloyd.

›Nein, nach ihrer Bedeutung.‹

›Ah.‹

So exzentrisch und kühn konnte wirklich nur das Wintervolk gewesen sein.

Die beiden Männer einigten sich nun auf einen sehr schlichten Plan: Portier Lloyd sollte auf einem Ledersessel sitzend von Sonnenuntergang bis Sonnenaufgang vor Ichabods Scheune Wache halten.

»Wollte Ichabod ihn also als Volksköder nutzen?«, fragte ich.

»Allerdings«, antwortete Moody, »denn Portiers sind traditionell schon seit langer Zeit Eunuchen, und das Wintervolk sucht sich bevorzugt jene aus, die körperlich unterlegen sind. Ichabod hingegen versteckte sich zehn Meter entfernt und gegen den Wind hinter einigen Heuballen, den Wummser im Anschlag und darauf vorbereitet, alles zu erledigen, was sich zeigen wollte. Portier Lloyd sollte wach bleiben und sofort Alarm schlagen, wenn sich etwas rührte.«

Mir fiel auf, dass einige andere Passagiere ihre Unterhaltung unterbrochen hatten und der Geschichte nun ebenfalls lauschten.

»Schlaf war unmöglich«, fuhr Moody fort. »Portier Lloyd saß hellwach da, spitzte die Ohren in der tintenschwarzen

Nacht, und das einzige Licht war das schwache Schimmern eines sternenerleuchteten Himmels. Kein Geräusch durchdrang die Dunkelheit. Kein Rascheln, nicht einmal das Knacken eines brechenden Zweigs oder das Grunzen eines erschreckten Mammuts. Lloyd zog sich den Parka enger um den Leib und dachte über sein Leben nach, über die Dinge, die ihm nicht gelungen waren, über seine Hoffnungen und Ziele, und darüber, dass ihm die Melodie von ›The Lonely Goatherd‹[33] nicht mehr aus dem Kopf gehen wollte.«

Moody hielt inne, nahm einen Schluck aus der kleinen Thermosflasche, die er am Gürtel trug, und fuhr dann fort.

»Als das Morgengrauen die Nacht überwand und die Welt einmal mehr erwachte, kam Lloyd mit einem Ruck zu sich. Er hatte die letzten zwei Stunden geschlafen und dann plötzlich einen Schrei von Ichabod gehört. Zwei Worte, an sich sehr deutlich, aber er konnte ihre Bedeutung nicht entschlüsseln. Lloyd gähnte und reckte sich und rief nach seinem Freund. Aber es kam keine Antwort, und als er auf die Suche ging, fand er Ichabods Wummser, zwar entsichert, aber noch geladen, und all seine Kleider, die ordentlich gefaltet am Boden lagen und dabei immer noch ineinandersteckten wie bei einer Matrjoschka-Puppe. Seine Socken steckten in den Schuhen, seine Hosenträger zogen sich ordentlich außen über sein Hemd, und neben seiner Armbanduhr lag ein kleines Häufchen Zahnfüllungen.«

»Er war weg?«, fragte eine Reisende.

»Verschwunden. Lloyd rief die Konsuln, aber die gaben nach drei Tagen auf, nachdem sie weiter nichts gefunden

33 Titel 1, Seite 2 auf der LP des Soundtracks zu *The Sound Of Music*.

hatten als seinen Hut, der drei Kilometer entfernt in einer Eiche klemmte. Sie kamen zu dem Schluss, dass er von einem Nachtschrecken ereilt worden war, der ihn so in Panik versetzt haben musste, dass er völlig durchgedreht und dann geflohen war. Ein neuer Viehhirte übernahm Ichabods Posten, aber sein Verschwinden blieb ein Rätsel.«

»Was waren diese letzten beiden Worte, die er sprach?«, fragte ich, obwohl ich die Antwort bereits wusste.

»Er sagte: ›Oh Gronk‹, mit einem … einem müden Seufzer der Erkenntnis.«

Schweigen legte sich über den Bahnwaggon, und Entsetzen und Staunen lagen in der Luft. Die Gronk war die jüngste Ergänzung des Wintervolks, und die Geschichte ihres ersten Erscheinens hatte ich bisher noch nie gehört. Ich sah aus dem Fenster. Wir hatten die Talfahrt hinter uns und fuhren nun am Ufer eines gefrorenen Stausees entlang, der von einem steinernen Damm und einem Wassereinlaufturm im gotischen Stil begrenzt wurde. Die Geschichte war noch nicht zu Ende, dessen war ich sicher.

»Da kommt noch was, oder?«, fragte ich, und Moody nickte.

»Dem Ersatzhirten fiel in den folgenden Wochen auf, dass das Trinkwasser einen bitteren Beigeschmack bekam, und daher stieg er die senkrechte Leiter zum Dachboden hinauf und kletterte durch die Luke, die vielleicht einen halben Meter breit war. Dort fand er Ichabod im Kaltwassertank, unversehrt, abgesehen davon, dass ihm ein kleiner Finger fehlte.«

Moody machte eine kleine Pause, um die Spannung zu steigern.

»Die Konsuln kamen zu dem Schluss, dass es Selbstmord

gewesen sein musste und Ichabod vielleicht den ›unerklärlichen Wunsch verspürt habe, die Legenden vom Wintervolk zu untermauern‹. Aber Portier Lloyd bezweifelte das stark. Als er nach Ichabod gesucht hatte, war ihm aufgefallen, wie ordentlich das Haus war, die Wäsche gewaschen, die Betten gemacht, und dass *South Pacific*[34] auf dem Grammophon spielte. Auf dem Herd stand sogar ein Lancashire-Eintopf, und auf dem Deckel klemmte eine Notiz in kleiner, spinnenartiger Handschrift.«

»Was stand drauf?«, fragte einer der anderen Passagiere.

»Da stand: ›Nicht genug Oregano‹.«

»Er hätte selbst seine Kleider zusammenlegen, saubermachen und kochen können«, warf nun ein anderer Reisender ein, der hinter einer Sitzlehne hervorsah, »um dann die Schallplatte aufzulegen. Wie die Konsuln sagten, um die Legende zu befeuern.«

»Es wäre natürlich *möglich*«, antwortete Moody, »aber Ichabod war kein ordentlicher Mensch, und davon abgesehen eher ein Freund von Rice und Lloyd Webber.«

Ich hatte nur noch eine Frage. »War Ichabod unwürdig?«

Moody sah uns alle der Reihe nach an. »Er war nicht der Einzige, den man im Wassertank fand. Dort entdeckte man auch die Knochen seiner Frau und seiner zehnjährigen Tochter, von denen er zuvor immer behauptet hatte, dass sie ihn acht Jahre zuvor verlassen hätten.«

Damit beendete Moody seine Geschichte, und sein kleines Publikum belohnte ihn mit einem anerkennenden Murmeln, bevor man ihm, wie es die Tradition verlangte,

34 Natürlich die Aufnahme der Originalaufführung am Broadway. Ichabods Frau und Tochter waren große Fans des Musicals gewesen.

als kleines Dankeschön ein paar Leckereien spendete. Nur eine Minute später hatte er einen halben Marsriegel, acht Weingummis, einen kleinen Riegel Nugat und ein Stück Pfefferminzfondant zusammen.

»Wir treffen uns später im Wincarnis«, sagte er und lehnte sich zurück, um ein kleines Schläfchen zu halten, »und dann erzähle ich Ihnen alles über den blauen Buick – und über HiberTech.«

Ich kehrte auf meinen Platz zurück und fand Mrs. Tiffen dort noch immer in ihrem erstarrten Zustand vor. Wir hielten kurz in Talybont, um einen Kraftwerksmitarbeiter aussteigen zu lassen, und die Bahntechniker nutzten den Zwischenhalt, um die Bremsen neu einzustellen. Schon bald ging es weiter, aber jetzt mit mehr Leichtigkeit; die Strecke war frei, und wir machten gute Fahrt.

Wir überquerten einen zugefrorenen und zugeschneiten Fluss, dann kamen wir durch einen verlassenen Bahnhof, dessen Bahnsteige und Gebäude mit Schnee und Eis bedeckt waren. Der Zug fuhr noch eine halbe Stunde weiter, bis er mit einem leisen Zischen und dem gedämpften Kreischen der Bremsen zum Stehen kam.

Die Hinfahrt war zu Ende.

Talgarth und HiberTech

»Dass die Einrichtungen von HiberTech in Mittelwales gelegen waren, erwies sich als glücklicher Umstand, als durch die Produktion von Morphenox ein höheres Maß an Sicherheit erforderlich wurde. Hier, keine fünfzig Kilometer vom Eisschild des Snowdonia-Gebiets entfernt in einer Gegend, in der es genug Schurken gab, um andere Reisende abzuschrecken, war Sicherheit niemals wirklich ein Problem …«

HIBERTECH: EINE KURZE UNTERNEHMENSGESCHICHTE, RONALD FUDGE

Ich weckte Mrs. Tiffen aus ihrer Starre, indem ich ihr ein Stückchen Marzipan unter die Nase hielt, und gab ihr zwei Scheiben Früchtebrot und ein Walker's Shortbread, bevor ich sie aus der Zugtür führte. Die Luft war beißender als in Cardiff, und unsere Füße erzeugten auf dem Schnee ein eher quietschendes als knirschendes Geräusch. Inzwischen war es schon ziemlich dunkel, und die Stadt war nicht von elektrischem Licht erhellt, sondern von Gaslaternen. Das flackernde orange Licht verlieh Talgarth eine Atmosphäre ätherischer Düsternis, als sei man in einer Zeitschleife gefangen.

Das Schild am Bahnsteig verkündete, dass es sich bei dieser Station um Talgarth handelte, jener kleinen Stadt, die als die Heimat des HiberTech-Komplexes bekannt war. Ich erklärte der Stationsvorsteherin, dass ich das Leergut abgeben wollte, das mir anvertraut worden war, um dann mit demselben Zug wieder zurückzufahren, und sie erwiderte, bis zur Abfahrt seien es noch mindestens zwei Stunden, ich hätte also noch jede Menge Zeit.

Während Moody das Ausladen der Fracht überwachte, brachte ich Mrs. Tiffen zum Ausgang des Bahnhofs, wo Aurora bereits mit einem Mann wartete. Er war lang und dünn, und seine Haut erinnerte an einen frisch eingeölten Rugbyball. Unfreiwillig musste ich an eine uralte Moorleiche denken.

»Hilfskonsul Worthing[35]«, sagte Aurora, als Mrs. Tiffen und ich näher kamen, »ich möchte Ihnen den Stellvertretenden Sicherheitschef von HiberTech vorstellen, Agent Lionel Hooke. Er kümmert sich um alles, wenn ich unterwegs bin. *Höchst* vertrauenswürdig. War Captain in der Armee, bevor er zu uns stieß.«

»Sie waren … Captain Hooke?«

»Ja«, sagte er, und eines seiner Augenlider zuckte, »und wenn Sie jetzt irgendwelche Anspielungen auf Krokodile, Wecker oder eine fehlende Hand äußern wollen, dann werde ich Ihnen einen Augapfel rausreißen und Sie dazu bringen, ihn zu schlucken.«

»So etwas wäre mir nicht im Entferntesten eingefallen«, gab ich nicht ganz wahrheitsgemäß zurück. Natürlich wa-

35 Es war das erste Mal, dass mich jemand mit dem Titel »Hilfskonsul« statt »Novize« bedachte. Ich war mir immer noch nicht sicher, ob ich ihn zu Recht trug.

ren mir genau diese Dinge kurz zuvor noch durch den Kopf gegangen.

»Hooke hat mit dem Augapfel natürlich nur einen Witz gerissen«, sagte Aurora, bevor sie sich an ihren Stellvertreter wandte und in etwas nachdenklicherem Ton fragte: »Das haben Sie doch, oder nicht?«

»Natürlich«, sagte Hooke nach einer kleinen Pause, »eine kleine Absurdität meinerseits. Um das Eis zu brechen, nicht wahr.«

Daraufhin schenkte er mir ein Lächeln, das aussah, als hätte er sich gerade kurz zuvor in einem Handbuch zur Verbesserung des persönlichen Charmes mühsam angelesen, wie so etwas ging. Noch unheimlicher wurde mir zumute, als er mich in eine feste Winterumarmung zog. Er roch nach Kautabak, Batteriesäure und einem kürzlich verendeten Pferd. Außerdem nutzte er die Gelegenheit, um mir ins Ohr zu raunen:

»Ein falscher Schritt, und ich mach dich fertig.«

»Ich freue mich auch, Sie kennenzulernen«, stammelte ich, während mir klar wurde, dass Aurora ihn mir nur deswegen vorgestellt hatte, damit er wusste, wer ich war, nicht etwa umgekehrt.

»Sollen wir Sie mitnehmen?«, fragte Aurora, aber ich behauptete, dass mir ein Spaziergang guttun würde, und daher wünschte sie mir alles Gute, stieg mit Agent Hooke in einen Geländewagen mit Allradantrieb, der wie eine unglückliche Verbindung aus LKW und Stufenhecklimousine aussah, und fuhr davon.

Mrs. Tiffen und ich folgten den Wegweisern zum HiberTech-Komplex durch die leere Stadt. Mir fiel auf, dass es überall fest verankerte Sicherungsleinen gab – ein sechs Millimeter starkes Stahlseil, das an Mauern und Laternenpfählen befestigt war. Zwar gab es bei uns in Swansea und Cardiff auch entsprechende Vorrichtungen, aber sie wurden nur in Notfällen gebraucht. Hier hingegen sahen sie so aus, als würden sie nicht nur regelmäßig benutzt, sondern seien *häufig* im Einsatz. Wenn die Sicht gegen null lief, dann sorgte eine solche Leine dafür, dass man sich nicht verlief – jedenfalls, solange man sich mit einer kürzeren Halteleine und einem Karabinerhaken daran gesichert hatte.

Ich glaube, ich näherte mich HiberTech mit einem beklommenen Gefühl. Die Bedeutung von Morphenox ließ sich nun einmal nicht kleinreden. Dass man den Winter überlebte, galt inzwischen nicht nur als schöne Überraschung, sondern wurde fest erwartet. Der dadurch mögliche Erhalt qualifizierter Fachkräfte, ein allgemein niedrigerer Verbrauch von Nahrungsmitteln sowie der zusätzliche Nutzen, den die Umwidmungen und Transplantationsmöglichkeiten brachten, sorgten für eine wirtschaftliche Situation, in der das herbstliche Vollstopfen keine ganz so große Rolle mehr spielte. Die Südliche Allianz, die immer noch natürlich durch den Winter schlief und früher einmal der Nördlichen Föderation ebenbürtig gewesen war, fiel jetzt in jeder gesellschaftlichen und volkswirtschaftlichen Hinsicht zurück. Wie man es auch betrachten wollte, Morphenox brachte enorme Vorteile – solange man sich das Recht auf seine Verwendung sichern konnte. Wenn, dann war alles gut. Und wenn nicht, tja, dumm gelaufen – aber dann hatte man wenigstens ein Ziel, auf das man hinarbeiten konnte.

Der HiberTech-Komplex war dunkel und still und ließ

von außen nicht im Geringsten erkennen, dass sich irgendjemand darin aufhielt. Wäre die Reihe von Gaslaternen nicht gewesen, welche die Straße zur Stadt säumten, hätte man glauben können, er sei lange schon aufgegeben worden. Das 25 Hektar große Gelände war, wie ich wusste, zu allen Seiten von offener Landschaft ohne große Auffälligkeiten umgeben, und vier Wachttürme an den Ecken der zwanzig Meter hohen Mauern sorgten für einen guten Überblick in alle Richtungen. Bei der großen Flügeltür am Eingang handelte es sich um eine verstärkte Stahlkonstruktion, neben der sich zu beiden Seiten schmale Schießscharten befanden. An einer Seite des Eingangs war ein Telefon angebracht. Ich nahm den Hörer und stellte mich vor.

»Hilfskonsul Worthing, C., BDA26355F. Ich möchte eine Nachtwandlerin abgeben, Tiffen, L., HAB21417F.«

»Hmm«, war von der anderen Seite zu hören, »wir erwarteten Logan, J., JHK889521M.«

Ich informierte den Mann, dass Logan verstorben war und ich nach Dienstvorschrift SX-70 zur Weiterführung von Befehlsanweisungen seine Pflichten übernommen hatte. Darauf folgte eine Reihe weiterer Fragen, bis der Wachmann endlich zufrieden schien, die Außentür öffnete und uns einließ. Nachdem ich meine Bambi abgegeben hatte, traten wir in eine große und teuer eingerichtete Lobby mit kuppelartiger Decke und einer imposanten Freitreppe; mehrere überbreite Flure führten weiter in den Komplex hinein. Dem Rezeptionstresen gegenüber befand sich ein großes, opulentes Buntglasfenster, das die Geschichte von HiberTech Industries bildhaft darstellte, und an der Wand hing ein riesiges HiberTech-Logo, neben dem die beiden Porträts von Gwendolyn XXXVIII. und Don Hector zwergig klein wirkten. Bemerkenswert waren zudem zwei geparkte Golfcarts, in denen jeweils ein Nachtwandler saß und mit leerem Blick zu Boden glotzte. Das war ziemlich überraschend. Das Fahren eines solchen Fahrzeugs überstieg die Fähigkeiten aller Ungewidmeten, die ich bisher erlebt hatte, und zwar bei Weitem. Unpassenderweise trugen die beiden Namensschildchen. Irgendein Spaßvogel hatte sie Chas und Dave genannt.

»Willkommen bei HiberTech«, sagte der Sicherheitsmann in gut gelauntem Tonfall. Wie ich an seinem Namensschild ablesen konnte, hieß er Josh. Er trug eine schwarze Uniform mit gesticktem HiberTech-Logo auf der Brusttasche, und hinter ihm hingen mehrere gerahmte Urkunden mit der Überschrift »HiberTech-Empfangsmitarbeiter des Monats«, die allesamt auf seinen Namen ausgestellt waren. Entweder gab es sonst niemanden auf diesem Posten, oder keiner der anderen war gut in seinem Job.

»Ich freue mich immer, wenn Besucher kommen«, fuhr er fort. »Im Grunde bin ich auch so eine Art Besucher, ich stamme nämlich aus Kanada. Da sollten Sie mal hinfahren. Wir haben 148 Gebirgszüge, aber aus irgendeinem Grund sind wir vor allem für unsere Bäume bekannt. Der größte Teil unseres Landes besteht allerdings auch aus Bäumen.«

»Dorthin würde ich schon gern einmal reisen«, sagte ich, »aber ist in Kanada nicht alles ziemlich, naja, gefroren?«

»Nur insofern, als dass es einen gletscherartigen, permanenten Eisschild und ziemlich viel Tundra gibt. Oh, und dass wir eins gleich von Anfang an klarstellen: Lacrosse, unsere wahre Nationalsportart, ist *absichtlich* brutal, während Eishockey *zufällig* brutal ist, und falls Sie nicht gerade unheimlich viel Zeit haben, fragen Sie mich besser nicht nach gefälschtem Ahornsirup. Gute Güte, ist das eine Bouzouki?«

»Ja«, sagte ich, und Mrs. Tiffen setzte wie aufs Stichwort zu einer neuen Runde »Delilah« an. Josh gab mir meine Dokumente zurück.

»Man kann nicht vorsichtig genug sein«, sagte er. »Die Leute von RealSleep warten doch nur darauf, uns zu unterwandern. Sind Sie schon mal einem begegnet?«

»Nein«, antwortete ich, »oder zumindest nicht dass ich wüsste – wie sehen sie denn aus?«

»Na, wie ganz normale Leute eben. Das ist ja gerade das Problem.« Er starrte mich einen Augenblick an, die rechte Augenbraue ein klein wenig mehr erhoben als die linke. »Sie sehen aus, als hätten Sie kürzlich ein bisschen schlechtes Karma abbekommen.«

»Das kann man wohl sagen.«

»Ich hasse Weltschmerz. Was kann ich tun, um Sie aufzuheitern?«

Ich dachte an Logan. »Wie gut sind Sie darin, schlechte, lebensverändernde Entscheidungen beispielsweise durch Zeitreisen wieder rückgängig zu machen?«

»So etwas beherrsche ich leider gar nicht, aber vielleicht kann ich den dadurch verursachten Schmerz ein wenig lindern. Melden Sie sich noch einmal kurz bei mir, wenn Sie wieder gehen, und dann gebe ich Ihnen eine meiner Kreationen mit.«

»Kreationen?«

»Vertrauen Sie mir.«

Josh stellte mir einen Besucherpass aus und ließ mich auf einem Klemmbrett ein Formular unterschreiben. Ich sah mich neugierig um. Auf den Fluren waren einige Leute unterwegs, aber gemessenen Schrittes, und niemand sprach. Trotz reger Geschäftigkeit war es im ganzen Komplex auf beinahe unheimliche Weise still.

»Ist es hier immer so ruhig?«, fragte ich.

»Das Management ist der Überzeugung, dass sinnloses Geschwätz den Verstand vom kreativen Denken abhält«, sagte Josh, der damit beschäftigt war, sich aus dem Dutzend Zitronen, die er hinter seinem Tresen liegen hatte, die beste auszuwählen und einen Standmixer von einem Schrank zu holen. »Spielen Sie Scrabble?«

»Ich habe einmal ›Bezique‹ über ein Dreierfeld gelegt und damit 228 Punkte abgeräumt.«

Wenig später hatte ich mit dem Spielen aufgehört. Es ging nicht anders. Jede Buchstabenkombination, die ich danach gezogen hatte, hielt lediglich Enttäuschungen bereit.

»Wow«, sagte Josh, »da würden Sie uns ja richtig die Hosen ausziehen. Wir treffen uns fast jeden Vormittag im Wincarnis, zwischen zehn und zwölf. Stoßen Sie doch zu uns.«

Leider würde ich, so teilte ich mit, schon mit dem nächsten Zug wieder nach Hause fahren.

»Das ist aber schade«, bedauerte er. »Nun, vielleicht ein andermal. Sie können in dem Zimmer dort drüben warten; rufen Sie, falls Sie etwas brauchen. Und vergessen Sie nicht, noch einmal bei mir vorbeizuschauen, bevor Sie gehen.«

Der Warteraum war in einem Hellgrün gestrichen, das an Krankenhäuser denken ließ, und lediglich mit unzerbrechlichen Stühlen möbliert; verblichene Poster schmückten die Wände. Das größte Plakat war von ABwurF und zeigte die zwölfte Mrs. Nesbit, die gewinnend und mütterlich lächelte, während sie »Bargeld-Bonuszahlungen für die Babyproduktion bei Übererfüllung der gesetzlich vorgeschriebenen Quote« versprach. Einige der Plakate des walisischen Tourismusverbands waren da etwas aufmunternder. Eines bewarb beispielsweise die hiesige Region mit dem inzwischen universellen Slogan: »Komm nach Wales – es regnet ja nicht *immer*«, und ein anderes zeigte den Strand bei Rhosilli auf der Halbinsel Gower mit dem Wrack der gestrandeten *Argentinian Queen*, unter dem die einprägsame und unanfechtbar wahre Zeile prangte:

Die Gower ist von Dauer

Das Zimmer sah nicht nur ein wenig nach Krankenhaus aus, es roch auch nach dem typischen Mix aus Farbe, Bleichmittel und frischer Wäsche. Ich fütterte Mrs. Tiffen mit zwei Gürkchen und einem zähen Stückchen Käse, dann begann sie erneut mit »Delilah«, allerdings in gedämpfterem Ton, als ob die strenge Atmosphäre sie einschüchterte.

Etwa zehn Minuten später bog eine Frau um die Ecke, ganz und gar in einen Bericht vertieft. Sie hatte kurzes Haar und zarte, scharf geschnittene Züge, und außerdem sah sie aus wie Lucy Knapp. Das wiederum war gar nicht so überraschend, denn es *war* Lucy Knapp.

»Lucy …?«

»Hey, Charlie«, sagte sie grinsend, »ich hatte schon gehört, dass du zu uns unterwegs warst.«

Ich stand auf und umarmte sie fest.

»Was machst du denn hier?«, fragte ich dann.

»Ich wurde im Rahmen von HiberTechs Express-Ausbildungsprogramm der Abteilung für Fortschrittliche Umwidmung zugeteilt. Dort macht man ganz großartige Arbeit.« Sie sah sich um. »Wo ist Hauptkonsul Logan?«

»Er ist tot. Oder, vielmehr, er wurde getötet – von Aurora.«

»Echt? Warum das?«

»Er wollte mich umbringen.«

»Wieso sollte dich jemand umbringen wollen?«

»Das ist eine lange Geschichte, und keine, auf die ich besonders stolz wäre.«

»Dann erzähl sie mir, wenn du dazu bereit bist. Ist das ihr Trick?«, fragte sie und deutete auf Mrs. Tiffen, die noch immer »Delilah« spielte.

»So ziemlich.«

»Beeindruckend. Deine Bouzouki-Lady wird für die Forschung und Entwicklung sehr nützlich sein – zum Projekt Lazarus gehört die *verbesserte* Umwidmung von Nachtwandlern, damit sie der Gesellschaft noch weitaus mehr dienen können als jetzt schon.«

»Also gibt es ein Projekt Lazarus«, folgerte ich. »Was ist mit Morphenox-B?«

»Das kann ich weder bestätigen noch abstreiten«, erklärte Lucy lächelnd, »und nur für den Fall, dass es dir nicht aufgefallen ist – das Papier, das du an der Rezeption unterschrieben hast, enthielt auch eine Verschwiegenheitserklärung. Falls du auch nur ein Wörtchen darüber verlierst, was du hier zu sehen bekommst, dann wird Mr. Hooke … hast du Mr. Hooke schon kennengelernt?«

Ich nickte.

»… dann wird Mr. Hooke sich deines Stillschweigens auf seine ganz persönliche Weise versichern, und ich habe das Gefühl, dass es sich dabei um eine Methode handelt, die für die wenigsten Menschen angenehm sein dürfte. Gerüchten zufolge hat er es einmal mit einem hungrigen Polardachs aufgenommen – und gewonnen.«

»So beeindruckend ist das nun auch nicht.«

Polardachse waren zwar notorisch schlecht gelaunt, aber dennoch nicht größer als ein mittelgroßer Hund. Ich hätte es ungern auf eine Auseinandersetzung mit einem solchen Tier angelegt, aber mit der richtigen Bewaffnung hätte ich mich wahrscheinlich ganz gut geschlagen und nicht mehr als einen Finger oder ein Auge eingebüßt.

»Da war er vier«, fügte Lucy hinzu. »Er stammt wohl von Womaden ab, von den Oldivicianern, glaube ich. War wahrscheinlich Teil seiner Mittwinter-Frosterfahrung[36].«

»Okay, dann ist es doch beeindruckend.«

»Das erzählt man sich jedenfalls. Komm, ich bringe euch beide jetzt mal in den B-Flügel.« Mit einem Zeichen bedeutete sie mir, den Warteraum zu verlassen, und klatschte dann zweimal in die Hände. Die beiden Golfcart-Fahrer hoben den Kopf auf die müde, motivationslose Weise, wie sie für Nachtwandler typisch ist, und nachdem Lucy auf den gezeigt hatte, der Dave getauft worden war, fuhr er langsam auf uns zu und hielt. Er saß einfach nur da, wartete und starrte auf die Wand rechts über unseren Köpfen.

Lucy bedeutete mir, mit Mrs. Tiffen einzusteigen, dann nahm sie ebenfalls Platz.

»Wir versuchen, den Fähigkeitsbereich der umgewidmeten Nachtwandler zu erweitern, damit er über das Sortieren

36 »Womaden« oder auch »Winternomaden« ließen ihre Kinder oft im Winter draußen allein, um die Starken von den Schwachen zu trennen.

von Kartoffeln und das Öffnen von Türen hinausgeht«, sagte sie. »Aber im Augenblick stecken wir noch in der Beta-Testphase – deswegen lassen wir sie auch noch nicht aus dem Komplex raus. Es gehört zu den Unternehmensrichtlinien, stets ein Marmeladensandwich und eine Dose mit Mandelkuchen dabeizuhaben, wenn man mit ihnen in einem Golfcart fährt. Trotz ihrer Fähigkeiten werden sie doch immer noch leicht bissig, wenn sie Hunger haben.«

Lucy sagte dem Fahrer, wohin er uns bringen sollte, und mit quietschenden Reifen fuhren wir los. Es folgte eine einzigartig haarsträubende Fahrt, auf der wir eine Reihe von Objekten nur knapp verfehlten und halsbrecherisch um uneinsehbare Ecken schossen, wobei möglicherweise unseren Weg kreuzende Fußgänger lediglich durch den piependen Warnton des Fahrzeugs auf uns aufmerksam gemacht wurden. Dave schien ein allenfalls oberflächliches Interesse an seiner Aufgabe aufzubringen und starrte die meiste Zeit mit dem Blick eines Hundes, dem man einen Knochen vor die Nase hält, meinen Arm an.

Lucy erklärte mir, ich würde die Erlauchte Goodnight treffen und sollte mich daher von meiner besten Seite zeigen.

»Wirklich?«

»Ja, wirklich.«

Meine Überraschung hatte einen guten Grund. Die Erlauchte Charlotte Goodnight war das einzige noch lebende Mitglied der »HiberTech Five«, jenes eng miteinander verbundenen Teams, das während der Entwicklung von Morphenox Don Hector zur Seite gestanden hatte. Goodnight war als sechzehnjähriges Wunderkind mit phänomenalen Chemiekenntnissen zum Team gestoßen und hatte persönlich die Entwicklung von Juvenox für die unter Zwölfjährigen übernommen. Als Don Hector starb, war es logisch erschienen, dass sie die Leitung des Unternehmens übernahm.

»Was hat Mutter Fallopia gesagt, als du ihr eröffnet hast, dass du gehst?«, fragte Lucy, während wir durch den Komplex fuhren.

»Sie sagte, ich sei ein undankbares Arschloch, würde eine Woche nach Winterbeginn tot sein, und falls bekannt sei, wo man mich verscharrt hat, würde sie kommen und auf meinem Grab tanzen.«

»Das hat sie gesagt?«

»Etwas in diesem Sinne jedenfalls.«

»Du hast trotzdem das Richtige getan.«

Wir fuhren durch eine sich automatisch öffnende Tür, die in einen weiteren langen Korridor führte, der jedoch zu einer Seite offen war. Ich hatte früher schon Luftaufnahmen des Komplexes gesehen und wusste, dass er ähnlich wie ein College rund um einen Kreuzgang angelegt war, aber dieser Kreuzgang umfasste eine Fläche von fast zwölf Hektar mit Bäumen, Büschen und sogar einem Bach, der, wäre er nicht gefroren gewesen, in einer Ecke auf recht hohem Niveau entsprang, um durch Felsen und Schluchten auf einen Wasserfall zuzufließen und schließlich mit einem Gurgeln in der gegenüberliegenden Ecke zu verschwinden.

»Der gesamte Komplex war ursprünglich als ein Sanatorium mit viertausend Betten angelegt, um Patienten zu behandeln, die an Hibernationsnarkose litten«, sagte Lucy, die meinem Blick gefolgt war. »Aber dann übergab man ihn an Don Hector und sein Team, als dessen Forschung mehr und mehr Erfolge zeigte. Zu der Zeit, als sie eine einsatzfähige Version von Morphenox erarbeitet hatten, wurde bereits das gesamte Gelände für die Hibernationsforschung genutzt: Es ging um die Frage, wie mehr Bürger darauf würden hoffen können, den Winterschlaf zu überleben, wie wir vielleicht eines Tages weniger Schlaf brauchen würden und wie eine bessere Behandlung der mentalen und physischen Probleme aussehen könnte, die mit dem Früherwachen einhergingen.«

»Das ist sehr beeindruckend«, sagte ich.

»Sollte es auch sein«, erwiderte Lucy. »HiberTechs Mission besteht darin, den negativen Auswirkungen der Hibernation auf Gesellschaft und Wirtschaft entgegenzuwirken.«

»Ein kühnes Versprechen.«

»Bei HiberTech denkt man stets im großen Rahmen. Wir sind da.«

Der Golfcart kam mit einem Kreischen vor einer Tür zum Stehen, auf der »Projekt Lazarus« stand.

»Haben-Sie-einen-schönen-Tag-und-genießen-Sie-Ihren-Aufenthalt-bei-HiberTech.« Dave leierte die Worte herunter, als hätte er sie rein phonetisch auswendig gelernt.

Lucy gab einen Code auf dem Tastenfeld an der Tür ein, und nachdem wir einige Male nach links und nach rechts und durch eine weitere automatische Tür gelangt waren, standen wir schließlich in einem kreisrunden Raum mit Schreibtischen, Stühlen und Aktenschränken. Von dieser Kammer gingen strahlenförmig acht Korridore ab, an denen jeweils etwa zwanzig gesicherte Zellen lagen. Ich hörte Geräusche – Gemurmel und Krachen – und nahm den typischen, unangenehmen Geruch ungewaschener Nachtwandler wahr. Etwas weiter den Korridor entlang war ein Pfleger mit Gummischürze damit beschäftigt, eine Zelle mit einem Schlauch zu reinigen, und das verdreckte Wasser strömte in einen zentralen Ablauf.

Eine Hand an Mrs. Tiffens Ellenbogen gelegt, stand ich da und sah mich um. Zu meiner Rechten befand sich eine Tür mit einer Glasscheibe, und da ich meine Neugier nicht länger bezähmen konnte, trat ich näher und blickte hindurch. Ein Nachtwandler, der einen blassgrünen Einteiler trug, war an einer Vorrichtung angeschnallt, die an einen Friseurstuhl erinnerte. Direkt über ihm befand sich ein seltsames Ding aus Kupfer, das wie ein Verkehrshütchen geformt war, allerdings sechsmal größer, wobei die Spitze nur wenige Zentimeter von der Schläfe des Festgeschnallten entfernt war. Hinter dem Operationstisch standen zwei Techniker an verschiedenen großen Maschinen mit zahlreichen Messinstrumenten, Anzeigen und Knöpfen sowie vier großen Bildschirmen. Die Techniker sagten etwas, das allerdings durch das dicke Glas der Tür nicht zu verstehen war.

»Wissen Sie, was durch Neugier mit der Katze geschehen ist?«

Ich wandte mich um. Hinter mir stand die Erlauchte Goodnight.

Sie wirkte älter als auf den Pressefotos, aber ich schätzte sie auf etwa Mitte sechzig. Ihr gut trainierter Körper hatte ein ausgewogenes Mittsaisongewicht, ihre blauen Augen blinzelten nicht, und sie trug eine gestärkte, weiße Uniform, die schnörkellose Effizienz ausstrahlte. In ihrem Blick lag kaum verhohlene Verachtung.

»Oh.« Es war mir peinlich, dass sie mich beim Schnüffeln erwischt hatte. »Entschuldigung.«

»Nun, wissen Sie es?«

»Was weiß ich?«

»Was durch Neugier mit der Katze geschehen ist?«

»Sie ist umgekommen, nehme ich an.«

»Tut mir leid, ich habe Sie nicht verstanden.«

»Sie ist umgekommen«, sagte ich nun lauter.

»Genau. Die Bedeutung liegt wohl auf der Hand …« Sie unterbrach sich, dachte kurz nach und wandte sich dann an Lucy. »Lucy, meine Liebe, weshalb genau ist die Katze durch Neugier umgekommen?«

Lucy hatte in Mrs. Tiffens Akte gelesen, sah nun aber ruckartig auf, als ihr Name fiel.

»Oh – äh, der Kontext dieser Redewendung ist nicht bekannt, Ma'am, aber die *idiomatische* Bedeutung ist sehr klar.«

»*Genau*«, sagte Goodnight, »das hätte ich nicht besser ausdrücken können. Ein Idiom. Unsere Arbeit hier ist unerquicklich, aber für das Allgemeinwohl unerlässlich. Idiomatisch ausgedrückt … Lucy?«

»Wo gehobelt wird, fallen Späne?«

»Das trifft es schon recht gut.«

»Ist das nicht … eher ein Sprichwort als ein Idiom?«, fragte ich.

Sie starrten mich beide kurz an.

»Uninteressant, weiter im Text«, sagte Goodnight. »Wo ist Hauptkonsul Logan?«

»Aurora hat ihn getötet.«

»Aus Spaß, um sich zu amüsieren?«

»Tötet sie Menschen aus Spaß?«

»Sie sind nicht hier, um Fragen zu stellen, Konsul. Weiß Toccata, dass Logan tot ist?«

»Noch nicht, vermute ich«, sagte Lucy.

»Wer wird es ihr sagen?«, fragte ich.

»Ich nicht«, erklärte Lucy.

»Ich auch nicht«, stellte die Erlauchte Goodnight fest, die mich noch immer anstarrte. »Was ist mit Ihrem Kopf passiert?«

Ihre direkte Art brüskierte mich, und ich fasste unwillkürlich nach der rechten Gesichtshälfte, die sich nach innen bog und einen leichten Drall nach links aufwies, durch den das rechte Auge um etwa eineinhalb Augäpfelbreiten tiefer saß als das linke.

Für meine Freunde und die Schwestern war das bei mir eben so und daher keiner Bemerkung wert, es wurde nicht einmal mehr wahrgenommen. Aber an den Reaktionen der Öffentlichkeit konnte ich stets ablesen, dass die gesellschaftliche Bewertung meines Aussehens irgendwo zwischen »interessant« und dem physiotypischen Begriff »unansehnlich« lag.

»Das ist eine angeborene Schädeldeformation«, antwortete ich.

»Oh«, sagte sie herablassend, was mich zu dem Schluss brachte, dass ihr Interesse lediglich den medizinischen Fakten galt. »Also kein Knochenschwund?«

»Nein, Ma'am.«

»Pech für Sie«, sagte sie. »Wir arbeiten daran, die Folgen von Knochenschwund durch Kalziummangel zu reduzieren und sogar aufzuheben.«

»Ich betrachte das nicht als Pech«, sagte ich.

»Wissen Sie was?«, erwiderte sie. »Das interessiert mich wirklich überhaupt nicht.«

Und ohne jegliche Vorwarnung bohrte sie eine Sicherheitsnadel in Mrs. Tiffens Unterarm. Ein kleiner, roter Tropfen quoll hervor. Ich allein zuckte dabei zusammen; die tote Frau zuckte mit keiner Wimper.

»Bringt Sie der Anblick von Blut durcheinander, Konsul?«, fragte Goodnight. »Fehlgeleitete Empathie wird Sie noch umbringen.«

»Mit dem größten Respekt, Ma'am, ich dachte, das wäre die Neugier?«

»Vielleicht war es das, was die Katze umgebracht hat«, sagte Goodnight nach kurzem Überlegen. »Neugier … auf Empathie.«

Sie sah Lucy an, von der sie sich offenbar semantische Unterstützung erhoffte, aber Lucy zuckte nur die Achseln.

»Nun gut«, sagte die Erlauchte Goodnight und reichte mir ihr Klemmbrett. »Unterschreiben Sie auf der gestrichelten Linie.«

»Bekommen Sie viele?«, fragte ich, während ich die Unterlagen an mich nahm. »Hülsen, die wirklich gute Tricks draufhaben, meine ich?«

Die Erlauchte Goodnight sah mich misstrauisch an.

»Wir veröffentlichen keine Statistiken«, sagte Lucy.

»Langjährige Unternehmenspraxis«, sagte die Erlauchte Goodnight, während ich das Überstellungsformular unterzeichnete. »RealSleep würde unsere eigenen Zahlen nur zu gern gegen uns verwenden, deswegen geben wir sie nicht heraus – Fakten können Menschen zutiefst verwirren. Aber um Ihre Frage zu beantworten, wir hatten einmal eine Tricksy namens Dorothy, die jedes gesprochene Wort in Morsezeichen umwandeln konnte. Wir nannten sie ›Dit-Dah-Dot‹. Sie wurde zu einer Telefonvermittlerin umgewidmet, und Tests zufolge konnte sie sieben Tage die Woche Sechzehnstundenschichten leisten, mit nur einer dreißigminütigen Pause für einen Toilettengang und Abendessen. Also, *das* nenne ich Produktivität – Sie nicht auch?«

Tatsächlich erschien mir das alles ein wenig gruselig, aber ich nickte trotzdem: »Ja, faszinierend.«

»Faszinierend?«, wiederholte sie abfällig. »Käfer, Trapezkünstler, Rodin, Tragflächenboote und sämtliche Bauwerke von Isambard Kingdom Brunel sind faszinierend. Was wir hier tun, ist viel mehr als das.«

»Inspirierend?«, schlug ich vor.

»Noch nie da gewesen«, verbesserte Goodnight, nahm dann das Klemmbrett und setzte ihren Namen unter meinen. Damit war ich nicht mehr für Mrs. Tiffen verantwortlich.

»Hier ist dein Kopfgeld.« Lucy reichte mir einen Fünfhundert-Euro-Gutschein, der bei einem von Mrs. Nesbit's Tearooms eingelöst werden konnte. »Tut mir leid, ich weiß, normalerweise gibt es Bargeld. Aber HiberTech hat da gerade eine Werbeaktion angestoßen.«

»Ach ja«, sagte Goodnight und wandte sich wieder zu uns um. »Gab es irgendwelche Veränderungen?«

»Veränderungen? Wobei?«

»Bei ihr«, fuhr mich Goodnight an und deutete auf die tote Frau. »Veränderungen im Verhalten. In ihrem Spiel, in ihrem Benehmen. Wurde es schlechter, besser, widerspenstiger, folgsamer – oder was?«

»Am Anfang hat sie nur ›Help Yourself‹ gespielt, aber inzwischen hat sie komplett zu ›Delilah‹ gewechselt. Ist das normal?«

»Das kommt schon vor – ›It's Not Unusual‹, sozusagen. Und wir sind hier fertig. HiberTech dankt Ihnen.«

Damit nahm Goodnight die tote Frau am Arm und dirigierte sie einen der Korridore entlang zu einer Zelle. Die

Bouzouki blieb zurück, was ich ebenso bezeichnend wie beängstigend fand. Doch Lucy führte mich bereits wieder zum Ausgang, und wir saßen kaum im Golfcart, als wir auch schon ebenso halsbrecherisch wie zuvor die Rückfahrt antraten. Wir schossen um die Ecken des Kreuzgangs, und ich stellte fest, dass die Pflanzen und Bäume im Garten inzwischen so wild und hoch wucherten, dass man kaum die gegenüberliegende Seite des Komplexes sehen konnte.

»Als Don Hector das Gelände übernahm, wurde dieser Bereich noch sehr gepflegt«, sagte Lucy, die meinem Blick gefolgt war, »da gab es kilometerlange Kieswege zwischen einer Vielfalt von Bäumen und sorgfältig gestutzte Beetbegrenzungen. Ein Ort der Ruhe, durch den die Patienten spazieren konnten. Es gibt einen Wasserfall, der Hexenteich genannt wird, Gewächshäuser, sogar eine Grotte, eine Konzertmuschel und einen dem Morpheus geweihten Tempel. Alles überwachsen.«

Wir kehrten durch die Automatiktür ins warme Innere zurück, und die Reifen quietschten auf dem polierten Linoleumboden.

»Findest du diese ganze Umwidmungsgeschichte nicht auch irgendwie gruselig?«, fragte ich.

»Es ist schon eine echte Herausforderung«, räumte sie ein, »aber die Möglichkeit, eine einsetzbare Truppe von Arbeitsfähigen bereitzustellen, die potenziell achteinhalb Millionen produktive Arbeitsstunden abdecken könnte, sollte man nicht leichtfertig verschenken. Stell dir vor, wenn die Umgewidmeten genügend Geschick besäßen, um Fabrikarbeit zu übernehmen – der Preis sämtlicher Güter würde dramatisch sinken.«

»Und Morphenox-B?«, fragte ich.

»Soll ab nächsten Sommer in den Handel kommen, und zwar für jeden. Das wird eine echte Wende einläuten – aber das weißt du nicht von mir.«

Sie lächelte, hob die Augenbrauen und befahl dem Golfcart-Fahrer anzuhalten.

Er gehorchte, und Lucy stieg bei der Pharmazeutischen Produktionsabteilung aus.

»Fährst du gleich wieder zurück?«, fragte sie. »Nach dem, was ich gehört habe, sollte man sich von den Konsuln aus Sektor 12 besser fernhalten.«

»Ja, für mich geht es gleich wieder nach Cardiff, ich muss mich nur noch schnell mit jemandem treffen.« Ich stieg vom Cart und schloss sie in die Arme.

»Möge der Frühling dich umarmen«, sagte ich.

»Und dich auch. Wir sehen uns am nächsten Fat Thursday. Ich hebe dir einen Burger auf.«

Nachdem ich mich wieder hingesetzt hatte, rief Lucy dem Fahrer »Rezeption« zu, und wir setzten uns wieder in Bewegung. Schon bald war Lucy hinter einer Biegung verschwunden, und wir rasten so halsbrecherisch wie zuvor zur Lobby zurück.

Mein Verstand sorgte sich allerdings nicht länger um das Todes- oder Verletzungsrisiko bei Golfcart-Unfällen, sondern um das Projekt Lazarus. Die Statistiken über Nachtwandler waren von jeher lückenhaft, aber nach dem, was Lucy und die Erlauchte Goodnight gesagt hatten, würde man Nachtwandler eventuell einem völlig neuen Nutzen zuführen können. Besonders ärgerlich war aber, dass meine Entscheidung, mich auf eine Stelle mit Überwinterung einzulassen, damit mein Morphenox-Anspruch gewahrt blieb, völlig sinnlos gewesen sein würde, wenn das Mittel in der nächsten Saison ohnehin an jeden ausgegeben wurde.

Ich kam von meinen Gedanken ab, als wir unvermittelt langsamer wurden und stehen blieben. Verwundert sah ich den Fahrer an. Er hatte sich vorgebeugt und starrte reglos auf den Boden. Als ich ihn jedoch berührte, fuhr er herum und sah mich mit verwirrtem Blick an.

»Werden Sie ihr sagen, dass es mir leidtut?«, fragte er und klang dabei, als sei er bei klarem Bewusstsein.

Ich war völlig perplex – es war, als hätte er plötzlich vergessen, dass er ein Nachtwandler war.

»Wem soll ich das sagen?«

»Es war ein riesiger Fehler«, fügte er mit verblüffter Miene hinzu, als ob er selbst nicht wusste, was er sagte oder warum. »Und es vergeht keine Woche, ohne dass ich an sie dächte.«

Dann runzelte er die Stirn, als ob er versuchte, einen verlorenen Faden wieder aufzunehmen. Verwirrung legte sich über seine Züge, und seine Unterlippe zitterte. Schließlich traten ihm Tränen in die Augen und liefen ihm die Wangen hinab, und mir schien, er weinte aus Frustration.

Ich legte ihm die Hand auf die Schulter.

»Dave?«, fragte ich. »Geht es Ihnen gut?«

Aber er sagte nichts mehr, und mit einem Quietschen der Räder ging es wieder weiter. Nach ein oder zwei Minuten waren wir an der Rezeption.

»Vielen-Dank-dass-Sie-mit-HiberTech-gefahren-sind«, sagte Dave mechanisch, »haben-Sie-eine-gute-Weiterfahrt.«

Ich ging zum Tresen und gab meinen Besucherausweis zurück.

»Charlie!«, sagte Josh. »Schauen Sie sich an, was ich für Sie gemacht habe, um Sie wieder aufzumuntern. Ich habe es den ›Volle-Bandbreite-Mix‹ getauft, und er besteht aus Brombeer-, Minz-, Cola- und Zitronensirup. Ich habe sieben Zitronen und eine ganze Wassermelone entsaftet, mit einer neuen, effizienten und unglaublich riskanten Technik, die ich Hand-im-Mixer nenne. Wenn Sie etwas Hartes, Zähes in Ihrem Drink finden, ist das möglicherweise die Spitze meines kleinen Fingers.«

»Wirklich?«

»Ja. An vorderster Front kulinarischer Innovationen«, setzte er gut gelaunt hinzu, »muss man bereit sein, Opfer zu bringen.«

Er streckte einen bandagierten Finger in die Höhe, als wollte er das Gesagte unterstreichen, und ich starrte das Getränk an.

»Sie hätten den Finger doch heraussieben können«, sagte ich.

»Dann verliert man aber doch auch das ganze Fruchtfleisch. Es ist nur die Spitze, das ist so gut wie gar nichts.«

Ich probierte den Drink, dessen Geschmack zwischen einem Smoothie und einer Mint-Latte lag. Er schmeckte tatsächlich sehr gut, und das sagte ich Josh auch.

»Das freut mich«, sagte er, »das freut mich wirklich sehr.«

Ich trank den Rest und fischte die Fingerspitze heraus, bevor ich sie herunterschluckte; es war wirklich nur ein winziges Stück. Dann stellte ich das leere Glas auf den Tresen.

»Danke«, sagte ich. »Ich sollte vielleicht noch berichten, dass mein Fahrer sagte, er wolle sich bei einer Frau entschuldigen, die er einmal kannte.«

»Sind Sie sicher?«, fragte Josh.

»Ja.«

»Ganz sicher?«

»Ja.«

»Sie haben sich das nicht eingebildet?«

»Nein.«

»Nun«, sagte er und blickte plötzlich traurig, »was sagt man dazu? Ich schreibe es auf.« Er öffnete Daves Fahrtenbuch und schrieb eine Notiz. Nur war es eigentlich keine Notiz, es war ein schwarzes Kreuz. Nachdem er das getan hatte, klappte er das Heft schnell wieder zu und holte tief Luft.

»Ein Artefakt aus einem früheren Leben«, murmelte er, »eine verlorene Erinnerung, die an die Oberfläche blubbert. Aber eine Erinnerung ohne einen funktionierenden Verstand, die ihr Relevanz und Kontext verleiht, ist kaum mehr als zufällige Worte auf einem Stück Papier. Würden Sie dem nicht auch zustimmen? Zustimmung ist wirklich wichtig, müssen Sie wissen.«

Er sah mich mit einem gequälten Gesichtsausdruck an.

»Ich stimme dem zu.«

»*Hervorragend*«, sagte er spürbar erleichtert. »Sie können Ihre Waffe beim Verlassen des Gebäudes mitnehmen. Kommen Sie gern wieder einmal vorbei, und vergessen Sie das Scrabble nicht. Wincarnis, an den meisten Vormittagen.«

Nachdem ich mich bedankt hatte, ging ich zum Ausgang. Als ich mich noch einmal umwandte, sah ich, dass er sein Bild aus dem »Mitarbeiter des Monats«-Rahmen nahm. Ich empfand nichts als frohe Erleichterung, nachdem ich sicher aus dem Komplex herausgekommen war.

Das Wincarnis

»… Professionelle Überwinterer waren jenen nicht besonders gewogen, die dormöopathische Scharlatanerie anboten: die selbsternannten Nachtschamanen, Morpheisten, Traumtänzer oder Homöodormöopathen. Die Menschen dankten oft den Geistern dafür, sie vor dem Winter bewahrt zu haben, wo sie eigentlich uns hätten danken sollen: den Portiers, den Technikern, den Quartiermeistern, den Konsuln …«

Handbuch der Winterologie, 9. Auflage,
Hodder & Stoughton

Es blieb noch ein wenig Zeit, bevor mein Zug abfuhr, daher ging ich in die Stadt, um mich wie vereinbart mit Moody zu treffen. Ich bog rechts bei einer verrammelten Apotheke ein, dann überquerte ich eine Brücke, auf der ein unfähiger Fahrer einen Sattelzug so ungeschickt eingekeilt hatte, dass er dort unter einer Masse aus Schnee und Eis festgefroren war. Dahinter lag ein Platz von bescheidenen Ausmaßen, auf dem sich ein Briefkasten, eine Telefonzelle und eine Bronzestatue befanden. Letztere erhob sich auf einem Sandsteinsockel.

Gerade voraus, den kleinen Platz überschattend, erhob sich das Winterkonsulat, ein mit einer Kuppel überwölbter Granitbunker, der offenbar von einem Architekten entworfen worden war, der sich in seinem Gespür für Ästhetik vor allem von Hafenmolen inspirieren ließ. Man nannte diesen Stil *ultra-permanent,* und er spiegelte den aktuellen Trend, öffentliche Gebäude so zu gestalten, dass sie weder durch Gletscher noch durch Erdbeben oder einen murmelgroßen Meteoriten Schaden nehmen würden. Davon abgesehen spiegelte er auch die Haltung der Nördlichen Föderation: Wir werden bleiben.

Zu meiner Rechten befand sich eine frisch renovierte Kornmühle, geschlossen, und unter dem Rathaus eine öffentliche Bedürfnisanstalt, ebenfalls geschlossen. Das Wollgeschäft auf der anderen Seite war seltsamerweise sogar geöffnet, der Supermarkt und der Osmanische Imbiss hatten allerdings zu. Zwar waren einige Leute unterwegs, aber sie schienen es alle eilig zu haben. Die meisten hielten die Köpfe gesenkt, um sich vor der Kälte zu schützen, und hatten sich die Kapuzen ihrer Parkas so weit wie möglich ins Gesicht gezogen.

Das Wincarnis Hotel lag zu meiner Linken, und der Name des Establishments prangte auch auf einem leuchtend bunten Emailleschild über der Tür, das *Wincarnis Stärkende Getränke* anpries. Die darauf abgebildete, nach edwardianischer Mode gekleidete Lady blickte mit gut gelauntem Lächeln in die Welt hinaus, ohne sich von Eis oder Schnee die Stimmung vermiesen zu lassen, und die leuchtenden Farben wirkten übermäßig grell im schwachen Licht der Gaslaternen.

Ich betrat die Lobby und ging zur Rezeption, die von einem Mädchen besetzt war, das kaum älter als sechzehn zu sein schien. Sie trug ein kariertes Kleid unter zwei zugeknöpften Strickjacken, und ihr glattes braunes Haar war zu einer ordentlichen Pagenfrisur geschnitten. Sie hielt den Kopf über mehrere aufgeklappte Bücher gebeugt und schrieb in kleiner, ordentlicher Handschrift in ein Schulheft.

»Willkommen im Wincarnis«, sagte sie mit fröhlicher Stimme. »Ich habe Sie hier noch nie gesehen.«

»Ich bin auf der Durchreise«, erklärte ich. »Und ich bin mit Moody verabredet. Ist er da?«

»Nein, der läuft wohl irgendwo rum und erzählt irgendwas von Buicks und solchem Zeug. Worüber wollten Sie denn mit ihm reden?«

»Über Buicks und solches Zeug.«

»Kann ich mir vorstellen«, sagte sie. Die Bücher und Hefte vor ihr auf dem Tresen sahen nach Schule aus.

»Hausaufgaben?«, fragte ich.

»Es ist tatsächlich meine Doktorarbeit«, erklärte sie in leicht beleidigtem Ton. »*Beweiskräftige Bestätigungen von bisher als Legenden oder Fabelwesen betrachteten Lebensformen innerhalb des Winterstaats.*«

»Was soll das heißen?«

»Das heißt, dass ich versuche, die Existenz des Wintervolks zu beweisen.«

Genauso gut hätte sie nach Belegen für das Vorkommen von Einhörnern Ausschau halten oder Fallen für Feen bauen können.

»Das wird aber knifflig werden, meinen Sie nicht?«

»Es grenzt ans Unmögliche.«

»Weil sie nicht existieren?«

»Oh, sie existieren durchaus – das Problem liegt in der Sammlung von Beweisen. Aber ich habe mit einem Bürgen gewettet, dass es sie gibt, und Jim Treacle, also, der hat wirklich was übrig für eine gute Wette.«

»Worum haben Sie gewettet?«, fragte ich und dachte dabei an ein Dutzend Schokoriegel oder dergleichen.

»Um fünfzigtausend.«

»*Fünfzigtausend?*« Um so viel Geld zusammenzubekommen, würde ich zwanzig Jahre brauchen. »Warum so viel?«

»Lange Geschichte. Was halten Sie davon?« Damit öffnete sie ihren Tornister und nahm eine kleine Schachtel heraus, die sie dann mit größter Vorsicht öffnete. Darin lag ein winziger Hut von nicht einmal fünf Zentimetern Durchmesser.

»Sehen Sie nur«, sagte sie. »Der Kopfschmuck eines Tonttu, der zum kleinen Volk des Winters gehört.«

Ich sah ihn mir kurz an. Die Stickerei war zweifelsohne fein gearbeitet, aber das Material sah nicht so sehr nach Leder aus, sondern vielmehr nach ... *Plastik.*

»Ich glaube, das gehört zu einer Barbie«, sagte ich. »Zu einem ihrer Westernkostüme.«

»Ja, das glaube ich auch«, seufzte sie. »Der Herstellername ist in der Innenseite eingeprägt. Hier, schauen Sie.« Sie zeigte es mir, dann packte sie den Hut wieder ein und steckte das Kästchen in ihre Tasche. »Es ist trotzdem wichtig, Beweise zu sammeln, selbst wenn die sich dann nicht als echt erweisen. Das kennzeichnet die wissenschaftliche Vorgehensweise. Man stellt fest, dass man sich geirrt hat, und damit ist man ein wenig klüger. Wenn ich mich oft irre, dann müsste ich doch zwangsläufig Fortschritte machen, oder?«

»Bei mir funktioniert es so«, sagte ich, »aber das Wintervolk existiert doch nur im Märchen, oder? Um Kindern Angst einzujagen, damit sie sich gut betragen, und um die Schlafscheuen in die Betten zu scheuchen?«

»Ich gehe mit einer breiter gefassten Einstellung zu traditionellen Begriffen wie ›Existenz‹ oder ›Beweis‹ an die Sache heran«, sagte sie, »aber hier habe ich vielleicht auch mehr Glück als anderswo: Gronk, Thermalovaur und Gizmo werden fast ausschließlich mit Mittelwales in Verbindung gebracht, und die Gronk ist davon abgesehen auch so gut wie brandneu – sie wurde zum ersten Mal vor zwanzig Jahren in der Nähe von Rhayder gesichtet.«

»Die Geschichte von Ichabod und dem Kaltwassertank?«

»Ganz genau.«

Ich sagte ihr, dass Moody der Meinung gewesen war, das ganze Gebiet sei die Wiege aller Fabeln.

»Und das aus gutem Grund«, antwortete sie, »und ich glaube zudem, dass die Gronk bald zurückkommen wird – um sich am Schamgefühl der Unwürdigen zu laben.«

»Reiche Beute, nehme ich an?«

Die junge Frau rollte mit den Augen. »Hier im Zwölften ist der Tisch für sie reich gedeckt. Wenn die Große G sich hier sehen lässt, dann würde ich zuerst auf den Bürgen und Teilzeit-Konsul Jim Treacle setzen, aber beim Schuldgefühl-Ranking kommt wahrscheinlich nicht einmal er an einige der schrägen Typen heran, die hier sonst noch unterwegs sind. Da ist Jonesy, die als Befehlshabende sechzig Soldaten verloren hat, Toccata, die die Hälfte der Zeit nicht sie selbst ist, oder Fodder, der *definitiv* irgendetwas verbirgt. Die meisten Portiers hier haben große Verluste erlitten, wahrscheinlich entweder aus Langeweile oder Inkompetenz. Aber der vielversprechendste Kandidat ist für mich der klare Ekelpaketwettbewerbsgewinner des Zwölften, Agent Hooke. Ich bin übrigens Laura Strowger.«

»Charlie Worthing«, sagte ich.

Wir gaben uns die Hand anstelle einer Winterumarmung. Mit Jugendlichen machte man das nicht, wenn sie nicht zur Familie gehörten.

»Na dann«, sagte ich, »noch viel Glück auf der Jagd nach der Gronk.«

Sie bedankte sich und kehrte wieder an die Arbeit zurück, und ich ging durch die Lobby zum Mrs. Nesbit's Café, das aus einem Raum von ordentlicher Größe mit einfachem, rustikalem Dekor bestand: Eichenbalken, halbhoch holzvertäfelte Wände, antike Kupferpfannen und zwei große Fenster, die zum Platz hinausgingen. Eine Einschläferin und ein potenzieller Kunde saßen in einer kuschligen Nische nahe dem knisternden Kaminfeuer und sprachen über impressionistische Maler, das übliche Vorgeplänkel zur Schlummerassistenz. Später würde sie vielleicht mit Literatur weitermachen, mit Gedichten oder Lautenmusik, und dann, falls das alles nichts half, zu intimeren Mitteln greifen. Aber das war in den wenigsten Fällen erforderlich. Angesichts der traditionell großen einschläfernden Fähigkeiten der Professionellen verloren die meisten Kunden bereits irgendwo zwischen Dylan Thomas und Longfellow das Bewusstsein, nur die wenigsten hielten bis zu W.H. Auden durch. Die Lauten mussten jedenfalls nur sehr selten ausgepackt werden.

Die Einschläferin hatte die leeren, übermüdeten Augen einer Winsomniastin, die schon seit Jahren nicht mehr in die nährenden Tiefen des Schlafes gefallen war. Sie sah seltsam vertraut aus und schien in ihrem sechsten Lebensjahrzehnt zu sein – das jedenfalls war ungewöhnlich, denn langjährige Überwinterer brachten es meist auf höchstens vier. Ich hob idiotisch die Hand und winkte zu ihr hinüber, und sie erwiderte ausdruckslos meinen Gruß.

Die verbliebenen Anwesenden der Lounge waren Winsomniasten, vielleicht ein Dutzend an der Zahl. Sie hingen mehr auf ihren Stühlen, als dass sie saßen, und verströmten ein Gefühl unaufgeregter Apathie. Zwei spielten Schach mit leichtgewichtigen Spielfiguren, einige lasen Bücher, aber die meisten dösten vor sich hin, die Augen und die Münder teilweise offen, sodass ihnen der Speichel über die Wangen rann. Ihre Augen glitten träge zu mir herüber, als ich eintrat, und dann ebenso träge wieder in eine andere Richtung, bevor sie mit ihrer jeweiligen Beschäftigung fortfuhren, die in den meisten Fällen aus gar nichts bestand.

»Willkommen bei Mrs. Nesbit's«, sagte der Winsomniast, der mir am nächsten war. Er trug eine lange Robe aus Sackleinen und offene Sandalen und hatte sich getrocknete Frühlingsblumen in den Bart geflochten. Eine Brille mit grünem Rand umrahmte ein freundliches, frommes Gesicht, das von schlaflosen Wintern und den Elementen tiefe Furchen bekommen hatte.

»Hallo«, brummte ich und brach damit sofort die einzige Regel, die im Umgang mit Schlafscheuen gilt: Ignorieren.

Er stellte sich als Schamanen-Bob vor.

»Hilfskonsul Charlie Worthing«, sagte ich.

»Auf der Durchreise?«

»Ja, ich bin hier mit Moody verabredet.«

»Mit Baumflechte könntest ein interessanteres Gespräch führen. Was ist mit deinem Kopf passiert?«

Anders als vorhin, als ich mich im Gespräch mit der Erlauchten Charlotte Goodnight hatte höflich zusammenreißen müssen, konnte ich jetzt bei meiner Antwort etwas tiefer ins Humorarsenal greifen.

»Der befindet sich im letzten Stadium einer schrecklich schmerzhaften und unheilbaren Geschlechtskrankheit mit Knochenschwund. Sie wird glücklicherweise nur durch Hautkontakt übertragen. Entschuldigung, das hätte ich natürlich sagen müssen, bevor ich dir die Hand gegeben habe. Wie nachlässig von mir, ich hoffe, du siehst mir das nach.«

Schamanen-Bob lächelte. »Schon okay«, sagte er, »das hatte ich wohl verdient.«

»Ja, das glaube ich auch.«

Er stand auf, kam auf mich zu und zog mich in eine Winterumarmung. Das letzte Mal, dass mich ein Schamane umarmt hatte, lag ungefähr zehn Jahre zurück, aber wie ich feststellte, hatte sich wenig verändert. Er roch nach trockenem Sackleinen, Schimmel und getrocknetem Pökelfleisch. Und er war sehr knochig. *Richtig* knochig. Wie ein Sack voller Axtstiele. Nachdem wir so lange beieinandergestanden hatten, dass ich mich schon fragte, ob er eingeschlafen sei, lösten wir uns aus der Umarmung.

»Willst du einen Kaffee?«, fragte er. »Wir haben hier die Nesbit-Discount-Röstung. Was ihr an Geschmack fehlt, macht sie mit ihrer Vielseitigkeit wieder wett. Wenn man sie als Paste anmischt, gibt sie eine ziemlich widerstandsfähige Fugenmasse ab.«

»Das ist sehr nett, danke.«

»Die Maschine steht dahinten, und wenn du schon dabei bist, mach mir doch auch einen. Noch jemand?«

Von den anderen Anwesenden kam schwache Zustimmung. Enthusiasmus galt unter Winsomniasten als Schimpfwort. Ich ging zur Bar und goss eine große Pressstempelkanne auf, die ich dann auf einen der mittleren Tische stellte. Die Winsomniasten unternahmen halbherzige und von wenig Erfolg gekrönte Versuche, sich selbst zu bedienen, also schenkte ich ihnen ein. So waren die Schlafscheuen: Irgendwie schafften sie es immer, andere Leute für sich einzuspannen.

»Geht aufs Haus«, sagte Schamanen-Bob, als ich ihm eine Tasse reichte und mir dann selbst eine nahm. Der Kaffee schmeckte wie Teerseife, in die Holzkohle und Rost gemischt worden war.

»Bist du ein Anhänger des *Buchs von Morpheus*, Worthing?«, fragte Bob.

»Ganz ehrlich«, sagte ich, »ich habe nichts gegen Leute, die daran glauben, aber ich halte es für gefährlichen Schwachsinn.«

»Ein Ungläubiger ist weiter nichts als eine gute Gelegenheit«, sagte Bob mit einem unrealistischen Maß an Optimismus, »und ein Mann, den viele Gelegenheiten umgeben, ist wahrlich ein reicher Mann. Was bringt dich nach Sektor 12, Hilfskonsul? Bist du hier, um zu … träumen?«

»Oh«, sagte ich, denn jetzt wurde mir klar, was und wer sie waren. »Ihr seid *Träumer*.«

Träumer waren das genaue Gegenteil von uns Morphenox-Verwendern. Sie benutzten illegal erworbene Traumverstärker, sie scheuten die traumlose, obsidianschwarze Tiefe der Morphenox-Hibernationserfahrung und schwebten auf einer chemisch erzeugten Schaumwelle aus kräftezehrendem, unbewusstem Eskapismus durch den Winter.

Und nach den Richtlinien, die für das Winterasyl galten, konnten sie das sogar umsonst tun und ganz legal Nahrung und Unterkunft erhalten.

Im Grunde waren sie nichts weiter als Parasiten – von der schlimmsten Sorte.

»Genau«, sagte Schamanen-Bob mit einem leichten Lächeln, »aber glaube nicht, wir seien Opfer unseres Lebensstils, wir sind aus freien Stücken hier. Und eins kann ich dir sagen«, setzte er mit leiserer Stimme hinzu, »hier ist der beste Ort, um D-Reem zu besorgen. Hundert Prozent reiner Stoff, unverschnitten. Wir haben einen Kontakt bei HiberTech und tauschen es gegen Tunnock's Teacakes im Verhältnis ein Kilo für ein Gramm.«

D-Reem war ein *Eskalierer*, ein Traumverstärker. Durch den Slangnamen sollte es sich wohl cool und groovy anhören, dabei war es nur endlos dämlich.

»Träumst du, Hilfskonsul?«, fragte Bob.

Die Vermutung lag nahe, dass ich Morphenox benutzte. Ich träumte nicht. Oder wenn, dann nichts Ernsthaftes, nur eine kleine Blase in der Tiefschlafphase.

»Als ich das letzte Mal geträumt habe, konnte ich noch nicht über den Tisch gucken«, sagte ich. »Das finde ich aber auch völlig in Ordnung so.«

»Wenn du noch nicht geträumt hast, hast du auch nie richtig geschlafen. In deinen Träumen kannst du dein eigenes Ich ausleben – alles tun, alles sein. Den Geist befreien – Morphenox dämpft den Verstand und erstickt die Phantasie.«

»Wenn du das sagst.«

»Du solltest mal mit dem Traum auf die Reise gehen«, fuhr Schamanen-Bob lächelnd fort, »einen Eskalierer einwerfen und gucken, was du bisher verpasst hast. Es ist der dunkle, dreckige Cousin von Morphenox, aber das eine gäbe es nicht ohne das andere. Es ist wie Nacht und Tag, mein Freund, Hoffnung und Verzweiflung, Eldon und Manning, Dunkelheit und Licht. Wir sind die Schattenseite des tiefen Schlummers, die Schlafkrümel, die du dir aus den Augen wischst und unter die Matratze kehrst.«

»Ich bin mir nicht sicher, ob ich das richtig verstehe«, sagte ich, und noch während ich es aussprach, kamen mir Zweifel an der grundlegenden Prämisse, die ich damit aufstellte – dass es nämlich überhaupt etwas daran zu verstehen gab.

»Weißt du über die Geschichte von Don Hector Bescheid?«, fragte Bob so engagiert, wie das bei seinesgleichen überhaupt möglich war. »Weißt du, was der gute Doktor zwanzig Jahre lang getrieben hat, *bevor* er Morphenox den dankbaren Massen präsentiert hat?«

Nach kurzem Überlegen kam ich zu dem Schluss: Nein, das wusste ich nicht. Offiziell hieß es, dass er zwei Jahrzehnte lang daran gearbeitet hatte, das Medikament zu perfektionieren; wie ihm das tatsächlich gelungen war, darüber hatte ich noch nie etwas erfahren.

»Morphenox war ein Glückstreffer«, sagte Schamanen-Bob, als ich nicht antwortete, »es wurde rein zufällig entdeckt.«

Gerade wollte ich ihn bitten, das weiter auszuführen, als Moody auftauchte – leider nicht so, wie ich erhofft oder erwartet hatte. Wir wurden von einem lauten Ruf unterbrochen, und als ich aus dem Fenster des Cafés sah, entdeckte ich einen nackten Moody, der zu uns herüberrannte, den rauen Winterpelz in der Kälte gesträubt. Er schwang eine Axt und brüllte *»Blauer Buick!«*, bevor er ohne Zögern die

Axt hob und sie mit aller Macht gegen die Glasfront von Mrs. Nesbit's schleuderte – ein sinnloses Unterfangen, denn schließlich war dieses Glas darauf ausgelegt, Starkregen ebenso zu widerstehen wie von Stürmen umhergewirbelten Trümmerteilen und wild gewordenen Mammuts. Die Klinge hinterließ einen Kratzer auf der spezialverstärkten Scheibe, aber das war auch schon alles.

»Das ist keine gute Reklame fürs Träumen«, sagte Schamanen-Bob. »Moody rutscht schon die ganzen letzten Tage auf dem äußersten Ende der Realitätsbahn rum.«

»Ich hoffe, die Gronk legt Eier in deinem Hirn, Mrs. Nesbit!«, brüllte Moody und holte wieder mit der Axt aus. »Und dass sie dich lebendig begraben!«

In diesem Augenblick bog ein Mann unaufgeregt um die Ecke. Es war Agent Hooke, hochaufgeschossen, schlaksig und mit einem Gesicht wie gegerbtes Leder. Er hielt einen Wummser im Arm, aber kein so altmodisches Modell wie der, den Lopez im *John Edward Jones* bei sich gehabt hatte, sondern das Modell VII – erhältlich in Mattschwarz oder Nickel und doppelt so stark wie seine Vorläufer.

»HiberTech-Sicherheitsdienst«, verkündete Hooke und baute sich etwa zehn Meter von dem offenkundig verwirrten Bahntechniker auf. »Axt fallen lassen oder selbst gefällt werden!«

Moody wandte sich um und sah ihn mit schockiertem Gesicht an. Es schien nicht so, als sei er richtig wach oder auch nur annähernd in der Lage, einem schlichten Befehl zu gehorchen.

»*Blauer Buick*!«, kreischte er, und dann wandte er sich mir zu, während ein Blitz des Wiedererkennens über sein Gesicht zuckte.

»*Mrs. Nesbit*«, rief er, wie mir schien, an mich gerichtet, »erzählen Sie ihr nichts, und was auch immer Sie tun, *verlassen Sie nicht die Steine, sonst bekommen die Hände Sie zu fassen!*«

Damit hob er die Axt, wirbelte herum und stürzte sich auf Hooke.

Wumms

Es knackte in meinen Ohren, als eine wie ein Donut geformte Schockwelle aus Hookes Waffe drang und Moody frontal gegen die Brust prallte. Ich sah, wie sich ein Muster, das einer Tudor-Rose glich, auf seinem Brusthaar abzeichnete, bevor die Folgewelle ihn von den Beinen riss und rückwärts über den kleinen Platz schleuderte, bis er gegen die unnachgiebige Steinmauer des Rathauses krachte. Es gab einen feuchten Aufschlag, und dann fiel er als lebloses Bündel zu Boden. Durch den kurzen Druckwechsel schmolz der verdichtete Schnee, und darunter kamen Kopfsteinpflaster und eine halbe eiserne Inspektionsklappe zum Vorschein. Im Bruchteil einer Sekunde hatte sich der Druck wieder normalisiert, und das Schmelzwasser gefror unverzüglich zu Eis, so klar wie Gin, und schmiedete Moodys Leiche an den Boden. Im Winter ist Wärme stets nur ein Übergangszustand.

Hooke klappte die Waffe auseinander, warf die verbrauchte Energiezelle aus, zog eine neue aus seiner Jackentasche und legte sie ein.

Eine Bewegung weckte meine Aufmerksamkeit. Es war Aurora, die um die Ecke gerannt kam, die Waffe schussbereit erhoben. Sie riss die Hände in die Höhe, als sie sah, was geschehen war.

»Du verdammter Idiot!«, brüllte sie, als sie Moodys Leiche sah. »Schon mal was von der guten altmodischen Verhältnismäßigkeit gehört?«

»Ich habe durchaus im rechtlichen Rahmen gehandelt, Aurora«, antwortete Hooke ohne jegliches Schuldbewusstsein. »Moody hat mein Leben und das anderer bedroht. Unter solchen Umständen gestattet das Gesetz den Einsatz von einem vertretbaren Maß an Gewalt.«

Er sagte das in einem Ton, als würde er seine favorisierte Buttermarke beschreiben.

»Wir *brauchen* die Servicetechniker unserer Infrastruktur«, fuhr ihn Aurora fassungslos an, »auch die durchgeknallten. Wer wird das Schienennetz zum Frühlingserwachen wieder in Einsatzbereitschaft versetzen? Du vielleicht?«

Es folgte ein Streit, in dem Behauptungen und Gegenbehauptungen ebenso ausgetauscht wurden wie offene Beleidigungen und angedeutete Degradierungen, in dem sich aber letztlich kümmerliche bis keine Fortschritte erkennen ließen.

Binnen weniger Minuten waren andere Sicherheitsmitarbeiter erschienen, vermutlich alarmiert durch die Druckwirkung des Wummsers, der jeden Barographen der Umgebung zum Höchstausschlag gebracht haben musste. Erst dann entdeckte Aurora mich am Fenster und kam zu mir.

»Hilfskonsul Worthing«, sagte sie, als sie mit Hooke an ihrer Seite das Café betrat, »wie läuft die Untersuchung der viralen Träume?«

»Einer Ihrer Agenten hat gerade meinen Hauptzeugen gekillt.«

»Das war Selbstverteidigung«, beharrte Hooke. »Sie haben doch wohl gesehen, wie er mit der Axt auf mich losgestürmt ist.«

»Ist er das?«, fragte Aurora.

»Ja«, räumte ich ein, »das war wohl so.«

Hooke sah sich im Café um. »Wie ich sehe, haben Sie unsere ortsansässigen Parasiten schon kennengelernt«, bemerkte er dann. »Guten Abend, Schamanen-Bob.«

»Guten Abend«, gab Bob mit trotzigem Lächeln zurück. »Sind Sie gekommen, um uns allen einen schönen, langsamen Tod zu wünschen?«

»Sie lesen in mir wie in einem Buch«, sagte Hooke. »Das ist ja geradezu unheimlich. Aber bleiben wir bei den Fakten: Sie sind der ekelhafteste Schmarotzer, den es gibt.«

»Für Sie immer noch Mr. Schmarotzer, wenn ich bitten darf«, sagte Schamanen-Bob, dessen Widerspruchsgeist sich von Hookes Beleidigungen nicht in die Schranken weisen ließ, »und ich kenne meine Rechte. Sie gehören zu einem privaten Sicherheitsdienst, nicht zum Winterkonsulat. Sie besitzen mir gegenüber keinerlei Autorität.«

Einer Vorsicht gehorchend, die vermutlich durch seine Traumsucht zu seiner zweiten Natur geworden war, machte er sich dennoch davon.

»Wir reden später weiter«, sagte er noch zu mir, obwohl das unwahrscheinlich war; immerhin ging in Kürze mein Zug. Aber auch wenn ich nur wenig über HiberTech wusste – das, was er über Morphenox gesagt hatte – dass es ein reiner Glückstreffer gewesen war –, hatte mich neugierig gemacht.

»Lügner und Betrüger allesamt«, brummte Hooke. »Haben Sie ihm Geld geliehen?«

»Nein«, sagte ich, »aber Sie sollten vielleicht wissen, dass diese Leute von irgendjemandem bei HiberTech D-Reem beziehen.«

»Das interessiert uns nicht die Bohne«, erklärte Hooke. »Wenn es einen Schlafscheuen weniger gibt, ist auch ein Maul weniger zu stopfen.«

»Es tut mir wirklich leid, dass Sie nicht mehr mit Moody sprechen konnten«, sagte Aurora, die versuchte, das Gespräch in ein anderes Fahrwasser zu lenken und dabei mit einer Kopfbewegung zu den Sicherheitskräften deutete, die ein Heißluftgebläse einsetzten, um Moody aus dem Eis zu befreien. Sie gingen nicht besonders zartfühlend dabei vor – der Gestank versengten Haars war noch im Café wahrzunehmen. »Mr. Hooke wurde eingestellt, um ohne Rücksicht dem Wohl HiberTechs zu dienen, daher ist Feinsinnigkeit nicht gerade seine starke Seite. Nehmen Sie meine Entschuldigung an?«

»Ja, ich denke schon.«

»Gut. Ich habe einige Fragen an Sie. Ist das in Ordnung?«

»Klar.«

Sie zog ein Foto aus ihrer Brusttasche und legte es auf den Tresen. Das Bild zeigte einen Mann zwischen vierzig und fünfzig, recht unauffällig und mit lichtem Haar, der einen Leguan auf dem Arm hielt.

»Kennen Sie diese Person?«, fragte sie.

»Nie gesehen.«

»Das ist Hugo Foulnap. Der *echte* Hugo Foulnap. Ein Buchhalter, der vor zwölf Jahren nachtwandelte und noch im gleichen Winter ausgeschlachtet wurde. Der Hugo Foulnap im Dormitorium war überhaupt nicht Hugo Foulnap.«

»Ah«, sagte ich und fragte mich, worauf sie hinauswollte. »Wieso hat er einen Leguan dabei?«

»Ich glaube nicht, dass das eine Rolle spielt. Was, glauben Sie, wollte er mit Mrs. Tiffen anstellen?«

»Sie in eine Zuchtfarm bringen.«

»Hat Foulnap das tatsächlich gesagt?«

»Nicht direkt, aber es war ziemlich offensichtlich.«

»Hat er Kiki erwähnt?«

»Nein.«

»Hat Foulnap irgendetwas gesagt, das darauf hätte hindeuten können, dass er zur Kampagne für Echten Schlaf gehört?«

»Da fällt mir nichts ein«, sagte ich und fügte dann impulsiv hinzu: »Aber wenn Sie ihn im Verdacht haben, zur Kampagne zu gehören, wieso haben Sie ihn dann nicht festgenommen?«

Noch während ich das aussprach, wurde mir bewusst, wie impertinent das klang, aber es war nicht Aurora, die auf meine Frage reagierte, sondern Hooke.

»Sie riskieren eine ganz schön dicke Lippe. Noch so ein Spruch, und ich rearrangiere Ihnen die Visage – obwohl, wie es aussieht, hat das ja schon mal jemand versucht.«

Er grinste in sich hinein und hielt seinen Witz offenbar für lustig und originell, wobei er in beiden Punkten völlig danebenlag.

»Dann können Sie vielleicht wirklich etwas für mich *arrangieren* und uns allen einen Gefallen tun.« Im Lauf der Jahre hatte ich schon schlimmere Beleidigungen erdulden müssen. Die Auseinandersetzung mit Gary Findlay war der Wendepunkt gewesen. Er hatte sich jahrelang über mein Aussehen lustig gemacht, aber dass ich ihm das Ohr abbiss, war dennoch als »völlig unverhältnismäßig« bezeichnet worden. Mutter Fallopia war dazu verpflichtet gewesen, den Vorfall zu melden, und nachdem einmal der Vermerk »Beißer« in meiner Akte stand, ließen mich auch die mitfühlendsten Adoptiveltern endgültig links liegen.

»Das verstehe ich nicht«, sagte Aurora, »ist etwas Ungewöhnliches an Worthings Gesicht?«

Plötzlich erinnerte ich mich wieder. Sie sah nur die linke Seite aller Dinge, wie ich an ihrer seltsamen, hälftigen Zeichnung ebenso hatte feststellen können wie daran, dass sie den Medi-Techniker überhaupt nicht gesehen hatte. Vielleicht konnte sie die verformte Seite meines Kopfes gar nicht wahrnehmen.

»Ich habe eine angeborene Schädeldeformation«, sagte ich.

»Oh«, antwortete sie, beugte sich vor und versuchte – wenn auch offenbar ohne Erfolg – etwas davon zu erkennen. »Dann ist Mr. Hookes Bemerkung völlig unangebracht. Hooke, entschuldigen Sie sich.«

»Ich entschuldige mich voll und ganz, Ma'am«, sagte Hooke mit ausdrucksloser Stimme.

»Nicht bei mir, Sie Rindvieh«, raunzte Aurora und deutete mit einer Kopfbewegung zu mir hinüber.

»Oh«, brummte er und wandte sich dann zu mir, um mir eine vollständige, wenn auch etwas angestrengte Entschuldigung zu präsentieren, die in der Erklärung gipfelte, ich könnte mich, falls ich wollte, gerne darüber lustig machen, dass er bei einem »bescheuerten Unfall mit einer Drehtür« den linken Hoden verloren hatte, ohne jetzt oder in Zukunft mit einer Vergeltungsmaßnahme seinerseits rechnen zu müssen.

Ich verzichtete dankend, und er trat einen Schritt zurück.

»Tut mir leid«, sagte Aurora. »Hooke ist Spezialist für die

Erfindung besonders phantasievoller und schrecklicher Befragungsmethoden, und manchmal vergisst er sich. Okay«, fügte sie dann hinzu und nahm das Foto wieder an sich, »dann wären wir fertig. Ihnen gebührt der Dank von HiberTech Industries dafür, dass Sie das Leergut sicher abgeliefert haben – und falls Ihnen irgendjemand von den Typen aus dem Hotelzimmer begegnen sollte, dann möchte ich, dass Sie sich *sofort* mit dem HiberTech-Sicherheitsdienst in Verbindung setzen. In Ordnung?«

Ich versicherte ihr, das täte ich selbstverständlich, aber insgeheim dachte ich, dass ich jetzt nur noch mit Hauptkonsul Toccata sprechen, nach Hause fahren und nie wieder etwas mit Sektor 12 zu tun haben wollte. Aurora bot mir ihre Hand, zog mich dann aber in die Tiefe Winterumarmung, und ihr Atem fuhr heiser und nah über mein Ohr. Ich spürte die Fläche ihrer Oberschenkel, die gegen meine stieß, und die harten Bambis, die sie sich auf die Brust geschnallt hatte.

»Viel Glück, Charlie«, sagte sie dann, und ihr Atem roch nach Kaffee, Bananenmilch und Minz-Toffees. »Ich bin fest davon überzeugt, Sie werden einmal ein richtig guter Konsul sein.«

Dann ließ sie mich los, und ich wandte mich um und ging zum Ausgang. Kurz sah ich auf meine Uhr. Mein Zug ging in 48 Minuten.

Konsulat und Fodder

»... die gesellschaftliche Ausrichtung, die auf den drei Säulen Brüderlichkeit, Gemeinschaftlichkeit, Fruchtbarkeit basierte, war nun, da die Winter immer leichter zu überleben waren, so gut wie überholt. Aber die Umverteilung und Vermittlung passender Kinder durch die Pools sowie die allgemeine Wohltätigkeit dieser Institutionen waren tief in der Gesellschaft verwurzelt. Es war ganz in Ordnung, wenn man niedlich war, aber jedes Poolkind, das auch nur zehn Minuten lang als »verbleibend« geführt worden war, hätte den ganzen Streichelzoo augenblicklich abgeschafft ...«

VERGEMEINSCHAFTLICHTE KINDERBETREUUNG –
EINE KRITISCHE BETRACHTUNG, KEITH PANKHURST

»Ich muss Toccata sprechen«, sagte ich zu Laura, nachdem ich abermals in der Lobby des *Wincarnis* stand. »Das da gegenüber ist doch das Konsulat, oder nicht?«

»Ich komme mit«, sagte sie und zog sich wie ich Parka und Überschuhe an. »Ich arbeite dort drüben acht Stunden die Woche im Archiv. Mir ist es wichtig, dass ich selbst für meinen Unterhalt sorgen kann.«

»Was ist denn Hooke für ein Typ?«, fragte ich, als wir aus der Tür gingen.

»Einer, dem man am besten aus dem Weg geht. Früher war er beim Militärischen Geheimdienst, musste dann aber wegen seiner ungebremsten Begeisterung für ›psychologisch-invasive Befragungstechniken‹ seinen Hut nehmen. Im Grunde ist er ein gemeiner Schläger, der in eine einflussreiche Position geraten ist – das ist nie eine gute Kombination. Oder«, setzte sie überlegend hinzu, »eine großartige Kombination, je nach Perspektive.«

»Und Aurora?«

»Sie ist mal heiß, mal kalt, genau wie Toccata. Wenn es um den HiberTech-Sicherheitsdienst geht, fährt man am besten, indem man alles und jeden, der damit zu tun hat, so aggressiv wie möglich meidet.«

Wir gingen an der Statue vorüber, die auf dem kleinen Platz stand, schritten einige Stufen empor und standen dann vor dem Haupteingang des Konsulats. Laura drückte eine Zahlenkombination auf dem Tastenfeld. Daraufhin passierten wir das erste Schocktor, gingen durch einen kurzen Gang bis zum zweiten und erreichten dahinter den Hauptsaal. Die Büros waren in ihrer Aufteilung ähnlich wie die in Cardiff und auch an allen anderen Orten. Der einzige Unterschied bestand darin, dass dieser Raum nach etwa einem Viertel seiner Gesamtlänge durch einen langen Tresen unterteilt wurde: Hier türmten sich Akten, Berichte, Vorgehensleitlinien für NullAhnung, Flugblätter für behördlich registrierte Schlafscheue und ein großer Abreißkalender, der darauf hinwies, dass es nur noch ein Tag bis zur Winterruhe war.

Hinter diesem Tresen befand sich ein offenes Büro mit

einem halben Dutzend Schreibtischen, überhäuft mit unsortierten und vergessenen Papieren, Pappbechern, alten Zeitungen und irgendwelchem Krimskrams. An einer Wand hingen zudem die üblichen hochsensiblen Barographen, an einer anderen ein Sammelsurium von Steckbriefen vermisster Personen. Einige davon neu, manche alt, andere uralt.

»Jeder, der länger als zwei Saisons vermisst gemeldet ist, wird als ›höchstwahrscheinlich Aas‹ eingestuft und für tot erklärt«, sagte Laura, »aber wir lassen die Poster trotzdem hängen, weil es schön ist, ein paar menschliche Gesichter um sich zu haben, egal, wer sie waren oder wie ihr aktueller Status sein mag.«

Wir starrten die Steckbriefe eine Weile an.

»Wir nennen es die ›Wand der verlorenen Seelen‹«, setzte sie dann hinzu und sagte, als sich Schritte näherten: »Ah, Fodder.«

Als ich mich umwandte, stand ein kräftig gebauter Mann vor mir, der etwa zwei Köpfe größer war als ich, wahrscheinlich das Doppelte wog und aussah, als könnte er mich zum Frühstück verspeisen. Er trug einen Bürstenschnitt, hatte auf der linken Seite nur ein halbes Ohr, und seine Augen lagen so tief in den Höhlen, dass sie beinahe leer wirkten. Seine Nase wirkte, als sei sie nicht nur einmal, sondern gleich mehrere Male hintereinander gebrochen worden und jedes Mal schief zusammengewachsen. Unter dem Arm trug er einen Wummser, der mit einem Smiley und der Aufschrift »Have a nice day« verziert war, und in seine Schockweste war ein D-Ring eingenäht. Obwohl ich so etwas noch nie zuvor gesehen hatte, wusste ich, worum es sich dabei handelte. Wenn dieser Ring gezogen wurde, folgte sofort eine gewaltige Impulsdetonation. Damit würde Fodder bis zum bitteren Ende seinen Konsuldienst erfüllen. Wenn es richtig hart auf hart kam, würde er dank D-Ring so viele Schurken mitnehmen wie irgend möglich. Daher war er zumindest im Geiste, wenn auch nicht nach seiner Berufsbezeichnung, durch und durch Soldat.

»Fodder, das hier ist Charlie Worthing«, sagte Laura. »Hilfskonsul.«

Ich nickte respektvoll dazu, während Fodder mich, ohne mit der Wimper zu zucken, betrachtete.

»Ich habe keine Unterlagen über irgendeinen Transfer gesehen«, sagte er nach einer gefühlten Ewigkeit.

Ich berichtete, dass ich eine Nachtwandlerin abgeliefert hatte, aber nach der Dienstvorschrift SX-70 zur Weiterführung von Befehlsanweisungen eine Ermittlung von Hauptkonsul Logan übernommen hatte.

Laura und Fodder wechselten einen Blick, und ich glaubte, einen Hauch von Nervosität in Fodders ansonsten völlig ungerührter Miene wahrzunehmen.

»Hauptkonsul Logan ist tot? Wie ist das passiert?«

»Aurora hat ihn rücklings in eine Mauer gewummst, als er mich gerade liquidieren wollte. Er hatte Nachtwandler an Zuchtfarmen vermittelt«, setzte ich schnell erklärend hinzu, »und er wollte wohl verhindern, dass ich etwas ausplauderte.«

Einen Augenblick herrschte Schweigen.

»Toccata wird *nicht* glücklich darüber sein«, sagte Fodder, »ganz und gar nicht – und ich bin verdammt sicher, dass ich nicht derjenige sein will, der ihr davon berichtet.«

»Ich auch nicht«, sagte Laura. »Das übernimmt Jonesy – sie kann am schnellsten laufen.«

»Ist Toccata in der Nähe?«, fragte ich. »Ich könnte es ihr sagen.«

»Ganz offensichtlich kennen Sie Toccata nicht. Außerdem hat sie dienstfrei.«

»Kommen Sie«, sagte ich, da mir die ganzen Geschichten über Toccata so übertrieben erschienen wie fast alles, was mit dem Winter zu tun hatte, »so unberechenbar kann sie doch wohl nicht sein.«

»Sie hat mir einmal einen Schlag aufs Auge versetzt, durch den sich bei mir die Netzhaut abgelöst hat«, sagte Fodder, »und dabei hatte ich lediglich ›brauchen‹ ohne ›zu‹ verwendet.«

»Das wäre doch sicher ein Grund für eine interne Untersuchung und zumindest für einen Verweis, vielleicht sogar für ein Verfahren«, sagte ich und fügte hastig hinzu: »Gegen sie, meine ich.« Nur, damit er keine falschen Schlüsse zog. Aber Fodder schüttelte den Kopf.

»Das verstehen Sie nicht. Sie kann extrem hart sein, aber sie steht hundertprozentig hinter ihrem Team. Davon abgesehen war ich schon dreimal verwarnt worden.«

»Das war nicht zu vermeiden«, sagte Laura. »Sie legt außerdem viel Wert auf Rechtschreibung. Oft lässt sie uns spontan etwas buchstabieren. Neulich habe ich bei ›Algonquin‹ einen Fehler gemacht, und danach hat sie zwei Wochen lang nicht mit mir gesprochen.«

»Was wollen Sie überhaupt von ihr wissen?«, fragte Fodder.

»Es geht um virale Träume. Irgendwas mit einem blauen Buick.«

Fodder überlegte kurz.

»Jonesy und ich haben diese Sache vor ein paar Wochen

untersucht«, sagte er, »aber dann beschlossen, dass kein Handlungsbedarf bestand. Es ging um eine Frau namens Suzy Watson. Nettes Mädchen. Single, Ende zwanzig. Sie schlief im Spätsommer, wie auch Moody und Roscoe, und wachte vor zwei Wochen auf. Aber dieses Mal war sie anders. Zurückgezogen und … sie wurde heimgesucht von einem … von einem …«

»Von einem kopflosen Reiter?«

»Nein.«

»Von einer Nachtmaid, von der Gronk, von Bürgen oder was?«

»Von einem Traum«, sagte Fodder.

»Oh.«

Bisher hatte ich noch nie viel über Träume nachgedacht, denn ich träumte nicht mehr, seit ich mit acht Jahren meine erste Juvenox genommen hatte. Was gab es darüber zu wissen, abgesehen von den offensichtlichen Fakten? Träumen war eine anachronistische und überholte Aktivität, die nichts weiter bewirkte, als das sorgfältig aufgebaute Körpergewicht während der Hibernation zusätzlich zu reduzieren.

»Dann war sie nicht auf Morphenox?«, fragte ich.

»Nein, alle Mitarbeiter vom Bahn-Infrastruktur-Service liegen unter der Beta-Gehaltsgrenze; sie haben keinen Anspruch auf Morphenox.«

»Das wusste ich nicht.«

»Es ist auch umstritten«, sagte Fodder. »Nun, jedenfalls wachte sie auf und fühlte sich unwohl, klagte über diesen Traum, und statt dass es ihr irgendwann besser ging, wurde es nur immer schlimmer mit ihr. Sie hatte wieder und wieder diesen Traum, eine Nacht nach der anderen, und es dauerte nicht lange, da hatte er sie voll und ganz im Griff. Sie zog sich mehr und mehr in sich zurück und wurde immer misstrauischer, und irgendwann erlitt sie auch im Wachzustand Halluzinationen. Bald sprach sie über nichts anderes mehr, und am Ende stürmte sie in eine Mrs.-Nesbit's-Filiale und griff die Gäste dort mit einer Machete an. Ein Mann wurde getötet, zwei Menschen schwer verletzt. Jemand rief bei uns an, weil der Vorfall letztlich mit der Hibernation in Zusammenhang stand, und Toccata befahl ihr, die Machete fallen zu lassen. Das tat sie nicht, und daraufhin hat Toccata sie gewummst.«

»Tödlich getroffen?«

»Wenn Konsul Toccata jemanden wummst, dann trifft sie immer tödlich.«

»Stimmt es, dass sie einfach nur so Nachtwanderer verspeist?«, fragte ich.

»Das Gerücht geht um«, sagte Laura, »und auch, dass sie die Nachtwanderer mit Minzsoße einreibt, damit sie besser schmecken.«

»Nach Suzy Watson kam Roscoe Smalls«, fuhr Fodder fort. »Er erzählte irgendwelchen Quatsch über blaue Buicks und große Steinblöcke und Mrs. Nesbit – und nahm dann den Kalten Ausweg. Wir fanden ihn zusammengekauert unter der Statue von Gwendolyn VII.[37] vor dem Museum, völlig steifgefroren. Er ist immer noch da. Dann erwischte es Moody. Ihn traf es am schlimmsten.«

»Hooke hat ihn gerade eben abgeknallt«, sagte ich. »Er

37 Trotz der universellen Einführung von Nachnamen hält die walisische Königsfamilie noch immer am matronymischen System fest. Die Kronprinzessin trägt stets den Namen Gwendolyn, was die Benennung der Regenten seit 1183 ausgesprochen einfach macht.

schrie etwas von Mrs. Nesbit und von blauen Buicks. Was soll das alles bedeuten?«

»Ich bin mir nicht sicher«, sagte Fodder, »aber uns erscheint es wie eine Mischung aus Schlafzustandsparanoia, Hibernationsnarkose und Wachnachtschrecken – möglicherweise befeuert von der eskalierenden Feedbackschleife eines Gesprächs.«

»Unter-Betas, die in Panik ausbrechen, sind kein neues Phänomen«, sagte Laura. »Den einen Winter geht es um Heizung, den anderen um Schädlinge, dann um Träume, dann um Spinnen, und dann meint jemand, er hätte die Nachtmaid gehört, oder die Gronk sei hinter ihm her. Das ist das Problem mit den Naturschläfern. Sie erschrecken extrem leicht, und sobald einer von ihnen etwas Seltsames gesehen oder gehört haben will, glauben alle, sie hätten das getan. Aber der gesunde Menschenverstand behält dann doch die Oberhand. Man kann Träume nun einmal nicht einfangen.«

Auf der Akademie hatte ich mich mit diesem Problem beschäftigt. Im Winter konnte sich Panik ausbreiten wie ein Lauffeuer, vor allem unter denen, die unterhalb der Beta-Gehaltsgrenze lagen und notorische Schwätzer waren. Feedbackschleifen, Echokammern, Stille-Post-Verstärkung. All das konnte dazu beitragen, rein imaginäre Dinge auf Realitätslevel zu bringen, manchmal mit fatalen Folgen.

»Sie alle hatten einen Traum, der so erschreckend realistisch war, dass er aus ihrem Unterbewusstsein in ihren Wachzustand hineinflutete«, sagte Fodder. »Der Traum wuchs und übernahm die Kontrolle. *Er fraß sie auf.*«

»Ich will jetzt nicht dreist erscheinen, aber wieso wurde

beschlossen, dass in dieser Sache ›kein Handlungsbedarf‹ besteht?«

»Ja, zugegeben, das ist komisch«, sagte Fodder, der keinerlei Anstoß an meiner Frage nahm, »kommt aber auch nicht zum ersten Mal vor. Was komischen Kram angeht, schaffen es virale Träume im Sektor 12 aber auch nicht unbedingt in die Top Ten.«

»Wo steht Toccata auf dieser Liste?«

»Auf Platz fünf oder sechs. Hör mal, Krümel, gib Hilfskonsul Worthing doch bitte eine Kopie des Berichts.«

Laura nickte und trabte beschwingten Schrittes davon.

»Danke, dass Sie mir all das erzählt haben«, sagte ich, denn mir war bewusst, dass man im Konsulat keinesfalls verpflichtet war, Informationen weiterzugeben. »Hatte Toccata den Eindruck, dass an den viralen Träumen etwas ungewöhnlich war?«

»Sie sagte, dass sie es für einen Nachtschrecken unter Narkoseeinfluss hielt, genau wie wir.«

»Warum hat sich dann Ihrer Ansicht nach Toccata diesbezüglich mit Logan in Verbindung gesetzt?«

Fodder zuckte die Achseln. »Das müssen Sie sie selbst fragen, aber ich rate Ihnen davon ab. Vielleicht wollte sie Logan lediglich hierherlocken, oder sie wollte Aurora auf diese Weise ein Bein stellen. Die beiden unterhalten eine komplizierte Beziehung. Mögen Sie Marshmallows?«

»Ja.«

»Hier«, sagte er und hielt mir eine Tüte hin.

Laura kehrte mit dem Bericht zurück, der nicht gerade lang war und, wie Fodder gesagt hatte, den Vermerk »kein Handlungsbedarf« trug. Als Grabsteininschrift für Moody taugte das wohl kaum, dachte ich.

Ich bedankte mich bei den beiden und wurde per Summer aus den Schocktoren herausgelassen; von dort ging ich zum Bahnhof. Es hatte erneut zu schneien begonnen, aber sehr gemächlich – große Flocken taumelten langsam aus der Dunkelheit.

Die aufgetaute und wieder gefrorene Stelle, an der Moody sein Ende gefunden hatte, war jetzt von einer sehr dünnen Neuschneeschicht bedeckt, und den Riss auf der Fensterscheibe von Mrs. Nesbit's Café hatte bereits jemand mit Silikon abgedichtet. Ich hastete daran vorüber und war froh, dass meine Zeit in Sektor 12 bald vorbei sein würde. Der Winter war wilder, als ich es mir hätte träumen lassen, und alles, was ich von den Konsuln in Cardiff und an der Akademie gelernt hatte, schien keinerlei Anwendung zu finden. Offenbar waren die Regeln, die man offiziell lernen musste, und jene, nach denen man seine Arbeit versah, nicht unbedingt identisch. Die zwei Bereiche waren zwar durchaus verwandt, aber eher wie entfernte Cousins, nicht wie Brüder. Ich sehnte mich danach, wieder als Novize in Cardiff zu arbeiten, den Konsuln die Wäsche zu waschen und Fotokopien anzufertigen. Weit weg von HiberTech, RealSleep, Sektor 12, Aurora, Nachtschrecken und Träumern.

Aber dazu sollte es nicht kommen. Mir stand ein weiterer Schock bevor, als ich den Bahnhof erreichte. Das Gleis war leer. Der Zug nach Cardiff war weg.

Gestrandet

»…Die Kampagne für Echtschlaf oder auch ›RealSleep‹ war eine Gruppe gefährlicher Aufwiegler, die es darauf anlegte, das empfindliche Gleichgewicht der Hibernationsgewohnheiten im Land zu stören – oder ein ungerechtfertigterweise verbotener Zusammenschluss von Bürgerrechtlern, die für Hibernationsgleichheit stritten, je nach persönlichem Standpunkt. Nicht dass dies eine Rolle gespielt hätte. Jegliche Unterstützung finanzieller, materieller oder spiritueller Art für RealSleep wurde mit lebenslanger Haft bestraft…«

Sterben, vielleicht auch schlafen? –
RealSleep, Aufstieg und Fall, Sophie Trotter

Ich versuchte meine Panik in den Griff zu bekommen, indem ich den Ernst der Lage zunächst nicht an mich heranließ.

»Der Zug nach Merthyr«, fragte ich die Stationsvorsteherin, als ich sie in einem kleinen Büro aufgespürt hatte, das nach Kohlenrauch, alten Socken und Gebackenem roch, »nimmt der irgendwo noch Kohle und Wasser auf?«

Sie warf mir einen Blick zu und sah dann auf die riesengroße Taschenuhr, die sie in einer winzig kleinen Tasche bei sich trug.

»Ich habe ihn fünfzehn Minuten früher abfahren lassen«, erklärte sie kurz angebunden. »Sie hatten es eilig, wieder über den Torpantu zu kommen.«

»Sie sagten doch, ich hätte zwei Stunden Zeit.«

»Da habe ich Ihnen was Falsches erzählt. Aber Sie können immer noch den nächsten Zug nehmen. Der fährt an Frühlingserwachen plus zwei um 11 Uhr 31, hält an allen Bahnhöfen der Strecke bis Merthyr, kleine Erfrischungen an Bord erhältlich, kein Pendlerzuschlag, nicht mit Sparpreistickets nutzbar – und keine Fahrradmitnahme.«

»Ich kann keine sechzehn Wochen warten. Ich muss *jetzt* zurück nach Hause.«

»Vielleicht hätten Sie daran denken sollen, bevor Sie den Zug in Cardiff aufgehalten haben. Die Moral von der Geschichte ist nämlich ganz simpel: Wenn Sie *unsere* Abfahrtspläne sabotieren, dann sabotieren wir *Ihre*. Viel Spaß beim Aufenthalt im Douzey. Es wird Ihnen hier gefallen. Obwohl, nein, mein Fehler – wird es nicht. Wenn unglückliche Umstände, Schurken, Toccata, die Kälte oder das Wintervolk Sie nicht erledigen, dann gehen Sie spätestens am schlechten Essen ein.«

Dabei lächelte sie.

Mir fiel keine passende Entgegnung ein, also sagte ich ihr lediglich, wo sie sich was hinstecken und was sie dann damit tun könnte; eine sinnlose Bemerkung, wie sie und ich sehr wohl wussten. Dann verließ ich den Bahnhof und stand da, im sanft fallenden Schnee, ballte meine Fäuste und lockerte sie wieder, während ich zu begreifen versuchte, was gerade geschehen war. Gerne hätte ich irgendetwas getreten, aber es bot sich kaum etwas an, was nicht zu hart und unnachgiebig und von daher schmerzhaft gewesen wäre, deswegen siedete ich leise vor mich hin, während sich still der Schnee auf den Schultern meines Mantels sammelte wie große, kristallisierte Tränen.

Mariniert in Selbstmitleid, verharrte ich so vielleicht zehn Minuten lang, bis die Kälte mich erschauern ließ und sich praktischere Erwägungen in den Vordergrund drängten: Überleben. Ich stieg auf die Fußgängerbrücke, die über die Bahngleise führte, um mir einen besseren Überblick über die geografischen Verhältnisse zu verschaffen. Die Stadt gruppierte sich nicht unbedingt um den Marktplatz, wie ich zuerst angenommen hatte, sondern zog sich in einer Linie von HiberTech auf dem Hügel hinter mir an der Hauptstraße entlang, die nach Nordwesten führte. An den gegenüberliegenden Hängen des flachen Tals erstreckten sich in langen Reihen um die vierzig Dormitorien bis in drei oder vier Kilometer Entfernung. Die einzigen Lichter, die man sah, waren die Lampen an den Portiershäusern und die Gaslaternen, welche die Verbindungsstraßen erhellten. Es war fast kein Laut zu hören, und es fühlte sich bereits wie Mittwinter an, obwohl es für die nächsten 29 Stunden noch immer offiziell Herbst sein würde.

»Worthing?«, ertönte eine Stimme unter mir. »Was zur Hölle machen Sie da?«

Es war Aurora. Sie war allein und hatte ihren Mantel bis obenhin zugeknöpft. Zugegebenermaßen war ich wirklich froh, sie zu sehen.

»Sie haben den Zug früher abfahren lassen«, sagte ich.

»Warum?«

»Ich komme runter.« Aurora wartete, bis ich wieder von

der Brücke gestiegen war. »Ich habe die Stationsvorsteherin verärgert, weil ich den Zug in Cardiff aufgehalten habe«, erklärte ich. »Und jetzt hat sie es mir heimgezahlt.«

»Wie ärgerlich«, erwiderte sie, »wenn auch nicht ganz unerwartet. Was wollen Sie jetzt machen?«

»Ich weiß es nicht. Ich wollte zurück zum Konsulat gehen und schauen, ob man mir dort helfen kann.«

»Das wäre vermutlich nicht die klügste Idee, vor allem, da Sie irgendwann Toccata gegenüber Ihre Taten rechtfertigen müssen. Ich weiß, dass ich es war, die den Abzug gedrückt hat, aber Sie haben sich in diese Situation hineinmanövriert, als Sie darauf bestanden, die Bouzouki-Lady zurückzuholen. Auch wenn es eine tapfere Entscheidung war, könnte man sie dennoch als rücksichtslos betrachten, und davon abgesehen haben Sie Befehle missachtet, und anschließend war ein Hauptkonsul tot.«

So, wie sie es formulierte, klang das alles gar nicht gut.

»Ein Hauptkonsul, der in illegale Machenschaften verstrickt war.«

»Ich wünschte, die Dinge wären so einfach«, sagte sie. »Aber wenn Toccata beteiligt ist, wird Logik schnell zu etwas … Variablem.«

Sie sah mich eine Weile an.

»Passen Sie auf«, sagte sie schließlich. »Auf gewisse Weise ist es schließlich meine Schuld, deswegen werde ich Ihnen einen Sno-Trac organisieren, mit dem Sie sich bis Hereford durchschlagen können; von dort geht der Flugzug[38] des

38 Eine propellergetriebene Schwebebahn, die an einer Portalaufhängung über die Schneewehen dahingleitet. Wird nur für die Hauptstrecken während des Winters eingesetzt.

Winterfahrplans ab. Die Straße ist auf der ganzen Strecke beflaggt und von daher leicht zu finden. Aber Sie sollten nicht im Dunkeln unterwegs sein, da in der Gegend Schurken ihr Unwesen treiben – für heute Nacht besorge ich Ihnen noch ein Bett. Klingt das gut?«

»Ja«, sagte ich, »das klingt sehr gut. Vielen Dank.«

Sie schenkte mir ein tatsächlich sehr charmantes Lächeln.

»Also, dann schauen wir mal. Wenn es Ihnen nichts ausmacht, Ihre Anonymität gegen eine ziemliche Absteige einzutauschen, dann wäre sicher Platz im *Sarah Siddons*; dort könnten Sie auch ein paar Tage unterkommen, falls das Wetter morgen nicht gut sein sollte. Es ist ein Beta-Gehaltsgrenzen-Dormitorium, von daher wären Sie dort mit Naturschläfern zusammen untergebracht, aber es ist warm, trocken und ungezieferfrei, was mehr ist, als man vom *Howell Harris* sagen kann. Vor ein paar Jahren gab es dort Ratten, und drei Schläfer wurden aufgefressen. Das war fast schon lustig, wenn man bedenkt, was man dort für überhöhte Preise verlangt. Was meinen Sie?«

»Was auch immer Sie vorschlagen«, sagte ich und war froh, zumindest einen gewissen Plan zu haben – und vor allem Aussicht auf einen Unterschlupf.

Aurora meinte, dass uns ein Spaziergang guttun würde, und daher machten wir uns zu Fuß auf den Weg zu der Reihe von Dormitorien auf der anderen Seite der Stadt; wir unterhielten uns mit gedämpfter Stimme, und unser Atem stieg weiß in die beißend kalte Luft. Die niedrigen Dächer der umliegenden Häuser waren weich mit Schnee überzogen, der aussah, als sei er aus Polyester geformt. Einem Schild zufolge galt hier eine Lärmschutzgrenze von 55 Dezibel[39], ein Ausmaß an Ruhe, das man in Cardiff nie hätte erreichen können. Dort nahmen wir Lärmsünder erst oberhalb von 62 dB[40] fest, und selbst kurzzeitige Lärmspitzen von über 75 dB[41] galten kaum als wirklich kriminell.

»Es tut mir wirklich leid, dass Mr. Hooke sich wie ein Idiot verhalten hat«, sagte Aurora. »Ich habe ihn mir nicht ausgesucht, aber manchmal muss man eben mit dem zurechtkommen, was man zur Verfügung hat.«

Hinter uns war ein Geräusch zu vernehmen, und wir drehten uns beide um. Die Einschläferin, die mir zuvor im Wincarnis aufgefallen war, schlurfte in unserem Kielwasser durch den Schnee. Sie war in große und teure Dachsfelle gehüllt, die an den Dachsen wesentlich besser – und frischer – ausgesehen hätten.

»Guten Abend, Zsazsa«, sagte Aurora, »kennen Sie Hilfskonsul Worthing schon?«

»Nein«, sagte die Einschläferin. »Freut mich sehr.«

Sie schenkte mir anstelle einer Umarmung ein entgegenkommendes Lächeln und wandte sich dann wieder an Aurora.

»Mr. Hooke können Sie von mir ausrichten, dass ich nicht kostenlos irgendwelche Nichtschläfer aus Spaß an der Freude versorge, und wenn er nicht aufhört, mich dauernd darum zu bitten, aus reiner Wohltätigkeit *Ozymandias* für lau vorzutragen, dann kriegt er von mir eins aufs Auge.«

»Das sage ich ihm«, bestätigte Aurora.

»Nett von Ihnen«, sagte Zsazsa und schlurfte in der he-

39 55 dB: normale Gesprächslautstärke.

40 62 dB: Unterhaltung in einem Restaurant.

41 75 dB: Staubsauger im Wohnzimmer auf höchster Stufe.

raufziehenden Dämmerung davon, dann stolperte sie über einen verborgenen Kantstein und fluchte, bevor sie ihren Weg fortsetzte.

»Wieso kommt mir Zsazsa so bekannt vor?«, fragte ich, als sie außer Hörweite war.

»Sie war die dritte Mrs. Nesbit, die zwischen Gina Lollobrigida und Brenda Klaxon.«

Demnach war sie zwar nicht die Mrs. Nesbit meiner Kindheit gewesen, aber man kannte sämtliche Mrs. Nesbits ebenso, wie man wusste, wer schon mal Jane Bond gespielt hatte, vor allem die eine männliche, die zu ihrer Zeit ausgesprochen kontrovers aufgenommen worden war[42].

»Wie um alles in der Welt ist sie hier gelandet?«, fragte ich.

»Vier unkluge Ehen und einige wirklich grauenvolle Finanztipps.«

Die Schauspielerinnen, die in die Rolle der umgänglichen, hausbackenen Ikone des Nahrungsmittelgiganten schlüpften, wurden in regelmäßigen Abständen und mit großem Trara und viel Publicity ausgewechselt. Ehemalige Mrs. Nesbits wandten sich dann normalerweise einer Karriere als Werbeträgerin zu, brachten ein paar Bücher heraus und gingen dann zur Bühne oder in die Politik – manchmal auch beides. Umso ungewöhnlicher war, dass Zsazsa LeChat, um sie bei ihrem vollen Namen zu nennen, ein ärmliches Dasein als Einschläferin in einem Randbezirk fristete.

»Die Sicherungsleine wird Ihnen bei einem Blizzard das

42 Und die überraschend gut gewesen war, wenn auch ein bisschen überempfindlich.

Leben retten«, sagte Aurora jetzt, während wir weitergingen, und deutete dabei auf das Stahlseil, das durch die zahlreichen Ösen verlief, die an weißbemalte Pfosten am Straßenrand genietet worden waren. »Alle Pfeile deuten zum Platz in der Stadtmitte. Wenn man sich verlaufen hat, ist es immer am besten, erst einmal dorthin zurückzugehen und sich dann neuerlich auf den Weg zu begeben.«

»Gut zu wissen«, sagte ich.

Wir kamen an einem Betriebshof mit einem uralten BP-Schild vorbei, auf dem jetzt Anhänger zum Verkauf standen, und stießen dort auf einen Mann, der an einem Laternenpfahl lehnte. Er war in einen dicken Woncho gehüllt – einen Poncho, der aus einer schweren walisischen Decke gefertigt war –, und rauchte eine lange Maiskolbenpfeife, wie sie seit gut dreißig Jahren aus der Mode gekommen war und die schon vor sechs Füllungen hätte ausgewechselt werden sollen.

»Unterwegs zum anderen Ende der Stadt?«, fragte er.

Aurora bestätigte das, und der Fremde erklärte, er würde sich uns anschließen, da man »in einer größeren Gruppe sicherer sei«.

Als er sich vorstellte, gab er sich als Jim Treacle zu erkennen, Bürge und Teilzeitkonsul – ein jüngerer Mann mit dunklem Haar und von zierlicher Gestalt. Er hustete zweimal, dann lächelte er, packte meine ausgestreckte Hand und zog mich in eine Winterumarmung. Dabei roch er nach schimmliger Schnur, Lakritz und Tinte.

»Willkommen im Douzey«, sagte er mit einem schwachen Lächeln, »wo die Abreise das Schönste am ganzen Besuch ist, das Bleiben hingegen das Schlimmste.«

Wieder hustete er, und es klang wie eine tiefe, rasselnde

Totenglocke. Ich hatte schon einige Winsomniasten so husten hören, aber nie sehr lange.

»Überwintern Sie schon lange, Mr. Treacle?«, fragte ich, während wir gemeinsam weitergingen.

»Seit zwölf Jahren«, sagte er, »allerdings bin ich erst seit vier Jahren in diesem gottverlassenen Nest. Ich hatte für ein paar üble Schulden gebürgt und Bestechungsgelder angenommen – eine winzige Summe nur, die ganze Sache wurde völlig unnütz aufgebauscht –, doch dann hieß es eben, entweder hierher oder in den Knast. Ich wollte natürlich lieber ins Gefängnis, aber der Richter ließ sich nicht darauf ein. Er meinte, Gefängnis wäre nicht hart genug.«

»Das hier ist demnach noch härter als der Knast?«

»Das Essen ist besser, das muss ich zugeben, aber es sind die gesamten Nachteile eines Randbezirks, die diese Gegend so ekelhaft machen. In den letzten vier Jahren habe ich ungefähr jeden Schrecken erlebt. Einen Zusammenstoß mit der Gang von Lucky Ned, Auszehrung, Erfrierungen, aufgebrachte Schuldner, eine vor Wut tobende Toccata und einen massiven Nachtwandler-Angriff.«

»Die sind doch wohl nur eine ziemlich kraftlose Bedrohung, du großes Baby«, warf Aurora ein. »Sie bewegen sich nicht besonders schnell, und wenn sie gut genährt sind, sind sie überhaupt nicht gefährlich.«

»Aber der Blick, den sie einem zuwerfen«, protestierte Treacle erschauernd, »in dem liegt diese typische Leergut-Bösartigkeit.«

»Ich habe gehört, Sie hätten eine Wette mit Laura abgeschlossen«, sagte ich.

»Das stimmt.« Er grinste gehässig. »Über die Existenz der Gronk.«

»Die Wette hast du schon so gut wie gewonnen«, meinte Aurora. »Es gibt keine Gronk, das ganze Wintervolk ist ein einziger Mythos – Geschichten für Kinder und Idioten.«

»Ich denke doch, dass es da draußen *irgendetwas* Seltsames gibt«, sagte ich, denn schließlich hatte ich über die Jahre bereits eine Menge Geschichten über die Gronk gehört. »Vor sechs Jahren wurde an den Bahngleisen südlich vom Torpantu in einer mondlosen Nacht ein vierköpfiges Bauarbeiterteam verschleppt, ohne dass ein Knopf oder ein Reißverschluss dabei geöffnet wurde. Sie verschwanden mit Haut und Haaren. Ihre Unterwäsche, die Hemden, Gürtel und Fleecejacken steckten noch immer *in* ihren Overalls – gefaltet.«

»Die Wäsche in meiner Kommode ist auch gefaltet«, sagte Treacle. »Das heißt aber nicht, dass die Gronk im angrenzenden Versorgungsgebäude lebt.«

Laut der Torpantu-Geschichte hatte man die Männer verschleppt, weil sie *unwürdig* gewesen waren. Alle vier waren wegen aggressiven Hausfriedensbruchs verurteilt und hatten die Arbeit an der Bahn freiwillig übernommen, bevor sie nach Frühlingserwachen ins Gefängnis gehen sollten.

»Ich habe gehört«, sagte ich, »dass die Gronk die Schande aus dir herauskitzelt, und dann, genau in dem Augenblick, in dem dir die niederschmetternde Wucht deiner Taten dämmert und du weißt, dass es nie wieder gut werden wird, saugt sie dir die Seele aus dem Leib. Es heißt, wenn du vergehst, dann werden deine Schande und deine Schuld getilgt, und die Last deiner Sünden wird von dir genommen. Du trittst erlöst und rein vor deinen Schöpfer.«

»Was für ein Haufen Blödsinn«, kommentierte Treacle.

»Das sehe ich genauso«, sagte Aurora lachend. »Sie sollten keine Gedanken an Schauergeschichten und Bangemacherei verschwenden, Charlie.«

Ich kam mir plötzlich ein bisschen blöd vor, aber im Pool hatten wir kein Fernsehen, und Geschichten bildeten daher einen beträchtlichen Teil unserer Unterhaltung.

»Sie müssen doch davon ausgehen, dass an den Legenden zumindest ein bisschen was dran ist, Mr. Treacle«, sagte ich, »oder wieso hätten Sie sich bei Ihrer Wette sonst auf eine Summe von fünfzigtausend beschränkt? Wieso haben Sie keine Million eingesetzt?«

»Weil eine Wette von beiden Seiten bedient werden muss.«

Aurora und ich sahen uns kurz an. Laura sah nicht so aus, als hätte sie auch nur annähernd so viel Geld.

»Jim«, fragte Aurora plötzlich interessiert, »was hat sie als Gegenleistung angeboten?«

»Ihr zweitgeborenes Kind, sobald sie voll zur Frau erblüht ist.«

Es breitete sich schockiertes Schweigen aus.

»Um Gottes willen, Jim«, sagte Aurora, »sie ist erst *sechzehn*. Damit bist du weniger ein Bürge als vielmehr ein Menschenhändler, meinst du nicht?«

»Ich vergebe dir deine dreiste Unverschämtheit«, antwortete Treacle in gemessenem Ton, »aber sie bestand darauf, diese Wette abzuschließen. Hat mich geradezu *angefleht*, sie anzunehmen. Es ist alles völlig legal. Wenn sie ihre reproduktive Zukunft bei Wackfords als Pfand eingesetzt hätte, um einen Vorschuss zu bekommen, dann hättest du nicht mit der Wimper gezuckt.«

Das stimmte vermutlich, und wir marschierten schweigend weiter. Die stille Luft war durchdrungen vom warmen, orangefarbenen Schimmer der Gaslaternen. Wir kamen am Vergnügungspark von Talgarth vorüber, dessen Bootsteich, Blumenbeete und Rabatten unter den Schneewehen verborgen waren. Hinter dem schmiedeeisernen Tor erkannte ich eine Statue von Gwendolyn VII. und einen Springbrunnen, der während des Sprudelns gefroren war und sich dabei in eine bizarr verformte Eis-Chrysantheme verwandelt hatte.

»Siehst du den Klumpen da im Schnee unter der Statue?«, fragte Aurora. »Roscoe Smalls. Hat wegen diesem ganzen Quatsch mit dem viralen Traum den Kalten Ausweg genommen. Haben Sie von Fodder irgendetwas Neues erfahren?«

»Nicht viel.«

»Ich mochte Roscoe«, sagte Jim Treacle, »und Suzy auch, während Moody tatsächlich so launisch sein konnte, wie sein Name nahelegte. Glücklicherweise war keiner von ihnen versichert, von daher ist dem Unternehmen kein Verlust entstanden.«

Jim Treacle bot offenbar nicht nur Bürgschaften an.

Hinter der Statue von Gwendolyn VII. und dem erstarrten Springbrunnen lag ein großes Gebäude aus dunklem, regenstreifigem Stein. Der Eingang wurde von vier massiven dorischen Säulen eingerahmt, die sich von einem dreieckigen Tympanon zu Boden streckten, und dahinter erhob sich eine kupferverkleidete Kuppel, die mit Grünspan überzogen war. Das Gebäude lag still und dunkel da, bereits fest im eisernen Griff des Winters.

»Das ist das Regionalmuseum«, erklärte Aurora. »Es ist sehr gut. Bob Beamishs Laufschuhe sind darin ausgestellt, das Kleid, das Sylvia Syms bei der Oscarverleihung 1959 getragen hat, jede Menge Erinnerungsstücke von Don Hector und die Überreste des ersten Fahrrads, das doppelt so schnell war wie ein Pferd. Und auch jede Menge Briefmarken, zum Beispiel die mauvefarbene Lloyd George für zwei Schilling mit Anglesey-Stempel.[43] Es ist die einzige auf der ganzen Welt. Hinter dem Museum können Sie den Vergnügungspark sehen.«

Tatsächlich war in der aufziehenden Dunkelheit gerade eben noch eine Riesenrutsche auszumachen, ein Fallschirm-Karussell und eine Achterbahn, deren hölzernes Gerüst von einer dicken Schneedecke überzogen war.

Wir gingen weiter, und nachdem wir einen gefrorenen Bach überquert hatten, erhob sich zu unserer Rechten das erste Dormitorium. Es lag ein Stückchen abseits der Straße und ließ kaum Einzelheiten erkennen, außer dass es kreisrund und aus Stein gemauert war und ein steil aufragendes, konisches Schieferdach aufwies. Es war etwa sechzehn Stockwerke hoch – winzig nach modernen Standards –, und das einzige Lebenszeichen war eine einsam flackernde Portier-Öllampe vor dem Haupteingang.

»Das *Geraldus Cambrensis*«, sagte Aurora. »Wurde 1236 erbaut und ist das älteste fortwährend genutzte Dormitorium von ganz Wales. Schon an sich ein Grund, diese Gegend zu besuchen.«

43 Die Zwei-Schilling-Lloyd-George-Marke war nur deshalb so wertvoll, weil sie auf Anglesey entwertet worden war, eine von nur drei weiteren Marken, die an einem Tag im Jahr 1921 über den Tisch des Postamts von Beaumaris gegangen und zur Briefbeförderung verwendet worden waren, bevor die Zweigstelle von einem Eisschild eingeschlossen wurde.

Wir stiegen weiter den Hang hinauf.

»Gibt es hier draußen im Winter viel Ärger?«, fragte ich.

»Scharmützel mit den Schurken sind wahrscheinlich das Dramatischste«, sagte Jim Treacle. »Lucky Ned operiert auch in dieser Gegend, aber er bevorzugt stille Diebstähle, keine offenen Angriffe – anscheinend hat Toccata einen Waffenstillstand mit ihnen ausgehandelt. Sie haben zwar die eine oder andere Entführung durchgezogen, aber niemanden aus dem Sektor verschleppt, so wie es den Bedingungen des Abkommens entspricht.«

»Wurde ein Lösegeld gefordert, oder sollten die Entführten als Dienstboten arbeiten?«, fragte ich, da mir Dai Powells Erlebnisse wieder einfielen.

»Ja, als Hauspersonal. Kochen und Saubermachen und Hausarbeit und so weiter. Wir haben hier auch einige pseudo-hibernierende Schleichdiebe«, fuhr Treacle fort, »stets mindestens zwei blinde Passagiere, und Schnüffeln und Rüffeln kommt auch immer wieder vor. Es gibt einen Serien-Reinschleicher, der sich den Spitznamen ›Pfützenmacher von Llanigon‹ verdient hat, und die übliche wilde Mischung aus Winsomniasten und Nachtwandlern, aber sonst eigentlich nichts von Bedeutung.«

»Es sind die Langeweile und das Wetter, die einem hier zusetzen«, ergänzte Aurora, »vor allem, wenn die Temperatur plötzlich absackt, der Schnee dick wie Suppe vom Himmel fällt und der Wind Schneewehen auftürmt, die groß wie Mammuts sind. Selbst mit einem Sno-Trac kann es eine Ewigkeit dauern, von A nach B zu kommen, und in einem Blizzard sitzt man vielleicht wochenlang irgendwo fest. Haben Sie schon mal einen Whiteout erlebt? Das kann einem schon Angst machen. Sind Sie ein mutiger Mensch?«

»Weiß ich nicht.«

»Dann werden Sie es bald rausfinden.«

Die nächsten hundert Meter legten wir schweigend zurück.

»Hier biege ich ab«, sagte Treacle, als wir an eine Kreuzung kamen, an der ein großes und schon ziemlich abgeblättertes Werbeplakat aufgestellt war: »Ashbrook Garage – Autoreparaturen aller Marken, spezialisiert auf Land Rover«. Treacle reichte mir seine Karte. Eine Telefonnummer stand nicht darauf, es war lediglich angegeben, um welche Zeit er sich gewöhnlich im Wincarnis aufhielt.

»Falls Sie mal spontan Bargeld brauchen. Wenn Sie in der Klemme sitzen, rufen Sie Treacle. Ich kaufe auch Ablässe – Gefallen, Schulden und so weiter –, von daher muss nicht unbedingt in gleicher Münze zurückbezahlt werden.«

Ich antwortete, dass ich zwar so bald wie möglich abreisen wollte, aber mir sein Angebot merken würde.

Er grinste und schlug dann den Weg zu einem Dormitorium ein, das als *Howell Harris* ausgeschildert war.

»Behalten Sie ihn im Auge«, sagte Aurora, als er außer Hörweite war. »Für einen Bürgen gibt es nur eine Motivation, und das ist Geld. Aber er lässt sich immerhin bestechen, und das macht ihn auf nützliche Weise willfährig.«

Wir setzten unseren Weg fort, bogen bei der Plakatwand nach links ab, kamen an einer Tankstelle vorbei, die ebenfalls geschlossen und verbarrikadiert war, und überquerten rechter Hand ein Gelände, das auf mich wie die Parklandschaft eines großen Herrenhauses wirkte. Dann marschierten wir eine leichte Steigung hinauf, vorbei an Sommerhäusern, deren Fensterläden geschlossen waren. Jetzt befanden wir uns auf der anderen Seite des Tals, gegenüber von

HiberTech, und obwohl der Komplex als Ansammlung funkelnder Lichter zu erkennen war, konnte man die Umrisse der Gebäude in der Dunkelheit nicht ausmachen. Während ich darüber nachdachte, fiel eine Eule vom Himmel auf die Straße und zuckte mit den Flügeln schwach im Schnee. Zu den sieben Vogelarten der Albion-Halbinsel, die wintertauglich waren, zählten keine Eulen.

Wir drangen weiter in den Schlafdistrikt vor, und die Dormitorien umstanden uns, als wären sie wie riesige Pilze aus dem Boden geschossen. Sie alle waren größer als das *Cambrensis*, aber ebenfalls in der traditionellen Form erbaut: kreisrund, die Fenster so klein wie möglich, mit einem steilen, konischen Dach.

Während wir die an der Sonnenseite gelegenen Türme hinter uns ließen und zu den billigeren vordrangen, die sich weiter nördlich befanden, fiel mir auf, dass der Zustand der Dormitorien, je weiter wir kamen, immer schlechter wurde. Sechs Gebäude waren oberhalb des dritten Stocks bloße Ruinen, und zwei oder drei bestanden aus nichts als leeren Betonkreisen, während der ummantelte HotPot in der Tiefe gerade noch aktiv genug war, um die Bodenplatte vor dem Überfrieren zu bewahren. Aber als ich gerade befürchten wollte, dass Aurora mir eine Unterkunft ausgesucht hatte, die kaum besser als ein Winterschuppen war, blieb sie stehen und nickte zu einem großen Dormitorium hinüber, das vor uns in der schneeverwirbelten Dunkelheit aufragte.

»Willkommen«, sagte sie, »im *Sarah Siddons*.«

Im *Sarah Siddons*

»… Die Arbeit des Nachtwachmanns, aus dem der Beruf des Portiers entstand, wurde traditionell lange von Eunuchen übernommen. Zwar war das inzwischen nicht mehr verpflichtend, aber die Hochwohlgeborene Gilde der Nachtwachmänner hielt verbissen an dieser Praxis fest und genoss immer noch öffentliche Unterstützung: Sechzehn Wochen lang die Flure einer Schlafstatt zu patrouillieren, das war eine Arbeit, die in den Augen der meisten Menschen am besten jemandem übergeben wurde, der sich unübersehbar ganz und gar seiner Berufung ergeben hatte …«

HANDBUCH DER WINTEROLOGIE, 6. AUFLAGE,
HODDER & STOUGHTON

Das *Siddons* war mindestens dreißig Stockwerke hoch und ungewöhnlich breit, was es klar als eine einst äußerst gefragte Unterkunft auswies. Die Fassade war erst verputzt und dann aufgeraut worden, um optisch an Portland-Kalkstein zu erinnern, und die aufwändigen Steinmetzarbeiten am Eingang zeigten gähnende Nachtsatyre und Schneenymphen. Es war beeindruckend, aber schäbig, und die Lage des Schlafturms war nicht angetan, diesen Eindruck zu mildern. Hier draußen, abseits des Stadtzentrums, waren auf den billigeren Grundstücken vor allem kleinere Industriebetriebe angesiedelt worden, und die ganze Gegend wirkte abgerissen und deprimierend.

»Ja, ich weiß«, sagte Aurora, »das ist eine ziemliche Absteige. Als es gebaut wurde, bekam es die volle Sonne und war noch kein bisschen verdeckt, aber über die Jahre wurden einige modernere Dormitorien direkt vor seiner Nase gebaut.«

Nachdem wir unsere Überkleider aufgehängt und die Schneeschuhe gegen Pantoffeln getauscht hatten, sah ich mich um. Jemand hatte versucht, die heruntergekommene Inneneinrichtung etwas aufzupolieren, war aber nur mäßig erfolgreich gewesen. Durch einen unpassenden Teppich und fadenscheinige, modernistische Möbel wirkte die einst sicher beeindruckende Lobby billig und heruntergekommen, und die kleinen Details der Stuckdecke waren schon so oft übertüncht worden, dass sie kaum noch zu erkennen waren. Ich schnupperte. Wie im *John Edward Jones* in Merthyr lag auch hier der unverkennbare Geruch nach Schlaf in der Luft – abgestandener Schweiß und der an gekochtes Ei erinnernde Hibernationsmief mischte sich mit halbabgestandenem Atem, der durch ungeputzte Zähne fuhr.

Der Portier nahm uns in Empfang. Er war makellos gekleidet, ziemlich kahl und trug eine kleine, goldgerahmte Brille; dabei war sein Kopf so perfekt kugelförmig, wie ein Kopf überhaupt nur sein konnte. Unwillkürlich musste ich an Prof. Dr. Honigtau Bunsenbrenner[44] aus der Muppet

44 Er arbeitet im Muppetlabor, falls es euch entfallen sein sollte, mit seinem Assistenten Beaker.

Show denken und grinste. Er starrte mich an und kniff die Augen zusammen.

»Sie haben gerade an Prof. Dr. Honigtau Bunsenbrenner gedacht, stimmt's?«

»Nein.« Der Portier hob eine Augenbraue. »Na gut, ein bisschen«, räumte ich ein. »Tut mir leid.«

»Hilfskonsul Worthing«, sagte Aurora, »darf ich Ihnen Portier Lloyd vorstellen?«

Wahrscheinlich sah ich ziemlich überrascht aus, denn er seufzte und sagte: »Ja, *der* Portier Lloyd. Das war das Dümmste, was ich je gemacht habe, mich als Volksköder für Ichabod herzugeben.«

»Weil es ein so furchterregendes Erlebnis war?«

»Nein, weil die Geschichte so oft wiedergekäut wird. Davon abgesehen geht mir seit zwei Jahrzehnten schon der Text vom ›Lonely Goatherd‹ nicht mehr aus dem Kopf. Wobei – das ist zwar einerseits ziemlich nervtötend, gibt mir aber doch immer etwas frischen Schwung, wenn ich mich deprimiert fühle.«

Aurora jodelte den Refrain des Lieds aus *The Sound Of Music* und grinste uns beide an.

»Irgendeiner kommt immer damit«, sagte der Portier gut gelaunt und trat zu mir, um mich zu umarmen. Er roch nach Zitronenseife, Staubsaugerbeuteln und Mottenkugeln und war einen Kopf kleiner als ich.

»Willkommen im Douzey«, sagte er. »Es ist nicht so übel, wie die Leute immer sagen. Das mit Moody hat mir leidgetan. Wer hat da abgedrückt?«

»Mr. Hooke«, sagte Aurora, »und bevor Sie fragen, es war Notwehr.«

»Neuigkeiten sprechen sich schnell herum«, sagte ich.

»Es gibt in diesem Sektor 76 Portiers«, sagte Lloyd, als er wieder hinter den Rezeptionstresen trat, »und keiner von uns setzt im Winter einen Fuß vor die Tür. Da ist es sehr hilfreich, dass wir eine Standleitung zueinander haben – man nimmt einfach den Hörer ab und fängt an zu reden. Irgendjemand hört immer zu, vielleicht nicht sofort, aber wenn auch zunächst niemand da ist, dann dauert es meist nicht lange, bis jemand dazustößt. Wenn gar nichts zu machen ist, dann kann man immer noch ein Selbstgespräch führen oder dem statischen Rauschen lauschen. Ganz ehrlich, manchmal ist Rauschenlauschen sogar entspannender, als jemand anderem zuzuhören – beispielsweise Mr. Rubucon vom *George Melly*. Womit kann ich Ihnen helfen?«

»Wir bräuchten einen Platz für ein bis drei Tage«, sagte Aurora. »Die Rechnung geht an HiberTech.«

»Da sind Sie bei uns genau richtig«, strahlte Lloyd. »Wir hatten hier seit 1990 nur neun illegale Vorfälle – drei Grapscher, einen Dormizid und fünf Übergriffe –, drei visuelle, einen berührungstechnischen und einen unaussprechlichen. Darauf sind wir natürlich nicht stolz, aber es ist die niedrigste Rate an Frostvergehen im ganzen Sektor. Außerdem können wir Ihnen versichern, dass seit 37 Jahren kein Übernachtungsgast im Schlaf aufgefressen wurde.«

Das Licht flackerte kurz, ging aus und schaltete sich dann wieder ein.

»Hydro 12 schwächelt seit einiger Zeit«, sagte Lloyd erklärend. »An was für ein Zimmer hatten Sie gedacht? Zelle, Einfach, Komfort, Deluxe oder Super-Deluxe?«

»Träumen Sie?«, fragte Aurora völlig unvermittelt und warf mir einen forschenden Blick zu. Eigentlich fragte man so etwas nicht, aber sie war schließlich die Chefin des Sicherheitsdiensts von HiberTech.

»Nicht mehr, seit ich acht war.«

Sie sah mich kurz an.

»Suzy Watson wurde doch kürzlich zur Nacht gerufen«, sagte sie dann. »Warum nehmen Sie nicht ihr altes Quartier? Die positive Energie eines jungen Schlafenden wird alle bösen Träume aus dem Raum vertreiben.«

»O-kay«, dehnte der Portier.

»Wieso haben Sie gefragt, ob ich träume?«

»Nur so. – Worthing wird sich auch Ihren Sno-Trac ausleihen müssen«, sagte sie zu Lloyd. »Wir werden Ihnen das Fahrzeug dann so bald wie möglich zurückbringen. Und jetzt wird es ein wenig knifflig. Wir hoffen, dass Worthings Anwesenheit sich nicht herumspricht, sondern unter uns dreien bleibt. Denn es ist so, dass Worthing zumindest teilweise für Jack Logans Tod verantwortlich gemacht werden kann, und Sie wissen ja, wie Toccata ist.«

»Nun«, sagte ich, »eigentlich war ich nicht …«

»Das von Logan hatte ich über unsere Standleitung auch schon gehört«, unterbrach mich Lloyd. »Ein großer Verlust. Wäre sicherlich besser, wenn wir Stillschweigen bewahren. Brauchen Sie sonst noch etwas?«

Ich dachte kurz nach.

»Ich würde meinem Büro in Cardiff gern ein Fax schicken und Bescheid sagen, dass ich aufgehalten worden bin.«

»Überlassen Sie das mir«, schlug Aurora vor. »Ich werde sagen, dass Sie in drei Tagen, spätestens in fünf, zurück sein werden. Ohnehin muss ich die Sache mit Jack Logan melden – und klarstellen, dass Sie keinerlei Schuld trifft.

Das ist das Mindeste. Schlafen Sie sich heute Nacht richtig aus – die ersten Tage Winter können hart sein.«

Ich bedankte mich, sie wünschte mir alles Gute, winkte uns beiden noch einmal fröhlich zu und war dann verschwunden.

Nachdem die Tür ins Schloss gefallen war, ließ Lloyd mich wegen der Sno-Trac-Schlüssel unterschreiben.

»Das Fahrzeug steht im Keller«, sagte er. »Brauchen Sie es jetzt gleich?«

»Aurora sagte, es sei nicht klug, bei Nacht unterwegs zu sein«, sagte ich.

»Das stimmt wohl.« Der Portier wirkte etwas befangen. »Aber, nun ja, im Sektor 12 kann es sehr schnell ziemlich kompliziert werden. Vielleicht wäre es ein geringeres Risiko, eine Nachtfahrt zu unternehmen, als an Ort und Stelle zu bleiben.«

»Sie meinen, ich sollte verschwinden?«

Er blickte nach rechts und nach links und senkte die Stimme.

»Das ist ganz und gar Ihnen überlassen.«

Kurz zog ich eine sofortige Abreise ernsthaft in Erwägung, doch dann blickte ich nach draußen. Der Wind hatte erheblich aufgefrischt, und die Sicht lag zwar noch nicht ganz bei null, aber eine Fahrt würde dennoch sehr knifflig werden – und ich hatte keine Lust, irgendwo im Niemandsland in einem Sno-Trac festzusitzen.

»Ich schaue mir an, wie es morgen früh aussieht.«

»Ist in Ordnung.«

Lloyd nahm meinen Zimmerschlüssel vom Haken, dann gingen wir zum Fahrstuhl. Als wir unter den wachsamen Augen der Porträts von Gwendolyn XXXVIII. und Don

Hector durch die halbkreisförmige Lobby schritten, spähte ich in die dunkle, holzgetäfelte Winterlounge und sah dort verstreut etwa ein halbes Dutzend Leute sitzen, die lasen, Brettspiele machten oder sich leise unterhielten. Sie alle hatten die schönen, korpulenten Formen, die ein gesundes Herbstgewicht kennzeichneten, und bewegten sich träge und gelassen.

»Das sind aber viele Gähner[45]«, bemerkte ich an Lloyd gewandt. »Was hält sie noch wach?«

»Diese Geschichte mit dem viralen Traum hat die Bewohner aufgeschreckt, und jetzt will niemand von ihnen einschlafen, um nicht den Buick-Traum zu träumen und dann so zu enden wie Watson, Smalls und Moody. Aber ich sage Ihnen, die da kämpfen sowieso auf verlorenem Posten.«

Wie um seine Feststellung zu unterstreichen, gähnte der am gesündesten Aufgemoppelte der Schlafbereiten. Wenn man einmal ein solches Gewicht erreicht hat und die Umgebungstemperatur auf 15 Grad Celsius oder weniger absinkt, ist es eine Herkules-Aufgabe[46], dem Schlaf zu entsagen.

Der Paternoster setzte sich in Bewegung, als wir hineinstiegen, und beförderte uns gemächlich nach oben, während das Wasser in der Ballast-Automatik leise gurgelte. Der Aufzug hatte keine Türen, und der Ausblick in die einzelnen Stockwerke war langweilig und überall gleich. Vor den meisten Zimmertüren lagen Opfergaben an Morpheus

45 Jemand, der »an der Schwelle zum Hibernieren« steht.

46 Schließlich lautete die sechste Aufgabe des Herkules: »Wach bleiben, während der Winter deine Kameraden unter seine Fittiche nimmt«.

neben frisch angezündeten, hübschen Traumkerzen. Davon gab es jede Menge – hunderte kleiner Lichter funkelten in den Korridoren und flackerten in der sanften Brise, die hin und wieder durch das Gebäude zog.

So etwas hatte es im *Melody Black* nicht gegeben, aber das Dormitorium in Cardiff lag auch oberhalb der Alpha-Gehaltsgrenze, und die Schläfer hatten dort Zugang zu Morphenox. Ohne pharmazeutische Hilfe, um die durch den Traumzustand bewirkte, intensive Fettverbrennung einzuschränken, hielten die Schläfer im *Siddons* an ihrem Aberglauben fest. Wer Morphenox einnahm, brauchte keine Gottheit mehr, die sich in die Träume mischte und über den Schlaf wachte; die Droge hatte Gott überflüssig gemacht. Die Heiligenverehrung war vom Spirituellen auf das Pharmazeutische übergegangen – und wenn das, was Lucy gesagt hatte, stimmte, dann würde auch das Schauspiel, das sich mir hier bot, mit dem nächsten Winter der Vergangenheit angehören.

»Sagen Sie«, wandte ich mich wieder an Lloyd, während wir am dritten Stock vorbeischwebten und vermutlich in einem Tempo unterwegs waren, das nur unwesentlich schneller war, als wenn wir die Treppen hinaufgestiegen wären, »glauben die Gähner in der Winterlounge tatsächlich, dass auch sie sich den viralen Traum einfangen könnten?«

»Ja, das tun sie – und ich bin einer ähnlichen Meinung.«

»Warum?«

»Weil auch ich Elemente dieses Traums geträumt habe. Hände, ein Eichbaum, zerkratzte Felsblöcke, der blaue Buick. Aber komisch ist vor allem etwas anderes. Als ich meinen Traum mit dem von Moody und Smalls verglich, gab es *weitere* Ähnlichkeiten; Details, die wir nie besprochen hatten, stimmten überein. *Irgendetwas* ist da im Busch.«

»Wieso sind Sie nicht verrückt geworden, so wie Moody, Roscoe und Smalls?«, fragte ich. »Haben Sie eine Idee?«

»Keine Ahnung. Aber es war, wie ich sagte – ich habe lediglich Ausschnitte davon geträumt. Allerdings verspüre ich das Gefühl, dass ich mehr träume, als ich später erinnern kann, und dass ich dabei nie die Steine verlasse. Wenn Sie träumen, dann würde ich Ihnen dasselbe raten.«

»Aber ich träume nicht.«

»Ich weiß, aber falls doch. – Hier müssen wir raus.«

Wir traten aus dem Fahrstuhl, der noch ein paar Sekunden weiter nach oben schwebte, bis das empfindliche Balancesystem registrierte, dass kein Gewicht mehr auflag, und schließlich anhielt.

»Also«, sagte er und klatschte in die Hände. »Im Notfall bin ich in der 801, direkt ein Stockwerk unter Ihnen. Oh, und da HiberTech die Rechnung zahlt, möchten Sie vielleicht noch unseren Zimmerservice nutzen?«

Das wollte ich gern. Er wünschte mir eine gute Nacht und stieg in die abwärtsfahrende Seite des Paternosters, die kurz leise gurgelte und dann mit ihm nach unten sank.

Zimmer 901 lag auf halber Strecke des ringförmigen Flurs an der Südseite des Gebäudes, der Treppe gegenüber. Bilder einer jungen Frau lagen am Fuß der Tür, außerdem einige Beileidskarten. Zwar hatte ich früher schon gelegentlich das Zimmer eines Toten übernommen, auch sein Bett und sogar seine Schuhe oder seine besten Freunde – das tun wir schließlich alle –, aber dieses Mal fühlte es sich seltsam an, und ich erschauerte.

Zimmer 901

»*… Das* Sarah Siddons *war 33 Stockwerke hoch, maß insgesamt 80 Meter im Durchmesser und jeweils drei Meter vom Boden bis zur Decke. Auf jedem Stockwerk gab es acht Zimmer. Der hohle Schacht in der Mitte, in dem die aufsteigende Hitze zirkulierte, war genau fünf Meter breit, die Treppe eingeschlossen. Das Dormitorium wurde 1906 errichtet und ist ein typisches Beispiel für ein Bauwerk seiner Zeit …*«

DIE DORMITORIEN VON MITTELWALES, STRAND PUBLISHING

Das Türblatt schob einen kleinen Haufen Post beiseite, als ich eintrat. Es waren überwiegend *cartes de bon hiber*, mit guten Wünschen von Leuten, die noch nicht wussten, dass Suzy Watson tot war, der Rest waren Rechnungen und Werbezettel. Ich legte sie auf einen Stuhl und sah mich um. Das Zimmer hatte das standardisierte Tortenstückformat, und auch wenn Ausstattung, Teppich und Vorhänge nicht *direkt* uralt waren – im besten Zustand befanden sie sich auch nicht gerade. Ich trat in den Küchenbereich. Der Kühlschrank war leer, abgesehen von Milch, die den Yoghurt-Zustand bereits hinter sich gelassen und sich in etwas verwandelt hatte, was der Wissenschaft noch unbekannt war, sowie ein paar verschrumpelten Dingen, die sich nicht auf den ersten Blick identifizieren ließen. An der Wand hing ein Bild von Don Hector, und neben dem Fernseher stand ein Phonograph mit einer großen Sammlung von Walzen, die ich einer genaueren Betrachtung unterzog. Es handelte sich um eine Auswahl alter Favoriten: *Dark Side Of The Moon, Rumours, Ziggy Stardust,* dazu Jazz und etwas Puccini.

Die Wohnung war an sich völlig unauffällig, von einer Sache abgesehen: Die Schlafzimmerwand wurde von einem Gemälde beherrscht, das Klytämnestra kurz nach der Ermordung ihres Ehemanns zeigte. Das Porträt war allerdings nicht nur wegen seines Themas spektakulär, sondern auch wegen seiner Größe, da es die ganze Wand vom Boden bis zur Decke einnahm und in einem großen, verschnörkelten und vergoldeten Rahmen steckte, der an der Unterseite gestutzt worden war, damit er überhaupt an die Wand passte. Klytämnestra war barbusig und zeigte ein seltsames, halbherziges Lächeln, hatte das Kinn jedoch auf eine Weise erhoben, die halb gut gelaunt, halb soziopathisch wirkte.

Die Geschichte weiß nicht genau zu sagen, zu welchem Zeitpunkt während des Winters Klytämnestra Agamemnon ermordete, und es wurde viel darüber spekuliert. Falls es beim Frühlingserwachen geschehen war, handelte es sich vielleicht um eine impulsive Tat, die man mit dem *mal à le dormir* entschuldigen konnte, mit dem Nebel des Schlafes. In den wohlmeinenderen künstlerischen Interpretationen wurde sie dementsprechend dünn und verwirrt dargestellt. Dieses Gemälde zeigte sie allerdings mit dem Selbstbewusstsein lebensbejahender Schwergewichtigkeit. Der

Künstler deutete an, dass es sich um einen geplanten Mord gehandelt hatte – dass sie wach geblieben war und Agamemnon um die Ecke gebracht hatte, kaum dass er in Schlaf gesunken war, um dann selbst, an der Seite ihres langsam verfaulenden Ehemanns, in die Hibernation zu gehen. Es veränderte die Interpretation ihres Charakters und ihrer Beweggründe grundlegend – kein Wunder, dass in akademischen Kreisen so intensiv über diese Tat diskutiert wurde.

»Wer ist denn dieses halbnackte Häschen mit dem Messer?«

Ich fuhr erschrocken zusammen und wirbelte herum.

Mitten im Zimmer hinter mir stand eine Frau in farbbekleckerter Latzhose und einem sehr großen, überweiten Männerhemd. Ihr rabenschwarzes Haar hatte sie zu einem unordentlichen Knoten zusammengefasst, der nur von einem Bleistift zusammengehalten wurde, und sie trocknete einige Malerpinsel mit einem Lappen. Ihr Blick war dabei nicht auf mich, sondern auf Klytämnestra gerichtet.

»Ich habe eine bessere Frage«, sagte ich. »Was machen Sie in meiner Wohnung?«

Jetzt wandte sie ihren Blick mir zu, und ihre dunkle, melancholische Schönheit überwältigte mich sofort. Sie besaß durchdringende, veilchenblaue Augen, ein leicht osmanisches Äußeres und hohe, ausdrucksvolle Augenbrauen. Dabei mochte sie vielleicht zehn Jahre älter sein als ich, und sie war zweifelsohne eine außergewöhnlich aussehende Frau. Aber ihre Attraktivität lag nicht allein in schlichter Schönheit begründet. Es war vielmehr ihre Haltung, der Geist, die *Kraft*.

»Die Tür stand offen, und ich war neugierig«, sagte sie.

»Außerdem ist es nicht Ihre Wohnung«, fügte sie dann hinzu. »Es ist Suzys.«

»Oh ja«, räumte ich ein wenig verlegen ein, »stimmt.«

Das war keine besonders geistreiche Entgegnung, aber ich war wie geblendet – nicht nur von ihrem Aussehen, sondern von ihrer ganzen Art, die eine betörende Mischung aus Verlockung und Selbstbewusstsein darstellte. In diesem Augenblick war ich bereits überzeugt, dass ich in meinem ganzen Leben keine beeindruckendere Person mehr kennenlernen würde.

»Noch wach?«, fragte ich.

»Ich bleibe gern auf«, antwortete sie. »Ich wohne vier Türen weiter. Aber hier war ich noch nie drin. Also: Wer ist das Häschen?«

»Es ist Klytämnestra«, sagte ich und trat näher.

»Ah.« Sie hatte begriffen und fügte hinzu: »Die Vorsatz-Variante.«

Wir beide sahen das Gemälde an.

»Und«, ergänzte ich in dem Versuch, intelligent zu klingen, »eine Ermahnung zur Vorsicht bei der Ko-Hibernation.«

»Wir haben nie gemeinsam hiberniert, mein Mann und ich«, sagte sie geistesabwesend, »nicht nachdem wir Zeffirellis *Die Liebenden im Winter* gesehen hatten.«

Sie bezog sich auf die Szene, in der Romeo mit Julia an seiner Seite erwacht und glaubt, seine Braut neben sich zu haben, bevor er feststellt, dass sich die Haut straff über die Knochen spannt und er den dunklen Fleck der Putrefizierung auf den Laken entdeckt. Ich hatte den Film mit neun Jahren gesehen, und es ist ein Bild, das man nie wieder vergisst. Jahre später richtete Baz Luhrmann die Kamera in dieser Szene allein auf DiCaprios Gesicht, um dem Zuschauer zu vermitteln, was geschehen war. Er musste uns Julias Überreste nicht zeigen. Zeffirelli hatte das Entsetzen bereits tief in unseren Köpfen verankert.

»Hat es für Klytämnestra funktioniert?«, fragte die dunkelhaarige Frau. »Dass sie ihren Mann umgebracht hat, meine ich?«

»Sie und ihr Geliebter konnten sieben Jahre lang über Mykene herrschen.«

Sie nickte anerkennend, wobei sie immer noch das Bild betrachtete, während ich viel mehr an ihr interessiert war. Die Linie ihres Nackens, ihre ungepiercten Ohren und ihr pechschwarzes Haar verströmten einen Hauch von sanftem Luxus. Sie drehte sich um und sah meinen Blick, daher wandte ich ihn ab, erkannte dann aber, dass meine Verlegenheit dadurch noch viel offensichtlicher wurde, weshalb ich sie wieder anschaute – und dann spürte ich, wie ich mich in ihrem Blick verlor, so wie man sich in einem außergewöhnlichen Gemälde auflösen kann.

»Sie sind ein Winterkonsul«, bemerkte sie.

»Sieht man das?«

»Die Schwere dieses Berufes umfängt Sie wie ein Mantel. Sind Sie sicher, dass es das ist, was Sie sein wollen?«

»Ich bin mir … nicht sicher.«

»Ich denke immer, dass es am besten ist, sich wenigstens einer Sache im Leben sicher zu sein.«

»Und wessen sind Sie sich sicher?«, fragte ich in dem Bestreben, ein vernünftiges Gespräch in Gang zu halten.

»Dass ich mir keiner Sache mehr wirklich sicher bin«, gab sie mit einem plötzlichen Anflug von Melancholie zurück. Sie neigte den Kopf zu einer Seite, dachte kurz nach und bot mir dann an, mein Porträt zu malen, für fünfhundert Euro, ungerahmt. Ich hatte weder die Zeit noch das Geld, um mich malen zu lassen, aber mir gefiel die Vorstellung, mehr Zeit mit ihr zu verbringen, vor allem, wenn dies bedeutete, dass sie mich dabei ansehen würde, aus welchem Grund auch immer.

»Sie könnten ein besseres Modell finden«, murmelte ich dennoch und deutete auf mein Gesicht. Ich hatte mich mit meinem Aussehen ausgesöhnt, nachdem ich Gary Findlay das Ohr abgebissen hatte. All der Frust, den ich je gefühlt hatte, war mit dieser einzigen Gewalttat von mir gewichen. Gary hatte ein Ohr eingebüßt, aber ich hatte Klarheit erlangt und stand inzwischen voll und ganz hinter meiner eigenen Erscheinung.

»Stammen Sie aus einem Pool oder einer Familienaufzucht?«, fragte sie.

»Aus einem Pool.«

»Mein Ehemann auch.«

Und dann legte sie mir völlig unerwartet ihre weiche Hand auf die verformte Gesichtshälfte. Der einzige andere Mensch, der mich dort je berührt hatte, war Schwester Zygotia gewesen, und einmal auch Lucy, in betrunkenem Zustand. Mein Auge zuckte, und ich fühlte ein ängstliches Erschauern seitlich über meinen Körper gleiten. Sie hatte kein Recht, so übergriffig zu sein, aber diese Intimität war auch ohne die ihr innewohnende Zuneigung so seltsam erregend, dass es schwer zu erklären war. Aber ich machte mir etwas vor. Sie war älter, sie war alpha und lag damit komplett ober- und außerhalb des Rahmens, in dem ich nach einem potenziellen Partner Ausschau halten konnte. Ich verhielt mich einfach unsagbar dämlich, und daher versuchte ich mir die Gedanken aus dem Kopf zu schlagen.

»Vielleicht könnte ich ein besseres Modell finden, klar«, sagte sie und schob meinen Kopf, indem sie mir den Zeigefinger gegen die Nasenspitze legte, sanft in die Profilansicht. »Aber keines, das derartig … *inspirierend faszinierend* ist.«

Es war das schönste Kompliment, das man mir je über mein Äußeres gemacht hatte[47], und ich blinzelte schnell, um die Feuchtigkeit zu verbergen, die in meinen Augen aufsteigen wollte.

»Dann sage ich Ja.«

»Na, dann kommen Sie.«

Ich nahm einen Hauch ihres Geruchs wahr, als sie sich auf dem Absatz umdrehte und an mir vorbeiging – es war ein zarter Mix aus Ölfarben, frischer Wäsche und Moschus. Wir gingen durch den ringförmigen Korridor zu einem Zimmer auf der anderen Gebäudeseite, und sie bedeutete mir einzutreten. Jeder Zentimeter Wandfläche war mit Leinwänden bedeckt, und was nicht aufgehängt worden war, lehnte davor.

Ein Gemälde beherrschte den Raum – eine impressionistische Darstellung des Strandes bei Rhosilli auf der Gower-Halbinsel, ein Meter achtzig breit und neunzig Zentimeter hoch. Im Hintergrund sah man das an den Strand gespülte Wrack des Linienschiffs *Argentinian Queen*, das vor sich hin rostete und irgendwann auseinanderfallen würde, wobei sein ursprünglicher blauer Anstrich unter dem Rost gerade eben noch sichtbar war. Federwölkchen bedeckten den Himmel, und in der Entfernung deutete sich schwach die zerklüftete Silhouette der weit ins Meer ragenden Landzunge an. Im Vordergrund befand sich auf

47 Daran hat sich bis heute nichts geändert.

dem breiten und ansonsten völlig leeren Strand ein orangeroter Sonnenschirm von phänomenaler Pracht und Größe. Darunter saßen zwei Badegäste, teils verdeckt, auf einem blau-weiß gestreiften Handtuch.

Es war ein bemerkenswertes Bild, und das sagte ich ihr auch.

»Es ist ganz annehmbar«, sagte sie ohne viel Gefühl. »Ich nenne es: *Nur die Gower ist von Dauer.*«

»Ich war viele Male dort«, sagte ich, noch ganz fasziniert von dem Bild, »als das Wrack noch etwa in diesem Zustand war.«

»Inzwischen hat das Meer es sich geholt«, sagte sie, »mit der unvermeidlichen Wucht von Wind und Tide. Haben Sie auch am Mumbles Pier gehalten und sich einen Toast mit Muscheln, Speck und Seetangpaste geholt?«

»Wie könnte man darauf verzichten wollen?«

In der Mitte des Raums stand eine farbbekleckerte Staffelei, auf der ein noch unvollendetes Aktporträt eines Mannes lehnte, der den Betrachter ansah. Das Bild hatte etwas Besonderes an sich – eine gewisse raue und sehr saisonal definierte Energie lag in diesem straffen, gut gebauten Körper. Dabei handelte es sich nicht um eine schamhafte Aktzeichnung. Jedes Detail seines Körpers war wahrheits- und abbildungsgetreu dargestellt. Jedes Haar, jeder Muskel. Es gab keinen Körperteil, dem sie sich nicht mit gewissenhafter Aufmerksamkeit gewidmet hätte – abgesehen von seinem Gesicht. Es gab keine erkennbaren Gesichtszüge. Das Gemälde bestand aus reiner Körperlichkeit ohne Identität, abgesehen von der Form seines Kinns. Es wirkte irgendwie vertraut, als hätte ich es schon einmal irgendwo gesehen, und zwar vor nicht allzu langer Zeit.

»Ein Freund von Ihnen?«, fragte ich.

»Er war mein Mann.«

»Dann malen Sie das Gesicht zum Abschluss?«

»Das Porträt ist fertig«, gab sie zurück. »Er verschwand eines Abends, kurz bevor er eine Überwinterung begann.«

»Was ist mit ihm geschehen?«, fragte ich und erntete einen zornigen Blick. Ihre Reaktion überraschte mich, wie ich zugeben muss. Menschen verschwinden ständig, deswegen gilt das Thema keinesfalls als tabubelegt. Billy DeFroids Überreste wurden verstreut auf einem Parkplatz gefunden, als es taute. Schwester Placentia erzählte jedem, der fragte, mit Begeisterung davon, und ließ sich sogar genauestens darüber aus, welche Teile man nicht hatte entdecken können.

»Ich habe meine Vermutungen«, sagte sie und beruhigte sich plötzlich wieder. »Und auch wenn ich nicht sicher weiß, ob er tot ist, ist es inzwischen viel zu lange her, um etwas anderes als das Schlimmste anzunehmen.«

Sie hielt inne, dachte nach und betrachtete dann wieder das Gemälde.

»Seine Gesichtszüge verblassen allmählich in meiner Erinnerung, aber seinen Körper werde ich nie vergessen. Wie er sich unter meinen Fingerspitzen anfühlte, wie sein Gewicht auf mir lastete. Er verschwand zu Beginn des Winters, bevor wir eine Familie gründen wollten. Ich hatte extra für die Schwangerschaft zugelegt.«

»O-kay«, sagte ich, da mich ihre Offenheit etwas verlegen machte. »Herzliches Beileid zu Ihrem Verlust.«

Sie sah das Gemälde nachdenklich an.

»Er mochte Schnee, aber nicht den Winter«, sagte sie mit ruhiger Stimme, »und er schätzte den Aufstieg mehr als den Blick vom Gipfel. Er lächelte nicht oft, aber wenn, dann lächelte die ganze Welt mit ihm, und wir bündelten, als wäre es das erste Mal und würde auch das letzte sein.«

»So jemanden habe ich noch nie gekannt«, sagte ich. »All meine Freunde sind, naja, ziemlich *normal*.«

»Unterschätzen Sie die Mittelmäßigkeit nicht«, sagte sie. »Beständiges Glück, habe ich festgestellt, steht vor allem den weniger Abenteuerlustigen offen. Setzen Sie sich.«

Sie führte mich zu einem hochlehnigen Sessel und nahm eine Polaroidkamera zur Hand. Sie klappte sie auf, schob eine neue Blitzlichtbirne in die Halterung, spannte den Film, richtete das Objektiv auf mich und stellte scharf.

»Sehen Sie nach unten«, sagte sie, halb hinter der Kamera versteckt, »nur mit den Augen.«

Ich gehorchte.

»Haben Sie jemals gebündelt?«

»Ja.«

»Mit sich selbst zählt aber nicht.«

»Dann nicht.«

»Stellen Sie es sich jetzt vor«, sagte sie, »mit diesem ganz speziellen Menschen. Nicht dem aus Ihrem Kopf, sondern aus Ihrem Herzen. Mit dem, auf den sich Ihre Gedanken richten, wenn Sie die Hitze in Ihrem Körper aufsteigen fühlen, die Sehnsucht nach Intimität. Und wenn diese Gedanken Sie ganz und gar ausfüllen, dann schauen Sie wieder hoch.«

Ich dachte an ungefähr jeden Menschen, den ich in den letzten Jahren attraktiv gefunden hatte, und dann merkte ich, dass ich plötzlich die Malerin im Kopf hatte, wie sie da vor mir stand, mit ihrem dunklen Haar, ihrer dunklen Natur und ihrer dunklen Seltsamkeit. Ich stellte mir vor, wie sie und ich eng aneinandergeschmiegt in einem Knoten der Leidenschaft miteinander verbunden waren, dann hob ich den Kopf.

Der Blitz flackerte auf, dann ertönte ein Knistern, als die verbrauchte Blitzbirne abkühlte. Die Malerin betätigte die Taste, um das Fotopapier zu schneiden, zog den Führungsstreifen heraus, riss ihn ab und warf ihn weg, dann sah sie auf die Uhr.

»Ich verlasse den Sektor in ein paar Tagen wieder«, sagte ich und reichte ihr meine Karte. »Sie können mich dann unter dieser Adresse erreichen.«

Sie nahm die Karte, wartete noch einmal zehn Sekunden, dann öffnete sie die Rückseite der Polaroidkamera und pellte das Foto vom Negativ. Sie betrachtete es und nickte zufrieden, dann stellte sie es zum Trocknen auf ihren Arbeitstisch.

»Haben Sie ein Anrecht auf Morphenox?«, fragte sie.

»Ja.«

»Aber Sie werden es vermutlich nicht brauchen, weil Sie ohnehin wach bleiben?«

»Nein, wahrscheinlich nicht.«

»Ich habe es diese Saison versäumt, genug zuzunehmen«, gab sie zu, »und ich brauche etwas, das mir hilft, die Hib zu überstehen. Wenn Sie mir Ihre Dosis geben, dann lasse ich Ihnen 200 Euro beim Porträt nach.«

Jetzt, da sie es sagte, fiel mir auf, dass sie tatsächlich etwas zu leicht zu sein schien. Es war natürlich illegal, ihr mein Morphenox zu überlassen, aber ich hatte eine Dosis dabei, und da ich gern alles tun wollte, was in meiner Macht stand, um ihre Überlebenschancen zu erhöhen, sagte ich zu.

»Nur unter der Bedingung, dass Sie das nicht bezahlen«, ergänzte ich jedoch. »Kein Nachlass bei dem Gemälde, nichts. Ich bekomme auch so schon genug Ärger, wenn das rauskommt.«

Sie verstand meine Gründe, bedankte sich und ging dann zu einer der größeren Leinwände, die Gwendolyn IX. auf dem Rücken eines Pferdes beim Anführen ihrer Truppen zeigte. So etwas hatte sie in Wirklichkeit nie getan, aber übertrieben dramatische Porträts der großen Frau waren für Künstler, die sich ihre Aufträge selbst besorgen mussten, das tägliche Brot, ebenso wie *memento mori*, Stillleben von Blumensträußen in Krügen[48] und prämierte Kuh-Mammuts mit ihren jeweiligen Medaillen. Sie nahm eine Palette zur Hand, tauchte den Pinsel in etwas Farbe und strich dann geistesabwesend über die Leinwand.

»Ja, also«, sagte ich, »dann gehe ich jetzt wohl besser.«

Sie sagte nichts, und ich wandte mich zur Tür, aber bevor ich in den Flur trat, sprach sie plötzlich doch wieder.

»Der weise reiche Mann sagt, man soll die Steine nicht verlassen.«

»Welche Steine?«

»Die unter der Eiche«, sagte sie, ohne aufzusehen, »in der Nähe des blauen Buicks.«

»Hatten Sie den Traum ebenfalls?«

»Einige Elemente davon.«

»Mir wird nichts passieren«, sagte ich, »ich habe keine Träume.«

»Jeder braucht Träume«, sagte sie schlicht. »Wenn Sie keine haben, können sie nicht wahr werden.«

48 Das ist ein allzeit beliebtes Motiv, warum auch immer.

Ich hätte sie gern noch mehr gefragt, aber sie wandte sich wieder ihrem Gemälde zu und begann zu summen. Die Unterhaltung war vorbei, und ich kehrte in mein Zimmer zurück.

Nun, da mich die Erschöpfung fast zu überwältigen drohte, beschloss ich, ihr auch nachzugeben. Ich zog den Phonographen auf, wählte eine besonders lange Aufführung der *Preludio Sinfonica,* legte die Walze ein und drückte auf Wiedergabe und Endloswiederholung. Anschließend schob ich meine Bambi unters Kopfkissen, legte meine Kleider ab, ging ins Bett, zog die Laken bis unters Kinn und starrte an die Decke, die Hände hinter dem Kopf, während die beruhigende Musik aus dem Nebenraum zu mir drang.

Die Situation war ganz anders, als ich es mir vorgestellt hatte. Ich war in einer fremden Stadt in einem Randbezirk und stand kurz davor, in der Wohnung einer Frau zu schlafen, die einen mit Nachtschrecken verstärkten, tödlichen Anfall von Hibernationsnarkose erlitten hatte. Dazu hatte ich auch noch meinen Mentor und einen respektierten Konsul verloren, zum Teil aufgrund meiner Unnachgiebigkeit. Sicher, wenn Logan nicht gezögert hätte, als sich die Fahrstuhltür öffnete, wäre nun Aurora tot gewesen und nicht er, aber ich wahrscheinlich auch.

In dem Bewusstsein, dass ich nur einen kurzen Nachtschlaf nehmen und nicht in die tiefe Hibernation tauchen durfte, stellte ich meine Taser-Uhr[49] auf den nächsten Morgen und befestigte die Elektrode an meinem Ohrläppchen,

49 Es war ein Reisewecker, der den Namen »SchäfchenSchocker« trug. Ich hatte ihn nur für den Fall der Fälle anlässlich der Zugfahrt gekauft.

bevor ich das Licht ausknipste. Im Dämmerlicht konnte ich die Umrisse der Klytämnestra ausmachen, die froh war, gerade ihren Gatten ermordet zu haben. Ich dachte an die Malerin und woran sie mich zu denken gebeten hatte, bevor sie das Foto machte, und dann huschten meine Gedanken in großen Sprüngen davon, als mich der Schlummer umfing. Gedanken an Aurora, an die tote Frau mit der Bouzouki, an Hugo Foulnap, der gar nicht Hugo Foulnap war, an Portier Lloyd und Jack Logan, bis Moody erschien, der mir sagte, dass ich zum blauen Buick gehen und bloß die Steine nicht verlassen sollte.

Aber ich wusste, dass alles in Ordnung sein würde. Ich würde nicht träumen.

Aber natürlich tat ich es doch.

Ein Ausflug auf die Gower-Halbinsel

»… Unter den Frühaufstehern lag die Zahl der Verschläfer bei rund 30 Prozent, selbst bei jenen, die den Kurzschlaf schon seit Jahrzehnten praktizierten. Etwa ein Drittel riss sich einfach den Taser ab, drehte sich um, schnaufte einmal und schlief weiter, bis der Notvorrat aufgebraucht war und der Hunger sie wieder an die Bewusstseinsoberfläche trieb. Frühaufstehen war nichts für Menschen mit schwachen Nerven …«

WINTERPHYSIOLOGIE FÜR DEN KONSULDIENST, DR. ROSIE PATELLA

Lichtblitze, unzusammenhängende Eindrücke, ein lauter Ruf, dann Dunkelheit. Aber eine *ungewöhnliche* Form von Dunkelheit. Keine leere Dunkelheit oder Hibernationsdunkelheit – dick, unnachgiebig und zeitlos –, sondern eine Dunkelheit wie ein schwerer Samtvorhang. Ich konnte hören und riechen, was sich hinter ihm befand, aber er hatte sich noch nicht gehoben. Es waren unerkennbare Worte zu hören, dann das Rauschen von Bäumen und der süße Duft eines Kindheitssommers: frisch gewendetes Heu, heißer Schlamm, wie er zutage trat, wenn man mit einem Stock in trocknenden Pfützen stocherte, Ernte, Wiesen.

Dann wurde die Dunkelheit … *glänzend*. Ein Wasserfall unzusammenhängender Bilder. Jack Logan, wie er von Putz bestäubt in der Wand steckte. Moody, Mrs. Tiffen, die große walisische Schauspielerin Sarah Siddons und Portier Lloyd, der »The Lonely Goatherd« summte. Und dann, nach einem kurzen Aufflackern statischen Knisterns, saß ich am Strand von Rhosilli im Schatten eines orangeroten Sonnenschirms von phänomenaler Pracht und Größe. Die Aussicht wurde beherrscht vom Wrack der *Argentinian Queen*, dem Passagierschiff, das jetzt, Jahrzehnte den nagenden Wellen ausgesetzt, verrostet und mit klaffenden Löchern im Rumpf am Strand lag.

Ich sah mich um und stellte fest, dass ich nicht allein war. Auf dem Handtuch neben mir saß die Malerin, die ich im *Siddons* kennengelernt hatte. Sie trug einen einteiligen Badeanzug von der Farbe frischer Frühlingsblätter, der ihr perfekt passte, und ihre großen, fragenden Augen blickten direkt in meine, während ihr pechschwarzes Haar in einer Brise flatterte, die Dufterinnerungen aus Sommerurlauben mit sich brachte: Sonnencreme, Eis und trocknender Seetang. Ihr Name war, wie ich plötzlich wusste, Birgitta, und sie schenkte mir ein hinreißendes Lächeln, dann schob sie sich einige lose Haarsträhnen hinters Ohr. Ich spürte das berauschende Gefühl untrennbarer Einheit, etwas, das ich im Leben bisher noch nicht kennengelernt hatte: das Wissen, von jemandem geliebt zu werden und denjenigen im gleichen Maße zu lieben, dass man untrennbar zueinandergehört wie zu niemandem sonst, dass man selbst der jeweils andere *ist*.

»Ich liebe dich, Charlie.«

»Ich liebe dich, Birgitta.«

Die Wellen schlugen donnernd an den Strand, und ein kleines Mädchen jagte mit glucksendem Lachen einem Strandball bis zum Wasser nach.

Und dann wusste ich es. Zum ersten Mal seit meiner Kindheit *träumte* ich. Meiner Erinnerung nach waren Träume vage und verschwommen gewesen, aber dieser fühlte sich realer an als die Realität – ich fühlte die grobe Textur des Sandes, sah die Schaumkämme auf den Wellen, roch das Salz in der Luft.

Als ich an mir hinunterblickte, stellte ich fest, dass auch ich Strandkleidung trug: einen einteiligen Badeanzug in schwarz mit kontrastierenden weißen Pumps. Es waren nicht meine Schuhe, und es waren auch nicht meine Füße. Es war nicht einmal mein Körper. Er war anders, straff und aufregend anders. Er fühlte sich an wie der Körper von Birgittas verschwundenem Ehemann.

Ich korrigierte mich. Ich fühlte mich nicht *wie* Birgittas verschwundener Ehemann. Ich *war* ihr verschwundener Ehemann. Der sie liebte und der von ihr wiedergeliebt wurde. Zusammen, eine Einheit.

»Bin das wirklich ich?«, fragte ich ein bisschen idiotisch.

Birgitta blinzelte mich milde amüsiert an. »Du bist jetzt Charlie, mein Charlie«, sagte sie und lachte leise. »Versuch nicht über den HiberTech-Komplex und über den Sicherheitsdienst nachzudenken. Nur heute und morgen, 48 Stunden. Du und ich. Was auch für Träume kommen mögen.«

»Was auch für Träume kommen mögen«, wiederholte ich und sah mich um. »Wo sind wir hier?«

Wieder lachte sie. Sie musste es mir nicht sagen, ich wusste es bereits. Wir waren auf der Gower-Halbinsel. Ich war als Kind viele Male hier gewesen, der Anblick der wie ein Drachenkopf aus dem Wasser ragenden Landzunge Worm's Head und des vor sich hin rostenden Passagierschiffes war wie mit Sekundenkleber in meinem Kopf fixiert.

Sie sah mich wieder an und lächelte.

»Die Gower ist von Dauer.«

Wir lachten beide über diesen Slogan, abgedroschen und doch so wahr.

»Ich liebe dich, Charlie.«

»Ich liebe dich, Birgitta.«

Die Wellen schlugen krachend an den Strand, die Möwen kreischten, ein Strandball flog vorüber, und wieder rannte dasselbe kleine Mädchen mit demselben glucksenden Lachen hinter ihm her. Und jetzt wusste ich genau, wo und zu welcher Zeit ich mich befand. Ich hatte den Höhepunkt in der Beziehung von Birgitta und Charles gefunden, den exakten Moment, an dem alles wunderschön und herrlich und blütenweiß und *richtig* war, bevor die Schatten aufzogen und der Winter näher kam. Die Urlaube, die ich hier verbracht hatte, waren auch für mich Höhepunkte gewesen, kleine Oasen der Freude in einer ansonsten trostlosen, im Pool gefangenen Existenz.

»Schnell ein Schnappschuss vom Glück?«, fragte ein Fotograf, der eine Polaroidkamera hochhielt. »Sie werden ganz wunderbar aussehen, und das zu einem sehr vernünftigen Preis, wie …«

Mit einem Ruck wurde ich wach. Ich war schweißgebadet, und mein Herz schlug so schnell, dass ich fürchtete, es würde zerspringen. Nachdem ich mich aufgesetzt hatte, drückte ich den Lichtschalter, aber es passierte nichts; da war nur ein sanfter Schimmer vom Notlicht, das automatisch angeschaltet worden war. Hydro 12, der in letzter Zeit immer öfter schwächelte, hatte sich jetzt offenbar gänzlich verabschiedet.

Irgendetwas in dem Zimmer kam mir seltsam vor, aber ich brauchte ein oder zwei Sekunden, bevor mir klar wurde, was es war. *Klytämnestra war verschwunden.* Ich erstarrte und bemühte mich, kein noch so leises Geräusch zu verursachen, damit sie nicht merkte, wo ich mich befand. Der verzierte Rahmen war noch da, auch der Hintergrund des Bildes, die gemalten Vorhänge, die gemalten Marmorstufen, sogar die gemalten Blutstropfen auf dem gemalten Boden. Aber von Königin Klytämnestra fehlte jede Spur. Es sah aus, als sei sie einfach aus dem Rahmen gestiegen.

Ich zog meine Bambi unter dem Kissen hervor, nahm die Taschenlampe vom Nachttisch und schlich leise in den Wohnzimmerbereich, der ebenfalls leer war. Dann sah ich erst im Bad nach und schließlich in jeder Nische, in der sie sich verborgen haben mochte, zum Beispiel hinter dem Kleiderschrank und unter der Spüle, aber sie war nirgendwo zu entdecken. Die Tür war immer noch verschlossen, und kurz war ich verwirrt, bis mir auffiel, dass unter dem Türblatt ein schmaler Spalt zu sehen war und ich mir überlegte, dass sie vielleicht auf diesem Weg hatte hinausgelangen können.

Als ich die Tür öffnete, lag der Korridor vor mir, noch immer erhellt von den flackernden Traumkerzen, doch auch hier war alles leer, und so schlich ich mich geräuschlos zur Treppe, die sich rund um den Wärmeschacht in der Mitte des Gebäudes schlängelte, blieb allerdings stehen, als ich den leichten Tritt von Schuh auf Stein vernahm. Ich versuchte mich zu erinnern, ob Klytämnestra Sandalen trug, daher wartete ich, bis die Schritte bis zur anderen Seite meines Stockwerks wanderten, und trat mit der Taschenlampe in der Hand vor.

Es war Charles, so wie Birgitta ihn gemalt hatte. Völlig nackt und bar aller Gesichtszüge. Seltsamerweise trug er einen Henkelbecher mit heißer Schokolade. Er fuhr zusammen und verschüttete etwas davon auf die Stufen.

»Wieso haben Sie Ihr Bild verlassen?«, fragte ich.

»Was habe ich verlassen?«, fragte Charles zurück, was unmöglich war, weil er überhaupt keinen Mund hatte. Aber dann wurde mir klar, dass gar nicht Charles vor mir stand, sondern Portier Lloyd, der alle Merkmale aufwies, die man normalerweise in einem Gesicht erwartete. Nackt war er auch nicht. Ich senkte die Bambi.

»Entschuldigung«, sagte ich. »Ich dachte, Sie seien eine dünne Schicht Ölfarbe.«

»Eine dünne Schicht *was*? Aber ist auch egal. Kann ich Ihnen helfen?«

»Ich habe Klytämnestra gesucht. Ziemlich groß, königliche Statur, barbusig, schöner Winterpelz – ach ja, und sie hat einen blutigen Dolch dabei.«

Lloyd lächelte.

»Nein, die habe ich nicht gesehen.«

»Ganz sicher?«

»Ich *denke*, ich würde mich daran erinnern.«

»Sie ist vielleicht schwer wahrzunehmen«, hakte ich nach, »denn wenn man sie von der Seite sieht, dann ist sie wahrscheinlich nur so dick wie ein Stück Papier.«

»Ich verstehe«, sagte Lloyd und wirkte tatsächlich sehr

verständnisvoll, was allerdings auch an der Zeit war. »Jetzt verstehen Sie mich bitte nicht falsch«, sagte er, »aber ich habe den Verdacht, Sie leiden ein klein wenig unter einer Narkose.«

Das war völlig lächerlich, und das sagte ich ihm auch.

»Hören Sie mir ganz in Ruhe zu«, fuhr er fort. »Historische, barbusige Gestalten pellen sich nicht aus Ölgemälden, und dass Sie hier in den frühen Morgenstunden nackt durch das *Siddons* schleichen, erscheint nicht besonders vernünftig, meinen Sie nicht auch?«

»Ich bin nicht nackt«, protestierte ich und erschauerte.

»Wenn Sie nicht nackt sind«, sagte er langsam, »wie kommt es dann, dass ich Ihre beiden Dinger und Ihr Dingsbums sehen kann?«

»Können Sie gar nicht.«

»Ich habe sie direkt vor meiner Nase.«

»Das ist eine *grässliche* Verwendung dieser Redensart.«

»Mag sein – aber schauen Sie doch selbst.«

Ich blickte an mir herab, und jetzt erkannte ich es auch: Ich war nackt, abgesehen von einer einzelnen Socke, die einmal Suzy gehört hatte und braun war. Erneut erschauerte ich, als sich die Lichter flackernd wieder anschalteten, der Strom wieder da war und mir zu dämmern begann, wie sich die Lage wirklich verhielt.

»Sowas aber auch«, sagte ich. »Ich bin narkotisch, oder?«

Lloyd nickte freundlich. Es war eine Sache gewesen, sich theoretisch mit der Narkose zu beschäftigen – sie selbst zu erleben war eine völlig andere. Lloyd nahm mich bei der Hand und führte mich nach oben zu meinem Zimmer, und dort wurde mir endgültig klar, wie dämlich ich mich gerade verhalten hatte. Klytämnestra war genau da, wo sie die ganze Zeit über gewesen war, sie klemmte glücklich in dem vergoldeten Rahmen, und ihr unbewegter, mörderischer Gesichtsausdruck hatte sich kein Stück verändert. Meine Kleider, von denen ich hätte schwören mögen, dass ich sie angezogen hatte, hingen noch so, wie ich sie am Abend gefaltet hatte, über der Stuhllehne.

»Ich glaube, ich habe geträumt«, sagte ich mit einem Seufzer.

»Von blauen Buicks und Eichbäumen und Händen und so?«

»Nein, das nicht.«

»Dann lag es wahrscheinlich an der Narkose. Trinken Sie die heiße Schokolade, ich mache mir selbst eine neue.«

Ich sagte ihm, das sei nicht nötig, aber er bestand darauf, weil ich bisher noch gar nichts vom Zimmerservice bestellt hatte. Also willigte ich ein, und er wünschte mir eine gute Nacht und ging.

Nachdem ich die heiße Schokolade ausgetrunken hatte, ging ich wieder ins Bett und kam mir unsagbar dämlich vor. Man denkt immer, dass man selbst nie eine Narkose entwickeln wird, aber wenn es dann doch passiert, ist es sehr beängstigend – wenn auch erst im Nachhinein. Während man sie durchlebt, ist es die beste Realität, die man sich vorstellen kann; besser war höchstens noch der Traum von der Gower-Halbinsel mit Birgitta gewesen. Ich wollte dort so schnell wie möglich wieder hin, also streckte ich mich aus, schloss die Augen und schlief bald tief und fest.

Träumen, aufwachen, und noch einmal von vorn

»…die Herkunft der im Louvre ausgestellten Mona Lisa wurde im Frühjahr 1983 geklärt, als eine Randnotiz von Agostino Vespucci aus der Zeit der Bildentstehung entdeckt wurde, in der es hieß, dass »Leonardo ein schönes Gemälde der Lisa del Giocondo [malt], die sich gerade auf den Schlummer vorbereitet«. Da die Mona Lisa aus dem Louvre zweifelsfrei dünn ist, geht man nun davon aus, dass es sich bei der Dicken Lisa, die derzeit in Isleworth zu sehen ist, um den wahren da Vinci handelt…«

KUNST UND DIE KÜNSTLER DES SCHLAFES, SIR TROY BONGG

Der Schlaf verlief traumlos, jedenfalls anfänglich, und Dunkelheit umgab mich. Aber nicht *ganz* so, wie ich die Dunkelheit in Erinnerung hatte, als schlicht formloses, zeitloses Schwarz; sie war vielmehr eine Dunkelheit wie in einem unbeleuchteten Saal – voller Erinnerungen und Orte und Menschen und Dinge, den Markierungssteinen meiner Lebenserfahrung. Dann tat sich plötzlich eine Kluft auf, wie ein zerreißendes Leintuch, sowohl sichtbar als auch hörbar, und in einer Sekunde war ich wieder dort: mit Birgitta am Strand, auf dem blau-weiß gestreiften Badetuch, mit dem Badeanzug im Grün frischer Frühlingsblätter und dem orangeroten Sonnenschirm von phänomenaler Pracht und Größe. Der Tag war derselbe, die *Argentinian Queen* ebenfalls. Ich war ebenfalls derselbe, nicht Charlie Worthing, sondern ein anderer Charlie: Birgittas Charlie, der mit ihr auf dem gestreiften Handtuch saß und einen schwarzen Badeanzug und weiße Pumps trug.

Sie sah mich an und lächelte, und ich merkte, dass ich ihr Lächeln erwiderte. Der Traum entsprach, soweit ich sehen konnte, bis ins Detail dem vorigen. Die Möwen kreischten in der Höhe, die Brise trug den Geruch der Gezeiten heran. Birgitta schenkte mir ein hinreißendes Lächeln und schob sich wieder eine Haarsträhne hinters Ohr. Ich war Charles, und sie war Birgitta, und dies war ihr perfekter Augenblick.

»Ich liebe dich, Charlie.«

»Ich liebe dich, Birgitta.«

Die Wellen schlugen donnernd an den Strand, und ein kleines Mädchen jagte mit glucksendem Lachen einem Strandball bis zum Wasser nach. Genau wie zuvor.

»Bin das wirklich ich?« Ich hatte meine Frage wiederholt, bevor es mir selbst klar wurde.

Birgitta blinzelte mich an und lächelte. »Du bist jetzt Charlie, mein Charlie«, sagte sie und lachte leise. »Versuch nicht über den HiberTech-Komplex und den Sicherheitsdienst nachzudenken. Nur heute und morgen, 48 Stunden. Du und ich. Was auch für Träume kommen mögen.«

»Was auch für Träume kommen mögen«, gab ich zurück.

Da ich wusste, dass ich gleich aufwachen würde, sah ich

mich um, bemüht, jedes noch so kleine Detail aufzunehmen.

Hinter uns führte ein kleiner Weg zu dem Parkplatz bei dem Café mit den weißgetünchten Schindeln, in dem es das beste Pistazieneis der Nation gab. Wir waren ganz in der Nähe des Ortes, wo Birgittas Mutter lebte, und würden über der Garage in dem Zimmer mit dem großen Messingbett, den Buchsbaumpaneelen und den Spitzengardinen übernachten. Am Sonntag würden wir früh abreisen und am Mumbles Pier Halt machen, um auf der Seebrücke Muscheln und Seetangpaste zu essen, während ein Radio in der Nähe »Groove Me« spielte. Ich wusste all diese Dinge, ohne zu wissen, warum, und komischer war noch, dass ich mich nicht nur rückwärts, sondern auch *vorwärts* erinnern konnte. Der Strand war nur eine Erinnerung an schönere Zeiten, die viele, viele Jahre zurücklag. Anschließend waren Birgitta und ich jeder für sich in den Sektor 12 gereist. Sie hatte gemalt, und ich hatte als Krankenpfleger bei HiberTech in der Schlafforschungsabteilung gearbeitet, beim Projekt Lazarus. Wir trafen uns selten, aber wenn, dann voller Leidenschaft, und schließlich waren wir getrennt worden, für immer.

»Schnell ein Schnappschuss vom Glück?«, fragte ein Fotograf, der am Strand nach Kundschaft suchte. »Sie werden ganz wunderbar aussehen, und das zu einem sehr vernünftigen Preis, wie Sie feststellen können, wenn Sie sich ein wenig umhören.«

So weit war ich das letzte Mal gekommen, und ich erwartete, nun wieder geweckt zu werden, aber das geschah nicht. Wir willigten ein, und der Mann schoss sein Polaroidfoto, gab es uns und erklärte, er würde sich das Geld später abholen, vorausgesetzt, dass das Bild »ganz und gar zu unserer Zufriedenheit« sei. Wir beobachteten, wie das Foto allmählich auf dem Papier erschien und diesen Augenblick für immer festhielt. Zum ersten Mal bekam ich zudem einen Eindruck von meinem Äußeren. Birgittas Charles war geradezu erschreckend gutaussehend, mit schönen Zügen und dunklem, lockigem Haar, das seine Augen zur Hälfte verdeckte. Dennoch wirkte er ein wenig verloren, hoffnungslos und letztlich dem Untergang geweiht …

… Ich saß an den Wurzeln einer uralten Eiche und blickte nach oben. Der Baum breitete seine Äste beinahe über mein gesamtes Gesichtsfeld aus, und das Licht eines frischen Sommermorgens drang durch das Laub. Nachdem ich einige Male geblinzelt hatte, setzte ich mich auf. Der Strandtraum war abrupt unterbrochen worden. Es hatte weder eine Blende noch einen Übergang, sondern einen *Riss* gegeben. Jetzt war ich an einem völlig anderen Ort, in einem anderen Traum – und zwar, wie ich schnell erkannte, in genau jenem, den Watson, Smalls, Moody, Birgitta und Lloyd bereits vor mir besucht hatten.

Ich saß auf einem rauen Stoß großer Feldsteine, die planlos um den Baum herum aufgeschichtet und angelehnt worden waren. Die Steine waren groß und aus bläulichem Sandstein, glatt und flach, und sie bildeten eine künstliche Insel rund um den Stamm. Der blaue Himmel über mir war mit aufgeplusterten Wölkchen durchsetzt, und das Gras um den Baum dehnte sich in alle Richtungen bis zum Horizont aus.

Ebenso wie der Birgitta-Traum, der diesem direkt vorangegangen war, fühlte sich auch diese Szenerie absolut real an. Jedes Detail konnte ich genau erkennen – die Struktur der Rinde, die Adern der Blätter, die gelben Flechten, die sich fleckenweise über die Felsen zogen. Dass das hier nicht echt war, dafür hatte ich keinen Beweis; ich *wusste lediglich, dass es sich so verhielt*. Sonst nichts. Und wenn das so war, dann konnte ich begreifen, wieso Moody und Watson die beiden Realitäten verwechselt haben mochten.

Ich sah auf meine Hände. Es waren noch immer nicht meine eigenen. Aber Charles' Hände waren es auch nicht.

Sie waren alt. Gut sieben Jahrzehnte, faltig und voller Leberflecken, und sie zitterten. Auch ich fühlte mich alt, und meine linke Körperhälfte nahm ich überhaupt nur auf eine seltsam dumpfe und undeutliche Weise wahr. Aus irgendeinem seltsamen Grund – oder vielleicht war es auch nicht so seltsam, wenn man bedachte, welchen Einfluss der große Mann auf unser aller Leben hatte – träumte ich nun, ich sei Don Hector. Seine Ältlichkeit, seine Würde, seine Art. Aber ich war nicht ganz er, ich war es nur zum Teil. Ich, wie ich träumte, dass ich er war, oder er, der träumte, dass er ich war – ich war mir nur deswegen sicher, dass ich *nicht* Don Hector sein konnte, weil er vor zwei Jahren gestorben war.

Ich lachte laut auf. Nicht nur über die kühne Vorstellungskraft meines Geistes, sondern über die *Klarheit*. Wenn man so träumte, dann hatte ich bisher ein Phänomen verpasst, das beträchtliche Unterhaltung und Ablenkung bot. Sicher, die zusätzliche Energie, die man bei der unterbewussten Schöpfung verbrauchte, würde bei der Winterruhe einige Extrakilos erfordern, aber wenn ich das recht sah, dann war es die Sache wert. Das hier war eine neue, aufregende Realität.

Eine Flucht.

Ich atmete tief ein, und der süße Sommerduft füllte meine Lungen, der einfache Geruch von warmem Gras und Mädesüß. Ich sah mich um, ob ich vielleicht Klytämnestra irgendwo würde entdecken können, aber zu meiner Erleichterung war sie nirgendwo zu sehen. Dafür aber etwas anderes, etwas, das der Vorankündigung nach direkt mit der Eiche und den Feldsteinen in Verbindung stand.

Der blaue Buick.

Der Wagen stammte aus der Zeit, als das Automobildesign in den USA noch auf Zurückhaltung und Eleganz ausgerichtet war, bevor Heckflossen und Chrom ihren Siegeszug antraten. Er war nicht neu und ganz sicher nicht im besten Zustand. Rostflecke zogen sich über die verchromten Stoßstangen, ein unsachgemäß reparierter Blechschaden ließ sich auf der Beifahrerseite am zerknitterten Kotflügel erkennen, und das Fahrerfenster steckte auf halber Höhe fest und war milchweiß angelaufen. Neben dem Buick war auf einer roten Decke für ein Picknick gedeckt, eine Weinflasche steckte in einem Kühler, ein Klappstuhl stand daneben. Hinter dem Auto entdeckte ich etwa achthundert Meter entfernt einsam auf dem endlosen grünen Teppich ein Morpheleum, einen Tempel für den Gott Morpheus. Alt, verlassen, wirkte es deplatziert, vermittelte aber gleichzeitig auch Sicherheit.

Ich konnte mir in etwa zusammenreimen, wie diese zwei Traumszenarien in meinem Kopf entstanden waren. Das erste rankte sich um eine Frau, die ich kennengelernt und sehr faszinierend gefunden hatte, kombiniert mit ihren Bildern und meinen Erinnerungen an frühere Urlaube auf der Gower-Halbinsel, und es hatte sich mit der unentrinnbaren

Allgegenwart von Don Hector und HiberTech vermischt. Die ungefähren Parameter besaß ich damit schon, und mein Verstand hatte den Rest dazugegeben und anschließend wie ein Maurer zu einem glatten Ganzen verputzt. Es war eine ziemliche Leistung – kein Wunder, dass Träume so viel Energie verbrannten.

Ich wollte von den Feldsteinen herunterklettern, als ich plötzlich innehielt. Birgitta, Moody und Portier Lloyd hatten mich alle gewarnt: *Bleib auf den Steinen.*

Neugierig stieg ich auf einen der unteren und tippte vorsichtig mit einem Zeh auf den Boden. Beinahe unverzüglich schoss eine Hand aus dem Boden und schloss sich wie ein Schraubstock um meinen Knöchel. Ich schrie entsetzt auf und wäre beinahe von dem Stein hinabgestürzt, aber dann riss ich mich zusammen und wehrte mich mit allen Kräften. Meine Fingernägel splitterten und brachen, so fest krallte ich mich an den Stein. Und dann, nachdem wir einige Sekunden miteinander gerungen hatten, ließ die Hand plötzlich los und verschwand mit großer Schnelligkeit, während ich mich auf den höchsten Punkt des Feldsteinhügels zurückzog. Obwohl ich wusste, dass nichts davon real war, saß ich zitternd da und atmete abgehackt. Dann bemerkte ich plötzlich, dass da *mehr* Hände waren – Dutzende, wenn nicht Hunderte von ihnen –, und mit wachsendem Entsetzen sah ich zu, dass sie sich langsam um den Baum herum zusammenzogen, wie Angreifer einen schon fast erledigten Gegner einkreisen mögen. Gelegentlich hielten sie inne, um Witterung aufzunehmen oder sich auch einmal kurz zu streiten, bevor sie ihre Patrouille wieder aufnahmen. Jetzt wusste ich, was Moody gemeint hatte, als er in so erschüttertem Ton von *den Händen* sprach.

Aber nein, Augenblick. Bei näherer Betrachtung *konnte ich nicht gewusst haben*, wovor Moody Angst gehabt hatte. Er hatte nur Hände erwähnt, die ihn hatten ergreifen wollen. Daraufhin hatte ich wahrscheinlich dieses Szenario erfunden, damit es zu den Bäumen und den Feldsteinen passte. Die Grundlage war dieselbe, der Traum ein anderer.

Dann plötzlich ertönte hinter mir eine scharfe Frauenstimme und riss mich aus meinen Gedanken, und das war seltsam, weil niemand dort gewesen war, als ich mich zuletzt umgesehen hatte.

»Wir kennen da eine abseits gelegene Farm in Lincolnshire«, sprach die Frauenstimme in langsamem, gewinnendem Ton, »dort wohnt Mrs. Buckley. Bei ihr reifen jeden Juli die Erbsen.«

Ich wandte mich um. Neben dem Buick stand eine Frau, und sie lächelte mich leutselig an. Das graue Haar hatte sie zu einem Knoten hochgesteckt, und sie trug eine weiße Bluse und ein rotes Kleid, über das eine Küchenschürze gebunden war. Es war Mrs. Nesbit, so wie sie auf den weit verbreiteten Logos des Unternehmens und in der Film- und Fernsehwerbung zu sehen war – aber es war nicht die *aktuelle* Mrs.-Nesbit-Verkörperung, sondern die viel jüngere Zsazsa LeChat, acht Mrs. Nesbits zuvor. Sie sah aus, als nähme sie ihre Umgebung überhaupt nicht wahr, und es war ein Hauch von schimmernder *Andersartigkeit* an ihr – als sei sie gar kein Teil dieses Traums, sondern dort unrechtmäßig eingedrungen.

Ich hatte auch eine jüngere Zsazsa dem Traum beigemischt.

»Hallo«, sagte ich.

Es ertönte ein kurzes, statisches Knistern, und dann

sprach sie wieder. Aber obwohl die Stimme direkt von Mrs. Nesbit zu kommen schien, passten die Mundbewegungen nicht zu den Worten. Es war zwar ihre Gestalt, aus der die Stimme drang, aber es waren nicht ihre Worte. Es *war* Mrs. Nesbit und dann doch wieder nicht, genau, wie ich ich selbst und auch Don Hector war, zur gleichen Zeit.

»Hilfskonsul Worthing?«, fragte sie, und ihre Stimme schien wie mit einer glühend heißen Nadel ein Loch in meinen Verstand zu brennen. Ich fühlte, wie ich mich aus dem Traumzustand erhob und dass mich der Schmerz dem Erwachen gefährlich nahe brachte, und für einen kurzen Augenblick sah ich die schwachen Umrisse von Klytämnestra, die offene Tür zum Wohnzimmer und den Wecker auf dem Nachttisch, bevor ich wieder in dem Traum versank.

»Ganz ruhig, Charlie, wir brauchen Sie schlafend. Aber jetzt: Wer, glauben Sie, sind Sie?«

»Ich glaube, ich bin … Don Hector.«

»Ziemlich anmaßend von Ihnen, meinen Sie nicht? Beschreiben Sie den Buick.«

»Er ist blau, er hat die Farbe des Himmels«, sagte ich. »Er ist nicht neu und weist einige Beschädigungen auf, hat eine ganze Menge Roststellen, und am Kühlergrill steckt ziemlich schief das Emblem von einem Pannendienst.«

Mrs. Nesbit lächelte wieder. Sie sah mich an, aber mit blicklosen Augen. Das, was ich wahrnahm, war für sie nicht da. Sie wirkte leuchtender, farbiger als ihre Umgebung, und eine dünne, funkelnde Aura umschloss ihre gesamte Gestalt.

»Erzählen Sie mir von Ihrer Kindheit.«

»Seit meiner Geburt war ich im Pool«, sagte ich, »ein Versicherungsschaden. Wegen meiner verformten Rübe, und weil ich Gary Findlay das Ohr abgebissen hatte, wurde ich nicht adoptiert.«

»Sie meine ich nicht – ich meine das andere Sie. Ich möchte etwas über Don Hector wissen.«

»Da ist nichts«, sagte ich. »Ich träume nur, ich wäre er.«

Aber da *war* etwas, genau wie zuvor, als ich Birgittas Ehemann gewesen war. Vage, nebulös, aber unzweifelhaft präsent, lauerte es in meinem Hinterkopf wie ein auf einem Ast hockender Fischadler: Ich, als kleines Kind auf einem Dreirad, wie ich so schnell ich konnte in einem großen Landhaus über den Teppichbelag eines Flurs raste und versuchte, vor etwas zu fliehen – ich glaube, vor einem Gefühl der Trauer.

»Ich saß auf einem Dreirad«, sagte ich. »Eine Woche nach Frühlingserwachen, und ich erinnere mich an das Gefühl mütterlicher Abwesenheit. Ich spüre den Verlust.«

Und das konnte ich tatsächlich, ein zorniger Klumpen Leere, der nicht aus meiner Brust weichen wollte. Denselben Klumpen hatte ich auch im Pool gefühlt, wenn mögliche Eltern, ohne mit der Wimper zu zucken, an mir vorübergingen und zu den anderen Kindern eilten, zu denen, die nicht durch einen Hauch Asymmetrie so wundervoll einzigartig waren.

»Gut, Sie sind drin. Jetzt hören Sie mir gut zu. Ist da irgendwo eine Walze in der Nähe?«

»Was für eine Walze?«

»Aus Wachs.«

»Mit Musik drauf? In der Wohnung gibt es jede Menge davon.«

»Nein, in dem Traum. *Wir brauchen die Walze* – und Sie

müssen sie finden. Erforschen Sie die Abgründe in Don Hectors Kopf.«

Ich sah mich um. Außer der Eiche und den Picknickutensilien und dem Auto war nichts in Sichtweite, nur noch das Morpheleum, das am Horizont aufragte.

»Da ist ein Morpheustempel. Ungefähr achthundert Meter entfernt.«

»Gut. Versuchen Sie, dorthin zu gelangen. Die besten Chancen dazu haben Sie mit dem Buick, haben wir herausgefunden.«

»Sie haben es probiert?«

»Gewissermaßen.«

Ich maß mit einem Blick die Distanz zwischen mir und dem Auto. Es stand nur zehn Schritte entfernt, aber noch während ich nachdachte, tauchte kurz eine Hand aus dem Boden auf und versank dann wieder.

»Das kann ich nicht«, sagte ich.

»Wegen der Hände?«

»Ja, wegen der Hände. Sie werden mich erwischen.«

»Sie erwischen Sie *immer*, Charlie. Wenn Sie versuchen, zum Tempel zu fahren, und es nicht schaffen. Die Hände werden alles tun, um Sie daran zu hindern, die Walze zu finden und das Morpheleum zu erreichen. Aber die Walze *ist* dort irgendwo. Der Tempel ist ein guter Anfang. Die Uhr läuft – ich würde vorschlagen, Sie fahren los, und zwar schnell.«

Erst wollte ich tun, was sie sagte, aber dann stellte ich mit wachsendem Grauen fest, dass die Hände nicht einfach nur abgehackte Hände waren, sondern kleine, handähnliche Kreaturen. Das Gelenk war mit Haut überzogen wie ein abgeheilter Stumpf und sah überhaupt nicht nach einem menschlichen Körperteil aus. Ich steckte meine eigene Hand in die Tasche, zog einen Schlüsselring mit Hasenpfote hervor und rannte los, hinüber zum Buick.

Aber ich konnte nicht so schnell laufen, wie ich wollte. Ich war schwach, und mir war, als ob meine Füße nur mühsam über den Boden schlurften. Schon nach wenigen Schritten spürte ich die Hände, die nach meinem Hosensaum griffen, und von dort begannen sie meine Beine emporzuklettern, wodurch ich immer schwerer wurde und kaum noch vorankam. Dennoch schaffte ich es bis zum Auto und versuchte einzusteigen, aber das Gewicht und die Masse der Hände hinderten mich daran, mich zu bewegen, und fahren konnte ich schon gar nicht. Ich trat und schubste und zerrte an den Händen, aber selbst wenn ich eine von mir lösen konnte, erhoben sich dafür zwei weitere aus dem Boden und traten an ihre Stelle. Ich schob mich auf den Fahrersitz und steckte den Schlüssel ins Zündschloss. Die Kontrolllampen für Öldruck und Lichtmaschine leuchteten auf, und der Motor sprang an. Da ich keinen Fuß frei hatte, um die Kupplung zu treten, schob ich den Schaltknüppel einfach so in den ersten Gang. Das Getriebe ächzte, das Auto machte einen Satz, dann hatte ich den Motor abgewürgt. Ich brüllte laut, als eine ganze Welle von Händen aus der Erde brach, ins Auto flutete und mein Gesicht bedeckte, bevor sie mich nach draußen zogen. Ganz kurz sah ich die schimmernde Mrs. Nesbit, bevor ich unter die Oberfläche gezerrt wurde, Erde im Mund schmeckte, der Boden über mir schwer auf meinem Brustkorb lastete und ich das Gefühl hatte, dass mich Dunkelheit umfing. Ich versuchte zu schreien, aber mein Mund war voller trockener Erde und …

… eine Stimme. Aber nicht die von Mrs. Nesbit.

»Was machen Sie denn immer noch hier?«

»Wie bitte?«

»Ich formuliere es mal anders: Was um alles in der Welt, was kalt und tot und verfault ist, machen Sie noch immer hier?«

Jonesy

»…der Fachkräftemangel aufgrund von hibernationsbedingter Sterblichkeit hätte sich als katastrophal für komplexe Herstellungsprozesse, Infrastruktur und Managementsysteme erweisen können, daher wurde fast jeder Arbeitsplatz in Übereinstimmung mit den NullAhnung-Richtlinien angelegt. Jeder, der im Schulfach Allgemeine Fertigkeiten mehr als 82% erreichte, war in der Lage, alles zu leiten und zu bedienen, von einer Imbissküche bis zu einem Graphitreaktor…«

Handbuch der Winterologie,
6. Auflage, Hodder & Stoughton

Die Stimme kannte ich nicht, aber ich ging davon aus, dass es ein Hilfskonsul war, den Hauptkonsul Logan geschickt hatte, damit ich auf keinen Fall in die vollständige Hibernation glitt, was bei Debüt-Überwinterern stets ein Risiko darstellte. Ich war froh, wieder in Cardiff zu sein. Meinen ersten Einsatz in Sektor Irgendwas im *Sarah-Dingsbums*-Dormitorium abzuleisten hatte sich nicht gerade nach einem Volltreffer angehört, aber ich konnte mich jetzt auch nicht daran erinnern, wie ich von dort zurückgekehrt war.

Mit dem Flugzug wahrscheinlich.

»Hören Sie mich, Worthing?«

»Ich höre Sie«, krächzte ich. Meine Kehle war staubtrocken, und meine Stimmbänder schienen durch lange Nichtbenutzung eingerostet.

»Wirklich?«

»Nein.«

Ich merkte, dass ich stöhnte. Mein Kopf fühlte sich an wie mit Schlamm gefüllt, meine Augen waren mit Schlaf vollständig zugeklebt, und ich hegte nur einen einzigen Gedanken: unbedingt, dringend und um jeden Preis wieder einschlafen zu wollen.

»Da war ein gestreiftes Handtuch«, stieß ich hervor, als die Erinnerungen zurückkamen und wie Lotteriekugeln durch mein Hirn schossen, »und ein Strandball. Ein Kind, ein Mädchen, das gelacht hat. Eine Frau in einem Badeanzug, das Wrack eines Passagierschiffs – die *Argentinian Queen*.«

»Das nennt sich Weckverwirrung«, ertönte die Stimme der Frau aus der Dunkelheit. »Für ein paar Minuten hat man keine Ahnung, wo unten und oben ist, und quatscht irgendeinen Scheiß.«

»Sie hat ein Polaroidfoto gemacht«, sagte ich, »und der orangerote Sonnenschirm war von spektakulärer Pracht und Größe.«

»Wie ich schon sagte«, bemerkte die Stimme, »man quatscht irgendeinen Scheiß. Ihr Verstand war eine Weile untätig, und Ihr Erinnerungsvermögen fügt sich erst wieder zusammen. Bis das geschehen ist, werden Sie völlig durcheinander sein. Können Sie sich an Ihren Namen erinnern?«

Ich lag einige Minuten in der Schwärze, die Augen noch immer verklebt, und wartete darauf, dass sich meine Gedanken ordnen ließen.

»Charlie Worthing«, sagte ich dann, kaum dass dieser Fakt sich in meinem Hirn manifestiert hatte. »BDA26355F. Am 9. nach Frühlingserwachen werde ich 23, und ich wohne in Zimmer Fünf-Null-Sechs im *Melody Black* in Cardiff.«

»Schon besser, aber immer noch dummes Zeug«, sagte die Stimme. »Aber um auf meine ursprüngliche Frage zurückzukommen: Sie sagten Laura und Fodder, dass Sie mit dem letzten Zug zurückreisen wollten. Was also machen Sie dann noch hier?«

Jetzt musste ich *richtig* schwer nachdenken. Irgendwann war davon die Rede gewesen, mit einem Sno-Trac irgendwohin zu fahren. Aber der Gedanke war kaum gedacht, als er mir auch schon wieder entglitt.

»Okay«, ertönte die Stimme, »ich glaube, es ist an der Zeit, ein bisschen Licht hineinzulassen.«

Sie legte mir etwas Feuchtes auf die Handfläche, und ich massierte sanft die harte Schlafkruste weg, die mir die Augen verklebte. Dann zog ich am oberen Lid, die Kruste brach mit einem beinahe hörbaren *Knick* auseinander, und sofort kehrte mein Sehvermögen zurück – erst grell und verzerrt, doch während meine Hirnrinde aus ihrem langen Schlaf erwachte, nahm die Welt wieder eine einigermaßen geordnete Struktur an.

Zuerst erblickte ich Klytämnestra, die genauso aussah wie zuvor. Mit ihrem Anblick dämmerte mir allerdings auch die unangenehme Erkenntnis, dass ich *nicht* nach Cardiff zurückgekehrt war.

»Das *Sarah Siddons*«, seufzte ich. »Sektor 12.«

»Er wächst einem ans Herz wie Kalkablagerungen oder bedürftige Verwandtschaft«, sagte die Frau, die auf einem Stuhl vor meinem Bett saß. »Wir nennen es hier ›den Zwölfer‹ oder meist ›den Douzey‹. Vielleicht gefällt es Ihnen hier ja auch irgendwann. Ist nicht wahrscheinlich, aber auch nicht ausgeschlossen.«

Sie hatte mausbraunes, kurzgeschnittenes Haar und trug einen naturweißen Winterkampfanzug von der Art, wie ihn Konsuln, Lakaien und Armeeangehörige bevorzugten, und sie betrachtete mich mit einem irritierten Lächeln. Sie war entweder um die vierzig und in hervorragendem gesundheitlichen Zustand oder erst zwanzig und völlig abgewrackt und sah leicht südländisch aus. Über ihrem Namensschild prangten zwei Silberstörche. Sie trug ein Paar Bambis am Gürtel und hatte sich wie Fodder einen D-Ring in ihre Schockweste genäht.

»Hallo«, sagte ich, während ich die letzten Krümel aus meinem Blickfeld blinzelte.

»Ich bin Vizekonsul Bronwen Jones«, sagte sie. »Alle nennen mich Jonesy. Ein bisschen sehr naheliegend und unoriginell, dieser Spitzname, und ich finde ihn nicht besonders toll. Mir hätte etwas wie ›Eisjungfrau‹, ›Schwarze Witwe‹ oder ›Frostsahneschnitte‹ besser gefallen, aber sowas kann man sich ja nicht aussuchen.«

»Frostsahneschnitte?«

»Das war tatsächlich erst die dritte Wahl«, räumte sie ein, »und nicht mein Favorit.«

»Ich wurde immer ›Matschbirne‹ genannt«, sagte ich in der Hoffnung, mich mit den blöden Spitznamen als winziger Gemeinsamkeit bei ihr anbiedern zu können, »aber ich hoffe, dass das nicht ewig an mir hängenbleibt.«

»Jetzt bestimmt.«

Sie streckte mir die linke Hand zur Begrüßung hin. Der größte Teil ihrer Rechten fehlte, und die übriggebliebenen Reste waren schlecht verheilt. Winterflickereien sahen am Ende immer richtig übel aus.

Irgendwo pfiff ein Wasserkessel, und Jonesy stand auf und verschwand im Nebenraum, während ich mich streckte; meine Muskeln zitterten unter der Anstrengung und verkrampften sich sofort. Mehrmals versuchte ich aufzustehen, mit unterschiedlichem Erfolg, aber immerhin hatte ich es ohne fremde Hilfe einmal geschafft, als Jonesy mit zwei Henkelbechern zurückkehrte. Darin befand sich heiße Schokolade, dickflüssig und süß, und damit kehrten unangenehme Erinnerungen zurück. Aurora hatte Logan so hart gewummst, dass er in eine Wand gedrückt worden war, ich war in Sektor 12 gestrandet und musste ein paar Nächte im *Sarah Siddons* verbringen, bevor ich wieder zurück nach Cardiff reisen konnte. Außerdem plagte mich das unangenehme Gefühl, dass ich mich auf die Gower-Halbinsel zurückgeträumt hatte, gestützt von den Erinnerungen an einen Urlaub in meiner Kindheit und gemischt mit verschiedenen Gemälden samt der Malerin, die ich unerklärlicherweise Birgitta genannt hatte, und das war wirklich seltsam, denn die einzige Birgitta, die ich je gekannt hatte, war ein bissiger Spaniel mit übelriechenden Ohren gewesen, der einmal Schwester Placentia gehört hatte.

Das alles war besorgniserregend. Nicht der Traum an sich – zweifelsohne vergnüglicher, wenn auch völlig zufälliger Blödsinn –, sondern die Tatsache, dass ich überhaupt geträumt hatte. Nur Leute unterhalb der Beta-Gehaltsgrenze träumten wirklich. Wenn sich die Sache herumsprach, wäre ich gesellschaftlich erledigt, und noch schlimmer war, dass ich mich den Risiken, die der Winterkonsuldienst mit sich brachte, völlig umsonst ausgesetzt hatte. Bevor ich nicht genau wusste, was eigentlich los war, sollte besser niemand davon erfahren.

Ich streckte meine Muskeln erneut, die sich fast augenblicklich wieder verkrampften.

»Machen Sie erstmal langsam«, sagte Jonesy, die jetzt die Fensterläden aufstieß, »langsam geht am Ende schneller.«

Graues Licht strömte in die Wohnung. Ich setzte mich im Bett auf, schlug die Laken zurück und erlitt meinen dritten großen Schock an diesem Morgen.

Ich war dünn. *Extrem* dünn.

Jonesy hob eine Augenbraue.

»Da sind wir wohl ein bisschen hart am Wind gesegelt, was?«, fragte sie mit einem Blick auf meinen ausgemergelten Körper. »Wer sich ohne Notreserven in den ersten Winter aufmacht, ist entweder sehr mutig oder sehr dumm. Lassen Sie das bloß nicht Toccata wissen. Sie sieht es ziemlich verbissen, wenn jemand sich so gar nicht um seinen BMI schert. Eigentlich«, setzte sie nach kurzem Nachdenken hinzu, »sieht sie alles ziemlich verbissen. Sogar das Verbissensehen sieht sie verbissen.«

Mir war Toccatas Meinung gerade herzlich egal. Später würde sie sicher noch eine Rolle spielen – und dann bestimmt auch eine große –, aber nicht im Augenblick. Mich interessierte nur eins.

»Was haben wir heute für einen Tag?«

»Winterruhe plus 27.«

»*Was?*«

»Plus 27. Sie waren vier Wochen ausgeknockt.«

Es dauerte einen Augenblick, bis ich diese Nachricht verdaut hatte. Ich warf einen Blick auf meinen Wecker, der stehengeblieben war, kurz nachdem ich die Augen zugemacht hatte. Ohne Weckimpuls war ich unabsichtlich in die Hibernation gerutscht. War das peinlich. Beim ersten Überwintern einzuschlafen – dergleichen gelang nur echten Amateuren.

»Also«, sagte Jonesy, »fangen wir noch einmal an: Was machen Sie hier?«

Ich erzählte es ihr so schnell und wahrheitsgetreu ich konnte. Wie Aurora mich vor Logan gerettet hatte, wie ich mit Laura und Fodder im Konsulat gesprochen hatte, wie ich in Sektor 12 gestrandet war, dann Aurora wiedergetroffen hatte, wie ich aus eigener Kraft hätte wieder zurückreisen sollen, wie man mir dieses Zimmer zugewiesen hatte.

»Und dann weiß ich nichts mehr, bis Sie mich geweckt haben.«

»Verschlafen, was?«, sagte sie mit einem Lächeln. »Das ist kein guter Anfang.«

»Nein«, räumte ich ein, »überhaupt nicht. Aber wieso haben Sie mich erst jetzt geweckt?«, fragte ich. »Wieso nicht vor vier Wochen?«

»Ihr Büro in Cardiff hat ein paarmal angerufen und gefragt, wo Sie stecken«, antwortete Jonesy. »Dort benötigte man Ihre Bestätigung für Auroras Bericht über das, was mit Logan passiert ist. Wir sagten daraufhin, Sie seien mit dem letzten Zug zurückgefahren, aber nach vier Wochen bestanden Ihre Leute darauf, dass wir uns noch einmal umhörten, und dann erzählte dieser Penner Treacle, dass er mit Ihnen und Aurora in diese Richtung unterwegs gewesen sei. Daraufhin haben wir die Dormitorien abgeklappert und sind hier auf Sie gestoßen. Sie haben Glück gehabt.«

Da hatte sie recht. Hätten meine Notreserven nur für zwei und nicht für vier Wochen gereicht, wäre ich jetzt tot gewesen.

»Jetzt aber«, fuhr Jonesy fort, »werden Sie erst einmal Toccata alles erklären müssen. Sie ist bis ein Uhr noch beschäftigt. Wollen Sie frühstücken?«

Ich nickte. Vizekonsul Jones riet mir, ein paar Dehnübungen zu machen, und ging wieder zur Küchenzeile. Ich rutschte bis ans Ende des Bettes, hielt mich am Gestell fest und zog mich mühsam auf die Beine. Dann hielt ich inne, wagte ein paar Schritte, geriet ins Stolpern, fand mein Gleichgewicht wieder und ging dann mit wackligen Knien ins Bad, wo ich mich von etwas erleichterte, das wie überreife Gülle roch, wie Bootslack aussah und sich anfühlte, als wollte es sich einen neuen Ausgang brennen.

Anschließend stellte ich mich unter die Dusche, um mir die talgige Schlafschicht aus meinem Winterfell zu waschen, und während ich das tat, dachte ich über die Malerin nach. Seltsamerweise war der Traum mit ihr kein blasses Durcheinander aus kaputten Bildern gewesen, sondern hatte sich genauso echt angefühlt wie all das, was wirklich geschehen war: die Fahrt hierher, Logans Tod, Foulnap, selbst der um sich schlagende Nachtwandler auf dem Operationstisch bei HiberTech und die glänzende Nässe auf dem Pflaster an der Stelle, an der Hooke Moody erledigt hatte.

Nachdem ich mich zweimal eingeseift und abgeschrubbt hatte, fuhr ich mir mit dem Haarschneider auf Einstellung 2 durch das verfilzte Haar und warf die wirren Strähnen in den Mülleimer. Zwischendurch hielt ich immer mal wieder inne und schüttelte meine Glieder, um die Steifheit zu vertreiben, und nachdem ich mich gründlich gekämmt hatte, um sämtliche Nissen, acht Nachtwürmer und ein halbes Dutzend Hakenkerlchen zu entfernen, stand ich unter dem herrlichen heißen Wasserstrahl[50] und versuchte, das aufkeimende Gefühl von Panik und Versagen zurückzudrängen. Nach zehn Minuten, in denen ich jedoch keine positiven Gedanken hinsichtlich meiner aktuellen Lage hatte fassen können, trat ich wieder aus der Dusche und betrachtete meinen ausgemergelten Körper im Spiegel. Dann schnitt ich mir die Nägel, überprüfte vorsichtig, ob vielleicht einer meiner Zähne wackelte oder Löcher hatte, und schlüpfte in eine Jogginghose und ein T-Shirt aus Suzys Fundus. Und dann ging ich ans Fenster, um mir den Winter anzusehen, den ich schließlich noch nie zuvor erlebt hatte.

Die Landschaft war völlig farblos. Eine graue Wolkendecke streckte sich bis zu den Bergen, Stadt und Land waren weiß überzogen, die harten Linien der Gebäude schienen durch die Schneeansammlungen runder und weicher. In dieser Weiße gab es kaum Lebenszeichen; außer dem halben Dutzend Hundskopf-Bussarde, das über einem Brachgelände hinter dem *Siddons* enge Kreise zog, bewegte sich draußen nichts.

»Die umkreisen die Müllkippe«, sagte Jonesy, die neben mich getreten war. »Wir haben da kürzlich ein paar Winsomniasten abgeladen, und da es nicht so schnell friert, ist die Witterung weithin wahrnehmbar.«

50 Ein weiterer, großer Vorteil nuklearer Heiztechnik: Es gibt immer reichlich heißes Wasser.

»Taut es?«, fragte ich.

»Nein, wir hatten nur gerade eine etwas mildere Wetterlage. Aber es ist eine Verschlechterung angesagt – in ein paar Tagen soll es bis fünfzig Grad minus werden, heißt es. Die Portiers werden zur Vorbereitung schon einmal die Brennstäbe weiter ausfahren. Wenn diese Wetterfront uns voll erwischt, wollen wir sie lieber drinnen aussitzen. Das Frühstück ist fertig.«

Wir setzten uns an den Tisch. Es war alles da: Speck, Bohnen, zwei Bücklinge, Buttertoast, Pilze, Würstchen und sautierte Kartoffeln. Trotz des üppigen Angebots stammte das Essen vollständig aus Konserven, war gedörrt oder anderweitig haltbar gemacht. Das einzig Frische im Winter, pflegte man zu sagen, ist der Wind.

Wir ließen es uns schmecken; Jonesy hatte sich eine ähnlich üppige Portion zubereitet wie mir.

»Das ist doch nett«, sagte sie.

Sie sah mich an und lächelte, dann tätschelte sie mir seltsam liebevoll die Hand und ließ ihre Finger auf meinen liegen. Es war ihre zerstörte Hand mit dem wulstigen Narbengewebe und den schnurdicken Stichspuren. Ich zog meine Hand nicht weg, um sie nicht zu brüskieren, sondern wartete, bis sie nach dem Salzfass griff, um es mir zu reichen, und beschloss, meine Hände besser nicht mehr in Reichweite auf den Tisch zu legen.

»Es ist wie in einer Dauerpartnerschaft«, sagte sie.

»Wie meinen Sie?«

»Wie in einer Dauerpartnerschaft«, wiederholte sie, »wie wir hier zusammensitzen, unseren Ruhestand genießen und uns an unserer gemeinsamen Geschichte erfreuen, ein warmes, gemütliches Gefühl der Vertrautheit.«

Jetzt klingelten bei mir die Alarmglöckchen.

»Ich … ich bin mir nicht sicher, ob ich Ihnen folgen kann. Ruhestand klingt nett, aber es ist wohl kaum realistisch.«

»Darum geht es ja. Da Konsuln praktisch nie an Altersschwäche sterben, dachte ich, wir könnten unseren Moment eines geruhsamen Lebensabends jetzt genießen, solange wir dazu noch in der Lage sind. Wir könnten uns nach der Arbeit treffen und einfach nur in kameradschaftlichem Schweigen dasitzen. Sie stopfen dann vielleicht eine Socke und geben gelegentlich einen Kommentar ab, während ich lese, und Sie könnten ›ja, Schatz‹ oder ›das ist ja interessant‹ sagen, wenn ich etwas Intelligentes vorbringe, das Sie nicht verstehen. Wir könnten sogar Cluedo spielen, aber nur, wenn ich Fräulein Gloria sein darf und nicht die Mörder.«

»So funktioniert Cluedo aber eigentlich nicht«, wandte ich ein, und sie runzelte die Stirn, daher gab ich ihr einen kurzen Überblick über die Regeln, während wir aßen.

»Sie scheinen diesbezüglich ein richtiger Experte zu sein«, sagte sie – ein Wort, das ich in diesem Zusammenhang nicht gebraucht hätte. So kompliziert ist Cluedo schließlich auch nicht.

»Schwester Zygotia hat es im Pool oft mit uns gespielt«, sagte ich.

Normalerweise redeten die Leute nicht über den Pool. Aber da ich nun schon einmal damit angefangen hatte, wurde Jonesy neugierig.

»Waren Sie lange da?«

»Am längsten von allen.«

»Wie war das so?«

Pools gab es – wie Mahlzeiten, Terrier und Versprechen – in unterschiedlichster Qualität. Es gab Pools, die gerade gut genug für Vieh gewesen wären, und dann gab es das äußerst begehrenswerte Wackford & Co. mit seinen Ablegern in Paris, London und New York.

»Bei jeder Institution ist noch Luft nach oben«, sagte ich, »aber insgesamt würde ich meinen, es war in Ordnung – ich bin bloß zu lange dort geblieben. Hören Sie«, fügte ich dann hinzu, »ich will nicht undankbar erscheinen, aber ich wäre sehr viel glücklicher, wenn ich jetzt einfach nach Hause reisen dürfte, direkt nach Cardiff.«

»Daraus wird nichts, Matschbirne. Toccata will Sie sehen, also müssen Sie auch zu ihr. Dürfte ich den Ketchup haben?«

»Es gibt keinen.«

»Stimmt«, sagte sie mit bedauerndem Gesichtsausdruck. »Wir hatten ihn verwässert und den Winsomniasten gesagt, es sei Tomatensuppe.«

Einen Augenblick schwiegen wir, aber wie ich schnell feststellte, blieb Jonesy nie lange still. Sie redete gern – ich denke, um die Leere zu füllen, und im Winter gab es jede Menge Leere. Wie ich erfuhr, war sie eine Gastarbeiterin der Ersten Generation, die sich inzwischen hier niedergelassen hatte, eine Außenseiterin, deren Eltern von verschiedenen Hemisphären stammten. Ihre Mutter war ein Dienstmädchen aus Argentinien, die sich verliebt und daraufhin an diesem Ort ihr Nachtlager aufgeschlagen hatte. Das war damals noch ein Skandal gewesen, auch wenn sich heute niemand mehr über so etwas aufregte.

»Ich bin nach einigen Einsätzen im Osmanen-Krieg zum Konsuldienst gestoßen«, sagte sie und verstummte dann kurz. »Habe dort einige Leute unter meinem Kommando verloren. Gute Leute.«

»Sind Sie deswegen in Sektor 12 gelandet?«

»Es hat wohl etwas mit Wiedergutmachung zu tun«, sagte sie, als sei sie sich selbst nicht ganz sicher. »Hätte natürlich auch einfach in Rente gehen können, aber unter Toccata ist die Arbeit nie langweilig. Davon abgesehen kann ich vielleicht wirklich etwas Gutes bewirken. Natürlich ist das nicht ohne Risiko, aber das ist ehrenvolles Verhalten nie.«

Nachdem wir mit dem Frühstück fertig waren, erklärte Jonesy, noch ein paar Besorgungen machen zu müssen. Mittags wollten wir uns dann wieder treffen, bevor ich zu Toccata ging.

»Sie könnten sich doch ein paar richtig gute ›Weißt du nochs‹ einfallen lassen«, sagte sie abschließend, »mit ein paar Erinnerungen aus unserem gemeinsamen Leben, oder?«

»Ja, das könnte ich wohl.«

»Probieren Sie es doch mal.«

»Ich bin nicht so gut beim spontanen Erfind…«

»Mochten Sie Ihr Frühstück? Das, was ich für Sie gemacht habe?«

»Ja.«

»Dann erzählen Sie, wie wir uns kennengelernt haben.«

Der Blick, den sie auf mich richtete, hatte etwas Gefährliches. Die gut gelaunte, redselige Jonesy war nur ein Teil ihrer Persönlichkeit – und zwar der entspanntere.

»Okay …«, sagte ich und versuchte fieberhaft, mir etwas besonders Originelles auszudenken, was prompt nicht klappte. »Man hatte uns … ähm … bei einer Theateraufführung als die vordere und hintere Hälfte eines Pferdes zusammengespannt.«

»Abgefahren«, kommentierte Jonesy, die interessierter

klang, als ich gehofft hatte, »und wieso hätte man das tun sollen?«

»Für eine … äh … Wintertalentshow?«

»Okay.«

»Wir kamen zuerst nicht gut miteinander aus …«

»Warum das nicht?«

»Weil Sie darauf bestanden, dass ich das hintere Ende spiele?«

»Völlig plausibel. Machen Sie weiter.«

»Aber da die Show nun einmal weitergehen muss und weil man bei der ›Pferde-Gavotte‹ absolut im Gleichschritt tanzen muss, haben wir unsere Differenzen irgendwann vergessen, uns privat getroffen und trainiert, und das führte uns zum Sieg – und in die Liebe.«

»Großartig«, sagte sie und strahlte.

»Finden Sie? Ich dachte gerade, das klingt doch alles sehr abgedroschen.«

»Meiner Erfahrung nach beginnen die besten Beziehungen wie eine billige romantische Komödie. Ich werde uns eine karierte Decke und Picknickgeschirr für den Sno-Trac besorgen«, setzte sie hinzu und klang von ihrer Idee absolut begeistert. »Sie übernehmen den Abwasch, aber Sie können natürlich gerne mit mir darüber streiten, so in der Art von ›ich habe es aber letztes Mal getan‹.«

»Sie haben für das Frühstück gesorgt«, sagte ich, »da wäre es nur fair.«

»Na gut«, erwiderte sie ein klein wenig enttäuscht. Dann stand sie auf, zog sich ihren Mantel an und öffnete die Wohnungstür. »Ich lasse Ihnen einen Korb mit Lebensmitteln auf der Arbeitsplatte stehen. Wir treffen uns dann heute Mittag draußen vor dem Eingang.«

Dann wünschte sie mir einen schönen Tag, riet mir, den ersten Stuhlgang nicht mit Gewalt rauszudrücken, weil mir das *garantiert* leidtun würde, und erklärte, es stünde ein Paket für mich im Flur.

»Danke«, sagte ich zu ihrem Rücken, während sie den ringförmigen Flur hinunterging, und sie hob die Hand und winkte, ohne sich umzudrehen.

Das Paket war groß und flach, in Packpapier eingewickelt und verschnürt. Ich trug es in die Wohnung, schnitt die Schnur mit meinem Taschenmesser durch und stellte fest, dass sich darin ein Gemälde befand. Ein Porträt, von mir. Ich stellte es auf das niedrige Bücherregal und trat dann einen Schritt zurück.

Es war das Bild, das ich bei der Malerin in Auftrag gegeben hatte. Aber ein echtes Original war es nicht. Es war dasselbe Bild, das ich vor vier Wochen in ihrem Atelier gesehen hatte und das ihren gesichtslosen Ehemann zeigte. Aber jetzt war es nicht mehr ihr Ehemann, und er war auch nicht mehr nackt. Das Bild zeigte mich, mit meinen Gesichtszügen, und über den Körper war ein schwarzer, einteiliger Badeanzug gemalt worden. Sie hatte mir sogar weiße Pumps auf die zuvor nackten Füße geschoben, und ich hatte ein blau-weiß gestreiftes Handtuch bekommen, auf dem ich saß.

Das Bild hatte etwas zutiefst Verstörendes an sich. Nicht deswegen, weil die Künstlerin ein Gemälde ihres offenbar verschollenen Ehemanns mit dem Porträt eines Fremden übermalt hatte, den sie kaum kannte, sondern vielmehr, weil sie mich auf der Gower-Halbinsel gemalt hatte, wie in meinem Traum, und noch bizarrer war, dass es für die ganze Welt so aussehen musste, als hätte sie mich von ihrer

Warte aus gemalt, dort am Strand. In dem Traum hatte sie gesagt, dass sie mich liebte, und das hier war ein Gemälde, das mich dabei zeigte, wie ich diese Worte hörte. Was jeglicher Logik widersprach: Es hätte andersherum sein sollen. Erst die Realität, dann der Traum. Ich starrte das Bild gute zehn Minuten an und versuchte, es mir zu erschließen, aber es gelang mir nicht. Immerhin, dachte ich, war ich gut getroffen. Jetzt schuldete ich ihr 500 Euro, was bei genauerem Nachdenken eine Summe war, die auszugeben ich mir eigentlich nicht leisten konnte, aber wenigstens würde ich so die Gelegenheit bekommen, sie wiederzusehen.

Ich ging mehrere Male durch das Zimmer, schaffte zwei Liegestütze und saß dann eine Weile auf dem Bett, erschöpft und irgendwie aufgekratzt. Dann nahm ich das Porträt und hängte es neben Klytämnestra, um ihren bohrenden, psychotischen Blick ein wenig abzumildern. Anschließend kochte ich mir einen Tee, duschte noch einmal und starrte aus dem Fenster.

Nach einer Stunde wurde mir langweilig, und Unruhe hatte mich gepackt, daher beschloss ich, zu Portier Lloyd zu gehen. Ich zog meine Uniform an, warf mir meine Tasche über die Schulter und marschierte los. An der Tür der Malerin blieb ich stehen. Ich kritzelte ein kurzes Dankeschön auf einen Zettel und schrieb meine Adresse dazu, damit sie mir nach dem Frühlingserwachen eine Rechnung schicken konnte, und ich wollte ihn gerade durch den Briefschlitz werfen, als ich innehielt. Der Name an der Klingel lautete Birgitta, und plötzlich überkam mich Verwirrung. Ich hatte ihren Namen nicht gewusst. Sie hatte ihn mir nicht verraten. *Ich hatte ihn im Traum gehört.* Während ich tief Luft holte, kam ich zu der Überzeugung, dass ich ihn unbewusst an der Tür wahrgenommen haben musste, bevor ich, immer noch verwirrt, nach unten ging.

Hungernd im Keller

»… Der ›Victoire‹-Kalender von 1815 wurde von allen Mitgliedern der Nördlichen Föderation anerkannt, und er betrachtete die 118 Tage des Winters als einzelnen Monat, in dessen Mitte die Wintersonnenwende lag. Die übrigen 252 wurden in neun praktische Monate von jeweils 28 Tagen unterteilt, und alle neunzehn Jahre gab es ein Schaltjahr, um die orbitale Diskrepanz auszugleichen …«

DIE GESCHICHTE HIMMLISCHER ZEITRECHNUNG, BRIAN GNOMON

»Es tut mir so unglaublich leid«, sagte Portier Lloyd, als ich ihn an der Rezeption antraf, »ich hatte keine Ahnung, dass Sie noch da oben sind.«

»Ich hatte den Sno-Trac nicht genommen«, sagte ich, »da *müssen* Sie doch gemerkt haben, dass ich noch da bin.«

»Ich gehe nicht so gern in den Keller«, sagte er, »von daher wusste ich gar nicht, ob das Ding dort steht oder nicht. Wie sehr haben Sie sich bei der Arbeit verspätet?«

»Um vier Wochen«, sagte ich, »das ist vermutlich ein Rekord.«

Er lachte kurz auf, und weil ich mir blöd vorkam, lachte

ich mit. Dann fragte ich ihn nach der Nacht, in der ich geglaubt hatte, dass sich Klytämnestra aus ihrem Gemälde gestohlen hatte.

»Das war die erste Nacht«, sagte Lloyd. »Danach habe ich Sie nicht mehr gesehen. Ich kann mich nur noch einmal entschuldigen, aber ich muss mit den Informationen arbeiten, die ich bekomme.«

Ich sah aus dem Fenster; das Wetter war bedeckt, aber klar. Plötzlich kam mir ein verwegener Gedanke. Ich musste keineswegs bleiben, um Toccata zu treffen. Rein praktisch war ich ihr nicht unterstellt – meine Basis war Cardiff.

»Ich glaube, ich muss allmählich los«, sagte ich. »Der Sno-Trac steht im Keller, sagten Sie?«

»Ganz genau«, erwiderte er. »Kommen Sie, ich zeige es Ihnen.«

Unter seinem Tresen zog Lloyd einen Hundefängerstock und ein großes Blitzlicht hervor. Es war von der Sorte, wie Pressefotografen es verwenden, groß genug, um Blitzbirnen von der Größe eines Tischtennisballs zu fassen. Wir durchquerten die Lobby und gingen durch eine kleine Tür, dann stiegen wir die Treppe tief in den Bauch des Dormitoriums hinab. Es wurde deutlich wärmer, als wir die zweite Kellerebene erreichten, da wir uns nun dem HotPot näherten, und aus den kupfernen Wärmetauscherrohren drangen seltsame Gurgellaute, während sich die Ventile automatisch öffneten und schlossen. Das eiserne Treppengeländer fühlte sich ebenfalls warm an, wie ich bemerkte.

»Ziemlich heiß hier unten«, sagte ich.

»Es wird ein Kälteeinbruch erwartet«, erklärte Lloyd, »und die Brennstäbe sind deswegen vorsorglich schon ausgefahren.«

»Erwarten Sie Ärger?«, fragte ich und deutete auf das Blitzlicht und den Hundefängerstock.

»Das *Sarah Siddons* ist nur zu sechzig Prozent ausgelastet«, bekannte er, »deswegen nehme ich gegen eine Gebühr ›Keller-Logiergäste‹ auf.«

»*Keller*-Logiergäste?«

»Nachtwandler aus den Dormitorien von dieser Seite der Stadt. Wenn andere Portiers welche bei sich entdecken, dann parken sie sie hier bei mir, bis HiberTech oder die Konsuln sich um sie kümmern können. Insgesamt habe ich aktuell sechs. Ungewöhnlich viele, ich weiß. Morphenox hat eben doch seine Nachteile, nicht wahr?«

Er bezog sich dabei auf die Tatsache, dass das Nachtwandeln nur jene traf, die das Medikament einnahmen. Auf zweitausend Glückliche, die die Frühlingssonne auf ihren Gesichtern fühlen würden, kam ungefähr ein Nachtwandler, und niemand betrachtete dieses Verhältnis auch nur im Geringsten als inakzeptabel.

»Ich habe sie täglich mit einer Rübe und drei Weetabix gefüttert, von daher haben sie hoffentlich noch nicht damit angefangen, sich gegenseitig aufzufressen.«

Ich hatte keinen Augenblick erwartet, dass mir ein Spießrutenlaufen zwischen potenziell kannibalistischen Nachtwandlern bevorstand, und das äußerte ich auch.

»Keine Sorge«, erwiderte Lloyd, »denen würde sogar ein Kind entkommen. Überprüfen Sie nur schnell, dass Sie keine Schokolade oder Suppenwürfel in den Taschen haben. Das riechen sie auf Kilometer, und es macht sie wild.«

Wir gelangten an eine Stahltür, auf die mit Kreide sechs Namen geschrieben worden waren, ergänzt um die Daten, an denen die Nachtwandler eingeschlossen worden waren.

Lloyd zog eine Blitzlichtbirne aus seiner Jackentasche und schob sie in das Reflektorgehäuse.

»Ich löse manuell aus«, erklärte er. »Das Licht bringt die letzten Überreste ihres Hirns lange genug durcheinander, dass man sich, falls nötig, schnell davonmachen kann.«

Er klopfte mit den Knöcheln gegen den letzten Namen, der an der Tür stand.

»Hüten Sie sich vor Eddie Tangiers. Ein großer Kerl, stark wie ein Ochse – ich habe ihn erst vor einer Woche hier hereinlocken können. Habe ihm eine Spur aus Fruchtgummis gelegt, falls es Sie interessiert. Die sind nicht *ganz* so effektiv wie Marshmallows, aber sie nehmen weniger Platz weg, und man kann sie besser bei sich tragen – außerdem sind sie viel wirtschaftlicher.«

»Guter Tipp. Danke. Woran erkenne ich ihn?«

»Oh, den erkennen Sie sofort – ziemlich groß, ziemlich tot, ziemlich die Sorte, der man aus dem Weg gehen sollte. Viel Glück. Der Sno-Trac steht auf der linken Seite, ungefähr fünfzig Meter von der Tür entfernt.«

Lloyd hielt kurz inne und lauschte, ob sich in dem Raum vor uns etwas rührte, dann zog er den mit einer Sprungfeder versehenen Riegel zurück, öffnete die Tür und löste den Blitz aus. Das helle Licht flammte kurz auf und zeigte dabei *keinen* Nachtwandler, aber uns drang ein Schwall warmer Luft entgegen, der ein deutlich wahrnehmbarer Geruch von Fäulnis beigemischt war. Lloyd warf die verbrauchte Blitzbirne hastig weg, zog eine neue aus seiner Tasche und setzte sie ein.

»Da sind garantiert schon ein oder zwei vergammelt«, sagte er und rümpfte die Nase. »Vielleicht habe ich ihnen doch nicht genug Weetabix gegeben.«

Ich trat in den Raum und schaltete meine Taschenlampe an. Durch die Lichtschächte drang ein wenig Helligkeit, sodass ich den Grundriss des Kellers erahnen konnte. Er schlang sich wie ein Donut um die zentrale Achse des Dormitoriums, und das Deckengewölbe war mächtig und solide, um das hoch aufragende Gebäude tragen zu können, das auf ihm lastete. Dicht an dicht, in zwei langen Reihen, die über den Innenkreis zu erreichen waren, standen Autos, Motorräder, LKW, Leiterwagen und anderes landwirtschaftliches Gerät, größtenteils mit Planen abgedeckt. Ich hielt kurz inne, Lloyd hingegen nicht: Hinter mir krachte die Tür ins Schloss, dann hörte ich seine Schritte hastig die Treppe hinaufeilen.

Zwar fand ich den Sno-Trac ohne Weiteres, sah aber sofort, dass er mich nirgendwo mehr hinbringen würde. Irgendjemand hatte den Druckbehälter offen gelassen, und die Pressluft war komplett entwichen – da war nichts mehr, um den Motor zu zünden. Nach kurzem Überlegen beschloss ich, den Keller über die Rampe zu verlassen und mich draußen noch ein wenig umzusehen, während ich über meine Möglichkeiten nachdachte.

Still schlich ich mich an den Fahrzeugreihen entlang. Nicht weil ich vermeiden wollte, dass die Hirntoten auf mich aufmerksam wurden – ich wollte sie lediglich zuerst hören. Nach etwa einem Drittel des Wegs, als gerade mir gegenüber der Ausgang in Sicht kam, entdeckte ich den ersten Nachtwandler – allerdings waren von ihm nur noch die säuberlich abgenagten Knochen übrig.

»Einer ist schon mal hinüber, bleiben noch fünf«, brummte ich vor mich hin und ging weiter. Kalter Schweiß ließ mich trotz der Wärme erschauern, und das Herz schlug mir bis zum Hals. Den zweiten und den dritten Nachtwandler fand ich ganz in der Nähe zwischen zwei Autos in einem unordentlichen Haufen aus blanken Knochen und Knorpeln. Dass sämtliche Überreste derart an einem Fleck lagen, war nicht ungewöhnlich: Wenn sich Nachtwandler auf der Suche nach Nahrung zwischendurch ausruhten, suchten sie sich normalerweise einen festen Orientierungspunkt. Ein Oberlicht, ein Lüftungskanal oder irgendetwas, das ein beruhigendes Geräusch abgab, beispielsweise ein rauschendes Radio, ein Wasserrad, Windspiele oder ein Vogel in einem Käfig. Plötzlich erkannte ich, dass es in diesem Keller nichts davon gab. Nur mit Planen verhüllte Autos, Steinmauern, Deckengewölbe und Stromkabel an verrosteten Führungen.

Ein unbehagliches Gefühl stieg in mir auf. Das Auto, um das sie sich geschart hatten, war größer als die anderen. Größer und glatter und …

Mit einem Ruck zog ich die Plane herunter.

Es war der blaue Buick.

Ich starrte den Wagen mit wachsender Verwirrung an. Es war dasselbe Auto, von dem ich geträumt hatte. Aber es war nicht nur dieselbe Marke, dieselbe Farbe und dasselbe Modell – es war exakt dasselbe Auto, mit den fehlenden Radkappen, dem schiefsitzenden Pannendienst-Schild, den verrosteten Stoßstangen, dem beschädigten Kotflügel und dem auf halber Höhe verkeilten Fenster in der Fahrertür. Ich erschauerte und rieb mir die Schläfen, wandte den Blick ab, sah erneut hin, berührte das Auto schließlich: Es war echt. Ich hatte von etwas geträumt, das ich zuvor noch nie gesehen hatte.

Mir wurde heiß, und Panik stieg in mir auf, während ich

die Fingerspitzen über die Haube gleiten ließ. Es gab hier keine Hände, keine Mrs. Nesbit, keine Eiche, keine großen Feldsteine, nur das Auto. Leise schlich ich zur Fahrerseite und öffnete die Tür. Mir wehte ein dumpfer, abgestandener Geruch entgegen, wie vom Boden eines schlecht gelüfteten Wandschranks. Drinnen fand sich wenig außer einer Dose Reisebonbons von Mrs. Nesbit's und mehrere unbezahlte Strafmandate, aber im Ablagefach in der Tür entdeckte ich die Papiere für den Wagen. Er war zugelassen auf Don Hector, was meine Fassungslosigkeit nur steigerte. Als ich die Sonnenblende zurückklappte, fielen die Schlüssel in den Fußraum.

Sie hingen an einem Anhänger mit Hasenpfote. Auch davon hatte ich geträumt.

Erschreckt trat ich ein paar Schritte zurück, und mir wurde erneut heiß und unbehaglich, als der Traum zum Leben erwachte und sich aggressiv in mein Bewusstsein drängte. Ich konnte das Muster aus Sonnenflecken sehen, das durch die breiten Äste einer Eiche auf dem Betonboden entstand, während sich der Buick vor meinen Augen in den Buick aus meinem Traum verwandelte und die Hände über den Fußboden wimmelten, lebendig und zuckend wie kleine, mit Haut überzogene Spinnen.

»*Die Hände!*«, keuchte ich vor Ekel erschauernd, und dann wurde mir klar, dass ich wie Moody klang. Instinktiv rief ich laut: nicht nach Schwester Zygotia oder Lucy oder Jonesy oder Aurora, sondern nach *Birgitta*. Und obwohl ich nicht erwartete, dass ich damit irgendetwas bewirken konnte, half es doch. Ganz plötzlich waren das Feld und die Bäume und die Hände verschwunden, und ich stand wieder in der stickigen Enge der Garage.

Ich wartete einen Augenblick, bis meine Atmung sich beruhigt hatte und mein Herz nicht mehr so wild klopfte.

Du steckst in einer waschechten Hibernationsnarkose, du Dummkopf.

Die gefährlichsten Nebenwirkungen ungeregelten Mittwintererwachens waren nie physischer, sondern *psychologischer* Natur. Die Narkose begann in ihrer sanftesten Form mit einem Kribbeln oder Taubheitsgefühl und durchlief dann die komplette Palette von Schwindel und Trunkenheitssymptomen bis hin zu Halluzinationen, in denen Ausschnitte kurzzeitig nicht unterdrückter Träume zu Realitätsmehrdeutigkeiten führen konnten, die dann oft Paranoia, dissoziative Störungen und in extremen Fällen Gewalt gegen sich selbst und andere auslösten.

Aber es war nicht nur schlimm. Immerhin hatte ich schon herausgefunden, dass mich der Gedanke an Birgitta von jeder Halluzination befreien konnte. Das würde ich noch einmal ausprobieren. Andererseits machte sich bei mir eine ähnliche Narkose bemerkbar wie bei Watson, Smalls und Moody. Und abgesehen von dem ganzen Birgitta-Traum, den sie nie erwähnt hatten, sah ich jede Menge Dinge, die sie auch gesehen hatten. Vielleicht nicht auf genau dieselbe Weise, aber auf alle Fälle ziemlich ähnlich, und bei ihnen war das nicht gut ausgegangen.

Ich sah mich auf der menschenleeren Parkfläche um. Es war eine düstere und freudlose Umgebung, deren Stille nur gelegentlich durch Wassertropfen unterbrochen wurde, die plätschernd zu Boden fielen. Mir war die Taschenlampe aus der Hand gerutscht und unter das Auto gerollt, wo sie jetzt den linken Hinterreifen beschien. Da ich sie nicht anders erreichen konnte, legte ich mich der Länge nach auf den Beton, um mich unter den Buick zu quetschen. Dann reckte ich mich nach der Lampe, doch als ich sie mit den Fingerspitzen berührte, rollte sie davon, und das Licht fiel auf einen weiteren Nachtwandler, der tot unter dem Auto lag, eine Frau mit dunklem, verfilztem Haar.

Ich robbte weiter, packte meine Taschenlampe und wollte mich wieder unter dem Auto hervorwinden, als ich einen schraubstockgleichen Griff am Oberarm fühlte. Ich hatte mich geirrt. Die Nachtwandlerin unter dem Auto war alles andere als tot. Ihre Zähne waren gelb, ihre Kleidung verdreckt und ihre Fingernägel schartig und gebrochen. Sie starrte mich auf beängstigende Weise ohne jeden Hauch von Menschlichkeit an, so wie ein erwartungsvolles, hungriges Kind eine Eiswaffel betrachtet. Lloyds Bedenken waren begründet gewesen. Drei Weetabix und eine Rübe pro Tag hatten *nicht* gereicht. Allerdings lief ich, wie ich feststellte, nicht unmittelbar Gefahr, gebissen zu werden. Einer der Träger ihrer Latzhose hatte sich am Ansatzpunkt für den Wagenheber verhakt.

Ich war schon fast wieder unter dem Auto hervorgekrochen, als sie ein leises, knurrendes Flüstern hervorstieß, das tief aus ihrer rauen Kehle entwich. Ich erstarrte, aber nicht, weil sie überhaupt sprach. Nachtwandler beherrschten oft ein paar Worte; das kam so häufig vor, dass es nicht als bemerkenswerter Trick galt. Nein, es lag vielmehr daran, dass mir der kurze Satz so entsetzlich vertraut war.

»Charlie«, sagte sie, »ich … liebe dich.«

Mit einer Mischung aus Entsetzen, Überraschung und Verlust starrte ich in die veilchenblauen Augen – und wusste genau, wen ich vor mir hatte.

»Birgitta?«

Sie reagierte nicht, und ich tippte mit meiner Taschenlampe gegen ihre Wange, um sicherzugehen, dass ich nicht halluzinierte. Sie war es. Dünner als bei unserer letzten Begegnung und vor allem wesentlich weniger lebendig. Ich wollte sie berühren, aber sie schnappte nach meiner Hand und krallte sich so fest um meinen Unterarm, dass sich ihre Fingernägel tief in meine Haut bohrten.

»Charlie«, sagte sie wieder, »ich ... liebe dich.«

»Nein«, antwortete ich, als mir die Bedeutung ihrer Worte bewusst wurde, »nein, nein, das ist nicht möglich.«

Wieder war es geschehen. Erst ihr Name, dann das Auto, dann der Schlüsselring mit der Hasenpfote, dann ihre Beteuerung, dass sie Charlie liebte, so wie sie es in meinem Traum getan hatte.

Erst die Realität und dann der Traum. Erst die Ursache, dann die Wirkung.

Wieder schnappte sie nach mir. Ich hatte eine kleine Tafel Traubennussschokolade dabei, die sie ohne das geringste Zögern verschlang, genau wie mein letztes Stückchen Shortbread und den halben gefüllten Keks, den ich für Notfälle bei mir hatte.

»Bist du deswegen unter dem Buick?«, flüsterte ich. »Hat dich der Traum dorthin gelockt?«

Es war sinnlos, sie das zu fragen, da Birgitta jetzt zu keinem intelligenten Gespräch mehr in der Lage war. Aber so seltsam es auch sein mochte – unter dem Schmutz, dem verfilzten Haar, dem Dreck und den Spinnenweben waren ihre Augen genau so, wie ich sie in Erinnerung hatte. Veilchenblau und von außerordentlicher Klarheit und Leuchtkraft.

Während ich über ihr Aussehen nachgrübelte und mir

durch den Kopf ging, wie paradox es war, dass sie meinen Traum nachspielte, und wie unfassbar, dass ausgerechnet ich es gewesen war, der sie mit dem fatalen Morphenox versorgt hatte, und dass sie nun ausgemustert werden musste, hörte ich ganz in der Nähe ein schlurfendes Geräusch. Ich schwenkte die Taschenlampe und sah zwei kräftige Männerbeine von der Wadenmitte abwärts, die vermutlich zu Eddie Tangiers gehörten, dem Neuzugang, vor dem Lloyd mich gewarnt hatte. Ich wollte mich schon auf der anderen Seite des Wagens hervorrollen, als ich noch gerade rechtzeitig sah, dass auch dort eine Nachtwandlerin wartete – eine Frau, die Häschenpantoffeln trug.

Vor meinen Augen legten sich knochige Finger um die untere Kante der hinteren Blechschürze des Wagens, und ein ausdrucksloses Gesicht blickte kopfüber zu mir her. Die Frau war zwischen zwanzig und dreißig und hatte blasse Haut; ein Auge fehlte, und in ihrem zerzausten Blondhaar saß ein Brautkrönchen. Zu meiner Beunruhigung war ich von drei Leuten umringt, die mich als Hauptmahlzeit des Tages betrachteten, aber zwei Umstände fielen zu meinem Vorteil aus. Erstens waren sie langsam und zweitens sehr, sehr dumm.

»Ich vermute mal, die Hochzeit ist geplatzt«, sagte ich, da mir auffiel, dass Miss Glitzerkrönchen einen Verlobungsring an einem dreckigen Finger trug. Sie versuchte mich zu packen, und ich wich zurück, wobei ich darauf achtete, nicht in Birgittas Reichweite zu geraten, während von der anderen Seite des Wagens jetzt Eddie Tangiers alles daransetzte, mit einem muskelbepackten Arm meinen Knöchel zu erwischen. Das stellte ein größeres Problem dar. Er sah schwer und kräftig aus und hatte in seinem Hirn keinen

Bereich mehr, der für Schmerz, Mitleid oder Vernunft empfänglich gewesen wäre. Ein Wumms aus meiner Bambi hätte ihn umgeworfen, aber die Schockwelle konnte einen Benzintank aufreißen oder, schlimmer noch, von einem Reifen abprallen und womöglich *mich* bewusstlos schlagen, was mir dann höchstwahrscheinlich den Rest des Tages gründlich verdorben hätte.

Tangiers bekam meinen Knöchel jetzt tatsächlich zu fassen und fing an zu ziehen. Ich hielt mich an der Hinterachse des Buick fest und trat nach seiner Hand, aber das führte lediglich dazu, dass ich mir das Schienbein heftig an einem Querlenker stieß. Ich zog die Bambi aus meinem Halfter, während Birgitta immer noch meinen Unterarm umklammert hielt und nach mir schnappte. Ich fummelte mit der Sicherung herum und ...

Wumms

Eine Staubwolke erfüllte die Luft und nahm mir für einen Augenblick die Sicht. Zuerst dachte ich, dass ich die Bambi versehentlich abgefeuert hatte, aber dem war nicht so, die Waffe war noch kalt. Dennoch hatte Tangiers mein Bein losgelassen und lag jetzt zusammengekrümmt auf der Kühlerhaube des Autos gegenüber, und durch den Aufprall schien sich auch der letzte Rest seines Denkvermögens verabschiedet zu haben. Ich spähte blinzelnd unter dem Auto hervor. Ein weiteres Paar Füße war neben dem Wagen erschienen, aber sie bewegten sich nicht im langsamen Schlurfgang eines Nachtwandlers, sondern mit kompletter motorischer Kontrolle. Ein Überwinterer. Er hatte den Wumms ausgelöst.

»Halloooo!«, rief eine fröhliche Frauenstimme. »Haben wir da unten richtig viel Spaß?«

»Ich habe mich schon in lustigeren Klemmen befunden«, gab ich so selbstbewusst wie möglich zurück, »und hören Sie: Ich weiß, es klingt ein wenig dämlich, aber ich bin ein Hilfskonsul und habe die Lage unter Kontrolle.«

»Unter Kontrolle? Ha!« Dann fügte die Stimme etwas leiser hinzu: »Moment mal – sind Sie das, Charlie?«

Das konnte ich nur bestätigen.

»Hier ist Aurora. Würden Sie mir mit diesem Kerl ein wenig helfen? Er wiegt mindestens hundertzwanzig Kilo, und jedes davon hätte mich gern zum Mittagessen.«

Die Lage verlangte nach Teamarbeit.

»Da ist noch eine Hülse, links von Ihnen, mit einem Brautkrönchen.«

Wumms

Dieses Mal ging die Druckwelle nicht in meine Richtung, und daher rieselte nur ein kleines bisschen Dreck vom Unterboden auf mich herab. Unter dem Kühler des Buicks konnte ich sehen, dass Miss Glitzerkrönchen vor dem Austin Maxi gegenüber gelandet war, ein unordentliches Gewirr aus heftig abgeschürften Armen und Beinen. Ich rollte mich unter dem Auto hervor und stand auf. Aurora sah ungefähr aus wie immer: ein blindes linkes Auge und trendgerecht abgetragene Winterkleidung. Neu war nur das in einer Scheide steckende Panga[51], das sie sich auf den Rücken geschnallt hatte.

51 Wie eine Machete, nur mit mehr Gewicht.

»Vielen Dank«, sagte sie gut gelaunt. »Weswegen sind Sie zurückgekehrt?«

»Zurückgekehrt? Ich war nie weg.«

»Was haben Sie dann die letzten vier Wochen gemacht?«

Ich seufzte.

»Ich … bin eingeschlafen.«

Sie unterdrückte ein Lächeln. »Machen Sie Witze?«

»Nein. Ich war völlig weg. Mein Wecker hat versagt.«

»Sie sind ein Schwachkopf, Worthing, aber wissen Sie, so etwas kommt schon mal vor. Jack Logan war in seiner Novizenzeit dafür berüchtigt. Der hat mal so heftig verschlafen, dass er eine Woche zu spät zu einer Observierung erschienen ist.« Sie hielt kurz inne. »Wie es wohl mit Jack Logan ausgegangen ist?«

Ich starrte sie an; ihre Frage klang, als ob sie eher bedauerte, dass es Typen wie ihn heutzutage nicht mehr gab.

»Naja, Sie … haben ihn umgebracht?«

»Das stimmt«, sagte sie und schnippte mit den Fingern, »und was gab das für einen Aufstand. Toccata war ganz und gar nicht glücklich, das kann ich Ihnen sagen. Ich bin *so* froh, dass nicht ich es war, die ihr die Nachricht überbringen musste.«

Ich bemühte mich, das Gespräch in eine andere Richtung zu lenken.

»Niemand wusste, wo ich war, bis Jonesy nach mir gesucht hat. Wollten Sie nicht meinem Büro ein Fax schicken und erklären, auf welchem Weg ich nach Cardiff zurückkehren wollte?«

Aurora dachte eine Weile nach. »Ich habe Agent Hooke damit beauftragt. Ist das Fax nicht angekommen?«

»Offenbar nicht.«

»Da werde ich noch einmal nachhaken. Ach du Scheiße«, sagte sie dann und pikte mir mit einem prüfenden Finger in die Rippen, »an Ihnen ist ja kaum noch was dran.«

Ich sagte ihr, dass ich in der nächsten Woche dreimal pro Tag ein Riesenfrühstück einnehmen würde, woraufhin sie versprach, sich darum zu kümmern, dass ich Sonderrationen erhielt. Danach wandten wir uns den dringenderen Problemen zu: Eddie Tangiers kam jetzt mit unsicheren Bewegungen wieder auf die Beine. Wenn Leergut geschockt wird, wirkt das nie so heftig oder so nachhaltig wie bei Menschen, die noch all ihre Sinne beisammenhaben. In ihren Oberstübchen war einfach nicht mehr so viel durcheinanderzubringen, hatte Logan gesagt. Aber zu zweit war es für uns nicht weiter schwierig, ihm die Handgelenke zu fesseln, und nachdem das geschehen war, band Aurora ihn an die Stoßstange eines VW-Käfers, der in der Nähe stand, wo er sofort an seinen Fesseln zu zerren begann wie ein Hund, der unbedingt einem Eichhörnchen nachjagen will.

»Kennen Sie Eddie Tangiers?«, fragte Aurora in einem Ton, als ob sie mir jemanden bei einer Cocktailparty vorstellen wollte.

»Äh, nein«, sagte ich ein wenig peinlich berührt, denn Tangiers war nicht nur ausgesprochen gut gebaut, gutaussehend und körperlich durch und durch ein Alpha, er war auch völlig nackt – und zeigte eine Schwellung von beträchtlicher Größe und Steifheit.

»Tangiers war ein Begatter ersten Ranges«, sagte sie, »und er war zur Dienstverrichtung im Zwölfer, als er hier hängenblieb. Als Eddie noch am Leben war, hatte er meist nur eins im Kopf – und jetzt ist das *alles*, was er jemals im

Kopf haben wird. Wenn Sie zufällig ein paar kleine Röhrchen und flüssigen Stickstoff bei sich hätten, könnten wir was abzapfen – der Typ sitzt auf einer Goldmine.«

Wahrscheinlich sah ich sehr schockiert aus, denn sie zog eine Grimasse.

»Das war ein *Witz,* Worthing. Humor braucht man hier draußen ebenso nötig wie Nahrung und Wärme. Der einzige Zweck, den diese Latte jetzt noch erfüllen könnte, wäre als Zielstange beim Ringwurf oder als Hutständer. Gehen Sie mal ein Stück nach links.«

Während wir sprachen, hatte Miss Glitzerkrönchen sich aufgerappelt und taumelte nun auf uns zu, das verkniffene Gesicht mit Dreck verklebt, die Schulter durch den Sturz ausgerenkt. Aurora ging auf sie zu und renkte ihr das Gelenk mit einer ebenso fachkundigen wie lässigen Bewegung wieder ein, dann fesselte sie die Nachtwandlerin und band sie in sicherer Entfernung von Tangiers an.

»Das wäre erledigt«, sagte sie dann grinsend. »Lust auf ein Snickers?«

»Danke.«

Aurora zog mehrere Schokoriegel aus einer Innentasche ihrer Jacke, gab einen davon mir und verfütterte jeweils zwei weitere an die Nachtwandler, ohne sie vorher auszupacken.

»Miss Glitzerkrönchen möchte etwas sagen«, bemerkte ich, denn die Nachtwandlerin stieß zwischen den Schokoladebissen immer wieder Laute hervor.

»Da haben Sie recht«, erklärte Aurora. »Sollen wir uns mal anhören, worum es sich handelt?«

Sie zog eine Wasserflasche aus ihrer Tasche und goss der Frau ein wenig Flüssigkeit in den Mund. Miss Glitzerkrönchen hustete, dann schluckte sie, und jetzt, da sie sich die Kehle ein wenig befeuchtet hatte, erkannte ich einen rauen Carmarthen-Akzent. Offenbar hatte sie, seit ihre höheren Hirnfunktionen sich verabschiedet hatten, unablässig geredet, denn ihre Stimmbänder waren völlig ausgefranst und kaputt.

»Tomatenpüree in Dosen, geriebener Mozzarella … dunkles Mehl«, raunte sie. »Paprika in verschiedenen Farben, Anchovis.«

»Klingt nach einer Pizza«, sagte Aurora. »Wollen Sie noch ein Snickers? Wir haben einen Sponsorenvertrag mit denen. Ich habe ein paar Hundert davon in meinem Truck.«

»Dann gerne.«

Sie reichte mir einen Fünferpack.

»Ich bin Ihnen wohl abermals Dank schuldig«, sagte ich.

»Nein. Es liegt schließlich zum Teil an mir, dass Sie noch immer hier sind. Ich hätte nachprüfen sollen, ob die Nachricht angekommen ist.«

»Ein Romanesco-Blumenkohl«, murmelte Miss Glitzerkrönchen, »und ein bisschen Oolong-Tee.«

»Klingt so, als wollte sie gleich in den örtlichen Supermarkt, oder?«, sagte Aurora. »Hat die da irgendwas mit Ihnen zu tun?«

Aurora deutete auf den Buick, unter dem jetzt Birgittas etwas hilflos herumrudernde Füße hervorragten.

»Ja«, sagte ich, »sie hat versucht, mich zu beißen, als ich gerade nicht aufgepasst habe.«

»Hat sie einen Trick drauf?«

»Sie isst tote Menschen.«

»Das zählt wohl kaum als Trick, oder?«, bemerkte Aurora, die sich hinhockte und unter das Auto spähte.

»Nein«, räumte ich ein, »eher eine Art Überlebensinstinkt.«

»Warten Sie«, sagte Aurora jetzt. »Ich glaube, das ist Birgitta.«

»Manderlay«, ergänzte ich ohne weitere Überlegung. Ich hatte den Namen nirgendwo gehört oder gelesen, ich wusste ihn einfach. Ebenso verwirrend, aber letztlich nicht überraschend war all das, was ich sonst noch wusste – dass sie im Osmanen-Krieg gedient hatte, dass Ockergelb ihre Lieblingsfarbe war, dass sie Hunde mochte, William Thackeray und Wanderungen im Peak District, und dass ihr Geburtstag auf den 9. Tag nach Frühlingserwachen fiel, genau wie meiner.

»Es ist eine Schande.« Aurora starrte auf die verfallene, menschliche Ruine, die einmal Birgitta gewesen war.

Es war sehr viel mehr als eine Schande.

»Warten Sie mal«, überlegte sie dann. »Ich bin mir sicher, dass Birgitta in der Beta-Gehaltsgruppe war. Irgendjemand muss ihr sein Morphenox verkauft haben. Jemand … der seine Ration in diesem Winter nicht brauchte.«

Dabei sah sie mich bedeutungsvoll an, und ich hoffte, dass mir nicht anzusehen war, wie sehr meine Wangen brannten.

»Keine Panik«, erklärte sie allerdings. »Ich werde es keiner Seele verraten. Allerdings – wenn Sie es ihr *nicht* verkauft hätten, dann wäre sie jetzt kein Leergut.«

Auf diesen Hinweis hätte ich gut verzichten können.

»Ich habe ihr mein Morphenox nicht verkauft«, behauptete ich, was ja auch stimmte.

»Nicht? Naja, im Grunde ist es auch völlig egal.«

Sie zog ihre Bambi und richtete sie auf Birgitta. Nachtwandler, die keine Tricks beherrschten, wurden oft gleich ausgemustert, wenn man sie fand.

»Nein!«, rief ich eine Spur zu schnell. »Ich meine, das übernehme ich. Das ist doch etwas, woran ich mich gewöhnen sollte.«

»Wie Sie meinen.« Aurora steckte die Bambi wieder ein.

»Wieso sind Sie in diesem Keller?«, fragte ich in dem Bemühen, das Thema zu wechseln. »Falls Ihnen die Frage nichts ausmacht.«

Sie nickte zu den Hülsen.

»Ein paar Nachtwandler für HiberTech zusammentreiben. Für das Projekt Lazarus werden immer wieder Tricksys gebraucht, deswegen wollte ich mich mal umschauen. Der Hengst landet vermutlich in einer Zuchtfarm, aber an Miss Glitzerkrönchen wird das Labor sicher Interesse haben. Also werde ich sie zügig rüberbringen, bevor Toccata mir dazwischenfunkt. Sie hat ziemlich altmodische Vorstellungen von dem, was wir in dem Komplex tun, und meist mustert sie sämtliche Nachtwandler unverzüglich aus und beansprucht nur das Standard-Kopfgeld, indem sie die linken Daumen beim Amt für Schädlingsbekämpfung einreicht.«

Aurora wollte sich schon abwenden, aber dann blieb ihr Blick an dem großen blauen Auto hängen.

»Moment mal. Das ist ein blauer Buick, oder?«

Ich nickte.

»Etwa der, von dem Watson und Moody geschwafelt haben?«

»Und ein paar andere mehr, ja.«

Sie hielt inne, betrachtete erst den Wagen, dann die Überreste der Nachtwandler und dann den Schlüsselanhänger mit der Hasenpfote, den ich noch immer in der Hand hielt.

»Weswegen interessieren Sie sich für dieses Auto, Worthing?«

Jetzt musste ich mir schnell etwas einfallen lassen. Ich kannte so gut wie niemanden in Sektor 12. Birgitta betrachtete mich als eine Art ambulante Notration, Jonesy und Fodder waren Toccata loyal ergeben, und Lloyd war ein Portier, dem es in erster Linie darum ging, dass in seinem Dormitorium alles ordentlich lief. Laura hatte nur Mythen und Fabeln im Kopf, und Treacle war kaum mehr als ein Knastbruder und Kinderhändler. Ich brauchte einen Freund. Aurora hatte mir das Leben gerettet – bereits zweimal sogar –, und schon allein deswegen bot sie sich für diesen Posten an.

»Es ist kompliziert«, seufzte ich, da mir klar wurde, dass ich Aurora Dinge würde verraten müssen, die ich keinem anderen Menschen je erzählen konnte, »denn obwohl ich vorher noch nie auch nur einen Fuß auf diesen Parkplatz gesetzt habe, habe ich den blauen Buick und den Schlüsselanhänger mit der Hasenpfote schon mal gesehen.«

Sie hob die Braue über ihrem blinden Auge.

»In meinen ... *Träumen.*«

Ich ließ die Schultern hängen, als eine Welle der Erinnerungen über mich hereinbrach, aber dieses Mal handelte es sich nur um Texturen – die Blätter, die Flechten, die auf den Steinen wuchsen, die an Granulat erinnernde Erde, der Rost auf den Stoßstangen des Buicks, die abblätternde Farbe der Karosserie. Ganz bewusst rief ich mir Birgitta am Strand ins Gedächtnis, um gegenzusteuern. Und mit dem glucksenden Lachen des Kindes mit dem Strandball löste sich der Flashback auf.

»Ich brauche wirklich einen Dormeopathen«, seufzte ich ziemlich kraftlos.

Aurora erklärte mir daraufhin, dass sie in ihrer Zeit als Zivilistin ein Dormeo gewesen war und in der nächsten Stunde nichts weiter zu tun hatte.

»Wir könnten im Wincarnis Kaffee trinken«, schlug sie vor.

Ich sah auf meine Uhr. Mit Jonesy war ich erst mittags verabredet.

»Haben wir noch genug Zeit, dass ich Birgitta holen kann?«

»So viel Zeit, wie Sie wollen.«

Ich kroch wieder unter das Auto und sah in Birgittas veilchenblaue Augen, darauf hoffend, dass sie mich vielleicht doch erkennen würde, aber sie starrte mich nur mit leerem Blick an.

»Ich liebe dich, Charlie«, flüsterte sie.

»Ich liebe dich auch«, flüsterte ich zurück, und mein Herz klopfte wild. Ich wusste, dass ich es auch so meinte – und zwar nicht als ihr Ehemann, in dessen Rolle ich kurz geschlüpft war, sondern als ich selbst, jetzt. Ja, es war blöd, unlogisch und zugegebenermaßen ein wenig gruselig, aber wer hätte ihr widerstehen können? Sie war klug, ehrgeizig, talentiert und zu allem Überfluss auch noch unglaublich schön anzusehen, nur leider nicht lebendig, und außerdem liebte sie mich nicht und würde das auch niemals können oder wollen.

»Kiki braucht die Walze«, raunte sie, was ein wenig daran erinnerte, dass Mrs. Nesbit in meinem Traum ebenfalls so drängend nach diesem Ding verlangt hatte. Ich verfütterte zwei Snickers an Birgitta und half ihr unter dem Auto hervor. Als sie wieder aufrecht stand, wippte sie auf ihren Fußballen, und ihre Augen glitten ungerichtet durch das

Kellergewölbe, bis ihr Blick mich fand und sich in meine Augen bohrte. Ganz kurz glaubte ich, sie sei wieder da – aber dann wanderten ihre Augen weiter, und der Moment war vorüber.

»Also«, sagte ich, als wir den Nachtwandlern Hundeleinen angelegt hatten und mit ihnen zur Rampe gingen, die nach draußen führte, »was ist mit diesem Panga da auf Ihrem Rücken – ist das wirklich praktisch?«

»Nicht direkt«, räumte Aurora ein und demonstrierte, dass sich die Waffe – zumindest, wenn man dick angezogen war – nur schwer erreichen ließ, »aber es ist zur Zeit total angesagt. Ich gebe Ihnen aber einen guten Rat. Benutzen Sie ein Panga nicht beim Kampf gegen Nachtwandler. Das gibt *jede Menge* Dreck.«

Miss Glitzerkrönchen murmelte etwas von Familienpackungen Klopapier und lohnende »Zwei zum Preis von einem«-Deals, während Eddie Tangiers auf unserem Weg versuchte, mit jedem Fahrzeug zu bündeln, an dem wir vorüberkamen, einmal sogar mit einem Betonpfeiler, der ein Gebäude stützte. Man hätte darüber lachen können, wenn es nicht so traurig gewesen wäre.

»Ich habe ein paar Pflaster und Jod in meinem Truck«, sagte Aurora, denn Tangiers Aktionen waren nicht ganz verletzungsfrei abgegangen.

»Ja«, sagte ich, »das muss sehr weh tun.«

Das Wincarnis

»Auf dem Hauptplatz einer jeden Stadt gab es einen großen Steinquader, in den ein Ring aus Bronze eingelassen war. Schwerverbrecher wurden entkleidet, an den Ring gekettet und ihrem Schicksal überlassen. Unterhalb der Überlebensgrenze von minus 10 Grad hielt der Kriminelle dann zwischen zwei und sechs Stunden durch. Angst, Benommenheit, Starre, Tod …«

GESETZ UND ORDNUNG IN DEN WINTERLANDEN, IDRIS ROBERTS

Bei Auroras Truck handelte es sich um ein ehemaliges Militär-Geländefahrzeug, dessen Tarnlackierung in hellen Sandfarben gehalten war und dessen Räder mir bis zur Brust reichten. Sie schob den frischen Schnee von der Windschutzscheibe, während ich die Nachtwandler mit ihren Leinen hinten am Truck festband. Wir stiegen ein, der Motor startete mit dem Zischen komprimierter Luft, und dann fuhren wir in langsamer Schrittgeschwindigkeit zur Stadtmitte, während ich für mich selbst zu klären versuchte, was gerade geschehen war. Es gab keinen rationalen Grund dafür, weshalb Birgitta in der Realität dasselbe gesagt hatte wie in meinem Traum. Es ergab keinen Sinn. Es *konnte* keinen Sinn ergeben. Die Logik verlangte, dass man von Dingen träumte, die man bereits einmal erlebt hatte – Träume folgten der Realität, nicht umgekehrt.

»Wie gut kennen Sie sich mit HotPots aus?«, fragte Aurora, als wir an der Plakatwand rechts abbogen.

»Nur so gut, wie man es im Rahmen der Allgemeinen Fertigkeiten eben lernt.«

»Der HotPot des *Cambrensis* hat sich vor einer Woche unerklärlicherweise überhitzt«, erklärte sie und deutete auf das Dormitorium, an dem wir gerade vorbeifuhren. »Glücklicherweise sind die Brennstäbe dabei in das Becken gefallen, als der Reaktor hochkochte und sich selbst abschaltete. Toccata hat angeordnet, dass das *Cambrensis* geräumt wurde. Zu den Bewohnern, die umgesiedelt wurden, zählte auch Carmen Miranda.«

»Was – die mit den Früchten am Hut?«, fragte ich.

»Genau die.«

»Aber Carmen Miranda muss doch – *uralt* sein.«

»Sie führt ihr langes Leben auf den Samba zurück«, sagte Aurora. »Aber wahrscheinlich handelt es sich eher um einen statistischen Ausreißer im allgemeinen Altersprozess.«

»Wow«, sagte ich, überrascht darüber, dass die Sängerin noch lebte – und auch noch hier in der Gegend wohnte. »Was macht sie denn heute?«

»Nicht viel«, sagte Aurora. »Als ihre Tür geöffnet wurde, stellte man fest, dass sie gewandelt war. Jonesy musste sie ausmustern.«

Die Reifen knirschten auf dem zu Riefen zerfahrenen und überfrorenem Schnee, als wir am Bahnhof vorüberkamen, und dann erreichten wir den Platz beim Konsulat, wo Aurora ihr Fahrzeug abstellte, an dessen Heck noch immer die drei Hülsen gebunden waren.

Der Platz wirkte bei Tageslicht größer, hatte sich aber in den letzten vier Wochen kaum verändert, außer dass er von noch mehr Schnee und Eis bedeckt war. Wir hatten neben der Bronzestatue geparkt, und jetzt erkannte ich, dass sie einen Prediger darstellte, der auf einem Sandsteinsockel stand. Er hielt ein Gebetsbuch und schien mitten in einer Predigt; seine Züge waren durch verkrusteten Schnee verdeckt, der inzwischen zu Eis gefroren war. Unter der Statue hatte sich ein Mann in fötaler Lage zusammengerollt, die blauweißen Arme um die Knie geschlungen.

»Wer ist das?«, fragte ich.

»Howell Harris«, antwortete Aurora, »ein Prediger, der in der Nähe lebte. Ist irgendwann im letzten Jahrhundert gestorben. Eigentlich sollte es eine Statue von Don Hector sein, oder von Gwendolyn der … bei welcher Nummer sind wir inzwischen?«

»Bei achtunddreißig, glaube ich. Aber ich meine nicht die Statue, sondern den gefrorenen Mann.«

»Ach, der«, sagte Aurora, »das ist Jedediah Bloom, der Sektorenlakai.«

»Was hat er angestellt?«, fragte ich, während ich den Toten genauer betrachtete.

»Wir haben ihn dabei erwischt, wie er Drogen aus dem HiberTech-Komplex zu schmuggeln versuchte, und das ist ein Vergehen, das zwingend mit Frostikution geahndet wird – selbst wenn er nur die Winsomniasten versorgen wollte.«

Ich starrte Bloom an. Die Strafe erschien mir doch ein wenig hart.

»Ich war damals nicht im Dienst«, sagte Aurora, die offenbar ähnlich dachte, »und Hooke agierte als Sicherheitschef. Er hat viele gute Eigenschaften, aber ein Gefühl für Verhältnismäßigkeit zählt nicht dazu.«

Ich ging in die Knie und betrachtete den Leichnam mit einem eigentümlichen Gefühl morbider Neugier. Bloom war völlig steifgefroren. Seine bleiche, blaugraue Haut war mit Schneeflecken bedeckt, und jeder einzelne Follikel seines Winterflaums hatte sich aufgerichtet in dem verzweifelten Bemühen, das Unvermeidliche zu verhindern. Er war mit Schneeflocken bestäubt, was ihm ein plüschiges Aussehen verlieh, seine milchigen Augen standen weit offen und starrten ins Leere, und sein Gesicht zeigte einen friedlichen Ausdruck. Kurz vor dem Ende fühlte man sich warm, begann zu halluzinieren und verlor dann alle Angst.

»Er sieht aus, als sei er erst letzte Nacht gestorben«, sagte ich.

»Ist er auch«, sagte Aurora, »der ist so frisch wie tiefgefrorene Erbsen.«

Hastig erhob ich mich; dass sein Tod erst so kurz zurücklag, ließ dieses Geschehnis irgendwie noch schockierender erscheinen. Bloom repräsentierte die grausige Realität der Frostikution.

»Das ist die Sache mit dem Winter«, sagte Aurora. »Er fordert die Gesetzlosen auf dieselbe Weise für sich wie die Kranken und die Untergewichtigen und die Alten. Der Frühjahrsputz der Gesellschaft, der alles wegsaugt, das unter einem gewissen Standard liegt, bevor es zur Belastung wird.«

Aurora marschierte zum Wincarnis, und ich folgte ihr. Über der Tür trotzte die edwardianisch gekleidete Frau auf dem Schild mit den stärkenden Getränken immer noch dem Winter, und weder ihr fröhliches Lachen noch die leuchtenden Emaillefarben schienen unter der Jahreszeit oder der Kälte gelitten zu haben.

Schamanen-Bob saß hinter dem Tresen der Rezeption und schien gedöst zu haben, sah aber auf, als wir kamen.

»Wieder da, um den Nachtzug in die Stadt der Träume zu nehmen?«, fragte er mich.

»Nein«, sagte ich.

»Wie geht's dir und deinem hässlichen Haufen von Schlafscheuen?«, fragte Aurora. »Ist er schon ordentlich ausgedünnt?«

»Ich werde ihnen deine besten Grüße ausrichten«, bemerkte Schamanen-Bob sarkastisch.

Wir gingen in die Bar. An einem Tisch saßen vier Leute und spielten Scrabble, nahmen aber überhaupt nicht wahr, dass wir kamen. Josh, der Rezeptionist von HiberTech, war dabei, aber die anderen kannte ich nicht. Die übrige Kundschaft bestand aus der Einschläferin Zsazsa, die ich jetzt viel spannender fand, seit mir ihr jüngeres Ich in meinem Traum erschienen war, und ein Dutzend dösende Träumer, die sich nicht weiter um uns scherten.

»Es gibt 54 Winsomniasten im Sektor«, sagte Aurora, die sich setzte und ihre Handschuhe auszog. »Und seit fast fünf Tagen gab es keinen Winterschwund mehr. Ich habe Toccata eine Notiz zukommen lassen und ihr vorgeschlagen, dass wir ihnen erzählen sollten, im *Captain Mayberry* gäbe es eine gute Auswahl an Videos. Der Trek dorthin würde sicherlich zu einer natürlichen Ausdünnung von dreißig Prozent führen, vielleicht sogar vierzig, wenn wir den Zeitpunkt geschickt so legen, dass gerade ein Eissturm losbricht.«

»Ist das legal?«, fragte ich.

»Der Trick besteht darin, die Leute dazu zu bekommen, freiwillig und bei vollem Verständnis aller Risiken potenziell tödliche Dinge zu tun. Wir sprechen dabei von ethischer Reduzierung[52].«

»Es sei denn, es gäbe *keine* gute Auswahl an Videos im *Mayberry*«, wandte ich ein.

»Und darin liegt das Problem«, erwiderte Aurora. »Die Sammlung ist nicht berauschend. Hauptsächlich alte *Police-Academy*-Komödien, endlose Folgen von *Stirb langsam* und Boxsets mit *Dallas* und *Denver-Clan*. Hey, Schamanen-Bob. Zwei Kaffee.«

Der Angesprochene brummte und schlurfte mit beinahe schneckengleicher Geschwindigkeit zur Kaffeemaschine.

Aurora holte ihr Strickzeug heraus. Dieses Mal war es keine Bommelmütze, sondern eine Socke im Argyle-Muster. Wir hatten uns ans Fenster gesetzt, um ein Auge auf die Nachtwandler werfen zu können. Da man einen anderen Menschen nicht direkt besitzen konnte, zählte bei der Zuerkennung eines Kopfgelds allein die Tatsache, dass man ihn in Gewahrsam hatte. Nach kurzer Überlegung kamen mir angesichts Auroras Ruf allerdings Zweifel daran, dass irgendjemand versuchen würde, die drei zu stehlen.

»Also«, sagte sie, »ich will gerne als Ihr Dormeopath einspringen. Erzählen Sie mir so viel oder so wenig Sie wollen.«

Nachdem ich kurz gezögert hatte, um meine Gedanken zu ordnen, berichtete ich ihr, wie der Traum um den blauen Buick im *Sarah Siddons* umgegangen war. Dass ich mir nicht

52 »Proaktives Ausdünnen« war ein anderer Euphemismus, oder auch »begleitetes Aussieben«.

viel dabei gedacht hatte und davon ausgegangen war, dass es sich um eine typische Unter-Beta-Traumpanik handelte.

»Das denken wir und die Konsuln auch«, sagte Aurora, »wobei wir allerdings auch nicht wussten, dass da tatsächlich ein blauer Buick in der Garage steht. Was für Träume haben Sie denn gehabt?«

»Keine Träume, wie ich sie mir vorgestellt hatte«, begann ich. »Halb erinnerte Artefakte, zusammenhanglos und vage – aber stark, lebendig und voller Details. Ich weiß, es klingt albern, aber ich träumte, ich sei Don Hector, mit all seinen Gefühlen und Erinnerungen.«

»Weiter.«

Während ich mich so genau wie möglich zu erinnern versuchte, ließ ich den Birgitta-Traum absichtlich aus, da er sich seltsam privat anfühlte und eine eigentümliche Vermischung aus meinen eigenen Urlaubserlebnissen als Kind und Birgittas Gemälde darstellte. Daher erzählte ich Aurora nur von dem blauen Buick und sagte mir, dass ich das, was sie mir diesbezüglich raten würde, schließlich auch auf den anderen Traum anwenden konnte.

»Wieso träume ich von Feldsteinen, Autos und körperlosen Händen?«, fragte ich.

»Gute Frage.« Sie dachte nach. »Auf den ersten Blick erscheint das alles einfach nur komplett verrückt, aber ich würde mal vermuten: Die Teile des Traums, von denen man Ihnen vorher erzählt hatte, lassen sich leicht erklären – die sind schlichte Autosuggestion. Sie hörten davon, dann haben Sie es nachgeträumt. Dann haben Sie Dinge gesehen, von Zsazsa erfahren, also haben Sie das hinzugefügt. Beim Rest des Traums haben Sie einfach nur die Lücken ausgefüllt.«

»Das sehe ich genauso«, sagte ich, »aber was ist mit dem Schlüsselanhänger mit der Hasenpfote und der Tatsache, dass es ein tatsächlich völlig identisches Auto gibt? Das habe ich geträumt, bevor ich überhaupt wusste, dass eine reale Entsprechung existiert.«

»Da kann ich auch nur Mutmaßungen anstellen – vielleicht fand die Erinnerung an den Traum in einem Zustand verzögerter Suggestion statt. Die Erinnerung ist nach dem Erwachen oft noch formbar, und es wäre möglich, dass alles, von dem Sie glauben, dass es in dem Traum vorkam, tatsächlich gar nicht wirklich drin war.«

»Sie meinen«, sagte ich langsam, »die Einzelheiten meines Traumes hätten sich erst nachträglich an Ort und Stelle eingefügt? Die Hasenpfote und die Einzelheiten des Buicks waren gar nicht in meinem Traum?«

»Der Verstand muss sich beim Erwachen wieder eine neue Struktur aufbauen«, sagte sie, »und die Millionen Nervenbahnen kräftigen. Physiologisch ist der Schlummerzustand weitgehend erforscht, aber wie sich die Persönlichkeit und das Erinnerungsvermögen von der Flaute von Synapsenverbindungen erholen, das ist das größte Rätsel der Hibernation. Ich denke jedenfalls, es wäre möglich, dass jüngere Erinnerungen den Platz von fehlenden, älteren einnehmen. Eine gute Beschreibung wäre vielleicht ein schwerer Fall von Déjà-vu. Nicht nur ein Gefühl, dass etwas schon einmal passiert ist, sondern die feste *Überzeugung*, dass es tatsächlich so war, und in dieser Überzeugung schlummern Zweifel, Verwirrung, Angst und Paranoia.«

»Also habe ich vielleicht nicht einmal geträumt, Don Hector zu sein? Ich habe das nur in meinem Kopf konstruiert, als ich entdeckt habe, dass es sein Auto war?«

»Daran hatte ich noch nicht gedacht, aber ja, das wäre eine plausible Erklärung.«

»Ah«, sagte ich und grübelte über diese Möglichkeit nach.

Schamanen-Bob betrat jetzt die Lounge und stellte einen großen Teller mit Pommes frites vor Zsazsa hin, dann kam er mit zwei Kaffeetassen zu uns.

Es war richtiger Kaffee, und ich sog den milden Duft dankbar ein. Aber mir gingen noch immer Fragen im Kopf herum. »Das war nicht nur alles ein Déjà-vu. Der blaue Buick zum Beispiel. Was macht der in der Garage?«

Aurora dachte sorgfältig darüber nach.

»Vielleicht steht er schon seit Jahren da unten. Suzy Watson könnte zufällig auf ihn gestoßen sein, um dann später in ihrem Traumzustand einen Albtraum um ihn herum zu stricken. Dann erzählt sie allen davon, auch Moody, der wiederum Ihnen davon erzählt – und *bingo*.«

»Aber dass es dann auch genau dasselbe Modell ist?«

»Sie hatten nur gehört, dass es blau und ein Buick war«, sagte Aurora, »aber die Realität …«

»… wurde erst hinzugefügt, als ich vor ihm stand. Okay, ich hab's kapiert.«

Ich dachte an Birgitta. Falls das alles stimmte, war das Szenario mit ihr auch auf die Formbarkeit des Traums zurückzuführen. Ihr Nachname hatte sicherlich mit Kreide an der Kellertür gestanden, und das Bild von ihr in dem blattgrünen Badeanzug war mir vielleicht eingefallen, als ich sie mir in einem ähnlichen Outfit vorstellte wie dem, in dem sie mich gemalt hatte. Selbst dass sie »ich liebe dich, Charlie« gesagt hatte, war unter Umständen erst unter dem Auto zum ersten Mal geschehen, und es war an ihren Ehemann gerichtet gewesen, nicht an mich.

Ich verfiel in Schweigen.

»Ist schwer zu akzeptieren, ich weiß«, sagte Aurora, »aber so ist das mit der Narkose. Aber das ist spannend, berichten Sie mir gern, falls Sie noch andere Träume haben sollten. Allerdings gebe ich Ihnen einen Rat: Wenn Sie Wert auf Ihre Karriere legen, dann *erzählen Sie niemand anderem von diesem Traum*.«

»Habe ich bisher nicht getan und habe ich auch nicht vor.«

Sie lächelte, öffnete die Hände und streckte sie mir entgegen. Ich legte meine dazwischen, und sie umschloss sie fest – die Kurzversion der Winterumarmung. Ihr Griff war kräftig und vertrauensvoll und fühlte sich im Gegensatz zu der richtigen Umarmung warm an. Als unsere Hände aufeinandertrafen, fiel mir auf, dass sie nicht nur ein gesundes Auge eingebüßt hatte. Ihr fehlten auch die Ringfinger, an beiden Händen.

Die Weckfunktion ihrer Armbanduhr summte sie mahnend an.

»Jetzt muss ich los«, sagte sie und unterdrückte ein Gähnen, während ihr blickloses Auge flatternd zuckte. »Und noch etwas: Sie werden bald auf Toccata treffen, und sie und ich, wir führen eine … etwas angespannte Beziehung. Es wäre besser für uns beide, wenn dieses Treffen unter uns bliebe. Was Sie angeht, so habe ich Sie vor den Nachtwandlern in der Parkgarage gerettet, und dann haben wir uns vor dem *Siddons* getrennt – in Ordnung?«

Das klang nicht gut, und Aurora spürte meine Zurückhaltung.

»Ich brauche dafür Ihren Eid, Charlie. Vergessen Sie nicht, ich habe Ihnen schon zweimal den Arsch gerettet.«

»Okay«, sagte ich, »dann gebe ich Ihnen meinen Eid.«

»Gut. Jetzt will ich nicht hinterhältig oder beleidigend sein, aber Toccata ist eine giftige, vertrauensunwürdige, selbstsüchtige kleine Natter mit einer heftigen Persönlichkeitsstörung und einer beunruhigenden Neigung zum Kannibalismus.«

»Das klingt in der Tat hinterhältig und beleidigend – und verleumderisch.«

»Ganz wie Sie meinen. Also, dann überlasse ich Ihnen Birgitta, und Sie kümmern sich um sie. Hinter dem *Siddons* ist eine Grube, wo sie ideal gekeult und entsorgt werden kann. Es ist üblich, dass man ein wenig Kalk hinterherwirft, für später, wenn es taut. Ach, noch ein Tipp: Bringen Sie sie dazu, selbst dorthin zu laufen. Das erspart Ihnen viel Schlepperei. Und vergessen Sie ihren Daumen nicht, damit Sie nachher auch das Kopfgeld einstreichen können.«

Ich versuchte zu schlucken, merkte aber, dass das nicht ging.

»In Ordnung«, krächzte ich, »guter Tipp, danke.«

»Kein Problem. Bevor ich es vergesse – haben Sie Hugo Foulnap noch einmal wiedergesehen?«

»Nein, aber ich habe ja auch geschlafen.«

»Stimmt. Nun, halten Sie die Augen offen, und falls Sie ihn entdecken sollten, setzen Sie sich zuerst mit mir in Verbindung. Oh, und richten Sie doch bitte Toccata von mir aus: ›Der Springer der Dame schlägt den Läufer, und ich hoffe, dass du im Schlaf von Schleim gefressen wirst.‹ Haben Sie das?«

»Der Springer der Dame schlägt den Läufer … und so weiter. Ja, das habe ich.«

Sie lächelte, und ohne große Vorwarnung beugte sie sich

vor, schob mir ihre weiche Hand in den Nacken und küsste mich direkt auf den Mund. Ich war völlig perplex, aber bevor ich irgendetwas sagen konnte, war sie aufgestanden und hatte die Lounge verlassen. Ich sah mich um, ob uns jemand beobachtet hatte, und tatsächlich trocknete Schamanen-Bob gerade betont unauffällig einige Tassen ab.

Ich legte einen Finger dort auf meine Lippen, wo Aurora mich geküsst hatte. Es war kein verrutschtes Wangenküsschen gewesen, ihre Lippen hatten sich bei der Berührung leicht geöffnet, und ich hatte ihren warmen Mund auf meinem gespürt. Sie hatte nach sauberer Wäsche, Aveda-Haarspülung und Ludlow-Parfüm gerochen, und ihre Bluse war nur lose zugeknöpft. Als sie sich vorbeugte, hatte ich den oberen Teil ihrer linken Brust gesehen, und deutlich sichtbar im weichen Flaum ihres Winterpelzes war ein Feuermal in der Form der Insel Guernsey zu erkennen.

Schamanen-Bob kam zu mir und setzte sich mir gegenüber.

»Was machste denn so schnell schon wieder hier?«

»Ich war nie weg.«

»Untergetaucht?«, fragte er im Verschwörerton.

»Ja, unter meine *Decke*«, sagte ich, »drüben im Siddons. Ich habe verschlafen.«

»Damit würde ich aber nicht hausieren gehen«, bemerkte er grinsend. »Der erste Winter kann wirklich schon ganz schön hart sein. Aber erzähl doch mal von dir und Aurora – kennt ihr euch schon lange?«

Klatsch gibt es während der Winterruhe nicht allzu viel. Für die von der öden, ereignislosen Winterzeit gelangweilten Seelen hat ein gutes Gerücht oft einen Wert, der nur von Protein, Wärme und Loyalität übertroffen wird. Aber mir kam der Gedanke, dass es für mich durchaus von Vorteil sein konnte, wenn man mich mit Aurora in Verbindung brachte, denn schließlich hatten die meisten Menschen Angst vor ihr.

»Vier Wochen«, sagte ich immerhin völlig wahrheitsgemäß.

»O-kay«, dehnte Schamanen-Bob langsam, »und was sagt, wenn ich fragen darf, Hauptkonsul Toccata dazu?«

»Spielt das eine Rolle?«, fragte ich.

Schamanen-Bob klappte tatsächlich die Kinnlade herunter. Zwar wusste ich nicht, warum, aber er war entweder schockiert oder beeindruckt oder empört – oder es handelte sich um eine Mischung aus allen drei Empfindungen.

Ich wollte gerade gehen, da erinnerte ich mich an unser letztes Treffen. Er hatte irgendetwas über Morphenox erzählt, dass es ein Glückstreffer gewesen war, und jetzt fragte ich ihn, was er damit gemeint hatte.

Er lächelte. Winsomniasten lieben Verschwörungstheorien fast genauso sehr, wie auf Kosten anderer durch den Winter zu kommen.

»Morphenox war nichts anderes als das gute alte F-652«, erklärte er, »das als starker Traumblocker entwickelt worden war. Man wollte es nutzen, damit es bei den Versuchen eines später eingestellten Projekts namens *Dreamspace* eine Kontrollgruppe gab, die nicht träumte; Don Hector arbeitete damals gar nicht darauf hin, dass wir *weniger* träumten, er wollte dafür sorgen, dass wir *bessere* Träume hatten. Aber dann fiel jemandem auf, dass die nicht-träumende Gruppe während der Hibernation beträchtlich weniger an Gewicht verlor als die andere, und das wurde zum Wendepunkt. Bis dahin hatte niemand erkannt, wie viel Energie durch Träume verbrannt wurde. Wenn man die Träume blockieren konnte, würde man sorgenfreier schlafen. So einfach war das.«

Ich brauchte einen Augenblick, um das zu verarbeiten.

»Soll das ein Witz sein?«

»Absolut nicht.«

»Eine Revolution in der Hibernetik«, sagte ich langsam, »Reichtum, Macht, Einfluss und die ganze geopolitische Landschaft, wie wir sie heute kennen – alles entstand aufgrund der unerwarteten Ergebnisse bei einer Gruppe von Testpersonen?«

Er grinste. »Ist'n Ding, oder? Das Problem ist nur, dass sie es irgendwie nicht hinkriegen, genug von dem Zeug zu produzieren, dass man es an alle abgeben könnte. Wäre ich zynisch veranlagt, würde ich glauben, dass bei dieser limitierten Verabreichung durchaus so etwas wie soziale Kontrolle eine Rolle spielt.«

Maisie Rogers hatte das Gleiche gesagt. Die Trennlinie war ziemlich klar – sie verlief ungefähr entlang der bekannten Grenzen, die Vermögen und Klassenzugehörigkeit vorgaben. Das global hibernierende Dorf, Gleichheit im Schlaf und Gleichheit in unserer Würde, das alles war ein Mythos.

»Und«, fuhr Schamanen-Bob fort, »alle Geschichten über verbessertes und für alle verfügbares Morphenox sind mit Vorsicht zu genießen. HiberTech interessiert sich mehr für sicheren Gewinn als für sicheren Schlaf.«

»Dieses Gespräch hat nie stattgefunden«, sagte ich. »Erzähl doch mal von diesem Projekt, diesem Dreamspace. Was meintest du damit, als du sagtest, es wäre nicht darum gegangen, dass wir weniger, sondern dass wir besser träumten?«

Aber ich hätte genauso gut mit mir selbst reden können. Schamanen-Bob war, erschöpft von unserer Unterhaltung, am Tisch eingeschlafen und schnarchte laut.

Das Konsulat

»... ›Lucky‹ Ned Farnesworth und seine Bande galten allerorten als die Vorzeigeschurken schlechthin. Sie wurden so sehr verabscheut, dass die Wummser-Zielpuppen der Akademie wie Ned ausstaffiert worden waren. Ned Farnesworth war einmal Börsenmakler gewesen, Mammutfarmer, Briefmarkenhändler und professioneller Spieler. Seine Anhänger brachten dem hochintelligenten, aber völlig gewissenlosen Mann äußerste Loyalität entgegen – der Konsuldienst hingegen fürchtete ihn ...«

»WINTERSCHURKEN«, HÖCHSTE TRUMPFKARTE, ETWA 1994

Die drei Nachtwandler, die an der Rückseite des Geländefahrzeugs angebunden waren, wiegten sich sanft hin und her, was eine Vorstufe zur Erstarrung darstellte, aber Aurora war nirgendwo zu sehen. Ich machte Birgitta los und fütterte sie mit zwei Müsliriegeln.

»Ich liebe dich, Charlie«, sagte sie.

»Lass das«, gab ich leise zurück, »das ist wirklich nicht hilfreich.«

»Kiki braucht die Walze«, setzte sie hinzu.

»Und das auch nicht. Wer ist Kiki? Kiki von RealSleep, oder jemand anders?«

Sie antwortete nicht, und wir gingen schweigend zum *Siddons* zurück, während mein Verstand sich langsam damit abfand, dass mein Traum im Nachhinein verändert worden war. Ich versuchte herauszufinden, ob es Elemente in dem Birgitta-Traum gab, die dieser Hypothese vielleicht widersprechen mochten, konnte aber nichts entdecken. Alles, was sich in meinem Traum ereignet hatte, war eine Schöpfung meines narkosegeplagten Hirns, das die Lücken in meiner Erinnerung zuzuspachteln versuchte. Ich stapfte still durch die verschneiten Straßen und hielt Birgittas Hand, was sich, auch wenn es völlig einseitig war, seltsam tröstlich anfühlte.

Vor dem *Siddons* wartete Jonesy bereits auf mich, neben einem rotweißen Sno-Trac des Konsulats, dessen Motor so gut schallgedämpft worden war, dass man lediglich das leichte Rasseln der Regenschutzkappe oben auf dem Auspuffrohr hörte. Das Fahrzeug parkte neben einer Telefonzelle, die halb von einer Schneewehe verdeckt wurde, und Jonesy las eine alte Ausgabe von *Wonderwoman & das Kind des Wintervolks* und lachte gelegentlich in sich hinein. Neben ihr stand ein Picknickkorb, halb verborgen unter einer gefalteten, karierten Decke. Sie nahm dieses Spiel mit der eingebildeten Dauerpartnerschaft richtig ernst.

»Hast du schon einen gefangen?«, wandte sie sich in vertrautem Ton an mich, als sie uns näher kommen sah. »Du bist aber schnell. Du meine Güte, ist das nicht Birgitta?«

»Genau genommen ist es nur das, womit sie früher durch die Gegend zu laufen pflegte.«

»Wir haben zusammen im Chor gesungen«, sagte Jonesy.

»Sie war eine recht ordentliche Piratenkönigin in *Die Piraten von Penzance*. Ein ganz nettes Mädchen, wenn auch manchmal etwas zickig. Sie hatte einen Zwei-Kinder-Deal abgelehnt, obwohl ihr eine Scouting-Agentur, die für Wackford & Co. arbeitete, eine Summe in fünfstelliger Höhe angeboten hatte.«

»Sie hätte sicher wunderschöne Kinder zur Welt gebracht.«

»Deswegen ja die fünfstellige Summe. Mit dem Geld aus dem Wackford-Deal hätte sie aus dem Douzey herauskommen und sich in einer weniger düsteren Gegend niederlassen können – niemand konnte begreifen, wieso sie das nicht tat.«

Ich glaubte den Grund zu wissen. Sie hatte mir gesagt, dass sie geheiratet hatte, aber das schien in aller Stille geschehen zu sein. Vermutlich eine *union de l'amour* – eine Verbindung zwischen zwei Menschen, die jedoch vor dem Gesetz keine Gültigkeit hatte.

»Beherrscht Baggy irgendwelche Tricks?«

»Sie hatte eine Vorliebe für Kannibalismus und ist jetzt auf Snickers, gemurmelte Worte und Shortbread umgeschwenkt.«

»Das klingt mehr nach einem Grund für sofortige Ausmusterung als nach einem Trick, meinst du nicht auch?«

»Wahrscheinlich schon.«

Jonesy sah auf ihre Uhr.

»Toccata ist noch nicht zurück, aber wenn sie kommt, müssen wir bereit sein. Soll ich sie für dich ausmustern?«

Ich sah zu Birgitta hinüber, die von der ganzen Sache gänzlich unbeeindruckt schien. Ich wog die Sache sorgfältig ab. Birgitta zu entsorgen – selbst wenn ihr eigentliches

Ich schon lange nicht mehr existierte – fühlte sich nicht richtig an. Und zwar nicht nur, weil ich sie gemocht hatte, sondern aus dem schlichten Grund, dass ich zumindest ein klein wenig für ihren jetzigen Zustand verantwortlich war. Immerhin hatte ich ihr das Morphenox gegeben.

»Es könnte aber doch sein, dass sie noch Tricks entwickelt«, sagte ich zögerlich, »vielleicht sollten wir …«

»Hast du dich je gefragt, wie ich das hier hinbekommen habe?«, fragte Jonesy und hielt den Überrest ihrer rechten Hand hoch, die nur noch einen Finger und den Daumen aufwies.

Tatsächlich hatte ich bisher noch keinen Gedanken daran verschwendet. Es kam schließlich öfter vor, dass Konsuln im Winter ein paar Körperteilen verlustig gingen, und tatsächlich galt man in diesem Beruf, wenn man in seinem fünften Winter immer noch kein einziges Stück von sich selbst eingebüßt hatte, als risikounfreudig. Aber wenn Jonesy jetzt darauf zu sprechen kam, hatte das vermutlich seinen Grund.

»Doch, natürlich«, behauptete ich daher bereitwillig.

»Ich wurde von Nachtwandlern angegriffen«, erklärte sie nüchtern, »die sich drüben in Builth Wells zusammengerottet hatten. Das ist zwar selten, kommt aber hin und wieder vor. Sie haben Stücke aus jedem bloßliegenden bisschen Fleisch gerissen. Ich wäre Nachtwandler-Kacke geworden, wenn Toccata nicht eingegriffen hätte. Und jetzt knalle ich jeden von denen ab. Ich habe sogar«, setzte sie mit einem begeisterten Funkeln in den Augen hinzu, »einen Promi-Nachtwandler erledigt. Rate mal, wen.«

»War es Carmen Miranda?«

»Oh«, sagte sie enttäuscht, weil sich ihre zweifelhafte

Großtat schon herumgesprochen hatte, »du hast davon gehört.« Sie deutete mit einer Kopfbewegung zu Birgitta. »Aber was ich sagen wollte: Mir macht es nichts aus, sie auszumustern. Tatsächlich versuche ich gerade, einen neuen Ausmusterungsrekord für die Region aufzustellen. 61 habe ich schon. Also lass mich das erledigen, ja?«

Ich bedankte mich, blieb aber dabei: Diese Aufgabe wollte ich selbst erledigen.

Eine halbe Stunde später kehrte ich zurück. Jonesy saß schon im Sno-Trac und hörte den Wetterbericht auf Kurzwelle, und ich öffnete die Heckklappe und tastete mich durch die Kabine nach vorn, um ihr Gesellschaft zu leisten. Ein Sno-Trac konnte normalerweise bis zu acht Passagiere plus Fahrer fassen, aber dieser hier war als Transporter ausgelegt. Er war nicht schnell, aber praktisch, und vor allem besaß er eine effiziente Heizung und modernes H4S-Radar.

Allerdings waren es nicht die technischen Spezifikationen des Sno-Tracs, die mich in diesem Moment beschäftigten.

Ich hatte Birgittas linken Daumen in ein Taschentuch eingewickelt und legte das Päckchen nun auf den Lukenrand. Es bildete den grausigen Beleg für den vermutlich scheußlichsten Moment meines ganzen bisherigen Lebens, und ich merkte, dass ich immer noch zitterte. Aber ich hatte getan, was eben getan werden musste.

»Alles klar, Matschbirne?«, fragte Jonesy, die meine Anspannung spürte.

»Nein, eigentlich nicht, und ich wäre dir sehr verbunden, wenn du mich nicht so nennen würdest.«

»Über den Punkt sind wir jetzt leider hinaus.« Sie deutete auf Birgittas Daumen. »Der erste?«

Ich nickte.

»Der erste ist immer der Schwerste, aber glaub mir, dieses Übelkeitsgefühl ist irgendwann verschwunden. Jetzt müssen wir aber los. Toccata ist zurück, und du übernimmst das Steuer.«

Die Fahrt zum Winterkonsulat wäre eigentlich nicht weiter schwierig gewesen, aber Jonesy bestand darauf, dass wir den Weg durch den Ortsteil mit den meisten Einbahnstraßen nahmen, was noch einmal eine Viertelstunde länger dauerte, da wir wegen der Lärmschutzauflagen nicht lauter als 55 dB sein durften und daher extrem langsam dahinschlichen. Sie deutete zum Theater, als wir daran vorüberfuhren.

»André Preview schlägt hier in vierzehn Tagen auf, und eine Woche später gibt es ein Stück von den Wolfitt Players. In der letzten Spielzeit hatten wir die Reduced Shakespeare Company, die ›Höhepunkte der größtenteils kompletten Geschichte komprimierter Inhalte (gekürzt)‹ aufgeführt hat.«

»War es gut?«

»Ziemlich kurz jedenfalls, sogar für ihre Verhältnisse. Sag mal, sind dir noch ein paar weitere gute Erinnerungen eingefallen, über die wir uns unterhalten könnten?«

»Ich … ehrlich gesagt, ich habe noch nicht weiter darüber nachgedacht.«

»Ich arbeite gerade an einer richtig guten, pass auf: Wir waren vor *einer Ewigkeit* in der Hotbox in Swindon, um den letzten Auftritt von Holroyd Wilson zu erleben. Da haben wir uns draußen zum ersten Mal geküsst, aber ich war schrecklich betrunken und habe dir danach auf die Schuhe gekotzt.«

»Die Schuhe habe ich immer noch«, behauptete ich.

»Du hast sie behalten?«, fragte Jonesy. »Du bist echt ein sentimentales Weichei, Matschbirne.«

»Das hatte keine sentimentalen Gründe«, erklärte ich, »sondern finanzielle. Die waren teuer. Was will Toccata eigentlich von mir?«

»Sie wird dich nach Logan fragen wollen, nehme ich an, und dann muss sie sich überlegen, was sie mit dir anstellen will. Vielleicht stößt du zu uns. Wir sind unterbesetzt, seit wir kürzlich zwei Hilfskonsuln verloren haben – einen durch einen Eissturm und den anderen durch Blödheit. Es war mein Ex-Partner, Cotton. Wurde schlaftot aufgefunden.«

»Tut mir leid, das zu hören.«

»Hat versucht, draußen in einem Verschlag unter Häuten und Zweigen zu übernachten. Ganz süßer Typ, aber nicht der Schlauste. Wir haben ein paarmal gebündelt, aber natürlich nur aus Spaß an der Freude.«

»Natürlich«, wiederholte ich; inzwischen hatte ich mich daran gewöhnt, derart offen über solche Sachen zu sprechen. »Nachdem also jetzt zwei fehlen – wie viele Konsuln gibt es eigentlich noch?«

Sie zählte an ihren Fingern ab. »Da hätten wir den Hauptkonsul, mich, Fodder – wir haben zusammen im Osmanen-Krieg gedient. Trotz seiner rauen Schale ist er ein echtes Schätzchen. Wir haben zwar nie gebündelt, aber vielleicht kommen wir jetzt mal dazu, da Cotton tot ist. Ich denke, es ist immer besser, sich jeweils nur mit einem Co-Überwinterer zu verbandeln, meinst du nicht auch?«

»Das ist sicher eine gute Einstellung, ja.«

»Auf der Liste steht auch noch Danny Pockets, ein Freiberufler aus Swansea, der angeworben wurde, um bei der Nahrungsmittelverteidigung mit einzuspringen. Er wird pro Tag bezahlt, was uns gegenüber wirklich nicht fair ist. Laura Strowger hilft immer mal wieder aus, ist aber Zivilistin, also zählt sie eigentlich nicht, und der letzte ist dann tatsächlich der Bürge, Jim Treacle, ein hoffnungsloser Vollidiot ohne einen Hauch von Charme, Winterfertigkeiten oder Anstand. Er glaubt, ich würde ihn heiraten.«

»Und, wirst du?«

»Eher würde ich Agent Hooke heiraten, aber es ist kompliziert: Meine Mum hat sich ziemlich viel Geld von Treacle geliehen, um einen reichen Witwer aus Sektor 15 an Land zu ziehen. Das hat nicht geklappt, und Treacle hat den Kredit irgendwann in ein Eheversprechen umgewandelt. Keine Ahnung, wie es dazu gekommen ist. Seitdem versuche ich ihn so lange wie möglich hinzuhalten – würde ich ihn rundweg ablehnen, wäre das ein Kreditvertragsbruch, und er könnte meiner Mutter das Haus pfänden. Wenn du Treacle dazu bringen kannst, auf seinen Anspruch zu verzichten und sich anderweitig zu orientieren, dann sind für dich fünfhundert Euro drin. – Hier kannst du überall parken.«

Wir waren vor dem Konsulat angekommen. Ich hielt an und überprüfte, ob der Druckbehälter voll war, bevor ich den Motor abstellte.

»Ein Tipp, was Hauptkonsul Toccata angeht«, sagte Jonesy. »Ehrlichkeit ist der *einzige* gangbare Weg, und am besten sprichst du nur dann, wenn du gefragt wirst. Sie ist nicht übel, wechselt nur schnell mal von ganz kalt auf ganz heiß. Aber keine Sorge. Wenn sie dich als Person respektiert, dann wird das schon klappen.«

»Darf ich dich was fragen?«

»Klar.«

»Stimmt es, dass Toccata Nachtwandler mit Minzsoße verzehrt?«

»Blödsinn.«

»Da bin ich ja erleichtert.«

»Nein, ich habe gehört, dass sie ihnen schon einige Wochen vorher Pfefferminz zu essen gibt, damit sie später ein gutes Aroma haben.«

»Sie hält sie am Leben, bis sie sie braucht?«

»Im Winter muss man sehen, wo man bleibt, Matschbirne. Glaub mir, wenn du am Verhungern wärst, würdest du den halbverfaulten Fuß deiner toten Mutter fressen. Was glaubst du, wovon die Konsulatsangestellten von Sektor 8 Nord im Winter 76 gelebt haben? Schnee?«

Ich blieb stumm.

»Komm schon«, fuhr sie fort und lächelte, um einige der weniger leicht verdaulichen Wahrheiten über den Winter etwas abzumildern. »Und wenn ich an deiner Stelle wäre, würde ich das Verzehren von Nachtwandlern Toccata gegenüber nicht erwähnen. Das ist ein sensibles Thema.«

Auroras Geländewagen stand immer noch vor dem Konsulat, genau so, wie ich ihn zuletzt gesehen hatte – mit Eddie Tangiers und Miss Glitzerkrönchen, die am Heck angebunden und inzwischen als Schutz vor der Kälte in bewegungslosen *rigor torpis* verfallen waren.

»Sieh an, sieh an«, sagte Jonesy, »da sind ja noch zwei für den Ausmusterungsplan von Sektor 12.«

»Sie gehören Aurora«, erklärte ich wahrscheinlich ein klein wenig zu verteidigend. »Sie wollte sie zu HiberTech bringen.«

»Da ist ihr wohl etwas dazwischengekommen. Treacle wird am Empfang sein. Ich warte auf dich.«

Sie klopfte mir auf die Schulter und stieg in Auroras Geländewagen.

Mit einem Summton wurde mir das Schocktor geöffnet. Im Büro dahinter hatte sich wenig verändert. Auf dem Tresen stand ein Abreißkalender, der mir verriet, dass es noch 91 Tage bis zum Frühlingserwachen waren, und weiter hinten im Raum entdeckte ich Laura, die Akten sortierte. Sie sah mich neugierig an und winkte mir fröhlich zu, was ich erwiderte. Hinter den Schreibtischen war mittels einer Trennwand aus Milchglas ein Büro abgeteilt, an dessen halbverglaster Tür die Aufschrift prangte:

Ms. A. Toccata Hauptwinterkonsul Sektor 12

Durch die Scheibe konnte ich die schattenhafte Gestalt Toccatas erkennen, die offenbar ein sehr lebhaftes Telefongespräch führte – wobei »Gespräch« vielleicht nicht ganz der richtige Ausdruck war, es schien sich mehr um eine ziemlich einseitige Wuttirade zu handeln. Das Glas war schallgedämmt, daher war ihre Stimme nur leise und undeutlich zu vernehmen, aber offenbar stauchte sie jemanden wegen Inkompetenz zusammen und verlieh ihrem Wortschwall gelegentlich mit einer prächtigen Auswahl anschaulich-deftiger Kraftausdrücke zusätzlichen Pfeffer. Ich spürte, wie ich mich verkrampfte. Das würde kein Vergnügen werden.

Hinter dem Tresen stand Jim Treacle und telefonierte, allerdings in eher gemessenem Ton. Seit unserer letzten Begegnung schien er zugenommen zu haben – etwas, das sich im Winter nur Bürgen leisten konnten. Er sah auf, lächelte und hob dann einen Finger, um mir anzuzeigen, dass er nicht mehr lange brauchen würde.

»Wir haben hier im Moment 54 zusätzliche Winsomniasten, das übertrifft die uns offiziell zugewiesene Zahl bei Weitem«, sprach er in den Hörer, »und deswegen sage ich Ihnen: Wenn wir bis zum Ende der Woche nicht mindestens 200 Personentage Lebensmittel bekommen haben, dann schaut der Hauptkonsul bei Ihnen vorbei und wird Ihnen ihren Unmut persönlich mitteilen, und zwar mit einem Stahldorn.« Es folgte eine Pause. »Ja, das waren *genau* ihre Worte, und ich bin mir sicher, dass sie ihre Drohung wahr machen wird. Guten Tag, Sir.«

Er legte auf, stieß seinen tiefsitzenden, abgehackten Husten aus und wandte sich dann an mich.

»Na, Worthing«, sagte er grinsend, »Jonesy hat gesagt, Sie hätten so richtig heftig verschlafen.«

»Ich hatte ein Weckerproblem.«

»Klar, bestimmt.« Er beugte sich vor. »Hat Jonesy irgendwas über mich erzählt?«

»Nein«, log ich. »Ich glaube nicht.«

»Ich stehe vor einer Ehe mit ihr, die auch eine Zusatzvereinbarung über die Zeugung von Nachkommen umfasst, aber ich habe das Gefühl, sie bekommt kalte Füße. Was meinen Sie?«

Jonesy hatte mir nicht gesagt, dass Treacle sich vertraglich die genetischen Rechte aus dieser Ehe gesichert hatte. So etwas war eine große Sache und ziemlich umstritten. Frauen benötigten mehr genetische Optionen, als ein einziger Partner ihnen bieten konnte, und es wurde derzeit diskutiert, dieses Recht gesetzlich verankern zu lassen. Ich senkte ebenfalls meine Stimme.

»Das ist eine ziemlich große Entscheidung.«

»Ich weiß. Es gab diesen Hilfskonsul, mit dem sie bündelte, aber jetzt, da Cotton tot ist, hoffe ich, dass sie vom Spaßfummeln genug hat und ihre Zuneigung dauerhaft mir zuwendet.«

»Das … ist wohl eines von vielen einzigartig plausiblen Szenarien«, sagte ich.

»Sehe ich auch so«, sagte Treacle, »aber jetzt sind Sie hier, und Sie sind jung, und auch wenn Sie, ohne Sie jetzt beleidigen zu wollen, etwas verbogen aussehen …«

»Ist schon in Ordnung.«

»… mache ich mir doch Sorgen, dass Ihre attraktivste Eigenschaft Sie auf Jonesys Liste ziemlich schnell nach oben klettern lassen wird.«

»Und was *ist* meine attraktivste Eigenschaft?« Jetzt war ich doch neugierig.

»Sie sind nicht ich. Versprechen Sie mir, dass Sie sie abweisen werden, wenn sie auf Sie anlegt? Und nur, damit wir uns recht verstehen, unter ›auf Sie anlegen‹ verstehe ich alles, was über die typische Arbeitsbeziehung hinausgeht: Verabredungen zum Abendessen, Hand in Hand durch den Schnee spazieren, Cluedo spielen oder gemeinsame Erinnerungen erfinden. *Vor allem* Erinnerungen erfinden. In Ordnung?«

»O-kay.«

»Gut. Toccata kommt sicher gleich, sobald sie mit dem Brüllen fertig ist. Der Kaffee steht dort drüben. Wenn Sie irgendwelche leicht zu beantwortenden Fragen haben, einfach laut schreien.«

Treacle wandte sich nun irgendwelchem Papierkram zu, und ich schenkte mir etwas von der Flüssigkeit ein, die er großzügig als Kaffee bezeichnet hatte. Sie roch nach verfaulenden Pilzen, in die man Lampenöl gemischt hatte, und schmeckte auch so.

»Ich trinke keinen Kaffee«, ertönte eine Stimme hinter mir, »und nach dem, was ich gerochen und gesehen habe, fange ich wahrscheinlich nie damit an.«

Es war Laura Strowger, die auf mich zukam, um mich zu begrüßen. Sie hatte gehört, dass ich verschlafen hatte und vergessen worden war, und ihre Reaktion war eine eher mitfühlende als spöttische, was immerhin eine nette Abwechslung darstellte. Ich hoffte inständig, dass Toccata sich ähnlich verhalten würde.

»Hat die Gronk sich gezeigt?«, fragte ich.

»Bisher nicht«, sagte Laura, »aber wir haben ja noch 91 Tage Zeit. Ich habe überall an strategischen Orten zerknüllte Kleidung ausgelegt und werde diese Plätze genau beobachten. Was denken Sie über das hier?«

Sie zog ein Polaroid aus ihrer Umhängetasche und zeigte es mir. Für mich war darauf nicht mehr zu erkennen als ein undefinierbarer dunkler Fleck im Schnee neben einer Gaslaterne. Ich betrachtete das Foto kurz.

»Hat es sich viel bewegt?«

»Eigentlich gar nicht«, gab sie zurück, offenbar erfreut über mein Interesse. »Frostkobolde sind dafür bekannt, dass sie stundenlang an einem Ort lauern, bevor sie sich darauf stürzen.«

»Darauf stürzen? Worauf?«

»Das weiß niemand«, sagte sie mit weit geöffneten Augen, »deswegen erforsche ich es ja.«

Ich gab ihr das Bild zurück. »Das ist ein Hydrant, oder?«

»Ja«, sagte sie und starrte das Polaroid geknickt an,

»höchstwahrscheinlich. Treacle hat eingeräumt, dass Fotobeweise zulässig wären«, fuhr sie dann fort. »Haben Sie eine Kamera?«

Hatte ich nicht, wie ich ihr sagte, und daher holte sie mir eine für den Konsuldienst ausgegebene Kodak Instamatic, auf der ein neuer Blitzwürfel steckte; zwei weitere bekam ich in einer Packung mit dazu. Ein primitiver Apparat, aber da er ohne Batterien funktionierte, war er bei Temperaturen unter dem Gefrierpunkt verlässlicher als alles andere auf dem Markt.

»Machen Sie so viele Schnappschüsse, wie Sie wollen, und dann bringen Sie mir die Kamera zurück. Sie müssen nur beim Spannen aufpassen, weil der Film durch die Kälte brüchig wird.«

»Kann man die Gronk überhaupt fotografieren?«, fragte ich, während ich die Kamera in meine Tasche schob.

»Ich habe keine Ahnung«, erwiderte sie. »Allmählich glaube ich, dass das Wintervolk so etwas Ähnliches ist wie ein eskalierender Nachtschrecken, der den Ängsten im eigenen Kopf eine Gestalt verleiht. Das ist Treacle allerdings wesentlich schwerer zu verkaufen. Zunächst wäre da die Frage, ob eine existenzielle Angst einer greifbaren gleichwertig ist, und wenn das so ist und sie einen Menschen töten kann, zählt das dann als Existenzbeweis?«

»Bist du *sicher,* dass du erst sechzehn bist?«, fragte ich. »Du wirkst so ... *klug*.«

»Das war jetzt *sehr* herablassend«, bemerkte sie, »aber das sehe ich Ihnen nach. Ich habe eine genetische Fehlfunktion des Hypothalamus, die verhindert, dass ich hiberniere. Daher verbringe ich das ganze Jahr über immer acht von 24 Stunden im Schlaf. Während Gleichaltrige unproduktiv an der Matratze horchen, habe ich mein Wissen vergrößert und an Reife gewonnen. Mental bin ich eher schon 22. Deswegen bin ich keine weise Frau, aber ganz bestimmt auch kein Teenager mehr.«

»Ist das eine seltene Krankheit? Ich habe noch nie davon gehört.«

»Ja, es ist selten«, seufzte sie, »deswegen ja auch die Wette.«

»Ich weiß, dass es mich nichts angeht«, sagte ich, »aber wieso hast du eingewilligt, dein erstgeborenes Kind für so etwas Nebulöses zu verwetten wie die Existenz der Gronk? Das erscheint auf beinahe verrückte Weise riskant, wenn ich das so sagen darf.«

Sie sah mich einen Augenblick an.

»Nicht mein Erstgeborenes«, sagte sie dann langsam, »sondern mein *Zweitgeborenes*.«

»Macht das die Sache irgendwie besser?«

»Ich will es Ihnen erklären. Als ich zwei Jahre alt war, haben meine Eltern die Option auf mein Erstgeborenes an Partwood Associates verkauft, um ihre Spielschulden abzulösen. Die Option wurde mehrere Male weiterverkauft, bevor sie mit einer Reihe anderer zweitklassiger Kindsoptionen gebündelt und als verbriefte Kinderobligation an Jim Treacle ging. Meine angeborene Schlafstörung bedeutet, dass ich ein Gen besitze, an dem HiberTech großes Interesse zeigt. Ich habe allerdings beschlossen, meine genetischen Rechte nicht zu lizenzieren, und mein ungeborener Nachwuchs sollte dieselbe Entscheidungsfreiheit haben. Ich will nicht, dass mein Kind bei HiberTech landet und dort als eine Art … ich weiß auch nicht …, als eine Art Laborratte endet.«

»Wie viel ist denn die Option auf das erstgeborene Kind wert?«

»Treacle hat HiberTech gesagt, dass er an meinem Achtzehnten zwei Millionen Euro dafür haben will.«

»Davon bekämst du die Hälfte. So ist der Deal.«

»Mir geht es nicht um das Geld, und sie können mich nicht zwingen, Kinder zu bekommen – aber ich glaube, das würde ich gern, und wenn ich das tue, naja, dann möchte ich, dass sie von solchen vertraglichen Zwängen frei sind.«

»Okay, aber du hast doch ein Rückkaufrecht. Es ist gesetzlich verankert, dass es so etwas geben muss.«

»Ganz genau, aber es wurde von den Gerichten auf fünfzigtausend Euro festgelegt, und ich habe kaum einen Tausender.«

»Wenn du also die Wette verlierst«, sagte ich gedehnt, »dann verlierst du die genetischen Rechte an zwei Kindern, aber Treacle und du, ihr macht einen Riesenreibach – und HiberTech bekommt legalen Zugang zu ein paar Kindern mit einem potenziell wertvollen Gen?«

»So ungefähr. Aber wenn ich die Wette *gewinne*«, betonte sie, »bekomme ich zwar kein Geld, hole mir aber die Rechte meiner Kinder zurück.«

»Du bist ganz schön mutig.«

»Quatsch«, sagte sie traurig. »Ich habe bloß keine anderen Möglichkeiten mehr … und ich hatte richtig blöde Eltern.«

»Es hätte schlimmer kommen können«, versuchte ich sie zu trösten. »Sie hätten auch die Ernteoption ziehen können, um all deine Eizellen am Tag nach deinem sechzehnten Geburtstag zu verkaufen und damit … keine Ahnung, ein neues Dach, einen Küchenanbau und einen Minibus zu bezahlen.«

»Wahrscheinlich. Jedenfalls war es die einzige Wette, auf die sich Treacle einlassen wollte. Die Gronk ist da draußen. Ich brauche einfach nur den Beweis. Halten Sie die Kamera immer griffbereit, ja?«

Sie sprang von dem Tresen, auf dem sie gesessen hatte, schenkte mir ein fröhliches Lächeln und ging wieder an ihre Arbeit. Rein theoretisch war sie eine Winsomniastin, sorgte aber selbst für ihren Unterhalt. Es bestand ein riesiger Unterschied zwischen den Wachen mit und ohne Anspruch.

Meine Aufmerksamkeit wandte sich wieder der Wand zu, an der die vielen Fotos der Vermissten hingen. Ein Meer aus Gesichtern, die alle verschwunden waren. Es waren beinahe alle Altersgruppen vertreten, jedes Geschlecht, es gab kein Muster. Während ich die Steckbriefe betrachtete, blieb mein Blick an einem Augenpaar hängen, das ziemlich weit unten aus dem überlappenden Dschungel verlorener Seelen herausschaute. Es waren dieselben Augen, die mir aus dem Polaroid in meinem Traum entgegengeblickt hatten, auf dem Foto, das der Fotograf am Strand von Birgitta und mir gemacht hatte. Charles. *Birgittas* Charles. Ich streckte die Hand aus und zog das Foto von der Tafel.

Der Vermisste hatte als Krankenpfleger bei HiberTech gearbeitet, und sein voller Name lautete, wie ich las, Charles Webster. Er war vor drei Jahren verschwunden, kurz nachdem er in eine Wintersaison gestartet war – was ziemlich gut mit dem übereinstimmte, was Birgitta von ihrem verschwundenen Ehemann erzählt hatte.

Und das war doch nicht möglich.

Ich hätte ihn gar nicht erkennen dürfen, weil ich nicht wusste, wie er aussah. *Erst die Realität, dann der Traum.* Ich fühlte, wie mir erneut schummrig wurde, und eichenlaubgeflecktes Sonnenlicht begann sich auf dem Büroboden abzuzeichnen. Ich lehnte mich gegen einen Tisch, um etwas mehr Halt zu finden, und tat einige langsame, lange Atemzüge. Treacle hatte meinen Narkose-Anfall nicht bemerkt, Laura war mit ihren Akten beschäftigt, und Toccata tobte immer noch hinter der gläsernen Trennwand herum. Ich beruhigte mich und wiederholte ein ums andere Mal *Birgitta Birgitta Birgitta Birgitta*, um die aufsteigende Panik niederzuringen. Es funktionierte, und etwas ruhiger geworden, vergegenwärtigte ich mir das wahrscheinlichste Szenario: Ich hatte meinen Traum im Nachhinein mit Charles Websters Namen und Gesicht illustriert. Dass er und ich beide Charlie gerufen wurden, war ein Zufall, mehr nicht.

»Was haben Sie denn da?«

Ich zuckte zusammen, aber es war nur Treacle.

»Einen Typen namens Webster«, murmelte ich und reichte ihm den Steckbrief, »der vor drei Jahren verschwunden ist.«

Treacle starrte das Foto an und nickte.

»Das war in meiner ersten Saison hier. Wir haben ihn nie gefunden. Allerdings«, setzte er dann hinzu, »haben wir ihn auch nie gesucht. Die Leute von HiberTech sind auch das Problem von HiberTech. Wieso interessiert Sie das?«

Hastig ließ ich mir etwas einfallen. »Wir kommen aus demselben Pool, wenn auch mit zehn Jahren Unterschied. Er war wohl ziemlich beliebt bei den Schwestern, und sie wollten andauernd wissen, was aus ihm geworden ist.«

»Ah«, sagte Treacle. »Sie können den Steckbrief behalten, wenn Sie wollen.«

»Danke«, sagte ich, faltete das Papier zusammen und steckte es in meine Tasche.

»Hallo, Treacle«, grüßte Jonesy, die durch das Schocktor

eintrat und sich hinsetzte, um sich die Stiefel auszuziehen. »Trag die hier im Register für Schädlingsbekämpfung ein und schreib sie meinem Konto gut, ja?«

Damit warf sie eine Beweismitteltüte mit zwei frisch abgetrennten Daumen auf den Tresen.

»Mach ich«, antwortete Treacle fröhlich. »Das wären dann 62, oder?«

»63.«

Hinter der Milchglasscheibe ertönte eine neue Explosion gedämpfter Kraftausdrücke.

Treacle und Jonesy lächelten, als ob das ganz normal sei, dann hörten wir, wie ein Hörer auf die Gabel geknallt wurde, und ein Krachen ließ vermuten, dass etwas durchs Zimmer getreten oder geworfen wurde.

»Sie kann ganz schön ... *fluchen*«, sagte ich.

»Du solltest sie mal hören, wenn sie richtig sauer wird.«

Einer Eingebung folgend, zog ich Birgittas abgetrennten Daumen aus meiner Tasche. Er war noch immer in das Taschentuch eingeschlagen und das Blut mittlerweile dunkelbraun verkrustet. Zwar fühlte ich Übelkeit in mir aufsteigen, aber ich reichte ihn Jonesy trotzdem.

»Hier – willst du den zu deiner Liste hinzufügen?«

»Oh, du Schätzchen!« Sie nahm die Beute nur zu gern und legte den Daumen vorsichtig neben die beiden anderen, strahlte mich an und ging dann zu ihrem Schreibtisch. Treacles Blick hätte nicht böser ausfallen können, wenn ich ihr gerade Blumen, Pralinen, eine Outdoor-Jacke von TOG-28 *und* eine Grußkarte überreicht hätte.

»Hatten Sie mir nicht gesagt, ich würde keinen Ärger mit Ihnen haben?«, zischte er, kaum dass Jonesy außer Hörweite war.

»Es ist doch nur ein Daumen«, gab ich flüsternd zurück.

»So hat es mit Cotton auch angefangen«, brummelte Treacle, »erst ein Daumen, dann ein Geschenk, dann ein Fast-echter-Kaffee im Wincarnis, und ehe Sie sichs versehen, stehen Sie auf dem ersten Platz auf ihrer Bündelliste. Falls das geschieht: Würden Sie mir beschreiben, wie das mit ihr so ist, wenn ich Ihnen dafür 300 Euro gebe?«

»Nein.«

»Cotton hat es getan«, behauptete er in weinerlichem Ton.

»Ich bin aber nicht Cotton.«

Jonesy bekam von unserem Gespräch nichts mit; sie war damit beschäftigt, auf einer Schreibmaschine, die an eine antiquierte Pfeifenorgel erinnerte, einen Bericht zu tippen. Treacle hielt Birgittas Daumen hoch.

»Wem gehörte der hier überhaupt?«

»Birgitta«, antwortete ich, »aus dem *Siddons*.«

»Baggy ist gewandelt?«, brummte er. »Das ist eine Schande – sie war auf ihre ständig angepisste Art ziemlich lecker. Fantastische Augen, und noch dazu eine tolle Malerin. Wir sind einmal miteinander ausgegangen.«

»Wirklich?«, fragte ich unwillkürlich und biss mir auf die Zunge, weil ich es gar nicht so ungläubig hatte klingen lassen wollen. Treacle seufzte.

»Wenn Sie es unbedingt wissen wollen«, sagte er, »ich habe bei einer Wohltätigkeitsaktion zugunsten des Pools von Sektor 12 ein Essen mit ihr ersteigert. Sie fand meine Witze und Anekdoten allesamt nicht lustig und drohte dann, mich ins Gesicht zu beißen, falls ich versuchen sollte, sie zum Abschied zu küssen. Sie hat das nicht weiter ausgeführt, aber ich ging davon aus, dass ein zweites Treffen außer Frage stand.«

»Sehr einfühlsam von Ihnen.«

Er hielt die Tüte mit den Daumen hoch und betrachtete sie.

»Der große Daumen stammt von einem durchreisenden Hengst namens Eddie Tangiers«, erklärte ich, »der kleinere von einer Frau, auch aus dem *Siddons,* Mitte zwanzig, frischverheiratet.«

»Ich rufe Lloyd an«, brummte Treacle, »er weiß sicher, wer das ist.«

Er notierte »Tangiers« und »Manderlay« und »frischverheiratet *Siddons*« auf einem Stück Papier und ging davon, um die Ausmusterungen zu bestätigen.

»Was denkst du?«, fragte Jonesy, die ihren Bericht fertiggestellt hatte und vergebens nach einem Tacker suchte.

»Was denke ich worüber?«

»Über Treacle.«

»Dass er Lauras Kinderoptionen besitzt, lässt ihn wie einen ziemlichen Schuft erscheinen.«

»Für einen Bürgen ist das ein gutes Geschäft – und legal. Sie sind beide Millionäre, wenn Laura achtzehn wird, aber ich verstehe auch ihre Seite. Ich meinte allerdings, davon abgesehen.«

»Er ist ziemlich scharf auf dich.«

»Ich weiß«, sagte sie mit niedergeschlagenem Gesichtsausdruck. »Meinst du, ich sollte ihn einfach umbringen und es wie einen Gronk-Angriff aussehen lassen? Das würde auch Laura helfen.«

»Du könntest die Mitgift zurückzahlen«, schlug ich vor.

»Ja, klar – und von wem leihe ich mir die Knete dazu? Von Treacle vielleicht?«

»Nein, du könntest aber doch …«

Ich konnte meinen Satz nicht mehr beenden, denn jetzt öffnete sich die Tür zu Toccatas Büro. Ich wandte mich um und erwartete, Winterkonsul Toccata vor mir zu sehen. Aber die Frau, die nun vor mir stand – war Aurora. Ich hatte schon den Mund geöffnet, um sie zu begrüßen, doch dann hielt ich inne. Zwar sah sie genau gleich aus, aber ihre ganze Haltung war völlig anders. Aurora war mir stets entspannt und freundlich erschienen, doch diese Frau hier wirkte angespannt, ehrgeizig und völlig humorlos. Sie marschierte mit selbstbewusstem und entschlossenem Schritt aus ihrem Büro und verströmte dabei eine erstaunlich aggressive Zielgerichtetheit. Die anderen beiden Unterschiede, die ich erkannte, waren ihre Kleidung – sie trug eine Konsuluniform – und ihre Augen. Anders als bei Aurora war es das rechte, das blicklos ins Leere sah, während mich das linke eisern fixierte.

Aber sie waren nicht etwa Zwillinge. Aurora und Toccata waren dieselbe Person.

Toccata

»… Der Barograph zeichnete den Luftdruck als durchgehende Linie über 12 Stunden mittels einer Papierrolle auf und war damit nicht nur nützlich zur Vorhersage des Wetters, sondern detektierte auch jede abgefeuerte Impulswaffe im Umkreis von einem Kilometer, bei Schneesturm etwas weniger. Wer in der Auswertung geschickt und erfahren war, konnte daran, wie steil und zackig diese Kurve ausfiel, oft nicht nur die Durchschlagskraft der Waffe und den Geschwindigkeitsgradienten der Vortex ablesen, welche die Erschütterung ausgelöst hatte, sondern auch ihre Reichweite …«

HANDBUCH DER WINTEROLOGIE,
1. AUFLAGE, HODDER & STOUGHTON

»Sieh mal einer an«, sagte Toccata, »wenn das nicht unser vergessenes Tiefschlafopfer aus dem *Sarah Siddons* ist. Charlie Worthing, nicht wahr?«

Ich war von dieser unerwarteten Entwicklung so überrascht, dass ich mit der ersten Entgegnung herausplatzte, die mir durch den Kopf ging. »Das wissen Sie doch.«

Toccatas Auge blitzte gefährlich. »Ich stelle niemals

Fragen, deren Antwort ich schon kenne. Das wäre eine Verschwendung meiner und Ihrer Zeit. Also, noch einmal: Sind Sie …«

Ihre Stimme verebbte. Sie kniff ihr Auge leicht zusammen und sah nacheinander Treacle und Jonesy an.

»Ach, jetzt verstehe ich, ihr Komiker. Ihr habt Worthing demnach nicht darauf vorbereitet, dass Aurora und ich einander entfernt ähneln, oder?«

»Jonesy hat Worthing entdeckt«, begann Treacle und deutete anklagend mit dem Finger auf die Genannte; es war eine Aktion, die deutlich erklärte, wieso Jonesy nichts mit ihm zu tun haben wollte. »Da hätte sie es ja tun können. Ich dachte natürlich auch, das hätte sie. Deswegen habe ich nichts gesagt.«

»Ich wollte Worthings geschocktes Gesicht sehen«, gab Jonesy zu, die Treacle einen vernichtenden Blick zuwarf. »Die Winter sind lang, und da müssen wir uns schließlich selbst darum kümmern, dass wir hin und wieder was zu lachen haben.«

»Sucht euch gefälligst eine andere Art von Unterhaltung«, knurrte Toccata, »versucht es von mir aus mit Holzschnitzerei oder Eisskulpturen oder was auch immer.« Dann wandte sie sich wieder an mich.

»Aber Sie *sind* Charlie Worthing, richtig?«

»Ja, Ma'am.«

»Charlie möchte aber lieber Matschbirne genannt werden«, behauptete Jonesy.

»Das möchte ich zwar stark bezweifeln«, erwiderte Toccata, »aber von mir aus bleiben wir gern bei Matschbirne. Sie waren dabei, als Jack Logan … ermordet wurde?«

Um ein Haar hätte sie vermutlich »starb« gesagt, bevor

sie sich kurz unterbrach – und dann von Mord sprach. Es war nicht schwer zu erkennen, was sie über diesen Vorfall dachte oder wen sie dafür letztlich verantwortlich machte.

»Ja, war ich.«

»Er war einer der Besten«, sagte Toccata. »Wie hat sie es geschafft, ihn fertigzumachen?«

Mit einem Mal war mir klar, weshalb Jack gezögert hatte: Er hatte Aurora nicht töten können, weil er damit auch Toccata ausgelöscht hätte. Wie seltsam, dachte ich, dass er es vertreten konnte, eine Nachtwandlerin an eine Zuchtfarm zu verhökern, aber lieber den Tod auf sich nahm, als jemanden zu töten, den er liebte.

»Er hätte Aurora ohne Weiteres wummsen können«, sagte ich leise, »aber er zögerte. Und in dem Augenblick hat sie ihn erwischt.«

»Er hat gezögert?«, fragte Toccata. »Warum hätte er das tun sollen?

Hilfesuchend blickte ich zu Jonesy, aber die schaute einfach nur zurück.

»Ich weiß es nicht«, sagte ich.

»Ich habe Auroras Bericht gelesen«, sagte Toccata. »Darin steht, Sie hätten exekutiert werden sollen, und Aurora hätte Logan gewummst, ›um das Leben eines Novizen zu retten‹. Wieso wollte er Sie töten? Was hatten Sie angestellt?«

»Ich hatte gar nichts *angestellt*«, beharrte ich, »aber anscheinend den Eindruck erweckt, ich wollte es melden, dass er und Foulnap im Begriff standen, Mrs. Tiffen an eine Zuchtfarm zu vermitteln.«

»Wussten Sie das genau? Hat er tatsächlich *gesagt*, dass er Sie töten wollte?«

Ich dachte scharf nach. »Wenn ich es jetzt noch einmal überlege«, sagte ich gedehnt, »dann wollten sie mich vielleicht gar nicht umbringen.«

»Erklären Sie mir das.«

Ich holte tief Luft. »Das Gespräch begann damit, dass Lopez sagte: ›Vielleicht können wir dem Novizen trauen. Ich habe mich nicht auf diese ganze Sache eingelassen, um plötzlich Konsuln umzupusten‹. Dann sagte Foulnap, dass er das genauso sah, und Logan meinte: ›Wir können nicht riskieren, dass wir auffliegen, außerdem ist Aurora in der Stadt.‹«

Jonesy und Toccata tauschten einen Blick.

»Weiter.«

»Dann hat Foulnap gefragt: ›Wie hat sie von uns erfahren?‹, und Logan sagte: ›Wir wissen noch gar nicht, ob sie das überhaupt getan hat. Ich kümmere mich um Worthing, ihr übernehmt Mrs. Tiffen.‹ Als ich ihn dann fragte, ob er Schwester Zygotia verraten würde, wo sie meinen Leichnam fände, sagte er mir, ich sollte das alles nicht so dramatisch darstellen. In dem Augenblick ging die Fahrstuhltür auf, und Aurora stand vor uns. Fünf Sekunden später war er tot.«

Nachdem ich meinen Bericht beendet hatte, schwieg ich. Toccata sah mich prüfend an, aber bei ihren nächsten Worten ging es nicht um Logan. »War das eine wortwörtliche Wiedergabe dessen, was gesprochen wurde?«

»Im Großen und Ganzen ja.«

»Da müssen Sie aber ein sehr gutes Gedächtnis haben, Worthing.«

»Ich habe den zweiten Platz im Gedächtniswettbewerb von Swansea Town gemacht. 648 unzusammenhängende

Wörter, die ich mir nach nur zweimaligem Durchlesen merken konnte.«

»Wusste Logan davon?«

»Ich glaube, das war der Grund, weshalb er mich eingestellt hat.«

Toccata und Jonesy wechselten erneut einen Blick. Irgendetwas lief hier, irgendetwas, von dem ich keine Ahnung hatte. Darauf hätte ich allerdings auch schon allein aufgrund der Umstände kommen können, unter denen die ganze Sache in Cardiff angefangen hatte.

»Und weshalb«, fragte Toccata weiter, »haben Sie nicht einfach Ihre Klappe gehalten, wie Logan Ihnen befahl?«

»Weil ich geschworen hatte, Recht und Gesetz aufrechtzuerhalten.«

»Nein, hatten Sie nicht. Sie haben geschworen, die Unantastbarkeit des Schlafzustands zu schützen und auf das bestmögliche Ergebnis hinzuarbeiten, das einer Mehrheit von Menschen am meisten nützt.«

»Ist das nicht dasselbe?«

»Nein, ganz und gar nicht. Was, wenn Logan einer größeren Sache auf der Spur gewesen wäre? Einer so großen und so gerechtfertigten und wichtigen, dass Ihr Tod nur ein kleiner Kollateralschaden gewesen wäre, ein notwendiger, aber kaum bedauernswerter Verlust auf dem Weg zu diesem bestmöglichen Ergebnis?«

»War er das denn?«

»Das ist eine rein hypothetische Frage, Worthing, spielen Sie einfach mal mit.«

»Dann ja«, sagte ich, »dann hätte ich tun können, was er verlangte. Dann hätte ich zugelassen, dass Foulnap Mrs. Tiffen mitnimmt, und hätte einfach so weitermachen können, als sei nichts passiert. Aber das habe ich nicht. Ich habe getan, was ich für richtig und rechtens hielt.«

»Der Weg in den Frühling ist mit Irren gepflastert, die lediglich das Beste wollen«, bemerkte Toccata, »aber ich will es dabei bewenden lassen, dass Sie sich nur von Ihrem Gewissen haben leiten lassen.« Wieder starrte sie mich an. »Sie haben sie heute getroffen, oder?«

»Ja, Ma'am«, bestätigte ich, erleichtert, dass wir uns damit von Logans Tod wegbewegten. »Sie hat drei Nachtwandler daran gehindert, mich aufzufressen. Oh, und sie hatte eine Nachricht für Sie: Der Springer der Dame schlägt den Läufer.« Den Zusatz mit dem »lebendig von Schleim gefressen werden« ließ ich nach kurzer Überlegung weg.

»Der Springer der Dame schlägt den Läufer?«, fragte Toccata, deren Auge plötzlich begeistert funkelte. »Ein untypisch dämlicher Schachzug, es sei denn … es sei denn, sie wollte es mit dem äußerst gewagten, aber bekanntermaßen völlig verrückten Doppelopfer von Dame und Turm nach Will Francis versuchen. Sie kommen besser rein.«

Damit führte sie mich in ihr Büro, in dem mehr als nur Chaos herrschte. Papiere und Aktenordner stapelten sich beinahe bis unter die Decke und waren so wacklig aufgetürmt, dass sie aussahen, als könnten sie jeden Augenblick umstürzen und uns alle unter sich begraben. Toccata winkte auch Jonesy in ihr Büro, bedeutete mir, ich solle Platz nehmen, und nahm dann den Läufer zur Hand. Ich sah, dass sie mit Schwarz spielte und mehrfach um das Brett herumgehen musste, um alle Figuren erfassen zu können.

»Es ist tatsächlich der Will-Francis-Zug«, murmelte sie unterdrückt und zog dann ihren Turm. Allerdings nicht, um Auroras Dame zu schlagen, die völlig ungedeckt dastand, sondern um einen Bauern zu nehmen und dadurch Auroras König Schach zu bieten. »Dem man allerdings«, fuhr sie fort, »mit Mays Bauernopfer-Offensive begegnen kann.«

Ich sah Jonesy an, die nur die Achseln zuckte.

»Wenn Sie die blöde Kuh das nächste Mal sehen«, bemerkte Toccata nun, ohne vom Schachbrett aufzublicken, »sagen Sie ihr: Der Turm der Dame schlägt den zweiten Bauern des Läufers, und damit steht ihr König im Schach – und richten Sie ihr außerdem aus, ich hoffe, dass sie Mehltau bekommt und ihr die Titten abfallen.«

»Ja, Ma'am«, sagte ich, noch immer ganz verwirrt. Nicht vom Schachspiel an sich, bei dem sich ihre Strategie wohl am ehesten als »exzentrisch inspiriert« beschreiben ließ, sondern von der Tatsache, dass sie und Aurora wirklich gegeneinander spielen konnten.

»Gut«, sagte Toccata jetzt und setzte sich an ihren Schreibtisch, »an die Arbeit.« Sie sah auf und wollte offenbar noch etwas mitteilen, hielt aber dann inne. »Wo sind Sie hin, Worthing?«

»Hier«, sagte ich verblüfft, da ich immer noch an derselben Stelle saß wie zuvor.

Sie wandte den Kopf, bis ich in ihr linkes Blickfeld geriet.

»Aber natürlich. Jonesy? Erklären Sie die Sache.«

»Geh mal auf die andere Seite, Worthing, unser Hauptkonsul kann immer nur den linken Teil von allem sehen.«

Ich tat, wie mir geheißen, wobei mir auffiel, dass die linke Schreibtischseite sauber und ordentlich war, während sich rechts ein Dschungel aus alten Kaffeetassen, dreckigen Wäschestücken und vergessenen Akten ausbreitete. Der Turm eingestaubter Akten befand sich auch rechts, und vermutlich wusste sie gar nicht, dass es ihn gab – wie auch das ausgestopfte, bereits etwas angejahrte Riesenfaultier, das dort ebenfalls lauerte. Ich hätte es mir denken können, da Aurora schließlich blind für die linke Seite aller Dinge war. Auch das, was unmittelbar darauf geschah, hätte ich vorhersehen können.

»So ist es besser«, sagte Toccata, die mich aufmerksam musterte. »Was ist da mit Ihrem Gesicht passiert?«

»Das ist eine erbliche Knochendeformation.«

»Auf *beiden* Seiten? Das ist aber wirklich hart, würde ich sagen.«

»Nein, es ist nur die linke Seite.«

Ihr Augenlid zuckte kurz. Wenn sie niemals die rechte Seite aller Dinge sah, dann war es nur natürlich, dass ihre Sehrinde diese Beeinträchtigung extrapolierend ausglich: Meine linke Seite wurde für sie zur Richtschnur für *beide* Seiten. Für sie musste ich wirklich seltsam aussehen. Charlie Doppelmatschbirne Worthing. Aber das Gute war, dass für sie meine Augen auf gleicher Höhe lagen, nur ziemlich weit unten im Gesicht, ungefähr auf dem Niveau meiner Nase. Für sie umfasste meine Stirn vermutlich eine Fläche von der Größe Vermonts.

»Worüber lachen Sie, Worthing?«

»Mir ist gerade nur etwas Lustiges über Vermont durch den Kopf gegangen.«

Mich traf der Blick ihres einen Auges – kraftvoll, ohne Lidschlag – direkt bis in die Tiefen meiner Seele. Es erinnerte mich daran, wie Mutter Fallopia die Kinder im Pool anzusehen pflegte: mit einem Blick, der durch seine stählerne Kraft selbst das Ego der besonders Aufmüpfigen in etwas verwandelte, das die Konsistenz von Guacamole besaß.

»Wenn ich so drüber nachdenke«, fügte ich schnell hinzu, »dann haben Sie natürlich recht – es ist wirklich verdammt hart.«

Aurora Toccata, Hauptkonsul von Sektor 12 und außerdem Sicherheitschef von HiberTech, war ein Hälftling. Heutzutage, da es weniger problematisch war, offene Stellen zu besetzen und außerdem die Sterblichkeitsrate nicht mehr so hoch ausfiel wie früher, kam dieser Technik keine große Bedeutung mehr zu, aber es gab immer noch einige Überwinterer, die es sich beigebracht hatten, hemisphärisch zu schlafen. Immer nur eine Hirnhälfte zum jeweiligen Zeitpunkt. Es ermöglichte ihnen, Probleme besser zu überblicken, verbrauchte weniger Nahrung, und der Konsuldienst bekam im Grunde zwei Arbeitskräfte zum Preis von einer. Die meisten Hälftlinge zeigten leicht gespaltene Persönlichkeiten, teilten aber zumindest ein Bewusstsein und ein Gedächtnis. Es war von daher ungewöhnlich und vielleicht sogar *einzigartig*, dass es bei Toccata und Aurora den Anschein machte, als ob sie nicht die geringste Ahnung hatten, was die andere jeweils anstellte.

»Also, Matschbirne Worthing«, sagte Toccata, »Sie sind hiermit in den Konsulatsdienst von Sektor 12 aufgenommen. Schwören Sie ihm die Treue und nehmen Sie die Ernennung zum Hilfskonsul an.«

»Habe ich eine Wahl?«

»Nicht die geringste.«

»Dann nehme ich die Ernennung an.«

»Sehr weise von Ihnen. Da wir nun klargestellt haben, dass ich Ihre Vorgesetzte bin, berichten Sie mir, wie Sie im Douzey gelandet sind.«

Ich wiederholte, was ich Jonesy schon erzählt hatte – dass ich nach Logans Tod Mrs. Tiffen bei der Erlauchten

Goodnight von HiberTech abgeliefert hatte, und dass ich, da Toccata damals nicht im Büro gewesen war, Fodder von den viralen Träumen erzählt hatte und schließlich durch die Racheaktion der Stationsvorsteherin im Sektor 12 hängengeblieben war, dass Aurora mir ein Zimmer besorgt und mir geraten hatte, mit einem Sno-Trac nach Cardiff zurückzukehren.

»Und dann habe ich nicht mehr viel mitbekommen, bis Jonesy mich geweckt hat«, schloss ich.

Von den Träumen oder davon, dass ich im Wincarnis mit Aurora gesprochen hatte, erzählte ich lieber nichts. Zwar war es nicht unbedingt ein guter Start, wenn man seine Chefin schon im ersten Gespräch belog oder ihr etwas vorenthielt. Aber ich musste vorsichtig bleiben.

»Hugo Foulnap?«, wiederholte Toccata nun. »Haben Sie ihn seitdem neuerlich gesehen?«

»Nein, aber Aurora meint, er wäre vielleicht gar kein Lakai, sondern jemand, der mit der Kampagne für Echten Schlaf zu tun hat.«

Sie starrte mich einen Augenblick an. »Das ist nun wirklich eine verwegene Anschuldigung. Sie könnte eine wahre Tatsache nicht einmal dann erkennen, wenn die hochspringen und sie in den Hintern beißen würde. Ich habe eine Ahnung, weswegen Logan Sie hierhergebracht hat, aber weswegen Aurora Sie vor Ort behalten will, das kann ich mir noch nicht erklären.«

»Wie bitte?«

»Was glauben Sie, wieso sie dafür gesorgt hat, dass Sie hier stranden?«

»Das war sie doch gar nicht«, erinnerte ich, »das war die Stationsvorsteherin.«

»Von Schlummeranfang minus 2 bis Schlummeranfang plus 8 waren alle Leitungen tot«, erklärte Toccata. »Die Stationsvorsteherin hätte davon, dass Sie den Zug in Cardiff aufgehalten haben, nur durch Aurora erfahren können. Und ist sie dann vielleicht auch noch, kurz nachdem Sie den Zug verpasst hatten, aufgetaucht? Wie durch Magie?«

»Äh, ja«, räumte ich ein.

»Hat sie Ihnen gesagt, Sie sollten uns besser nicht verraten, dass Sie hier seien?«

Ich nickte.

»Sehen Sie. Also: Wieso ist ihr so daran gelegen, dass Sie in Sektor 12 bleiben?«

Ich wusste nicht, was ich davon halten sollte. Aurora hatte mir gesagt, Toccata würde schwierig sein – und höchstwahrscheinlich nicht die Wahrheit sagen. Aber jetzt sah es so aus, als hätte Aurora ihrerseits versucht, mich zu manipulieren.

»Ich weiß es nicht«, sagte ich wieder.

Toccata musterte mich eine knappe Minute lang schweigend.

»Wo haben Sie Aurora heute getroffen?«

»Im Keller vom *Siddons*.«

»War das auch rein zufällig?«

»Naja, schon ...« Ich brach ab. Vielleicht war das tatsächlich auch kein Zufall gewesen. Sie musste gewusst haben, dass ich den Sno-Trac holen wollte, und dann wäre es ein Kinderspiel gewesen, den Pressluftbehälter zu entleeren, damit ich den Motor nicht zünden konnte. »Nein, ich wollte ...« Fast hätte ich gesagt: »... versuchen, einen Sno-Trac dort herauszuholen«, aber dann besann ich mich eines Besseren. »Wir waren beide im Keller vom *Siddons*. Ich sollte … ich sollte für Portier Lloyd etwas erledigen, und Aurora war auf der Suche nach Tricksy-Nachtwandlern, um sie zu HiberTech zu bringen.«

Toccata brummte etwas und sah Jonesy an. »Haben wir welche übersehen?«

»Sechs«, antwortete Jonesy achselzuckend. »Lloyd hatte eine Nachricht geschickt, aber die ist irgendwie untergegangen. Drei überlebten, Baggy wurde von Matschbirne ausgemustert, und um die anderen beiden habe ich mich gekümmert.«

»Mir gefällt nicht, was HiberTech mit den Tricksys anstellt«, sagte Toccata. »Dass man sie auseinandernimmt, wieder zusammenbastelt, aufs Beste hofft und sie als geistlose Drohnen einsetzt. Das ist furchtbar würdelos, selbst für Leergut. Was ist sonst noch passiert? Lassen Sie nichts aus.«

Ich dachte über den Eid nach, den ich geschworen hatte. Aurora hatte mir ausdrücklich verboten, jemandem von unserem Gespräch zu erzählen. Ich war mir nicht sicher, aber war ein Eid, den man einem der beiden geleistet hatte, für beide bindend? Wahrscheinlich nicht. Aber da mein Eid erst ab dem Moment galt, da Aurora und ich unsere Nachtwandler vor dem *Siddons* an ihren Geländewagen gebunden hatten, konnte ich zumindest über alles reden, was sich vorher abgespielt hatte.

»Sie hat mir einen guten Rat fürs Frühaufstehen gegeben«, sagte ich und fühlte mich unter Toccatas unheilvollem, einäugigen Blick sehr unbehaglich, »viel essen, sich warmhalten, sich vor Nachtwandlern hüten, Jim Treacle und den Einschläferinnen aus dem Weg gehen, solche Dinge eben … und dann haben wir uns vor dem *Siddons* getrennt.«

»Das war alles?«

»Das war alles.«

»Ich hasse viele Dinge, aber wissen Sie, was ich am meisten hasse?«

»Nein, Ma'am.«

»Lücken. Ich *verabscheue* Lücken. Lücken in Türen, in Fenstern, in Badezimmerkacheln, lange Lücken zwischen Fortsetzungen bei Büchern. Aber wissen Sie, welche Lücken ich am meisten hasse?«

»Nein, Ma'am.«

»Lücken in meinem Wissen. Sie haben also das *Siddons* um zehn Uhr dreißig in Auroras Geländewagen verlassen und sich mittags mit Jonesy getroffen.« Sie tippte sich an den Kopf. »Ich mag keine Geheimnisse, und Aurora mag ich auch nicht. Ich wollte heiraten und eine Familie gründen. Aurora hat sich dazwischengedrängt, und Logan ist wie der Blitz aus dem Sektor verschwunden. Das hat ihr aber nicht gereicht, denn in der Folge musste ich erfahren, dass sie ihn umgebracht hat – um Ihren knochigen Arsch zu retten. Und wenn ein unter ziemlich verdächtigen Umständen frisch eingetroffener Hilfskonsul mir eine Lücke von neunzig Minuten präsentiert, dann werde ich *richtig* sauer. Also fangen wir noch einmal an: Worüber haben Sie beide geredet?«

»Wir haben nicht geredet.«

»Dann haben Sie ihr bei dem netten Schwatz zu Kaffee und Sandwiches im Wincarnis rein gar nichts erzählt?«

Mir wurde mulmig. Es nützte nichts, es weiterhin zu leugnen. Sie wusste Bescheid – wahrscheinlich von Schamanen-Bob oder irgendjemandem aus dem Scrabble-Club. Es war dumm gewesen zu glauben, man könnte in Sektor 12 etwas geheim halten. Unser Treffen hatte vermutlich schon über die Standleitung der Portiers die Runde gemacht. Zweimal.

»Nur … so Sachen halt«, stammelte ich. »Klatsch und Tratsch, gute Ratschläge.«

»Aha«, sagte sie. »Also haben Sie mit ihr gesprochen. Noch vor einer Sekunde haben Sie das abgestritten. Sie sind ein lügnerischer kleiner Bettfurz, Worthing. Wissen Sie, welche Strafe darauf steht, einen Hauptkonsul anzulügen?«

Inzwischen war mir der Schweiß ausgebrochen. Eine kribbelnde Hitze tanzte über meinen Rücken, und ich fühlte, wie Schweißperlen auf meine Stirn traten. So war ich noch nie auf den Rost gekommen. Sogar Jonesy wurde es allmählich ungemütlich. Sie sah sich um und wünschte sich offenbar, ganz woanders zu sein.

»Entlassung«, sagte ich.

»Entschuldigung, ich habe Sie nicht gehört.«

»*Entlassung.*«

»Nein, erst gibt es einen Schlag aufs Auge, und dann folgt die Entlassung. Natürlich gibt es eigentlich nur die Entlassung, den Schlag aufs Auge habe ich allein zu meinem Vergnügen hinzugesetzt. Also, fangen wir noch einmal von vorn an. Worüber haben Sie geredet?«

Ich starrte erst Toccata und dann Jonesy an.

»Du wirst es ihr sagen müssen«, meinte Jonesy.

Ich saß da, mir war heiß und elend, und mein Gesicht verzog sich gequält.

»Ach du gefrorene Gronk-Pisse«, stöhnte Toccata, »hat sie Ihnen einen Eid abverlangt?«

»Nein«, stieß ich hervor und dachte fieberhaft nach.

Während des Schlafzustands konnte man sich oft auf nichts anderes verlassen als auf Loyalität, und wenn ich einem Menschen, der mir zweimal das Leben gerettet hatte, etwas geschworen hatte, dann würde ich diesen Schwur auch halten. Aber dann kam mir ein Gedanke. Wenn mich Toccata als doppelte Matschbirne wahrnahm, dann musste mein Aussehen Aurora hingegen als einigermaßen angenehm erscheinen. Vielleicht war das der Grund, weshalb sie mich im Wincarnis geküsst hatte. *Sie fand mich attraktiv.* Das brachte mich auf eine Idee. Gewagt, sicher, aber einen Versuch wert.

»Ich wusste nicht, dass sie Sie ist …«

Toccata schlug mit beiden Fäusten auf die Tischplatte und sprang auf. »*Sie ist nicht ich!* Gehen Sie niemals davon aus, dass sie mir auch nur im Geringsten ähnelt!«

»Tut mir leid, ich wusste nicht, dass Sie beide … sich nicht verstehen. Sonst hätte ich natürlich nie …«

»Dann hätten Sie nie was?«

»Mit ihr … *gebündelt.*«

Jonesy hustete anfallsartig in ihren Kaffee, der prompt über den ganzen Fußboden spritzte. Toccata allerdings lachte nur.

»Wir wissen ja wohl beide, dass das nie geschehen ist«, erwiderte sie. »Aurora war zwar nie besonders wählerisch, was das Wo und Mit-wem angeht, aber für sie ist Aussehen ein entscheidender Faktor. Und da kann ich Ihnen versichern: Sie wären nicht infrage gekommen. Ich will die Wahrheit, sonst putzen Sie hier bis zum Frühlingserwachen das Klo. Und zwar ohne Zähne und mit gebrochenen Fingern«, setzte sie hinzu, für den Fall, dass diese Aussicht noch ansatzweise reizvoll geklungen hätte.

Ich starrte erst sie und dann Jonesy an. Seltsamerweise brachten mich Spötteleien über mein Aussehen stets dazu, klarer zu denken und selbstbewusst zu reagieren.

»Sie mag Schnee, aber nicht den Winter«, sagte ich in Anlehnung an Birgittas leidenschaftliche Beschreibung ihres Ehemanns, »und sie schätzt den Aufstieg mehr als den Blick vom Gipfel. Sie lächelt nicht oft, aber wenn, dann lächelt die ganze Welt mit ihr. Sie trägt Parfüm von Ludlow«, setzte ich dann leise hinzu, »und hat ein Feuermal, das aussieht wie die Insel Guernsey, und zwar hier.« Mit der Fingerspitze tippte ich mir auf die Brust.

Schweigen erfüllte den Raum. Toccata bedachte mich mit einem gefährlichen Blick.

»Mir ist klar, dass das ein Riesenfehler war«, fuhr ich fort. »Aber so eine Gelegenheit hatte sich mir noch nie geboten. Ich fühlte mich ... *geschmeichelt.*« Toccatas sehendes Auge glitt zwischen Jonesy und mir hin und her. »Ich hatte keine Ahnung, dass Sie das erzürnen würde. Es wird nicht wieder vorkommen, das verspreche ich.«

»Das will ich hoffen, sonst reiße ich Ihnen die Zunge raus – und zwar so, dass es richtig wehtut.« Wieder traf mich Toccatas Blick; sie überlegte offenbar, welche Reaktion sie jetzt am besten zeigte. »Okay,«, sagte sie schließlich. »Folgendes. Wenn Sie Foulnap sehen, kommen Sie zuerst zu mir und – hören Sie mir zu?«

»Ja.«

»Ich will wissen, was Aurora plant. Sie erzählen mir nicht die ganze Geschichte – vielleicht kennen Sie die selbst auch gar nicht –, aber ich muss mehr erfahren. Wieso sich Aurora für Sie interessiert. Und Achtung, Spoilerwarnung: Es ist weder Ihr Charme noch Ihr gutes Aussehen. Sie benutzt andere Menschen für ihre Zwecke, und entweder werden Sie von ihr schon benutzt, oder das kommt noch.«

»Sie wollen, dass ich sie *bespitzele*?«

»Sehr scharf beobachtet. Oh, und wenn Sie versuchen, mich zu hintergehen, sind Sie morgen nur noch Aas für die Wintersäuger. Willkommen im Douzey. Wie lautet unsere Aufgabe doch gleich?«

»Wir sollen die Unantastbarkeit des Schlafzustands schützen und auf das bestmögliche Ergebnis hinarbeiten, das einer Mehrheit von Menschen am meisten nützt.«

»Gut. Vielleicht lernen Sie während des Winters ja was. Vielleicht haben Sie auch ein bisschen Spaß, wer weiß, vielleicht überleben Sie sogar. Aber wenn Sie uns zum Narren halten, Ihre privaten Ziele verfolgen oder uns auf irgendeine Art unterminieren, dann werde ich Sie unter mir begraben wie unter einer Tonne erstklassiger Glyptodonkacke. Glauben Sie, dass es sich dabei um eine reine Redewendung handelt?«

»Nein, Ma'am.«

»Gut. Und jetzt sehen Sie zu, dass Sie Land gewinnen.«

Ich stand auf, salutierte und verließ ihr Büro. Ich war schweißgebadet. In der Umkleide zog ich meine Jacke aus und lehnte mich gegen die kalten Spinde, während mein Herz wie rasend schlug.

HiberTech

»… Der Beruf des Winterbürgen wurde – aus offensichtlichen Gründen – nicht überall geschätzt. Unvorsichtige, aus Verzweiflung geborene Zustimmung zu einem überhöhten Winterkredit war der häufigste Grund für Privatinsolvenzen. Die meisten Menschen sprachen von ›Eisblutsaugerei‹, aber die Bürgen selbst beschrieben ihre Profession als ›unschätzbaren Dienst an den Wacheratti …‹«

Handbuch der Winterologie,
4. Auflage, Hodder & Stoughton

»Ich hätte dir sagen sollen, dass die beiden dieselbe Person sind«, sagte Jonesy, als sie mich, den Kopf in die Hände gestützt, im Aufenthaltsraum für die Mitarbeiter sitzen sah. »Tut mir leid.«

Ich hob den Kopf. Sie versuchte, ein Lächeln zu verbergen, was ihr allerdings nicht sehr gut gelang.

»Ganz ehrlich«, fügte sie hinzu, »dein Gesicht *war* ziemlich komisch, als du sie gesehen hast. Wie damals, als wir zusammen in Glastonbury waren und Piano Keyes von der Bühne gefallen ist. Weißt du noch?«

»Nein.«

»Was, nein – nein, es war nicht lustig, dass er von der Bühne gefallen ist, oder dein Gesicht war nicht lustig, oder du erinnerst dich nicht mehr an unseren Besuch beim Festival?«

»Such dir was aus, von mir aus auch alles, keine Ahnung. – Na gut, schön, es war ein bisschen lustig«, bequemte ich mich schließlich zu sagen und schenkte ihr ein halbes Lächeln, um zumindest so zu tun, als ob ich Spaß verstand. Aber es war gerade gar nicht lustig. Im Gegenteil. Und wir waren nie zusammen in Glastonbury gewesen, ob Piano Keyes dort nun gespielt hatte oder sonst wer. Sie war noch nicht einmal besonders fähig oder kreativ, wenn es um dieses ständige Erfinden von derart nostalgischem Kram ging.

»Darf ich dich was fragen?«, erkundigte ich mich.

»Immer raus damit.«

»Wie kann Toccata mit einem gespaltenen Bewusstsein Hauptkonsul sein?«

»Genauso gut könnte man fragen, wie Aurora mit demselben Problem den Sicherheitsdienst bei HiberTech leiten kann. Im Winter fährt man am besten damit, es höchstens mit Aurora *oder* mit Toccata zu tun zu haben, aber nicht mit beiden. Ich nehme an, du hast kapiert, dass das gute Auge wechselt, je nachdem, wer gerade zu Hause ist. Rechts ist Aurora, links ist Toccata.«

»Ich werde das im Kopf behalten.«

»Es könnte dein Leben retten.«

Ich hielt inne.

»Wieso will Toccata, dass ich Aurora und HiberTech bespitzele?«

»Bei den beiden ist nichts klar oder offensichtlich. Ich rate dir von Herzen, sag am besten gar nichts und tu, was man dir sagt.«

»Ja«, erwiderte ich trocken, »das ist vermutlich die wichtigste Lehre, die ich aus dem Logan-Fiasko gezogen habe.«

»Jetzt hast du's kapiert. Oh, und noch ein guter Rat: Falls Aurora *wirklich* will, dass du ihr Bündelblödel wirst, dann solltest du ein bisschen diskreter vorgehen.«

»Ich hätte gehofft, ›Bettbündel‹ wäre eine bessere Beschreibung.«

»Nein«, widersprach sie nach kurzem Nachdenken, »ich denke, ›Bündelblödel‹ trifft es besser.« Sie deutete hinter mich. »Fodder kennst du schon?«

Der Koloss von Sektor 12 stand hinter uns. Er sah noch genauso aus wie bei unserer letzten Begegnung und trug lediglich wärmere Kleidung, dank der er noch größer und kraftvoller wirkte.

»Hallo, Matschbirne«, sagte er.

»Könnten wir das mit der Matschbirne vielleicht lassen?«, fragte ich. »Das nervt mich nämlich ziemlich.«

»Jim Treacle würde für einen Spitznamen töten«, sagte Fodder.

»Es ist schon die dritte Saison, in der er immer wieder Andeutungen fallen lässt, dass wir ihn doch ›Klebi‹ nennen könnten, weil das so schön zum Sirup passt«, berichtete Jonesy, »aber so viel Ehre wollen wir ihm gar nicht zuteilwerden lassen.«

»Und womit habe ich eine solche Ehre verdient?«

»Du hast darauf bestanden, Mrs. Tiffen zurückzuholen.«

»Das stimmt – aber deswegen ist Logan getötet worden.«

»Das war das unvorhergesehene Resultat von mutig motivierter Pflichterfüllung«, sagte Fodder mit leiser Stimme. »Trotz allem, was danach geschehen ist: Du hast wirklich Biss. Meinst du nicht auch, Jonesy?«

»Absolut«, sagte Jonesy.

»Dann nimm die Ehre schon an, Matschbirne. Sonne dich in deinem Ruhm und beschwere dich nie wieder.«

Damit zog er mich in eine Winterumarmung. Er roch nach Holzfeuer, muffiger Kleidung und verbrauchten Thermalit-Zellen, und er hielt mich ziemlich lange fest, kräftiger auch, als angenehm gewesen wäre, bevor er mich zweimal sanft aufs Ohr küsste.

»Also, Matschbirne«, sagte er dann, als er mich wieder losgelassen hatte, »taugt der Kaffee was?«

»Es ist der schlechteste, den ich je getrunken habe.«

»Hervorragend – nach zwölf Jahren Überwintern bekomme ich nichts anderes mehr runter. Schenk mir einen ein, sei so nett.«

Während ich das tat, beobachtete er mich mit seinen dunklen, leeren Augen.

»Wie lautet der Spitzname von diesem wertlosen Scheißhaufen doch gleich?«, ertönte Toccatas Stimme aus ihrem Büro.

»Matschbirne!«, antworteten Fodder und Jonesy wie aus einem Mund.

»Vielen Dank auch«, brummte ich leise.

»Matschbirne?«, rief Toccata. »In fünf Minuten vor dem Eingang.«

»Was will sie wohl?«, fragte ich und stand auf.

»Keine Ahnung«, sagte Fodder. »Vielleicht dich zum Mittagessen fressen.«

»Sehr lustig.«

»Sie fahren«, sagte Toccata, die auf den Beifahrersitz von Auroras Geländewagen rutschte, an dem jetzt keine Nachtwandler mehr festgemacht waren.

»Ist das nicht Auroras Wagen?«, fragte ich, startete den Motor aber trotzdem.

»Das ist mir scheißegal«, erklärte Toccata. »Wir fahren zu HiberTech und reden mit ihr.«

»Okay«, sagte ich, während ich mich fragte, wie das möglich sein würde. »Aus welchem Grund?«

»Hauptsächlich, weil wir eine Aufstockung für unsere Vorratslager brauchen, aber ich will darüber hinaus herausfinden, wieso man Sie hier ausgesetzt hat. Und ich will mir ansehen, wie man auf Sie reagiert. Halten Sie die Augen und Ohren offen und berichten Sie mir alles, was Sie hören. *Ganz besonders* alles, was das Projekt Lazarus betrifft. Schauen wir doch mal, wie gut Ihr Gedächtnis wirklich ist.«

Ich manövrierte uns rückwärts aus der Parklücke und fuhr dann zum Marktplatz, vorbei an Howell Harris und dem LKW, der immer noch auf der Brücke feststeckte. Toccata starrte mich die ganze Zeit über an, dann streckte sie die Hand aus und kniff mich in meinen knochigen Unterarm.

»Sie sind sehr mager«, sagte sie dann. »Haben Sie auf Ihrem vierwöchigen Ausflug zur dunklen Seite geträumt?«

»Nein, Ma'am.«

»Gut«, sagte sie. »Es gibt nur eins, was ich noch mehr hasse als Winsomniasten, und das sind Träumer. Füße auf der Erde, Kopf in den Wolken. Oder?«

»Ja, Ma'am.«

»Ich mag es nicht, wenn Untergebene mir dauernd zustimmen«, erklärte sie nun. »Schleimer haben in meiner Abteilung nichts verloren. Sagen Sie Ihre Meinung, wenn es angezeigt ist.«

»Woran merke ich, dass es angezeigt ist?«

»Das sage ich Ihnen dann schon. Parken Sie da drüben.«

Wir waren beim HiberTech-Komplex angekommen, der bei Tageslicht ein wenig freundlicher wirkte, aber nicht viel.

Wie zuvor wurden wir mit einem Summton eingelassen, und Josh saß wieder an der Rezeption; inzwischen hingen vier weitere »Mitarbeiter der Woche«-Fotos an der Wand hinter ihm. Dave, der Golfcart-Fahrer vom letzten Mal, war von einer Frau ersetzt worden. Ihr Haar war zu dem Bürstenschnitt rasiert, den man üblicherweise mit umgewidmeten Nachtwandlern verband, und sie blinzelte gelegentlich, während sie auf den Boden guckte, aber ansonsten war ihr Blick völlig leer.

Josh begrüßte uns beide nervös mit einem Nicken, und Toccata verkündete, Aurora sprechen zu wollen.

»Was, jetzt?«

»Ja, jetzt.«

»Ich glaube nicht, dass sie da ist.«

»Wieso schauen Sie nicht nach?«

»Okay.«

Toccata setzte sich auf eine der Bänke, während Josh den Telefonhörer nahm.

»Der Fahrer Dave wurde zu etwas anderem umgewidmet?«, fragte ich ihn.

»Zu einfacheren Aufgaben«, antwortete er. »Im Augenblick dient er als Thermostat im F-Block. Erkennen Sie seinen Ersatz wieder?«

Erst jetzt, da Josh mich darauf hinwies, wurde mir klar, dass es sich um Mrs. Tiffen handelte. Reflexhaft trat ich einen Schritt auf sie zu, um sie zu begrüßen, blieb aber dann gleich wieder stehen. Sie hätte nicht gewusst, wer ich war, und so, wie sie aussah, schien sie auch die Fähigkeit verloren zu haben, Bouzouki zu spielen. Ich glaube, ich hatte sie lieber gemocht, als sie das noch konnte, egal, wie nervig es mitunter gewesen war. Als ich mich wieder zu Josh umwandte, bemerkte ich seinen besorgten Gesichtsausdruck.

»Mir gefällt es hier nicht«, sagte er mit leiser Stimme. »Mir gefällt nicht, was hier passiert und was hier noch passieren wird. Mit dem Projekt Lazarus, meine ich.«

»Was meinen Sie?«

»Die Wände haben Ohren«, raunte er nervös. »Aber nur mal angenommen, ich würde zufällig jemanden kennen, der mit RealSleep in Kontakt treten will, würden Sie da was drehen können?«

»Nein«, sagte ich, während ich überlegte, ob er das wirklich wissen wollte oder HiberTech gerade prüfte, wie ich mich in solch einem Fall verhielt. »Und ich weiß nicht genau, ob Sie mich das fragen sollten.«

»Ist recht«, gab er zurück. »Aber ich sag Ihnen eines: Wenn Sie irgendwie, in welcher Form auch immer, aus Sektor 12 rauskommen können, dann sollten Sie das tun.«

»Das ist kein besonders origineller Rat.«

»Nein.« Josh seufzte. »Und ich wünschte, ich hätte ihn befolgt, als ich ihn das erste Mal hörte.« Er deutete mit seinem Bleistift auf Toccata. »Wissen Sie, dass sie ein und dieselbe Person sind?«

»Habe ich auf die harte Tour gelernt.«

»Hat sie damit gedroht, Ihnen die Zunge rauszureißen, wenn Sie Scherereien machen?«

»Ja, und zwar so, dass es wehtut.«

»Soweit wir wissen, ist es ein Bluff«, erklärte Josh, »aber man weiß nie. Fühlen Sie sich jetzt besser?«

»Nicht sehr.«

Er tätigte den Anruf, reichte uns unsere Besucherausweise und ging dann zu einem der Umgewidmeten auf den Golfcarts, um ihm Anweisungen zu erteilen. Es war allerdings nicht Mrs. Tiffen, sondern der andere, auf dessen Namensschildchen »Chas« stand. Josh half uns beim Einsteigen, zeigte dem Umgewidmeten die Karte, und dann ging es los, diesmal allerdings nicht ganz so halsbrecherisch wie beim letzten Mal.

»Die andere umgewidmete Golfcart-Fahrerin war Mrs. Tiffen«, sagte ich zu Toccata, »die Frau, die ich vor vier Wochen hergebracht habe.«

»Dann haben sie aber schnell gearbeitet«, antwortete sie. »Wissen Sie, wie viel Geld HiberTech mit den Umgewidmeten verdient?«

»Nein.«

»Jede Menge«, erklärte sie nun selbst eher vage. »Aber sie würden noch einen ganzen Haufen mehr verdienen, wenn man das Leergut in gelernte Arbeiter verwandeln könnte, auch wenn die Gewerkschaften darauf ziemlich angepisst reagieren würden. Ein Pfefferminz?« Sie hielt mir eine kleine weiße Tüte hin. »Nehmen Sie ruhig zwei. Oder, was soll's, nehmen Sie die ganze Tüte.«

Ich musste daran denken, was Jonesy mir erzählt hatte – dass Toccata Pfefferminz an Nachtwandler verfütterte, damit sie später besser schmeckten.

»Nein danke.«

»Kommen Sie schon«, drängte sie, »Sie sehen so aus, als müssten Sie ein bisschen was auf die Rippen bekommen.«

»Vielleicht später«, sagte ich, nahm die Tüte dann aber doch.

Wir fuhren durch einige Korridore, bogen nach links ab und hielten vor zwei großen Flügeltüren, wo Mr. Hooke auf uns wartete.

»Ich-werde-hier-auf-Sie-warten«, sagte der Fahrer, und ich sah ihn an – eigentlich nur, um mich zu bedanken. Und ich erstarrte. Auf seinem Namensschildchen stand immer noch Chas, aber er war tatsächlich *Charles*, dessen Bildnis mir in meinem Traum erschienen war – wenn auch im Nachhinein hineingeflickt – und der auf dem Steckbrief zu sehen war, den ich noch in der Tasche trug. Er hatte einen Bart und geschorenes Haar, aber es war derselbe Mann. Falls er im Sektor 12 verschwunden war, dann war er nicht weit gekommen, und er konnte auch noch nicht lange hier sein.

»Na, sieh mal einer an«, sagte Toccata, als Mr. Hooke uns entgegenkam. »Die Rückkehr des lebenden Toten. Heute schon ein paar kleine Kinder gefressen?«

»Das ist wie immer überhaupt nicht lustig«, sagte Hooke in gelassenem Tonfall. Mich übersah er völlig. »Möchten Sie hereinkommen?«

Er öffnete die Tür zum HiberTech-Büro, und wir traten in einen holzvertäfelten Raum von der Größe einer Schulsporthalle. Die Angestellten hielten die Köpfe gesenkt und waren entweder in ihre Arbeit vertieft oder telefonierten leise. Ganz weit hinten tippte jemand etwas in ein Telex.

»Ich möchte Aurora sprechen«, sagte Toccata, während wir zu den Büroabteilen an der Seite gingen.

»Das geht nicht«, erklärte Hooke.

»Das macht sie jedes Mal!«, fauchte Toccata aufgebracht. »Sie kann sich doch nicht ewig vor mir verstecken!«

Vielleicht doch, dachte ich.

»Während Aurora anderweitig beschäftigt ist«, sagte Hooke, der den Eindruck erweckte, diesen Diskurs schon viele, viele Male durchgemacht zu haben, »übernehme ich all ihre Pflichten und fungiere als Sicherheitschef. Wie kann ich Ihnen also helfen?«

Toccata deutete auf mich.

»Ich möchte wissen, wieso Aurora die Verantwortung für einen gestrandeten Hilfskonsul übernommen hat, sich aber dann nicht weiter um Worthing gekümmert hat, sodass unser Neuzugang sich beinahe über die letzten vier Wochen endgültig ausgeschlafen hätte.«

Mr. Hooke sah erst mich an, dann wieder Toccata.

»Ich habe keine Ahnung«, erklärte er mit ausdrucksloser Miene.

»Dann raten Sie doch mal.«

Er zuckte die Achseln. »Ich rate nicht.«

»Geben Sie einfach einen Tipp ab. Nur dieses eine Mal. Für mich.«

»Vielleicht«, begann Hooke, »hatte sie das Gefühl, auf gewisse Weise für Worthings Situation verantwortlich zu sein. Vielleicht wollte sie bloß jemandem in einer Notlage während des strengen Winters helfen. Vielleicht wollte sie einfach nur freundlich sein.«

»Aurora weiß nicht einmal, was dieses Wort bedeutet. Sie tut nur das, was HiberTech von ihr verlangt.«

»Wir könnten jetzt den ganzen Tag darüber diskutieren, Ma'am«, sagte Hooke und hörte sich an, als ob sie genau das schon öfter getan hätten, »aber mir scheint es so, als sei es ein schlichter Fehler gewesen. Hilfskonsul Worthing hat verschlafen. Das kommt vor. Wieso klären Sie das nicht einfach mit Aurora?«

»Das will ich ja, aber sie geht mir immer aus dem Weg.«

»Sie behauptet dasselbe von Ihnen. Gibt es sonst noch etwas, wobei ich Ihnen behilflich sein kann?«

»Ich brauche Lebensmittel«, sagte sie. »Sie haben jede Menge, und ich hätte gern zusätzliche Vorräte, um ein paar Schlafscheue durchzufüttern.«

»Wenn ich etwas zu bestimmen hätte, dann würde ich sie alle ersäufen, ihre sterblichen Überreste kompostieren und damit die Winterrüben düngen«, sagte Hooke, »aber wir leben offenbar in erleuchteteren Zeiten. Kommen Sie doch mit rein.«

Er deutete auf eines der abgeteilten Büros, an dessen Tür Auroras Name stand. Während Toccata das Angebot annahm, bedeutete er mir, auf einem Stuhl draußen sitzen zu bleiben.

Ich nahm Platz und lauschte, wie Toccatas Stimme stetig an Lautstärke zunahm, während sie zu wissen verlangte, wieso HiberTech keine Lebensmittel für den Rest des Sektors erübrigen konnte. Agent Hooke erläuterte daraufhin kühl, dass es nicht die Aufgabe von Privatunternehmen war, die Fehler der Regierung auszubügeln.

»Kommt das oft vor?«, fragte ich einen noch recht jung aussehenden Beschäftigten, der in meiner Nähe saß. Er hob abrupt den Kopf, als hätte er gehofft, ich würde ihn nicht ansprechen.

»Andauernd. Das ist wie ein Running Gag in einer Sitcom, abgesehen davon, dass man nicht darüber lachen kann.«

»Sitcom«, sagte ich, »klar. Sagen Sie, gibt es hier eine Toilette? Ich habe seit dem Aufstehen einen Kaffee nach dem anderen getrunken.«

Er sagte, es sei die zweite Tür links auf dem Flur, und ich bedankte mich und verließ den Raum. Allerdings ging ich nicht aufs Klo – ich wollte mir unseren Fahrer genauer ansehen, der immer noch im Golfcart saß und ins Leere starrte. Ich hatte recht gehabt, es *war* Charles Webster. Der Vergleich mit dem Bild auf dem Steckbrief zeigte es genau: Er hatte einen Leberfleck unter dem rechten Auge.

»Hallo, Charles«, sagte ich. Er reagierte nicht. Natürlich, erinnerte ich mich, die Verbindung zwischen ihm und Birgitta war schwach. Ich hatte nichts weiter außer Birgittas Eingeständnis, dass ihr Ehemann verschwunden war. Das war alles. Keinen Namen, keine Anhaltspunkte dafür, wo er verschwunden war oder wann. Abgesehen von dem Traum hatte ich keinerlei Hinweis darauf, dass es sich überhaupt um dieselbe Person handelte, und die Trauminformation war eigentlich auch nichts wert.

»Birgitta lässt schön grüßen«, sagte ich, aber es kam noch immer keine Reaktion. Also versuchte ich etwas anderes: »Die Gower ist von …«

»*Dauer*«, sagte Webster, oder zumindest hörte es sich so an. Im Nachhinein betrachtet hätte es auch einfach nur irgendein Laut sein können.

Doch nun hörte ich Stimmen auf dem Flur, und als ich aufsah, kam die Erlauchte Goodnight um die Ecke, umgeben von einem Schwarm Assistenten, unter denen sich auch Lucy befand. Kurz schnappte ich noch etwas über die Wiedererlangung des Tiefengedächtnisses auf, aber dann sahen sie mich und verstummten.

»Sieh mal an«, sagte die Erlauchte Goodnight und maß mich mit einem gebieterischen Blick, »Charlie Worthing. Was machen Sie denn hier?«

»Eine Konsul-Angelegenheit, Ma'am.«

»Tatsächlich?«

»Ja, es geht um zusätzliche Lebensmittel für die Winsomniasten. Wir haben inzwischen 54 von ihnen.«

»Haben Sie es mal mit einer Hungerkur versucht? Das löst das Problem im Handumdrehen, habe ich mir sagen lassen.«

Lucy flüsterte ihr etwas ins Ohr.

»Man sagt mir, ich sollte darauf hinweisen, dass es sich um einen Witz handelt. Schwarzhumorig, aber ein Witz. Lustig, nicht wahr?«

»Ja, sagte ich, »sehr lustig.«

Sie brummte etwas, und dann gingen sie alle weiter, nur Lucy blieb noch stehen.

»Schön, dich zu sehen, Charlie«, sagte sie, als wir zur Begrüßung unsere Fäuste aneinanderstießen. »Jemand hat erzählt, du hättest verschlafen. Stimmt das?«

Zur Antwort rollte ich meinen Ärmel hoch und zeigte ihr meinen Unterarm, der eher an einen mit pelziger Haut überzogenen Stock erinnerte.

»Wow«, sagte sie, »das hast du alles in nur vier Wochen abgenommen?«

»Ich hatte Träume«, erklärte ich, »und die hängen mir immer noch nach.«

Als ich ihr von der retrospektiven Art meiner Träume berichtete, nickte sie wissend.

»Die Narkose kann im Kopf ziemlich seltsame Sachen auslösen«, sagte sie. »Wie kommst du mit den Konsuln zurecht?«

»Einigermaßen.«

»Ich sollte dir das eigentlich nicht sagen, aber vor Toccata musst du dich wirklich in Acht nehmen. Sie lässt zu, dass ihr Hass auf Aurora ihre gesamte Urteilskraft trübt, und erfindet alle möglichen Verschwörungstheorien. Bei HiberTech versucht man seit Jahren, sie loszuwerden, aber das ist schwierig, weil Aurora so wertvoll ist. Toccata kann sehr unberechenbar sein, und wir wollen keine Knitterfalten in der schönen, glatten Präsentation, wenn wir das Projekt Lazarus ausrollen. Ich kann nicht viel verraten, aber es heißt, dass Morphenox-B für jeden zugänglich gemacht werden soll.«

»Das ist gut«, sagte ich.

»Es ist sehr aufregend. Sei vorsichtig, Charlie. Du weißt, du kannst mich anrufen, wenn du etwas brauchst. Ich werde immer in erster Linie deine Freundin sein, erst in zweiter die HiberTech-Angestellte.«

Dann schloss sie mich in ihre Arme, winkte zum Abschied und eilte den Flur hinunter, als sich auch schon die Tür zum HiberTech-Büro öffnete und Toccata herausmarschierte.

»Wichser«, erklärte sie, als sie zu mir in den Golfcart stieg. »Am liebsten würde ich ihn vergiften und dann später auf seinem Grab tanzen. Ein gefügiger Arschkriecher, der Aurora in jeder Angelegenheit nachgibt.«

Sie wies Charles an, uns wieder zur Rezeption zurückzufahren, und das tat er, ohne ein Wort, eine Beschwerde oder eine Verzögerung.

»Haben Sie einen schönen Winter«, sagte Josh, als er uns verabschiedete. »Möge der Frühling Sie umarmen.«

»Gleichfalls.«

»Das war interessant«, sagte Toccata, nachdem wir unsere Waffen wieder eingesammelt hatten und zu dem geparkten Geländewagen marschierten.

»Was denn?«

»Dass sie alle so völlig desinteressiert wirkten.«

»Woran?«

»An *Ihnen*. Bei HiberTech betrachtet man jedes ungewöhnliche Gesicht als potenzielles RealSleep-Mitglied oder zumindest als Gammler oder Verlierer. Auf Sie hat man jedoch überhaupt nicht geachtet und Ihnen sogar gestattet, unbewacht herumzulaufen – wo sind Sie eigentlich hin?«

»Aufs Klo.«

»Na gut – jedenfalls macht mich das misstrauisch, denn es scheint, als hätte man die Direktive erteilt, Sie in Ruhe zu lassen. Wie kommt das?«

»Ich weiß nicht, ob es Anlass zu Verdächtigungen gibt, wenn man übersehen wird«, sagte ich.

»Sie kennen diese Leute nicht so gut wie ich. Haben Sie mit jemandem über das Projekt Lazarus gesprochen?«

Nun berichtete ich ihr, dass ich jemanden im Unternehmen kannte – eine alte Freundin aus dem Pool, die mir verraten hätte, das Projekt würde bahnbrechende Veränderungen bringen.

»In welcher Hinsicht?«

»Offenbar geht es um die universelle Verfügbarkeit von Morphenox-B. Das ist doch eine gute Sache, oder nicht?«

»Sagen jedenfalls alle«, brummte Toccata. »Die Zahl an Nachtwandlern, die umgewidmet werden können, wird sich dann verdreifachen. Natürlich steigt auch die Überlebensrate, aber gleichzeitig gibt es jede Menge billiger

Arbeitskräfte. Ich halte nicht so viel von bahnbrechenden Veränderungen«, setzte sie hinzu. »Manchmal muss man gar nichts verändern – oder manchmal hat auch niemand eine Ahnung, welche Bahnen man dabei bricht, aus welchem Grund und wie sehr.«

»Das verstehe ich nicht.«

»Nein«, räumte sie ein, »ich auch nicht.«

Nachdem ich eine Weile nachgedacht hatte, sagte ich: »Da ist etwas Komisches passiert.«

»Was?«

»Die Erlauchte Goodnight kam vorbei.«

»Und?«

»Sie wusste, wer ich bin. Wir sind uns nur einmal begegnet, vor vier Wochen. Hat sie ein gutes Namensgedächtnis?«

»An meinen kann sie sich jedenfalls kaum erinnern«, sagte Toccata, »wieso also an Ihren? Haben Sie einen solchen Eindruck hinterlassen?«

»Nicht im Geringsten.«

»Wie ich schon sagte«, murmelte sie, »irgendetwas ist an Ihnen, das HiberTechs Interesse geweckt hat. Da geht es um opportunistische Ausbeutung, oder ich will nicht Toccata heißen.«

Wir stiegen in den Wagen und fuhren langsam zurück in die Stadt. Ich war nur wegen Aurora im Sektor 12. Zuerst hatte sie den Zug früher abfahren lassen, dann hatte sie mir eine Wohnung im neunten Stock des *Siddons* besorgt, und dann hatte sie nicht mehr nach mir gesehen und auch niemandem erzählt, dass ich dort war. Unser Aufeinandertreffen im Keller an diesem Morgen war vielleicht auch geplant gewesen, damit sie sich als freundlich und hilfsbereit erweisen konnte.

»Darf ich etwas fragen, Ma'am?«

»Legen Sie los.«

»Was glauben *Sie,* wieso sich HiberTech für mich interessiert?«

Sie starrte mich mit ihrem gesunden Auge für einige Sekunden an.

»Ich habe keine Ahnung, Matschbirne. Aber glauben Sie mir, das kann nichts Triviales sein.«

Fodder

»... Portiers gingen während des Winters niemals nach draußen, in erster Linie aus Pflichtgefühl gegenüber den ihnen anvertrauten Schläfern. Selbst in größter Not – Feuer, ein Angriff von Schurken oder Nachtwandlern, HotPot-Überhitzung, Hungersnot – hätte kein Portier das Gebäude verlassen, solange sich noch ein einziger Schläfer darin befand. Ein Portier ging mit seinem Gebäude unter ...«

DAS ÄLTESTE GEWERBE, PORTIER FABRISIO

Nach unserer Rückkehr suchte ich als Erstes Jonesy auf.

»Lass mich raten«, sagte sie, »Aurora war nirgendwo zu finden?«

»Wie man sich vorstellen kann. Darf ich dich was fragen?«

»Schieß los.«

Ich zog Charles Websters Steckbrief aus meiner hinteren Hosentasche und zeigte ihn ihr.

»Und?«

»Er ist bei HiberTech, umgewidmet zu einem ihrer Golfcart-Fahrer.«

»Ja?«

»Er gilt doch als vermisst, und dann taucht er bei HiberTech wieder auf?«

Sie sah erst mich an, dann den Steckbrief, dann führte sie mich zum Archiv, das im hinteren Bereich des Konsulats gelegen war.

»Das hier sind die gesamten Akten aus Sektor 12«, sagte sie, als wir eintraten. »Über jede Person, die hier je ein- oder ausgereist ist. Wer gestorben ist, wer wen geheiratet und wer Kinder bekommen hat. Hibernationsunterlagen, Arbeitszeugnisse, ein Register über besondere Fähigkeiten, Schulunterlagen, Fruchtbarkeitsnachweise, Genom-Screening, Akten über Dormitoriumsaufenthalte, Autobesitz, Zahnstatus und Lebensmittelverbrauch. Alles. Warte kurz.«

Sie wühlte eine Weile in einem großen und sehr abgestoßenen grauen Aktenschrank, dann reichte sie mir Websters Unterlagen. Seine Adresse verwies auf das *Cambrensis*, Zimmer 101, er hatte bei HiberTech als »Medizinische Pflegekraft Stufe II« gearbeitet. Es gab eine Kopie seiner Geburtsurkunde, einige Referenzen vom *Thomas-Carlyle*-Dormitorium im Sektor 58 Nord, einen Nachweis über die bestandene Prüfung in »Allgemeine Fertigkeiten«, Zeugnisse seiner früheren Tätigkeiten als Busfahrer, Aquariumstechniker und Versicherungsvertreter. Es gab zudem eine »Teiltod«-Bestätigung: HiberTech hatte notiert, dass er zwölf Wochen nach seinem Verschwinden in ihre Abteilung für Schlafforschung eingeliefert worden war.

»Er wurde von Agent Hooke der Erlauchten Goodnight übergeben«, sagte ich, während ich mir eine Kopie des Dokuments durchlas, das die Zuständigkeitsfolge aufschlüsselte. »Ist das ungewöhnlich?«

»Eigentlich nicht«, sagte Jonesy.

Es war kein Hinweis auf die Ehe mit Birgitta zu finden, aber das hatte ich auch nicht erwartet. Abgesehen von meinem Traum bestand der einzige Hinweis darauf, dass es sich bei ihrem Ehemann und Webster um dieselbe Person handeln mochte, in der simplen Tatsache, dass sie beide verschwunden waren und *eventuell* denselben Vornamen trugen. Das war alles. Ich seufzte. Webster war einfach ein Typ, den ich mir ausgesucht hatte, um dem leeren Gesicht in meinem Traum echte Züge zu verleihen, nicht mehr und nicht weniger. Vielleicht hatte er nicht einmal »Dauer« gesagt, sondern nur irgendetwas gemurmelt, ein kurzes Wort ohne Bedeutung, das an die Oberfläche geblubbert war.

»Zufrieden?«, fragte Jonesy.

»Es ist nur meine leichte Narkose«, sagte ich. »Hyperaktive Vorstellungskraft. Oh, und das solltest du vielleicht wissen, falls du wirklich mit Fodder bündeln willst: Bei unserer Winterumarmung hat er mich sehr sanft aufs Ohr geküsst.«

»Ja, ich habe schon des Öfteren gehört, dass er sowas macht.«

Ich gähnte und entschuldigte mich dann dafür.

»Du siehst müde aus«, sagte Jonesy. »An den ersten Tagen sollte man es idealerweise locker angehen lassen. Komm mal mit.«

Ich folgte ihr aus dem Archiv zurück ins Büro, wo wir auf Fodder stießen, der ein Jagdmesser auf der Fingerspitze balancierte.

»Hey, Fod«, sagte Jonesy, »willst du Matschbirne die Stadt zeigen, bevor es dunkel wird? Ihr wohnt doch beide im *Siddons,* da könnt ihr euren Heimweg gleich für einen Ausflug nutzen.«

»Gerne«, sagte Fodder.

»Vielleicht mögt ihr bei der Gelegenheit die Augen aufhalten, ob euch Eindringlinge begegnen«, setzte Treacle hinzu, der vorn am Empfang stand. »Bei uns sind einige Berichte darüber eingegangen, dass auf der anderen Seite der Stadt möglicherweise unbekannte Menschen oder Geschöpfe unterwegs sind.«

Draußen biss der kalte Wind in jedes Stück ungeschützter Haut. Er hatte auf Nord gedreht, und schon jetzt deutete das Flockengestöber an, dass in den nächsten 48 Stunden starke Schneefälle folgen würden. Fodder ging nicht zu einem der Sno-Tracs, die draußen parkten, sondern marschierte zu Fuß weiter.

»Kein Fahrzeug?«, fragte ich und bemühte mich, mit ihm mitzuhalten.

»Wenn es vertretbar ist, gehe ich stets lieber zu Fuß«, antwortete er. »Wenn man im Kokon eines Sno-Trac sitzt, sind die Sinne abgeschirmt. Hier draußen in den Randgebieten braucht man ein Gefühl für die Luft, den Wind, die Umgebung. Die drei großen Übel können jeden Augenblick zuschlagen.«

»Die drei großen Übel?«

»Schurken, Hülsen und Wintervolk. Hörst du das?«

Wir blieben stehen. Ich lauschte angespannt, aber das Einzige, was an meine Ohren drang, war das leise Wispern der Eiskristalle, die über die Schneewehen fegten.

»Nein.«

»Ganz genau. Da ist nichts. Aber eines Tages wird da etwas sein – und egal, wer oder was auch immer es sein mag, du wirst dir wünschen, dass du es spürst, bevor du es siehst. Oder man dich gesehen hat.«

»Ich verstehe«, sagte ich, »also glaubst du, dass es das Wintervolk gibt?«

»Ich habe schon wirklich komische Sachen erlebt«, sagte er, »aber nichts, was mich zu der Überzeugung brächte, dass die Gronk existiert. Leider. Ich würde mich freuen, wenn Laura ihre Wette gewänne.«

Wir marschierten weiter, der Schnee wirbelte um uns herum, die Sicht betrug allenfalls dreißig Meter, das Tageslicht war gedämpft, weich und ungerichtet. Fodder setzte eine Strickmütze auf, die wie ein Pinguin gestaltet war und ein bisschen albern aussah. Vielleicht war ihm das bewusst, vielleicht auch nicht, aber ich bin fest überzeugt davon, dass niemand, der bei klarem Verstand war, ihn darauf hingewiesen hätte.

»Treacle hat irgendetwas von einem Bericht über Eindringlinge gemurmelt.«

»Ja, so etwas bekommen wir von Zeit zu Zeit rein, aber wenn es eine glaubwürdige Sichtung gewesen wäre, hätte Jonesy einen größeren Aufstand veranstaltet. Megafauna-Tiere sind zu schlau, um in diesen Breiten unterwegs zu sein, aber Winternomaden ziehen manchmal durch unser Gebiet. Wir lassen sie in Ruhe, und selbst gegen Aasfresser hat nicht wirklich jemand etwas, solange sie nicht in Gebäude vordringen. Mit Schurken ist es etwas anderes. Sie kennen keine Gesetze außer ihren eigenen, und ansonsten herrscht bei ihnen eine Mischung aus brutaler Gewissenlosigkeit, Anstand und übersteigerter Anspruchshaltung. In den letzten drei Jahren hatten wir einen wackligen Waffenstillstand mit Lucky Ned.«

»Zu welchen Bedingungen?«

»Sperrgebiete. Wir verirren uns nicht in ihr Revier, solange sie nicht in unseres eindringen. Letztlich geben wir damit zwar zu, dass es in Mittelwales No-go-Areas gibt, aber Toccata sagt, sie kann damit umgehen.«

Fodder verfiel in Schweigen, und wir folgten der langen, geraden Straße, die zu den Parks und dem Museum führte, während es weiterhin still war, abgesehen von unserem angestrengten Atem und den schweren Schritten unserer Stiefel im Schnee. Dann fiel mir etwas ein.

»Du hast ein Anrecht auf Morphenox, aber du nutzt es nicht, oder?«

»Ist das so offensichtlich?«

»Du wohnst im *Siddons*«, sagte ich, »einer Absteige für Unter-Beta-Gehaltsstufen, dabei bist du ein Konsul. Da habe ich eins und eins zusammengezählt.«

»Es ist ein ehrlicher Platz zum Schlafen. Das weiche Rasseln natürlichen Schnarchens ist beruhigend, wie Regen auf einem Blechdach. Morphenox lullt das Unterbewusstsein ein«, setzte er hinzu, »und stiehlt einem die Träume. Ich träume gern.«

»Und träumst du auch?«

»Jede Nacht, immer dasselbe. Die Osmanen haben uns mit ihren Gigawatt-Überrollern angegriffen. Ich sitze als vorderer Observationsposten in einem dreiachsigen Allrad-Bedford und berichte über die Größe und Geschwindigkeit dessen, was uns da entgegenschlägt. Es ist keine Feuchtigkeit in der Luft, deswegen sind die Vortexringe nur als schwache Wellen in der heißen Luft zu sehen, ein paar hundert Meter breit. Ich melde ein Riesending, das in unsere Richtung unterwegs ist, schneller und härter als alle anderen, und etwa tausend Meter vor uns nimmt es allmählich Kegelform an. Als es mich erreicht, ist der Ring schon so eng, dass die Implosion unmittelbar bevorsteht. Zum Abhauen ist es zu spät – wäre sowieso sinnlos. Dann platzen mir die Trommelfelle, und ich erwache auf Sand, allein, die Sonne brennt auf mich nieder, und der Bedford liegt einige hundert Meter entfernt umgekippt auf dem Dach. Ich habe einen Fuß und die meisten meiner Kleidungsstücke verloren, und meine Haut ist zum Teil abgerissen. Vor allem aber kann ich fühlen, wie die Feuchtigkeit aus meinem Körper sickert. Meine Augen verkrusten, meine Zunge fühlt sich wie Leder an, meine Haut wirft Blasen, die dann aufplatzen wie Schlamm auf einem trockenen Flussbett.«

»Und das *willst* du träumen?«

»Es hält mich von den wirklich unangenehmen Sachen ab. Albträume sind kathartisch, die reinigen den Kopf, damit der Tag erträglich wird.«

»Oh«, sagte ich. Was er sonst so träumte, wollte ich mir dann lieber gar nicht erst vorstellen. »Träumst du noch von anderen Dingen? Von … von blauen Buicks zum Beispiel?«

Er wandte sich mit spöttischer Miene zu mir um. »Wir haben untersucht, was Moody und die anderen behauptet haben. Persönlich habe ich nichts davon geträumt, aber ich wohne auch im 18. Stock, und es ist der neunte im *Siddons*, der voller schlechter Träume ist.«

Als ich nun darüber nachdachte, stellte ich fest, dass er recht hatte. Jeder, der von dem blauen Buick geträumt hatte, schien im neunten genächtigt zu haben.

Wir gingen weiter, und Fodder wies mich auf die Sehenswürdigkeiten hin. Er erklärte mir, wie die einzelnen Dormitorien hießen, weshalb ich dem Portier im *Captain Mayberry* besser aus dem Weg ging, und er zeigte mir, wo die Trafostation, die Telefonvermittlungsstelle und die Kälteasyle lagen. Er teilte sein Wissen ohne großes Tamtam und würzte seine Schilderungen zusätzlich mit Lokalkolorit, indem er berichtete, wo die Konsuln schon einmal einen Seriendieb festgenommen oder ein Scharmützel mit Lucky Neds Bande gehabt hatten, und er erzählte auch die schockierende Geschichte einer Beherbergung, bei der es Olaf Yawnersson gelungen war, zwei Tricksy-Nachtwandler beinahe drei Jahre lang am Leben zu halten.

»Er reagierte so, wie es die Ehre verlangte, als wir sie in seinem Keller entdeckten«, sagte Fodder. »Aber trotz intensiver Nachforschungen hatte er keinerlei Spuren seines verabscheuungswürdigen Treibens hinterlassen. Der Kalte Ausweg war höchstwahrscheinlich das Beste für ihn.«

Bei alldem riet Fodder dazu, mir die Stadt möglichst präzise einzuprägen. »Dein Ziel muss es sein«, sagte er, »Sektor 12 so gut zu kennen wie die Wirbel auf deinem eigenen Winterpelz und dich sicher auf den Straßen bewegen zu können, wenn eine Kombination aus Blizzard, Winde in Sturmstärke und Dunkelheit die Sicht auf null beschränkt – und das *ohne* die Sicherungsleinen.«

»Ohne?«

»Die würden die Schurken zuallererst durchtrennen. Wenn du dich auf die Seile verlässt, bist du im Notfall völlig verloren.«

Wie um die Weisheit, die in seinen Worten lag, zu illustrieren, kam eine Windbö auf und verringerte die Sicht auf unter drei Meter. Instinktiv rückte ich näher an Fodder heran, der sich tatsächlich nicht mit einem Karabiner am Hilfsseil anklickte, wie die anerkannte Winterpraxis es empfahl, sondern nur seinen Schlagstock ausstreckte und sich damit den Weg ertastete. Er streckte mir eine Hand entgegen, an der ich mich festhalten konnte und die sich warm und überraschend weich anfühlte.

Zur Orientierung in der Stadt nutzten wir die Gaslaternen als Positionslichter und bahnten uns den Weg von einer zur nächsten. Sie brannten, obwohl es noch Tag war; der bedeckte, dunkle Himmel hatte die Leuchtventile genarrt. Eine Gaslaterne stand am verzierten Eisentor vor dem Museum, und die kleine Flammenzunge zuckte, als kalter Luftzug in den Kopf der Lampe drang.

»Es ist wunderschön, nicht wahr?«, sagte Fodder, der kurz stehen blieb, um bewundernd das flackernde Licht, das Gitter, die Steinmetzarbeiten und die vom Schnee bedeckte Statue zu betrachten.

»Ein bisschen trostlos vielleicht«, sagte ich, »auf wirklich hübsche Weise.«

»Eine Schönheit, die erhält und tötet«, murmelte er gedankenverloren, und dann deutete er zum Museum hinüber, das wir nur als grauen Umriss im Schneesturm wahrnehmen konnten.

»Danny Pockets ist dort drin«, sagte Fodder. »Er hat die Aufgabe, das Gebäude gegen Eindringlinge zu sichern. Langweilig, aber von entscheidender Wichtigkeit.«

»Ein kommunales Vorratslager?«

»Bingo. Die Winterlager stehen wegen der vielen Winsomniasten unter beträchtlichem Druck, und jeder Diebstahl würde zu einer Katastrophe führen. Gehen wir mal hinein und sehen wir uns um.«

Im Museum

»Winterlager wurden stets gut versteckt und mit wilder Entschlossenheit verteidigt. Zwar war unverdorbenes Gemüse noch vom vorherigen Sommer in Mieten vergraben und tiefgefroren, und Rind- und Lammkeulen waren in den Kältelagern ebenfalls noch verfügbar, aber bei der ersten Frühlingsmahlzeit wollte man es sich möglichst einfach machen: Wenn man direkt aus der Hib kam, hatte man oft keine Lust, zuerst einen Ausflug in die Kälte machen zu müssen, um sich etwas zu essen zu besorgen.«

Handbuch der Winterologie,
1. Auflage, Hodder & Stoughton

Wir gelangten durch das Gittertor und umrundeten die Statue von Gwendolyn VII., die aus der Nähe so riesig wirkte wie eine Kutsche, und überquerten dann die zarte, unberührte weiße Fläche, die sich vor dem Museum erstreckte. Fodder führte uns zum Seiteneingang und zog am Klingelseil.

»Wer da?«, ertönte knackend eine Männerstimme aus dem Lautsprecher.

»König Llewelyn der-doch-nicht-letzte«, rief Fodder und winkte zur Kameralinse über der Tür hinauf.

Das Schloss sprang auf, und Fodder sah sich vorsichtig um, bevor er die schwere Stahltür aufzog. Dann traten wir ein und schlossen die äußere Tür, bevor wir die Glocke erneut läuteten, damit Pockets uns auch die innere öffnete, ebenso mit Kork gedämmt wie die erste. Nachdem wir uns unsere Mäntel und Stiefel ausgezogen hatten, schlichen wir durch den Flur, vorbei an Glasvitrinen, Ritterrüstungen, Kunstwerken und einem ausgestopften Säbelzahntiger, der, wie das Schild verkündete, einer der fünf letzten noch lebenden Exemplare gewesen war, bevor er in der Nähe von Boughrood von einem Bus erfasst wurde.

Wir bogen um die Ecke und erreichten das Atrium in der Mitte des Gebäudes. Dort, unter einer Kuppel mit aufwändiger Deckenmalerei, stand eine ziemlich große und durchschlagskräftige Airwitzer-Kanone nach Militärstandard. Neben der Waffe lagerten eine halbleere Kiste mit Thermalit-Batterien, ebenfalls Militärstandard, einige Golgothas und ein Schreibtisch, auf dem ein Barograph mit Federantrieb und ein rotes Telefon thronten. Aber entscheidender war für mich die Gestalt, die sich hinter der Kanone befand.

Es war Hugo Foulnap. Er saß direkt auf dem Platz des Schützen und schaute mich an, als hätte er gerade einen alten und äußerst unliebsamen Bekannten wiedergesehen. Mir war unsere Begegnung noch so frisch im Gedächtnis, als läge sie nicht einmal einen Tag zurück, aber für ihn hatten wir vor vier Wochen die Klingen gekreuzt. Hibernation führt dazu, dass sich die Zeit zusammenzieht.

Er legte einen Finger an seine Lippen, als Fodder gerade nicht hinsah, und aus Neugier und einem gewissen Maß an Nervosität beschloss ich mitzuspielen.

»Das hier ist Danny Pockets«, sagte Fodder. »Er gehört nicht fest zu unserer Crew, sondern ist von Sektor 18 an uns ausgeliehen.«

Wir nickten einander grüßend zu und umarmten uns dann sehr zurückhaltend. Fodder fiel das nicht auf, oder falls doch, dann ließ er es sich nicht anmerken.

Foulnap sah ziemlich genauso aus wie bei unserer letzten Begegnung, sah man von einer geheilten Platzwunde über seinem linken Auge ab, die wirkte, als hätte er sie sich selbst genäht, und seinem etwas längerem Haar, das er nun zu einem Pferdeschwanz gebunden hatte. Er trug einen sperrigen Modell-3-Schockanzug, der – ebenso wie die Airwitzer – so aussah, als hätte er, anstatt ein Museum zu verteidigen, besser in einem ausgestellt werden sollen. In meiner Ausbildung hatte ich mich mit dem Tragen von Schockanzügen vertraut machen müssen und sie als warm und einschränkend empfunden. Es schien ratsamer, keinen zu tragen und die größere Mobilität dafür zu nutzen, sich aus allem Ärger herauszuhalten. Ich wäre sowieso am liebsten allem aus dem Weg gegangen, ob mit oder ohne Schockanzug.

»Sie nehmen die Vorratsverteidigung offenbar sehr ernst«, sagte ich mit einem Blick auf die Vortexkanone. Ein einziges Krümmen des Abzugfingers hätte genügt, um jeden ohne Schutzanzug in Gulasch zu verwandeln.

»In Sektor 15 wurde vor fünf Wintern der gesamte Vorrat geklaut«, sagte Foulnap, »und da sie dreißig Mäuler zu stopfen hatten und der Winter so hart war wie seit hundert

Jahren nicht mehr, waren die Einwohner gezwungen, Dinge zu essen, die sie sonst sicher verschmäht hätten.«

»Winterschnitzel«, kommentierte Fodder nüchtern. »Ich stelle uns mal schnell einen Wachplan auf. Ihr beide könnt euch ja währenddessen ein bisschen näher kennenlernen.«

Er verschwand durch eine niedrige Tür in Richtung der Abteilung *Gestein und Mineralien*. Erst blieb alles still, dann wurde eine Schreibtischlampe angeschaltet.

»Ich hatte mich schon gefragt, ob wir uns noch einmal begegnen würden«, sagte Foulnap. »Haben Sie irgendwem von mir erzählt?«

»Ich habe Sie doch gerade erst wiedergesehen.«

»Das stimmt. Was ist mit der Bouzouki-Lady passiert?«

»Ich habe sie zu HiberTech gebracht.«

»Damit sie auseinandergenommen und wieder neu verdrahtet wird? Ich hoffe, Sie sind richtig zufrieden mit sich.«

»Das ist immer noch besser als das, was Sie mit ihr vorhatten.«

»Die Dinge sind selten so, wie sie scheinen«, bemerkte er. »Wegen Ihnen habe ich einen guten Freund verloren, einen respektierten Mentor und Kollegen. Sie haben dreißig Sekunden, um mir zu beweisen, dass Sie keine Bedrohung darstellen.«

Er schob den Daumen in den Ring der Impulsgranate, die an seine Brust geschnallt war, dann klappte er das Visier des Schockanzugs nach vorn. Die Detonation würde ihn verletzen – vermutlich würde er ein paar gebrochene Rippen, blutunterlaufene Augen und dergleichen davontragen –, aber auf diese kurze Entfernung würde ich getötet oder zumindest in einen Zustand versetzt, in dem ich höchstwahrscheinlich nicht einmal mehr ohne Hilfe würde essen können. In den meisten Fällen war es besser, nichttödliche Angriffe dieser Art gar nicht erst nicht zu überleben. Es war im Gespräch, Hochgeschwindigkeits-Projektilwaffen als eine humanere Alternative zur Vortexkanone mit Aufprallwirkung zu etablieren, aber weder die Gesetzgeber noch die Öffentlichkeit ertrugen den Gedanken daran.

»Ich wusste, dass Sie noch irgendwo in Sektor 12 sind«, sagte ich, »und ich wusste auch, dass Toccata darüber informiert ist.«

Er starrte mich kurz an.

»Wie wollen Sie das herausgefunden haben?«

»Toccata hat mich aufgefordert, es ihr zu sagen, *wenn* ich Sie sähe, während Aurora das Wörtchen *falls* gebrauchte. Man achte auf den Unterschied.«

»Ja«, sagte er, »man achte auf den Unterschied.«

»Ich hätte diese Information gleich an Aurora weiterleiten können, habe das aber nicht getan. Reicht Ihnen das zum Beweis, dass ich nicht für HiberTech arbeite?«

Er ließ die Hand sinken, und ich atmete erleichtert auf. »Einstweilen muss ich Ihnen wohl vertrauen.«

»Aurora denkt, Sie gehörten zur Kampagne für Echten Schlaf«, sagte ich.

»Und was denken Sie?«, fragte er.

»Die bisherigen Geschehnisse haben mich zu der Überzeugung gebracht, dass ich meine Lippen versiegeln und mich darauf konzentrieren werde, den Winter zu überleben, sonst gar nichts.«

»Klingt für mich nach einer vielversprechenden Strategie.«

Jetzt kam Fodder wieder aus dem Büro und pinnte den Plan für die Bewachung des Vorratslagers an die Wand. Ich sollte einige Nachmittage übernehmen und morgen anfangen. Am besten, ich brächte mir ein Buch mit.

»Kommt ihr beide miteinander zurecht?«, fragte Fodder.

»Wir haben uns arrangiert.«

»Dann könnt ihr euch um die Bedienung des Airwitzers kümmern.«

Foulnap demonstrierte pflichteifrig, wie die Waffe funktionierte. Sie glich einer riesenhaften Bambi, mit dem Unterschied, dass der Abzug nicht verzögerungsfrei zu funktionieren schien. Foulnap deutete auf ein Gestell mit Wummsern, das an eine Wand montiert war.

»Wenn diese Mittel allesamt erschöpft sind«, sagte Fodder, »dann ziehen wir den Sicherungsstift aus der Golgotha und nehmen unsere Feinde und das ganze Gebäude mit.«

Er tätschelte die große, wie ein Rugby-Ei geformte Granate, die mit Isolierband auf der Airwitzer befestigt war.

»Was hältst du von diesem Plan?«, fragte Fodder mich.

»Was ihm an Finesse fehlt, macht er mit Endgültigkeit wett«, sagte ich, und die beiden nickten. Vorratsdiebstahl war ein schweres Delikt.

»Kann ich mich im Museum umsehen?«, fragte ich. »Um mich mit dem Grundriss vertraut zu machen?«

»Wie du magst«, sagte Fodder. »Die Abteilungen mit Glas und Keramik sind besonders schön, und im zweiten Stock hängen ein Caravaggio und drei Turner – von unserer Kyffin-Williams-Sammlung gar nicht zu reden. Es gibt noch ein paar seltene Briefmarken und den konservierten

Abzugfinger und die Hutkrempe von Ffion ›Mad Dog‹ McJames[53].« Wir machen in einer halben Stunde weiter.«

Ich bedankte mich bei ihnen beiden und schlenderte dann durch die leeren Korridore. Durch die offenen Türen betrachtete ich die staubigen Exponate, soweit das dunkle Glimmen der Notbeleuchtung sie mich erkennen ließ. Es gab neolithische Fundstücke, den Überrest eines Einbaums, der in einem See in der Nähe gefunden worden war, und verschiedene Artefakte vom ersten Osmanen-Feldzug. Außerdem war eine ganze Menge Trödel ausgestellt, der mit der 1923 hier abgehaltenen Weltausstellung in Verbindung stand. Ein kompletter Flügel war Don Hector und HiberTech vorbehalten, und tatsächlich beherbergte das Museum die besten Briefmarkensammlungen der ganzen Region. Ich blickte in den Kristallbehälter, der die einzige mauvefarbene Lloyd-George-Marke im Wert von zwei Shilling mit dem Anglesey-Stempel enthielt, aber sie sah gar nicht so beeindruckend aus.

Nachdem ich die schön verzierte Treppe in der Mitte des Gebäudes ein Stück hinaufgestiegen war, blieb ich auf dem Treppenabsatz stehen und betrachtete unbehaglich eine Glasvitrine, die einen Mörder namens Armstrong enthielt. Er stammte aus der Gegend und war vor einem halben Jahrhundert gefriergetrocknet und zwecks öffentlicher Zurschaustellung auf einem Stuhl platziert worden, in jener Kleidung, in der man ihn gehängt hatte. Es war ein Glück, dass er im Sommer für schuldig befunden worden war – im Winter hätte man ihn frostikutiert und seine

53 Der berüchtigtste Schurke von ganz Mittelwales. So irrsinnig wie ein Fass voller Arktis-Dachse und viermal so gefährlich.

Überreste den Tieren überlassen, und es wäre nichts für eine solche Ausstellung übrig geblieben, außer vielleicht ein paar Zähnen und Nierensteinen, falls er welche gehabt hätte.

Ein kaum hörbares *Wumms* ertönte, nicht viel lauter, als ob jemand im oberen Stockwerk auf und ab gesprungen wäre. Reflexartig reagierte ich so, wie man es mir auf der Akademie beigebracht hatte. Wenn man ein *Wumms* hört, dann zögert man nicht, nicht einmal für eine Sekunde. Nicht-tödliche Waffen sind Nahkampfwaffen, und ein Nahkampf kann sich in erschütternd kurzer Zeit entwickeln.

Schurken

»Die Winternomaden, allerorten als ›Womaden‹ bekannt, waren genau das, was ihr Name besagte. Sie waren während der Großen Osmanischen Diasporen des 14. und 15. Jahrhunderts entwurzelt worden und fristeten danach im äußersten Norden ein entbehrungsreiches Dasein; sie gelten Außenstehenden gegenüber als notorisch intolerant. Zwar sind sie ausgesprochen gesetzestreu, aber gerüchteweise hibernieren sie überhaupt nicht und haben dennoch mit keinerlei üblen Folgen zu kämpfen …«

HANDBUCH DER WINTEROLOGIE,
4. AUFLAGE, HODDER & STOUGHTON

Ich rannte zum Atrium hinunter, wo Foulnap schon einsatzbereit am Airwitzer saß und Fodder konzentriert den leise tickenden Barographen beobachtete. Das Messinstrument war derart genau, dass es die Veränderung des Luftdrucks erkannte, der sich durch eine offene Tür, einen vorüberfahrenden LKW oder, in unmittelbarer Nähe, sogar durch einen Nieser ergab, und zeichnete sie auf einem Papierstreifen von mehreren Metern Länge auf. Beim Blick über Fodders Schulter bemerkte ich den verräterischen Ausschlag, der darauf hinwies, dass ganz in der Nähe eine Waffe abgefeuert worden war. Ich hob den Hörer des roten Telefons ab und drückte auf den Knopf, auf dem *Konsulat* stand. Bei solchen Vorfällen war Teamwork gefragt.

»Zacken oder Buckel?«, fragte Foulnap.

»Scharfer Anstieg, gebogene Schulter und langsames Ausschwingen«, erwiderte Fodder mit Blick auf die Kurve. »Sieht nach einem Masterblaster[54] aus, und zwar aus weniger als 200 Metern.«

»Treacle, Konsulat«, meldete sich Jim am anderen Ende der Leitung.

»Worthing, im Museum«, erwiderte ich. »Wir haben einen Ausschlag auf dem Barographen, in etwa 200 Metern Entfernung, Fodder hält einen Masterblaster für möglich.«

»Wir haben hier nichts gemessen«, sagte Treacle. »Was brauchen Sie?«

Ich sah Fodder fragend an, der erklärte, wir würden die Operation allein durchführen, aber nur für den Fall der Fälle sollte auch Hauptkonsul Toccata informiert werden. Nachdem ich die Nachricht wiederholt hatte, legte ich auf und notierte die Uhrzeit im Logbuch.

Glas zersplitterte irgendwo in den Tiefen des Gebäudes, und das Gerät verzeichnete abermals einen Buckel.

Fodder übernahm das Kommando mit einer Lässigkeit, die »wir werden das schon alle überleben« zu sagen schien, und gab auf langsame, methodische Weise seine Befehle.

54 Eine heute längst überholte Waffe, etwas kraftvoller, aber leichter als ein Wummser, neigt allerdings bei häufiger Benutzung zu Aussetzern.

Panik ist etwas für Narren.

»Matschbirne, du kommst mit mir«, sagte er und reichte mir einen Schtumperschreck, die kraftvollste Waffe unseres Arsenals, die man gerade noch anheben konnte. »Pockets, Sie bleiben in der Lobby und verteidigen die Vorräte mit Ihrem Leben. Gehen wir.«

Mein Herz schlug wild, aber seltsamerweise nicht so heftig wie damals, als ich versucht hatte, Mrs. Tiffen zurückzuholen. Ich vermutete, dass Fodder schon viele Kämpfe hinter sich hatte und es sich in seiner Bilanz nicht gut machen würde, wenn er einen Hilfskonsul nach nur einem Tag im Einsatz verlor. Wir öffneten das erste Schocktor, und nachdem dieses sicher hinter uns lag und wir unsere Stiefel und Mäntel angezogen hatten, drehte Fodder den Ring des Zahlenschlosses, öffnete die Außentür und trat hinaus in den Winter. Es schneite nach wie vor und war noch einigermaßen hell, aber die Sichtweite betrug nicht einmal mehr sieben Meter. Fodder zögerte keinen Augenblick, sondern marschierte so schnell er konnte durch den wirbelnden Schnee, wobei er sich nahe an die Außenwand des Museums hielt. Ich blieb ihm möglichst dicht auf den Fersen, aber der Schtumper war schwer, ich war nicht so stark oder so fit wie Fodder, und meine Beine waren auch nicht lang genug für seine großen Schritte, weshalb ich meinen Konsulatskollegen schon bald aus den Augen verlor. Es war nichts mehr zu hören, außer mein eigener, keuchender Atem, und ich erkannte vor mir nichts als wirbelnde Schneeflocken und die Museumsmauer zu meiner Rechten. Ich blieb dennoch nicht stehen, und nach etwa einer halben Minute halbblinden Weitertaumelns prallte ich gegen den Rücken des stocksteif dastehenden Fodder und schlug mit der Lippe so heftig gegen seinen Wummser, dass es mir die Tränen in die Augen trieb.

»Vorsicht«, zischte er. Wir befanden uns jetzt auf der Rückseite des Museums, vor einem mit Eichenbohlen verstärkten Nebeneingang, der kürzlich gewummst worden war. Das Eis war dort, wo der gesammelte Schnee geschmolzen und sofort wieder gefroren war, klar wie Glas.

»Keine Chance, dort hineinzukommen«, sagte Fodder. »Sie haben versucht, uns rauszulocken.«

»Und?«

»Es hat geklappt.« Er trat gegen ein paar Rucksäcke, die noch im Schnee lagen. »Zwei Mann, würde ich sagen.«

Fodder untersuchte ihre Spuren im Schnee, und ich folgte ihm, als er voranschritt. Mir erschien es einigermaßen beunruhigend, dass er sich von jedem visuellen Referenzpunkt wegbewegte, aber wie er bereits gesagt hatte: Man musste die Stadt kennen wie die Wirbel auf dem eigenen Winterpelz. Ungefähr fünf Minuten lang folgten wir den Spuren, die schon fast von frischem Schnee verdeckt waren, und nach etwa hundert Metern kamen wir zum Eingang des Freizeitparks von Talgarth, der lediglich aus einem gemauerten Tickethäuschen und einem Drehkreuz bestand. Fodder öffnete die Tür der kleinen Bude und winkte mich hinein. Im Innenraum gab es nur einen Tresen, ein paar Plakate, die andere touristische Attraktionen in der Umgebung anpriesen – Paragliding, die örtliche Kornmühle, Ponyreiten – sowie einen Schreibtisch mit mehreren Stühlen. Der Boden war staubig, und überall lagen Prospekte, die von den Regalen geflattert waren. Fodder duckte sich, und ich tat es ihm nach.

»Hast du einen Kompass?«

Ich nickte.

»Sie werden hierher zurückkehren, wenn sie glauben, dass wir weg sind«, flüsterte er. »Bleib hier, und in genau sechs Minuten gehst du nach draußen und feuerst den Schtumper in östlicher Richtung ab. Das wird natürlich deine Position preisgeben, daher musst du dich anschließend sofort dreißig Schritte weit in Richtung Museum zurückziehen. Wenn dir irgendwer außer mir aus dem Schneesturm entgegenkommt, dann lässt du denjenigen, wer immer es auch sein mag, bis auf Knockout-Entfernung herankommen und pustest ihn weg. Wenn er bewaffnet sein sollte, stellst du auf volle tödliche Dröhnung.«

»Damit wäre der Waffenstillstand dann aber vorüber«, wandte ich ein.

»Wenn das hier Lucky Ned ist«, sagte Fodder, »dann stellt allein seine Anwesenheit einen Bruch des Waffenstillstands dar. Sechs Minuten, klar?«

»Sechs Minuten.«

Er trat aus der Tür, sprang über das Drehkreuz, sah sich um und ging langsam in die Düsternis hinein. Ich rückte nach hinten, bis ich mit dem Rücken an der Wand des Tickethäuschens direkt neben der Tür saß und nach draußen blicken konnte, und dann starrte ich auf das Radiumleuchten der Zeiger meiner Armbanduhr, die langsam in die Runde krochen. Ich erwartete das gedämpfte *Wumms* eines Wummsers oder das hellere *Wopp* einer Bambi zu hören, aber da kam nichts. Kein einziges Geräusch ertönte, während ich geduckt in dem Häuschen hockte und mir die Kälte des Fußbodens allmählich in die Beine kroch.

Ich dachte an Mrs. Tiffen, die man umgewidmet hatte, und dann an Josh, der darüber nicht glücklich gewesen war. Dann an Lucy Knapp, die so stolz von ihrer Arbeit bei HiberTech gesprochen hatte, und an Aurora und daran, wie es wohl gewesen wäre – physisch und psychologisch –, wenn wir wirklich gebündelt hätten. Ich dachte an Toccata und ihre aggressive Haltung, an Laura, die unbedingt beweisen wollte, dass es das Wintervolk gab, an die etwas wirre Jonesy und ihre erfundene Nostalgie, an Fodder mit seinen dringend erforderlichen Albträumen, und an Birgitta. Schließlich dachte ich darüber nach, dass ich auf den guten Ratschlag aller anderen hätte hören und mich nicht mehr weiter um Mrs. Tiffen hätte kümmern sollen. Dann wäre Logan noch lebendig und ich wieder in Cardiff, würde mir den Winter aus der sicheren Entfernung einer festen Behausung betrachten und nicht während eines Blizzards mit dem Befehl, jemanden zu töten, in einem leeren Raum bis an die Zähne bewaffnet auf dem Boden hocken.

Als die Zeit gekommen war, stand ich auf, ging nach draußen und ermittelte, wo Osten war. Dann hob ich die Waffe, beugte mich vor, um dem Rückstoß entgegenzuwirken, und drückte den Abzug.

Ich wusste, dass das Abfeuern einer Vortexkanone in einem Schneesturm eine beeindruckende Wirkung zeitigte, und ich wurde nicht enttäuscht. Der Temperaturanstieg, der auf kleinem Raum mit dem plötzlichen Luftdruckwechsel einherging, schmolz die Schneeflocken, und plötzlich war die Luft klar – ein kurzlebiger Kegel freier Sicht, der sich gemächlich vor mir ausdehnte. Ich sah das Holzgestell der Achterbahn und einen mit Werbung zugepflasterten Bretterzaun, auf dem verschiedene Vergnügungen angepriesen wurden, den Turm mit der Außenrutsche und eine Eisbude. Die Aussicht blieb nicht lange frei. Der geschmolzene Schnee verwandelte sich sofort in Eis, als sich der Druck wieder ausglich, und dann bestand die Welt wieder nur noch aus einem weißen Flockenwirbel.

Ich schob die zweite Thermalit-Zelle in die Batteriekammer, dann zählte ich dreißig Schritte, während ich zum Museum zurückrannte. Die Spur, die wir auf dem Hinweg zum Tickethäuschen hinterlassen hatten, war in dem gewellten weißen Teppich nur noch als Aneinanderreihung kleiner, sanfter Dellen zu erkennen. Dann stand ich da, mit entsicherter Waffe, den Daumen auf der Starterklappe, und fragte mich, wer oder was da durch den Schneesturm auf mich zukam. Es vergingen wohl fünf Minuten, dann ertönte erst ein Wumms, dann ein zweiter, aber ich kannte mich nicht genug aus, um einschätzen zu können, aus welcher Waffe die Ladungen hätten stammen können.

Ganz plötzlich hörte ich dann, wie sich etwas ganz unaufgeregt mit Knarren und Knirschen seinen Weg durch den Schnee in meine Richtung bahnte, bis es sich weniger als zehn Meter entfernt zu meiner Linken befand. Was auch immer es war, gab sich keine Mühe, besonders leise zu sein, und schien in gemächlichem Tempo eher voranzustampfen als zu gehen. Ich musste an einen großen Pflanzenfresser denken, aber das war nicht möglich – um diese Jahreszeit war keine Megafauna unterwegs, bei so einem Wetter schon gar nicht. Nur Schurken, Womaden, Konsuln und Idioten gingen im Winter in einem Schneesturm nach draußen.

Ich schluckte meine Angst, und als die Geräusche näher kamen, beschloss ich, alle Ahnungen herauszufordern und es mit einer Begrüßung zu versuchen. Aber ich hatte kaum den Mund geöffnet, als die Schritte abrupt verharrten, und ich hörte an einem Rascheln, dass sich jemand mir zuwandte. Ich konnte niemanden sehen, aber irgendwie wusste ich, dass der Neuankömmling mich hingegen bestens im Blick hatte. Oder mich zumindest wahrnehmen konnte. Auch war mir alarmierend deutlich klar, dass es nicht Fodder war, der dort kam. Ich hatte schon die Hand in der Tasche, um die Kamera hervorzuziehen, die Laura mir gegeben hatte, als eine Stimme mich zusammenfahren ließ.

»Ob Sie wohl die Güte hätten, diese Waffe fallen zu lassen?

Ich war so auf die Präsenz zu meiner Linken fixiert gewesen, dass ich auf nichts anderes geachtet hatte, und das hatte jemand genutzt, um sich im Schneesturm von rechts an mich heranzuschleichen und mir eine Bambi an den Kopf zu drücken. Der Mann trug eine Auswahl wild zusammengewürfelter Kleidungsstücke, wie sie sich inzwischen als Uniform der Winterschurken etabliert hatte: stark geflickte Skihosen zu einer Tweedjacke aus Mammutwolle, darüber eine daunengefütterte Steppjacke, über die kreuzweise mehrere Munitionsgurte mit Thermalit-Zellen liefen. Seine Stiefel passten ebenfalls nicht zusammen, auf seinem Kopf thronte ein Kaffeewärmer mit der Aufschrift »Viele Grüße aus Whitby« in Kreuzstich, und ihm fehlte die Nase; vermutlich war sie ihm abgefroren. Außerdem lief eine kleinfingerdicke Narbe von seiner Stirn bis hinunter zum Kinn quer über das linke Auge, in das er sich ein gesprungenes Monokel geklemmt hatte.

»Da bring mich doch einer zum Ball im Gutshaus und tanz den Schicken Weißen Sergeanten mit mir«, schnarrte er im typischen Akzent der englischen Oberklasse. »Wenn ich da mal nicht einen Novizen eingefangen habe.«

Weil ich noch nie einem Schurken begegnet war, wusste

ich nicht, was ich sagen sollte – und er hatte immerhin recht, ich *war* noch ein Novize, egal, was die anderen sagten.

»Sprechen Sie Englisch?«, fragte er, weil ich nicht gleich antwortete. »Die Lingo einer zivilisierten Rasse?«

»Hier in der Gegend benutzen wir es selten«, gab ich zurück, nachdem ich den Satz im Geiste noch dreimal überprüft hatte, weil ich tatsächlich schon eine Weile kein Englisch mehr gesprochen hatte und es dementsprechend ein wenig eingerostet war. »Ich dachte, wir seien miteinander im Frieden, Ihr Volk und meins?«

»Dieser Fodder trat das Abkommen mit Füßen, indem er meinem Jungen soeben eins auf die Mütze gab«, sagte er. »Wir sind nur verirrte Reisende, alter Knabe, und versuchen nichts weiter, als wieder zurück in die warme Umarmung von Heim und Herd zu kommen.«

Schurken waren allesamt Engländer und stammten aus der Oberschicht, die nach den erschütternden Klassenkämpfen des 19. Jahrhunderts in die Randgebiete der Halbinsel Albion gedrängt worden war. Ihre Kultur hatten sie seitdem trotzig bewahrt: große Landsitze, Holzapfelmarmelade und geräucherte Forelle zum Frühstück, Jagen, Schießen, Angeln, Bälle, Gesellschaften. Vor allem liebten sie es, Dienstpersonal zu beschäftigen, und sie verteidigten aggressiv ihre verbotenen Titel. Beinahe jeder Schurke und jede Schurkin in Mittelwales war ein Herzog, ein Lord, eine Baronin oder dergleichen.[55]

»Führt Ihr Rückweg durch dieses Museum?«, fragte ich.

55 Gerüchteweise lebten die Nachfahren der vertriebenen königlichen Familie nicht, wie allgemein angenommen, auf einer großen Farm in British Columbia, sondern in einer verwinkelten 14-Zimmer-Maisonettewohnung in der Nähe von Lampeter.

Er lächelte.

»Ich will mich mit Ihnen nicht streiten, Jungspund«, sagte er. »Sie sollten dankbar sein, dass ich Ihr Leben verschonen werde. In unserem Haus sind einige Stellen neu zu besetzen, und jemand, der so jung ist wie Sie, würde die komplexen Anforderungen an das Hauspersonal sicher schnell verinnerlichen. Wussten Sie, dass es sechs verschiedene Gabeln gibt, von denen jede einem besonderen Zwecke dient?[56] Wie gut sind Sie im Waschen und Bügeln? Wir könnten Sie zu Beginn in der Spülküche einsetzen.«

»Beim Waschen und Bügeln bin ich eine Niete – und von Saubermachen und Kochen habe ich auch keine große Ahnung.«

Er grinste. »Hervorragend – dann beginnt Ihre Ausbildung, sobald wir zurück sind. In zehn Jahren sollten wir Sie wunderbar im Haushalt eingearbeitet haben, vielleicht auch in der Küche beim Zubereiten von Pasteten. Ein Leben im Dienste anderer ist ein sinnvoll verbrachtes Leben.«

Eine Ansicht, mit der ich nicht so *ganz* übereinstimmte. Der Mann nahm mir erst den Schtumper ab, dann die Bambi. Meine Augen glitten von ihm immer wieder zu dem Schneegestöber dahinter, in der Hoffnung, dass Fodder gleich erscheinen würde, und der Schurke las genau das von meinen Augen ab.

»Ihr großer Freund wird morgen einen Kopf wie eine Gasuhr haben«, sagte er. »Je größer diese Kerle sind, desto heftiger stürzen sie.« Er drückte mir seine Bambi hart ge-

56 Es gibt tatsächlich acht, ich habe das später noch einmal überprüft.

gen den Schädel und trat näher. Die Narbe auf seinem Gesicht sah aus wie eine schlecht gefertigte Schweißnaht, und seine Hautfalten waren voller Schmutz. Die Lücke, die seine Nase zurückgelassen hatte, war nur halb verheilt; ich konnte das Rosa im Innern der Nebenhöhlen sehen, und die Schleimhäute bewegten sich beim Atmen wie die Kiemen eines Fisches auf dem Trockenen.

»Also, jetzt wollen wir besser nicht trödeln«, sagte er. »Müßiggang ist aller Laster Anfang. Nach Ihnen – ich bestehe darauf.«

Ich tat einen Schritt, aber in diesem Augenblick ertönte ein tiefes Seufzen, als ob sich der Wind in einer Dachrinne fing. Wir starrten beide in die Richtung, aus der ich zuvor die schlurfenden Schritte gehört hatte, und ich hörte das Prusten eines amüsierten Kinds. Mir stellten sich die Haare auf, und ich sah, dass der Schurke es auch gehört hatte.

»Freunde von Ihnen, Novize?«

»Keine von meinen«, sagte ich, jetzt in meiner Muttersprache, »und doch wohl auch nicht von Ihnen.«

»Ach, kreuzverdammichnocheins«, flüsterte der Schurke, als ihm klar wurde, was wir vor uns hatten. »Eine Gronk brauche ich jetzt ungefähr so sehr wie ein Landgut von zwanzigtausend Hektar bei fälliger Erbschaftssteuer.«

Wenn man am Rande des Winters lebt, dann weiß man, was real ist und was nicht. Er ließ den Schtumperschreck fallen und zog seine andere Bambi, sodass er mit jeder Hand eine der kleinen Waffen erhob. Dabei zeigte er keinerlei Panik, sondern bleckte nur die Zähne und schritt voran.

»Jetzt passen Sie mal auf«, sagte er, und seine Stimme verebbte, als er in den Schneesturm hinaustrat, »ich zeige Ihnen, wie ein Engländer in den Tod …«

Als ich erwachte, lag ich rücklings im Schnee. Alles war still. Schneeflocken schmolzen auf meinen Wimpern und rannen mir in die Augen. Ich rappelte mich auf, konnte aber den Schurken nirgendwo entdecken, daher folgte ich etwas, das weniger nach einer Fußspur aussah als vielmehr nach einer Furche von den Beinen eines Menschen, der über den Boden geschleift worden war. Ich fand eine entladene Bambi in etwa zehn Metern Entfernung, dann eine weitere, dann stieß ich auf die Kleidung des Schurken. Die Skihose, der Kaffeewärmerhut, die Daunenjacke, die Tweedjacke komplett mit fleckigem Frackhemd, zwei T-Shirts und einem Unterhemd, die alle noch ineinandersteckten. Ich sah mich um, ob ich ausmachen konnte, wohin er von hier aus gegangen sein mochte, aber ich konnte nichts entdecken – ich war von jungfräulichem Schnee umgeben, und durch meinen Kopf geisterte der Text eines weiteren Liedes aus *The Sound Of Music*. So Long, Farewell.

Das Ende des Waffenstillstands

»Aasfresser stehen in der Nahrungskette während des Winters ganz unten, und um zu überleben, nehmen sie alles, was sie kriegen können, und zwar unverzüglich. Von den Schurken unterscheiden sie sich dadurch, dass sie sich an den Winterkodex halten, zumindest in beschränkter Form, und im Gegensatz zu den Womaden verfügen sie über einen festen Wohnsitz, meist umgebaute Öltanker oder Zementlaster. Man sagt von ihnen, dass sie während des Winters zwangsweise zu Kannibalen wurden und sich jetzt aus Scham von der Gesellschaft fernhalten.«

HANDBUCH DER WINTEROLOGIE,
4. AUFLAGE, HODDER & STOUGHTON

Jonesy und Toccata erschienen zwanzig Minuten später, nachdem sie den Impulsgeber lokalisiert hatten, den ich aktiviert hatte, nachdem ich ganz in der Nähe des Turms mit der Außenrutsche auf Fodder gestoßen war. Er war von einer dünnen Schicht frischen Schnees bedeckt und hatte eine dicke lilafarbene Schwellung im Gesicht. Vor ihm lag ein weiterer Schurke, ebenfalls bewusstlos. Fodder kam als

Erster wieder zu sich. Er hatte heftige Kopfschmerzen, war ansonsten jedoch unverletzt.

»Kennen Sie den?«, fragte Toccata, als die beiden Frauen den Schurken auf den Rücken gedreht hatten, um ihn sich anzusehen. Er hatte eine von der Kälte gegerbte, lederartige Gesichtshaut, aber er kam niemandem von uns bekannt vor.

»Nein«, sagte auch Jonesy, die seine Taschen durchsuchte. »Aber das hier war vermutlich der Grund für den versuchten Einbruch.«

Sie reichte Toccata ein kleines Büchlein, das den Titel *Gibbons' Taschenführer der Philatelie* trug. Ein Busfahrschein markierte die Seite mit den Marken, die zu Lloyd Georges Zeit als Premier herausgegeben worden waren.

»Sie waren hinter einer *Briefmarke* her«, sagte Toccata seufzend. Sie versetzte dem Schurken ein paar Ohrfeigen. Er stöhnte, blinzelte und setzte sich dann auf. Ein Auge war milchig und blind, das andere blutunterlaufen. Er war nicht viel älter als ich.

»Ihr brecht unseren Waffenstillstand für eine Briefmarke?«, fragte Toccata auf Englisch.

Der junge Schurke sah sie an, dann blickte er zu uns anderen.

»Es ist die mauvefarbene Lloyd George für zwei Schilling mit dem Anglesey-Stempel. Die einzige auf der ganzen Welt. Aber, um Ihre Frage zu beantworten: Ich kann sie aus vollem Herzen bejahen. Und es war die Sache wert. Sie verstehen offensichtlich betrüblich wenig von der Bedeutung und dem Nervenkitzel des Briefmarkensammelns. Wo ist Vater?«

»Das wissen wir nicht.«

»Wenn Sie mir nicht ehrlich antworten«, schnaubte der Schurke, »dann würde mich das sehr erzürnen, und ich versichere Ihnen, es würde Ihnen nicht gefallen, wenn ich erzürnt bin. Dann wäre der Teufel los. Also frage ich ein weiteres Mal: Wo ist Vater?«

»Und Sie kriegen dieselbe Antwort wie das letzte Mal«, erklärte Toccata. »Ich würde mal vermuten, auf dem Weg nach Hause.«

»Wenn Sie ihm auch nur ein Härchen gekrümmt haben, Janus, dann wird es blutige Vergeltungsmaßnahmen geben – und ich werde keinerlei Entschuldigungen gelten lassen, falls sich jemand dem entziehen will.«

»Ich habe eine bessere Idee«, sagte Jonesy. »Wieso verpisst du dich nicht einfach nach Hause, du hässlicher kleiner Wurm?«

Der Schurke stand auf, warf uns der Reihe nach empörte Blicke zu, erklärte, dass er »in seinem ganzen Leben noch niemals so beleidigt« worden sei und marschierte dann in die Dunkelheit.

»Haben Sie den anderen Kerl erwischt?«, fragte Fodder, als der Schurke außer Sicht war.

»Er wurde erwischt«, sagte ich langsam, »aber ich bin mir nicht sicher, von was.«

»Wovon«, korrigierte Toccata, »nicht sicher, wovon. Was er hat gemeint, als er mich Janus genannt hat?«

Wir alle schüttelten die Köpfe und behaupteten, wir hätten keine Ahnung.

Toccatas Sno-Trac parkte neben dem Haupteingang des Museums, und nun, da der Schneesturm etwas nachließ, verbanden sich die Scheinwerfer zu acht Lichtkreisen, die das Dunkel durchdrangen. Die sorgfältig gefalteten Kleider des Schurken lagen noch immer dort, wo man sie gefunden hatte, und Toccata untersuchte sie voller Interesse, während die anderen Konsuln schweigend danebenstanden.

»Er wollte mich kidnappen und zum Dienst in seinem Haushalt zwingen«, sagte ich. »Anfangen sollte ich in der Spülküche, irgendwann dann aber mal Pasteten backen. Anschließend hörten wir ein Kichern, und dann hat der Winter ihn geholt.«

»Ihn geholt?«

»Denke ich. Gesehen habe ich nichts. Ich war ohnmächtig.«

Sie tauschten untereinander Blicke, und ihren Gesichtern war anzusehen, dass sie davon ausgingen, ich hätte meine Hand im Spiel gehabt.

»Wie hat der Schurke ausgesehen?«, fragte Toccata, die eine Börse aus der Tasche der zusammengelegten Jacke zog.

»Narbe quer über einem Auge«, berichtete ich, »schlechte Zähne, um die fünfzig, wettergegerbt, keine Nase, Monokel.«

Toccata erhob sich und reichte mir eine lange schon abgelaufene Dauerkarte für The Oval, das große Londoner Kricketstadion.

»Scheiße, Matschbirne«, sagte sie, »Sie haben gerade Lucky Ned umgebracht.«

Ich betrachtete die Dauerkarte. Sie war ausgestellt auf »Edward Nodds«, aber unter seinesgleichen und bei den Gesetzeshütern war er bekannt als der Right Honorable Edward Warchester Stamford Noddington, 13. Earl von Farnesworth. »Ich habe überhaupt niemanden umgebracht.«

»*Irgendjemand* hat es getan.«

»Seine Familie wird davon nicht begeistert sein«, sagte Jonesy.

»Wir sollten besser niemandem verraten, dass Matschbirne ihn gekillt hat«, meinte Fodder.

»Ich habe ihn nicht gekillt«, rief ich mit wachsender Verzweiflung. »Da war etwas – etwas, das mich durch den Schnee hindurch wittern konnte. Kaum dass Ned verschwunden war, hatte ich plötzlich ›So Long, Farewell‹ im Kopf. Das höre ich immer noch.«

»›So Long, Farewell‹?«, fragte Fodder.

»Aus *The Sound Of Music*. Die Gronk liebt Rodgers und Hammerstein.«

»Wollen Sie etwa sagen, die Gronk hätte ihn geholt?«

»Die Gronk ist nichts als ein Märchen«, sagte Jonesy, »du hast noch immer eine Narkose.«

Eine Weile standen wir schweigend da und starrten auf die zusammengelegte Kleidung.

»Wir wissen also nur eines mit Sicherheit«, sagte Toccata. »Der Winter hat einem besonders unangenehmen Individuum ein Ende bereitet. Aber es bedeutet auch, dass der Waffenstillstand gebrochen wurde, und Lady Farnesworth wird sich nicht gerade freuen. Mit ein bisschen Glück werden die Schurken vielleicht akzeptieren, dass er verschollen ist. Aber Fodder hat recht: Wir werden niemandem sagen, dass Matschbirne ihn zuletzt lebend gesehen hat.«

Sie sah uns alle der Reihe nach an.

»Damit sind wir hier fertig. Ich will einen vollständigen Bericht auf meinem Schreibtisch bis, sagen wir … ach, ich weiß auch nicht … wann ihr wollt.«

Daraufhin marschierte sie zu ihrem Sno-Trac, und wir

sahen, wie sich die Scheinwerfer im Halbdunkel abwandten und schließlich im Grau verschwanden.

»Okay«, sagte Jonesy, »und jetzt, wo der Boss weg ist: Was ist wirklich passiert?«

»Ja«, sagte Fodder, »pack mal aus, Matsch.«

»Ich weiß es nicht«, sagte ich leise.

»Hat es was mit Lauras Wette zu tun?«, fragte Jonesy, als wir der Spur unserer Schritte zurück zum Museum folgten. »Ich wäre überglücklich, wenn Treacle verlöre, aber ich würde es mir gut überlegen, bevor ich gegenüber einem Bürgen etwas Falsches behauptete. Treacle hat ein Heer von Menschen, die ihm einen Gefallen schulden, und jeder einzelne davon könnte dir das Leben zur Hölle machen.«

Ich wiederholte, dass ich nicht wusste, was geschehen war, aber das stimmte nicht ganz. Das Kinderlachen, das ich gehört hatte, glich auf unheimliche Weise dem aus meinem Traum – das Kind mit dem Strandball. Teile meines Traums versuchten offenbar, nach außen zu dringen.

Fodder und ich gingen nun nach Hause zum *Siddons,* das wir ohne weitere Zwischenfälle erreichten. Lloyd saß an der Rezeption und stopfte eine Socke, die aus mehr Loch als Wolle bestand. Er nickte uns grüßend zu, und Fodder sah auf seine Uhr.

»Für heute sind wir fertig, Matsch. Wenn du morgen um null neunhundert in der Lobby bist, werden entweder Jonesy oder ich dich auf die Patrouille mitnehmen.« Er tippte mir gegen die Brust. »Du solltest ein bisschen Masse aufbauen. Die Kälte frisst die Körperreserven auf.«

Ich bedankte mich und erklärte ihm, ich würde mich mit

allem vollstopfen, was mir in die Hände fiele. Dann ging er zu den Fahrstühlen hinüber.

»Wie kommen Sie mit dem großen Kerl zurecht?«, fragte Lloyd, nachdem Fodder verschwunden war.

»Ganz gut, glaube ich. Er hat mich bei einer Winterumarmung aufs Ohr geküsst.«

»Dabei würde ich mir nichts denken, das macht er bei jedem. Waren heute Morgen noch viele Nachtwandler im Keller am Leben?«

»Drei. Zufällig habe ich dort unten Aurora getroffen. War das reiner Zufall?«

Ich sah ihn prüfend an, ob irgendetwas an seiner Haltung vermuten ließ, dass er korrumpiert worden war. Dass er irgendetwas damit zu tun hatte.

»Wieso sollte sie das planen?«, fragte er, ohne dass er ein solches Zeichen erkennen ließ.

»Ich weiß nicht.«

»Wenn es hier um das Verhältnis zwischen Toccata und Aurora geht, gibt es nur eine Regel«, erklärte er. »Bloß nicht zwischen die Fronten geraten. Wie sind Sie mit Toccata klargekommen?«

»Ich glaube, sie hasst mich – und niemand hatte mir gesagt, dass sie und Aurora ein und dieselbe Person sind.«

»Ich dachte, das wüsste jeder«, sagte er. »Das würde aber erklären, weswegen Sie die objektiv verrückte Entscheidung gefällt haben, sich mit Aurora einzulassen.«

»Davon haben Sie gehört?«

»Über die Standleitung wird praktisch von nichts anderem geredet. Es geht auch das Gerücht um, im Vergnügungspark wäre kürzlich jemand getötet worden. Stimmt das?«

Ich holte tief Luft und erzählte Lloyd, was da draußen im Schnee hinter dem Museum geschehen war, in jeder Einzelheit. Er hatte über dreißig Winter erlebt, er war dabei gewesen, als es Ichabod erwischt hatte – ich wollte wissen, was er davon hielt.

»Sie ist zurück«, sagte er, kaum dass ich geendet hatte. »Wenn sie seine Leiche finden, wird der kleine Finger fehlen. So macht es die Gronk. Das ist eine Art Trophäe. Haben Sie glucksendes Kinderlachen gehört, kurz bevor Lucky Ned weggeschleppt wurde?«

Wieder fühlte ich, wie mir die Haare zu Berge standen, und ich bestätigte das.

Er nickte weise.

»Der Grund, dass man das Wintervolk nicht wahrnehmen, jagen, in die Enge treiben oder töten kann, liegt darin, dass diese Wesen nur als Träume existieren, die länger überlebt haben als das Gefäß, das ihnen einst Leben einhauchte. Sie wirbeln um uns herum, huschen von Wirt zu Wirt, und dann tauchen sie gelegentlich auf, um Unruhe zu stiften. Wenn sie das getan haben, ziehen sie sich wieder zurück und verschwinden im kollektiven Unterbewusstsein.«

»Das ist ziemlich weit hergeholt.«

»Vielleicht. Manche sagen auch, das Ding, das wir als Gronk kennen, sei tatsächlich der verwaiste Albtraum von Gretl, der Tochter Ichabod Blocks, die er im Schlaf ermordete. *Gr*etl Bloc*k*, Gronk, kapiert?«

»Das ist sehr dünn.«

»Die Gronk erschien zuerst vor etwa zwanzig Jahren, nicht lange nach Gretls Tod – und Gretl war ein großer Fan von Rodgers und Hammerstein.«

»Das ist immer noch *sehr* dünn.«

»Zugegeben«, sagte Lloyd, der auf seinen Tresen starrte. Man hatte uns angewiesen, bei der Einschätzung abnormaler Winterphänomene nach der Regel Geringster Unwahrscheinlichkeitsfaktor[57] zu verfahren, und dies schien genau der Augenblick, in welchem sie anzuwenden war, denn alles andere war weniger unwahrscheinlich als die Vermutung, die Gronk habe Lucky Ned geholt. Es hätte ein Nachtwandler sein können, ein Konsul, ein Winsomniast, ein Schlafwandler – sogar jemand in einem modernen Schockanzug, Modell XXII mit eingebauter H4S. Und was wäre ein besseres Ablenkungsmanöver gewesen, als es tatsächlich so aussehen zu lassen, als hätte die Gronk zugeschlagen? Vielleicht hatte Lucky Ned sogar das Ganze arrangiert, um uns echte Morpheusfurcht zu lehren. Schurken probieren es gern mit psychologischer Kriegsführung.

Ich bedankte mich bei Lloyd und ging zum Fahrstuhl, mit einem unguten Gefühl im Bauch. Es war jedoch nicht nur der Hunger, der Stress dieses Tages, die Begegnung mit Toccata oder die Tatsache, dass ich dabei gewesen war, wie die Gronk erschienen war und sich Lucky Ned geholt hatte – nein, da war etwas anderes, das schon den ganzen Nachmittag auf meinem Gewissen lastete, etwas, das mir einfach keine Ruhe ließ.

Birgitta.

57 Kurz gefasst: Die einfachste und wahrscheinlichste Erklärung, egal, wie banal sie sein mag, ist vermutlich die richtige.

Etwas ist faul im Winter

»… Dem Dormitorium als Mittelpunkt sozialen Lebens kommt in der Psyche seiner Bewohner große Bedeutung zu. Es ist ein Ort, der Sicherheit, Wärme und Schlummer symbolisiert, und daher ist es auch nicht überraschend, dass viele eine starke Loyalität zu einer bestimmten Schlafburg entwickeln. Umzüge sind selten; der Name des Dormitoriums, die Nummer und die Flurfamilie werden zu einem Teil der eigenen Identität. Wenn man sich davon trennt, trennt man sich von einem Teil seines Ichs …«

HANDBUCH DER WINTEROLOGIE,
10. AUFLAGE, HODDER & STOUGHTON

Ich fuhr mit dem Paternoster bis in den neunten Stock, schloss die Tür zu meinem Apartment auf und warf meine Jacke über die Sofalehne. Dann nahm ich aufs Geratewohl eine der Walzen, legte sie in den Phonographen, und schon bald drang die entspannende Melodie der *Suite Bergamesque* durch den Raum. Im Küchenbereich goss ich mir eine Tasse Tee auf, aß ein Tütchen Cashewnüsse und beschmierte eine Scheibe Brot dick mit Erdnussbutter und

Marmelade. Anschließend nahm ich ein Paket Jaffa Cakes und drei schokoladenüberzogene Keksriegel mit Orangengeschmack aus dem Korb, schob sie in meine Taschen und öffnete leise die Tür. Zwar war niemand zu sehen, was nicht weiter überraschend war, aber ich zog trotzdem die Pantoffeln aus und schlich auf Socken über den Flur. Vor Birgittas Tür blieb ich stehen, prüfte kurz, ob die Luft rein war, schloss auf und glitt hinein.

Das Zimmer hatte sich seit dem Morgen kaum verändert. Es war nach wie vor voller Bilder, aber alles Organische war aufgegessen oder zumindest angenagt: die gesamten Vorräte, der größte Teil der Pappschachteln und sogar die Kerzen, die Seife und der Gummigriff eines Spachtels. Bevor Lloyd Birgitta in den Keller gebracht hatte, hatte sie alles an Protein verzehrt, was sie finden konnte. Sogar die Vorhänge sahen aus, als hätte sie darauf herumgekaut.

Vorsichtig begab ich mich ins Schlafzimmer. Birgitta lag immer noch in unnatürlicher und fast bewegungsloser Haltung auf dem Bett. Ich fühlte ihren Puls und stellte fest, dass sie lediglich in die typische Nachtwandler-Starre gefallen war. Sie mochte gefühlsmäßig und intellektuell hirntot sein, aber die steuernde Kraft ihres Hypothalamus funktionierte noch perfekt.

Das Schwierigste war gewesen, sie ungesehen die Treppe hinaufzubringen, und das Schlimmste, ihr den Daumen abzuschneiden. Ich drehte die Heizung höher, dann setzte ich mich aufs Bett und wartete. Ungefähr zwanzig Minuten später klappten ihre Augen auf.

»Ich liebe dich, Charlie«, sagte sie.

»Das bezweifle ich nicht«, sagte ich, »aber ich bin nicht dieser Charlie, dein Charlie. Zwar ließ ich mich von der

Hoffnung, dass du mich gemeint hättest, in die Irre führen, aber so war es nicht. Es war ein anderer Charlie. Es war eine … *Benennungskoinzidenz.*«

Ich gab ihr das Sandwich mit der Erdnussbutter und die Schokolade, dann ließ ich sie einen halben Liter Wasser trinken. Es war mir einfach nicht möglich gewesen, sie am Morgen auszumustern, und daher hatte ich die Angelegenheit vertagt, um mir alle Optionen offenzuhalten. Das Problem daran: Meine Optionen waren seit dem Morgen nicht mehr, sondern weniger geworden. Ich hatte gedacht, dass zwischen mir und Birgitta eine Verbindung bestand, aber das stimmte nicht. Wie hatte es Aurora mir erklärt: Ich hatte sie lediglich retrospektiv in meinen Traum eingefügt. Es war nur eine Frage der Zeit, bis man sie entdeckte, und aus dieser Klemme würde ich mich dann nicht mehr herauswinden können. Beherbergen war beherbergen, egal, wer es tat oder aus welchen Gründen. Ich würde jetzt tun müssen, was ich schon am Morgen hätte erledigen sollen.

Jonesy hatte recht gehabt. Das erste Mal ist immer das schwerste.

Ich nahm Birgittas Kopf sanft in den Arm, stellte meine Bambi auf *Test* und drückte die Waffe gegen die weiche Stelle im Nacken, direkt unterhalb des Schädels. Doch dann hielt ich inne; ungewollt stiegen mir die Tränen in die Augen. Es war ein Glück, dass das geschah, denn als ich mich bewegte, um sie wegzuwischen, bewegte sich auch Birgitta, und unter den Decken auf dem Bett schob sich die Ecke eines Skizzenblocks hervor. Sanft ließ ich Birgitta los und schlug die Decke zurück. Sie hatte gezeichnet, und zwar kürzlich erst: an diesem Tag, *nachdem* ich sie wieder in ihr Zimmer gebracht hatte.

»Kiki braucht die Walze«, sagte sie.

Auf der ersten Seite des Skizzenblocks war eine Zeichnung des blauen Buick, so wie ich ihn im Keller gesehen hatte, und in der Nähe stand die Eiche, um deren Stamm sich die großen Feldsteine türmten. Beim Auto lagen die Reste eines Picknicks, und etwas weiter entfernt befand sich ein Morpheleum. Und es saß eine Gestalt auf den Steinen: ein mutlos dreinblickender Don Hector, während sich um die Steine herum Hunderte von Händen aus dem Boden bohrten und darauf warteten, ihn zu erwischen.

Ich begann unkontrolliert zu zittern. Es war genau mein Traum, den ganz offensichtlich nun auch Birgitta geträumt hatte. Was nicht möglich gewesen wäre, wenn der Traum nicht tatsächlich ansteckend gewesen war – oder vielleicht griff auch hier die Theorie der retrospektiven Erinnerungsanpassung? Als ich das nächste Blatt aufschlug, offenbarte sich mir eine weitere Skizze, die jemanden zeigte, der unter einem alten Auto lag. Er versuchte, an eine davongerollte Taschenlampe heranzukommen, und das Licht zeigte die Profilansicht eines Gesichts, das Birgitta selbst einmal als »inspirierend faszinierend« beschrieben hatte. Ich war es. Aber es war nicht nur ich, es war eine *Erinnerung an mich aus jüngster Zeit*. Von diesem Morgen, als wir uns unter dem Buick begegnet waren. Birgitta hatte beinahe alles verloren, aber sie verfügte immer noch über die komplexe Auge-Hand-Koordination der Künstlerin, die sie einmal gewesen war.

»Ich habe mir eingeredet, ich hätte deinen Mann getroffen«, sagte ich leise, »drüben bei HiberTech. Ein Kerl namens Webster. Hat einen Bart und fährt einen Golfcart. Einer der Umgewidmeten.«

Sie sah sich mit leerem Blick um, ließ aber nicht erkennen, ob sie verstanden hatte, was ich sagte, oder ob sie sich ihrer Umgebung überhaupt bewusst war. Mehrere Male gab ich ihr einen Stift, aber sie griff nur bei einer Gelegenheit wirklich nach ihm und ließ ihn fast augenblicklich wieder fallen. Sie zeichnete nach dem Gedächtnis, wie eine Art menschlicher Fotokopierer. Ein komplexer Trick, aber immerhin ein Trick. Hoffnungslosigkeit breitete sich in mir aus. Selbst wenn ich verhindern konnte, dass Toccata Birgitta, ihrer üblichen Politik folgend, wie alle anderen Nachtwandler sofort ausmusterte und zusätzlich eine gute Erklärung dafür bieten konnte, wieso sie überhaupt noch am Leben war, würde man bei HiberTech alles, was von ihrem Verstand übrig war, auseinandernehmen und sie für niedere Arbeiten umwidmen, zu einer hirnlosen Drohne. Ich konnte mir nicht vorstellen, dass sie das gewollt hätte. Nein, ich musste tun, was ich schon am Morgen hätte tun sollen.

Ich ging in die Küche, um ihr noch etwas Wasser zu holen, aber als ich ins Schlafzimmer zurückkam, zierte eine neue Zeichnung den Skizzenblock: ein bärtiger Mann auf einem Golfcart. Es entsprach nicht meiner Erinnerung, der Golfcart sah anders aus, der Flur auch. Aber das spielte keine Rolle. Gerade geschah etwas fundamental Wichtiges.

Sie hatte verarbeitet, was ich gesagt hatte.

»Scheiße«, sagte ich, »du kannst mich verstehen.«

Ich schnippte mit den Fingern vor ihrem Gesicht, aber sie blinzelte nicht einmal.

»Die Gower ist von Dauer«, sagte sie mit ruhiger Stimme.

»Schön«, sagte ich und setzte mich neben sie. »Mein Name ist Charlie Worthing, ich bin Novize – na gut, inzwischen wohl Hilfskonsul –, und du bist für den Rest der Welt nichts weiter als eine Tricksy-Nachtwandlerin und so gut wie tot, aber ich weiß, du bist es nicht. Kannst du mir zumindest irgendwie ansatzweise erklären, wo du dich im Augenblick deinem Eindruck nach aufhältst?«

Dieses Mal wartete ich, bis sie antwortete. Eine Viertelstunde lang tat sie gar nichts, aber dann nahm sie den Stift zur Hand und zeichnete schnell die nächste Skizze. Sie zeigte den Strand auf der Gower-Halbinsel, das Wrack der *Argentinian Queen*, einen orangeroten Sonnenschirm von phänomenaler Pracht und Größe. Da war auch das kleine Mädchen, das hinter dem Strandball herlief, und Birgitta war so gekleidet wie jetzt während des Zeichnens. Die Bilder vom Buick-Traum und wie sie und ich unter dem Auto lagen, waren auf dem Sand ausgebreitet. Sobald sie fertig war, hielt sie inne und starrte zu Boden, von der Tätigkeit völlig erschöpft. Ich sah die Skizzen eine Weile an, und sie auch.

Sie war dort drin lebendig und träumte sich selbst an den Strand der Gower. *Ihr Verstand funktionierte.* Ich sah in Birgittas Augen und versuchte, eine Spur von ihrem gefangenen Ich zu entdecken, aber da war nichts. Sie blickte über meine Schulter, in die Zimmerecke, auf die Vorhänge, wieder zurück. Dann fing sie meinen Blick, und ihre veilchenblauen Augen verbanden sich einige Sekunden fest mit meinen.

»Birgitta?«, fragte ich. »Kannst du mich hören?«

»Ich liebe dich, Charlie.«

Ich seufzte und versuchte für mich zu klären, was all das im größeren Zusammenhang bedeutete. Die Schauspielerin, der ich im Zug begegnet war, hatte vielleicht recht gehabt, als sie sagte, ihr Ehemann hätte noch gelebt, und Mr. Tiffens komplexe Täuschung, um seine Frau zu schützen, hätte sich ihrerseits dadurch erklärt, dass auch er davon überzeugt gewesen war. Dann war da noch Olaf Yawnersson gewesen, hier im Douzey, der gleich mehrere Nachtwandler für mehr als drei Jahre beherbergte, ohne dass es Anzeichen für irgendwelche Verbrechen gegeben hatte. Vielleicht hatte auch er irgendetwas entdeckt, das ihn zu dem Schluss führte, seine Schützlinge seien nicht wirklich tot. Es gab andere, anekdotenhafte Geschichten von Familienmitgliedern, die überzeugt waren, dass im Innern eines kannibalistischen, hirntoten, geliebten Menschen noch ein Bewusstsein schlummerte, aber HiberTech hatte das stets rundweg abgelehnt, und die Nachtwandler waren entweder zerlegt, ausgemustert, für Experimente benutzt oder umgewidmet worden. Wenn das, was diese Menschen glaubten, tatsächlich stimmte und HiberTech davon wusste, dann war die Handlungsweise des Konzerns nicht anders als *abscheulich* zu bezeichnen.

»Kiki braucht die Walze.«

»Bestimmt«, sagte ich, »und ich wünschte, dass ich eine Ahnung hätte, was das bedeutet.«

Ich gab Birgitta noch ein paar Jaffa-Kekse, und dann steckte ich sie in die Badewanne und schrubbte den Dreck ab, der ihren dreifarbigen Winterpelz verklebt hatte. Sie saß teilnahmslos da, während ich sie wusch, als ob ich einen Hund oder ein Kleinkind säuberte, und sie gab keinen Ton von sich, als ich ihr das verfilzte Haar abschnitt, Läuseöl in die Kopfhaut einmassierte und den Verband um ihre Hand wechselte. Anschließend zog ich ihr saubere Kleidung an, räumte auf, sorgte dafür, dass reichlich Stifte und

Papier in ihrer Reichweite lagen und versprach ihr, zum Frühstück wieder etwas zu essen zu bringen.

Nachdem ich die Tür fest hinter mir verriegelt hatte, kehrte ich in mein Apartment zurück, machte mir eine Tasse Nesbit-Kakao, zog mich aus und ging ins Bett. Zwar war es noch nicht sehr spät, aber ich war müde. Zunächst nahm ich noch mein Notizbuch zur Hand, um ein wenig Tagebuch zu führen, überlegte mir allerdings, dass dies vielleicht keine gute Idee war, falls diese Aufzeichnungen einmal in die falschen Hände fielen, daher lehnte ich mich einfach nur zurück und betrachtete Klytämnestra, die meinen Blick mit unveränderlicher, pigmentbasierter Psychopathie erwiderte.

Ich hatte meinen ersten vollen Tag in Sektor 12 überlebt, wenn auch nur knapp. Ich litt an einer Hibernations-Narkose, die bei mir als Déjà-vu-Erinnerungsumkehrung auftrat. Das hätte eigentlich schon gereicht, war aber nicht mein einziges Problem. Ich hatte Toccata angelogen, was meine Beziehung zu Aurora betraf, der eventuelle Real-Sleep-Aktivist Hugo Foulnap hatte sich mit Toccatas Wissen als Konsul getarnt, und ich hatte entdeckt, dass Nachtwandler möglicherweise gar nicht so tot waren, wie es den Anschein hatte. Angesichts der Tatsache, dass mich die Erlauchte Goodnight gefragt hatte, ob ich bei Mrs. Tiffen Anzeichen erlernten Verhaltens beobachtet hatte, war HiberTech vermutlich auch schon darauf gekommen. Was das möglicherweise mit dem Projekt Lazarus zu tun hatte, diesbezüglich war ich mir nicht sicher – falls es überhaupt der Fall war. Aber bei einem universellen Anspruch auf Morphenox würde die Zahl der Nachtwandler steigen, und wenn man sie dazu umwidmen konnte, mehr als nur einfache Aufgaben zu übernehmen, entstand damit für HiberTech ein potenziell wertvolles Arsenal an Arbeitskräften.

All diese Probleme erschienen jedoch trivial angesichts des größten, das es für mich zu bewältigen galt: Birgitta am Leben, in Sicherheit, warm, satt und vor neugierigen Augen verborgen zu halten. Vielleicht würde alles gut werden, wenn mir das bis zum Frühlingserwachen gelang und ich dann mit ihr zur Presse gehen konnte. Dann konnte man Morphenox und das Nachtwandler-Phänomen genauer unter die Lupe nehmen, Fragen stellen, Birgitta untersuchen lassen. Aber bis dahin gab es ein größeres Problem. Nahrung. Nahrung für 91 Tage. Falls ich Birgitta hungern ließ, würde sie in Kannibalismus verfallen, und dann stand ich ganz oben auf ihrer Speisekarte. Ich versuchte mir irgendeinen glaubwürdigen Vorwand auszudenken, der mir Zugang zum gut bewachten Vorratslager verschaffen würde, aber es dauerte nicht lange, und meine optimistischen Gedankengänge verloren sich im Nichts. Es war nicht die Frage, ob sie entdeckt wurde, sondern lediglich, wann. Und wenn man sie fand, dann war ich erledigt. Auf mich warteten Gefängnis, Jobverlust, und vor allem – und das war am schlimmsten – die dauerhafte Missbilligung Schwester Zygotias. Ich würde meine Tage als Gemeindelakai beschließen, für einen gedeckelten Lohn von zehn Euro pro Stunde durch den Winter wandern und darauf warten, dass mich endgültig das Glück verließ.

Ich brauchte irgendetwas, wohin ich mich flüchten konnte, und als ich es zwei Stunden später fand, war es mehr als willkommen. Es half mir, meine Erschöpfung zu überwinden und meine Sorgen zu vergessen, und es ließ mich zu Birgitta zurückkehren. Nicht zur lebenden Nachtwandlerin

Birgitta, die ich in ihrer Wohnung eingeschlossen hatte und mit meinem Leben und meinem Ruf schützte, sondern zur Traum-Birgitta, die in meinem Unterbewusstsein wohnte.

Auf der Gower-Halbinsel.

Ein weiteres Mal.

Neue Träume

»Untersuchungen der Gletscher belegten, dass sie Jahr um Jahr weiter vorrückten, aber nur wenige Politiker waren bereit, den Klimawandel anzuerkennen und sich damit auseinanderzusetzen, und dementsprechend war man mit politischen Maßnahmen im Verzug. Die unangenehme Wahrheit bestand darin, dass nach aktueller Schätzung und ohne kohärente Strategie alles Land nördlich des 42. Breitengrads in zweihundert Jahren von einer Eisschicht bedeckt sein würde …«

ÜBERLEBEN AUF DEM SCHNEEBALL ERDE, JEREMY WAINSCOTT

Es fühlte sich an, als wäre ein Block oder ein Riegel aus meinem Kopf gezogen worden, und mein Traumgetriebe, das aufgrund der langen Nichtbenutzung eingerostet war, sei endlich wieder in Bewegung geraten. Ich träumte von der Stadt, die unter einer weißen, weichen Decke unberührten, frisch gefallenen Schnees lag. Ich sah Jonesy als vordere Hälfte in einem Pferdekostüm, umgeben von ihrer Sammlung abgeschnittener Daumen, 63 an der Zahl, dann erschien Mutter Fallopia, die mich mit strengem Blick musterte und auf eine schlafende Birgitta hinabsah, inmitten eines Dutzends Gemälden, die alle Charlie Webster zeigten, der mich aus seinen gemalten Augen ebenfalls mit strengem Blick bedachte.

Und dann war ich draußen und sah Aurora, die zwischen den Schneewehen herumlief und dabei völlig nackt war. Ihre Körperbehaarung war von heller, mausbrauner Farbe und nur zweieinhalb Zentimeter lang, abgesehen von dem kahlen Streifen über der Wirbelsäule, der die Form eines Pappelblatts zeigte, die *linea decalvare,* welche von den klassischen Malern so geschätzt wurde. Sie wandte sich um, und plötzlich war sie Toccata, die an einem Tisch saß, während ich auf einer Fleischplatte vor ihr lag, mit Honigglasur bestrichen und einem Apfel im Mund.

Aber so seltsam diese Bilder auch sein mochten, sie waren doch ganz normale Standardträume. Ich *wusste,* dass es sich um Träume handelte und konnte sie entsprechend einordnen. Aber ähnlich wie im Kino, wo man erst einmal die Werbung und die Trailer hinter sich bringen muss, bevor der Hauptfilm anfängt, wartete ich darauf, dass es irgendwann mit einer Explosion aus Sound und Licht endlich richtig losgehen würde und ich es mir gemütlich machen und mich entspannen konnte.

Und so war es auch – in einem herrlichen Wirbel aus Licht und Farben entfernte ich mich vom niederen Unterbewusstsein und tauchte in die übersteigerte Realität des höheren Traumzustands.

Wir waren wieder auf der Gower-Halbinsel, die *Argentinian Queen* lag gestandet in Ufernähe, die blaue Farbe schimmerte an einigen Stellen noch durch den Rost, lose hängende Kabel schwangen im Wind. Alles war genau wie zuvor, als würde man einen Film zum zweiten oder dritten

Mal sehen – vorhersehbar vertraut und verlässlich in der Präzision seiner Wiederholung. Der Sand, die Sonne, der große orangerote Sonnenschirm von phänomenaler Pracht und Größe, Birgitta in ihrem einteiligen Badeanzug in der Farbe frisch entrollter Blätter. Sie sah mich an, schob sich das Haar hinters Ohr, lächelte, und in diesem Augenblick erschien wieder alles perfekt. Alles war die schönste Sommertopie, und nichts konnte das Gefühl überbordender Glückseligkeit trüben. Das Kind mit dem Strandball lief an uns vorüber, das glucksende Lachen ertönte, und das war ihr Stichwort. Dieselben Worte mit derselben Betonung.

»Ich liebe dich, Charlie.«

»Ich liebe dich, Birgitta.«

Und trotz des unzusammenhängenden Traumzustands, in dem ich mich befand, und trotz der Unmöglichkeit der Situation in der Realität tat ich genau das. Nicht wegen dem, was ich an diesem Urlaubswochenende vor zehn Jahren vor mir sah, sondern im Hier und Jetzt, sicher in dem Wissen, dass ich sie auf eine beschützende Weise liebte, tief im tristen Mittwinter von Sektor 12 und in der uns umgebenden Schäbigkeit des *Sarah Siddons*. In dem Wissen, dass ich sie versteckte, mich um ihre Bedürfnisse kümmerte und versuchte, den Weg in eine Zukunft zu finden, in der es etwas geben mochte, das an Überleben und Gerechtigkeit erinnerte.

Wieder sah ich auf meine Hände und berührte meinen symmetrischen Kopf, spürte das Kratzen von Bartstoppeln unter meinen Fingerspitzen. Und ich befühlte meine Nase: gerade, römisch, vornehm.

»Ich bin gern Charles«, sagte ich.

»Du bist jetzt Charles, *mein* Charles«, sagte Birgitta mit

einem fröhlichen Kichern. »Versuch nicht über den Hiber-Tech-Komplex und den Sicherheitsdienst nachzudenken. Nur heute und morgen, 48 Stunden. Du und ich. Was auch für Träume kommen mögen.«

Es war dieselbe Zeile. Wort für Wort wiederholt.

»Was auch für Träume kommen mögen«, erwiderte ich und fügte dann aus reiner Experimentierlust hinzu: »Während Affen mit Waffen nur Streifschüsse schaffen.«

Birgitta runzelte die Stirn. »Was?«

»… reicht es wohl jedem Mammut, das weiß, was ihm guttut, um mit einem Clown aus Manchester Town schnell abzuhaun.«

Dann schlug ich ein Rad auf dem weichen Sand. Ich hatte das schon eine Weile nicht mehr getan und sah kurz Sterne, aber als ich mich dann wieder zu Birgitta wandte, hatte sie einen so verwirrten Gesichtsausdruck aufgelegt, dass ich mir Sorgen machte.

»Du bist jetzt Charles, *mein* Charles?«, wiederholte sie unsicher.

»Für den Augenblick ja.«

»Du und ich? Was auch … für Träume kommen mögen.«

Ich hatte den Traum verändert. Nicht nur einzelne Worte, sondern Handlungen. Und ich hatte auch Birgittas Reaktion beeinflusst.

»Was auch für Träume kommen mögen«, sagte ich.

»Schnell ein Schnappschuss vom Glück?«, fragte der Fotograf. »Sie werden ganz wunderbar aussehen, und das zu …«

»Zu einem sehr vernünftigen Preis, wie Sie feststellen können?«, unterbrach ich ihn. »War es das, was Sie sagen wollten?«

»Äh, ja«, sagte der Fotograf und sah Birgitta an, die die Achseln zuckte. Ich wusste, dass jetzt ich das Steuer in diesem Traum übernommen hatte, anstatt wie zuvor ein Passagier zu sein.

»Wir haben nicht viel Zeit«, sagte ich, da ich fühlte, dass sich der Schatten des blauen Buick unserem Strandidyll schnell näherte. »Ich will mehr von dir und mir sehen, woanders als am Strand. Wann und wo haben wir uns das letzte Mal getroffen?«

Das Lächeln verschwand von ihrem Gesicht.

»Das muss ich dir doch nicht sagen, Charlie, das weißt du schon.«

Es stimmte, das tat ich. Es war im *Cambrensis* gewesen, vor drei Jahren, eine Woche vor Beginn der Winterruhe. Aber gerade in diesem Augenblick erschien das kleine Mädchen mit dem Strandball und dem glucksenden Lachen, aber dieses Mal lief es nicht vorbei, sondern blieb stehen und starrte mich an.

»Sei vorsichtig, Charlie. Wenn du in die Träume anderer Leute hineinblickst, wirst du nur Albträume finden.«

Dann rannte sie mit ihrem Ball davon.

Ich machte mich bereit, dann sprang ich in einen anderen Traum, einen Traum im Traum. Zwar hatte ich gar nicht gewusst, dass ich das konnte, aber – es klappte. Es war, als stellte man mit achtzehn fest, dass man Klavier spielen kann und das eigentlich auch immer schon gewusst hat; es war gleichzeitig eine Überraschung und die Erfüllung einer Erwartung.

Ich befand mich draußen vor einem dunklen, freudlosen Dormitorium, trist und abweisend mit seinem im Laufe der Jahrhunderte dunkel angelaufenen Stein. Der Traum war genau wie der vorhergegangene überaus realistisch und unterschied sich nur dadurch von der Realität, dass ich *wusste*, dass es ein Traum war. Ich hatte das Gebäude schon einmal gesehen, in der wirklichen Welt. Es war das *Geraldus Cambrensis*.

Ich erhaschte einen kurzen Blick auf mein Spiegelbild in der lackierten Oberfläche der Tür und sah Charlie Webster vor mir. Er wirkte härter, müder, älter, gestresster. Neugierig stieß ich die Tür auf und fragte mich, wohin mich mein Unterbewusstsein führen wollte.

Das Innere der Schlafburg war im Stil des 13. Jahrhunderts eingerichtet, als nur Klerus und Adel Dormitorien verwendeten und der Winterschlaf untrennbar mit Tod, Erneuerung und Religion verbunden war. Eine gewundene Treppe führte hinter der Lobby zum großen, hohlen Wärmeschacht in der Mitte, aber es standen moderne Sofas links und rechts vom Empfangstresen, an dem der Portier gerade Papierkram erledigte. Zsazsa saß auf einem der Sofas und blätterte in einer Ausgabe der *Ludlow Vogue*, und auf einem anderen hatte sich Agent Hooke hinter einer Zeitung verschanzt. In einer Telefonzelle an der Seite sah ich eine weitere Gestalt, die Aurora oder Toccata hätte sein können, aber es war unmöglich zu sagen, um wen von beiden es sich handelte.

»Guten Abend«, sagte der Portier. Mein Konsul-Charlie-Ich kannte ihn nicht, aber der Birgitta-Charlie schon.

»Guten Abend«, gab ich zurück. »Gibt es Nachrichten für mich?«

»Nur eine.« Er griff in mein Fach und reichte mir einen Zettel.

Die Gower ist von Dauer

Es war nicht die Handschrift des Portiers. Es war Birgittas, und ich wusste sofort, was diese Nachricht bedeutete: Sie waren mir auf den Fersen, und ich musste so schnell wie möglich in das sichere Versteck, untertauchen und neue Anweisungen abwarten.

Ich dankte dem Portier, wandte mich ab, aber statt, wie Birgittas Warnung nahelegte, sofort zu flüchten, ging ich leise die Stufen zum ersten Stock hinauf. Ich hörte das Rascheln einer zusammengefalteten Zeitung, dann Schritte auf dem Steinfußboden unter mir, aber ich beschleunigte mein Tempo nicht. Wenn ich Agent Hooke hören konnte, dann hörte er auch mich.

Das Gebäude war unübersehbar uralt, düster und in schlechtem Zustand. Überall standen Eimer, um das Wasser aufzufangen, das durch das Deckengewölbe leckte, und der Schimmel blühte großflächig auf dem feuchten Gips. Ich ging ein Stück den ringförmigen Flur entlang, betrat Zimmer 106 und schloss vorsichtshalber hinter mir ab.

Der Raum war nicht groß, hatte eine gewölbte, mit Gips gespachtelte Decke und war mit Kiefernpaneelen im Tudorstil vertäfelt. Licht fiel durch ein einzelnes Sprossenfenster, das man nach oben aufschieben konnte und das auf eine Feuertreppe hinausführte, und an der Wand war eine Uhr, die dauerhaft auf 10:55 stand, in einem mehrzackigen Stern eingelassen. Es gab keine Bücher, keine persönlichen Gegenstände, keine Bilder, keine Fotos. Webster wirkte auf mich wie ein Mann ohne Vergangenheit – oder wie ein Mann, der verzweifelt genau diesen Eindruck erwecken wollte.

Ohne nachzudenken, griff ich in den Ledertornister, den ich über der Schulter trug, und nahm eine runde Papprolle heraus, wie sie dazu benutzt wurde, um Musik- oder Diktaphonwalzen zu transportieren. Sie enthielt die Aufnahmewalze, die ich, wie man mir aufgetragen hatte, zu Kiki bringen sollte. Aber ich wusste nicht, wer Kiki war, wie ich dort hinkommen sollte oder auf welche Weise ich an die Walze herangekommen war. Zwar war ich ein Teil von Charles Webster, aber nicht alles von ihm; ich blickte nur aus einem kleinen Fenster auf sein Leben. Doch nun ging ich zum Kamin und schob die Walze auf einen günstig angebrachten, kleinen Sims, der sich innen im Abzug befand. Anschließend nahm ich ein Streichholz, zündete die Notiz an, die mir der Portier gegeben hatte, und sah zu, wie sie verglühte.

Gerade wollte ich mich fragen, wann Birgitta erscheinen würde, als es – vorhersehbarerweise, schließlich war es ja mein Traum – ans Fenster klopfte und sie mir von der Feuertreppe aus zuwinkte. Aber sie war nicht die Birgitta vom Strand, sondern eine ernsthafte Birgitta, eine Spätjahr-Birgitta, eine fürs Baby im Frühling rundgefütterte Birgitta, eine besorgte Birgitta, deren Sorgen allerdings nicht ihr selbst galten.

»Um Himmels willen, Charlie«, sagte sie, als ich das Fenster öffnete und ihr beim Hereinklettern half, »hat der Portier dir meinen Zettel nicht gezeigt?«

Aber wenigstens war sie da, ob verärgert oder nicht. Ihr dunkles Haar war lose zu einem Pferdeschwanz zusammengebunden, und unter ihrem Parka trug sie eine farbbekleckerte Latzhose.

»Doch, ich habe deine Nachricht bekommen«, sagte ich und ließ mich von der Erzählung mitreißen, genoss den Kitzel der Gefahr. Ich hatte das *Cambrensis* aus der Ferne gesehen und wusste, wo Webster gewohnt hatte; schließlich war seine Adresse in seiner Akte vermerkt gewesen. Jetzt füllte ich die Lücken. Es war ein Traum, in den ich mich hineinfallen lassen konnte, eine angenehme Erfahrung. Das Abenteuer war ganz und gar in meinem Kopf, und ich würde jeden Augenblick genießen.

»Warum bist du dann nicht im Versteck?« Ihr Ton ließ erkennen, dass ihre Ungehaltenheit mehr in Sorge als in Ärger wurzelte. »Kiki hätte deine Evakuierung arrangiert.«

Der Traum wurde von Sekunde zu Sekunde mehr zum Agententhriller. Birgitta und ich waren nicht als Wirtschaftsemigranten im Douzey. Wir hatten die Aufgabe, für die Echtschlaf-Kampagne herrschende Strukturen zu unterwandern. Ich war undercover bei HiberTech und hatte mich vom ungelernten Arbeiter hochgearbeitet, um Zugang zu sensiblen Informationen zu bekommen.

»Ich bin nur Pfleger. Ich stelle mich dumm. Die haben nichts in der Hand.«

»Dieses Mal doch. Sie war da, in der Telefonzelle, als ich hereinkam. Sie weiß Bescheid.«

Darauf wusste ich zunächst nichts zu erwidern, aber das war in Ordnung, Birgitta übernahm das Reden für mich. Und als sie wieder sprach, war es das Erwartete.

»Kiki braucht die Walze.«

Natürlich. Das musste sie sagen. Immer noch füllte ich mit allem, was sich mir bot, die verbliebenen Lücken. Wie schon gesagt, ein Traum ist schließlich der Versuch des Unterbewusstseins, aus einem Durcheinander von Gedanken, Fakten und Erinnerungen eine fortlaufende Erzählung zu spinnen.

»Er ist sicher«, sagte ich und meinte damit den Pappbehälter, den ich gerade im Kamin versteckt hatte. »Aber ich werde ihn holen, das verspreche ich – und zu Kiki bringen.«

Sie hob die Augenbraue. »Ich werde Sektor 12 nicht verlassen, solange du noch hier bist.«

In diesem Augenblick klopfte es laut an der Tür. Auch wenn wir das erwartet hatten, schraken wir doch zusammen.

»Webster?«, ertönte eine Stimme, die zu Toccata oder Aurora hätte gehören können.

»Wer ist da?«, rief ich in unschuldigem, singendem Tonfall.

»Was glauben Sie denn?«, schallte es zurück. »Die Gronk? Machen Sie die verdammte Tür auf.«

Birgitta und ich sahen einander an.

»Sie werden das Apartment durchsuchen«, flüsterte ich, »und nichts darf uns beide miteinander in Verbindung bringen. Hier.«

Ich zog ein verblichenes Foto aus seinem Versteck hinter der sternförmigen Uhr. Es war ein Polaroid von uns beiden, eine dünne Scheibe Zeit von diesem perfekten und nun lange zurückliegenden Augenblick am Strand von Rhosilli. Ich gab es ihr.

»Du hast es behalten?«, fragte sie. »Eine wirklich dumme Idee. Ich werde es vernichten.«

Sie schob das Polaroid in ihre Tasche, dann sahen wir uns kurz an. Wenn der Moment am Strand der Höhepunkt unserer gemeinsamen Zeit gewesen war, war dies nun der Tiefpunkt. Es war das letzte Mal, dass wir / sie einander sehen würden, und ich glaube, wir / sie wussten das beide. Unsere letzten Worte waren schnell gesprochen.

»Ich liebe dich, Charlie.«

»Ich liebe dich, Birgitta.«

Wir sagten es tonlos, ohne Gefühl – genau wie Birgitta, die Nachtwandlerin, es mir gegenüber in der Realität geäußert hatte. Die Monotonie war kein Zeichen ihres mangelnden Geistes gewesen, sie hatte es nur genau so wiederholt, wie sie es zum letzten Mal gesagt hatte. Ohne Eile, als Tatsache, nicht als Hymne der Leidenschaft.

Und dann war sie verschwunden, aus dem Fenster geklettert und die Feuertreppe hinuntergestiegen. Die Tür erzitterte, als draußen ein Wummser abgefeuert wurde, das Schloss flog mit lautem Krachen aus dem Holz und bohrte sich in die gegenüberliegende Wand. Ein zweiter Schlag verwandelte die Tür in eine Wolke aus Holzsplittern und …

… und dann saß ich unter der Eiche, auf den achtlos gestapelten, zerkratzten Feldsteinen, die Luft schwer von Sommerduft, der Himmel azurblau, und das Licht drang durch die ausgebreiteten Äste und malte ein Blättermuster auf die Erde.

Wie schon zuvor war da kein Übergang, keine Warnung, nichts. Eben noch war ich im Cambrensis gewesen und stand kurz davor, verhaftet zu werden, und dann fand ich mich völlig unvermittelt unter der Eiche wieder. Ich setzte mich auf und sah mich um. Ich war nicht mehr Webster, ich war Don Hector. Meine Wangen hingen schlaff herab, meine Glieder schmerzten, mein Augenlicht war verdunkelt, mein Sichtfeld eingeschränkt. Das taube Gefühl in der linken Körperhälfte war ebenfalls immer noch da, und in meiner Brust fühlte ich ein Rasseln, von dem ich wusste, dass es keine vorübergehende Infektion war, sondern ein Trauermarsch.

Unsicher kam ich auf die Beine und sah mich um. Der blaue Buick stand da, das Morpheleum war am Horizont zu sehen, die Picknickutensilien waren auf dem Gras ausgebreitet – und da war auch Mrs. Nesbit mit ihrer wellenförmigen, bläulichen Aura, die knisternd ihren Umriss einrahmte.

»Wir kennen da eine abseits gelegene Farm in Lincolnshire, dort wohnt Mrs. Buckley. Im Juli …«

Sie konnte den Satz nicht beenden. Abrupt fiel ihr die andere Stimme ins Wort, die der einschüchternden Mrs. Nesbit, deren Text nicht zu den Mundbewegungen der schimmernden Gestalt passte. Dieses Mal erkannte ich sie wieder. Die Erlauchte Goodnight.

»Worthing?«

»Ja.«

»Sind Sie da, unter der Eiche, in der Sonne, bei dem blauen Buick und dem Picknick?«

»Ja«, sagte ich und starrte auf eine Blume in wenigen Schritten Entfernung, hinter der sich eine Hand verbarg.

»Wo waren Sie gerade eben hin? Sie haben etwas geträumt. War es für unsere Suche nach der Walze von Bedeutung?«

»Nein«, erwiderte ich schnell, »bloß irgendwelches Zeug vom Pool – ein erinnerungswürdiges Indoor-Cricket-Match, bei dem Billy DeFroid die Hand von der Statue des St. Morpheus abschlug und sie dann mit Kaugummi wieder anklebte, während er bei Ed Dweezle auf den Schultern saß.«

»Sehr interessant«, sagte Mrs. Nesbit.

»Tatsächlich?«

»Nein. Es ist wahrscheinlich das Uninteressanteste, was ich je gehört habe. Es gibt nur einen Traum, von dem ich etwas hören möchte, und das ist der mit der Walze. Wir müssen herausfinden, wo sie ist. Wir müssen sie wiederbekommen.«

Nun wusste ich endlich, um was für eine Walze es sich handelte, zumindest rein von der Sache her: um eine *Aufnahme*-Walze, vermutlich aus Wachs und mit einer Tonaufzeichnung, die in einem Kaminabzug im *Cambrensis* steckte.

»Die, hinter der Kiki her ist?«

Es folgte eine Pause.

»Genau, Worthing. Die, hinter der Kiki her ist.«

»Was ist drauf?«

»Nichts, das Sie etwas angeht. Versuchen Sie einfach, sich daran zu erinnern, wem Don Hector das Ding gegeben hat oder wo es jetzt ist. Es ist wichtig. Versuchen Sie, sich zum Morpheleum durchzuschlagen. Vielleicht haben Sie mehr Glück als die anderen.«

»Die anderen?«

»Ich meinte … *das andere Mal,* als Sie es versucht haben.«

Aber ich hörte nicht wirklich zu. Ich wusste, dass Webster die Walze bekommen hatte, aber ich wollte wissen, wo das geschehen war. Den Kreis schließen, sozusagen. Außerdem *wusste* ich, dass ich zum Morpheus-Tempel gelangen musste, den ich am Horizont sah. Ich kletterte so schnell, wie meine limitierte Bewegungsfreiheit es mir erlaubte, von den großen Steinen, dann humpelte ich über das offene Gelände zum Buick und tastete in der Tasche nach dem Schlüsselring mit der Hasenpfote. Ich trat eine Hand beiseite, die sich an meinem Hosenbein festklammern wollte, dann riss ich die Autotür auf und stieg in den Wagen. Dabei hatte ich nur kurz einen Vorteil erlangt; binnen Sekunden wuselten die Hände gekränkt über die Motorhaube, und ihre Haut fuhr quietschend über das Glas, als sie versuchten, sich durch den Schlitz oben am verklemmten Fahrerfenster zu quetschen. Es waren schon bald so viele, dass sie weniger wie Hände und mehr wie fingergroße Maden wirkten, die in einer Blechdose herumwimmelten.

Hastig hantierte ich mit dem Schlüssel herum, startete den Motor, legte den ersten Gang ein und fuhr mit einem Ruck los. Glücklicherweise fielen oder rutschten die meisten Hände dabei vom Wagen, und die wenigen, die es bis in den Innenraum geschafft hatten, warf ich hinaus. Schon bald war ich so gut wie allein, rollte über die Graslandschaft und hörte nichts außer dem Rumpeln der Räder über die Grasnarbe.

Es dauerte keine Minute, bis ich den Tempel erreicht hatte, und ich hielt an, stellte den Motor ab und stieg aus. Die Hände, die sich auf dem Wagen gehalten hatten, schienen von der plötzlichen Entwicklung der Dinge so perplex, dass sie sich nicht rührten, sondern mich schweigend observierten, während sie auf den Fingerknöcheln hin und her wippten.

Ich ging zum Morpheleum, das in meinem Traum perfekt detailliert ausgestaltet war – Flechten blühten auf den vom Alter verwaschenen Steinmetzarbeiten, Risse zogen sich durchs Mauerwerk, und Efeu hielt das ganze Gebäude in seinem erstickenden Würgegriff umklammert.

»Sind Sie am Tempel?«, fragte Mrs. Nesbit, die noch immer da war, rechts von mir und leise schimmernd.

»Ich bin da.«

»Die erste Person, die es geschafft hat«, bemerkte sie. »Sie schlagen sich gut. Aber es ist nichts gewonnen, bevor Sie nicht die Walze finden. Nur der Tod erlöst Sie von diesem Traum.«

»Sie machen einem richtig Mut, Goodnight«, sagte ich.

»Ich bin Mrs. Nesbit«, sagte Mrs. Nesbit nach einer Pause, die mir nichts anderes bewies, als dass sie genau das nicht war. »Und wenn ich Goodnight wäre – was ich nicht bin –, dann sollten Sie den Höflichkeitstitel ›Erlauchte‹ verwenden. Das hat sie nach einem Leben selbstlosen Abrackerns doch wohl verdient, meinen Sie nicht?«

»Ja, Ma'am.«

»Finden Sie die Walze. Erforschen Sie den Tempel. Los.«

Ich streckte zögernd die Hand aus, um das Gebäude zu berühren, und geriet mit einem beinahe fließenden Übergang in einen anderen Traum. Ich war noch immer Don Hector, aber es war nicht mehr Hochsommer, sondern Spätherbst, und die graue Bewölkung kündete von aufziehendem Regen. Obwohl ich einen Mantel trug, zitterte ich, während ich mich umsah. Der blaue Buick war verschwunden, aber das Morpheleum war noch da, wirkte noch dunkler und verbotener, ansonsten jedoch identisch mit dem vorherigen Gebäude. Jetzt lag es in einem überwachsenen Hain voller toter Brombeerranken, Weißbirken und jungen Eschen, die Äste bereits kahl und bereit für den Winter. Plötzlich wusste ich, wo ich mich befand – in dem verwilderten Garten inmitten des Kreuzgangs im HiberTech-Komplex. Dies war der Ort, an den sich Don Hector zurückzog, wenn er in Ruhe und Frieden ganz für sich sein wollte. Ganz allein sein Ort.

Aber wenn ich geglaubt hatte, Mrs. Nesbit abgeschüttelt zu haben, irrte ich mich. Sie stand direkt neben mir im Morpheleum. Offenbar war sie nicht an die Umgebung gebunden, sondern an *mich*.

»Was geht da vor sich?«, fragte sie.

»Sie sind nicht tot«, sagte ich völlig verwirrt und äußerte damit, bevor es mir selbst klar wurde, meine eigenen Ansichten über die Nachtwandler. »Der katastrophale neurologische Kollaps, den die von Morphenox ausgelöste hibernationelle Hypoxie verursacht, ist gar kein Kollaps – es handelt sich um einen Zustand, in dem sich das Bewusstsein unter die Schwelle der Messbarkeit verschiebt.«

Ich wusste nicht, wovon ich da sprach; es waren die Worte Don Hectors, nicht meine.

»Das ist uns bekannt«, sagte Mrs. Nesbit, »deswegen brauchen wir ja die Walze. Aber eines nach dem anderen. Stehen Sie immer noch vor dem Tempel des Morpheus?«

»Ja.«

»Gehen Sie hinein.«

Ich trat vor und quetschte mich zwischen die schweren Bronzetüren. Das Innere hatte die Ausmaße eines Badmintonplatzes und wurde von zwei schmalen Fenstern erhellt, die tief in die dicken Mauern eingelassen waren. Es gab einen Mittelgang, zu dessen beiden Seiten parallel zwei Arkaden verliefen, abgeteilt vom Hauptraum durch eine Reihe von Bögen, die von schlichten Säulen gestützt wurden. Ich ging zum Chorraum an der Rückseite, wo sich ein Kuppeldach über einem staubigen Altar erhob, der mit Opfergaben für tiefen und sicheren Schlaf bedeckt war. Es handelte sich hauptsächlich um Blumen und Nahrungsmittel, die seit vielen Jahren verrottet waren und sich längst in vertrocknete Schnipsel verwandelt hatten.

»Tun Sie nichts, was Sie später bereuen«, warnte Mrs. Nesbit, die sich jetzt im Tempel befand und einen bläulichen Schimmer auf die Ornamente warf, »denn wir können unsere Träume in Ihre Albträume verwandeln.«

»Vielleicht«, sagte ich, »könnten Sie auch das zu Ihrem Missionsslogan und Firmenmotto machen.«

»Mutig gesprochen«, erwiderte Mrs. Nesbit, »aber am Ende werden wir lachend als Sieger dastehen. Ihre Traumzeit ist fast vorbei. Wir unterhalten uns bald wieder.«

Abrupt verschwand sie, und mein Ohr zuckte, als ich einen Schuh über Stein scharren hörte. Teils verborgen in den Schatten stand dort ein Mann in der Dienstkleidung einer medizinischen Pflegekraft mit der typischen weißen, kragenlosen Jacke, die vorn eine schräg geknöpfte Klappe aufwies. Ich erkannte ihn sofort. Es war Charles Webster, mein vertrauter und ausgesprochen unmatschbirniger Schlaf-Avatar.

Nur zwei Minuten zuvor war ich noch er gewesen, jetzt stand ich vor ihm und sah ihn an.

»Don Hector?«, fragte er mit nervöser Stimme.

»Was wollen Sie?«, fragte ich.

»Ich bin ein Freund von Kiki.«

Ich winkte ihn zu mir heran und reichte ihm eine schlichte Pappröhre, eben jene, die Webster später in seinem Kamin verstecken würde, kurz bevor man ihn festnahm. Es lief alles rückwärts, aber Träume waren, wie ich feststellte, selten linear.

»Hüten Sie diese Walze wie Ihr Leben«, sagte ich, »und geben Sie sie Kiki. Wir werden uns nie wieder begegnen.«

Webster begriff die Bedeutsamkeit der Lage und verschwand schnell wieder. Nur wenige Minuten später sah ich draußen die gekreuzten Lichtstrahlen mehrerer Taschenlampen zucken, und dann trat die Erlauchte Goodnight ein, gefolgt von Hooke und einigen anderen Leuten, von denen ich vermutete, dass sie ebenfalls zu HiberTechs

Sicherheitsdienst gehörten. Wir waren ihnen einen Schritt voraus. Webster war schon unterwegs, um die Walze zu verstecken.

»Wo ist sie?«, fragte Goodnight und kam auf mich zu. »Was haben Sie damit gemacht? Wem haben Sie sie gegeben?«

Ich lächelte sie an, dann zeigte ich ihr den Mittelfinger.

»Unsere ganze Arbeit«, beschwor mich Goodnight, »alles, wofür wir stehen, alles, was wir aufgebaut haben. Bitte, Don Hector, tun Sie das Richtige.«

Ich lächelte. Don Hector musste seine / meine Handlungen vor niemandem rechtfertigen.

»Wir werden es aus ihm rauspressen«, sagte Agent Hooke. »Vielleicht kann er uns hier draußen widerstehen, aber nicht in seinen Träumen. Wir haben schon schlimmere Geheimnisse aus zäheren Menschen als ihm herausgepresst.«

»Blauer Buick«, sagte ich.

»Was?«, fragte Goodnight.

»Ich sagte: Blauer Buick. Denn das ist alles, was Sie aus mir herausbekommen werden. Ein Picknick, das ich einmal ganz allein veranstaltete, auf einem Feld mit Blick auf den Wye, an einer herrlichen Eiche, um deren Stamm große Feldsteine geschichtet sind. Dort saß ich oft und las, das Auto ganz in der Nähe geparkt, eine gekühlte Flasche Wein, Käse. Das ist in meinem Kopf, und das ist alles, wovon ich träumen werde. Vielleicht werde ich noch ein paar Wächter mit hinzuträumen. Abgehackte Hände, wie haarlose Maulwurfsratten, nur für den Fall, dass Sie versuchen werden, dort einzudringen, oder andere Leute schicken. Von mir werden Sie nichts bekommen.«

»Schnappen Sie ihn sich«, sagte Goodnight, aber ich war schon weg – wieder auf den Feldsteinen an der Eiche, mit dem blauen Buick, der in der Nähe geparkt war, und dem halb aufgegessenen Picknick. Ich wusste, dass der Traum zu Ende ging, als der Teppich aus wogenden Händen mir entgegenfloss, über den Boden, über die Steine. Ich wehrte mich nicht, als sie über meinen Körper glitten. Es kümmerte mich nicht, als ihr gesamtes Gewicht mich zu Fall brachte und ich spürte, wie mir ein Zahn abbrach, als ich auf den Stein unter mir krachte; mir war egal, dass ich durch die Spalten zwischen den Steinen gezerrt wurde und schließlich in meiner eigenen Gestalt wieder erstickend unter der Erde lag, während das feuchte Gewicht schwer auf meiner Brust lastete. Es war mir egal, denn …

Morgengrauen und die Toten

»… die Durchschnittstemperatur liegt in Wales bei milden 16 Grad, wobei je nach Jahreszeit jeweils Höchsttemperaturen von plus 32 und minus 68 Grad erreicht werden. Die Bewohner haben sich gut an das Klima angepasst; sie sind generell gut für ein hartes Leben gerüstet, weisen in der Regel besonders starken Fellwuchs auf und zeigen die Veranlagung, während des Winterschlafens minimal an Gewicht zu verlieren …«

HANDBUCH DER WINTEROLOGIE,
4. AUFLAGE, HODDER & STOUGHTON

Meine Augen öffneten sich flatternd, meine Schläfen pochten, mein Mund war trocken. Ganz kurz glaubte ich mich wieder in der sicheren Umgebung des *Melody Black*, aber nein. Klytämnestra bedachte mich mit einem Blick, der zunehmend bedrohlich auf mich wirkte, und das daneben hängende Porträt von mir im Körper von Birgittas Ehemann schien sich ebenfalls verändert zu haben – er sah nicht mehr so aus wie jemand, den man lieben konnte, sondern vielmehr, als litte er unter schwerer Schlafverstopfung.

Ich reckte mich, trank das Glas Wasser, das ich mir bereitgestellt hatte, dann schwang ich mich aus dem Bett und setzte meine Füße auf die tröstlich kalten Dielenbretter. Obwohl er so seltsam gewesen war, hatte ich den Traum doch genossen. Es kam mir vor, als hätte ich eine Erzählung geschaffen, die alle Zutaten für einen guten Thriller aufwies: ein attraktives, junges, verliebtes Pärchen, das für eine düstere Organisation arbeitete, ein Agent in Gefahr, eine verschwundene Aufnahmewalze, ein Verhör, Verlust, Verrat. Und ich in alldem mittendrin. Vielleicht zeigte es, wie ich mich unbewusst sah, und mein traumverwirrtes Ich hatte genau die Aufregung und Dramatik heraufbeschworen, die mir in meinem bisher so konventionell verlaufenen Leben gefehlt hatte. Falls ich noch ein anderes Leben würde führen können, würde ich es ganz dem morphenoxfreien Schlaf weihen und alle Träume genießen, die da kommen mochten – trotz der begleitenden schlaftechnischen Risiken. Vielleicht hatten Schamanen-Bob und seine Träumer doch gar nicht so unrecht.

Es klopfte an der Tür. Ich vermutete, dass es Aurora sein würde, und ich hatte recht. Ihr linkes Auge starrte blicklos nach oben rechts, während mich das rechte mit klarer Deutlichkeit fixierte. Der ruppige, ungehobelte Toccata-Anteil war verschwunden, sie war wieder ihr überschwängliches Selbst. Tatsächlich war ich sehr erleichtert, sie hier zu sehen.

»Ich war gerade in der Nähe«, erklärte sie fröhlich, »und da dachte ich, ich schaue mal nach, ob es Ihnen gut geht.«

Ich wusste nicht, was ich sagen sollte, also sagte ich, was mir gerade durch den Kopf ging.

»Mir war nicht klar, dass Sie und Toccata …« Aurora warf

mir einen so verletzten, zornigen und verwirrten Blick zu, dass ich mich mitten im Satz unterbrach. »Ich wollte sagen«, setzte ich noch einmal an, »mir war nicht klar, dass Sie und Toccata sich ... so *ähnlich* sind.«

Sie starrte mich eine Weile an, ohne dass ihr sehendes Auge auch nur einmal blinzelte, während das linke auf beängstigende Weise in der Augenhöhle hin und her rollte.

»Wir sind uns *nicht* ähnlich«, sagte sie schließlich, »und zwar nicht im Geringsten. Glaubt *diese Frau* das etwa?«

»Äh, nein«, antwortete ich wahrheitsgemäß.

»Na also. Und dabei werden wir es auch belassen. Kapiert?«

»Ja, Ma'am.«

Die nun entstehende Pause füllte ich, indem ich ihr einen Kaffee anbot.

»Haben Sie welchen?«, fragte sie. »Echten, meine ich?«

»Leider nicht«, antwortete ich bedauernd. »Nur Nesbit Value Brand.«

Sie zuckte die Achseln, erklärte, dass sich das nicht ändern ließe und trat dann ein, die Tür leise hinter sich zuziehend. Sie zog ihren Mantel aus, warf ihn auf den nächsten Stuhl und schwang sich mit einer lässigen Bewegung auf den Küchentresen.

»Wie nennt man das?«, fragte sie und tippte auf die Arbeitsplatte.

»Ich glaube, eine Kücheninsel.« Ich war kein Experte, was Kücheneinrichtungen betraf, und war außerdem noch immer davon verwirrt, dass Aurora und Toccata darauf beharrten, zwei verschiedene Menschen zu sein. »Wenn sie an einer Seite an eine Küchenzeile grenzt, wäre es wahrscheinlich eine Küchen-Halbinsel.«

Sie nickte nachdenklich.

»Bei mir zu Hause sind zwei Küchenzeilen mit einer solchen Platte verbunden«, sagte sie. »Ist das dann eine Küchenmeerenge?«

»Ich würde es einen Tresen nennen.«

»Hätte ich auch gedacht. Meerenge wäre aber logischer, meinen Sie nicht auch?«

»Wahrscheinlich, ja. Milch?«

»Haben Sie welche?«

»Nur Pulver«, sagte ich nach einem Blick in den leeren Kühlschrank.

»Das reicht. Hey, ich habe gehört, Sie hätten dem Hauptkonsul gesagt, dass wir bündelten.« Sie sagte das so, als sei es das Lustigste – und Abwegigste – auf der Welt.

»Ich musste *irgendwas* sagen«, erwiderte ich. »Sie wusste, dass wir uns im Wincarnis getroffen hatten, obwohl ich das abstritt, deswegen brauchte ich einen guten Grund, weshalb ich gelogen hatte.«

»Hat sie Ihnen geglaubt? Ich meine, hielt sie das ganze Szenario mit mir und mit Ihnen für plausibel?«

»Ich denke schon, ja.«

»Ah«, sagte sie tief in Gedanken, »das sagt eine Menge darüber aus, wie sie mich sieht. Aber Sie haben Ihren Eid mir gegenüber nicht gebrochen?«

»Nein. Sie hatte außerdem eine Nachricht für Sie: Der Turm der Dame schlägt den zweiten Bauern des Läufers – Schach.«

Den Rest der Nachricht beschloss ich lieber nicht zu wiederholen.

»*Was?*«, rief Aurora, die in die Falten ihrer Jacke griff und ein Reiseschachspiel hervorzog. Sie klappte es auf, stellte es auf die Arbeitsplatte und zog die Figuren entsprechend der neuen Anweisung.

»Diese Frau soll doch zur Hölle fahren«, knurrte sie. »Da geht mein schöner Plan dahin. Ich muss mich wohl ergeben.« Sie zeigte mir die Aufstellung. »Was meinen Sie?«

»Ich bin nicht gut im Schach.«

»Ich offenbar auch nicht«, erklärte sie und klappte geräuschvoll das Spiel wieder zu. Dann sah sie mich an und hob eine Augenbraue. Sie hatte erkannt, dass mir etwas Sorgen bereitete.

»Was ist los, Charlie?«

»Haben Sie die Begegnung mit mir im Keller gestern arrangiert?«

»Welchen Grund hätte ich dafür haben sollen?«

»Ich weiß es nicht. Außerdem habe ich erfahren, dass bei meiner Ankunft hier alle Leitungen nach Cardiff ausgefallen waren, daher muss die Stationsvorsteherin von irgendjemandem aus dem Zug erfahren haben, dass ich für die Verspätung verantwortlich war. Waren Sie das?«

»Flüstert Toccata Ihnen irgendwelche Dinge ein?«, fragte Aurora. »So etwas tut sie nämlich gern. Entzweien, Zweifel säen, Menschen auseinanderbringen. Nein, ich habe der Stationsvorsteherin gar nichts gesagt. Und unter uns gesprochen, soweit ich weiß, waren Toccata und Logan nicht nur miteinander intim, sondern auch gemeinsam in illegale Machenschaften verstrickt. Nachtwandler-Zucht, unlizenzierter Handel mit Körperteilen. Wir glauben, dass das der wahre Grund für seinen Besuch war und es nichts mit viralen Träumen zu tun hatte. Wir vertrauen aber auch Jonesy nicht. Ich sage Ihnen, warum: Wissen Sie, was mit den beiden Nachtwandlern passiert ist, Tangiers und Glitzerkrönchen? Ich hatte sie hinten an meinen Truck angebunden, und plötzlich waren sie weg.«

»Jonesy hat sie ausgemustert.«

»Ja, das hat man mir gesagt. Aber wenn das so ist, wo hat sie die beiden entsorgt? In der Nachtgrube oder im Leichenschauhaus sind sie nicht, das haben wir überprüft. Wir wissen nicht genau, wo sie hin sind – oder zu welchem Zweck man sie weggebracht hat.«

»Zucht?«, fragte ich in Gedanken daran, dass Foulnap ebenfalls hier in der Gegend war – und dass Toccata davon wusste. Miss Glitzerkrönchen war sicherlich im gebärfähigen Alter gewesen, und was Tangiers anging, so war er möglicherweise genau der Richtige, falls man die Absicht hatte, portionsweise mit der Post die Aussicht auf gesunde Nachkommen zu verschicken.

»Es ist eine Möglichkeit«, sagte Aurora, »auch wenn wir keine Beweise haben, zumindest noch nicht. Das Leben in Sektor 12 ist nie so, wie es auf den ersten Blick scheint, Charlie. Halten Sie die Augen für mich offen, ja?«

Ich versicherte ihr, das würde ich, als der Kessel zu pfeifen begann, woraufhin ich das Wasser über das Kaffeepulver goss.

»Aber wie sieht es denn aus«, fragte sie jetzt in freundlicherem Ton, »hilft die Theorie über retrospektive Erinnerungen bei der Bewältigung der Narkose?«

Das bestätigte ich, so bizarr es auch war. »Ich bin viel entspannter, seit ich weiß, dass hinter dem, was geschieht, eine verdrehte Logik steckt«, fügte ich hinzu, »komisch ist es nur, wenn man narkotisch ist und es nicht weiß. Die einschüchternde Mrs. Nesbit kommt mir nicht mehr so beängstigend vor wie am Anfang.«

»Was wollte sie?«

»Eine Phonographenwalze – Sie wissen schon, so eine zum Aufnehmen.«

»Was ist drauf?«

»Nach meiner völlig heißlaufenden Phantasie offenbar irgendetwas, das HiberTech ernsthaft beschädigen könnte – und ich glaube, ich habe geträumt, wo es ist … Das ist es, was Mrs. Nesbit will. Allerdings hört sich Mrs. Nesbit nicht an wie Mrs. Nesbit, sondern eher wie die Erlauchte Goodnight.«

»Das klingt nach einem ziemlich wilden Trip.«

»So ist dieser Traum eben. Komplex, verwirrend und total real – manchmal sogar realer als real.«

Sie nahm den Kaffee, den ich ihr gekocht hatte, und ich probierte meinen, der nach muffigen Walnüssen schmeckte.

»Okay«, sagte Aurora, nachdem sie ebenfalls einen Schluck getrunken, eine Grimasse gezogen und den Rest ins Spülbecken gegossen hatte, »denken Sie nur immer daran, dass diese Träume Blödsinn sind, Ausgeburten Ihrer hyperaktiven Hirnrinde, die versucht, zufällige Gedankenschnipsel miteinander zu verbinden. Dieser Walze scheint allerdings eine ganz zentrale Rolle zuzukommen. Wo, sagten Sie, befindet sie sich? In Ihrem Traum, meine ich?«

»Wenn Träume nur Blödsinn sind«, erwiderte ich, »wieso wäre es dann von Bedeutung, ob ich gesehen habe, wo sie versteckt wurde?«

Aurora starrte mich einen Augenblick an.

»Wäre es nicht. Ich dachte nur, dass es helfen könnte, diese Dinge auszusprechen.«

»Es sind nur Träume«, sagte ich, »genau, wie Sie gesagt haben – Unsinn und zufällige Gedankenschnipsel.«

Sie sah mich an, legte den Kopf ein wenig schräg und kniff ihr Auge zusammen. »Wollen Sie nicht für mich bei HiberTech arbeiten?«

Das kam völlig unerwartet, und ich fragte, in welcher Funktion.

»Allgemeine Aufgaben«, sagte sie. »Sie machen den Eindruck, als seien Sie ziemlich clever, und es wäre gut, Sie in der Nähe zu haben. Standard-Wintergehalt Stufe III, aber eine Einstiegsprämie von 5000 Euro, so viel Pudding, wie Sie mögen, und eine wöchentliche Zuteilung von Cadbury's Trauben-Nuss-Schokolade. HiberTechs Sicherheitsdienst hat eine eigene Wohnanlage im Komplex, die sehr schön ist und auf den Innenhof hinausgeht. Die Zimmer sind doppelt so groß wie hier, und Sie hätten Ihren eigenen umgewidmeten Hausdiener. Es gibt echten Kaffee und freitags sogar Sushi. Wir lassen es uns gern gut gehen. Kündigen Sie einfach, wenn Sie Frau Hauptkonsul das nächste Mal sehen. Den Papierkram habe ich in null Komma nichts geregelt – es sei denn, Sie arbeiten für RealSleep oder eine angegliederte Organisation?«

»Nein, natürlich nicht.«

»Gibt es irgendwelche dunklen Flecken in Ihrem Lebenslauf, auf die wir stoßen könnten? Denn wir werden natürlich Ihre Akte überprüfen, also sagen Sie es besser gleich.«

»Ich wurde wegen Anstiftung zum Schlafentzug zu sechs Wochen gemeinnütziger Arbeit verurteilt«, räumte ich ein. »Wir hatten Schlaf-Telefontennis gespielt, und das ging schief.«

»Kleine Fische, Charlie.«

»Und dann habe ich Gary Findlay das Ohr abgebissen.«

»Abgebissene Ohren werden Ihnen bei HiberTech sogar besonders hoch angerechnet. Nehmen Sie den Job?«

Ich dachte an Birgitta und an die Lebensmittel, die sie brauchte.

»Gibt es die fünftausend in bar?«

»Wenn Sie wollen, sicher.«

»Ich habe mich hier im *Siddons* ziemlich gut eingelebt. Kann ich darüber nachdenken?«

»Klar«, sagte sie, offenbar überrascht, dass ich diese Gelegenheit nicht gleich beim Schopf ergreifen wollte. »Aber lassen Sie sich nicht zu lange Zeit. Es gibt noch andere, die infrage kämen.«

Sie sah auf die Uhr. »Jetzt muss ich aber los. Agent Hooke hat mich letzte Nacht vertreten, und ich sollte besser nachsehen, ob er irgendwelche Konflikte losgetreten hat, die ich beilegen muss. Er hat ein Aggressionsbewältigungsproblem, das selbst ein eigenes Aggressionsbewältigungsproblem hat.«

Nachdem sie gegangen war, ließ ich zehn Minuten verstreichen, dann wusch ich mich, zog mich an und bereitete aus den Resten dessen, was sich noch im Picknickkorb befand, ein paar Sandwiches. Taramosalata und Zahncreme waren zwar nicht meine erste Wahl für einen Snack, aber Birgitta würde sich nicht beklagen, und in erster Linie war es Nahrung.

Birgitta befand sich in *rigor torpis*, als ich mich in ihre Wohnung schlich. Sie saß starr im Schneidersitz auf dem Bett, als sei sie noch mitten im Zeichnen, den Stift erhoben.

Über Nacht hatte sie acht neue Skizzen angefertigt. Vier davon zeigten ihr Apartment, eine weitere sie und ihren Ehemann am Strand mit dem Sonnenschirm, aber dieses

Mal von hinten. Es gab außerdem eine Zeichnung vom Parkdeck im Keller, der ihre erste Begegnung mit den anderen Nachtwandlern dokumentierte, sowie zwei Stadtansichten: der kleine Platz im Sommer mit dem Wincarnis im Hintergrund und die Brücke über den Fluss, unter der das Wasser fröhlich dahinrauschte, auf der aber ein Sattelschlepper feststeckte, wenn auch ein anderer als derzeit. Offenbar gehörte das geradezu zum Stadtbild.

Ich legte die Bilder oben auf den Schrank zu den anderen. Als Birgitta aus der *rigor torpis* erwacht war, gab ich ihr zum Frühstück die Taramosalata- und Zahnpasta-Sandwiches und danach, da das nicht reichte, noch eine große Schüssel Müesli. Anschließend sorgte ich dafür, dass sich genug Stifte und Papier in ihrer Reichweite befanden, und schloss die Tür hinter mir ab.

Nach gründlicher Überprüfung meiner eigenen Essensvorräte war ich zu dem Schluss gelangt, dass sie gerade noch bis morgen Abend reichen würden. Sobald Birgitta dann Hunger bekam, würde ich ganz oben auf ihrer Speisekarte stehen, und wenn sie mich nicht würde auffressen können, würde sie entweder verhungern oder zu fliehen versuchen – und dann würde ich noch mehr Probleme bekommen.

Auf dem Weg zum Fahrstuhl blieb ich unvermittelt vor der Tür der Wohnung neben meiner eigenen stehen, vor Nummer 902. Sie musste eigentlich unbelegt sein – entweder völlig verwüstet, falls die Bewohner tot, aber noch anwesend waren, oder völlig ausgeräumt, falls der Leichnam abtransportiert worden war. Da die meisten Bewohner des 9. Stockwerks in der einen oder anderen Form auf den Blauer-Buick-Trip gekommen waren – Moody, Roscoe,

Suzy Watson, Birgitta, Portier Lloyd –, erschien es schon allein ein Gebot der Vorsicht, sich darin mal umzusehen. Unerklärlicherweise fühlte ich einen Knoten Nervosität im Magen. Eine Vorahnung, gewissermaßen. Ganz ähnlich wie damals, als ich losgezogen war, um Mrs. Tiffen zurückzuholen.

Mein Omnischlüssel drehte sich problemlos im Schloss, und die Tür schwang an gut geölten Angeln auf. Aber das Apartment war nicht unbelegt, es war verlassen. Die Jalousien waren heruntergelassen, die Matratze war aufgerollt und mit einem Seil zusammengebunden. Es gab keine Möbel, Decken, Lebensmittel oder Teppiche. Das Einzige, was hier stand, an der Wand zu meiner Wohnung, war ein riesiger Schrankkoffer von der Art, wie ihn wandernde Winterschläfer verwendeten, wenn sie für den Langschlaf verreisten. Ungewöhnlicherweise war er nicht mit einem Omnischloss gesichert, sondern einem individuellen, was hieß, dass er vor 1931 gefertigt worden war. Zwar war es nicht illegal, so ein Ding zu besitzen, da es aus der Zeit vor der entsprechenden Gesetzgebung stammte, aber man durfte es heutzutage nicht mehr zu- oder aufschließen – eine rechtliche Besonderheit.

Ich betrat das Bad und sah mich um, aber auch hier gab es nichts, nur eine einzige Rolle Klopapier und zwei leere Kaffeetassen. Gerade wollte ich wieder gehen, als doch etwas meine Aufmerksamkeit weckte. Auf dem Rand des Waschbeckens lag ein zusammengefalteter Waschlappen. Vorsichtig tippte ich mit dem Finger auf den Stoff, der nicht hart und trocken war, wie ich erwartete, sondern weich, nachgiebig und *feucht*. Der Raum war kürzlich erst benutzt worden.

Die Leuchtröhren im Bad flackerten, und der Charles, der ich im Traum gewesen war, erinnerte sich plötzlich an etwas Neues: Ich befand mich irgendwo in einem Labor, es roch nach Ozon, blaues Licht flackerte von Kathodenstrahlröhren, es waren Myriaden flimmernder Lichter, und Maschinen brummten. Links von mir befand sich ein großer, umgekehrter Kupfertrichter, ähnlich dem pylonartigen Ding, das ich durch das Fenster in dem Labor bei HiberTech gesehen hatte, als mich Goodnight davor warnte, was durch Neugier mit der Katze passiert war. Ich fühlte die scharfe Spitze des Trichters an meinem Kopf, einen brennenden Schmerz, dann war das Bild verschwunden, und ich stand wieder allein im Badezimmer.

Seufzend wusch ich mir das Gesicht mit dem Waschlappen, und danach überfiel mich ein Gedanke: Was *genau* hatte Aurora an diesem Morgen im *Siddons* gemacht? Ich konnte mir nicht vorstellen, dass nur die Sorge um mich sie in das Dormitorium geführt hatte – und dann fiel mir ein: Als wir am Vortag die drei Nachtwandler aus dem Keller geführt hatten, hatte frischer Schnee auf Auroras Geländewagen gelegen, aber der Morgen war klar und sonnig gewesen. Sie war in beiden Nächten zumindest eine ganze Zeit lang im *Siddons* gewesen. Und da sie nicht schlief, hatte sie vermutlich etwas Geschäftliches erledigt. Für HiberTech.

Aurora hatte recht. Das Leben in Sektor 12 war nicht so, wie es auf den ersten Blick zu sein schien.

Eine abgelegene Farm in Lincolnshire

»… Trotz einer schlaffördernden Umgebung fanden unerwartet Erwachende unter einem bestimmten Body-Mass-Index oft nicht wieder in den Schlaf zurück, was den Portiers Probleme bereitete und eine große Belastung für die Vorratslager darstellte. Bußgelder wurden deswegen nicht fällig, aber das negative Feedback auf SleepAdvisor konnte im Folgejahr negative Auswirkungen auf die Popularität einer bestimmten Schlafburg haben – und auf die Preise. Der Besuch einer Einschläferin war unter Umständen eine effektive und ökonomische Alternative …«

Handbuch der Winterologie,
4. Auflage, Hodder & Stoughton

Es wurde gerade hell, als ich nach unten ging. Der Empfang war unbesetzt, und ein Blick auf das Thermometer in der Lobby zeigte mir, dass es im Gebäude dreieinhalb Grad wärmer war als am gestrigen Abend. Zwar war es üblich, vor einer Kältewelle Wärme zuzugeben, aber wenn man es damit übertrieb, konnte das zu einer Aufwachwelle führen, einem falschen Morgengrauen. Wärmemanagement wurde allgemein mehr als eine Kunst denn als eine Wissenschaft betrachtet. Ich hoffte, dass Lloyd wusste, was er tat.

Ich ging in den Speisesaal. Von den etwa dreißig Tischen waren nur vier gedeckt, jeweils in verschiedenen Ecken des Raumes.

»Guten Morgen«, sagte Lloyd, der sich eine Kellnerschürze umgebunden hatte. »Fest geschlafen?«

»Wie eine Mammutmaus. Sagen Sie, Mr. Lloyd, wer bewohnt Zimmer 902?«

Ein konsterniertes Zucken ging über sein Gesicht, verschwand aber schnell wieder.

»Es steht im Augenblick leer. Wir sind nicht komplett ausgebucht, bedauerlicherweise.«

»War es kürzlich vermietet?«

»Nicht dass ich wüsste. Aber ich habe viele Pflichten, und beinahe alle davon führen dazu, dass ich den Empfang unbesetzt lassen muss.«

»Dürfte ich Sie etwas fragen, was Sie am besten gar nicht hören?« Ganz plötzlich war mir ein Gedanke gekommen.

»Natürlich«, sagte er.

»Ich bräuchte zusätzliche Lebensmittel über die übliche Tagesration hinaus, um ein bisschen zu Kräften zu kommen. Wüssten Sie vielleicht jemanden, der mir dabei helfen kann, aber ohne Fragen zu stellen?«

Der Portier nickte langsam. »In Dosen oder als Pulver?«

»In Dosen. Früchte, Reispudding, Bohnen – sowas am besten.«

»Risiko und Schwerbeschaffbarkeit vervierfachen den Preis«, sagte er nach einer Pause. »Auch andere haben Hunger. Eine Dose kostet vierzig Euro, zehn Prozent Nachlass, wenn Sie zwanzig oder mehr nehmen.«

Das war der zehnfache Sommerpreis, aber ich konnte es mir nicht leisten, Bedingungen zu stellen. Schnell orderte ich hundert Dosen in gemischter Sortierung. Dreitausendsechshundert Euro.

»Es könnte ein paar Tage dauern, bis ich per Kabel eine Anweisung organisiert habe«, sagte ich und tat so, als hätte ich die nötigen Mittel irgendwo gebunkert. Was natürlich nicht stimmte. Ich besaß gerade mal fünfhundert in bar. Aber es war ein Plan. Oder vielmehr, es war der Anfang eines Plans.

»Hören Sie«, sagte Lloyd, »wenn Sie sich etwas Essen bei mir *verdienen* wollen: Ich zahle vier Dosen Milchreis für jeden neuen Gast, den Sie rekrutieren können.«

»Auch, wenn es Winsomniasten sind?«

»*Gerade* dann. Deren Aufenthalt kann ich mit der Behörde für Winterasyl abrechnen. Abgemacht?«

»Abgemacht.«

Er grinste, und wir gaben uns die Hand darauf.

»Da wir uns gerade so privat unterhalten«, fuhr der Portier fort, der nun die Stimme senkte und etwas verlegen von einem Bein aufs andere trat, *»ich weiß über sie Bescheid.«*

Mein Herz setzte einen Schlag aus. Portiers ließen sich natürlich kaufen – das gehörte gewissermaßen zu ihrem Job –, aber die Information über Birgitta unter der Decke zu halten, das würde ganze Busladungen mehr kosten, als ich mir je leisten könnte.

»Wie lange schon?«, fragte ich.

»Seit ungefähr einer halben Stunde.«

»Sie waren oben im neunten Stock?«

»Nein, sie ist runtergekommen.«

»Ist sie?« Ich sah mich hektisch um. »Wo ist sie jetzt? Haben Sie sie in den Keller gebracht?«

»Hören Sie, es geht mich zwar nichts an«, sagte Lloyd, »aber darf ich Ihnen einen väterlichen Rat geben?«

Ich schluckte nervös und stellte mir bereits einen Ausdruck größten Abscheus, gefolgt von der Forderung eines unmöglich hohen Schweigegelds vor.

»Von mir aus.«

»Sie scheinen ein ganz vernünftiger Mensch zu sein, aber wenn Sie mit Aurora bündeln wollen, haben Sie ganz offensichtlich völlig den Verstand verloren, zumal Sie ja beteuerten, dass Sie das gar nicht täten. Was wird die Frau Hauptkonsul dazu sagen, wenn sie das herausfindet?«

Ich stieß einen erleichterten Seufzer aus. Birgitta war in Sicherheit, jedenfalls im Augenblick.

»Sie meinen, gestern?«, fragte ich, weil ich dachte, dass er sich auf meine Lüge bezog. »Das weiß sie schon.«

»Nein, gerade eben. Ich bin schon eine Weile Portier, und ich weiß doch, was dahintersteckt, wenn jemand mit einem so übermütigen, federnden Schritt unterwegs ist. Außerdem hat sie mich angewiesen, Ihnen auf ihre Kosten ein doppeltes Frühstück zu servieren. Sie war in ihrer ganzen Haltung nicht gerade diskret, von daher weiß ich nicht, ob sie beabsichtigt, diese Sache lange für sich zu behalten.«

»Es ist nichts passiert«, sagte ich. »Sie hat nur kurz vorbeigeschaut, weil sie sehen wollte, ob es mir gut geht.«

»Die Sicherheitschefin von HiberTech? Vorbeischauen, um zu sehen, ob es einem neuen Hilfskonsul gut geht? Hören Sie doch auf, Charlie. Das klingt nicht besonders plausibel.«

Er hatte recht – das tat es nicht. Aurora spielte mich gegen Toccata aus; vielleicht, um mich auf diese Weise dazu zu zwingen, für sie zu arbeiten – und gleichzeitig ihr anderes Ich so richtig zu verärgern.

»Es ist schon in Ordnung«, sagte Lloyd und legte mir freundschaftlich die Hand auf die Schulter. »Wenn das rauskommt, dann nicht durch mich.«

Ich seufzte. Schwester Zygotia hatte mir einst eingebläut, dass Lügen immer neue Lügen erzeugten. »Man beginnt mit einer kleinen Lüge, muss dann eine größere erzählen, um die erste zu stützen, und bevor man sichs versieht, fällt das ganze Leben auseinander, und man versinkt in einer Abwärtsspirale aus Selbsthass, Niedergeschlagenheit und Verzweiflung.«

Ein weiser Rat sei das, hatte ich damals gesagt, worauf sie erwiderte, es sei tatsächlich die Grundidee hinter der Comedy-Serie *Fawlty Dormitorium* mit den bekannten Figuren Sybil, Basil und Polly und so weiter, aber eine gute Lebensrichtlinie sei es trotzdem.

Lloyd nahm eine Tee- und eine Kaffeekanne, und ich folgte ihm, während er sich zwischen den Tischen hindurchschlängelte. Fodder hatte bereits Platz genommen; er las eine uralte Ausgabe der Zeitschrift *Hollywood Stars* mit Richard Burton auf der Titelseite. Als ich mich an meinen Tisch setzte, nickte er mir über den Saal hinweg zu, und ich nickte zurück; dass er mich bemerkt und gegrüßt hatte, gab mir ein seltsames Gefühl der Befriedigung. Am dritten Tisch saß ziemlich einsam Zsazsa; sie hatte sich ein Taschenbuch mit dem Titel *Silberdollar, Bernsteinherz* aufgeschlagen an das Milchkännchen gelehnt.

Ich sah mich um. Das Besteck glänzte hell und roch leicht nach Metallpolitur; der Tisch war ordentlich mit einem frisch gemangelten weißen Tuch bedeckt. Lloyd sorgte dafür, dass bei den Mahlzeiten ein gewisser Standard eingehalten wurde, obwohl das Essen von der Qualität her vielleicht nicht so überragend war.

»Tee oder Kaffee?«, fragte er.

»Was ist denn besser?«

»Das eine besteht größtenteils aus Zichorien, das andere aus zusammengeklauten Teebeuteln, die mit Heu gestreckt wurden. Es hilft in beiden Fällen, Zucker, Melasse, Currypulver oder Erdnussbutter hinzuzufügen. Oder überhaupt irgendwas hinzuzufügen, egal was.«

»Ist eins von beidem giftig?«

Der Portier dachte einen Augenblick nach.

»In dieser Hinsicht wäre der Kaffee vermutlich die weisere Wahl.«

»Dann nehme ich den Kaffee.«

Er schenkte mir eine Tasse ein. Die Flüssigkeit war dunkel und teerartig und spritzte klumpig aus der Tülle. Lloyd setzte die Kanne ab und reichte mir eine abgegriffene Speisekarte.

»Aktuell haben wir außer den Rühreiern nichts davon da.«

Trotzdem studierte ich die Karte, eine opulente Auflistung kulinarischer Alternativen. Trotz fehlender realer Basis bot sie immerhin eine sehr erbauliche Lektüre. Und wäre die Auswahl nicht aufgrund der Umstände eingeschränkt gewesen, hätte ich mich für die Eier Benedikt, Pilze mit Teufelssoße oder Kedgeree mit Mango-Chutney entschieden.

»Dann nehme ich die Rühreier«, sagte ich und gab die Speisekarte zurück.

»Eine gute Wahl«, erklärte Lloyd und marschierte schnellen Schrittes davon.

Ich blickte nach draußen. Der Himmel war wie ein trostloses, naturweißes Blatt Papier und erinnerte in seiner Färbung an ausgekochten Bindfaden, und der triste Ton ging so nahtlos in den des Schnees über, der auf den Dächern lag, dass man nur mit Mühe sagen konnte, wo der First der Häuser endete und der Himmel begann. Etwa hundert Meter entfernt sah ich eine Frau mit dem typisch unsicheren Gang eines Nachtwandlers über die Straße laufen. Sie stützte sich zwar auf einen Stock, trug aber dessen ungeachtet ein beeindruckendes Ballkleid und einen Hut, der mit reichlich Obst verziert war. Falls es sich um Carmen Miranda handelte, hatte Jonesy sie vielleicht nicht hart genug gewummst.

»Sie sind doch Charlie Worthing, oder?«, ertönte eine vertraute Stimme, und als ich mich umdrehte, stand Zsazsa vor mir. Es war seltsam, sie wirklich und wahrhaftig und alt vor mir zu sehen, denn schließlich war ich in meinem Traum ihrem jüngeren Ich als eine der klassischen Mrs. Nesbits begegnet. Wie es die Höflichkeit verlangte, stand ich auf, und bevor ich etwas sagen konnte, zog sie mich in eine Winterumarmung. Sie roch nach nicht sehr teurem Parfüm und einigermaßen sauberer Wäsche, mit nur einer leichten Note Zitrusfruchtmarmelade darunter.

Dann ließ sie mich los, lächelte und nahm unaufgefordert mir gegenüber Platz. Ihre Haut war klar und weich, aber die dunklen Ränder um ihre kastanienfarbenen Augen deuteten auf Schlafmangel hin und wirkten ein wenig melancholisch.

»Möchten Sie vielleicht einen Kaffee?«, fragte ich. »Er ist

ein bisschen klumpig und natürlich auch kein richtiger Kaffee, aber er ist warm, hat eine dunkle Farbe und ist vermutlich auch nicht giftig.«

»Gerne«, sagte sie und schob mir eine leere Tasse entgegen.

Kurz schwiegen wir.

»Ich habe noch nie eine Mrs. Nesbit persönlich kennengelernt«, sagte ich. »Eigentlich habe ich auch noch nie vorher eine Einschläferin getroffen.«

Es war vermutlich eine dämliche Bemerkung, aber es war besser, als nur dazusitzen und vor Befangenheit gar keinen Ton herauszubekommen.

»Entgegen all dem, was man immer über uns erzählt, bringen unsere süßen Worte, das große Inventar an auswendig gelernten Gedichten und das inspirierte Lautenspiel unsere Kunden öfter zum Einschlafen als der Austausch von Intimitäten. Haben Sie gehört, dass das *Cambrensis* erkaltet ist?«

Ich nickte.

»Die meisten Bewohner wurden *en dormir* in andere Betten verfrachtet, aber achtzehn mussten wieder aktiv den Abgrund hinuntergeführt werden. Die meisten haben auf Schlaflieder sehr gut reagiert, aber einige wenige brauchten eine intimere Behandlung. Männer, Frauen, andere – im Nebel des Wachens spielt das eigentlich keine Rolle. Wenn wir es nicht täten, müssten Sie es tun.« Wahrscheinlich wirkte ich schockiert, denn sie setzte hinzu: »Das Anwerberbüro des Konsuldiensts drückt sich immer gern vage aus, was diesen Teil der Arbeit betrifft – viele Leute fühlen sich davon abgestoßen, obwohl es letztlich zu den geringsten Sorgen zählen sollte, wenn man die wahren

Schrecken des Winters bedenkt. Ich betrachte unsere Winter-Erleichterungsarbeit als unschätzbare Unterstützung des allgemeinen Wohlbefindens der Überwinterungsgemeinde. Und nur damit Sie es wissen«, fügte sie dann hinzu, »›Einschläferin‹ ist eigentlich keine passende Bezeichnung, sie setzt diese edle Profession herab. *Schlafmaid* oder *Schlafmeister* ist besser, oder, wenn man ein wenig Französisch beherrscht, *Dormiselle* und *Dormonsieur.* Sogar Schlafarbeiter und Schlafarbeiterin sind eher akzeptabel. Stimmt es, dass Sie Lucky Ned getötet haben?«

»Von wem haben Sie das gehört?«

»Von Lloyd.«

Vielleicht war es doch keine so gute Idee gewesen, dem Portier die gestrige Episode zu erzählen.

»Ich denke, der Winter hat Ned geholt«, sagte ich.

Sie neigte den Kopf und sah mich eine Weile an.

»Der Winter holt sich viel von einem jeden, und er lässt nichts zurück außer Schmelzwasser und Leichen.«

Kurz dachte ich über diese Worte nach.

»Darf ich Sie was fragen?«

»Die erste Frage ist umsonst, die zweite schreibe ich Ihnen an, die dritte beantworte ich nur gegen bar.«

»Sie wohnen doch im *Siddons*«, sagte ich. »Hatten Sie irgendwelche wiederkehrenden Träume?«

Zsazsa hatte gerade einen Schluck Kaffee nehmen wollen, hielt aber in der Bewegung inne und hob eine Augenbraue.

»Sie meinen den Traum vom blauen Buick, der auf dem neunten Stock umherzieht wie ein unwillkommener Furz?«

»Ja«, sagte ich, »*genau* diese Art von Traum meine ich.«

Sie beugte sich vor.

»Ich wohne im 19. Stock – in einer Art Penthouse, das

die Hälfte des Geschosses einnimmt –, und daher habe ich diesen Traum nicht gehabt, aber ich habe alle Einzelheiten darüber gehört. Und ich weiß genau, wie es kommt, dass Mrs. Nesbit darin erscheint. Diese Information kann ich Ihnen verkaufen.«

»Sie ist da, weil man den Schläfern gesagt hat, dass sie es sein würde«, erklärte ich. »Der blaue Buick, Eichen, Hände, Feldsteine, Mrs. Nesbit. Der Traum wurzelt in unvorsichtigem Klatsch.«

Sie beugte sich vor und senkte ihre Stimme. »Sie hat geschimmert, oder? Und so ausgesehen, als ob sie nicht hineingehört? Die Wörter und die Lippenbewegungen passten nicht zusammen?«

»Hören Sie«, sagte ich, da ich inzwischen daran gewöhnt war, dass mein Traumgedächtnis auf umgekehrte Weise funktionierte. »Ich habe eine kleine Narkose, und mein Gedächtnis baut sich retrospektiv wieder auf. All diese Sachen erscheinen deswegen in dem Traum, weil Sie gerade von ihnen gesprochen haben.«

Sie sah mich mit gerunzelter Stirn an. »Dass es sowas gibt, habe ich noch nie gehört.«

»Das ist, als erlebte man ständig ein Déjà-vu nach dem anderen.«

Zsazsa prüfte mit kurzem Blick, ob wir uns ungehört unterhielten. Fodder saß am anderen Ende des Saales, und Lloyd war nirgendwo zu sehen.

»Haben Sie einen Stift und ein Stück Papier?«

Ich nickte und legte beides auf den Tisch.

»Die Mrs. Nesbit in Ihrem Traum hat doch etwas gesagt, wie zu allen anderen auch. Einen Satz, eine Textzeile, ein Zitat. Wir werden den Satz beide aufschreiben. Okay?«

Es gab dabei nichts zu verlieren, also willigte ich ein und schrieb: »*Wir kennen da eine abseits gelegene Farm in Lincolnshire, dort wohnt Mrs. Buckley.*«

Als wir beide fertig waren, tauschten wir die Zettel. Auf ihrem stand dasselbe wie auf meinem. *Wort für Wort*. Ich starrte sie an, dann auf den Satz, den sie geschrieben hatte.

»Vertrauen Sie Ihrer Erinnerung, Charlie, vertrauen Sie sich selbst. Also, ich biete Ihnen Folgendes an: Ich kann Ihnen sagen, wie Mrs. Nesbit in diese Träume hineingeraten ist. Aber die Information hat ihren Preis.«

Ich starrte noch immer auf ihren Zettel. Mir war heiß und ich schwitzte, und wieder begann sich das Bild des blauen Buicks in den Raum um mich herum hineinzudrängen. Erst ganz zart und verschwommen, und dann, als die dicken Steine dazukamen, wurde es greifbarer, *definierter*. Auch die Eiche erschien, und das blattgefleckte Licht begann über die Tische im Speisesaal zu tanzen. Während die Illusion sich immer deutlicher manifestierte, verspürte ich die befremdliche Angst, dass die übergriffige Vision nicht enden, dass sie über mich hinwegspülen und ich auf ewig im Traumzustand eingeschlossen bleiben würde. Entsetzt richtete ich den Blick auf die wenigen Realitätsschnipsel, die noch geblieben waren – der Tisch, die Kaffeekanne, Zsazsa – und bemühte mich verzweifelt, mich auf sie zu konzentrieren.

Aber es half nichts.

Binnen weniger Sekunden waren sie verschwunden, und Mrs. Nesbit erschien; sie wollte wissen, wo die Walze war. Inzwischen schrie sie, forderte, wollte mich zwingen. Lauter und lauter wurde ihre Stimme, bis ich kurz davorstand, meine Bambi zu ziehen und sie zu attackieren, aber dann erschien jemand anders.

»Birgitta?«

Sie stand direkt vor mir, auf ewig unverändert in ihren Latzhosen und dem Männerhemd, die Pinsel in der Hand, das Haar nachlässig zusammengebunden. Sie lächelte, sagte, dass sie mich liebte, und ich erwiderte, dass ich sie auch liebte. Eine Pause entstand, die Wellen schlugen an den Strand, und ein glucksendes Kinderlachen ertönte, als der Strandball vorübersprang.

»Charlie? Ist alles in Ordnung?«

Als ich Birgitta nun ansah, wirkte sie plötzlich älter, von Sorgen ausgezehrt, und eine Sekunde später war sie nicht Birgitta, sondern Zsazsa, und ich saß wieder im Speisesaal der *Dormiselle* gegenüber, die mich anstarrte. Meine Hand lag immer noch um den Griff meiner Bambi, den Daumen am Sicherungshebel, aber glücklicherweise hatte ich die Waffe nicht gezogen – oder Schlimmeres. Nur wenige Sekunden, und ich hätte einen ganz und gar eingebildeten Feind angegriffen. Langsam und mit schweißnassen Handflächen ließ ich die Bambi los.

»Scheiße«, sagte ich, denn jetzt wusste ich *genau*, was Moody und Suzy gepackt hatte. Auch über sie war der Blaue-Buick-Traum gekommen, in einer erstickenden alternativen Realität, und als sie versucht hatten, die einschüchternde Mrs. Nesbit zu töten, waren sie selbst erledigt worden. Aber ich besaß eine Geheimwaffe: Birgitta. Sie hatte mir soeben das Leben gerettet – und Zsazsa vermutlich auch.

»Ist alles in Ordnung?«, fragte Zsazsa wieder.

»Mir geht es gut«, erklärte ich. Die Rückkehr in die Realität war fast ebenso schnell erfolgt wie der Absturz.

Ich trank einen Schluck Wasser und sah Zsazsa an.

»Woher wussten Sie von Mrs. Buckley und der abgelegenen Farm in Lincolnshire?«

Wieder legte sie den Kopf schräg und starrte mich an.

»Informationen haben ihren Preis, mein junger Freund. Zweitausend Euro.«

Wir feilschten etwa fünf Minuten und einigten uns dann auf achthundert, ein Dutzend Snickers, drei Cornettos und einen Gefallen. Nachdem wir dies mit Handschlag besiegelt hatten, begann sie zu erzählen.

»Es war damals, als ich noch Mrs. Nesbit war, vor über dreißig Jahren. Sie sind zu jung, um sich daran zu erinnern.«

»Das stimmt«, sagte ich, »aber Ihr Gesicht war mir trotzdem vertraut.«

»Das freut mich. NesCorp Holdings haben HiberTech damals finanziell stark unterstützt, und daher bin ich oft zu Presseterminen hergefahren, um die eine oder andere neue Entdeckung anzukündigen. Ich war das Gesicht von Morphenox, als das Medikament auf den Markt gebracht wurde, und ich wurde stets sehr gut behandelt.«

Sie sah sich um und senkte die Stimme.

»Bei einer dieser Gelegenheiten nahm mich Don Hector beiseite und fragte, ob ich bereit sei, bei Forschungsarbeiten auf höchster Ebene zu helfen. Natürlich sagte ich zu – jemandem wie Don Hector schlug man so etwas nicht ab –, und schließlich unterzeichnete ich kiloweise Verschwiegenheitsvereinbarungen, bevor ich in eine Kabine gebeten wurde. Es gab jede Menge Licht, die Luft knisterte vor elektrischer Spannung – und dann ließen sie mich das übliche Mrs.-Nesbit-Gewäsch aufsagen. Welche neuen Produkte es zu kaufen gab, Tipps für den vielbeschäftigten Heimwerker, wie man die Küchenarbeit damit in Einklang bringt, dass man viel lieber in den Pub gehen würde, Ratschläge fürs Zunehmen, sowas eben.«

»Und?«

»Bevor wir das taten, stand ein kurzer Soundcheck an, und dafür hatte ich die Zeile mit der abgelegenen Farm in Lincolnshire verwendet, wie das meine Gewohnheit war. Spulen wir nun dreißig Jahre vor, und plötzlich haben Suzy Watson, Roscoe Smalls und Moody diese Träume, in denen Mrs. Nesbit genau diesen Satz sagt – bevor es mit den Einschüchterungen weitergeht, in einer Stimme, die nicht meine ist.«

Sie verstummte. Ich hatte *exakt* dasselbe erlebt.

»Hatte diese Forschung auf höchster Ebene einen Namen?«

»Es war Teil eines Projekts, das sich *Dreamspace* nannte.«

Schamanen-Bob hatte davon gesprochen, aber keine Details genannt.

»Was hatte Dreamspace für ein Ziel?«

»Das weiß ich nicht, aber der Techniker sagte, ich sollte HiberTechs erster ›Traum-Avatar‹ sein, was immer das heißen mag. Das wäre alles, was ich zu erzählen habe. Ich erwarte Ihre Zahlung, sobald Sie über das Geld verfügen.«

Sie stand auf, als Lloyd an unseren Tisch trat, bedankte sich für den Kaffee und ging dann wieder an ihren eigenen Platz.

Der Portier stellte mir die Rühreier hin und verschwand dann wieder. Ich probierte mein Frühstück. Farbe, Geschmack und Konsistenz waren nicht besonders überzeugend, aber immerhin war es warm, was jedoch das einzig Annehmbare an dieser Mahlzeit war. Auroras Wünschen entsprechend hatte ich eine doppelte Portion bekommen, was sich angesichts der schlechten Qualität des Essens als weniger guter Deal herausstellte, als ich gehofft hatte. Aber wie immer war ich in Gedanken ganz woanders. Noch einmal las ich den Zettel, den Zsazsa mir gegeben hatte.

Wir kennen da eine abseits gelegene Farm in Lincolnshire, dort wohnt Mrs. Buckley.

Das war, wie ich jetzt erkannte, der erste echte Beweis dafür, dass es wirklich einen viralen Traum gab. Aber wieso eine Zeile aus einem jahrzehntealten Soundcheck darin vorkam, dafür hatte ich keine Erklärung. Noch immer tastete ich genauso im Dunkeln wie bei meiner Ankunft – wahrscheinlich war ich inzwischen sogar eher mehr als weniger verwirrt.

»Hey«, ertönte eine Stimme direkt hinter mir.

Jonesy

»… Während des walisischen Winters lag die Temperatur zwischen niedrigen Plusgraden an milden Tagen und polaren Kälteeinbrüchen, bei denen das Quecksilber in den Thermometern gefror. Die niedrigste jemals in Wales dokumentierte Temperatur wurde 1976 in Llandudno gemessen – markgefrierende minus 78 Grad …«

HANDBUCH DER WINTEROLOGIE,
4. AUFLAGE, HODDER & STOUGHTON

Jonesy setzte sich mir gegenüber und schnupperte vorsichtig an der Kaffeekanne.

»Bei St. Etienne«, sagte sie und verzog das Gesicht, »was man über den Kaffee im *Siddons* erzählt, stimmt tatsächlich. Gut geschlafen?«

»Ja«, sagte ich, »insgesamt schon, würde ich meinen.«

»Gut. Was ist das, was du da isst?«

»Ein undefinierbares Nahrungsmittel, das sich als Rührei getarnt hat.«

Jonesy nahm einen Löffel und tippte die graue Masse zögernd an, die daraufhin erschauerte, als ob dieser Übergriff sie ärgerte. Jonesy verzog das Gesicht, probierte aber trotzdem einen Löffel.

»Auf dem Weg hierher habe ich Aurora getroffen«, raunte sie.

»Oh-oh«, sagte ich.

»Bist du wahnsinnig? Richtig wahnsinnig, meine ich, völlig durchgedreht wahnsinnig? Toccata wird dir die Zunge rausschneiden lassen.«

»Wir hatten doch gar nichts miteinander.«

»Wieso hat sie es dann mir gegenüber behauptet?«

»Sie benutzt diese Vorstellung, um den Hauptkonsul zu ärgern.«

Jonesy schien eine Weile zu überlegen, ob ich die Wahrheit sagte oder nicht.

»Lass uns zur Arbeit fahren«, sagte sie schließlich. »Hör mal, mir ist völlig wurscht, ob die große Frau A. dich benutzt, damit du sie dort kratzt, wo es sie gerade juckt, aber überlege dir wirklich gründlich, was du tust, Matschbirne. Taten haben die beunruhigende Tendenz, Konsequenzen zu haben, manchmal sogar richtig gravierende.«

Ich folgte ihr aus der Winterlounge, und nachdem wir uns Jacken und Stiefel angezogen hatten, verließen wir das Dormitorium und gingen zu Jonesys Sno-Trac. Seit dem letzten Abend war die Temperatur gefallen, und die Luft war knackig kalt. Es war beinahe windstill, der Himmel war tiefblau, und die Eiskristalle auf dem Schnee glitzerten wie Diamanten im Sonnenschein.

»Ich dachte, es zöge ein Sturm auf«, sagte ich.

»Das stimmt auch. In sechs Stunden wirst du die Hand nicht mehr vor Augen sehen können.«

Ich ließ den Sno-Trac an und fuhr in Richtung Konsulat.

»Wir haben ein Problem«, sagte Jonesy. »Wie vielen Leuten hast du von Lucky Ned erzählt?«

Mir wurde mulmig.

»Vielleicht … vielleicht habe ich es Lloyd gegenüber erwähnt.«

»Ich gebe dir einen guten Rat: Wenn du möchtest, dass sich ein Geheimnis ruckzuck in der ganzen Welt herumspricht, dann vertrau dich einem Portier an. Es gibt im Sektor knapp über siebzig, die sich um fast zweihundert Dormitorien kümmern und inzwischen alle Folgen von *Bonanza* und *Denver-Clan* so gut kennen, dass sie die Geschichten in der Freizeit nachspielen. Wenn sie das gerade nicht tun, dann hängen sie an der Standleitung und klatschen, und letzte Nacht warst du Thema Nummer eins. Die eine Hälfte glaubt, du wärst komplett bescheuert, Ned umzubringen, weil die Rache garantiert uns alle treffen wird; die knappe andere Hälfte meint, du hättest das Richtige getan, wärst aber trotzdem komplett bescheuert; den übrigen Leuten ist es scheißegal, solange Gaer Brills beim *Großen Schlafen Albions* Letzter wird, und einer war fest überzeugt, dass die Gronk zurückgekehrt ist, um sich an der Scham der Unwürdigen zu laben.«

»Dieser Letzte, war das Jim Treacle?«

»Netter Versuch. Nein, es war Laura. Wie kann man nach so kurzem Einsatz im Konsuldienst schon in so viele Schwierigkeiten geraten? Als ich in die mobile Infanterie eintrat, ist mir wochenlang gar nichts passiert.«

»Und dann?«

»Dann verlor ich sechzig Soldaten, die unter meinem Kommando standen.«

»Durch deine Schuld?«

»Nein, aber ich war für sie verantwortlich, von daher kommt es auf dasselbe raus.« Sie schwieg und wischte etwas Kondenswasser weg, das sich an der Innenseite ihres Fensters gebildet hatte.

»Aurora hat mich gefragt, wo Miss Glitzerkrönchen und Eddie Tangiers gelandet sind«, sagte ich. »Sie sagte, sie hätte die Nachtgrube überprüft und sie dort nicht entdeckt.«

Jonesy starrte mich an.

»Sie liegen im Schnee am hinteren Ende des Parkplatzes. Ich hatte keinen Bock, sie bis zur Nachtgrube zu schleppen. Was denkt sie denn, was ich mit ihnen angestellt habe?«

»Sie ist überzeugt, dass du und Toccata irgendein krummes Ding mit einer Zuchtfarm dreht, an dem auch Logan beteiligt war.«

Wieder starrte sie mich an und sagte schließlich: »Ich bin froh, dass du mir davon erzählt hast. Und im Gegenzug verrate ich dir etwas, das vielleicht für dich interessant sein könnte.«

Sie wühlte einen Zettel aus ihrer obersten Jackentasche und reichte ihn mir. Ich überflog ihn beim Fahren. Auf dem Papier standen sechs Namen, aber der einzige davon, der mir etwas sagte, war Charles Webster.

»Was ist das?«, fragte ich.

»Ich habe mich gelangweilt und hockte zufällig im Archiv. Wie sich herausgestellt hat, war Webster nicht der einzige HiberTech-Beschäftigte, der in dieser Zeit verschwunden ist – jeder von denen hier auf der Liste wurde entweder umgewidmet, oder er verschwand. Und pass mal auf: Sie alle haben in der Abteilung für Schlafforschung gearbeitet. Na, ist das interessant?«

»Vielleicht«, sagte ich. »Wie erklärst du dir das?«

»Weiß ich nicht genau. Vielleicht war es eine Säuberungsaktion – man vermutete Industriespionage, wusste aber nicht, wen man dafür verantwortlich machen sollte und zog daher vorsichtshalber alle aus dem Verkehr, die entfernt infrage kamen. Ich würde einen Batzen Geld wetten, dass Hooke damit zu tun hatte.«

»Wieso?«

»Hast du gehört, dass Hooke aus dem Geheimdienst rausgeflogen ist, weil er bei Verhören zu engagiert vorgegangen ist?«

Ich nickte.

»Angeblich war er die Speerspitze des militärischen Flügels von HiberTechs Dreamspace-basierter Informations-Erlangungs-Technik. Ziemlich effektiv, wie es heißt – man war darauf spezialisiert, in die Träume von Menschen einzudringen, um an Informationen zu gelangen, nur leider mit einem kleinen Nebeneffekt: Wer das über sich ergehen lassen musste, war am Ende kaum in einem besseren Zustand als ein Nachtwandler.«

»Und du meinst, das war es, was Hooke Webster und den anderen angetan hat?«

»HiberTech ist keine nette Firma, Matschbirne. Wenn dort Leute wie Hooke beschäftigt werden, schon dreimal nicht. Du hast dich doch für Webster interessiert, deswegen dachte ich, du solltest das wissen.«

Ich bedankte mich, während wir an dem großen Plakat vorbeifuhren, das die Ashbrook-Werkstatt bewarb, und dann das *Cambrensis* passierten. Wenn meine Träume echt waren, dann hätte Jonesys Geschichte gut dazu gepasst. Demnach wusste man bei HiberTech nicht, wem Don Hector die Phonographenwalze übergeben hatte, und jeder, der infrage kam, war verhört worden. Ich erschauerte und verdrängte den Gedanken. Erst der Traum, dann die Realität, nicht andersherum.

Nachdem ich den Sno-Trac neben der Statue von Howell Harris geparkt hatte, wies mich Jonesy an, den Motor laufen zu lassen.

»Du sollst mit Fod auf Patrouille gehen«, sagte Jonesy. »Warte hier.«

Sie stieg durch die Heckklappe des Sno-Tracs aus und unterhielt sich kurz mit Fodder, der bereits vor der Konsulatstür stand. Währenddessen fummelte ich an sämtlichen Knöpfen auf dem Armaturenbrett herum. Scheinwerfer, H4S-Radar, hydraulischer Schneepflug. Der größte Teil meiner Sno-Trac-Erfahrung war einem Simulator geschuldet – nicht dass es schwer gewesen wäre, so ein Ding zu fahren; die Anzeigen waren dieselben wie in jedem anderen Fahrzeug, ob Auto, Panzer, Bus, LKW oder auch im größten Sandkipper. Das war in den NullAhnung-Richtlinien so festgelegt: »Wer einen fährt, kann alle fahren«, lautete der Slogan.

»Ich mag diese Dinger nicht«, brummte Fodder, der jetzt an Bord kam und eine große schwarze Sporttasche auf einen der Sitze warf, »aber wir müssen eine ziemlich weite Strecke zurücklegen.«

Sein Auge war von dem Wumms, den er am Vortag abbekommen hatte, heftig blutunterlaufen, aber sonst schien er guter Dinge zu sein.

»Was ist in der Tasche?«, fragte ich.

»Eine Überraschung.«

»Ich mag Überraschungen.«

»In diesem speziellen Fall würde ich mich mit derartigen Urteilen vielleicht lieber zurückhalten.«

Mit einem tiefen Grollen des Motors und einem leichten Hoppeln vom Getriebe setzten wir uns in Bewegung.

»Fahr mal an dem feststeckenden LKW vorbei aus der Stadt«, sagte er, »aber vorsichtig.«

Ich folgte seiner Anweisung, und wir manövrierten uns langsam über die Brücke.

»Bevor du fragst«, sagte ich, »da war nichts zwischen mir und Aurora. Sie will nur Ärger machen.«

»Egal, ob ihr gebündelt habt oder nicht«, sagte er, »es wäre auf alle Fälle schlau, Toccata bis heute Nachmittag nicht in die Quere zu kommen. Sie ist in der ersten Stunde nach Schichtbeginn immer ziemlich grantig. Wir nehmen die Straße, die westlich aus der Stadt führt; das *Frances Hoggan* hat seit drei Wochen keine Meldung mehr gemacht, deswegen müssen wir jetzt dort vorbeischauen.«

Das *Frances Hoggan* war, wie ich erfuhr, das einzige Dormitorium in einem westlich von Talgarth gelegenen Dorf, und während wir dorthin unterwegs waren und der Sno-Trac sich mit Leichtigkeit einen Weg durch den tiefen Schnee pflügte, erklärte mir Fodder die Standardprozedur, die dahintersteckte: Alle Dormitorien waren angehalten, sich an einem bestimmten Tag mit dem Konsulat in Verbindung zu setzen.

»Das *Hoggan* hat sich an den vergangenen drei Mittwochen nicht bestimmungsgemäß gemeldet«, sagte er, »und daher verlangt es die anerkannte Winterpraxis, dass wir nach dem Rechten sehen.«

Ich folgte weiter Fodders Richtungsanweisungen, während er mich auf die Sehenswürdigkeiten der Gegend aufmerksam machte. Theoretisch gab es jede Menge, sie lagen jedoch alle unter hohen Schneewehen verborgen, und von daher war größtenteils meine Phantasie gefordert, mir die beschriebenen Schätze vorzustellen.

Der Tag war recht schön, und die Fahrt zum *Hoggan* bot eine angenehme Ablenkung von Birgitta und dem Traum, die meine Gedanken ansonsten beherrschten. Fodder wurde es nach etwa einer halben Stunde müde, den Reiseleiter zu spielen, und daher unterhielten wir uns daraufhin angeregt über den Sommer. Während mein letzter gar nicht so lange zurücklag, waren seine Erinnerungen nur noch verschwommen vorhanden. Ich erzählte ihm von Wärme, warmer Sommerbrise, Ernte und frischen Lebensmitteln. Letztere vermisste er, wie er sagte, am meisten.

»Ich habe seit sechs Jahren keine Banane mehr gesehen«, überlegte er beinahe verträumt, »und für eine frische Ananas würde ich meinen linken Fuß geben.«

Niemand, der sich im Winter in der Kälte die Hände schmutzig machte, war im Sommer wirklich willkommen. Die Bürger wussten nicht oder wollten gar nicht wissen, was die Konsuln in der kalten Zeit taten, um für ihre Sicherheit zu sorgen; sie wollten einfach nur im Frühling lebendig wieder aufwachen, so wie immer. Für viele existierte der Winter überhaupt nicht richtig, sondern war lediglich ein abstraktes Konzept, und deswegen galt das auch für uns.

»Du und Jonesy, habt ihr zusammen gedient?«, fragte ich, weil mir wieder einfiel, dass sie so etwas erwähnt hatte.

Er nickte. »Camp Firebrand, im Zweiten Osmanen-Feldzug.«

»Ich habe gehört, dass es dort *richtig* heiß hergegangen ist.«

»Unser größter Feind war die problematische Versorgung mit Flüssigkeit. Wir haben mehr Soldaten durch Austrocknung verloren als durch Feindberührung. Körper, die der Sonne ausgesetzt waren, wiesen nach 48 Stunden nicht einmal mehr ein Prozent Feuchtigkeit auf. Man konnte einem dieser Südlinge das Ohr abbrechen und es zwischen den Fingern zu Staub zermahlen. Jonesy hat mehr Kameraden verloren, als du und ich je warme Mahlzeiten hatten. Das ist es, was sie zu einem guten Konsul macht, vor allem hier draußen – sie hat keine Angst zu sterben, würde sich den Tod vielleicht sogar wünschen.«

Ich verlangsamte unsere Fahrt, als wir das Dorf erreichten, das dem ungeschulten Auge vielleicht nur als eine Aneinanderreihung großer, schneebedeckter Höcker erschienen wäre. Im Gegensatz zu Talgarth war Llangorse eine »Schlaf«-Stadt, in der im Winter niemand vor die Tür ging, und die einzigen Überwinterer hier waren die Portiers.

»Wenn du in den Ort hineinfährst, siehst du das *Hoggan* schon. Es liegt mitten im See.«

Schon bald sahen wir tatsächlich einen runden Turm vor uns, der sich auf einer kleinen Insel inmitten einer glatten, unberührten Fläche gefrorenen Wassers erhob. Von außen schien es, als sei alles in Ordnung. Der Eingangsbereich war zugeschneit, und die Abwärme-Auslassöffnungen, die ringförmig oberhalb des obersten Stockwerks angeordnet waren, schienen eis- und schneefrei zu sein – ganz so, wie es sein sollte. Das teilte ich Fodder mit, der jedoch nur nickte.

»Stell den Wagen irgendwo auf dem Parkplatz ab und schalte alles aus.«

Das tat ich, und er schnappte sich die Sporttasche, bevor

er aus dem Fahrzeug stieg. Ich folgte ihm, und wir gingen zur Vorderseite des Sno-Tracs. Die Sonne wärmte unsere Gesichter, und inzwischen war eine leichte Brise aufgekommen, aber sonst deutete nichts auf den angesagten Sturm hin.

»Gib mir deine Bambi, Matsch.«

»Warum?«

»Vertraust du mir?«

»Ja.«

»Dann gib mir deine Bambi.«

Verwundert reichte ich ihm die Waffe, sah dann aber, dass sich jemand in dem kleinen Gehölz hinter dem Parkplatz bewegte. Rechts von uns befand sich eine weitere Person, eine dritte lauerte bei einem der eingeschneiten Fahrzeuge. Sie trugen vielfach gestopfte und geflickte Kleidung, wie sie für Womaden, Aasfresser oder Eis-Eremiten typisch war. Doch sie waren etwas anderes. Schurken.

Und nicht irgendwelche Schurken. Das hier war die Familie des Earls von Farnesworth.

Die Farnesworths

»… Impulswaffen gibt es in verschiedensten Größen. Vom kleinen Plinker, mit dem man Ratten oder Eichhörnchen außer Gefecht setzen kann, über die einhändig zu führenden Bambis und Stupser sowie Beidhänder-Waffen wie Wummser, Stubbys, Bullenrammen und Big Bopper bis zum schultergestützten Schtumperschreck. Dazu kommen Airwitzer mit eigenem Unterbau und TerraNewton-Überroller, die auf Pritschenwagen montiert werden …«

Handbuch der Winterologie,
1. Auflage, Hodder & Stoughton

»Was zur …«, begann ich, und dann blickte Fodder mit seinen leeren, dunklen Augen zu mir herab. Verzweiflung stieg in mir auf. Es gab überhaupt keine Probleme im *Frances Hoggan*. Wir waren aus einem anderen Grund hier: um Wiedergutmachung für den Verlust von Lucky Ned Farnesworth zu leisten. Mit einem ganz speziellen Einsatz. Mir.

»Du hättest es Lloyd nicht erzählen sollen«, sagte Fodder, als sich die Schurken näherten. »Solche Nachrichten verbreiten sich wie ein Lauffeuer im ganzen Sektor.«

»Ausgesprochen fair von Ihnen, sich hier blicken zu lassen«, sagte die älteste der Schurken, eine Frau mittleren Alters mit windgegerbtem Gesicht, die ein verblichenes Twinset und eine Perlenkette *über* ihrem Parka trug. »Ich gebe zu, dass ich erwartet hatte, Sie würden unsere Einladung ausschlagen.«

»Und auf den besten Kuchen in ganz Mittelwales verzichten?«, gab Fodder in perfektem Englisch zurück. »Auf keinen Fall.«

Es waren acht Schurken, die jetzt in etwa fünf Metern Entfernung einen vorsichtigen Halbkreis bildeten. Eine Hälfte war mit Wummsern bewaffnet, die andere Hälfte mit kurzen Stoßspeeren, wie jene sie bevorzugten, die keinen barometrischen Fingerabdruck hinterlassen wollten. Zwei trugen klobige Rucksäcke, und einer schien sich sogar Möbelstücke auf den Rücken geschnallt zu haben, die er mit etwas festgebunden hatte, was nach einer seidenen Vorhangkordel aussah. Der Sohn, den wir am Vortag bereits kennengelernt hatten, war ebenfalls dabei, die Augen heftig rotgeädert. Sie alle erweckten den Eindruck, gesundheitlich wesentlich angeschlagener zu sein, als man allein dem Winter hätte zuschreiben können. Fodder überragte sie mindestens um einen Kopf und war kräftiger gebaut als sie alle zusammen.

»Seine Lordschaft und sein Sohn haben den Waffenstillstand gebrochen, Ma'am«, erklärte er jetzt, »wir haben uns lediglich verteidigt.«

»Ich ahnte schon immer, dass diese Briefmarkensammelei eines Tages ihr Untergang sein würde«, sagte die Frau, von der ich annahm, dass es sich um die Witwe des 13. Earls handelte. »Aber verstehen Sie, die beiden wollten lediglich einen harmlosen kleinen Diebstahl begehen, und immerhin ging es um die mauvefarbene Lloyd George im Wert von zwei Shilling.«

»Mit dem Anglesey-Stempel«, ergänzte ein Mann rechts von uns.

»Der einzigen auf der ganzen Welt«, fügte ein anderer hinzu.

»Diebstahl ist Diebstahl«, sagte Fodder, »und sie waren in der Stadt. Zu der ihnen der Zutritt nach den Vereinbarungen des Waffenstillstands verboten war.«

Konsul und Schurken starrten einander eine Weile an.

»Würden Sie einen Tee mit uns trinken?«, fragte Lady Farnesworth dann. »Ich finde es immer entsetzlich, *entsetzlich* unzivilisiert, über Leben und Tod zu diskutieren und dabei stillos im Schnee herumzustehen.«

»Gern«, sagte Fodder.

Wie sich nun herausstellte, handelte es sich bei den Möbelstücken, die der eine Schurke auf dem Rücken getragen hatte, um einen Tisch mit abklappbaren Seitenteilen sowie zwei Klappstühle. Sie wurden aufgestellt, Tischtuch, Untertassen und Tassen aufgedeckt, und am Schluss folgte eine Kuchenplatte mit Fuß, auf der eine frische Biskuittorte thronte. Ein anderer Schurke hatte einen kleinen Gaskocher aufgebaut und erhitzte jetzt das Wasser.

»Ich verabscheue Tee aus Thermoskannen«, erklärte die Countess, die Fodder einen Platz anbot und sich dann selbst setzte. »Er schmeckt *stets* abgestanden.«

Sie wandte sich an den Mann, der das Wasser kochte, und erinnerte ihn daran, die Kanne vorzuwärmen.

»Es ist heutzutage so schwer, verlässliches Personal zu finden«, fügte sie wieder zu Fodder gewandt hinzu. »Deswegen müssen wir auf Entführungen und den einen oder anderen Mord zurückgreifen. Bitte, nehmen Sie sich doch etwas Kuchen.«

Fodder tat das, während ich nervös danebenstand. Unter all dieser oberflächlichen Höflichkeit lauerte eine äußerst gefährliche Bedrohung.

»Nun«, sagte Lady Farnesworth, »wie geht es Aurora?«

»Ich denke, recht gut.«

»Besteht sie immer noch darauf, zwei Personen zu sein?«

»Ja.«

»Sie liebte es stets, im Mittelpunkt zu stehen«, sagte Lady Farnesworth. »Das war schon so, als wir noch klein waren. Ich mochte sie trotzdem. Jetzt würde ich sie natürlich sehr gern töten, aber ich würde es gleichzeitig bedauern. Also, wie können wir sicher sein, dass Sie meinen Mann nicht festgenommen haben, und Agent Hooke, dieses Reptil, sein Traumbewusstsein nach geheimem Wissen durchsucht? Ich weiß, was Sie da bei HiberTech alles treiben.«

»Wir sind Konsuln«, sagte Fodder, »und nicht HiberTech. Wir wissen eigentlich gar nicht, was dort läuft.«

»Unsinn«, rüffelte die Countess, »ihr Waliser haltet doch zusammen wie Pech und Schwefel, und ich traue keinem von euch über den Weg. Ah, Chuck, ich bin Ihnen sehr verbunden.«

Der Mann, der das Wasser gekocht hatte, war mit einer Teekanne aus Meißner Porzellan an den Tisch getreten, die er nun auf einen Untersetzer stellte.

»Ich bedaure, Ihnen mitteilen zu müssen«, sagte Fodder, »dass der 13. Earl nur noch mit dem Winter spricht.«

Er öffnete den Reißverschluss der Sporttasche, die er neben sich auf den Boden gestellt hatte, nahm den Kopf von Lucky Ned heraus und legte ihn zusammen mit einem großen goldenen Siegelring auf den Tisch. Der 13. Earl war bläulich weiß verfärbt und steifgefroren, und sein Gesichtsausdruck wirkte tatsächlich … *überrascht.*

Alle starrten den Kopf an, als hätten sie eine Gans vor sich und wollten prüfen, ob sie fürs Vorwinterfest geeignet war.

»Wir danken Ihnen freundlichst dafür, dass Sie uns das Unsere zurückgebracht haben«, sagte Lady Farnesworth schließlich. »Wissen Sie, was mich das macht?«

»Zornig?«, fragte Fodder. »Auf Rache sinnend?«

»Nein«, sagte sie, während sie ihrem Sohn den goldenen Siegelring reichte. »Es macht mich zur Witwe, also zur Dowager Countess Farnesworth, und meinen Sohn zum 14. Earl.«

Wir alle sahen nun den Sohn des Earls an, der sich alle Mühe gab, nicht erfreut zu wirken. Kurz flackerte ein wenig Applaus auf, und jemand blies in eine Party-Tröte, allerdings nur gedämpft. Es schien, als sei dieser Tod für die Schurken weder etwas, das es zu betrauern galt, noch besonders ungewöhnlich.

»Handschuhe bitte, Chuck«, sagte die Lady Dowager, und nachdem sie ein Paar gelbe Haushaltshandschuhe erhalten hatte, bettete sie den Kopf des verstorbenen Earls in den Picknickkorb, um ihn mit einem Handtuch im Vichy-Muster abzudecken. Nachdem sie das Haupt ihres Mannes noch einmal liebevoll getätschelt hatte, wandte sie sich wieder zum Tisch.

»Ein Stück Zucker oder zwei?«, fragte sie, während sie den Tee einschenkte.

»Zwei, bitte«, antwortete Fodder.

»Nun.« Sie schob ihm Tasse und Untertasse über den Tisch. »Hat dieses dürre Etwas dort meinen Gatten getötet?«

Dabei sah sie mich zum ersten Mal direkt an, und mein Herz klopfte nervös.

»Ja«, bestätigte Fodder.

»Sieht ein bisschen zu mickrig aus, als dass Seine Lordschaft bei einem Zweikampf wirklich den Kürzeren gezogen hätte.« Sie musterte mich durch eine Lorgnette. »Sie versuchen nicht zufällig, uns mit einem Opferlamm zu beschwichtigen, oder? Indem Sie uns das schwächste Tier aus dem Wurf auf dem Silbertablett servieren?«

»Sag ihnen, dass du es warst«, sagte Fodder.

»Soll das ein Witz sein?«

»Sag es ihnen.«

Ich fühlte, wie meine Hände zitterten, und ich hätte sie gern in meinen Taschen verborgen, fürchtete aber, dass dies vielleicht bedrohlich gewirkt hätte, und daher drückte ich sie nur von außen gegen meinen Mantel.

»Ich war dabei, als es Lucky Ned – ich meine, als es Seine Lordschaft erwischt hat«, sagte ich und setzte alles daran, dass mir dabei nicht die Stimme brach. »Er wollte mich gerade kidnappen, aber einen Augenblick später war er verschwunden.«

»Sie wollen uns doch wohl nicht weismachen, es sei die Gronk gewesen«, sagte die Lady Dowager. »Der Versuch, sich aus der Verantwortung zu stehlen, indem die Tat dem Wintervolk untergeschoben wird, verdient nicht einmal Verachtung.«

»Vielleicht war ich es«, räumte ich daher ein. »Aber ich habe keine Erinnerung daran.«

Die Dowager Countess nahm einen Schluck Tee und dachte nach.

»Mir ist ebenso wenig daran gelegen wie Ihnen, Mr. Fodder, dass diese Episode eskaliert und gar auf einen Krieg zusteuert, daher nehmen wir Reparationen für unseren Verlust an – Ihren Novizen da, für zehn Dienstjahre. Wenn Sie damit einverstanden sind, gilt der Waffenstillstand weiter, als wäre er nie gebrochen worden, ja, als hätte er noch nicht einmal einen Kratzer erhalten.«

Fodder trank nun ebenfalls einen Schluck, und alle warteten gespannt auf seine Antwort.

»Ich bin zum Verhandeln gekommen«, sagte Fodder, »und nicht, um jemanden von unseren Leuten auszuliefern. Wir werden uns weiter besprechen müssen.«

»Dann nehmen wir stattdessen die Briefmarke«, erklärte die Lady, »die mauvefarbene Lloyd George für zwei Schilling.«

»Mit dem Anglesey-Stempel«, ergänzte der gleiche Mann wie zuvor, der rechts von uns stand.

»Der einzigen auf der Welt«, sagte ich, als niemand anders sich zu Wort meldete.

»Wir haben kein Zugriffsrecht auf die Sammlungen des Museums«, sagte Fodder, »und das wissen Sie auch.«

»Dann nehmen wir den Novizen.«

»Wir werden noch ein wenig weiter handeln.«

»Nein, Mr. Fodder, das werden wir nicht. Entweder eine Ergänzung fürs Personal oder die Briefmarke oder gar nichts. Und entscheiden Sie weise und schnell, mein Freund, bevor ich mir überlege, ob ich nicht auch Sie gut gebrauchen kann. Verärgern Sie eine Witwe am ersten Tag ihrer Trauer nicht.«

Einer aus der kleinen Gruppe zog ein großes Jagdmesser, und sie alle traten einen Schritt vor, aber Fodder holte gleichzeitig ein dunkles, zylindrisches Ding aus der großen Sporttasche. Es war eine Golgotha. Auch wenn sie jetzt sofort davongerannt wären, hätte Fodder immer noch zehn Sekunden warten können, bevor er den Stift herauszog, und trotzdem jeden von ihnen in grobes Hack verwandelt. Die versammelten Schurken zogen hörbar die Luft ein, und eine Mischung aus Angst, Respekt und Neugier lag in diesem kollektiven Seufzer. Jeder hatte schon einmal von einer Golgotha gehört, aber erlebt, wie eine detonierte, das hatten die wenigsten. Angeblich sehen die multiplen Schockwellen sogar sehr hübsch aus, wenn sie sich rotierend und spiralförmig nach außen verjüngen wie die Spitzen eines Romanesco-Blumenkohls.

»Keine Bewegung«, sagte Fodder, der einen Finger hinter den Detonationsstift geschoben hatte, »oder wir gehen alle in die Luft. Was Ihnen gar nichts bringt, aber mir zumindest meinen langverdienten Frieden.«

»Ach, ich *liebe* Ihren Stil.« Die Lady Dowager lachte glucksend. »Keine Angst und keine Kompromisse. Sie hätten einen guten Schurken abgegeben. Gut, dann reden wir weiter. Was wollen Sie uns anbieten, Mr. Fodder? Und sagen Sie jetzt nicht, die rote Dylan-Thomas-Paketmarke für zwei Shilling und sechs Pence, denn so eine haben wir schon – in bestem Zustand übrigens.«

»Niemand wird in Ihre Dienste gezwungen«, sagte Fodder, »und wir bieten Ihnen sechs Gros Snickers, zwei Gefallen und eine Schuld.«

»Ihre Schokolade und Ihre Versprechungen können Sie sich sonst wohin stecken«, lehnte die Lady Dowager ab.

»Nein, ziehen Sie ruhig den Stift, aber gehen Sie dann davon aus, dass der 15., 16. und 17. Earl bis ans Ende aller Zeiten an Ihren Leuten Rache nehmen werden.«

Das ließ sich nicht besonders vielversprechend an, wie ich fand.

»Der Tod kommt doch keinem von uns gelegen«, sagte Fodder. »Wir werden eine Vereinbarung finden. Ich biete Ihnen … ein gesundes Kind.«

Die acht Schurken hatten während der ganzen Diskussion größtenteils unzusammenhängende und unpassende Zitate auf Latein ausgetauscht, aber jetzt verstummten sie und wurden plötzlich aufmerksam. Ich verstand, wieso die Idee für sie so attraktiv war. Der Genpool der Gruppen, die in den gletscherbedeckten Randbereichen Albions lebten, war sehr klein, und ein Schuss frischen Erbguts würde die langfristigen Gesundheitsprognosen der dortigen Familien entscheidend verbessern.

»Darüber können wir nachdenken«, sagte die Lady Dowager. »Aber wir wollen keinen Ausschuss. Ein kräftiges Baby vom ersten genetischen Rang. Wenn Sie das einfädeln können, dann haben Sie Ihren Waffenstillstand, Mr. Fodder.«

Es erschloss sich mir nicht, was es moralisch gesehen für einen Unterschied machte, ob irgendwo ein Kind geraubt oder ich für zehn Jahre in die Sklaverei verkauft wurde. Diesen Handel konnte ich einfach nicht zulassen.

»Ich nehme die zehn Jahre«, sagte ich. »Wir reißen niemanden aus seiner Aufzucht heraus.«

Die Lady Dowager sah mich an und lächelte.

»Oho, jemand mit Biss«, sagte sie. »Würde sicher einen prachtvollen Dienstboten abgeben.«

»Wir bieten mehr als das«, sagte Fodder, der nicht im Geringsten auf mich einging. »Wir bieten eine Schwangerschaft ersten Ranges, gezeugt von einem Farnesworth, dessen Nachfahren Sie aufziehen und lieben können.«

»Ach ja?« Die Lady Dowager wirkte nicht überzeugt. »Und welche Austrägerin wollen Sie uns dafür anbieten? Diese Verrückte, Jonesy, kommt nicht infrage, und Aurora würde nie zulassen, dass Toccata die ersten neun Wochen übersteht. Diese Laura Strowger wäre wundervoll, aber erst, wenn sie volljährig ist. Ein Kind von einem Kind, das wäre ungehörig.«

»Nein«, sagte Fodder, »weder Jonesy noch Toccata – und ganz bestimmt nicht Laura. Ich biete – mich selbst.«

Schweigen breitete sich aus, und einige der Schurken tauschten Blicke und fingen zu lachen an.

»An Samen herrscht bei uns kein Mangel, wir brauchen einen gesunden Topf, in dem er heranwachsen kann. Auch wenn Ihrer sicher 24 Karat hat«, setzte sie nach einem langen Blick auf Fodders imposanten Körperbau hinzu. »Ihr Deal kommt für uns nicht infrage. Ziehen Sie von mir aus den Sicherungsstift, und dann kann uns alle der Winter holen. Es sei denn, Sie geben uns diese Strowger, wenn sie so weit ist, oder die gewünschte Ergänzung für unser Küchenpersonal. Wir sind fertig.«

Aber Fodder ließ sich keinen Augenblick beirren. Verblüfft sah ich ihn an und fragte mich, was er vorhatte. Er reichte mir die Golgotha.

»Falls irgendwer Unsinn macht, zieh den Stift.«

»Klar«, sagte ich und meinte es auch so. Zehn Jahre sind eine lange Zeit, und nach dem, was ich von anderen Fällen dieser Art gehört hatte, bedeutete es in Wahrheit lebenslänglich. Bis zum dritten Jahr haderte man mit seinem neuen Leben, ab dem fünften hatte man sich jedoch meist mit seinem Schicksal abgefunden. Am Ende des achten Jahres war man wahrscheinlich assimiliert und nach dem zehnten durch und durch loyal, abgesehen davon, dass man dann vermutlich Familie und Verantwortung hatte. Verschleppte kehrten nur selten wieder in ihr früheres Umfeld zurück.

»Sie haben ein Recht darauf, die Ware in Augenschein zu nehmen, bevor Sie dem Handel zustimmen«, sagte Fodder und begann, seine Jacke aufzuknöpfen.

Fünf Minuten später befanden wir uns wieder auf dem Rückweg. Die Golgotha war gesichert und lag in der Tasche, die Farnesworths waren glücklich, das Wachs des Siegels klebte noch warm auf der eilig hingekritzelten neuen Vereinbarung.

»Es ist immer besser, die Füchsin am Schwanz zu packen und einen Frieden auszuhandeln«, erklärte Fodder. »Im Winter geht es stets darum, auf das bestmögliche Ergebnis hinzuarbeiten, das einer Mehrheit von Menschen am meisten nützt – aber natürlich auf möglichst gute Art und Weise.«

»Du hättest mich opfern können.«

Er wandte sich zu mir um.

»Nein«, sagte er, »sowas machen wir nicht. Du bist jung und neu und durcheinander, und du brauchst alle Unterstützung, die du bekommen kannst.«

Das konnte ich nicht leugnen; er hatte mich ziemlich präzise beschrieben.

»Ich stehe in deiner Schuld«, sagte ich, »aber du wirst ein Kind austragen und es ihnen überlassen müssen. Schurken. Kommst du damit zurecht?«

»Ich bin ein Poolkind in der sechsten Generation«, sagte

Fodder. »Meine Leute wissen seit über zwei Jahrhunderten nicht, wer ihre Biologis waren. Schurken sind schrecklich klassenbewusst und dann auch noch Engländer, aber gute Eltern – und mein Kind wird die Gesundheit ihrer Dynastie für Generationen verbessern. Der Waffenstillstand wird bestehen bleiben, und du musst keine Töpfe schrubben. So entspricht es dem Winterkodex.«

Fodder hatte mich beschützt. Es war ein gutes Gefühl, aber es brachte auch eine schreckliche Verantwortung mit sich. Irgendwann einmal würde ich alles für ihn riskieren müssen, und dann ging es so immer weiter, in einer ungebrochenen Kette von Winterkameradschaft, wie es schon seit Jahrhunderten vor uns gewesen war. In diesem Augenblick begriff ich, was es bedeutete, Winterkonsul zu sein, und ich wusste, dass ich nie etwas anderes würde sein wollen.

Wir fuhren schweigend einige Minuten weiter.

»Weiß es sonst noch jemand?«, fragte ich.

»Niemand hier in der Gegend, und du wirst es niemandem sagen. Ich werde mich zwei Jahre freistellen lassen, bis die Kleine auf der Welt ist. Das Geld wird etwas knapp werden, aber nun, was soll's.«

Wieder folgte eine Pause.

»Darf ich fragen, wieso?«

»Wieso was?«

»Wieso bist du etwas, was du nicht bist?«

»Wir sind alle etwas, was wir nicht sind«, sagte er. »Jeder von uns steckt irgendwo zwischen dem Menschen, der er gerne wäre, und dem Menschen, der er sein kann. Und dabei muss es kein Wieso geben. Die Dinge müssen sich nur richtig anfühlen.«

»Das verstehe ich«, sagte ich. »Und – danke.«

Er musste mich nicht auffordern, sein Geheimnis für mich zu behalten. Ich werde es mit ins Grab nehmen. Den Rest der Fahrt hallten mir noch die ungläubigen Ausrufe der Farnesworths durch den Kopf, als sie Fodders nackten Körper betrachteten, im Schnee, von der Sonne angestrahlt: kräftig, muskulös, athletisch, von Snowdonischer Statur und körperlich abweichend von dem Geschlecht, in dem er sich am meisten zu Hause fühlte – aber mit den seltenen und höchst begehrten Tigerstreifen, die sich rotbraun auf seinem blonden Winterfell abzeichneten.

Dreamspace

»… Die große Salzmarsch, die sich von Portland im Westen bis hin zum Dogger-Massiv erstreckt, das im Nordosten Hull gegenüberliegt, stand für eine wärmere Periode der Erdgeschichte, als weniger Wasser in den Gletschern und den Eiskappen der Pole gebunden war. Zwar ist sie außerhalb der Dämme im Osten und Westen immer noch kaum zu überqueren, aber erste Pläne zur Trockenlegung gibt es bereits, um das Land in die so dringend benötigte landwirtschaftliche Nutzfläche zu verwandeln …«

Die Halbinsel Albion, Roger Vanguard

»Ich vermute, der Trip war ein voller Erfolg«, sagte Jonesy, die das vordere Kettenrad auf der Fahrerseite ihres Sno-Tracs fettete und dazu eine Presse mit Wagenschmiere schwang, die so lang war wie ihr Arm.

»Mein Charme konnte sie am Ende überzeugen«, sagte Fodder, »außerdem die Aussicht auf ein paar Schulden, Gefallen und fünfzig Kilo Nesquik Banane – plus der impliziten Drohung, die eine Golgotha mitunter vermittelt.«

»Die einzigen scharfen Golgothas, die wir besitzen, sind

die im Museum«, sagte Jonesy. »Hast du den Übungs-Dummy verwendet?«

Fodder zuckte die Achseln.

»Große Gesten sind das Geheimnis jeder erfolgreichen Kampagne.«

Er verschwand im Konsulat, um Toccata Bericht zu erstatten, während ich noch einen Augenblick bei Jonesy stehen blieb.

»Habt ihr wirklich mit ein paar Schulden und Nesquik einen Deal gepackt?«, fragte sie.

»Jepp«, gab ich zurück. »Schulden und Nesquik. Fodder ist ein sehr guter Unterhändler. Wo habt ihr Neds Leiche gefunden?«

»Nicht weit von der Stelle, an der auch seine Klamotten lagen. Er war unter Schnee begraben, und abgesehen von seinem überraschten Gesichtsausdruck haben wir keinen Hinweis darauf, wie er zu Tode gekommen ist. Übrigens macht es den Anschein, als ob deine Gronk-Theorie stimmt – ihm fehlte der kleine Finger. Es sei denn, dass du ihn abgeschnitten hättest. Hast du?«

»Nein, habe ich nicht. Also glaubst du an die Gronk?«

Sie überlegte kurz.

»Ich glaube, dass etwas Traumartiges und Unerklärliches in der Luft liegt, und wenn die Gronk die beste Art ist, es zu beschreiben, dann ist es wohl die Gronk. Hör mal«, setzte sie dann hinzu, »Toccata wird nicht gerade bester Laune sein. Vielleicht solltest du dich für ein Stündchen unsichtbar machen.«

Ich folgte ihrem Rat und marschierte gedankenverloren zum Wincarnis, an dessen Tür sich eine hohe Schneewehe gebildet hatte. Haustüren ließen sich stets in beide Richtungen öffnen: nach außen, falls im Inneren einmal ein Feuer ausbrechen sollte, und nach innen, um nicht von Schnee eingeschlossen zu werden. Bei einem frühen Wintereinbruch hatten wir im St. Granata einmal die Tür geöffnet, um vor einer komplett geschlossenen Schneewand zu stehen, in die sich alle kleinen Erhebungen und Details der Haustür eingeprägt hatten. So ein Erlebnis vergisst man nicht so schnell.

Die Winsomniasten hatten gerade ein Mittagessen verzehrt, das aus Spaghetti bestand, aber aussah, als sei es mit Bindfäden verlängert worden, und sie bereiteten sich auf einen geschäftigen Nachmittag vor, der ganz im Zeichen der hohen Kunst des Nichtstuns stand. Nachdem ich kürzlich derart lebendige Träume gehabt hatte, wollte ich mich noch einmal ausführlicher mit Schamanen-Bob unterhalten. Er saß mit einem Buch am Kamin, in dem allerdings kein Feuer brannte. Papier, Anmachholz und große Scheite waren zwar vorhanden, waren aber offenbar nicht bereit gewesen, sich von selbst zu etwas Sinnvollem zusammenzusetzen. Ich kniete mich hin und schichtete einen Stoß Brennholz auf.

»Oho«, sagte Schamanen-Bob, als er mich sah, »du hast ja inzwischen schon einen ganz schönen Ruf erworben, mit dem Tod von Lucky Ned und dieser Sache mit dir und Aurora. Wow. Einfach nur … *wow*. Hätt ich nie gedacht. Nicht von dir. Hey, lass sie bloß mittendrin nicht einschlafen – die wacht glatt als Toccata wieder auf. Und dann müsstest du ganz schön was erklären.«

»Ja, da wäre eine Weltklasse-Erklärung nötig«, stimmte ich ihm zu. »Aber ich habe mit dem Tod von Lucky Ned nichts zu tun, und zwischen mir und Aurora läuft gar nichts.«

»Spielt doch keine Rolle, ob es stimmt oder nicht«, wehrte er ab. »Wichtig ist nur, was die Leute glauben. Wieso bist du gekommen – willst du uns dabei helfen, mal so richtig auf einen Traum abzugehen?«

»Ein anderes Mal.«

»Ist okay«, sagte Schamanen-Bob fröhlich, »wir haben sowieso einen kleinen Versorgungsengpass, aber das klärt sich sicher bald. Was kann ich sonst für dich tun?«

Ich riss ein Streichholz an und hielt es an die Zeitung, die sofort hoch aufflammte.

»Bei unserem letzten Treffen hast du mir erzählt, Don Hector hätte es ursprünglich darauf angelegt, dass die Menschen nicht weniger, sondern *besser* träumen sollten. Ich habe mich gefragt, was du damit gemeint hast.«

Er sah mich an und verengte die Augen.

»Hast du geträumt, Neuling?«

»Nein.«

»Ehrlich nicht?«

»Na gut, ein bisschen.«

Er lächelte und befeuchtete seine Lippen.

»Ich habe es so gemeint, wie ich es gesagt habe. Don Hectors Forschung zielte zu Anfang nicht darauf ab, einen Weg zu finden, um Träume zu verhindern; er wollte den Menschen helfen, besser zu träumen – und produktiver.«

Ich sagte nichts, sondern wartete darauf, dass er weitersprach. Er warf mir einen verschwörerischen Blick zu und sah sich um, ob uns auch niemand hörte, was natürlich Blödsinn war, bei den zahlreichen anderen Schlafscheuen, die in unserer Nähe saßen. Aber so sind die Winsomniasten nun einmal.

»Hatte ich Dreamspace erwähnt?«

»Ja, aber nichts Genaueres darüber gesagt.«

Auch Zsazsa hatte von Dreamspace gesprochen, als sie den Satz mit Mrs. Buckley und der abgelegenen Farm in Lincolnshire erklärt hatte. Schamanen-Bob brachte sich mit einiger Anstrengung in eine aufrechte Position und winkte mich näher zu sich.

»Das ist allgemein gar nicht bekannt, aber das Medikament, mit dem HiberTech eigentlich den Durchbruch schaffte, war ein sehr wirksamer Traumverstärker mit der Bezeichnung E-28. Er wurde synthetisiert, als Don Hector erste Versuche unternahm, mittels der sogenannten Aktiven Traumkontrolle die Hibernationsphase sinnvoller zu nutzen.«

»Davon habe ich noch nie gehört«, sagte ich. Jetzt begann mich die ganze Sache noch stärker zu interessieren. Bei den letzten Birgitta- und Buick-Träumen hatte ich selbst die Kontrolle gehabt, selbst Entscheidungen getroffen, die Erzählung gestaltet.

»Das hat kaum jemand. HiberTech lässt wenig von seinen Geheimnissen nach außen dringen. Die Aktive Traumkontrolle war so angelegt, dass wir unser Leben während des Winters hätten weiterführen können. Aber nicht hier draußen, wo wir dabei Fettreserven verbrannt hätten und Hunger, Kälte und Schädlingen zum Opfer gefallen wären, sondern hier drin.« Er tippte sich an die Stirn. »Warm und sicher und glücklich in einer personalisierten Traumumgebung, in der jeder selbst alle Fäden in der Hand hat, an einem Ort, an dem man tun kann, was man will, während man stets bei vollem Bewusstsein bleibt und die komplette Kontrolle über seine Aktionen innehat – aber trotzdem fest schläft.«

»Okay«, sagte ich, »aber wäre Aktive Traumkontrolle nicht genauso einsam, wie über den Winter wach zu bleiben? Wenn nicht sogar noch einsamer?«

Er lächelte. »Genau dafür hatte er sich etwas Schlaues ausgedacht. Die Idee sah vor, dass man seine Traumumgebung, seinen Dreamspace, *teilen* konnte. Es sollte ein Raum entstehen, in dem man sich treffen, etwas miteinander erleben, arbeiten und produktiv sein könnte. Es gab Pläne für die erste Hiberversität. Abschlüsse in allen Studienfächern – während man schlief und tief in den Abgrund der Hibernation abgetaucht war. Bildung für die Massen. Es wurde sogar darüber diskutiert«, sagte er, und ich hatte das Gefühl, dass er über die Kühnheit dieser Idee innerlich lachte, »Traum-Avatare im schlafenden Verstand zu verankern, um eine Verbindung zur Außenwelt zu schaffen. Um auf diese Weise Nachrichten und Kommentare direkt im Schlaf empfangen zu können, vielleicht auch Live-Entertainment – und außerdem hätte man damit vielleicht eine Möglichkeit zum Erzielen von Einkünften geschaffen, indem man dem Schlafenden Waren und Dienstleistungen anbot.«

»Ernsthaft?«

»Jepp.« Schamanen-Bob grinste. »Sie wollten den Traumzustand finanziell nutzbar machen, indem sie darin Unterhaltung und Werbemöglichkeiten verkauften. Ist denn nichts mehr heilig? – Was ist? Du siehst beinahe … schockiert aus.«

»Es ist nichts«, behauptete ich, aber das stimmte nicht. Wenn das, was er und Zsazsa berichtet hatten, stimmte, dann gab es eine Erklärung dafür, wie Mrs. Nesbit in meine Träume gelangt war. Sie hatte allerdings nicht versucht, mich zu unterhalten, mir Thermalsocken oder doppelverglaste Fenster zu verkaufen, sondern Informationen verlangt. Und dann kam mir ein anderer, noch unangenehmerer Gedanke, der Agent Hooke und seine traumbasierten Verhörmethoden betraf.

»Diese Dreamspace-Idee«, sagte ich, »hat sie jemals funktioniert?«

»Nicht so richtig. 21 Jahre und 30 Milliarden Euro später gab es immer noch ein riesiges und unlösbares Problem: Hatte man gerade etwas über Charlotte Brontë gelernt, oder hatte man das nur *geträumt*? Oder was die Menschen anging, die man im Dreamspace getroffen hatte – hatten sie wirklich gesagt, was man gehört zu haben glaubte, oder war das reine Erfindung? Oder wenn man verlockt wurde, im Dreamspace eine Affäre zu haben – ging man dann fremd? Konnte es überhaupt ein Einverständnis geben? Und wenn es das nicht gab, was war es dann? Wie verhielt es sich mit geschäftlichen Absprachen: Waren sie bindend oder nicht? Die Sache ist die: Es gibt keine einfache Möglichkeit, um einwandfrei festzustellen, ob und wieviel von dem, was im Dreamspace passiert ist, real oder nur erfunden ist – zehn Prozent? Achtzig? Gar nichts?«

»Ich verstehe das Problem.«

»Eben«, sagte Schamanen-Bob, »denn wenn man die Realität und die Phantasie miteinander verschmilzt, kann man anschließend keine eindeutige Grenze mehr bestimmen. Dreamspace war ein großartiges Konzept, aber da der eigensinnige Verstand im Schlaf zu tangentialer Erfindung neigt, leider zum Scheitern verurteilt.«

Er seufzte bedauernd, als sei dies die größte Enttäuschung, die er sich vorstellen konnte – dass aus dem permanenten Traumzustand, in dem man sich einen Weg durch phantastische Welten eigener Schöpfung bahnte, nichts geworden war.

»Träume sind die einzige wahre Freiheit«, fuhr er dann fort. »Der Ort, an man wirklich man selbst sein kann: alles tun und alles sein. Der befreite Geist.«

»Solange es wirklich Aktive Kontrolle ist«, wandte ich ein. »Sonst ist man nur ein Mitreisender, oder?«

»Zugegebenermaßen«, sagte Schamanen-Bob mit einem traurigen Lächeln. »Das ist genau der heilige Gral der Nacht, den wir suchen. Ein Traum, der sich vom wahren Leben nicht unterscheiden lässt. Ein Traum, in dem man sich verlieren kann, ein Traum, in dem man das sein kann, was man will, und alles tun kann, was man sich wünscht, ganz nach seinen eigenen Vorstellungen.«

»Könnte man sich selbst in die Rolle eines prinzipientreuen und selbstbewussten Anführers der Kampagne für EchtSchlaf hineinträumen?«, fragte ich. »Undercover auf einer gefährlichen Mission, begleitet von der Frau seiner … Träume?«

»Klar«, sagte er, »wenn du auf sowas stehst. Ich möchte lieber fliegen. Nicht wie ein Pilot – wie ein Vogel. Hoch auf meinen Schwingen über der ehrfürchtig schweigenden Nation auf der Jagd nach dem Geist der Freiheit. Oder vielleicht wäre ich auch gern der Saxophonist«, überlegte er dann, »der Holroyd Wilson bei diesem letzten Auftritt begleitete, bevor ihn der Winter dahinraffte. Oder vielleicht könnte ich träumen, ich sei beliebt – oder sogar respektiert. Oder *normal*. Das wäre schön.«

Schamanen-Bobs Stimme klang immer schläfriger, und ihm fielen allmählich die Augen zu. Ich war mir nicht sicher, ob es eine Form stiller Ehrerbietung war, weil wir über

Träume sprachen, oder ob er einfach eingedöst war. Winsomniasten dämmern oft einfach so weg.

»Hast du jemals von dem blauen Buick geträumt?«, fragte ich.

Mit einem Ruck war er plötzlich wieder wach, und eine Sekunde später packten seine knochigen Finger meine Jacke und zogen mich zu sich heran.

»*Deswegen krätzeln*[58] *so viele von uns im Zwölfer herum, mein Freund.* Wir haben davon gehört, dass es diesen Traum gab, der realer als real war, so lebendig, dass man wirklich drinsteckte, die Augen vor der Sonne beschattete, den Sommer roch, den Staub auf den Lippen schmeckte. Aktive Traumkontrolle, den Heiligen Gral der Nacht suchen wir. Wo ist er? Irgendwo in der Nähe? In welchem Dormitorium?«

Ich musste kurz darüber nachdenken, bevor ich wieder etwas sagte.

»Eine letzte Frage habe ich noch«, erklärte ich dann. »Kann die Erinnerung an einen Traum sich jemals nachträglich im Kopf entfalten, von späteren Erlebnissen beeinflusst?«

»So etwas habe ich zumindest selbst noch nie erlebt«, sagte Bob nach einiger Überlegung, »und auch von niemand anderem je dergleichen gehört. Aber Narkosen können von Zeit zu Zeit ziemlich interessant geformte Knochen ausbuddeln. Bist du sicher, dass du nicht mit uns abträumen willst?«

»Bin ich.«

Ich ging zur Tür und wandte mich dort noch einmal um.

58 Ich glaube, das bedeutete »im Winter Nahrung zusammenklauben«, aber das konnte ich nie definitiv klären.

Alle Winsomniasten im Raum hatten unser Gespräch verfolgt. Jetzt sahen sie mich an, mit großen, tief in den Höhlen liegenden Augen und blinzelnd wie Eulen.

»Nur damit das klar ist«, sagte ich in den Raum hinein, »es gibt keinen Traum mit einem blauen Buick, es ist ganz bestimmt keine Aktive Traumkontrolle, und es ist ganz bestimmt nicht im *Sarah Siddons*.«

Die Winsomniasten lächelten alle leise vor sich hin und nickten dann schwach mit den Köpfen. Lloyd hatte gesagt, dass ich vier Dosen Milchreis für jeden Winsomniasten bekommen würde, den ich ins *Siddons* lockte. Mit jedem von ihnen, der dort eintrudelte, war Birgitta vier Stunden näher am Frühlingserwachen und vier Stunden weiter vom Kannibalismus entfernt. Der gute, sahnige Dosenmilchreis von Ambrosia, an sich schon schmackhaft genug, war mir noch nie so verlockend erschienen.

Archivgefeuert

»… Der Winterkonsuldienst bestand erst knapp vier Jahrhunderte und hatte sich in dieser Zeit wenig verändert. Die Ämter des Portiers und des Konsuls gingen beide auf den Nachtwachmann zurück, ein Begriff, der zur Beschreibung beider Tätigkeiten gern herangezogen wurde. Die Lebenserwartung eines Konsuls war nicht hoch, aber aufgrund der Beförderungsaussichten und Extravergütungen gab es trotzdem stets genug Bewerber. Und das war auch nötig …«

SIEBZEHN WINTER, WINTERKONSUL LANCE JONES

Während meines Aufenthalts im Wincarnis hatte sich draußen die dunkle, niedrige Wolkendecke verdichtet, und eine steife Brise wirbelte den Schnee zu einem wilden Flockengestöber auf, das sich gar nicht wieder setzen wollte. Dennoch herrschte immer noch einigermaßen gute Sicht, obwohl offenbar kaum jemand darauf hoffte, dass es so blieb. Jonesy hatte eine Sicherungsleine von ihrem Sno-Trac bis zu dem dicken Messingring gespannt, der außen an der Mauer des Konsulats angebracht war, damit sie beides würde wiederfinden können, falls es richtig hart auf hart kam.

Als ich den großen Büroraum betrat, herrschte dort eine ähnlich müde Gemütlichkeit, als würde man sich auf einen verregneten Sonntag im Haus vorbereiten. Treacle tippte auf einer großen Schreibmaschine ein Formular und vermittelte den Eindruck, als hätte er dazu alle Zeit der Welt, und Jonesy hatte sich an ihren Schreibtisch gelehnt und las einen Bericht. Fodder stand neben der Kaffeemaschine und blickte gedankenverloren ins Nichts. Wahrscheinlich dachte er an Babys. Oder vielleicht auch an irgendeine militärische Niederlage, die er miterlebt hatte. Oder an eine verlorene Liebe. Oder an Fleischpastete mit Fritten und Erbsen. Ich hatte keine Ahnung. So, wie er aussah, war das einfach schwer zu beurteilen.

Toccata hörte ich hinter der geschlossenen Bürotür ins Telefon fluchen, aber da ich mich inzwischen an die Eigentümlichkeiten von Sektor 12 gewöhnt hatte, erschien mir auch die ganze Aurora/Toccata-Geschichte gar nicht mehr so seltsam, und ich verstand, wieso keiner der Mitarbeiter sich wirklich daran stieß.

»Der Boss hat gesagt, dass sie dich sehen will«, sagte Jonesy und hob den Kopf.

»Jetzt?«

»Ja, jetzt. Sie hat dich reinkommen sehen, also ist es zu spät, um sich noch zu verdrücken. Viel Glück.«

Langsam ging ich zu Toccatas Bürotür, zupfte meine Jacke zurecht und klopfte höflich. Sie rief mich herein, und ich drückte die Klinke.

Toccata stand hinter ihrem Schreibtisch und lehnte sich gegen ihren Stuhl.

»Machen Sie die Tür zu«, sagte sie, und das tat ich.

»Setzen Sie sich.«

Das tat ich ebenfalls.

»Sie haben sich gestern gut gehalten«, erklärte sie. »Es war zwar dumm und unbedacht, Ned Farnesworth zu töten, aber glücklicherweise ist der Waffenstillstand dank Fodders enormem Verhandlungsgeschick gewahrt geblieben.«

»Ich habe ihn nicht umgebracht.«

Toccata nickte gedankenverloren und hielt dann einen goldgerahmten Gutschein in die Höhe, auf dem eine Menge Nullen prangten.

»Dann wollen Sie die zehntausend Euro Belohnung nicht?«

Dies stürzte mich unerwartet in einen Gewissenskonflikt. Das Geld würde genügen, um Birgitta bis zum Frühlingserwachen zu versorgen, aber es anzunehmen erschien trotzdem nicht recht. Mir fiel jedoch etwas anderes ein.

»Können wir es nicht Fodder zuschreiben? Ich glaube, er würde gern ein paar Sabbatjahre einlegen, und große finanzielle Reserven hat er wohl nicht.«

Toccata bedachte mich mit einem langen Blick.

»Er hat diesen Waffenstillstand nicht nur mit Schulden und Nesquik ausgehandelt, oder?«

»Nein, Ma'am.«

Sie schob den Gutschein über den Schreibtisch. »Unterschreiben Sie auf der Rückseite.«

Das tat ich, und zumindest gab mir diese Überschreibung das Gefühl, dass ich meine Schuld Fodder gegenüber zum Teil beglichen hatte.

»Und jetzt«, fuhr Toccata fort, »haben Sie sich sicher schon gefragt, wieso ich so nett zu Ihnen bin?« Das war mir tatsächlich noch gar nicht aufgefallen. »Es liegt daran, dass

Sie nicht mehr für uns arbeiten. Ich bin nur zu meinen eigenen Leuten so richtig ekelhaft.«

Zunächst vermutete ich, dass Aurora, auch ohne meine Zustimmung abzuwarten, vielleicht meine Bewerbung bei HiberTech vorangetrieben hatte, aber wie sich herausstellte, gab es einen anderen Grund.

»Hier.« Toccata reichte mir ein Fax. »Ihr diensthabender Sektorenchef hat mich dazu aufgefordert, Sie wieder an Cardiff zu überstellen. Dort haben sie auch zu wenig Leute. Sie können sofort unbezahlt vom Dienst befreit werden, dann können Sie im *Siddons* in Sicherheit den Sturm abwarten, und wenn sich das Wetter wieder gebessert hat, bringt Jonesy Sie nach Hereford, und Sie nehmen den Flugzug nach Hause.«

Ich studierte das Fax. Es stammte von Vizekonsul Price und führte aus, dass Logans Tod »durch Aurora bei der Verteidigung von Novize Worthing« erfolgt sei, von daher machte man immerhin nicht mich dafür verantwortlich.

»Machen Sie es gut, Worthing. Ich würde gerne sagen, es war mir ein Vergnügen – aber das wäre glatt gelogen.«

Ich überlegte. Natürlich war das Leben hier, wo ich es mit einem unberechenbaren Boss, einem mordlustigen HiberTech-Agenten, Wintervolk und Temperaturen unter dem Gefrierpunkt zu tun hatte, wesentlich riskanter als in Cardiff. Aber dennoch wollte ich nirgendwo anders mehr sein. Außerdem war da auch noch Birgitta. Schön, sie war vielleicht nur drei Marmeladendonuts vom Kannibalismus entfernt, aber ich war immer noch für sie verantwortlich.

»Ich würde gern bleiben, Ma'am.«

Toccatas Augenbrauen fuhren in die Höhe. »Sie wollen *nicht* in Sektor 12 sein. *Ich* will nicht, dass Sie hier sind. Sie sind eine Belastung und überhaupt nicht einzuschätzen, und Probleme laufen Ihnen hinterher wie ein heimwehkranker Spaniel. *Und* dann bündeln Sie noch mit Aurora, und mit niemandem, der das getan hat, hat es je ein gutes Ende genommen.«

»Nein, wirklich, ich fühle mich hier sehr zu Hause. Zum ersten Mal, seit ich den Pool verlassen habe. Zum ersten Mal *überhaupt*.«

»Mir bricht es das Herz. Okay, dann sage ich es eben ganz direkt. Sie sind *gefeuert*. Bisher hatten Sie Glück, aber das wird irgendwann aufgebraucht sein, und dann werden Sie gute Agenten mit sich ins Verderben reißen.«

Sie setzte sich auf ihren Stuhl und sah mit ihrem guten Auge zu mir hinauf, während das andere in der Augenhöhle rotierte.

»Sie sind raus. Wir sind fertig. Gehen Sie.«

Ich ging zur Tür. Das berauschende Kameradschaftsgefühl, das ich am Morgen noch so stark empfunden hatte, hatte einen derben Dämpfer abbekommen.

Aber mir kam eine Idee, und ich wandte mich um.

»Sie sind ja immer noch da.« Toccata blickte nicht einmal von ihrem Schreibtisch auf.

»Ich glaube, Sie sollten wissen«, sagte ich, »dass man mir heute Morgen einen Job bei HiberTech angeboten hat.«

Langsam hob sie den Kopf, und ihr Hals und ihre Wangen färbten sich in rasantem Tempo rot. Der letzte Hauch von Freundlichkeit, der zuvor noch an ihr gewesen sein mochte, verschwand.

»Sie matschbirniges Stück Scheiße. Sie wollen mich verarschen, oder?«

»Nein«, erwiderte ich so unschuldig ich konnte. »Ein

Zwei-Jahres-Vertrag, Eintrittsbonus in bar, unbegrenzte Puddingration, eine Wohnung mit Blick auf den Innenhof – und eine regelmäßige Zuteilung von Cadbury's Trauben-Nuss-Schokolade.«

»Ich habe keine Ahnung, wieso man Sie dort haben wollen würde, aber es liegt auf alle Fälle nicht an Ihrem Charme, Ihrem guten Aussehen oder Ihrer Erfahrung. Man wird Sie ausnutzen und Sie anschließend ausgesaugt und leer wegwerfen. Für HiberTech zu arbeiten wäre die dümmste Karriereentscheidung, die Sie je treffen könnten – und garantiert auch die letzte.«

»Sie haben recht«, erklärte ich ein wenig herausfordernd, »ich will dort nicht arbeiten. Ich will aber in Sektor 12 bleiben, und wenn das meine einzige Möglichkeit darstellt, dann gehe ich eben zu HiberTech.«

Toccata legte ihren Stift nieder, lehnte sich in ihrem Stuhl zurück und sah mich dann an.

»Es ist nicht zu fassen«, sagte sie, »aber Sie haben mich tatsächlich ausgespielt. Das ist noch nie jemandem gelungen.« Sie sah beinahe beeindruckt aus. »Okay, dann machen wir es so, wie Sie wollen. Sie haben einen Job. Sie werden die nächsten 91 Tage Akten sortieren, *im* Konsulat – und Sie werden vom Hilfskonsul wieder zum Novizen herabgestuft. Das heißt, Sie haben bestimmt auch mal Latrinendienst, und Sie werden das Waschen und Bügeln für alle anderen übernehmen. Es wird nicht lange dauern, und Sie werden darum betteln, als Haushaltshilfe für Dowager Farnesworth arbeiten zu dürfen. Und jetzt verpissen Sie sich. Halt, Augenblick, da ist noch etwas.«

Sie stand auf, umrundete ihren Schreibtisch und versetzte mir einen Fausthieb aufs Auge.

»Dafür, dass Sie zuvor gelogen haben.«

Als ich mich wieder aufrichtete, versetzte sie mir einen zweiten Schlag auf dieselbe Stelle.

»Und das ist dafür, dass Sie heute Morgen mit Aurora gebündelt haben, obwohl Sie gesagt haben, Sie täten das nicht.«

Mir drehte sich der Kopf, als ich das Büro verließ, aber immerhin waren jetzt zwei Dinge klar. Erstens kam ich mit dem Winter inzwischen allmählich besser und besser zurecht, und zweitens war das Herausreißen der Zunge offenkundig wirklich eine leere Drohung gewesen.

»Wie lief's?«, fragte Jonesy, die im Waschraum auf mich stieß, wo ich mir gerade eine kalte Kompresse aufs Auge drückte.

»Sie sagte, ich sollte gehen, ich sagte, dass ich das nicht will, dann hat sie mich gefeuert, wieder eingestellt und zum Novizen degradiert. Aber ich habe sie ausgespielt, und ich glaube, deswegen respektiert sie mich jetzt.«

»Hat sie dir deswegen eins aufs Auge gehauen?«

»Nein, das war fürs Lügen und Bündeln mit Aurora.«

»Dann stimmt das also?«

»*Nein.*«

»Das wird schon«, sagte sie, tätschelte mir den Arm und lachte leise. »Mich hat Toccata, als ich hier anfing, so heftig mit einem Besenstiel verdroschen, dass ich eine Woche lang eine Gehirnerschütterung hatte. So ist sie einfach.«

»Ich wünschte, sie wäre ein bisschen anders.«

Anschließend ging ich zu Laura ins Archiv, die mir, als sie mich sah, einen Platz an einem der Schreibtische anbot.

»Aber jetzt erzähl mir erst einmal von der Gronk«, rief

sie aufgeregt und zog sich einen Stuhl heran. »Hast du sie wirklich gesehen?«

Ich berichtete ihr so detailliert wie möglich von meinem Erlebnis, aber viel konnte ich ihr nicht erzählen. In dem Augenblick, da die Gronk erschien, war ich schließlich ohnmächtig geworden, und als ich wieder zu mir kam, war sie weg. Laura machte sich Notizen und nickte lebhaft bei jeder noch so kleinen Einzelheit, aber als ich fertig war, wirkte sie enttäuscht. Es war nicht der Durchbruch, den sie sich erhofft hatte.

»Also keine Fotos?«, fragte sie.

»Kein einziges.«

»Treacle hat es schon als Hibernationsnarkose abgetan«, sagte sie seufzend. »*Deinerseits*. Er glaubt, du hättest Lucky Ned getötet und wolltest es jetzt aus deinem Kopf ausblenden.«

»Sehe ich aus wie jemand, der anderen einen Finger abbeißt?«

»Du hast Gary Findlay ein Ohr abgebissen.«

»Davon hast du gehört?«

»Im Zwölften gibt es keine Geheimnisse.«

»Das wird mir nach und nach auch klar.«

Sie schwieg kurz und starrte zu Boden. Ich sah mich im Archiv um. Mein Schnellkurs an der Akademie hatte die Archivarbeit weitgehend ausgelassen.

»Wie geht man hier vor?«, fragte ich.

Laura, die nicht in der Lage schien, für länger als ein paar Sekunden niedergeschlagen zu sein, erklärte mir, sie *liebe* das Archivieren wegen seiner »schlichten Eleganz« und zeigte mir dann mit beunruhigend großer Begeisterung, wie die Arbeit erledigt wurde. Nicht auf die beste oder die logischste Weise, sondern abgestimmt auf die NullAhnung-Richtlinien: einfach genug, dass jeder das Archiv benutzen konnte, aber komplex genug, damit die Datensammlung jederzeit effizient einsetzbar war, und so verständlich, dass jeder mit einem Abschluss in Allgemeine Fertigkeiten kapierte, wie es funktionierte.

»Schamanen-Bob hat von Aktiver Traumkontrolle erzählt«, sagte ich, während wir mühsam kleinste Details auf einzelnen Karteikarten auf den neusten Stand brachten, mittels einer komplexen Reihung von Kerben und Löchern, die Querverweise nach einem ausgeklügelten System gestatteten.

»Mit der Aktiven Kontrolle ist es wie mit Zebricorns und dem verschwundenen 14. Osmanen«, sagte Laura. »Mythen mit Wurzeln in der Realität. Klar, Don Hector und HiberTech haben sich mit kontrollierbaren Träumen beschäftigt, aber es ist schwer zu beurteilen, wie erfolgreich sie damit waren. Immerhin ist es möglich, dass du nur geträumt hast, du hättest sie kontrolliert.«

»Und Dreamspace?«, fragte ich.

»Treffen in einem Traum? Das ist noch weiter hergeholt. Den Geschichten zufolge gab es ein paar Fortschritte, aber vergleichsweise weit mehr Misserfolge. Allerdings ist es für die Forschung ein schwieriges Thema. Die Beschäftigung mit dem hibernationellen Unterbewusstsein war noch nie ohne Risiko. Es gab Berichte über psychotische Schübe, spontanen Schlaftod, im Traumzustand gefangene Schläfer, lauter solche Sachen. In den Siebzigern hat die *Fortean Times* über kaum etwas anderes berichtet.«

»Im Traumzustand gefangen?«, fragte ich, und Laura sah mich an, dann zuckte sie die Achseln.

»Es wurde noch nie erklärt, wie es möglich ist, dass der Verstand aus der tiefen Hibernation wieder zurückkehrt; manche sagen, dass die Persönlichkeit diese Zeit woanders verbringt. Vielleicht in einem Traumzustand außerhalb des Körpers, wo er in die Wände, die Möbel und die Pflanzen eindringt.«

»Ein Zustand verschobenen Bewusstseins«, sagte ich und wiederholte damit das, was ich Don Hector in meinem Traum hatte sagen hören. Er war seit zwei Jahren tot, aber dennoch hatte ich das Gefühl, dass seine Persönlichkeit in mir am Leben war.

»So könnte man Geister erklären«, sagte Laura, »und Wintervolk. Ein verwaistes Bewusstsein, das periodisch zurückkehrt, um seine Macht über die Gedanken eines anderen Schlafenden spielen zu lassen.«

Zu jeder anderen Zeit hätte ich eine solche Überlegung als völligen Blödsinn abgetan.

»Lloyd glaubt, die Gronk könnte in irgendeiner Beziehung zu Ichabods ermordeter Tochter stehen«, sagte ich.

»Das habe ich auch gehört. Willst du mal ein Foto von ihr sehen?«

»Klar.«

Sie zog ein Hängeregister auf, suchte eine Weile darin herum und nahm dann eine Akte heraus. Nach kurzem Blättern hielt sie mir ein Familienfoto hin. Es war am Strand von Rhosilli auf der Gower-Halbinsel aufgenommen worden und zeigte im Hintergrund die *Argentinian Queen*, die offenbar erst kürzlich gestrandet war. Ein Mann, dünn, wieselartig und mit einem bitteren, grausamen Gesicht, eine Frau, plump und optimistisch. Und Gretl, die Tochter, die einen Strandball festhielt. Ich fühlte, wie mir ein kalter

Schauer über den Rücken lief. Gestern – sogar diesen Morgen noch – hätte ich all das als rückwirkende Restrukturierung meiner Erinnerung abgetan, aber jetzt war ich mir nicht mehr sicher. Es war das Kind aus dem Birgitta-Traum, das Kind mit dem glucksenden Lachen. Das glucksende Lachen, das ich gehört hatte, bevor Lucky Ned getötet worden war.

»Was ist denn?«, fragte Laura. »Du siehst aus, als … sei dir plötzlich schlecht.«

»Die Gronk gibt es wirklich«, sagte ich.

»Ja, das weiß ich«, erklärte Laura, »deswegen habe ich dir ja die Kamera gegeben. Damit du ein Foto von ihr machst. Meine Wette stand immer auf ganz soliden Füßen – das einzige Problem liegt darin, einen vorzeigbaren Beweis zu erbringen.«

»Ich glaube, sie ist in meinem Kopf«, sagte ich leise. »Ich habe sie im Traumzustand gesehen.«

»Das könnte bedeuten, dass sie dich entweder beschützt oder verfolgt«, sagte Laura. »Versteh das bitte nicht falsch, aber es gibt jede Menge Menschen, die unwürdiger sind als du. Sie pflückt die reifste Frucht zuerst. Du kannst versuchen, ›Some Enchanted Evening‹[59] zu pfeifen, wenn sie erscheint, nur um auf der sicheren Seite zu sein.«

»Ein guter Tipp, danke«, sagte ich sarkastisch.

»Gern geschehen.«

Laura räumte das Foto wieder weg und verabschiedete sich, da Fodder versprochen hatte, mit ihr zusammen die Fallen mit der unzusammengelegten Bettwäsche zu über-

59 Titel 4, Seite 1 der Aufnahme von *South Pacific* in Originalbesetzung.

prüfen, die sie aufgestellt hatte. Sie winkte mir fröhlich zu, beschwor mich noch einmal, die Instamatic-Kamera ständig bei mir zu tragen, und ging.

Ich saß lange da und dachte über die Gronk nach, dann bereitete ich mir eine Tasse Tee zu, die ich vor mir stehen ließ, bis sie kalt geworden war, und durchwühlte die Einwohnerkartei von Sektor 12, bis ich Birgittas Akte fand. Darin befanden sich die Passbilder ihrer Frühjahrs- und Herbsterscheinung und der übliche Quatsch über Hibernierungsmuster, Versicherungsunterlagen und Beschäftigungsstatus, der in ihrem Fall »freiberuflich« lautete. Abgesehen von einem happigen Bußgeld, weil sie es versäumt hatte, sich anständig bei ABwurF anzumelden und einer noch laufenden Untersuchung wegen möglicher Schwangerschaftsvermeidung enthielt sie wenig Bemerkenswertes. Eine Eheschließung war nicht vermerkt, und nichts deutete eine Verbindung zu Webster an.

Während ich ihre Akte zurücklegte, kam mir ein anderer Gedanke. Nach kurzem Suchen fand ich auch Websters Unterlagen und ging den Inhalt neugierig durch. Jonesy hatte darauf hingewiesen, dass er und fünf andere entweder verschwunden oder zu Nachtwandlern geworden waren, möglicherweise, weil man jemanden aus dieser Gruppe mit Industriespionage in Verbindung gebracht hatte. Was mich zu folgender Überlegung führte: Falls einer von ihnen behauptete, jemand anders zu sein als er tatsächlich war, dann würde seine Akte – die bei der Überprüfung seiner Person vor einer Einstellung herangezogen wurde – manipuliert worden sein.

Möglich, dass Websters Name deswegen sauber war. Falls es sich bei ihm allerdings um einen Betrüger handelte, würde sein *Aussehen* vielleicht eine andere Sprache sprechen.

Ich löste sein Foto aus der Akte, befestigte es auf einem Blatt Papier, schrieb eine Anfrage dazu und verlieh dem Ganzen den Anschein, als käme sie von Toccata, indem ich ihre Unterschrift von einem anderen Dokument kopierte, bevor ich das Ganze per Fax an das Zentralregister in Aber schickte. Langsam zog die Maschine das Papier ein. Sechzig Meilen entfernt und mit kurzer Zeitverzögerung würde es aus einer anderen Maschine wieder herauskommen.

Kaum dass es verschwunden war, überfiel mich kalte Panik. *Was hatte ich da getan?* Es gab keine Veranlassung, Webster mit … nun, *irgendetwas* in Verbindung zu bringen. Ein verräterischer Don Hector und seine Verstrickungen mit der tief im Untergrund operierenden Kampagne für Echten Schlaf, die verzweifelt versuchte, eine verschwundene Phonographenwalze wieder in die Hände zu bekommen, all das gab es nur in meiner Phantasie. Es waren Träume. Einbildungen. Unsinn. *Narkose.*

Und dann hatte ich mich noch dazu hinreißen lassen, die Unterschrift des Hauptkonsuls auf einer Informationsanfrage zu fälschen. Das mochte im Sommer als schwere Straftat betrachtet werden, im Winter drohte mir möglicherweise gleich die Frostikution. Beklommen starrte ich das stumme Faxgerät an und fragte mich, wie ich so blöd hatte sein können. Erst überlegte ich, ein zweites Fax hinterherzuschicken und damit das erste zu widerrufen, aber vermutlich hätte ich es damit nur noch schlimmer gemacht.

Immerhin, versuchte ich mich zu beruhigen, war es ja möglich, dass man im Zentralregister sehr viel zu tun hatte und es Tage dauern konnte, bis solche Fotografien tatsächlich überprüft wurden.

Es dauerte acht Minuten. Und das wusste ich deshalb so genau, weil mir Toccata persönlich einen Besuch abstattete und mit Jonesy im Schlepptau im Archiv erschien. Toccata sah nicht besonders glücklich aus, aber das tat sie andererseits nie.

»Bei einem Pisspott voller Gronkdung«, knurrte sie, als sie mich erblickte, wie ich gerade schuldbewusst vom Faxgerät abrückte. »Ich hätte wissen müssen, dass Sie dahinterstecken.«

Ich versuchte es mit hartnäckigem Leugnen, so wie Schwester Placentia es getan hatte, als man achtzehn leere Ginflaschen unter ihrem Bett gefunden hatte. »Ich habe keine Ahnung, wovon Sie sprechen.«

Toccata hob eine Augenbraue. Seltsamerweise die über dem Auge, das nichts sah.

»Dann will ich Sie ins Bild setzen. Ich bekam gerade einen Anruf von den Leuten im Zentralregister, die sich bei mir für das sehr interessante Bild bedankten, das ich ihnen zur Identifizierung geschickt hatte. Der Anruf überraschte mich ein wenig, Matschbirne. Wollen Sie wissen, *wieso* ich überrascht war?«

»Ich habe das Gefühl, dass Sie es mir gleich sagen werden.«

»Weil ich nie ein Foto mit der Bitte um Identitätsfeststellung geschickt hatte, und das deutet auf einen ernsten Gedächtnisausfall hin, denn meine Unterschrift prangte unter der Anfrage.«

»Oh«, sagte ich. »Tatsächlich?«

»Ja, tatsächlich. Dann fragte man mich, als wer sich der

Mann auf dem Foto ausgegeben hatte, weil man ihn nämlich seit 12 Jahren sucht, da er auf ihrer Fahndungsliste der Mitglieder der EchtSchlaf-Kampagne steht. Und wissen Sie was?«

»Was?«

»Ich konnte diese Frage nicht beantworten. Weil ich die Anfrage nicht abgeschickt und keine Ahnung hatte, wovon die Rede war. Ist das nicht völlig seltsam?«

»Sehr seltsam – aber ich weiß immer noch nicht, wovon Sie reden.«

Jonesy hob das Original hoch, das ich unvorsichtigerweise auf meinem Schreibtisch hatte liegen lassen, und zeigte es erst Toccata und dann mir.

»Du bist sowas von überführt«, erklärte sie grinsend. »Es wäre wohl besser, wenn du uns alles erzählst.«

Charlie Webster

»… Die Josephine III *wurde auf einer Werft am River Clyde gebaut und lief 1936 vom Stapel. Nach langer Dienstzeit auf der Nordatlantikroute wurde sie an eine Reederei im Süden verkauft und in* Argentinian Queen *umbenannt. Nachdem sie 1974 beim Blockadebrechen gekapert worden war, sollte sie 1982 zum Abwracken nach Newport verbracht werden. Auf dieser letzten Fahrt brach die Schlepptrosse, und sie wurde am Strand von Rhosilli angetrieben …«*

Die Wracks der Gower-Halbinsel –
Walisischer Tourismusverband

»Also, bevor ich auch nur *anfange,* Sie auseinanderzunehmen«, sagte Toccata, »wessen Daten werden da gleich per Fax zurückkommen?«

Inzwischen schien es mir zwecklos, weiterhin zu lügen – sie würden schließlich doch bald alles herausfinden.

»Sie kennen ihn als Charles Webster.«

»Dieser Krankenpfleger von HiberTech?«

Ich nickte, und Jonesy und Toccata wechselten einen Blick. Sie waren überrascht, vielleicht auch geschockt, vielleicht auch beides. Ich fühlte, wie mein Auge anschwoll, das Toccata mir zuvor blau geschlagen hatte, aber ich widerstand der Versuchung, es zu betasten.

Das Faxgerät begann zu summen, und wir warteten schweigend darauf, dass die Nachricht vollständig aus dem Drucker glitt. Jonesy schnappte sich das Papier, bevor ich einen Blick darauf werfen konnte, und zeigte es Toccata.

»Wie ist diesen Idioten bei HiberTech das bloß entgangen?«, fragte Toccata. »Sie haben einen bekannten Echt-Schlaf-Agenten bis ins Herz der Organisation vordringen lassen!«

»Das ist tatsächlich sehr amüsant«, sagte Jonesy.

»Ja, das stimmt«, erklärte Toccata, und dann sahen sie mich beide eine Weile schweigend an.

»Können Sie diese Pause vielleicht füllen, Matschbirne?«, fragte Toccata schließlich. »Das wäre jetzt Ihr Stichwort, um uns zu verraten, wieso Sie Charles Webster überprüfen wollten. Wieso Sie wussten, dass er nicht derjenige war, der er zu sein vorgab. Lassen Sie mal hören.«

Es fühlte sich an wie früher im Pool, wenn ich vor Mutter Fallopia stand und wegen irgendeines dummen Streichs ins Kreuzverhör genommen wurde. Eins war mir allerdings klar: Ich konnte den beiden auf keinen Fall anvertrauen, dass ich all das in einem Traum gesehen hatte.

»Weil, also«, begann ich zögernd, »Birgitta hatte mir gesagt, dass sie mit jemandem verheiratet war, der Charlie hieß, und ich habe versucht, herauszufinden … herauszufinden …«, denk nach, denk nach, »… *Nachlassregelung.*«

»Nachlassregelung?«

»Ja, genau. Wer all die Gemälde bekommt, jetzt, wo sie tot ist.«

Toccata starrte mich an, und ihr sehendes Auge blinzelte kein einziges Mal. Es war ein Blick wie Sirup, der zäh über meinen Hals zu rinnen schien, um sich dann in meinen Achselhöhlen zu sammeln.

»Wer sind Sie, Ihr Nachlassverwalter oder was?«

»Das ist ein Hobby von mir«, behauptete ich kühn, »wie in dieser Fernsehsendung, in der Verwandte aufgespürt werden, denen etwas hinterlassen wurde. Wie heißt die noch?«

»*Erben gesucht?*«

»Genau, die meine ich. *Erben gesucht.*«

»Sie lügen schon wieder«, knurrte Toccata, »aber ich habe keine Ahnung, warum. Birgitta war mit Webster verheiratet, sagen Sie?«

»Ja«, antwortete ich und merkte, dass ich rot anlief.

Während ich mit meinem peinlichen Gestammel begonnen hatte, war Jonesy ihre Unterlagen durchgegangen.

»Falls das stimmt«, sagte sie, »dann wurde das von den Behörden nicht erfasst – und das deutet vielleicht darauf hin, dass auch Birgitta der Kampagne angehörte. Webster muss aus ziemlich hartem Holz geschnitzt gewesen sein, dass er sie nicht verriet, und Hooke muss richtig aufgedreht haben, wenn Webster am Ende kaum mehr als ein Nachtwandler war.«

»Hooke ist ein Tier«, bestätigte Toccata. »Soweit ich weiß, hat noch nie jemand einer längeren Dreamspace-Attacke widerstanden.«

Ich glaube, ich wusste das – aus der Erinnerung, die ich mit Webster geteilt hatte. Ja, auch Birgitta hatte zu Echt-Schlaf gehört, und ja, Webster hatte sie nicht verraten. Statt zügig aus dem Sektor zu verschwinden, war sie geblieben, ohne weitere Deckung, in einer entlegenen Ecke im Nirgendwo, und hatte auf Anweisungen gewartet, die vielleicht niemals kommen würden, weil sie der Sache, der sie sich verschrieben hatte, treu ergeben war. Und vielleicht hatte sie darauf gehofft, doch noch einmal zum Zug zu kommen und dann etwas Entscheidendes für EchtSchlaf tun zu können.

»Also«, sagte Jonesy an Toccata gewandt, »was machen wir jetzt?«

Toccata saugte an ihrer Lippe und tippte auf das Fax.

»Wahrscheinlich haben sie es auch gleich an den Sicherheitsdienst von HiberTech geschickt«, sagte sie. »Der allerdings, im Gegensatz zu uns, nichts von Websters Verbindung zu Birgitta weiß.«

»Wir sollten uns ihr Apartment ansehen«, sagte Jonesy, »falls sich dort irgendetwas Belastendes findet.«

Es dauerte, bis die Bedeutung ihrer Worte bei mir einsickerte; ich musste sie bitten, sie zu wiederholen.

»Ich sagte«, erklärte sie in gereiztem Ton, »dass wir Birgittas Apartment durchsuchen sollten. Vielleicht findet sich dort etwas Interessantes.«

Oh ja, dort würde sich mehr als nur etwas Interessantes finden. Beispielsweise Birgitta, genau so, wie ich sie zurückgelassen hatte, sauber und ordentlich und satt und sehr offensichtlich beherbergt.

»Irgendwelche Einwände, Matschbirne?«

Verzweifelt gab ich mir alle Mühe, mir nicht ansehen zu lassen, dass meine berufliche, rechtliche und gesellschaftliche Zukunft binnen einer Stunde völlig zerstört sein würde.

»Ich? Nein, gar nicht.«

»Ich werde aus Ihnen einfach nicht schlau«, sagte Toccata, die mich mit schräg gelegtem Kopf musterte, ohne mit ihrem Auge auch nur einmal zu blinzeln. »Die meisten Novizen, die wir bekommen, sind entweder ausgebrannte Ex-Militärs mit traumatisiertem Blick, übermotivierte Vollidioten oder traurige Gestalten, die *Tötet mich jetzt gleich* in Großbuchstaben auf der Stirn tätowiert haben. Sie sind anders. Aber ich komme nicht dahinter, ob Sie ein schlauer Mensch sind, der vorgibt, ziemlich dämlich zu sein, eine Dumpfbacke, die auf schlau macht, oder ob Sie einfach nur versuchen, sich ohne einen Plan oder Überlegung irgendwie durch den Winter zu mogeln.«

»Darf ich für Option C stimmen?«, fragte ich in dem Bemühen, die Stimmung aufzulockern.

»Aber eins wissen wir jedenfalls«, fügte Toccata hinzu, ohne auf mich einzugehen. »Dass wir Sie nämlich nicht aus den Augen lassen dürfen.«

»Ah«, sagte ich und versuchte mir die Verzweiflung darüber nicht anmerken zu lassen, dass mein einziger Plan – der ohne weitere Feinheiten schlicht darin bestand abzuhauen, sobald sie beide mir den Rücken zudrehten – sich damit gerade in Luft aufgelöst hatte. »Darf ich etwas fragen?«

»Fragen?«, wiederholte Toccata. »Ja, aber *natürlich* – natürlich nicht. Seien Sie still und tun Sie, was Ihnen gesagt wird, oder ich komme doch noch mal auf das Herausreißen der Zunge zurück. Glauben Sie nicht, dass ich das vergessen habe.«

Keine Minute später fuhr ich Jonesy durch den inzwischen fallenden Schnee zum *Siddons*; Toccata hatte beschlossen, im Konsulat zu bleiben. Das Licht war vom aufziehenden

Sturm bereits gedämpft, und der Himmel hatte eine zornige Schwärze angenommen, vor der nur die vereinzelten Straßenlaternen gelborange leuchteten. Ich war eine Viertelstunde von meiner Verhaftung entfernt, und es würde keine Möglichkeit mehr geben, mich aus dem, was man mir dann zur Last legen würde, noch irgendwie herauszureden.

»Nach all der langen Zeit, die wir miteinander verbracht haben«, bemerkte Jonesy, die endlich etwas zu sagen fand, als wir an dem schmiedeeisernen Gittertor des Museums vorbeifuhren, »hätte ich schon erwartet, dass du mich ins Vertrauen ziehst. Aber das zeigt natürlich wieder, dass man noch so sehr so tun kann, als ob man jemanden zu kennen glaubt, dabei tut man dann doch gar nicht so.«

»Können wir mit dieser erfundenen gemeinsamen Geschichte nicht kurz aufhören?«, fragte ich.

»Auf keinen Fall. Zum einen kommt man nur mit Durchhaltevermögen durch den Winter, und zum anderen bin ich nicht der Typ, der bei einer langen und glücklichen Phantasiebeziehung alles hinschmeißt, sobald die ersten Probleme auftauchen.«

Eine schneeige Windbö erfasste den Sno-Trac, und das Fahrzeug schien bis in die kleinsten Nieten zu erzittern. Instinktiv verlangsamte ich auf Schrittgeschwindigkeit und schaltete die Scheibenwischer auf die höchste Stufe.

»Das ist übel«, stieß ich dann hervor und versuchte, mich von der bevorstehenden Entdeckung Birgittas abzulenken, »ein Blizzard.«

»Das ist kein Blizzard«, gab Jonesy zurück, »das ist nur kristallisiertes Wasser und ein bisschen Wind. Wenn du die Tür aufmachst und weißt, dass es der sichere Tod wäre, jetzt rauszugehen, *dann* ist es ein Blizzard.«

Wir mühten uns weiter voran, während sich das Wetter stetig verschlechterte. Als wir vor dem *Siddons* hielten, lag die Sicht bei unter zehn Metern.

»Haben wir jetzt einen Blizzard?«, fragte ich.

»Nein«, beharrte Jonesy, »aber wir werden dieselben Vorsichtsmaßnahmen ergreifen, als wäre es so. Du führst uns.«

Ich knickte einen Leuchtstab um, klemmte ihn an meinen Mantel, begab mich dann ans Heck des Sno-Tracs, um ein Ende des Stahlseils zu nehmen, das über eine nahe dem hinteren Ausstieg montierte Kabeltrommel lief, und befestigte es an der Schlaufe meines Gürtels. Bevor ich die Tür öffnete, zog ich die Schutzbrille über meine Augen, und dann fassten Wind und Wetter auch schon ins Wageninnere. Nach kurzem Zögern kletterte ich nach draußen, und ich erkannte sofort, dass weiteres Trödeln jetzt nicht angezeigt war; zügig löste ich mich vom Fahrzeug und trat in die blendende Leere.

Wie man sich in einer solchen Situation verhielt, hatte ich schon viele Male in einer Nebelkammer trainiert; an der Akademie gab es zwei, die groß wie Fußballfelder waren. Aber unter realen Bedingungen war es noch einmal eine ganz andere Angelegenheit. Der Lärm und der vom Wind über Land getriebene Schnee verliehen der Situation eine Feindseligkeit, auf die ich nicht gefasst gewesen war, und obwohl die Sicht in der Nebelkammer fast bei null gelegen hatte, war es doch weniger verwirrend gewesen als hier inmitten des herumwirbelnden Schnees. Ich streckte die Hand aus und marschierte in die Richtung, in der ich das *Siddons* vermutete.

Es brauchte zweiunddreißig und einen halben Schritt, um eine der Statuen zu erreichen, die den Eingang schmückten. Immerhin war ich nahe genug, um zu sehen, dass ich eine Schlafnymphe vor mir hatte, und ich ging ein Stück weiter nach rechts, bis ich die Tür fand; dort zog ich das Kabel durch die starke Öse, die ins Mauerwerk eingelassen war. Dann zupfte ich zweimal an dem Stahlseil, wartete darauf, dass Jonesy aus der wirbelnden Leere auftauchte, und nachdem wir das Dormitorium betreten hatten, schlug ich die Haustür vor dem Blizzard wieder zu. Abrupt brachen Lärm und Wind ab, und die Schneeflocken, die es ins Innere geschafft hatten, jetzt aber nicht mehr vom Sturm getrieben wurden, schwebten sanft zu Boden.

Portier Lloyd und zwei kadaverös wirkende Winsomniasten streckten uns Decken und Henkelbecher mit heißer Schokolade entgegen, als wir die innere Tür öffneten. Es wurde jedoch schnell klar, dass man gar nicht uns erwartet hatte.

»Oh«, sagte Lloyd. »Worthing. Danke für die Kundschaft. Bin Ihnen sehr verbunden.«

»Kundschaft?«

Er deutete auf die Tür der Winterlounge, wo sich mehrere andere Winsomniasten um das Kohlenfeuer geschart hatten. Schamanen-Bob war darunter und winkte mir schwach zu. Sie mussten beinahe auf der Stelle aus dem Hotel aufgebrochen sein, kaum dass ich ihnen vom Traum mit dem blauen Buick erzählt hatte.

»Wie viele?«

»Acht haben inzwischen eingecheckt, von den zweiunddreißig, die das Wincarnis verlassen haben«, antwortete Lloyd, »und so, wie die Dinge liegen, erwarte ich nicht mehr viele weitere. Das war ziemlich skrupellos, wenn ich das so sagen darf.«

Ich war ebenfalls überrascht. »Dass sie bei diesem Wetter rausgehen würden, hatte ich nicht erwartet.«

Jonesy war allerdings nicht in Stimmung für freundliche Gespräche.

»Konsulatsangelegenheiten, Mr. Lloyd. Wir finden uns allein zurecht.«

Sie marschierte zum Paternoster. Zunächst erwog ich, in der Lobby zu warten, aber abgesehen davon, den Sno-Trac zu stehlen und wieder in den Blizzard hinauszufahren – auch bei diesem Szenario waren die Feinheiten noch nicht wirklich durchdacht –, boten sich mir im Augenblick nicht allzu viele Fluchtmöglichkeiten. Vielleicht konnte ich damit durchreiten, einfach alles standhaft abzustreiten.

»Du bist echt ein stilles Wasser«, sagte Jonesy, als der Paternoster uns langsam nach oben beförderte und die Rohre unheilverkündend gurgelten. »Du hast gerade vierundzwanzig Winsomniasten ethisch ausgedünnt. Und, bist du mit dir zufrieden?«

»Nein, eigentlich nicht – aber ich dachte, alle würden die Winsomniasten hassen?«

»Ja, das tun wir auch«, antwortete sie, »oder wir behaupten es zumindest. Aber ein Leben ist nun einmal ein Leben, und diese Typen wollen im Grunde nichts anderes, als ihre Zeit einigermaßen glücklich zu verträumen. Das ist kein Verbrechen, sondern ein mentales Schlafproblem. Wie hast du sie dazu bekommen, dass sie sich überhaupt bewegten?«

»Ich hatte Schamanen-Bob von dem Aktivkontrolltraum mit dem blauen Buick erzählt, der im *Siddons* umgeht.«

Sie fuhr herum und runzelte die Stirn. »Wer hat gesagt, dass der Buick-Traum etwas mit Aktiver Kontrolle zu tun hat?«

»Weiß ich nicht mehr«, behauptete ich, da mir klar wurde, dass ich zu viel verraten hatte, »das habe ich irgendwo gehört.«

Ihre Haltung änderte sich, während sie mich weiter anstarrte. »Ich weiß nicht, ob du lügst oder nicht, Matschbirne. Aber falls hier im *Siddons* wirklich Aktive Traumkontrolle im Spiel ist, dann verändert das alles.«

»Tut es das?«

»Ja«, sagte sie, »das tut es. Aktive Traumkontrolle kann nur durch HiberTech und Verwendung eines Somnagraphen ausgelöst werden, und wenn das Unternehmen im *Siddons* Traumkontrollexperimente durchführen wollte, würde das bedeuten … nun, nichts Gutes jedenfalls.«

Wir stiegen im neunten Stock aus dem Paternoster und gingen über den Flur, der lediglich durch den schwachen Schimmer erhellt wurde, der aus den Lichtschächten hineinsickerte, während draußen der Sturm seufzte und stöhnte.

Jonesy schloss die Tür zu Birgittas Wohnung auf, trat ein und leuchtete sofort mit ihrer Taschenlampe durch das dahinterliegende Zimmer. Ich blieb draußen, mir war schlecht. Inzwischen hatte ich mich mit Birgittas Entdeckung abgefunden, und eine heiße Welle tiefster Niedergeschlagenheit hatte mein Herzklopfen abgelöst.

Kurz darauf steckte Jonesy wieder den Kopf durch die Tür.

»Komm und hilf mir beim Suchen. Hier ist nichts Ungewöhnliches, soweit ich erkennen kann.«

»Nicht?«, fragte ich und setzte schnell in weniger überraschtem Ton hinzu: »Ich meine, nichts Ungewöhnliches?«

»Nein. Wieso, was hast du erwartet?«

»Nichts«, antwortete ich und fragte mich, ob Birgitta geflohen war oder ob Lloyd sie erwischt hatte, oder ob sie – unwahrscheinlich, aber vielleicht doch möglich – nur eine durch die Narkose verursachte Halluzination gewesen war. Verwundert folgte ich Jonesy in Birgittas Wohnung.

»Ach, Momentchen«, sagte meine Kollegin jetzt. »Ich habe gelogen, als ich sagte, dass nichts Ungewöhnliches in der Wohnung sei. Birgitta ist da drin. Und zwar lebendig, mit einem fehlenden Daumen. Möchtest du das vielleicht erklären?«

Unvermittelt breitete sich ein hässliches, hohles Schweigen aus. Birgitta saß auf dem Bett und sah sich mit leerem Blick um; ihr Essen hatte sie komplett verzehrt, und einige Zeichnungen lagen auf den Decken; was sie darstellten, konnte ich auf diese Entfernung nicht erkennen. Vielleicht weitere Szenen aus meinem – unserem – Traum. Ich wusste es nicht. Es kümmerte mich auch nicht. Nicht mehr.

»Gute Güte«, sagte ich, wobei mir der Ton spöttischer Überraschung nicht besonders überzeugend gelang. »Das ist ja … unglaublich. Sie muss … ich weiß auch nicht … aus der Grube hinterm *Siddons* entkommen sein.«

»Oh *bitte*«, sagte Jonesy. »Merkst du nicht, dass das Spiel vorbei ist? Du machst alles nur noch schlimmer, falls das möglich ist – und das ist es nicht.«

»Es ist bei uns im Pool einmal vorgekommen«, beharrte ich, immer noch in einer anhaltenden Verleugnungsschleife gefangen. »Schwester Oesterious. Sie war nicht hart genug gekeult worden. Es hingen überall Fischköpfe an ihr, als sie zurückkam – aber das war mit Carmen Miranda ja genauso.«

Diese Bemerkung war mir völlig spontan eingefallen, denn ich hatte noch immer keine Strategie, sondern ruderte nur wild herum in der Hoffnung, dass mich die Vorsehung irgendwie aus meinem Dilemma herausführen wurde.

Und das tat sie auch, gewissermaßen jedenfalls.

»Carmen Miranda?« Jonesy sah plötzlich besorgt aus.

»Ja«, sagte ich und begriff, dass sich hier vielleicht tatsächlich ein Rettungsanker bot. »Du hast gesagt, du hättest sie gewummst, aber ich habe sie die Straße hinunterlaufen sehen. Sie trug ihren Obsthut, ein Ballkleid und alles.«

»Immer noch ganz der Star«, murmelte Jonesy und fragte: »Wann hast du sie gesehen?«

»Heute Morgen.«

»Tja.« Jonesy blickte aus dem Fenster, wo außer einer Wand aus wirbelnden Schneeflocken nichts zu sehen war. »Vielleicht hat ihr Instinkt sie wieder nach Hause geführt. Aber jetzt gib mir deinen Ausweis und deine Bambi.«

»Hör mal«, sagte ich, während ich ihr beides reichte, »um im Einklang mit den rechtlichen Grundlagen zu argumentieren: Ja, ich dachte, ich hätte Birgitta ausgemustert, aber falls Miranda noch lebt, dann kommt es offenbar hin und wieder vor, dass ein Nachtwandler das übersteht. Davon mal abgesehen, welche Beweise hast du dafür, dass ich bei alldem nicht einfach nur ein unschuldiger Unbeteiligter bin?«

»Lass mich überlegen«, sagte Jonesy. »Zunächst einmal bist du furchtbar schlecht, wenn es ums Lügen geht. *Außergewöhnlich* schlecht. Zweitens hast du … nein, pass auf, wir lassen die Gründe zwei bis sieben einfach einmal aus, weil Grund Nummer acht an sich Beweis genug ist. Birgitta hat das hier von dir gezeichnet.«

Sie hielt eine von Birgittas Skizzen hoch. Das Bild zeigte uns beide, hier im Badezimmer dieser Wohnung, und es war zwar nach dem Gedächtnis gezeichnet worden, aber so genau, dass wir auch dafür hätten Modell sitzen können. Ich war darauf zu sehen, wie ich Birgitta das Haar wusch, während sie nackt in der Wanne saß, kurz bevor ich es aufgegeben hatte, ihre langen Flechten zu entwirren und sie einfach abgeschnitten hatte. Auf dem Bild zeigte Birgitta keinen leeren Gesichtsausdruck, sondern sah frustriert aus. Vielleicht entsprach das ihrer aktuellen Gemütsverfassung.

Ich spürte, wie mir angesichts der völlig verfahrenen und verlorenen Lage die Tränen in die Augen stiegen. In meinen Bemühungen, für ihre Sicherheit zu sorgen, hatte ich völlig versagt. Tatsächlich war es mir gerade einmal gelungen, sie neunzehn Stunden und siebzehn Minuten lang zu beschützen.

Nicht einmal einen einzigen Tag.

»Kannst du das erklären?«, fragte Jonesy und hielt mir die Skizze wieder hin.

»Es ist nicht so, wie es aussieht.«

»Nein?«

»Nein.«

»Weißt du, wie es für mich aussieht?«, fragte sie. »Als ob sich jemand um die Bedürfnisse eines anderen kümmert. Um die eines Menschen, der sich nicht selbst versorgen kann. Es sieht nach Empathie aus, Matschbirne. Was meinst du?«

»Wozu?«

»Zu Empathie. Du bist ziemlich empathisch, oder?«

»Ja«, sagte ich, ganz überrascht von ihrem Verständnis. »Das genau ist es. Empathie.«

»Ich liebe dich, Charlie«, sagte Birgitta.

»Sie ist nicht tot«, seufzte ich. »Ich konnte sie nicht töten, weil sie immer noch da drin ist. Es ist kein neuronaler Kollaps, der durch Morphenox verursacht wurde – mit dem ich sie versorgt habe, ja. Ihr Bewusstsein wurde verschoben. Sie kann Erinnerungen verarbeiten.«

»Das sehe ich«, sagte Jonesy, die immer noch die Skizzen betrachtete. »Und ich erlebe sowas nicht das erste Mal.«

»Ich liebe dich, Charlie.«

»Ich muss ihr antworten, sonst wiederholt sie das endlos«, erklärte ich. »Ich liebe dich, Birgitta.«

Birgitta entspannte sich und begann wieder zu zeichnen.

»Wie lange wolltest du sie hierbehalten?«, fragte Jonesy.

Ich zuckte die Achseln. »Keine Ahnung. Bis zum Frühlingserwachen, nehme ich an. Einen richtigen Plan hatte ich eigentlich nicht, nur ein Ziel. Im Winter überschlagen sich manchmal die Ereignisse«, setzte ich hinzu und musste wieder an etwas denken, was Logan mir einmal gesagt hatte, »und dann braucht man viel Flexibilität, damit der Plan nicht dem Ziel in die Quere kommt. Bin ich festgenommen?«

»Du hast die Auflage, unter unserer Aufsicht zu bleiben, zu deinem eigenen Schutz.«

»Hältst du das für nötig?«

»Es ist von entscheidender Wichtigkeit. Ich weiß von keiner einzigen Tricksy-Nachtwandlerin, die das könnte, was Birgitta hier zeigt. Die Erlauchte Goodnight wird das *ganz besonders* interessieren.«

»Deswegen bringen wir sie zu HiberTech?«

»Nein, deswegen bringen wir sie *nicht* zu HiberTech.«

»Wirst du sie ausmustern?«

»Nein, das tun wir nicht.«

»Was ist mit deinen 63 ausgemusterten Nachtwandlern? Was ist mit Miss Glitzerkrönchen und Eddie Tangiers?«

»Gute Tarnung, Matsch. Im Douzey ist nichts so, wie es aussieht. Weiß Lloyd von Baggy? Oder, andersrum gefragt: Hat er versucht, dich zu erpressen?«

»Nein.«

»Dann gehen wir mal davon aus, dass er es nicht weiß. Jemand anders?«

Ich schüttelte den Kopf.

»Dann belassen wir es dabei. Gib ihr die hier, damit sie ruhig bleibt, und sag und tu nichts, während ich mich umsehe.«

Sie zog zwei verpackte Tunnock's Teacakes aus ihrer Jackentasche, mit denen ich Birgitta fütterte, während Jonesy die Wohnung durchsuchte. Sie ließ sich eine halbe Stunde Zeit und war mehr als gründlich. Falls Birgitta schlau gewesen war, dann hatte sie nichts aufbewahrt, was auf ihre Beziehung zu Webster hätte hindeuten können. Sie *war* schlau, hatte sich aber genau wie Charles nicht dazu überwinden können, das einzige Foto zu vernichten, das sie beide zusammen zeigte. Jonesy fand es im Saum eines Vorhangs, dessen Naht aufgetrennt und durch Klettband ersetzt worden war.

»Bingo«, sagte sie und hielt es mir hin. Es war das Polaroid, das Bild aus meinem Traum, das der Fotograf vor so vielen Jahren aufgenommen hatte, das Bild, für dessen Aufbewahrung Birgitta Charles gescholten hatte und das sie angeblich hatte vernichten wollen. Ich sah es wie vom Donner gerührt an und versuchte wieder, die Wirklichkeit mit der Phantasie in Einklang zu bringen.

»Es ist der Strand bei Rhosilli auf der Gower-Halbinsel«, sagte ich und versuchte, meine aufsteigende Verwirrung niederzukämpfen. »Das Foto entstand an einem gemeinsamen Wochenende, das Birgitta und Charles versteckt in der Wohnung über der Garage ihrer Mutter in Oxwich verbrachten. Sie gaben sich der Liebe hin, die sie füreinander empfanden, und auf dem Heimweg hielten sie am Mumbles Pier für Muscheln und Seetangpaste, und im Radio lief ›Groove Me‹, während ein Rettungsboot geborgen wurde. Sie sagten, dass sie einander liebten, und sie meinten es ernst. Da war diese Enge in der Brust, ein Gefühl euphorischen Einsseins.«

»Wie kannst du das alles wissen?«, fragte Jonesy.

Ich hielt mir den Kopf, während mich ein Gefühl der Frustration ergriff.

»Keine Ahnung, woher«, stieß ich hervor, »keine Ahnung, ob ich das Polaroid geträumt habe oder ob ich es jetzt in meine Erinnerungen einpasse oder ob ich … von etwas geträumt habe, von dem ich gar nichts hätte wissen können. Schau mal hier.«

Dabei deutete ich auf Birgittas Gemälde an der Wand, das den Strand auf der Gower-Halbinsel zeigte, mit dem Schiffswrack und dem orangeroten Sonnenschirm von phänomenaler Pracht und Größe, der zwei Menschen beschattete.

»Ich habe geträumt, dass ich das als Charles erlebt habe, mit Birgitta, genau so, wie man es hier auf dem Bild sieht. Aber dann wurden Einzelheiten des Traumes wahr, und ich kann nicht sagen, ob ich Dinge sehen kann, die anderen Menschen passiert sind oder lediglich mit allem, was sich mir bietet, Löcher in meinen Erinnerungen stopfe.«

Jetzt merkte ich, dass ich zitterte und von dem alleinigen Wunsch erfüllt war, all das möge endlich aufhören – egal, auf welche Art. Roscoe Smalls hatte den Kalten Ausweg genommen, als ihn der blaue Buick gerufen hatte. Er war weder besonders mutig noch ein erbärmlicher Feigling gewesen. Er hatte einfach nur gewollt, dass es endete, auf welchem Weg auch immer.

Jonesy bat mich, meine Träume zu schildern, was ich so kurz wie möglich tat.

»Also, damit ich das richtig verstehe«, sagte sie, als ich geendet hatte. »Du hast in dem Traum mit dem blauen Buick Don Hector getroffen?«

»Ich *war* er in dem blauen Buick. Er hatte ein Rasseln in der Brust, seine Sehfähigkeit war eingeschränkt, und da war ein Taubheitsgefühl in seiner linken Körperseite. Ihm fiel Französisch leichter als Englisch, und er fand innere Ruhe an einem Ort, zu dem er mit seinem Buick zu fahren pflegte – eine Eiche, um deren Stamm große Feldsteine aufgetürmt waren. Als sie kamen, um ihn zu holen, sagte er ihnen, dass sie nichts aus ihm herausbekommen würden, nicht einmal beim Eindringen in seine Träume. Er würde nur den Augenblick mit dem blauen Buick freigeben, und er wollte einen Nachtschrecken dort postieren – viele hundert körperlose Hände –, um jeden davon abzuhalten, ihn auszuspähen.«

»Wie hässlich. Sonst noch was?«

»Ja. Don Hector hat Webster die Walze gegeben.«

»Die *Walze*? Webster hat die *Walze* bekommen?«

Ich nickte.

»Und das weißt du, weil …?«

»Weil ich es geträumt habe, ja.«

»Bei der Tochter eines Hundes«, sagte sie, während sie sich gegen den Türrahmen lehnte, »wir haben geglaubt, der Buick sei nur ein weiterer, sich wiederholender Nachtschrecken der Unter-Beta-Bezahlten. Kein *aktiver*. Und du hast gesagt, dass ein Mrs.-Nesbit-Traumavatar in deinem Traum erschien, mit der Stimme der Erlauchten Goodnight, die von dir verlangte, die Walze zu suchen?«

»Ja«, sagte ich, »was bedeutet das?«

»Das bedeutet«, raunte Jonesy, »dass die Walze noch nicht haben.« Sie dachte einige Sekunden nach. »In welchem Zimmer wohnst du?«

Ich deutete zur anderen Seite des Dormitoriums. »Nummer 901.«

»Wer wohnt neben dir?«

»Auf einer Seite Moody – bevor er gewummst wurde. Die andere Seite steht leer.«

»Das tut sie ganz sicher nicht. Dort steht vermutlich eine große Kiste, ein Flightcase oder ein …«

»Ein Schrankkoffer?«

»Ja«, sagte sie, »ein Schrankkoffer würde passen. Wir gehen jetzt folgendermaßen vor: Du sagst niemandem, was du gerade mir erzählt hast, niemandem außer Toccata. Verstanden?«

»Ich verstehe zwar überhaupt nichts, aber ja, ich bin einverstanden.«

»Gut.«

Sie steckte das Polaroid von Birgitta und Charles ein, dann hob sie den Hörer des Telefons ab, gab die Schnellwahlnummer des Konsulats ein und verlangte, zum Boss durchgestellt zu werden.

»Hier ist Jonesy«, sagte sie nach einer kurzen Pause. »Der Buick-Traum war aktiv, Matschbirne war in dritter Person Don Hector, und was das Schärfste ist: Webster hat die Walze bekommen, und die Widerlinge von HiberTech haben sie noch nicht.«

Sie lauschte einen Augenblick, dann sah sie mich an.

»Weil Matschbirne das geträumt hat, und noch jede Menge mehr.«

Nach einer weiteren Pause erklärte sie, wir würden in einer halben Stunde zurück sein, legte auf und erklärte: »Wir gehen jetzt.«

»Und Birgitta?«

»Ich weiß einen Ort, wo sie sicher sein wird, dort setzen wir sie auf dem Weg ab. Herzlichen Glückwunsch. Du bist von einer Belastung gerade zu einem echten Aktivposten aufgestiegen.«

»Weil ich Birgitta beherbergt habe?«

»Weil du den richtigen Traum geträumt hast. Weil du im Dreamspace gewesen bist, weil Aurora glaubt, dass sie dich in der Tasche hat, und weil du dafür sorgen wirst, dass das auch so bleibt. Aber natürlich hat sie das nicht, denn du bist jetzt auf unserer Seite.«

»Welche Seite ist das?«

»Die *richtige*. Sobald wir wieder im Büro sind, erzählen wir dir alles.«

»Warum ich diese Träume geträumt habe und so?«

»*Alles*.«

Gewummst

»… Winterkonsuln wussten mit dem Sommer nie viel anzufangen. Es waren nicht die Wärme, die strömenden Massen oder die allgemeine Euphorie, die mit dem Wissen einherging, dass sie den Winter betrogen hatten. Es war eher das Gefühl, dass sie, wenn der Herbst kam und sie wieder zu den Konsulaten zurückkehrten, denen man sie zugeteilt hatte, wieder mit der Dunkelheit, der Einsamkeit und der Kälte kämpfen würden und alles wieder von vorn begann. Sie liebten es …«

Siebzehn Winter, Winterkonsul Lance Jones

Auf dem Weg nach unten zur Lobby verzichteten wir auf den Paternoster und nahmen die Treppe, die sich an der Innenwand des zentralen Wärmeschachts wie eine Helix entlangzog. Am Empfang stand Lloyd mit zwei Winsomniasten, die noch immer Decken und heiße Getränke bereithielten für den Fall, dass es doch noch jemand von ihren Kameraden bis zum Dormitorium schaffte – eine Hilfsbereitschaft, die sich vor allem aus sinnloser Hoffnung speiste. Nachdem ich den Blizzard draußen erlebt hatte, bezweifelte ich, dass sich jemand bis hierher würde durchschlagen können, indem er den Sicherungsleinen folgte, auch wenn es nur zwei Meilen waren. Die Leute hatten auf dem Weg entweder Unterschlupf in anderen Schlafbuden gesucht, sich verlaufen oder einfach aufgegeben. Winsomniasten besaßen nur wenige Energiereserven. Selbst Blinzeln war ihnen oft zu anstrengend.

»Was in …«, begann Lloyd, als er sah, dass ich Birgitta an der Hand führte.

»Beherbergung«, erklärte Jonesy. »Worthing ist jetzt offiziell festgenommen.«

Die Haustür schwang auf. Aber dort stand kein durchgefrorener Winsomniast mit gutem Orientierungssinn, sondern jemand, der uns viel weniger gelegen kam – Mr. Hooke. Er wurde begleitet von Lucy Knapp, die sich in eine Daunenjacke gewickelt hatte und eine große Wollmütze trug. Sie lächelte, als sie mich sah, wirkte aber nervös.

»Winterasyl?«, fragte Hooke; es war die traditionelle Bitte um bedingungslosen Schutz in der kalten Jahreszeit. »Ich war auf einem Mitarbeitertransport zwischen verschiedenen Einrichtungen, und wir haben uns verfahren.«

»Winterasyl«, erklärte Lloyd zustimmend.

»Mein erster Blizzard«, sagte Lucy zu mir, während sie ihren Parka auszog. »Etwas mehr Aufregung, als ich gebraucht hätte.«

»Es ist gut, dich zu sehen«, sagte ich mit einem Gefühl von Erleichterung.

»Dich auch«, gab sie zurück, und wir stießen die Fäuste aneinander.

»Guten Abend«, sagte Jonesy, die ihren Schritt auf dem Weg zur Garderobe in keiner Sekunde verlangsamte und jetzt Birgitta beinahe vor sich her stieß.

»Es wäre sicherer, einstweilen drinnen zu bleiben« sagte Hooke. »Bei dem Wetter rauszugehen ist bestenfalls verrückt, schlimmstenfalls verantwortungslos.«

»Und dabei sind Sie doch selbst gerade erst gekommen«, gab Jonesy zurück, die ihre Stiefel anzog und dann nach einem überzähligen Parka für Birgitta suchte.

»Wir haben um Asyl gebeten«, antwortete er, »wie Sie wohl gehört haben. Vermutlich werden wir hierbleiben, bis es aufgehört hat – und was haben Sie für einen Grund für Ihren Aufbruch? Sicher etwas sehr Wichtiges, vermute ich?«

Er sah von mir zu Jonesy, während er das sagte.

»Konsulatsangelegenheiten«, erklärte Jonesy, die mir meine Jacke reichte, »und zwar von eiliger und dringender Natur.«

»Mit einer Nachtwandlerin und einem Novizen?«

»Konsulatsangelegenheiten«, wiederholte sie und lächelte ohne jeden Anflug von Humor.

»Das mag ja sein«, sagte Hooke und trat einen Schritt näher, »aber ich habe den Befehl, dafür zu sorgen, dass Worthing in Freiheit bleibt, um uns bei HiberTech zu verstärken.«

Und während er so tat, als wollte er nur seinen Schlips zurechtrücken, schob Hooke den Mantel ein wenig zurück, um leichter nach der Bambi an seinem Gürtel fassen zu können. Die Geste entging Jonesy nicht. Er war nicht hier, um Winterasyl zu suchen, er war höchstwahrscheinlich angewiesen worden, seine Fahrt zu unterbrechen, um vorbeizuschauen und uns aufzuhalten. HiberTech hatte einen Tipp bekommen – vermutlich von Lloyd.

»Wir nehmen die Anwerbung neuer Kräfte ernst«, fuhr

Hooke fort, »und der Boss hat eine persönliche Investition getätigt, die jetzt bitte nicht beschädigt werden soll.«

»Charlie ist ein Konsul, kein Stück überreifes Obst, und im Augenblick unter Arrest und unserer Gerichtsbarkeit unterstellt.«

Ich wollte etwas sagen, aber Jonesy legte mir die Finger über den Mund.

»Sie bezichtigen Worthing des Beherbergens?«, fragte Hooke.

»Ja.«

Hooke betrachtete nun Birgitta, die sich mit glasigen Augen in der Lobby umsah und die Winsomniasten verschreckte, welche sich alle Mühe gaben, ihrem leeren Blick auszuweichen.

»Worthing hat sich auf unsere Bitte hin um diese Nachtwandlerin gekümmert«, behauptete Hooke. »Das würden wir in einer eidesstattlichen Erklärung versichern. Es gab kein Verbrechen, Sie brauchen niemanden festzuhalten, und all das kann ohne gegenseitige Schuldzuweisungen über die Bühne gehen.«

»Dennoch ist Charlie nach wie vor ein Konsul«, erklärte Jonesy.

»Hilfskonsul Worthing könnte kündigen«, sagte Hooke, »hier und jetzt.«

Jonesy bedachte den Agenten mit einem kalten Blick.

»Charlie kündigt aber nicht. Matschbirne, du kündigst nicht.«

»Diese Entscheidung kann Charlie nur selbst treffen.«

Es war Lucy Knapp, die das gesagt hatte. Sie sah mich an und lächelte. »Charlie, hör mir zu. Die Leute vom Konsuldienst sind nicht deine Freunde. Ich habe einiges gesehen und weiß außerdem ein paar Dinge. Bei HiberTech stehen wir kurz davor, der Welt etwas völlig Neues und Wunderbares vorzustellen. Aus rein persönlichen Gründen und weil sie Aurora nicht leiden kann, versucht Toccata, Sand ins Getriebe zu streuen. Aber wir müssen ohne Behinderungen voranschreiten können. Diese Sache wird alles verändern.«

»Das Projekt Lazarus?«

»Die Vorbereitungen haben zehn Jahre gedauert. Es wird für alle ein Gewinn sein, egal, von welcher Warte man es betrachtet. Und HiberTech braucht deine Hilfe, damit das bestmögliche Ergebnis erreicht werden kann, ein Ergebnis, das einer Mehrheit von Menschen am meisten nützt.«

»Was ist auf dieser Walze?«

»Das weiß ich nicht, Hooke weiß es nicht, und ich möchte wetten, dass Miss Jones es auch nicht weiß.«

Ich sah Jonesy an, die das nicht leugnete.

»Wieso ich?«, fragte ich nun. »Was ist so besonders an mir, dass nur ich helfen kann?«

»Aurora sieht etwas in dir«, sagte Lucy. »Ein spezielles Talent, das gefördert werden kann, bis es sich zu einer Fertigkeit entwickelt, mit der dir bei uns eine Karriere offensteht, die alles übertrifft, was du bei den Konsuln werden könntest. Für HiberTech zu arbeiten, das wird die beste Entscheidung sein, die du je treffen wirst.«

»Sie lügt«, behauptete Jonesy, »wer auch immer sie sein mag – Entschuldigung, wir wurden einander nicht vorgestellt.«

»Lucy Knapp«, sagte Lucy und streckte eine Hand aus, die Jonesy prompt ergriff und schüttelte.

»Miss Knapp lügt«, fuhr meine Kollegin dann fort und

führte ihre Hand dorthin, wo ihre Bambi in ihrem Halfter steckte. »HiberTech hat nur den eigenen Vorteil im Blick. Sie werden sich von dir nehmen, was sie wollen, und ehe du dichs versiehst, fährst du in ihrem Komplex einen Golfcart über die Flure. Bloß merkst du nichts davon, weil du gar nichts mehr merkst.«

»Jonesy übertreibt heftig und ist überhaupt, wie ich jetzt feststelle, eine ausgemachte Närrin.« Lucy hob ihre Stimme. »Aber sie hat keine überzeugenden Argumente zu bieten, nur Verleumdungen. Es ist eine ausgezeichnete Karriere. Was meinst du?«

»Die Gower ist von Dauer.«

Das war Birgitta. Diese Unterbrechung sorgte für eine kurze Ablenkung – und das nutzten Hooke und Jonesy aus.

Wu-wumms

Beinahe zeitgleich hatten sie ihre Waffen gezogen und abgefeuert. Die Zerstörungskraft von Vortexringen kann in geschlossenen Räumen wirklich seltsame Dinge auslösen, aber wenn zwei davon aufeinanderprallen, gibt es noch seltsamere Reaktionen, die ebenso wenig berechenbar sind wie Wettersysteme, Polardachse und Schwester Contractia. Als die zwei Impulswellen aufeinanderstießen, gab es ein Geräusch, als ob ein Holzscheit gespalten wurde, dann umschlangen sie einander, bis sie sich zu einem festen, vertikalen Superstaubsauger stabilisierten, der alles mitriss, was nicht angenagelt war – Staub, Papier, Mützen, Handschuhe, Bücher. Wir sahen zu, wie die Vortex dunkler und schwerer wurde und mussten uns schließlich an Möbeln oder aneinander festklammern, um nicht von den

Beinen gerissen zu werden – bis der Mahlstrom krachend an Zusammenhalt verlor und uns alle umwarf, als er explodierte. Hooke zog seine zweite Bambi, aber Jonesys Ersatzwaffe traf ihn an der Brust und ließ ihn wie eine Kanonenkugel in eine Gipswand krachen, die unter dem Aufprall zusammenbrach. Hooke stürzte in einer Staubwolke vornüber.

Jonesy warf die verbrauchte Thermalit-Zelle aus der Bambi und schob schnell eine neue nach.

»Wir werden später darüber lachen«, sagte sie zu mir und legte erneut auf Hooke an, der benommen versuchte, sich mit Mühe aufzurichten, »wenn wir beide so gemütlich im Ruhestand sind, wie wir es uns immer vorgestellt haben.«

Wumms

Eine neuerliche, ohrenbetäubende Erschütterung. Jonesy wurde in die Luft geschleudert und krachte rücklings auf zwei Stühle, eine Stehlampe und durch eines der mit schweren Portieren verhängten Fenster an der Vorderseite des Gebäudes. Sofort drangen Schnee und Wind fauchend in den Raum, und die kalte Luft ersetzte die warme binnen Sekunden. Ich wandte mich um. Lucy Knapp hielt einen Wummser in der Hand und vermittelte den Eindruck stählerner Entschlossenheit. Sie hatte gelogen. In erster Linie war sie Mitarbeiterin von HiberTech und erst in zweiter Linie meine Freundin. Wenn man sich auf die Express-Ausbildung seines Unternehmens einlässt, dann muss man zwangsläufig etwas von sich selbst aufgeben.

Ich bahnte mir einen Weg vorbei an den zerfetzten Vorhängen, die wild im Sturmwind flatterten, und watete durch den Schnee bis zu der Stelle, an der Jonesy lag. Sie war nicht tot, aber es würde nicht mehr lange dauern. Ihr Gesicht war von einem feinen Netz geplatzter Äderchen überzogen. Ihre Augenlider waren eingesunken und geschlossen, und ich wusste, dass die Augenhöhlen darunter leer waren. Sie atmete in kurzen Stößen, und in ihrem Mundwinkel blubberte ein wenig blutiger Schaum. Ihre Lippen bewegten sich, und ich beugte mich tiefer zu ihr hinab.

»Ich bin es, Charlie«, sagte ich.

Ihre Wange verzog sich zu einem halben Lächeln.

»Wir hatten ein gutes Leben miteinander, oder?«, flüsterte sie.

»Das Beste«, erwiderte ich, »ich bedaure nichts.«

Sie lächelte wieder, und dann drückte sie mir verstohlen etwas in die Hand. Ich wusste, was es war – das Polaroid von Birgitta und Webster. Anschließend fuhr ihre Hand suchend über ihre Brust. Erst war mir nicht klar, was sie vorhatte, aber dann sah ich, dass sie den Daumen ausstreckte und ihn in den D-Ring der Impulsgranate auf ihrer Brust schob. Sie tätschelte mir die Hand und ließ noch ein Lächeln in meine Richtung zucken.

»Geh weg von ihr«, sagte Lucy, und ich schlurfte durch den Schnee zurück in die Lobby. Portier Lloyd schleppte bereits zusammengeklappte Stellwände aus Leinen und Bambusrahmen heran, die notdürftig als Fensterläden dienen konnten, während die Winsomniasten sich allesamt, wenn auch nicht besonders schnell, verkrümelten.

»Tut mir leid, falls du sie mochtest«, sagte Lucy. »Aber das Projekt Lazarus verleiht dem Wort Wichtigkeit eine ganz neue Bedeutung.«

Hooke rappelte sich mühsam auf, befühlte seine blutende Nase, schüttelte den Kopf und fand dann seine Waffe. Er lud sie neu, dann sah er mich und Lucy nacheinander an und ging hinaus zu Jonesy, die immer noch auf dem Rücken lag und sich noch ein wenig bewegte.

»Erlösen Sie sie von ihrem Elend«, sagte Lucy. »Wir würden von ihr dieselbe Höflichkeit erwarten.«

»Es ist an der Zeit, dass Sie sich selbst einmal die Hände schmutzig machen«, sagte Hooke. »Tun Sie es, wenn Sie den Mumm dazu haben.«

Sie bedachte ihn mit einem brennenden Blick.

»Oh, ich habe den Mumm«, sagte sie schließlich und nahm Hooke die Bambi ab.

Ich wollte kurz etwas sagen. Sie wohl warnen. Lucy merkte das, blieb stehen und sah mich an.

»Was ist?«

Ich erwiderte knapp ihren Blick.

»Nichts.«

Sie marschierte zu der Stelle, wo Jonesy im Schnee lag, beugte sich vor und setzte der Verletzten die Bambi an die Schläfe. Ich wandte mich ab, als Jonesy die Impulsladung zündete und eine heftige Erschütterung den Schnee und die zerfetzten Überbleibsel der Vorhänge wieder in die Lobby blies. Als ich nach draußen sah, war dort nur ein überfrorener Kreis aus klarem Eis am Boden, der ungefähr die Größe eines Springbrunnens aufwies.

»Ach, *Scheiße*«, brummte Hooke, der meinem Blick gefolgt war. »Ein schmerzlicher Verlust.«

»Ich mochte sie«, sagte ich und meinte damit vermutlich beide.

»Nein«, gab Hooke zurück, »ich meinte meinen Bonus für erfolgreichen Mitarbeiterschutz.«

Er hatte offenbar den Eindruck gewonnen, dass ich überhaupt nicht in die ganze Sache hatte eingreifen wollen, und zog daraus fälschlicherweise den Schluss, dass ich mit seiner Absicht, mich zu HiberTech zu bringen, einverstanden war.

»Also, Worthing«, sagte er und wandte seine Aufmerksamkeit nun Birgitta zu, »dass Sie jemanden beherbergen, hätte ich wirklich nicht vermutet. Portier, sperren Sie die Hülse irgendwo sicher ein und sorgen Sie dafür, dass man sich um sie kümmert.«

Ich fragte Hooke verwirrt, ob wir nicht warten sollten, bis der Schneesturm abgeklungen war, aber er erklärte, je schneller ich sicher bei HiberTech untergebracht sei, desto besser sei es für ihn. Dann schritt er davon, und ich, noch immer unter Schock, folgte ihm.

H4S-Radar

»… Navigation bei eingeschränktem Sichtfeld ist weitaus mehr, als nur blindlings durch einen Schneesturm zu stolpern. Der Wind, die wirbelnden Schneeflocken und ein Fehlen jeglicher visuellen Richtpunkte wirken zusammen, um dem unvorsichtigen Reisenden die Orientierung zu rauben. Selbst erfahrene Profis haben sich unter solchen Umständen schon verirrt, und nur die Einführung moderner Navigationshilfen hat dafür gesorgt, dass es heutzutage nicht mehr lediglich Narren mit Todessehnsucht vorbehalten ist, während eines Blizzards nach draußen zu gehen …«

GRUNDLEGENDE TECHNIKEN BEI BLINDFAHRTEN FÜR ÜBERWINTERER

Ich folgte der Sicherungsleine, die Hooke von seinem Sno-Trac gespannt hatte, und kletterte, immer noch umtost vom Blizzard, hinter ihm an Bord. Der Wind hatte weiter zugenommen, der Schneefall war stärker geworden, und es wurde jede Minute kälter. Inzwischen war es dunkel, und unter allen anderen Umständen hätten wir uns wohl kaum vor die Tür getraut.

Hooke rollte das Stahlseil ein, schloss die Tür am Heck,

dann schob er sich an mir vorbei und ließ den Motor an. Aber statt sich mit den Scheinwerfern abzugeben, die bei den Wetterverhältnissen ohnehin nichts genützt hätten, schaltete er lediglich das H4S-Gerät an und wartete, bis der Radarschirm zum Leben erwachte. Die Anzeige für die Außentemperatur zeigte inzwischen minus 24 Grad, und die Temperatur fiel weiter. Jeder Portier, der seine Salzration wert war, würde jetzt die Brennstäbe seines HotPots voll ausfahren.

»Lucy hat Jonesy umgebracht«, sagte ich mit leiser Stimme.

»Andersrum wird ein Schuh daraus, Sie Krümel – Jonesy hat Knapp gekillt. Aber die gute Nachricht ist, dass wir beide jemanden verloren haben, also müssen wir uns deswegen nicht wie im Sandkasten mit unseren Schäufelchen hauen.«

»Wo bringen Sie mich hin?«

»In Sicherheit«, sagte er. »Die jüngsten Ereignisse zeigen deutlich, dass Sie in Sektor 12, wo Toccata frei herumläuft, nicht sicher sind. Sobald wir Sie bei uns haben, können wir genau überlegen, was läuft, und wenn Sie wollen, können Sie den Job annehmen, von dem Aurora geredet hat.«

»Also bin ich kein Gefangener?«

»Du liebe Güte, nein«, behauptete er in einem Ton, der vielleicht nicht *ganz* so ehrlich klang, wie er zweifelsohne beabsichtigt hatte. »Sie können gehen, wann immer Sie wollen.«

Ich sah nach draußen in die Kälte und auf den Schnee. Gehen war im Augenblick eigentlich keine Option.

Der runde Schirm des H4S-Geräts in der Mitte des Armaturenbretts erstrahlte jetzt in einem unirdischen Grün.

Die Radarimpulse der uns umgebenden Topografie wurden als grüne Flecken angezeigt, deren Form und Größe der Scanner jede Sekunde auffrischte. Die Informationen würden zur Orientierung mehr als genügen, auch wenn wir uns mit stark verringerter Geschwindigkeit bewegen mussten. Deutlich waren auf der Anzeige die Ausfahrtstraße des Dormitoriums, ein Teil des *Siddons* und, direkt in unserer Nähe, Jonesys Sno-Trac zu erkennen. Auf dem Schirm konnte ich die Umrisse des Fahrzeugs deutlich ausmachen, das keine sieben Meter von uns entfernt stand, auch wenn draußen nur eine Mauer aus wirbelnden Schneeflocken zu erkennen war.

Hooke gab über Funk kurz etwas wie »komme mit Worthing zur Basis« durch, bevor er den Gang einlegte und wir losfuhren. Ich war wütend auf mich, weil Jonesy eine so viel bessere Freundin gewesen war, als ich erkannt hatte. Sie hätte Antworten gewusst, wie auch Toccata, die ich ebenfalls unterschätzt hatte. Kurz überlegte ich, die rückwärtige Tür des Sno-Tracs aufzureißen und einfach loszurennen, aber in einen Blizzard hineinzulaufen, das war alles andere als weit davon entfernt, sich mit Einschläferinnen einzulassen, von Bürgen zu borgen oder ein gereiztes Mammut mit einem angespitzten Stock zu piksen. Man tat dergleichen nicht. Auf keinen Fall. Aber bei alledem gab es noch etwas Positives an meiner Situation. Ich hatte für HiberTech einen gewissen Wert. Solange das so blieb, war ich sicher. Und wenn ich sicher war, dann war Birgitta es auch. Jedenfalls einigermaßen.

Das Komische war, dass mich Lucys Tod überhaupt anrührte. Dabei war es nicht so, dass mir unsere Freundschaft nichts bedeutet hätte, aber ich glaubte auch nicht, durch

Unterlassen ihren Tod verursacht zu haben. Da war nur ein betäubtes Gefühl, als hätte ich die ganze Zeit über schon gewusst, dass sie eigentlich stets nur auf den eigenen Vorteil bedacht gewesen war. Mutter Fallopia und die Schwestern würden bestürzt sein, die Sache aber philosophisch betrachten: Menschen sterben im Winter, dafür ist er da.

Hooke konzentrierte sich auf die Fahrt. Die Strecke zeichnete sich klar auf dem leuchtenden H4S ab, während draußen der Sturm an dem kleinen Fahrzeug riss. Auf diese Weise passierten wir langsam die Zufahrt des Dormitoriums, bogen an der Straße links ab, und nach einer scheinbaren Ewigkeit nahmen wir bei der Plakatwand die Abzweigung nach rechts.

»Ich habe gehört«, sagte ich, weil mir Hookes wohlbekannte Begeisterung für invasive Verhörmethoden wieder in den Sinn kam, »dass Sie früher einmal beim militärischen Geheimdienst waren.«

»Bedauerlicherweise nicht«, erklärte er. »Ich hätte meinem Land gern auf diese Weise gedient, aber das sollte nicht sein. Wir haben zwar das Gerücht verbreitet, aber es war tatsächlich Aurora.«

Eigentlich hätte mich diese Eröffnung viel mehr überraschen sollen.

»Bis sie in den Ruhestand ging, war sie die Beste, die sie dort je gehabt hatten. Sie ging einfach rein in den Verstand des träumenden Subjekts und holte sich alles raus, was sie wollte. Ich war eine Weile ihr Assistent und versuchte es auch mit Traumeingriffen, aber es ist sehr schwer zu bestimmen, was real ist und was nicht. Am Ende überließ ich es ihr. Das taten wir alle.«

»Was ist auf dieser Walze?«, fragte ich.

»Ich weiß es nicht«, antwortete er. »Aber wenn ich eine Vermutung aussprechen müsste, wahrscheinlich die wichtigst…«

Der Sno-Trac kam mit einem Ruck zum Stehen. Als ich aufsah, konnte ich hinter der Windschutzscheibe außer Blizzard nichts erkennen. Hooke stellte die Reichweite des H4S größer ein.

»Was ist es?«, flüsterte ich.

»Da«, sagte er und deutete auf die schimmernden Punkte auf dem Rundschirm. In nur zehn Metern Entfernung mitten auf der Straße zeigte das Radar ein starkes Signal. Da war etwas, was dort nicht hätte sein sollen. Nur eine Stunde zuvor war ich mit Jonesy diese Straße entlanggekommen, und sie war völlig frei gewesen.

»Winsomniasten unterwegs … die sich jetzt nicht mehr bewegen?«, schlug ich vor.

Hooke schüttelte den Kopf. »Die sind faul, aber nicht blöd.«

»Könnten vielleicht Womaden sein, die vom Sturm überrascht wurden.«

Das war unwahrscheinlich, aber möglich. Winternomaden sind dafür bekannt, dass sie sich in Klüngeln von zwanzig oder mehr Personen bewegen, um Wärme zu konservieren, und dabei üblicherweise unter einer Jurte stecken, während Röcke aus Karibuleder verhindern, dass denjenigen, die außen gehen, dabei die Beine abfrieren. Wenn das Wetter richtig übel wird, setzen sie die Jurte mit sich selbst darunter einfach ab, zünden ein Feuer an, wickeln sich in Felle und kuscheln sich aneinander.

»Möglich. Ist leider nicht zu ändern.«

Er senkte den Schneepflug und fuhr weiter. Aber in diesem Augenblick bewegte sich das Signal einige Meter, hielt an, verharrte und näherte sich dann wieder. Ein Windstoß rüttelte an dem Sno-Trac, und das Fahrzeug bebte. Der Windmesser auf dem Dach verzeichnete Böen von fast hundert Stundenkilometern, aber davon schien das, was da auf dem H4S angezeigt wurde, völlig unbeeindruckt.

Im Fahrzeug herrschte kurz Stille, und dann begann das Signal mit einer Langsamkeit, die keinerlei Zufälligkeit verriet, auf uns zuzukommen.

»Du willst also unbedingt eins auf die Nuss, ja?«, brummte Hooke und nahm die Bullenramme vom Gestell hinter sich. Er schob vier D-Thermalit-Zellen in das Magazin und transportierte die erste in die Batteriekammer. Die Bullenramme war nicht unbedingt die subtilste Waffe – eigentlich war sie dazu entwickelt worden, Milchmammuts zu hüten und nicht für den Kampfeinsatz vorgesehen –, aber sie war auf kurze Distanz immer dann die beste Wahl, wenn man es nicht auf Eleganz anlegte und feindliche Kräfte direkt auf einen zustürmten.

Hooke schob das Fenster auf und streckte die Waffe hinaus, während wir beide auf den H4S-Schirm starrten, auf dem das Signal näher und näher kam. Als es keine zehn Meter mehr von uns entfernt war, drückte Hooke ab.

Die Druckwelle verwandelte den Schnee kurzzeitig in Regen, und sie hätte auch offenbaren sollen, was immer dort im Blizzard lauerte, aber es war nichts zu sehen außer dem Straßenrand und der Hälfte einer Pferdetränke. Binnen einer Sekunde umringte uns sofort wieder der Schneesturm, und als wir auf den H4S-Schirm blickten, war das Radarsignal verschwunden.

»Vielleicht eine Störung«, vermutete Hooke.

»Nein«, sagte ich und deutete auf den unteren Bereich des Schirms, »ich glaube, es ist jetzt hinter uns.«

Der H4S-Scanner war auf dem Dach des Sno-Tracs angebracht und erfasste die Umgebung im Umkreis von 360 Grad. Jetzt fing er direkt hinter uns ein Signal auf, das sich langsam von links nach rechts bewegte.

»Jetzt reicht's mir aber«, sagte Hooke, legte den Rückwärtsgang ein und trat aufs Gas. Ich fühlte einen Aufschlag, dann ein Ruckeln, und Hooke bremste.

»Wir haben es erwischt. War garantiert ein Bär.«

»Wieso sollte ein Bär keinen Winterschlaf machen? So etwas gibt es doch gar nicht.«

»Es gibt immer ein erstes Mal. Ich ...«

Er unterbrach sich. Völlig unvermittelt hatte die Stromversorgung des Sno-Tracs den Geist aufgegeben, und die Lichter, das Radar und der Motor erloschen. Das einzige Gerät, das noch funktionierte, war das Mittelwellenradio, dessen Skala in dunklem Orange leuchtete. Der Wintersender war eingestellt, und jetzt, da der Motor nicht mehr lief, hörten wir die Musik – eine knisternde Fassung von ›Getting To Know You‹. Was es bedeuten konnte, dass in diesem Moment ein Titel von Rodgers und Hammerstein lief, wusste auch Hooke, und er wollte das Radio ausschalten, aber der Einschaltknopf brach unter seinen Fingern ab.

»Das Plastik ist durch die Kälte offenbar spröde geworden«, sagte ich, aber falls ich gehofft hatte, dass sich dadurch meine Lage zum Besseren gewendet hatte, irrte ich mich. Zusammen mit den anderen Energieverbrauchern hatte auch die Standheizung ihren Dienst quittiert, und Sno-Tracs waren nicht besonders gut isoliert. Ohne Heizung würde es keine zehn Minuten dauern, bis sich die Innentemperatur der Kälte draußen angeglichen hatte.

»Keine gute Zeit für eine Panne«, sagte Hooke, der mögliche Fehlerquellen überprüfte. Nachdem er durch Knicken einen Leuchtstab aktiviert hatte, drückte er noch einmal den Anlasser. Zwar setzte die Pressluft den Motor kurz in Bewegung, konnte ihn jedoch nicht starten, und noch im gleichen Augenblick spürten wir, dass das Fahrzeug heftig zur Seite ruckte. Wir tauschten einen Blick.

»Da zieht uns etwas nach hinten«, sagte ich. »Sie müssen an ihr hängen geblieben sein.«

»Das lässt sich ändern«, knurrte Hooke, der sich jetzt offenbar richtig ärgerte. Dann legte er den niedrigsten Rückwärtsgang ein, ließ die Kupplung kommen und drückte auf den Pressluftanlasser. Die Luft fuhr zischend in den Motor, der zwar immer noch nicht ansprang, aber dafür sorgte, dass der Sno-Trac abrupt zurückrollte; Hooke versuchte, das, was da an uns zerrte, zu überfahren. Mit einem neuerlichen Ruck hob sich das Fahrzeug und rollte über ein Hindernis hinweg, schlug dann wieder auf den Boden und kam hart zum Stehen; offenbar waren wir gegen eine Mauer oder etwas Ähnliches gefahren. Hooke schob den Schalthebel in den ersten Gang, aber als er abermals den Anlasser versuchte, war nur noch ein leises Zischen zu hören, während sich der Presslufttank komplett leerte. Wir saßen fest.

»Bleiben Sie hier«, sagte Hooke, der sich die Bullenramme schnappte. »Jetzt müssen wir uns wohl von Angesicht zu Angesicht miteinander unterhalten, dieses Ding und ich.«

Er öffnete die rückwärtige Tür, und die Kabine füllte sich sofort mit windverwirbeltem Schnee.

»Sicherungsleine«, erinnerte ich ihn bibbernd. Er nickte, griff nach dem Stahlseil, hängte es an seinem Gürtel ein und sprang dann aus dem Wagen hinein in den Sturm.

Nachdem die Tür sich geschlossen hatte, setzten sich die hineingewehten Schneeflocken und verwandelten sich im warmen Innern des Fahrzeugs in Wasser. Die Knarre an der Winde des Stahlseils klackerte, als die Sicherungsleine sich im langsamen Tempo von Hookes vorsichtigen Schritten abrollte. Nach einer Weile, vom Sturm gedämpft, ertönte ein entferntes Wumms; er hatte die Bullenramme abgefeuert. Ein oder zwei Sekunden später lief das Sicherungsseil jaulend in wilder Geschwindigkeit von der Trommel. Binnen zehn Sekunden waren die gesamten fünfzig Meter abgerollt, und die Trommel kam zu einem jähen Stillstand. Der bis zum Anschlag gespannte Draht grub sich in den Rand der Rolle und in die Türumrandung, verbog die Spindel und riss den ganzen Sno-Trac zur Seite. Kurz blieb das Kabel auf Spannung, dann wurde es schlaff.

Einige Minuten saß ich da, während der Wind an dem Fahrzeug riss und die Temperatur weiter fiel. Mein Atem stieg inzwischen weiß in die kühle Luft, und die Feuchtigkeit in der Kabine begann, an der Innenseite der Windschutzscheibe und der Verglasung der Instrumente zu gefrieren. Das war kein gutes Zeichen. In der Hektik, mit der wir das *Siddons* verlassen hatten, hatte ich weder meinen dicken Mantel noch die Handschuhe, Mütze oder Überschuhe mitgenommen. Wenn ich nichts unternahm, würde ich in ein paar Stunden steifgefroren sein und es bis zum Tauwetter bleiben.

Noch während ich über die Möglichkeiten nachdachte, die sich mir boten, sprang mit einem Flackern der Lichter der Strom wieder an. Ich schob mich schnell auf den Fahrersitz, überprüfte, ob der Trac im Leerlauf stand, schaltete die Zündung an und drückte dann den Pressluftanlasser. Nichts. Das H4S leuchtete ebenfalls wieder, und das Geschöpf war als unscharfe Sammlung grünlicher Punkte auf dem Radarschirm zu erkennen, wurde aber mit jedem Durchlauf des Scanners deutlicher. Der Verfolger bewegte sich, machte einen Schritt nach vorn, hielt dann inne, und als der Scanner den Punkt das nächste Mal erfasste, war da nichts mehr. Nur noch ich, der Blizzard und ein unbeweglicher Sno-Trac.

Wieder fröstelte es mich, und ich erkannte, dass ich, auch wenn das Fahrzeug im Augenblick sicher schien, unverzüglich etwas unternehmen musste, solange ich noch warm genug dazu war. Nach kurzer Suche im hinteren Bereich des Sno-Tracs fand ich ein Paar Socken, eine flache Mütze und einen Ersatz-Woncho. Den Woncho zog ich mir über den Kopf, schob mir die Mütze so tief ins Gesicht wie irgend möglich und beschloss, die Socken als Handschuhe zu nutzen. Dann nahm ich die Notlampe von ihrem Haken an der Trennwand, schob eine Thermalit-Zelle hinein und schaltete sie an. Nach einem weichen Zischen flutete warmes, orangefarbenes Licht die Kabine. Ich überprüfte Außenthermometer und Windmesser und kam zu dem Schluss, dass ich etwa zehn Minuten Zeit hatte, um einen Unterschlupf zu finden oder mich andernfalls gleich um eine Fingertransplantation bewerben konnte. Nach zwanzig Minuten würde ich vermutlich nicht nur die Finger, sondern auch einen Fuß, die Nase oder eine Hand eingebüßt haben. Nach einer halben Stunde war ich wahrscheinlich tot.

Nachdem ich die Tür entriegelt hatte, umfingen mich sofort wieder der beißende Wind und der Schnee. Ich ließ mich auf den Boden gleiten, während der Wind an dem Woncho riss und auf meinen Wangen brannte. Kleine Schneeflocken bahnten sich ihren Weg durch meine Kleidung, um auf meiner warmen Haut zu schmelzen. Der Boden gab sanft unter den Füßen nach, denn der Schnee lag inzwischen über vierzig Zentimeter hoch. Die Laterne konnte in dem Blizzard wenig ausrichten, und da mir nichts Besseres einfallen wollte, klemmte ich mir Hookes Sicherungsleine in die Armbeuge und folgte ihr. Jetzt war ich der vollen Kraft des Windes ausgesetzt und musste mich tief ducken, um weniger Angriffsfläche zu bieten, aber auch so drohte mich jede Bö umzuwerfen.

Ich folgte dem Stahlseil etwa dreißig Schritte und entdeckte schließlich voller Erleichterung ein flackerndes Licht, das sich allerdings nur als Straßenlaterne erwies, deren kleine Gasflamme sich redlich Mühe gab, nicht auszugehen. Nach einer weiteren Minute vorsichtigen Voranschreitens erreichte ich das Ende des Seils, das an Hookes Schneehose befestigt war. Wie die übrige Kleidung, die er getragen hatte, war sie sauber gefaltet, oben auf dem Stapel standen seine Stiefel. Hooke lag nicht weit davon entfernt. Sein Kopf war zur linken Seite gedreht, und eine Erhebung am Hals ließ erkennen, dass sein Genick gebrochen war. Seine schnell gefrierenden Züge verrieten große Überraschung, Augen und Mund hatte er weit aufgesperrt. Wie bei Lucky Ned fehlte sein kleiner Finger. Es war die Gronk gewesen, die sich ein neues Souvenir geholt hatte.

Schnell zog ich Hookes Parka über meinen Woncho und nahm mir seine Handschuhe und Mütze. Als ich mich umwandte, stieß mein Fuß gegen die Bullenramme, die ich ebenfalls aufhob und mit einer frischen Thermalit-Zelle bestückte. Kurz hielt ich inne, als ich einen Ruck an der Sicherungsleine spürte, als wollte jemand prüfen, ob sie noch hielt. Und dann wurde das Stahlseil hart aus meiner Hand gerissen.

Ich fiel auf die Knie, und während ich mit wachsender Verzweiflung nach dem Kabel tastete, hörte ich das Lachen eines Kindes durch das wirbelnde weiße Nichts. Es hatte sich Hooke geholt, war aber immer noch auf der Jagd nach Unwürdigen, und nachdem ich nichts getan hatte, um das Ableben meiner Freundin Lucy zu verhindern und davon abgesehen noch der Tod von Konsul Logan und vierundzwanzig Winsomniasten auf meinem Gewissen lastete, war ich fest davon überzeugt, dass ich als Nächstes an der Reihe war. Ganz langsam nahm ich Lauras Kamera aus meiner Tasche und setzte sie oben auf die Bullenramme. Kurz wartete ich, bis ich ein neuerliches Kichern hörte, dann drückte ich den Abzug und sofort danach den Auslöser.

Ein kurzlebiger Trichter feuchter Luft tat sich im Schneesturm auf, für einen winzigen Augenblick vom Blitz der Kamera erhellt. Er zeigte mir Bäume, die hinter einem Zaun im Wind schwankten, und ein Stück von einem geparkten Wagen, während ich im Vordergrund etwas anderes sah oder zu sehen meinte. Einen Strandball. Ich glaube, ich schrie, dann schob ich die vierte und letzte Thermalit-Zelle in das Batteriefach, spannte die Kamera und löste beides noch einmal aus. Dieses Mal war nichts weiter zu sehen, und wieder umschloss mich der Schneesturm. Ich kniete auf dem Boden und atmete hastig und tief durch den Mund, um mich zu entspannen und mein rasendes Herz zu beruhigen. Trotz der Kälte fühlte ich, wie mir der Schweiß den Rücken hinunterrann, obwohl meine Lippen, Wangen, Finger und Füße bereits mit heftigem Prickeln anzeigten, dass erste Erfrierungen drohten. Ich ließ die entladene Bullenramme fallen und versuchte noch einmal, das Stahlseil wiederzufinden, aber meine Hände waren taub, und das Umhertasten im Schnee ließ das letzte bisschen Gefühl, das noch in ihnen war, nur weiter absterben.

Es gab keine andere Möglichkeit, als in irgendeine Richtung zu laufen und darauf zu hoffen, eine Wand mit einer Sicherungsleine zu finden. Als ich etwa zehn Schritte vorausgestolpert war, stieß ich auf etwas. Es war keine Wand – es war eine Tür. Alt, mit gotischem Spitzbogen, aus eisenbeschlagener Eiche. Mit dem Unterarm wischte ich den Schnee von dem Türschild.

Es war das *Geraldus Cambrensis.*

Das *Geraldus Cambrensis*

»… Nachtlichter betrieb man für gewöhnlich mit energiesparenden LED-Leuchten. Nichtsdestotrotz hielten viele Portiers an den überholten, aber ansprechenderen biolumineszenten Röhren fest. Je nach Stimmung und Temperatur des Planktons wechselte das Licht oft von einem grünlichen Blau zu gelblichem Orange. Die Organismen mussten alle zwei Wochen gefüttert werden, und in einem großen Dormitorium konnte diese Aufgabe viel Zeit in Anspruch nehmen, doch viele Portiers waren der Ansicht, es sei den zusätzlichen Aufwand wert …«

WinterTechnik: Elegant und schlicht,
Emma Llewelyn WiEng

Das Schloss drehte sich leicht unter meinem Omnischlüssel, dann drückte ich die schwere Tür auf, quetschte mich hindurch und schob sie wieder zu. Als der Riegel einrastete, wurde aus dem Sturm mit einem Schlag ein raunender Wind. Ich öffnete die Windfangtür und trat in die Lobby. Nachdem allgemein behauptet worden war, der HotPot des *Cambrensis* sei ausgefallen, hatte ich erwartet, das Dormitorium würde dunkel und kalt sein, aber dem war nicht so. Die Innentemperatur lag bei gesunden achtzehn Grad, offenbar funktionierte das Heizsystem reibungslos. Ich zog die Socken von meinen Händen, streifte die Schuhe ab und tauchte Hände und Füße in das abgestandene Wasser des Auftaubeckens. Meine Extremitäten schmerzten, als das Blut wieder zu zirkulieren begann, und als das Kribbeln nach zwanzig Minuten allmählich nachließ, wusste ich, dass alles gut gegangen war. Nachdem ich mich mit trockenen Socken und ein paar Pantoffeln versorgt hatte, hob ich meine Laterne, um meine Umgebung zu erforschen.

Ich kannte die Lobby. Es war der Raum, den ich bei meinem Ausflug in Websters Traumzustand durchschritten hatte, mit der Treppe hinter der Rezeption, die von abgewetzten Sofas flankiert wurde. Als ich hineinging, fielen mir die überall herumliegenden, leeren Konservendosen und Holzkisten auf. Offenbar hatte man das Dormitorium in großer Eile aufgegeben, obwohl ich bei der gesunden Temperatur innerhalb des Gebäudes nicht begriff, weshalb man es überhaupt geräumt hatte. Kurz befiel mich die Angst, dass es vielleicht einen Strahlenunfall gegeben hatte, der vertuscht worden war, aber der große Geigerzähler hinter dem Empfangstresen zeigte einen Wert an, der als einigermaßen ungefährlich betrachtet wurde, auch wenn man vermutlich dazu geraten hätte, das Gebäude nur im Winter zu nutzen und nur an Bewohner zu vermieten, die über dreißig waren, um kein größeres Risiko einzugehen.

Die Beleuchtung war abgeschaltet, und es war dämmrig, aber nicht stockfinster. Irgendjemand hatte sich die Mühe gemacht, das Plankton in den Röhren zu füttern, und eine schwache, blaugrüne Biolumineszenz erhellte das Innere des Gebäudes.

Von oben kam ein Geräusch. Als ob irgendetwas umgestoßen worden war.

»Hallo?«

Meine Stimme klang zaghaft durch die Stille, und ich war nicht auf meine extrem trockene Kehle vorbereitet gewesen. Offenbar war ich viel angespannter, als ich vermutete. Es kam keine Antwort, und ich überlegte, dass es vermutlich Winternager waren. Dem Geruch nach, der durch das Gebäude zog, gab es sicher ein oder zwei schon lange verstorbene Bewohner, an denen sie sich gütlich tun konnten. Vorsichtig schlich ich die Treppe hinauf in den ersten Stock, wie ich es im Traum getan hatte, und erlebte ein äußerst bizarres doppeltes Déjà-vu. Alles sah vertraut aus, als sei ich schon viele Male hier gewesen. Der Flur, die Einrichtung, die schweren, gewebten Wandteppiche, *alles*.

Wieder hörte ich ein Geräusch, dieses Mal hinter mir; es war das leise Schlurf-Rumms-Schlurf-Rumms eines Nachtwandlers.

»Hallo?«

Als Antwort ertönte ein leises Flüstern, und über meinem Kopf knarrte ein Dielenbrett. Ich hielt den Atem an, als eine Gestalt am Rand des Lichtkegels meiner Lampe erschien, vielleicht zehn Meter von mir entfernt. Es war der Nachtwandler Eddie Tangiers, der mit einem hellblauen Overall bekleidet auf mich zukam. Jonesy hatte ihn keineswegs ausgemustert. Ärgerlicherweise war das genau der Augenblick, in dem die Batterie in meiner Lampe den Geist aufgab und mich in Dunkelheit hüllte. Da meine Augen noch nicht an den schwachen Schimmer gewöhnt waren, der von den Röhren ausging, war ich so gut wie blind. Schnell schob ich eine neue Thermalit-Zelle in die Lampe, war allerdings nicht sehr beunruhigt, da das Schlurf-Rumms-Schlurf-Rumms sich nicht wesentlich beschleunigte.

Als das Licht die Umgebung erneut erhellte, hätte ich dennoch beinahe laut aufgeschrien, denn ich stand direkt einer weiteren Nachtwandlerin gegenüber, die ich nicht hatte kommen hören. Sie starrte mich mit einem einzigen milchigen Auge an, ihr Gesicht war alt und zerfurcht, mit hohen, bogenförmigen Augenbrauen und einem großen Mund. Der Obsthut, inzwischen zerbeult und abgetragen und der meisten seiner Bananen beraubt, verriet mir, wen ich da vor mir hatte.

»Chicka-chicka-boom-chic«, sagte sie mit rauchiger, monotoner Stimme.

»Sie haben auch schon einmal besser ausgesehen, Miss Miranda«, gab ich zurück.

Sie blickte eine Weile in meine Richtung, bewegte die Hüften nach links und rechts und schlurfte dann dem ersten Nachtwandler hinterher, der den Flur entlangging und sich aus dem Lichtkegel meiner Lampe entfernte. Sie und Tangiers trugen die gleichen Overalls, und entweder hatten sie keinen Hunger oder den Kannibalismus bisher noch nicht für sich entdeckt.

»When I love, I love«, erklang Mirandas Stimme aus der Dunkelheit, dann war es still. Ich ging weiter über den Flur, und nur die Erinnerung an Websters Traum verriet mir, wohin ich mich wenden musste. Schließlich fand ich Zimmer 106, hielt kurz inne und stieß dann die Tür auf. Der Raum war genauso, wie ich ihn zuvor gesehen hatte, mit der Kiefernvertäfelung im Tudorstil, dem einzelnen Erkerfenster, der dahinterliegenden Feuertreppe, dem großen Kamin.

An der Wand zeichnete sich auf der Tapete ein heller, sternförmiger Fleck ab – dort hatte in Charles' Traum die große Wanduhr gehangen.

Mir war heiß, ich war verschwitzt, verwirrt und müde, aber auch wenn alles auf das Gegenteil hindeutete, versuchte ich mir all das immer noch zumindest ein wenig damit zu erklären, dass meine Erinnerung sich gewissermaßen im Gehen entfaltete, wie eine Lokomotive, die ihre eigenen Gleise verlegte. Aber nun gab es eine Möglichkeit, das zu überprüfen und ein für alle Mal zu klären, ob ich meine eigenen Träume träumte oder die von jemand anderem.

Ich ging zum Kamin und fasste so hoch ich konnte in den Schlot hinein. Erst ertasteten meine Finger nichts, aber dann fanden sie einen Sims, und darauf spürten sie etwas, das nachgab. Nach einigem Recken und Strecken – Webster war fast zehn Zentimeter größer gewesen als ich – bekam ich eine zylindrische Papprröhre in die Hände, fleckig und staubig. Ich öffnete sie und zog eine schimmernde, blauschwarze Hartgusswalze heraus, deren feine Rillen im Licht schimmerten. Ich starrte sie einen Moment an und wusste nicht, was ich empfinden sollte. War ich jetzt glücklich oder traurig? Ich wusste es nicht. Ich wusste nur, dass Charles Webster dieses Ding hier versteckt hatte, das für HiberTech einen so großen Wert hatte, dass sechs Menschen dafür getötet worden waren, und dass Don Hector mindestens drei Jahre lang versucht hatte, es mit Charles' Hilfe an Kiki und RealSleep weiterzuleiten.

Zunächst ließ ich die Walze wieder in die Röhre gleiten, aber meine Neugier war geweckt. Jetzt wollte ich wissen, was darauf war. Also brauchte ich einen Phonographen. Als ich zur Portiersloge im Tiefparterre hinunterging, traf ich Miss Glitzerkrönchen auf dem Treppenabsatz, und in der Lobby tappten weitere Nachtwandler herum, denen ich vorsichtig aus dem Weg ging. Einige flüsterten Wörter und Halbsätze, einer mischte unaufhörlich ein Kartenspiel, und eine andere spielte mit einem Zauberwürfel, verdrehte ihn mit der linken Hand und war mit der rechten dabei, die Flächen wieder richtig auszurichten. Die Kartons und Konservendosen auf dem Boden deuteten darauf hin, dass sie beherbergt wurden, höchstwahrscheinlich von Jonesy und Toccata, und das im großen Stil. Jonesy hatte schließlich mir gegenüber angedeutet, dass Nachtwandler auch ihrer Meinung nach durchaus ein Bewusstsein besaßen, und vermutlich glaubte Toccata das auch. Zwar bestätigte sich damit meine eigene Beobachtung, aber dennoch war es eine Ansicht, die der Überzeugung von Medizinern und Wissenschaftlern entgegenlief. Strenge Tests waren immer wieder zu demselben Ergebnis gekommen: Nachtwandler waren unumkehrbar hirntot. Aber wenn ihr Bewusstsein tatsächlich so heftig verschoben worden war, dass es sich unmöglich aufspüren ließ und HiberTech davon wusste, dann war die derzeitige Praxis von Umwidmung, Ausmusterung und anschließender Ausschlachtung nichts anderes als Mord. Nein – es war sogar wesentlich schlimmer als das.

Während ich am Empfangstresen vorüberging, erlosch meine Lampe erneut. Da ich nur noch eine Thermalit-Zelle zur Verfügung hatte, wartete ich nun einfach, bis sich meine Augen an die Dunkelheit gewöhnt hatten.

Die Phonographenwalze war der Schlüssel zu alldem. RealSleep wollte sie unbedingt haben, aber HiberTech würde alles daransetzen, dass die Kampagne sie nicht in die Finger bekam. Nachdem meine Augen allmählich wieder Formen unterscheiden konnten, sah ich verschwommene Gestalten um mich herum und hörte auch, wie die Nachtwandler um mich herumtappten und dabei leise flüsterten, was wirklich verstörend auf mich wirkte. Einer von ihnen streifte mich und knabberte an meinem Arm, und plötzlich fragte ich mich, wie oft wohl jemand kam, um sie zu füttern, und wie lange es, wenn derjenige ausblieb, dauern würde, bis sie übereinander herfallen würden – oder über mich. Die Antwort lautete, wie ich zügig herausfand: Es war schon so weit. Während ich mich noch an die Lichtverhältnisse gewöhnen musste, hatte ich nicht darauf geachtet, aber sie hatten sich in einem Halbkreis um mich versammelt, und ich spürte, wie ihre Hände mich berührten. Zwar versuchte ich sie wegzuschieben, aber sobald es mir gelang, an zweien vorbeizukommen und mich dem Griff eines Dritten zu entwinden, packten mich drei oder vier andere Handpaare, und ich spürte einen scharfen Schmerz, als einer mich seitlich in den Kopf biss. Ich stieß einen Schrei aus, aber dieser Laut brachte sie nur noch mehr in Fahrt, und sie packten mich fester. Jetzt probierte ich es nicht mehr länger auf die sanfte Tour, sondern wehrte mich, schubste und schlug um mich, aber es waren einfach zu viele, und ich wurde zu Boden gestoßen. Um mich herum bewegten sich die Nachtwandler, die in dem schwachen, grünlich blauen Licht auf immer aggressivere Weise raunten und stöhnten. Genauso lief es ab, das wusste ich. Ein Angriff begann langsam, dann eskalierte die Gewalt und gipfelte in einem Blutrausch. Mehrere knochige Finger versuchten, mir das Hemd hochzuschieben, um an meinen Bauch heranzukommen. Schreien konnte ich nicht mehr, aber ich trat und kämpfte so verbissen ich konnte, während ihr hungriges Stöhnen immer lauter wurde. Ich war so weit gekommen, und nun würde alles umsonst gewesen sein. Die Phonographenwalze, die für die Nachtwandler keinen Wert hatte, würde schließlich demjenigen in die Hände fallen, der auf meine Überreste stieß.

Obwohl es sinnlos war, zog ich meine Umhängetasche fester an mich und rollte mich zusammen, dann kam mir eine Idee. Ich versuchte, die Bisse und Kratzer nicht weiter zu beachten, während ich in die Tasche fasste und Lauras Kamera hervorzog. Dann hielt ich sie in Richtung der Nachtwandler und drückte auf den Auslöser.

Der Blitz zuckte durch den Raum, und in der dämmrigen Lobby war es plötzlich, als sei kurz eine Tür zum Sommer aufgestoßen worden. Die Wirkung war beeindruckend und unmittelbar. Die Nachtwandler hielten inne, da bei ihnen jetzt auch der letzte kleine Rest Verstand völlig durcheinandergeriet. Es war kein Trick, den ich auf der Akademie gelernt hatte, sondern von Lloyd, vor zwei Tagen.

Die Verwirrung meiner Gegner dauerte nur kurz, aber sie reichte aus, damit ich die Kamera spannen und noch einmal den Blitz auslösen konnte. In dem grellen weißen Licht sah ich die völlig aufgelösten Mienen um mich herum und verlor keine Zeit, um mich durch das Grüppchen verwirrter Gestalten zu drängen. Ich rannte die Treppe zum Tiefparterre hinab, fand die Portiersloge, schlug die Tür hinter mir zu und schloss mit zitternden Händen und rasendem Herzschlag ab.

Jede Stunde erlebte ich etwas Neues, und jedes Mal hätte ich auf diese Erfahrung gut verzichten können.

Die Walze

»… Die Phonographenwalze stellte die erste echte Möglichkeit zum Aufnehmen und Abspielen von Tönen dar und hatte aufgrund ihrer weiten Verbreitung und der Tatsache, dass der Phonograph ohne Strom funktionierte, mehr als hundert Jahre überdauert. Da Akademiker oft während des Winters wach blieben, um ihre Arbeiten fertigzustellen, konnte es durchaus sein, dass eine Sekretärin sich bei Frühlingserwachen mit bis zu hundert Walzen konfrontiert sah, die es abzuschreiben galt, bevor sie zur Weiterverwendung geglättet wurden …«

WINTERTECHNIK: ELEGANT UND SCHLICHT,
EMMA LLEWELYN WIENG

Ich schaltete das Notlicht ein und stürmte dann sofort ins Bad, wo ich den Medizinschrank nach Jod durchstöberte, mit dem ich die Bissverletzungen betupfte, von denen ich eine ganze Menge davongetragen hatte. Dabei hatte ich noch Glück gehabt, dass der Hunger relativ langsam über sie gekommen war. Hätten sie mich gleich vereint angegriffen, als ich eintrat, wäre ich zu müde und zu durchgefroren gewesen, um mich zu verteidigen. Während ich mich so gut wie möglich selbst verarztete, vernahm ich unappetitliche Geräusche aus der Lobby, die sich stark danach anhörten, als ob ihr Hunger jetzt mit einem aus der eigenen Gruppe gestillt wurde. Falls sie den massigen Eddie Tangiers fraßen, dann würden sie vielleicht acht Stunden Ruhe geben. Falls es Miss Glitzerkrönchen getroffen hatte, allenfalls neunzig Minuten.

Nachdem ich mich überzeugt hatte, dass die Bisse zwar furchtbar wehtaten, aber allesamt nicht lebensgefährlich waren, ging ich wieder in den Wohnbereich und sah mich um. An den Wänden standen Bücherregale und Schaukästen, in denen verschiedene Exponate aus dem Tier- und Pflanzenreich präsentiert wurden. Portiers waren nie einfach nur bessere Hotelmanager, sondern meist Menschen, die ein Eremitendasein schätzten und ihre freie Zeit gern mit innerer Einkehr oder gelehrten Studien zubrachten.

Von der Decke hing der Schädel eines Salzwassernilpferds, und das Skelett eines Baby-Glyptodons sollte offenbar erst noch mit beweglichen Gelenken zusammengesetzt werden. Tatsächlich aber gab es ein Diktaphon aus Messing und Rosenholz mit einem großen Schalltrichter aus Kupfer. Ich schaltete die Schreibtischlampe an, zog das Federwerk komplett auf und spannte die Walze ein. Dann legte ich den Schalter um, wartete, bis sich die Walze drehte und senkte dann vorsichtig die Nadel auf die Rille. Ein wenig erwartete ich, Don Hectors Stimme zu hören und eine lange Erklärung seiner Entdeckungen, die all meine Fragen beantworten würde.

Aber so war es nicht. Kein bisschen. Es war Don Hectors Stimme, insoweit stimmte es, aber das, was er sagte, ergab überhaupt keinen Sinn – es war eine lange Aneinanderreihung von scheinbar unzusammenhängenden Wörtern und griechischen Buchstaben, die völlig monoton vorgetragen wurden. Das Ganze dauerte fünf Minuten und 45 Sekunden und war, wie ich vermutete, irgendeine Art von Code. Doch nachdem die wirren Wörter verebbt waren, hörte ich ein *anderes* Geräusch – ein leises Raunen, das von draußen kam. Vorsichtig schlich ich zur Tür und öffnete sie einen Spalt breit. Wie ich erwartet hatte, stand draußen eine Nachtwandlerin. Es war das Mädchen mit dem Zauberwürfel, aber sie hatte aufgehört, sich mit dem Denkspiel zu beschäftigen, sondern war offenbar in eine Starre geglitten. Sie war nicht die einzige Anwesende. Sie alle standen so da, vielleicht dreißig an der Zahl, und füllten den gesamten Flur. Alle wie erstarrt, mit stierem Blick und fehlendem Daumen, aber alle etwa gleich weit von den jeweils anderen entfernt. Gerade wollte ich die Tür wieder schließen, als die Nachtwandlerin mit dem Zauberwürfel blinzelte, und das war ungewöhnlich. Zum einen, weil erstarrte Nachtwandler nicht blinzeln, und zum anderen, weil sie es gemeinsam taten – zum selben Zeitpunkt.

Zögernd streckte ich den Arm durch den Türspalt und versetzte dem Zauberwürfelmädchen einen harten Stoß gegen das Brustbein. Sie ging einen Schritt zurück, um das Gleichgewicht nicht zu verlieren. Wäre sie wirklich erstarrt, wäre sie umgefallen und hätte einen der anderen zu Fall gebracht, bis sie wie in einem Sketch nacheinander umgestürzt wären wie Kegel. Aber diese Nachtwandler traten stattdessen alle einen Schritt zurück.

»Wieso tut ihr das?«, fragte ich, und sie alle flüsterten wie aus einem Mund, einem lispelnden Echo gleich:

»Wieso tut ihr das?«

»Was ist hier los?«

»Was ist hier los?«

»Simone Simpel sagt«, begann ich langsam in Anlehnung an den Kinderreim, »hebt die Arme in die Höhe.«

Sie alle hoben brav die Arme.

»Simone Simpel sagt: Lasst die Arme herunterhängen.«

Sie alle senkten die Arme wieder.

»Steht auf einem Bein.«

Diesen Befehl ignorierten sie. Simone Simpel hatte ihnen schließlich nicht gesagt, was sie tun sollten. Zum ersten Mal seit Langem lächelte ich.

»Simone Simpel sagt: Verratet mir, wie ihr heißt.«

Wie aus einem Mund antworteten sie, aber jeder mit dem eigenen Namen. Aus dem Durcheinander hörte ich nur wenige heraus. Das Zauberwürfelmädchen hieß Rebecca, und Miss Glitzerkrönchen, die rechts neben ihr stand, raunte: »Betty«, während ihr leise die Tränen über die Wangen strömten.

»Wie fühlt ihr euch jetzt?«, fragte ich und bekam darauf gemischte Reaktionen: frustriert, in die Enge getrieben, verloren, wurzellos.

Einen kleinen Augenblick standen sie noch so da, aber dann verging der Zauber, und sie tauchten zurück in ihre gewohnte Trance ab und schlurften wieder ziellos über den Korridor, die Blicke so leer wie zuvor. Zwar hatte ich keine Ahnung, was Don Hectors Worte auf der Walzenaufnahme zu bedeuten hatten, aber offenbar übten sie eine Wirkung auf die Nachtwandler aus. Zwar holte die Aufnahme sie nicht zurück, aber es war ein Schritt in die richtige Richtung.

Ich ging zurück in die Loge und bereitete mir in der

Küche ein Müsli mit haltbarer Milch und einem großen Löffel Erdnussbutter zu. Dabei hörte ich, wie der Wind um das Gebäude pfiff und zischte, an den Fensterläden klapperte und versuchte, mit seinen eisigen Fingern eine Lücke in der Winterrüstung des Dormitoriums zu finden. Immer noch benötigte ich einen Plan, und nach längerem Nachdenken hatte ich mir auch etwas überlegt: Ich würde versuchen, mich zu Hugo Foulnap durchzuschlagen, der im Museum Dienst schob. Dies hatte einen einfachen Grund. Aurora hatte vermutet, dass er zur Kampagne für Echten Schlaf gehörte, und wenn das stimmte und er sich wirklich unter dem Namen Danny Pockets in Sektor 12 versteckte, dann konnte ich daraus zwei Schlüsse ziehen: Dass Real-Sleep gegenwärtig eine Operation durchzog und er, Jonesy, Toccata und die schlurfenden Bewohner des *Cambrensis* darin eine große Rolle spielten.

Im Kleiderschrank fand ich saubere, warme Kleidung, dann setzte ich einen neuen Blitzwürfel auf die Kamera, damit ich notfalls bewaffnet war, und schließlich öffnete ich vorsichtig die Wohnungstür, um in den leeren Flur hinauszuspähen. Ohne Zwischenfall gelangte ich ins Erdgeschoss, wo ich einen dicken Parka fand und ein paar Schneestiefel anzog. Dann schob ich die Kamera in meine Tasche und studierte den Übersichtsplan für die Sicherungsleinen, der im Windfang des *Cambrensis* an die Wand geschraubt war. Das Museum befand sich auf der anderen Straßenseite, etwa vierhundert Meter entfernt. Bei Tageslicht und ohne Sturm ein Spaziergang von fünf Minuten. Nun würde ich ihn in weniger als dreißig Minuten bewältigen müssen, ohne mich zu verlaufen, wenn ich all meine Finger und Zehen behalten wollte.

Ich holte tief Luft und öffnete die Tür nach draußen.

Der Sturm war mir zuvor schon schlimm erschienen, aber jetzt war er doppelt so stark geworden. Der eisige Wind heulte an der Tür vorüber, und außer einer Masse zorniger, wirbelnder Schneeflocken war nichts zu sehen. Ich schob die letzte Thermalit-Zelle in die Lampe und hakte mich dann an der Sicherungsleine ein. Kurz hielt ich inne, um mir selbst zu versichern, dass mein Vorhaben wirklich die beste Lösung darstellte, Gronk hin oder her, und trat hinaus in den Sturm. Meine Lampe bot allenfalls moralische Unterstützung, aber indem ich mich eng an die Mauer drückte, wurde ich zumindest nicht so sehr vom Wind durchgeschüttelt, und auch wenn der Schnee teilweise bis zu einem Meter hoch verweht war, kam ich doch voran. Nach etwa zehn Minuten hatte ich die Brücke erreicht, wo ich die Straße ohne Sicherungsleine würde überqueren müssen. Dabei war ich weniger vorsichtig, als ich vielleicht hätte sein sollen. Nachdem ich mich vom Seil gelöst und zwei Schritte in Richtung der gegenüberliegenden Brüstung getan hatte, riss mich der Wind mit voller Kraft von den Beinen.

Ich glaube, ich bekam noch mit, wie ich über den Schnee rollte und dann mit dem Kopf voran in einer Wehe stecken blieb. Schlimmer noch war, dass dabei der Schneeschutz meines Parkas aufriss und der Wind die Flocken unter die Jacke bis an meinen Rücken wehte, wo sie sich um meinen Hals und meine Rippen legten. Kurz hörte ich sogar auf zu atmen, so kalt war es plötzlich, und ich konnte tatsächlich fühlen, wie meine Körpertemperatur sank. Es begann mit unkontrollierbarem Zittern, dann klapperten mir die Zähne, und schließlich überkam mich große Ruhe, vermischt mit Resignation und einem Gefühl von Verlust und Verschwendung. Ich hätte so gern geträumt, wäre wieder zum Strand auf der Gower-Halbinsel zurückgekehrt, unter den orangeroten Sonnenschirm von phänomenaler Größe und Pracht, unter dem Birgitta als Birgitta saß und ich als Charles. Aber das konnte ich nicht. Langsam und mit unangenehmer, düsterer Bestimmtheit tauchte ich allmählich ab.

Aber ich starb nicht. Noch nicht.

Nachts im Museum

»…Der Kulturminister hatte damit gedroht, sich auf den Stufen des Parlamentsgebäudes die Kehle aufzuschlitzen, falls das Gesetz zur Rückführung regionaler Antiquitäten vom Parlament beschlossen würde. Es sah vor, vereinfacht gesagt, dass zentral zusammengefasste Sammlungen von den Regionen, Dörfern oder Siedlungen zurückgefordert werden konnten, in denen sie entdeckt worden waren. Ein kraftvolleres Signal für die Hinwendung zur Lokalisierung hätte es nicht geben können…«

MUSEUMSANZEIGER, QUARTALSAUSGABE VOM NOVEMBER 1973

»Welcher durchgeknallte Vollidiot geht bei so einem Wetter raus?«

Es war Hugo Foulnap. Er bedachte mich mit einem Blick, wie man ihn sich für Leute vorbehält, denen man x-mal gesagt hat, sie sollten nicht mit Feuerzeugbenzin und Streichhölzern spielen und die sich dann trotzdem selbst anzünden. Er hatte seinen Schockschutzanzug abgelegt – vermutlich, weil während des Sturms nicht mit einer Invasion zu rechnen war – und betrachtete mich mit faszinierter

Neugier. Wir waren in einem weißgefliesten Aufwärmraum, vermutlich im Museum, obwohl meine letzten Erinnerungen nicht einmal abgespeichert hatten, dass ich das schmiedeeiserne Tor passiert hatte. Ich war völlig nackt und lag in einer viktorianischen Badewanne mit gewölbtem Rand, die mit warmem Wasser gefüllt war.

»Jemand, der so durchgeknallt und idiotisch ist wie ich«, erwiderte ich schwach.

»Ein kleines Problem gehabt?«

Er deutete auf meinen Körper, auf dem die vielen blauen Flecken, Kratzer und Bissspuren davon kündeten, dass ich beinahe als Nachtwandler-Mahlzeit geendet wäre und die mir jetzt durch die Jodtupfer auf meinem blassen Winterpelz das Aussehen eines lila gefleckten Dalmatiners verliehen. Ich deutete auf die Bisswunde in meinem Gesicht.

»Sehen Sie das?«

»Ja.«

»Carmen Miranda.«

»Ist das inzwischen ihre Art, Autogramme zu geben?«

»So ziemlich. Sie war im *Cambrensis.*«

»Ah«, sagte Foulnap. »Und, ist es kalt da drin? Verlassen und verbarrikadiert?«

»Nein«, sagte ich nach einer Pause, »nein, das ist es nicht.«

Wir sahen einander eine Weile an.

»Wie geht's den Zehen?«, fragte er dann, und ich betrachtete sie daraufhin beklommen. Sie sahen aus, als hätten sie aus Marzipan bestanden, und sie schmerzten stark, von daher vermutete ich, dass die Prognose für sie nicht die beste war.

»Vielleicht verliere ich einen oder zwei.«

»Passend zum Finger?«

Jetzt sah ich zum ersten Mal, dass der kleine Finger der rechten Hand oberhalb des Knöchels fehlte. Die Wunde blutete kaum, und das Fleisch, das an der Stelle zu sehen war, ähnelte einem rohen Minutensteak. Es überraschte mich, wie wenig mich der Verlust berührte; es war, als sei er gewissermaßen unvermeidlich gewesen. Ich dachte kurz nach. Draußen, als ich über Kopf in der Schneewehe steckte und das Leben aus mir gleiten wollte, hatte ich ein Mädchen lachen hören.

»Wo haben Sie mich gefunden?«

»Ich habe einen Schlag an der Außentür gehört«, berichtete Foulnap, »und da lagen Sie. Ihren Finger haben Sie wohl beim Sturz in die Sicherungsleine geklemmt. Bei der Kälte verliert man so ein Glied dann ganz schnell.«

»Es war die Gronk.«

»Genau, unterstützt von Einhörnern, der Zahnfee und dem Geist von Owain Glyndwr, nicht wahr. Hier.«

Er reichte mir einen Henkelbecher Tee, der mit Kondensmilch und Nutella[60] versetzt war. Hätte man mir ein solches Gebräu im Sommer angeboten, hätte ich es wohl nur als Teil einer Wette getrunken, aber in diesem Augenblick schien es mir das Beste, was ich je probiert hatte. Nach einer halben Stunde war mir warm genug, dass ich aus der Wanne steigen und mich anziehen konnte.

»Auf der Standleitung ist seit einer Stunde mächtig was los«, sagte Foulnap, während er mein nasses Handtuch aufhängte. »Wir haben gehört, dass Sie Birgitta beherbergt

60 Ferrero Rocher versuchte, das Getränk im Sommer als Teatella zu vermarkten, aber es setzte sich nie durch.

haben, dass Jonesy von einer geheimnisvollen Frau von HiberTech gewummst wurde, die dann selbst draufging – und dass Sie zu HiberTech gebracht werden sollten. Ist das so ungefähr korrekt?«

Das bestätigte ich ihm – und berichtete auch, dass Hooke auf dem Weg zu HiberTech von der Gronk geholt worden war, während ich versucht hatte, Unterschlupf im *Cambrensis* zu finden.

»Ziemlich viel Gronk heute Abend. Wer war die geheimnisvolle Frau von HiberTech?«

»Eine alte Freundin von mir aus dem Pool in Swansea. Sie nahm an einem der Express-Ausbildungsprogramme von HiberTech teil. Hat sich für sie nicht ausgezahlt.«

»Das ist auch selten so.«

Foulnap sah mich gedankenverloren an.

»Warum haben Sie das *Cambrensis* bei diesem Wetter verlassen, Worthing?«

»Um Sie zu sehen.«

»Aus welchem Grund?«

»Antworten.«

Er sah aus, als ob er versuchte, sich zu einem Entschluss durchzuringen.

»Das ist immer das Allerschwerste«, sagte er. »Herauszufinden, wem man trauen kann. Kann ich Ihnen trauen?«

»Kann ich *Ihnen* trauen?«, erwiderte ich stattdessen. »Als wir uns in Cardiff trafen, haben Sie versucht, eine Nachtwandlerin an eine Zuchtfarm zu verschieben.«

»Haben wir das? Wirklich?«

»Ja, ich …«

Meine Stimme erstarb. Ich war so von dieser Interpretation der Ereignisse überzeugt gewesen, dass ich nicht einmal innegehalten hatte, um die Situation neu zu bewerten. Foulnap hatte verhindern wollen, dass wir Mrs. Tiffen zu HiberTech brachten, und Jack Logan hatte versucht, mich mit List und Drohungen dazu zu bringen, dass ich die ganze Sache vergaß.

Sie hatten Mrs. Tiffen nicht zu einer Zuchtfarm schaffen wollen – sie hatten sie schützen wollen. Meine Beine fühlten sich plötzlich so schwach an, dass ich mich auf einen Stuhl setzen musste, der praktischerweise in der Nähe stand. Logan hatte mir gesagt, ich solle Mrs. Tiffen einfach vergessen, und ich, naiv und blöd wie ich war, hatte ihn erfüllt von bester Absicht ignoriert – und dann war er getötet worden. Nicht durch meine Hand, aber sicherlich aufgrund meiner unendlichen Dämlichkeit. Ich schloss die Augen und fühlte die schwere Last der Schuld auf meine Schultern sinken. Eine Last, die ich lange Zeit tragen würde, wenn ich sie denn überhaupt je loswerden konnte. Die Gronk hatte mich schon eine ganze Weile umkreist. Wenn Ned Farnesworth und Hooke Vorspeise und Hauptgericht gewesen waren, sollte ich der Nachtisch sein. Vielleicht hatte sie mich verschont, damit ich meine Unwürdigkeit selbst erkennen konnte, um meine Seele mit dem kräftigen Aroma der Schuld zu würzen. Vielleicht hatte die Gronk meinen Finger genommen, um mich zu zeichnen, wie einen Hummer in einem Bassin. Vielleicht machten Gronks das so.

»Wollte Logan mich töten?«, fragte ich. »Als er das *John Edward Jones* in den Feuertälern wieder mit mir verließ?«

Foulnap setzte sich neben mich und legte mir die Hand auf den Arm.

»Er hätte Ihnen das alles im Zug auf der Fahrt in den Sektor 12 erklärt und darauf gehofft, dass Sie zu uns überlaufen würden. Niemand, der HiberTechs kriminelle Machenschaften entdeckt, bleibt dem Status quo lange treu. Es war nur eben unser Pech, dass Aurora ausgerechnet da auftauchte.«

»Also gehörte Logan zu RealSleep?«

»Mehr als das – er war Kiki.«

»*Scheiße.*«

»Es ist ärgerlich und tragisch und eine schlimme Verschwendung«, sagte Foulnap, nachdem ich diese Information verdaut hatte. »Aber Sie haben sich in dieser ganzen Sache gar nicht so schlecht gemacht – Sie haben einfach nur versucht, das Rechte zu tun, hatten nur keinen kompletten Überblick über die Lage.«

»Das ist sehr großzügig, aber ich hätte auf Sie beide hören sollen.«

»Das ist wahr«, sagte Foulnap, »aber vielleicht hätten wir auch schon früher erkennen müssen, dass man sich auf Sie verlassen kann, und Sie ins Vertrauen ziehen sollen. Wir wussten einfach nicht, wem wir trauen konnten.«

Ich fuhr mir mit den Fingern durchs Haar. Sektor 12 wurde seinem Ruf wirklich mehr als gerecht.

»Also«, sagte ich schließlich, »was hätten Sie denn mit Mrs. Tiffen gemacht, wenn Sie sie nicht in eine Zuchtfarm gesteckt hätten?«

»Je komplexer die Tricks sind, die sie beherrschen, desto weniger vollständig der neuronale Kollaps ist, desto leichter könnte es sein, sie zurückzuholen. Bisher ist uns das noch nicht gelungen, aber es ist möglich.«

Ich fragte ihn, wie er sich da so sicher sein konnte, und er zeigte mir seinen linken Daumen, oder vielmehr, er zeigte mir die Stelle, wo jener einst gesessen hatte.

»Fünf Wochen lang war ich ein Nachtwandler«, sagte er. »Ich fand zurück, weil ich entsorgt, aber entgegen HiberTechs strengen Vorgaben nicht gekeult wurde. Ich wachte mit einer Portion Kalk im Genick auf der Müllkippe auf. Ich glaube, wenn wir hibernieren, leben wir in unseren tiefsten Erinnerungen, und zyklisch kehren wir in den oberen Traumzustand zurück, um die Verbindung zum Verstand aufrechtzuerhalten. Morphenox unterdrückt diese Verbindung, und hin und wieder, selten, schädigt es sie so stark, dass der Winterschläfer in diesem tiefen Traumzustand eingeschlossen wird. Als ich ein Nachtwandler war, waren *Träume* das Einzige, was ich wirklich fühlte. Sie waren laut, ausufernd, überwältigend, als sei ich in tiefen Erinnerungsschleifen gefangen, in denen mir die Realität so vage und nebulös erschien wie lang vergessene Träume in der Realität. Zwar erinnere ich mich nicht genau an das, was ich als Hülse so getrieben habe, aber ich habe eine gewisse Ahnung. Zwei Tage nach dem Aufwachen habe ich einen menschlichen Zahn ausgeschieden, komplett mit Goldfüllung. Das erste Mal, dass ich beim Kacken Profit gemacht habe.«

Er hielt inne.

»Aber wir wollen nicht immer nur von mir sprechen. Wieso ist HiberTech so hartnäckig hinter Ihnen her?«

Er hatte mir vertraut, also musste ich dieses Vertrauen jetzt wohl erwidern.

»Weil ich als handelnde Person Aktive Kontrolle ausgeübt habe – als Don Hector, aber auch als Webster –, und weil ich weiß, wo die Phonographenwalze ist.«

Foulnap hob eine Augenbraue.

»Sie wollen mich verarschen.«

»Nein, ich verarsche Sie nicht.«

»Dann kommen Sie bitte mit mir.«

Wir verließen den Aufwärmraum und gingen durch den Korridor zum Atrium in der Mitte des Gebäudes. Die Airwitzer stand momentan unbemannt da. Ich hörte den Sturm an den schweren Fensterläden reißen, und ein leises Stöhnen kam von dort, wo der Wind in die Fallrohre fasste, die vom Dach hinunterführten. Wir nahmen die Haupttreppe nach oben, dann bogen wir im oberen Korridor nach links, einem Schild folgend, auf dem »Konservierung« stand. Foulnap blieb an einer Tür stehen, klopfte zweimal, raunte das Passwort *»Süßwasserwalross«*, und dann wurde ein Riegel beiseitegeschoben.

Ich erkannte den Mann, der uns die Tür öffnete. Es war der Mediziner, den ich im *John Edward Jones* in Merthyr bereits getroffen hatte, den in der OP-Kleidung, der nach Antiseptikum roch und dessen Tante nicht seine Tante war. Er hob eine Augenbraue, als er mich sah.

»Charlie gehört zu uns.«

»Ach ja? Als wir uns das letzte Mal begegnet sind, ist ein guter Mann gestorben.«

»Ein Missverständnis. Charlie hat als handelnde Person Aktive Kontrolle ausgeübt.«

»Du machst Witze«, sagte der Mediziner, der jetzt nicht mehr misstrauisch wirkte, sondern nur noch neugierig.

»Nein«, beharrte Foulnap. »Don Hector *und* Webster.«

Der Mediziner staunte. »Wir sind noch nie jemandem begegnet, der Aktive Kontrolle ausgeübt und sich seine geistige Gesundheit erhalten hat. Wie war das so?«

»Realer als real«, sagte ich, »und alle Sinne voll aufgedreht, bis über den Anschlag hinaus. Ich kann verstehen, wieso die Träumer das wollen. Es ist besser als das Leben. Oder zumindest besser als *ihr* Leben.«

Der Mediziner hauchte »wow« und sah mich weiterhin mit großen Augen an.

»Das ist Dr. Theophilus Gwynne«, erklärte Foulnap jetzt. »Er war bis zu seinem tragischen, vorzeitigen und sehr vorgetäuschten Tod vor drei Jahren ein untergeordneter Mitarbeiter in HiberTechs Abteilung für Schlafforschung.«

»Dann wissen Sie alles über das Projekt Lazarus?«

»Tatsächlich war ich ein sehr untergeordneter Mitarbeiter«, räumte Gwynne ein. »Die meiste Zeit habe ich Daten erfasst, die Geräte gewartet, Tee gekocht, die Wäsche gemacht, gekocht, sowas eben.«

»Wir haben gestern vom Projekt Lazarus erfahren«, sagte Foulnap, »und das auch eher zufällig.«

»Was ist es denn nun?«

»Moment«, sagte Dr. Gwynne, der die Tür mit einer Art Tretmine sicherte, die nicht nur mit einer Golgotha verbunden war, sondern mit *zweien*. Im Gegensatz zu der Waffe, die Fodder für seine Drohung benutzt hatte, sahen diese beiden Dinger ziemlich scharf aus.

Dr. Gwynne und ich vollführten eine Winterumarmung; er roch nach ausgebrannten Elektromotoren, künstlich aromatisierten Birnendrops und Lötzinn. Anschließend sah ich mich in dem Raum genauer um. Die Decke wies schöne Stuckarbeiten auf, und die Holzpaneele und die verglasten Vitrinen ließen vermuten, dass das Zimmer früher einmal als Bibliothek gedient hatte. An einer Schmalseite befand sich ein Kamin, der schon lange nicht mehr benutzt worden war, und den größten Teil des Fußbodens nahmen Maschinen ein, die mit blinkenden Lichtern, Knöpfen, Skalen und Schaltern versehen waren. Inmitten all dessen saß eine Nachtwandlerin auf einem Barhocker und vollführte die kompliziertesten Jo-Jo-Tricks, die ich je gesehen hatte. Zwar hatte auch sie einen ziemlich leeren Blick, aber sie war mit einer Reihe von Drähten, die mit Klebepunkten an ihrem Kopf angebracht waren, mit der Maschine verbunden. Wenn sie mit dem Jo-Jo spielte, zuckten und tanzten die Graphen der Oszilloskope.

»Das ist Wendy«, sagte Dr. Gwynne und deutete auf die Nachtwandlerin. »Sie hilft mir bei den Experimenten zur Nachtwandler-Rückholung.«

»Und, wie klappt das so?«, fragte ich.

»Zum einen frustrierend langsam, zum anderen enorm schwer greifbar«, antwortete Dr. Gwynne. »Kennen Sie Josh? Er ist erst kürzlich zu uns gestoßen.«

Als ich mich umwandte, sah ich den Rezeptionisten von HiberTech auf einem Korbsessel sitzen. Er las ein Buch und kicherte gelegentlich in sich hinein.

»Josh ist von HiberTech zu uns übergelaufen«, sagte Foulnap, »und er hat Wendy mitgebracht. Kaffee?«

Das Angebot nahm ich gern an, und da Foulnap sagte, ich könnte mich gern einmal umsehen, ging ich zu Josh herüber.

»Oh, hallöchen, Worthing«, sagte er fröhlich. »Wie läuft's denn so?«

»Die weiteren Aussichten: Aus allen Himmelsrichtungen zieht ein Sturmtief mit verstärkter Neigung zu Todesfällen auf.«

Er lachte und erklärte, dass Wettervorhersagen häufig nicht zutrafen; dann zeigte er mir einen auf beiden Seiten angespitzten Bleistift.

»Ich nenne ihn ›Zweistift‹«, sagte er. »Ist doch immer ein Problem, dass die Spitze abbricht, oder? Aber so kann man ihn einfach umdrehen und – zack – sofort weiterzeichnen.«

»Es ist aber auch ganz nützlich, wenn sich an der anderen Seite ein Radiergummi befindet.«

»Daran habe ich auch gedacht«, erklärte er und präsentierte einen Stift, der auf beiden Seiten mit Gummis abgepuffert war. »Das ist der ›Doppelradierer‹. Da kann man doppelt so viele Fehler machen, und im Gegensatz zum herkömmlichen Bleistift wird er nicht kleiner. Was halten Sie davon?«

»Wäre es nicht einfacher, wenn man zwei Bleistifte nähme?«

Er sah mich eine Weile an, blinzelte dann zweimal und reichte mir ein After-Dinner-Mint.

»Wofür halten Sie das?«

»Es schmeckt so ziemlich wie normales After Eight«, sagte ich und merkte auf einmal, dass ich großen Hunger hatte.

»Für den oberflächlichen Betrachter ja. Aber in Wahrheit ist es ein After-Dinner-Mint-Mint, das man *nach* dem After-Dinner-Mint isst. Ich nenne es ein After-After-Eight.«

»Mögen die Leute After-Dinner-Mints so sehr?«

Josh wirkte nachdenklich, antwortete dann aber schlicht: »Ich schon.«

»Hier«, sagte Foulnap und reichte mir einen Kaffee und einen Teller Shortbread, das ich hungrig verzehrte.

»Also, Josh«, sagte Dr. Gwynne, »erzählen Sie Worthing, was Sie uns erzählt haben.«

»Da gibt es nicht viel zu erzählen«, sagte er, »und ich kenne auch nicht die genauen Details, nur, dass Projekt Lazarus darauf abzielt, dass bald jeder Morphenox nehmen wird.«

»Das ist doch schon seit über dreißig Jahren das offizielle Ziel«, sagte ich.

»Das hier geht einen Schritt weiter. Morphenox-B wird als etwas billigere Alternative beworben werden, aber es birgt ein wesentlich höheres Risiko für die Schläfer, zu Nachtwandlern zu werden. Abgesehen vom wachsenden Umsatz beim Arzneimittelhandel wird es eine Armee von Nachtwandlern geben, die darauf warten, umgewidmet und als enorm profitable und anspruchslose Arbeitskräfte vermietet zu werden. Die Nachtwandler sollen direkt in den Dormitorien eingesammelt und in Umwidmungszentren konzentriert werden, damit auf keinen Fall die Wahrheit ans Licht kommt.«

Wir alle schwiegen einen Augenblick.

»Woher wissen Sie das?«, fragte ich.

»Rezeptionisten wissen *alles*«, sagte Josh schlicht, »und wissen Sie, das hier ist so grundlegend *verkehrt*. Ich habe nur wenig Aussicht darauf, den Frühling zu erleben, aber wenn ich dazu beitragen kann, einen gierigen Pharmariesen zu erledigen, dann bin ich voll mit dabei.«

Er verfiel in Schweigen, meldete sich dann aber doch noch einmal: »Werde ich dadurch vielleicht der RealSleep-Mitarbeiter der Woche? Ich war seit 62 Wochen ununterbrochen MdW, und es wäre schade, wenn ich meinen Rekord brechen müsste.«

Foulnap sagte, er würde sich persönlich darum kümmern. Wir überließen Josh nun seinen etwas eklektischen Denkprozessen und ließen uns in einem anderen Bereich des Raums nieder, während draußen der Wind um die Rotunde des Museums stöhnte, pfiff und kreischte.

»Also«, sagte Foulnap, nachdem wir Platz genommen

hatten. »Ich weiß, dass Sie die Walze nicht bei sich haben, daher müssen wir einen Plan ausarbeiten, wie wir wieder an sie rankommen. Aber erst einmal müssen Sie uns Ihre Geschichte von Anfang an erzählen.«

»Ich weiß gar nicht genau, wo ich anfangen soll.«

»Den Anfang erkennen Sie ganz leicht. Das war da, wo es anfing, komisch zu werden.«

Nachts im Museum 2

»… Die Entwicklung des Somnagraphen durch Thomas Edison wäre nicht möglich gewesen ohne das Somnaécritaphone, das dreißig Jahre zuvor von M. Gaston Tournesol erfunden worden war. Mit Tournesols Apparat konnte der Inhalt eines Traums als Reihe von Punkten auf einem Blech aus karbonüberzogenem Zinn gespeichert werden. Tournesol arbeitete noch an einer Methode, die Punkte auszulesen, als er im harten Winter 1898 starb …«

DIE ANFÄNGE DER TRAUMTECHNOLOGIE, EMMA LLEWELYN WIENG

Es dauerte vierzig Minuten, bis ich meine Geschichte erzählt hatte. Foulnap und Dr. Gwynne lauschten schweigend. Als ich geendet hatte, bat Dr. Gwynne nach einer kurzen Pause: »Sagen Sie bitte noch einmal, was geschah, als Sie die Phonographenwalze abgespielt haben.«

Ich beschrieb, wie die versammelten Nachtwandler im *Cambrensis* teilweise und kurzzeitig ihr Bewusstsein erlangt hatten. Der Doktor war fasziniert von der Vorstellung, dass eine Zusammenstellung sorgfältig ausgewählter Wörter eine solche Rückholung würde ermöglichen können.

»Reimten sie sich?«, fragte er.

»Nicht direkt, aber irgendwie schon.«

»Dann wurden sie wahrscheinlich nicht wegen ihrer Bedeutung ausgewählt«, überlegte Dr. Gwynne, »sondern für ihren Rhythmus, ihre Kadenzen und ihre assoziative Funktion – eine unterbewusste Therapie. Das würde die partielle Regeneration erklären, die Sie beobachten konnten.«

»Wir bräuchten vielleicht einen Somnagraphen, um eine vollständige Rückholung zu bewirken«, sagte Foulnap.

»Warten Sie, warten Sie«, unterbrach ich ihn, denn mir wurde plötzlich klar, dass Schamanen-Bob bei seinen wilden Verschwörungstheorien noch gar nicht weit genug gedacht hatte. »Wieso waren meine Träume jedes Mal wieder identisch?«

»Der Somnagraph ist eine Vorrichtung, die Träume auf einer mit Wachs überzogenen Walze aufzeichnet«, sagte Dr. Gwynne. »Er wurde ursprünglich von Thomas Edison entwickelt, in einer ungewöhnlichen Zusammenarbeit mit Sigmund Freud. 1904 ging die Nachricht um die Welt, dass es Edison gelungen war, den Traum einer Frau von einer Katze aufzuzeichnen und ihn einem schläfrigen Publikum aus staunenden Politikern und Militärs vorzuspielen. Wie Sie erlebt haben, überträgt ein Somnagraph nicht nur die Bilder und Geräusche, sondern das komplette Gefühl des Seins. Sie nehmen den Charakter des Träumenden an, rufen seine Erinnerungen ab, fühlen seine Leidenschaften, seinen Hass, seine Ängste, seine Frustrationen.«

»Ich spürte die Liebe, die Webster für Birgitta empfand«, sagte ich langsam, »und durch ihn auch die Liebe, die sie erwiderte.«

»Spüren Sie das immer noch?«

»Ja.«

»Das ist genau das Problem, wenn man fortlaufend in zu großem Maße mittels eines Somnagraphen fremden Träumen ausgesetzt wird: Die emotionalen Erinnerungen bahnen sich einen Weg in die wachen Stunden und verursachen eine Realitätsverwirrung, bis Sie nicht mehr unterscheiden können, was real ist und was nicht.«

»Moody, Roscoe und Suzy Watson«, sagte ich leise. »Sie bekamen diesen Traum eine Nacht nach der anderen vermittelt. Und dann hätte es beinahe mich erwischt.«

»Bingo. Im Winter gibt es immer wieder ein paar Leute, die verrückt werden und durchdrehen, und wenn die dann was von Händen und Mrs. Nesbit brüllen, ist das so unspezifisch, dass niemand Verdacht schöpft. Bei HiberTech hat man Don Hectors Träume aufgezeichnet und dann die Mieter im neunten Stock des *Siddons* als Versuchskaninchen benutzt, die herausfinden sollten, was er mit der Walze gemacht hat. Und indem man die Traum-Avatar-Technik in Gestalt von Mrs. Nesbit für die Kommunikation nutzte, lag keinerlei Risiko bei HiberTech und das gesamte Risiko bei den Träumern.«

»Aber auch das hat dem Unternehmen nichts genützt, oder?«

»Nein«, sagte Foulnap, »weil Don Hector es sich beigebracht hatte, nur einen einzigen Traum zu träumen – und es ihm gelungen war, ihn mit einem Albtraum anzureichern, um spätere Schnüffler abzuschrecken.«

»Die Hände.«

»Ja, die Hände.«

»Nach den Informationsschnipseln, die wir jetzt besitzen«, fuhr Foulnap fort, »vermuten wir, dass Don Hector ein *verbessertes* Morphenox-C entdeckte, das keinerlei Nachtwandler-Risiko mehr barg. Inzwischen aber boomte die Umwidmungs- und Transplantationsindustrie, und das HiberTech-Management wollte davon nichts mehr wissen. Wir gehen davon aus, dass er beschlossen hatte, mit seinem Wissen an die Öffentlichkeit zu gehen, und Nachtwandler-Extraktionsprotokolle auf der Walze speicherte, um sie nach draußen zu schmuggeln – bis er starb.«

Wir verfielen in Schweigen. Wenn Don Hector bei dem Versuch gescheitert war, seine Informationen zu teilen, dann konnte ich mir nur schwer vorstellen, wie uns gewöhnlicheren Sterblichen das gelingen sollte.

»Also hat HiberTech Don Hectors Traum in unsere Köpfe gebeamt, um herauszufinden, was er mit der Walze angestellt hat?«

»So ungefähr sieht es aus.«

»Aber woher kam dann der Birgitta-Traum?«

Die beiden kratzten sich am Kopf.

»Da sind wir uns nicht sicher. Traumeinspielung ist mehr Kunst als Wissenschaft. Selbst Thomas Edison verwirrte die selbsterfundene Technik ein wenig, und für ihn war sie zudem beruflich eine Enttäuschung, da er keine sinnvolle Möglichkeit für eine Markteinführung sah.«

»Eine letzte Frage.« In meinem Kopf drehte sich alles. »Was hat Dreamspace mit alldem zu tun?«

Foulnap und Dr. Gwynne wechselten einen Blick, bevor dann Foulnap das Wort ergriff.

»Um einen Dreamspace aufzubauen, muss man einen Zieltraum auf einem Somnographen aufzeichnen und ihn dann simultan all den Menschen vorspielen, mit denen man in diesem Zieltraum interagieren möchte.«

»Es wäre beispielsweise, als wenn Sie sich in einer Filmszene aus *Begegnung* wiederfänden, diesem Film aus den Fünfzigern, und plötzlich mit Trevor Howard und Celia Johnson im Café von Mrs. Nesbit säßen«, erklärte Dr. Gwynne. »Während die beiden sich unaufhörlich versichern, wie schrecklich, schrecklich schwer es doch ist, die Gefühle zu rechtfertigen, die sie füreinander empfinden, interagieren Sie mit allen anderen Dreamspacern. Aber der Dialog von Howard und Johnson läuft unverändert in einer Endlosschleife weiter.«[61]

»Schamanen-Bob sagte, das Problem läge darin, dass man nicht wüsste, was real sei und was nicht«, warf ich ein, »weil man die Grenzen nie exakt ziehen könnte, wenn man Realität und Phantasie vermischt.«

»Das stimmt«, sagte Dr. Gwynne, »aber Dreamspace war davon abgesehen auch hochgradig gefährlich. Psychosen, verzerrte Wahrnehmung, Paranoia, Todesfälle.«

»Viel zu gefährlich für Zivilisten«, ergänzte Foulnap, »aber bei einem militärischen Einsatz ging man von einem überschaubaren Risiko aus. Wenn Internierte nach einem Verhör einen durchschlagenden neuronalen Kollaps erlitten, dann lautete die offizielle Stellungnahme eben: Na und?«

»Hooke sagte mir, die wahre Expertin für Traumverhöre sei Aurora gewesen, das hätte man nur nicht an die große Glocke hängen wollen.«

61 Der Speicherplatz einer Walze reicht für acht Traumminuten, aber man kann die Laufzeit verdoppeln, wenn man den Somnagraphen auf halber Geschwindigkeit laufen lässt. Allerdings sind dann die Einzelheiten nicht mehr so scharf erkennbar, und die Stimmen klingen dumpf.

»So war es auch«, bestätigte Foulnap. »Sie tut gern so, als übe sie bei HiberTech einen mäßigenden Einfluss aus, dabei tut sie das Gegenteil. Mehr als alle anderen begeisterte sich Aurora für die Möglichkeiten, die Dreamspace dem Geheimdienst bot. Sie konnte in jedermanns Kopf eindringen und sich herausholen, was sie wollte. Die Piste verlassen, wie man das nannte, und den Traum in Gefilde lenken, die für sie nützlich waren. Sie konnte Albträume verursachen, Gedanken lesen, tief in Gefühle eindringen – alles. Sie hat schlafenden Verdächtigen mehr Geheimnisse entrissen als irgendjemand sonst und bei vielenTausend Menschen neurologische Schäden verursacht. Das wurde ihr am Ende zum Verhängnis.«

»Wie meinen Sie das?«

»Es heißt«, fuhr Dr. Gwynne fort, »dass sie während eines Verhörs vor vierzehn Jahren in einen moralischen Konflikt geriet, als sich die letzten Überbleibsel ihres anständigen Ichs gegen ihre Taten auflehnten. Da sie diesen inneren Widerspruch nicht auflösen konnte, spaltete sie sich in zwei Persönlichkeiten: eine, die ihre schlimmsten Eigenschaften übernahm, und eine andere mit den ... na ja, ganz annehmbaren Anteilen. Daraufhin wurde sie aus dem Militärdienst entlassen, man erklärte sie offiziell zum Häftling und gab ihr den Posten des Sicherheitschefs bei HiberTech. Und man ging davon aus, dass es gut funktionieren würde, wenn die ›einigermaßen anständige Engelsseite‹ im Wincarnis an der Bar arbeitete. Das Problem war nur, dass Toccata auch selbst Karriere machen wollte und sich um einen Posten als Konsul bewarb. Zehn Jahre später leitete sie dann den Winterkonsuldienst von Sektor 12.«

»Hätte HiberTech Toccata nicht einfach einsperren können oder so?«, fragte ich.

»Die Sache ist kompliziert«, meinte Dr. Gwynne. »Aurora betrachtet Toccata als eine Art nervtötende jüngere Schwester, um die sie sich ständig kümmern muss. Aurora hat Toccata tatsächlich *geholfen* und sie in eine Position gehoben, in der sie in der realen Welt einen Konflikt miteinander austragen können – offenbar als Teil des laufenden Heilungsprozesses.«

»Können sie sich denn wieder vereinigen?«, fragte ich, und die beiden zuckten die Achseln.

»Selbst die besten Neurowissenschaftler sind sich in dieser Frage uneins«, erklärte Foulnap. »Die schlichte Antwort lautet: Das weiß niemand. Der Konflikt, den wir hier draußen in der Realität mitbekommen – der ist vermutlich in ihrem Innern noch zehnmal stärker.«

Das erschien durchaus wahrscheinlich. »Ja … und wie gehen wir jetzt weiter vor?«, fragte ich.

»Wir stellen erst einmal die Walze sicher«, sagte Foulnap, »und besorgen uns einen Somnagraphen, um sie den Nachtwandlern vorzuspielen. Dann holen wir so viele wie möglich wieder zurück, bringen sie irgendwie bis zum Frühlingserwachen durch und treten dann den größten Skandal los, den Sie in Ihrem ganzen Leben je erleben werden.«

»Das hört sich so einfach an, wenn Sie das sagen«, bemerkte ich.

»Es ist mehr Wunschdenken als ein echter Plan«, räumte Foulnap ein, »und mehr Hoffnung als Überlegung. Also – wo ist die Walze?«

»Im *Cambrensis*.«

»Gut. Die brauchen wir – und einen Somnagraphen.«

Ich berichtete, dass der Apparat, der im neunten Stock des *Siddons* verwendet worden war, höchstwahrscheinlich in einem Schrankkoffer aufbewahrt wurde, der sich im Zimmer neben meinem befand, und nachdem wir verschiedene Vorgehensweisen diskutiert hatten, schlug Foulnap vor, Toccata anzurufen.

»Sie wird nur noch drei Stunden lang am Zug sein«, sagte er und stand auf. »Wenn wir dieses Zeitfenster verpassen, müssen wir elf Stunden ohne Toccata auskommen – und auch noch damit rechnen, dass uns Aurora in die Quere kommt.«

Dr. Gwynne verabschiedete sich ebenfalls und erklärte, er müsse Wendy wieder in ihre Unterkunft bringen, einen umgebauten Hausmeister-Wandschrank im vierten Stock, direkt unter der Rotunde. Ich blieb sitzen und versuchte mir zu vergegenwärtigen, wie dramatisch sich meine Lage verändert hatte, und dies in so kurzer Zeit. Letzte Nacht hatte ich geträumt, im Auftrag von RealSleep unter Einsatz meines Lebens gegen ein Pharmazieunternehmen mit einem höchst schwammigen Verständnis von Moral zu kämpfen – und jetzt tat ich genau das, aber *in der Wirklichkeit.*

»Hey«, sagte Josh, der gerade – vermutlich auf dem Weg zu seiner Unterkunft – an mir vorüberkam.

»Hey«, gab ich zurück. »Wie geht es jetzt mit Ihnen weiter?«

»Ich bleibe bis zum Frühlingserwachen in Sektor 12, und dann werde ich versuchen, zurück nach Kanada zu gelangen, ohne dass HiberTech etwas bemerkt.«

Er streckte mir die Hand hin, und ich schüttelte sie dankbar.

»Möge der Frühling Sie umarmen«, sagte ich.

»Und Sie ebenfalls«, gab er zurück, dann lächelte er und ging.

Ich sah ihm nach, dann merkte ich, dass ich Hunger hatte und suchte in meiner Umhängetasche nach meinem Reserve-Snickers, während ich mich fragte, ob die Gefühle, die ich für Birgitta empfand, überhaupt meine eigenen waren – oder Websters, die mir der Somnagraph in mein Unterbewusstsein gepflanzt hatte. Da ich den Schokoriegel nicht fand, zog ich die Tasche weit auf und räumte sie aus, holte meine Geldbörse, die Ersatzhosen, einige Paracetamoltabletten, das Polaroidfoto von Birgitta und Charles sowie Lauras Instamatic-Kamera hervor. Das Snickers fand ich nicht. Offenbar hatte sich die Gronk auch das unter den Nagel gerissen. Dann fiel mein Blick auf die Kamera, und ich stutzte. Alle vier Birnen des Blitzwürfels waren verbraucht, obwohl ich mir sicher war, dass ich nach dem Angriff der Nachtwandler einen neuen aufgesteckt hatte. Als ich die Rückseite der Kamera betrachtete, zeigte mir die Zahl in dem kleinen Fenster acht Aufnahmen an, dabei erinnerte ich mich nur an vier.

Auf meinem Weg hierher, als ich mit dem Kopf voran im Schnee steckte und auskühlte, musste ich vier Fotos von irgendetwas gemacht haben.

Und dieses Etwas war vielleicht die Gronk.

Whiteout

»… Obwohl der Schockschutzanzug seinen Träger nicht vor den kinetischen Auswirkungen eines Wummsers bewahrte, konnte er doch die Primärschäden an Lunge, Nebenhöhlen und Gehörgängen verhindern und die sekundären Schäden – geplatzte Äderchen, innere Blutungen und axonale Schädelhirntraumata – zumindest verringern. Die moderneren Anzüge sind mit H4S, Kühlung und Funk ausgestattet und besitzen zudem ein Power-Pack, das zehn Stunden Überleben bei bis zu minus 40 Grad ermöglicht …«

WINTERTECHNIK: ELEGANT UND SCHLICHT,
EMMA LLEWELYN WIENG

Schließlich war es nur noch eine halbe Stunde bis zu unserem Aufbruch, und wir hatten uns bei den Vorbereitungen ständig weiter ausgetauscht. Toccata war mit ins Boot geholt worden, auch wenn ihr Verhalten oft nicht einzuschätzen war. Tatsächlich war sie der Grund, weshalb sich im *Cambrensis* so viele Nachtwandler aufhielten. Sie hatte eines Tages beschlossen, dass keiner mehr ausgemustert oder ausgeschlachtet werden sollte und daher den überhitzten HotPot vorgetäuscht, um das *Cambrensis* räumen und so Unterbringungsmöglichkeiten schaffen zu können. Wie lange man die Nachtwandler dort hätte verbergen können, darüber war nie gesprochen worden, ebenso wenig darüber, ob die ganze Aktion auf soliden Füßen stand oder gut durchdacht war – und das war sie nicht. Aber falls es sich dabei um eine ähnliche Bauchentscheidung gehandelt hatte wie bei mir mit Birgitta, dann hatte ich absolutes Verständnis dafür.

Dr. Gwynne hatte beschlossen, uns nicht zu begleiten. Er war der Überzeugung, ein Fall von »Tapferkeit light«[62] zu sein, und daher konzentrierte er sich lieber auf den technischen Support, den er im Übrigen großartig versah.

»Viel Glück«, sagte er, als wir uns bereit machten.

Ich bedankte mich und reichte ihm eine handgeschriebene Notiz. »Ich weiß, es ist weit, und das Wetter ist schlecht und überhaupt, aber ich hätte einen Vorschlag, wie Sie wenigstens eine der Golgothas wesentlich effektiver einsetzen könnten.«

Er betrachtete den Zettel und nickte langsam, dann klopfte er mir auf die Schulter, sagte, ich solle auf mich aufpassen, und wir verabschiedeten uns.

»Der Plan ist ganz simpel«, erklärte Foulnap, als wir zum Keller des Museums hinabstiegen. »Wir fahren zum *Siddons* und besorgen den Somnagraphen, dann geht's weiter zum *Cambrensis,* und dort holen wir uns die Walze. Wenn uns jemand in die Quere kommt, wird er gewummst.«

»Das ist tatsächlich nicht übertrieben kompliziert.«

»Solche Pläne sind immer die besten.«

Der Museumskeller wurde vor allem als Lager benutzt.

62 Einfacher ausgedrückt: ein Feigling.

Hier standen ein Kirmeskarussell, ein kompletter Flugzug-Traktor und zwei in halbem Maßstab nachgebaute HotPot-Modelle, einmal die Version mit dem geschlossenen Thermosiphon und einmal die mit der Sinterplatte. Auch gab es eine Sammlung der aus der Mode gekommenen Überdruck-Tiefschlafkammern und ein mottenzerfressenes, elektronisch steuerbares Riesenfaultier, das sicher schon einige Jahre auf dem Buckel hatte, denn inzwischen galten diese Viecher als so gut wie ausgestorben. Interessanter für uns war jedoch der in walisischer Lizenz gebaute Sno-Trac Griffin V, der immerhin so aussah, als hätte man ihn frisch aus dem Verkaufsraum hier hereingerollt.

Foulnap wies mich an, das Fahrzeug zu starten und nach draußen zu fahren, also kletterte ich hinein, wobei mich mein Schockschutzanzug nicht nur leicht behinderte, sondern richtiggehend einschränkte. Zunächst hatte ich den einzigen funktionsfähigen Anzug, über den wir verfügten, auch gar nicht tragen wollen, aber Foulnap hatte argumentiert, dass ich schließlich das wertvollste Mitglied der Expedition sei, das es am meisten zu schützen galt.

Nachdem ich mich hinters Steuer des Griffin manövriert hatte, schaltete ich die Elektronik ein. Daraufhin drückte ich den Druckluftanlasser, und der Motor erwachte mit einem Zischen zum Leben. Nachdem Foulnap das doppelte Schockschutztor geöffnet und hinter dem Fahrzeug wieder geschlossen hatte, kam er zu mir in die Führerkabine. Inzwischen war es draußen stockfinster. Der fahrzeugeigene Windmesser registrierte Böen von mehr als einhundert Stundenkilometern, die Temperatur lag bei minus 40 Grad, und die Scheinwerfer beleuchteten nichts als unablässig umherwirbelnde Flocken.

Ich fuhr durch das schmiedeeiserne Tor und kroch dann die Straße entlang, passierte die Brücke und schließlich auch das *Cambrensis* – alles allein mit Hilfe der topografischen Informationen auf dem H4S-Schirm. Der Ort, an dem Hookes verlassener Sno-Trac stand, war durch ein gleichmäßiges Radarsignal deutlich zu erkennen und lag etwas weiter entfernt, als ich vermutet hatte, aber von der Gronk war keine Spur zu sehen. Während ich im Schneckentempo weiter auf das *Sarah Siddons* zuhielt, saß Foulnap neben mir, die Augen fest auf die leuchtend grünen Punkte des H4S gerichtet, deren Position durch den Scanner auf dem Dach regelmäßig neu ermittelt wurde.

»Jetzt sagen Sie doch mal«, begann ich, nachdem ich die Stille nicht mehr aushielt und fürchtete, meine Nerven würden mit einem hörbaren Pling zerreißen, »wer ist denn jetzt Kiki, da Logan tot ist?«

»Es ist sicherer, wenn Sie das nicht wissen«, antwortete Foulnap, »angesichts der Tatsache, dass wir es immer noch mit Aurora und ihren Dreamspace-Verhören zu tun bekommen könnten. Webster arbeitete nach Logans Anweisungen, aber er kannte dessen Identität nicht, damit er ihn nicht verraten konnte. Halten Sie hier.«

Ich stoppte das Fahrzeug, und Foulnap deutete auf eine Ansammlung von Punkten auf dem Radarschirm.

»Wir sind etwa vierzig Meter hinter einem weiteren Sno-Trac, der an der Ecke bei der Plakatwand auf uns wartet.«

»Können die uns nicht genauso ausmachen wie wir sie?«

»Mit ein bisschen Glück denken sie, wir wären auf ihrer Seite; ich habe die IFF ein bisschen bearbeitet, damit sie ein HiberTech-Signal sendet.«

»Sie haben was?«

»Langweiliger Technikkram.«[63] Foulnap bewegte sich zur Tür am Heck. »Ich mache mich auf die Suche nach Toccata. Wenn ich in zwanzig Minuten nicht zurück bin, dann ergreifen Sie selbst die Initiative ...« Er unterbrach sich, da vor uns im Schneesturm das weiche Glühen von orangefarbenem Licht sichtbar wurde. »Vergessen Sie's. Ich glaube, wir haben sie gerade aufgespürt.«

In diesem Augenblick verschwand der Schnee aus der Luft und gab den Blick auf einen Sno-Trac preis, der gerade in Flammen aufging. Das Feuer brannte in konzentrischen Ringen, als sich das Treibstoffgemisch in den gestauchten Teilen des Torus mit helleren Flammen entzündete. Es war ein Spektakel, das gleichzeitig schön und schaurig anzusehen war – und kurzlebig obendrein. Ganz kurz sah ich Toccata, die sieben Meter vor uns einen Schtumperschreck umklammert hielt, aber dann normalisierte sich der Luftdruck, das Wasser kondensierte erneut zu Eis, und alles war wieder dunkel.

Ein paar Minuten später wurde die Hecktür aufgerissen, und Toccata sprang in den Wagen.

»Arbeitest du gerade daran, Overkill zur Kunstform zu erheben?«, fragte Foulnap.

»Die sind so tot wie der Winter, und ich weine ihnen keine Träne nach«, erklärte sie und wirkte dabei tatsächlich nur milde erschüttert. »Wir haben ihnen das mit Jonesy heimgezahlt. Wobei, nein, das Konto ist noch immer nicht

63 Und er hatte recht, es war langweiliger Technikkram. Später fand ich heraus, dass IFF eine Abkürzung für Identification Friend or Foe oder auch Freund-Feind-Erkennung war, aber dieses Wissen hat mein Leben nicht wirklich verändert.

ausgeglichen, das waren fürs Erste nur die Zinsen. Auf der Standleitung hieß es, Hooke und ein Frischling von HiberTech hätten sie umgebracht.«

»Der Frischling ist selbst dabei draufgegangen«, sagte ich, während sich mir plötzlich der Gedanke aufdrängte, dass Lucy nie wieder bei ihrem Namen genannt werden musste, niemals wieder.

»Gut, sagte Toccata. »Wo ist Hooke jetzt?«

»Den hat die Gronk geholt«, erklärte ich. »Er war … unwürdig.«

Sie sah mich prüfend an. »Wenn Sie das sagen. Aber nun, Hugo«, fuhr sie fort und lud die enorme Waffe mit einer Thermalit-Zelle von der Größe einer Konservendose, »wo geht es jetzt hin?«

»Ins *Siddons*«, sagte er. »Dort wollen wir einen Somnagraphen aus Zimmer 902 rausschmuggeln.«

»Ich bin dabei. Könnte uns Aurora begegnen?«

»Mit ziemlicher Sicherheit nicht.«

Eine Viertelstunde später parkten wir vor dem *Siddons*, höchstens zehn Meter von der Tür entfernt. Foulnap ging als Erster hinaus in den Schneesturm und zog eine Sicherungsleine, der wir anschließend folgten. Er hatte an der Tür des Dormitoriums gewartet, und nun traten wir nacheinander in die Lobby, die Waffen einsatzbereit erhoben. Außer meiner Bambi trug ich über der Schulter auch noch die Bullenramme, über die in jedem Waffenhandbuch stand, dass sie auf keinen Fall in geschlossenen Räumen verwendet werden durfte, es sei denn, dass es wirklich *»absolut* keine Alternative« gab.

Die kaputten Fenster waren mit Holz und mehreren Lagen Leinwand verbarrikadiert worden, und dieser provisorische Schutz klapperte und schüttelte sich unter der Wucht des Windes. Die Winterlounge schien leer zu sein, und an der Rezeption in der Portiersloge saß Laura Strowger.

»Es tut mir leid wegen Jonesy«, sagte sie zu Toccata. »Ich habe alles aufgelesen, was ich von ihr finden konnte, und es in die Kühlkammer gelegt. Das hier waren ihre persönlichen Gegenstände, ihre Silberstörche und so.«

Sie reichte Toccata einen durchsichtigen Plastikbeutel. Toccata nahm ihn wortlos an sich und schob ihn unter ihre Jacke.

»Sie haben Birgitta zu HiberTech gebracht«, fuhr Laura fort, »und Lloyd sagte, er wollte draußen … spazieren gehen. Er hatte keine Jacke an, deswegen denke ich, dass er nicht zurückkehren wird.«

Allein aufgrund seiner Position hatte Lloyd etwas von den Machenschaften im neunten Stock mitbekommen müssen. Wahrscheinlich hatte er auch Hooke einen Tipp gegeben. Vielleicht war der Kalte Ausweg für ihn tatsächlich das Beste.

»Ist noch jemand von HiberTech im Gebäude?«

»Das weiß ich nicht«, antwortete Laura, »aber ich vermute es – sei vorsichtig.«

»Du bleibst in der Lobby«, sagte Foulnap zu Toccata. »Charlie, Sie kommen mit mir.«

Toccata nickte, dann suchte sie sich einen Posten, von dem aus sie alle Eingänge zur Lobby perfekt im Blick hatte.

»Hier«, sagte ich und gab Laura die Instamatic. »Ich glaube, ich habe etwas erwischt.«

»Was denn?«

Ich hob die Hand und deutete auf die Stelle, an der mir der Finger fehlte.[64]

»Oh«, sagte sie. »Verstehe.«

Dann rannte ich hinter Foulnap die Treppe empor.

»Verzehrt Toccata wirklich Nachtwandler mit Minzsoße?«, fragte ich, als wir den ersten Treppenabsatz erreicht hatten und auf den zweiten zuhielten.

»Nein, das ist nur eine Geschichte, die sie in Umlauf gebracht hat, um die Leute einzuschüchtern.«

»Es funktioniert.«

Wir kamen bis in den neunten Stock, ohne auf HiberTech-Agenten zu stoßen, dann schlichen wir geräuschlos über den Flur und blieben vor Zimmer 902 stehen. Vorsichtig schloss ich auf und ließ die Tür aufschwingen; beinahe erwartete ich, dass drinnen jemand auf uns warten würde, aber außer dem großen Schrankkoffer befand sich nichts in dem Raum. Foulnap zog einen großen Schraubenzieher aus seinem Mantel und hebelte das Schloss auf.

Der Koffer war leer.

Es war auch nicht wirklich zu hoffen gewesen, dass sie etwas derart Wertvolles wie einen Somnagraphen hier zurückgelassen hätten, nachdem sie einmal aufgestört worden waren.

»Das ist enttäuschend«, sagte Foulnap mit meisterlichem Understatement, und ich fragte ihn, was sein schlichter Plan jetzt vorsah.

64 Die Schockschutzanzüge der Serie III hatten noch elastische Manschetten anstelle von Handschuhen. Es kam vor, dass Opfer eines Wummser-Angriffs größtenteils unversehrt blieben, aber aufgrund der Blutergüsse später blau angelaufene Hände aufwiesen. Es wird angenommen, dass der Ausdruck »blaumachen« darin seinen Ursprung hat.

»Keine Ahnung«, erklärte er niedergeschlagen, »viel mehr hatte ich nicht ausgetüftelt. Ansonsten gilt in solchen Situationen: Rückzug an einen sicheren Ort und die Lage neu überdenken.«

»Haben Sie einen sicheren Ort?«

»Leider nein«, gab er zu, »aber einen einzurichten, das stand ziemlich weit oben auf meiner To-do-Liste. Ehrlich gesagt, angesichts von Größe und Anzahl der noch aktiven RealSleep-Mitglieder würde vermutlich dieser Schrankkoffer genügen. Gehen wir.«

Ich blieb im Zimmer, während er schon auf den Flur hinaustrat. Dort drehte er sich noch einmal zu mir um und öffnete den Mund, um etwas zu sagen – dann riss ihn ein mächtiger Wumms von den Beinen, und er wurde den Korridor entlang aus meinem Blickfeld geschleudert.

Es *waren* HiberTech-Agenten im Gebäude. Also gab ich keinen Mucks von mir, klappte das Visier herab und aktivierte meinen Schockschutzanzug, der sich knisternd aufblies. Erst zog ich meine Bambi, überlegte es mir dann aber anders und nahm leise die Bullenramme von meiner Schulter. Dann kniete ich mich hin, entsicherte die Waffe und zielte auf die offene Tür.

»Sind Sie das, Worthing?«, ertönte eine Stimme. »Ich habe zwei Leute reingehen sehen, von daher weiß ich, dass noch jemand im Zimmer ist.«

»Ich bin hier drin«, bestätigte ich.

»Dann kommen Sie am besten raus.«

Meine Hände umfassten die Bullenramme fester. Ich hatte noch nie mit einer Waffe auf jemanden geschossen, weder in tödlicher noch in nichttödlicher Absicht. Aber jetzt war ich dazu bereit.

»Ich habe beschlossen, mich nicht zu ergeben«, erklärte ich. »Zeigen Sie, was Sie können.«

»Wie Sie wollen.«

Nach einer kurzen Pause kullerten zwei kleine Handgranaten von der Form eines Eishockey-Pucks herein. Eine verschwand unter dem Schrankkoffer, aber die andere beschrieb einen gemächlichen Kreis in der Raummitte, bevor sie liegen blieb. Sie waren sicherlich lediglich darauf abgestimmt, mich ordentlich durchzuschütteln und mir die Orientierung zu rauben; diese Leute wollten mich lebend. Es war der optimale Test für den Schockschutzanzug. Die Granate detonierte, aber ich fühlte lediglich kurz einen leicht ansteigenden Druck auf meinen Körper, als würde ich von einer großen Hand umfasst. Beinahe sofort danach erschien eine einzelne Gestalt – die ich nicht erkannte, die aber die Uniform des HiberTech-Sicherheitsdienstes trug – und stürmte durch die Tür. Ich zögerte keine Sekunde, sondern drückte den Abzug. Die Gestalt wurde nach hinten in den Flur geschleudert, aber während das geschah, versuchte die Druckwelle, die sie zu Fall gebracht hatte, ebenfalls durch die Tür zu kommen. Um durch die Öffnung zu passen, musste sie sich mithilfe gesteigerter Geschwindigkeit komprimieren, und einmal in den Flur gelangt, entfaltete sie sich dahinter mit einem deutlich hörbaren Plopp und erschreckend explosiver Wirkung, die Foulnaps Mörder zum Verhängnis wurde.

Ich wischte mir die Blutspritzer und Gewebefetzen vom Visier, ging vorsichtig zur Tür und spähte hinaus. Dann stieg ich über die Körperteile, die auf dem Flur verstreut lagen, und trat zu dem Mann, den ich als Hugo Foulnap oder Danny Pockets kennengelernt hatte, obwohl vermutlich beide Namen falsch waren. Er war definitiv tot und sah dabei sehr friedlich aus. Ich sagte ihm, wie sehr ich es bedauerte, dass ich seinem guten Rat, den er mir im *John Edward Jones* gegeben hatte, nicht gefolgt war, verharrte kurz in stillem Gedenken und schlich dann die Treppe zu Toccata hinunter. Mir fehlte jegliche Vorstellung, wie es jetzt weitergehen sollte. Kein Foulnap, kein Somnagraph, kein Plan, keine Birgitta, *nichts*.

»Was war das?«, fragte Toccata, kaum dass ich wieder in der Lobby erschienen war. Laura hatte sich offenbar in Sicherheit gebracht.

»Foulnap ist tot«, sagte ich.

»Das ist *definitiv* Scheiße.«

»Aber ich habe den Typ erwischt, der ihn gekillt hat.«

»Scheiße mit einem Silberstreif. Und jetzt?«

»Ich hatte gehofft, das könnten Sie mir sagen.«

»Meine Verbindung zu RealSleep sieht so aus, dass ich nur erfahre, was ich unbedingt wissen muss – keine Ahnung, wieso«, sagte sie, während sie den Schtumper nacheinander auf die verschiedensten Bereiche der Lobby richtete, erst auf den Eingang, dann auf die Tür, die zum Keller führte, dann auf die Winterlounge. »Ich führte nur Foulnaps oder Jonesys Befehle aus. Sie sind beide tot, und nach dem Prinzip der Hydra bedeutet das: *Sie* rücken als Kiki nach. Herzlichen Glückwunsch. Sie sind ab sofort der Kopf der Kampagne für Echten Schlaf und haben volle Kontrolle über alle aktiven Mitglieder sowie oberste Entscheidungsgewalt über die politische Ausrichtung, strategisch wie auch taktisch. Außerdem zählen Sie damit zu den zwei einzigen Personen, die je vom Obersten Rat der Nördlichen Föderation in Abwesenheit zum Tode verurteilt wurden. Sie können sich geehrt fühlen, dass man Sie dort für so wichtig hält.«

Es dauerte einen Augenblick, bis diese Information wirklich eingesickert war.

»Foulnap war Kiki?«

»Jepp, aber lassen Sie sich davon nicht zu sehr beeindrucken. RealSleep ist in letzter Zeit stark geschrumpft, und ich würde vermuten, aktuell sind Sie und ich die einzigen verbliebenen Mitglieder. Da wir beide keine Ahnung haben, wie die Befehlskette aussieht und mein Status ›nicht mehr Wissen als nötig‹ lautet, sind automatisch Sie die große Nummer.«

Erst hielt ich das für ihre bizarre Art von Humor, aber sie meinte es todernst.

»Ich bin mir nicht sicher, ob ich dafür qualifiziert bin.«

»Wenn Sie Recht von Unrecht unterscheiden können und einen Puls haben, dann reicht das. Und nach dem, was ich von Foulnap über Sie und Birgitta gehört habe, kennen Sie diesen Unterschied. Es tut mir nur leid, dass wir das nicht früher herausgefunden haben. Sie hätten die ganze Zeit schon dabei sein können, anstatt stets nur am äußeren Rand der Geschehnisse herumzuhampeln.«

Ich starrte sie entsetzt an.

»Sie werden doch nicht kneifen, oder?«, fragte Toccata. »Wir sind zu weit gekommen, haben zu viele Leute verloren und viel zu viel riskiert, um jetzt aufzuhören. HiberTech und Aurora auszuschalten, das ist nicht nur eine gute Idee, das ist moralisch von zwingender Notwendigkeit. Außerdem«, fügte sie hinzu, »wäre es mir ein innerer Vorbeimarsch, endlich einmal wirklich gegen Aurora anzutreten.«

Mir fiel ein, was Dr. Gwynne und Foulnap über Auroras und Toccatas inneren Konflikt gesagt hatten. Dass sie ihn nicht intern lösen könnten und ihn daher nach draußen in die Welt getragen hatten.

Dann dachte ich an Birgitta und die anderen Nachtwandler. »Nein«, sagte ich. »Ich werde nicht kneifen.«

»Es gibt keine Kiki-Uniform oder Medaille oder Mütze«, erklärte Toccata nun, »und wenn Sie und ich getötet werden, dann kann es gut sein, dass niemand je erfahren wird, dass Sie das Oberhaupt von RealSleep waren. Aber ich weiß es, und ich verneige mich vor Ihrer Furchtlosigkeit und der Standhaftigkeit, mit der Sie sich Ihrer Verantwortung stellen.«

Tatsächlich senkte sie respektvoll den Kopf.

»Ich … ich werde versuchen, Sie nicht zu enttäuschen.«

»Es geht nicht um mich«, wehrte sie ab, »sondern um die Gesellschaft im Allgemeinen – und um all die Nachtwandler, die in der Vergangenheit ermordet und ausgeschlachtet wurden. Aber lassen Sie sich davon nicht unter Druck setzen. Also«, setzte sie dann in etwas unternehmungsfreudigerem Ton hinzu, »was ist unser nächster Schachzug, Boss?«

Es war ein bisschen ärgerlich: Da war ich endlich mal der Boss von irgendetwas, und dann war dieses Irgendetwas eine verbotene Organisation, auf deren Anführer die Todesstrafe wartete. Dabei hatte ich allenfalls darauf gehofft, über die Archivleitung und die Verwaltung des Fuhrparks irgendwann zum Sergeant-Konsul aufzusteigen und den Empfang zu übernehmen. Aber so war es eben beim Hydra-Prinzip. In einem Wimpernschlag konnte man vom Niemand zum Helden werden.

Aber seltsamerweise brach ich deswegen nicht in Panik aus. Tatsächlich dachte ich ganz klar. Natürlich konnte ich die Walze holen, aber ich hatte keinen Somnagraphen, und der Frühling war noch verdammt weit entfernt. Eine andere Möglichkeit war, tatsächlich zum Rückzug zu blasen und in Ruhe über den nächsten Schachzug nachzudenken, aber damit bekam HiberTech Zeit, dasselbe zu tun – und dort hatte man mehr und schlauere Köpfe, die solchen Situationen eher gewachsen waren als ich.

Nein, jetzt würde ich in die Offensive gehen und darauf hoffen müssen, dass die Vorsehung und ein paar Asse im Ärmel mir zum Sieg verhelfen würden. Ich zog meine Bambi, stellte sie auf die niedrigste Stufe ein und richtete sie auf Toccata.

»Matschbirne?« Sie sah mich fragend an. »Was machen Sie da?«

»Das … fällt unter ›nicht mehr wissen als nötig‹.«

Nach kurzem Überlegen nickte sie.

»Legen Sie los«, sagte sie, »als Kiki wissen Sie, was zu tun ist.«

Ich drückte den Abzug, und Toccata kippte um wie ein Kegel. Es war ein kühner Plan, sicher, aber ich sah im Moment keine andere Lösung. Um HiberTech wirklich erledigen zu können, musste es mir gelingen, uns beide in den Unternehmenskomplex einzuschleusen, und es gab nur einen Menschen, der das bewerkstelligen konnte. Schnell stieg ich aus dem Schockschutzanzug, und dann beobachtete ich mit einer gewissen morbiden Faszination, wie sich die Frau vor mir von Toccata in Aurora verwandelte. Ihr blindes rechtes Auge kreiste wild in seiner Höhle, und nach einigen Zuckungen, einem leichten Zittern ihres

Fußes und ordentlichem Gefluche veränderten sich ihre Augen. Das *linke* wurde blind, das *rechte* klappte auf.

»Charlie?«, fragte Aurora, die sich aufsetzte und umsah. »Sind Sie das?«

»Ja.«

»Wo sind wir?«

»Im *Siddons*«, erklärte ich und ließ meine Unterlippe erkennbar zittern. »Wie gut, dass Sie hier sind. Hugo Foulnap und seine durchgeknallten RealSleep-Kumpels haben versucht, mich zu entführen. Ich glaube, sie haben einen Ihrer Agenten oben im neunten Stock getötet.« Ich stieß einen preisverdächtigen Schluchzer aus. »Sie *müssen* mir helfen.«

»Jetzt wird alles gut«, sagte sie mit beruhigender Stimme und nahm meine Hand. »Das verspreche ich.«

Einarbeitung

»Der HiberTech-Komplex war ursprünglich als Kurklinik zur Linderung chronischer Leiden entworfen worden, die als Nebenwirkungen der Hibernation auftraten, bevor die Medizin begann, nach echten Heilungsmethoden zu forschen. Der größte Teil der Patienten litt an Hibernations-Narkose, dicht gefolgt von jenen, die von Muskelabbau und Knochenschwund durch Kalziummangel betroffen waren …«

HIBERTECH: EINE KURZE UNTERNEHMENSGESCHICHTE,
RONALD FUDGE

Es war reines Glück, dass ich genau zur rechten Zeit so handelte. Keine Minute nachdem Toccata sich in Aurora verwandelt hatte, kamen sechs weitere HiberTech-Agenten durch die Tür des *Siddons* gestürmt. Seltsamerweise schien die Sicherheitschefin ohne Probleme zu akzeptieren, dass sie in fremder Kleidung an einem ganz anderen Ort erwacht war, aber vermutlich war sie an derartige Vorfälle längst gewöhnt. Während ihre Leute zum neunten Stock hinaufrannten, um die Lage zu peilen, nahm sie mich erst einmal beiseite und wollte alles über die jüngsten Ereignisse erfahren.

»Hooke und ich gerieten in einen Hinterhalt, als er mich gerade zu HiberTech in Sicherheit bringen wollte«, behauptete ich und gab mir alle Mühe, möglichst überzeugend zu klingen. »Er ging raus in den Wintersturm und verschwand, und als ich nach ihm suchen ging, fand ich ihn tot auf, und dann rutschte mir die Sicherungsleine aus den Händen, und ich konnte mich irgendwie zum … äh … *Museum* durchschlagen, und da war Danny Pockets, der eigentlich Hugo Foulnap war, und er hat mir jede Menge Quatsch erzählt über irgendeine Walze, die er bräuchte, und dass Träume in meinen Kopf projiziert würden und so, und dann sind wir zum *Siddons,* weil er überzeugt war, dass in der Nummer 902 eine Traummaschine stünde, aber dann kam einer Ihrer Agenten und tötete Foulnap, um dann aber selbst umgebracht zu werden … von Toccata.«

Aurora sah sich nervös um. »Sie ist hier?«

»Nein«, erklärte ich wahrheitsgemäß, »sie ist verschwunden, kurz bevor Sie kamen.«

Nun runzelte sie die Stirn, während ihr blindes Auge in der Augenhöhle rotierte.

»Das macht sie *dauernd*. Wieso tut sie das?«

Den letzten Satz stieß sie zornig, fast furchtsam hervor und packte dabei meinen Arm so fest, dass es wehtat.

»Ich weiß es nicht.«

»Toccata führt etwas im Schilde«, fuhr sie fort. »Sie will mich fertigmachen. Warum bloß?«

Jetzt traf mich ein wirklich gefährlicher Blick.

»Ich weiß es immer noch nicht.«

Nachdem sie mich eine Weile angestarrt hatte, schien sie sich endlich zu entspannen.

»Erzählen Sie mir mehr über diese Walze, die Foulnap erwähnt hat.«

»Mehr weiß ich nicht. Er hat das nicht weiter ausgeführt.«

In diesem Augenblick kehrte einer ihrer Agenten in die Lobby zurück und flüsterte ihr etwas ins Ohr.

»Was Foulnap betrifft, stimmt Ihre Geschichte offenbar«, sagte sie. »Wissen Sie, was er in Sektor 12 vorhatte? Irgendetwas, das mit RealSleep in Verbindung steht?«

Ich beschloss, mich dumm zu stellen.

»Das liegt über meinem Intellekt und meiner Gehaltsstufe«, erklärte ich schlicht und starrte auf meine Füße. »Ich bin nur ein gestrandeter Winterkonsul mit einer Narkose und bizarren Träumen, an die ich mich rückwärts erinnere.«

»Na schön«, sagte Aurora nach einigem Überlegen und stand auf. »Wir werden das alles später in Ruhe besprechen. Das Jobangebot von HiberTech gilt noch. Leichte Aufgaben, bis die Narkose sich gebessert hat. Bereit?«

Das sei ich, erklärte ich, und nachdem ich auf Waffen untersucht worden war, schob man mich in einen wartenden Sno-Trac und fuhr mit mir zu HiberTech. Der Sturm wütete immer noch, und das kleine Fahrzeug wurde von Böen durchgeschüttelt, die aus allen Himmelsrichtungen gleichzeitig zu kommen schienen. Ich saß auf dem Rücksitz und hatte überhaupt keinen Plan – außerdem hatte ich zu viele Pläne scheitern sehen, um darauf zu hoffen, dass ein von mir erdachter tatsächlich hätte klappen können. Aber eins hatte ich von Logan gelernt, nämlich, dass Pläne in einer sich schnell bewegenden, ereignisreichen Umgebung oft kontraproduktiv sind und es daher besser ist, sich Spontaneität und Flexibilität zu bewahren – und Ziele.

Ich hatte Ziele. Und wie ich die hatte. Und außerdem, wie schon gesagt, noch ein paar Asse im Ärmel.

Wir rumpelten die Zufahrt zur Tiefgarage hinunter, durchquerten das Schocktor, parkten das Fahrzeug und fuhren mit einem Lastenaufzug bis zu einem der Korridore hinauf.

Den Weg, den wir nun nahmen, erkannte ich wieder. »Hier geht es doch zu den Laboren, in denen am Projekt Lazarus gearbeitet wird. Sollte ich nicht ein Apartment mit Blick auf den Innenhof bekommen, eine großzügige Zuteilung an Lebensmitteln, reichlich heißes Wasser und einen Nachtwandler-Diener?«

»Alles zu seiner Zeit«, antwortete Aurora. »Da gibt es jemanden, der sich mit Ihnen unterhalten muss, bevor Sie bei uns anfangen können. Einarbeitung nennt die Personalabteilung das, glaube ich.«

Wir gingen durch die mit *Projekt Lazarus* bezeichnete Tür und betraten das Labor, das sich seit meinem letzten Besuch nicht verändert hatte. Wir bogen einige Male nach links und rechts und kamen durch mehrere Schwingtüren, dann standen wir plötzlich in dem runden Zimmer, von dem die acht Flure zu verschiedenen Zellen führten.

»Warten Sie hier«, sagte Aurora und ging.

Ich stand etwa zehn Minuten da und wartete, und da ich mich fragte, ob Birgitta vielleicht irgendwo in der Nähe war, beschloss ich, mich ein wenig umzusehen. Mein Blick blieb an der Tür mit der Glasscheibe hängen, die zu dem Raum mit dem Frisierstuhl und der kupfernen Vorrichtung führte, die an einen Verkehrspylon erinnerte.

»Nicht jede Katze geht an ihrer Neugier zugrunde«, erklärte eine vertraute Stimme. »Neugier ist die Basis all dessen, worauf diese Institution aufbaut. Wollen Sie mehr sehen? Kommen Sie mit.«

Es war die Erlauchte Charlotte Goodnight, die sehr freundlich wirkte. Sie öffnete die Tür und betrat den Raum, dann winkte sie mich und Aurora zu sich. Etwas misstrauisch folgte ich. Als ich den Raum zuletzt gesehen hatte, war ein Nachtwandler auf dem Tisch gefesselt gewesen, aber jetzt war alles leer, die Maschine abgeschaltet.

»Das hier ist ein Somnagraph Modell IX«, erklärte Goodnight. »Er kann Träume sowohl aufzeichnen als auch abspielen.«

»Sie können Träume aufzeichnen?«, fragte ich und gab mir Mühe, überrascht zu klingen.

»Oh ja, das können wir. Es gibt fünfhundert dieser Apparate in einem umgebauten Schlafsaal den Gang hinunter. Ohne Sie jetzt mit den technischen Details zu langweilen: Wir nutzen sie, um Nachtwandler umzuwidmen, indem wir sie schlichten Träumen aussetzen, die ihre begrenzten Fähigkeiten überlagern. Je mehr tricksy ein Nachtwandler ist, desto komplexere Tätigkeiten können wir ihm auf diese Weise beibringen.«

»Wenn das die Einführung in das Unternehmen ist«, sagte ich, »dann verlangen Sie aber eine ziemlich steile Lernkurve – sollte ich nicht zunächst erfahren, wo der Fotokopierer steht und wo man die Milch aufbewahrt?«

»Impertinenz schätze ich nicht«, erklärte die Erlauchte Goodnight, »aber Sie sind jung, daher will ich noch einmal darüber hinwegsehen. Wo war ich? Ja, richtig: Zwar sind wir überzeugt, dass Sie ein produktives Mitglied unseres Unternehmens sein werden, aber wir müssen trotzdem sicherstellen, dass Sie begreifen, was wir hier tun und wie wir eine möglichst effektive Vorgehensweise mit einem moralisch korrekten Rahmen vereinbaren können.«

Ich erwiderte nichts. Dazu gab es nicht viel zu sagen.

»Wir sind alle kleine Rädchen im Getriebe, Charlie«, fuhr Aurora fort, »selbst die Erlauchte Goodnight hier, aber wir können die große Maschine nur vorantreiben, indem wir perfekt ineinandergreifen. Und wenn ich von der großen Maschine spreche, dann meine ich nicht die Ferch-Llewelyn-Dynastie, Europia oder die Nördliche Föderation, ich meine die Weiterentwicklung der menschlichen Rasse. Hier geht es um *wahren* Fortschritt, Worthing, jenseits von Politik und dem Börsenwert eines Unternehmens. Verstehen Sie?«

»Ich glaube ja, Ma'am.«

»Gut. Wieso also haben Sie Birgitta beherbergt? Und sagen Sie mir nicht, es sei nur deshalb gewesen, weil sie zeichnen kann. Darüber sind wir jetzt wohl hinaus.«

Ich sah sie nachdenklich an. Wenn man in ein Hornissennest geraten ist, tut man vermutlich idealerweise so, als sei man auch eine Hornisse, vielleicht sogar eine größere. Das hatte mir meine Erfahrung mit Gary Findlay gezeigt.

»Ich glaube, dass sie da drin immer noch lebt«, sagte ich, »dass sie Gedanken und Erinnerungen verarbeitet, während sie so tief in einem Traumzustand gefangen ist, dass diese Aktivitäten nicht messbar sind. So etwas habe ich auch von anderen gehört«, setzte ich hinzu. »Es gab genügend Geschichten, um mich davon zu überzeugen, dass es stimmt.«

Goodnight und Aurora wechselten einen Blick.

»Sie besitzen eine scharfe Beobachtungsgabe«, sagte die Erlauchte, »und das gefällt uns. Außerdem haben Sie recht, wir wissen das schon seit langer Zeit. Aber denken Sie auch darüber einmal nach: Nach jüngsten Erhebungen hat Morphenox allein in Europia fünfzig Millionen Leben gerettet und dabei nicht mehr als fünfundzwanzigtausend quasi-bewusste Nachtwandler erzeugt. Sie sind zu jung, um sich an die Zeiten vor Morphenox zu erinnern, aber damals war das Leben ein konstanter Kreislauf aus Tod, Verlust und Entwicklungshemmnissen in allen gesellschaftlichen und technischen Bereichen. Wir haben nie gegen den Winter gekämpft, sondern gegen den Winterschwund – gegen Verluste, die wir uns nicht leisten konnten und wollten. Bei all den enormen Vorteilen von Morphenox gab es nun einmal auch Opfer.«

Aurora nahm den Faden auf.

»Diese Opfer betrachteten wir vielmehr als die ungenannten Helden der hibernationellen Revolution, tapfere, einfache Soldaten, die ahnungslos die Speerspitze im Kampf gegen die Schrecken des Winters bildeten, um uns siegreich in den Frühling zu führen. Jene Bürger, jene Nachtwandler, starben einen ehrenvollen Tod, um für uns alle eine bessere Welt zu schaffen.«

Es war eine nachvollziehbare Betrachtungsweise, nur nicht besonders ethisch. Die Opfer, die Nachtwandler, hatten keine Wahl gehabt.

»Und Morphenox-B?«, fragte ich. »Was ist damit?«

»Das ist noch *viel* aufregender«, sagte Aurora. »Die bisher so hohen Herstellungskosten waren größtenteils darauf zurückzuführen, dass eine besondere Reinheit des Medikaments erforderlich war, um die Nachtwandler-Zahlen möglichst gering zu halten. Aber wir hatten das Pferd vom Schwanz aufgezäumt. Wenn es *mehr* Nachtwandler gibt, ist das für uns tatsächlich von Vorteil. Ein paar Kürzungen beim Produktionsprozess, und schon würde sich nicht nur einer von zweitausend Morphenox-Verwendern wandeln, sondern – mit Morphenox-B – einer von fünfhundert.«

»Nach dieser Berechnung würde uns die Nachtwandler-Industrie in den nächsten fünf Jahren 4,2 Milliarden Euro einbringen«, fuhr Goodnight fort, »und wir könnten damit zudem die ganze Gesellschaft verändern. Ermüdende und sich stets wiederholende Aufgaben könnten von Arbeitern übernommen werden, die nicht mitbekommen, was sie eigentlich tun oder denen es egal ist und die noch dazu ohne Murren sechzehn Stunden am Tag arbeiten. Die Produktivität wird steigen, die Kosten sinken, die Nahrungsmittelproduktion wird kräftig anziehen. Und wenn ihr Jahr vorüber ist, werden die Nachtwandler ausgeschlachtet und können das Leben Tausender anderer unermesslich verbessern. Das ist wahre vertikale Integration, Worthing – *außer dem Gähnen ist alles von Nutzen*. Der Slogan ist übrigens von mir«, setzte sie stolz hinzu. »Fasst das Ganze gut zusammen, meinen Sie nicht?«

»Das Beste an alldem ist«, ergänzte Aurora, »wenn der Winterschwund sinkt, dann wird es auch Einrichtungen wie Ihr herrliches St. Granata irgendwann nicht mehr geben müssen, und die Last des Kindergebärens wird der Vergangenheit angehören. Das ist in jeder Hinsicht eine Win-win-Situation. Aber«, fuhr sie fort, »es gibt ein winziges Haar in dieser Suppe. Der ehrwürdige Don Hector entdeckte eine Möglichkeit, um Nachtwandler zurückzuholen. Er ist inzwischen tot, glücklicherweise, aber er verewigte den dazugehörigen Code auf einer Walze und gab ihn jemandem, der mit RealSleep in Verbindung stand. Solange diese Walze nicht auftaucht, sind wir verwundbar, und das schätzen wir nicht.«

Die beiden Frauen schwiegen und sahen mich erwartungsvoll an.

»Sie möchten, dass ich die Dinge genauso betrachte«, stellte ich fest, »aber das kann ich nicht. *Nachtwandler sind am Leben*. Und solange sie das sind, muss man alles Menschenmögliche tun, um sie zurückzuholen. Man darf sie nicht ermorden oder zerlegen. Aus *keinem* Grund, egal, für wie edel Sie ihn halten mögen.«

»Man kann das leicht verurteilen«, sagte Goodnight von oben herab, »aber Sie müssen verstehen – wir haben zu lange zu viel Gutes getan, um unsere Arbeit jetzt auf dem Altar kurzfristiger, vager, verwirrter Gleichmacherei zu opfern. Der Nutzen von Morphenox-B überwiegt die Nachteile bei Weitem, und wir sind schließlich gehalten, auf das bestmögliche Ergebnis hinzuarbeiten, das der Mehrheit am meisten …«

»Das der Mehrheit am meisten nützt, ich weiß«, sagte ich. »Das habe ich schon oft gehört. Wie wäre es damit: ›Wenn eine Veränderung nur durch Ungerechtigkeit geschehen kann, dann sollte es keine Veränderung geben.‹«

»Wer hat das gesagt?«

»Weiß ich nicht mehr. Irgendjemand Wichtiges. Ärgerlich, es fällt mir nicht mehr ein.«

»Der Idealismus der Jugend.« Goodnight schnaubte verächtlich. »Wir dürfen nicht scheitern, jetzt nicht. Wir sind zu groß und zu sehr mit der Gesellschaft verflochten. Nach all dem, was wir getan haben. Bei all dem, was wir tun können. Was wir tun *werden*.«

Sie sahen mich schweigend an.

»Was wollen Sie also von mir?«, fragte ich schließlich.

Goodnight wandte sich um, verließ den kleinen Raum und bedeutete uns, ihr zu folgen.

»Ich möchte Ihnen jemanden zeigen.«

Sie führte mich zu Zelle 4-H. Zwar ahnte ich, wer sich darin befinden würde, aber ich blickte trotzdem durch den Spion in der Tür. Birgitta lag auf dem Bett und starrte an die Decke. Ihre Hände zogen in der Luft Kreise, als führte sie Stifte, die es nicht gab, über ebenso wenig vorhandenes Papier.

»Was werden Sie mit ihr machen?«

»Zunächst einmal gar nichts, aber sie wäre eine gute Kandidatin für eine Rückholung, und wir führen von Zeit zu Zeit Tests durch. Wie wäre es, wenn wir Birgitta gleich jetzt zurückholten? Im Tausch gegen die Walze? Sie würde nie erfahren, dass irgendetwas passiert ist. Sicher, ihr würde der Daumen fehlen, aber das könnte man irgendwie erklären, durch Ratten oder Schimmelbefall oder sonst etwas.«

Jetzt hieß es vorsichtig zu überlegen. Natürlich hätte ich ihnen die Walze geben können, aber ich hatte das ziemlich ungute Gefühl, dass jeder, der auch nur am Rande mit der Sache zu tun hatte, sich in einer Nachtgrube unter einer Portion Kalk wiederfinden würde, sobald sich die Aufzeichnung in den Händen HiberTechs befand.

»Ich weiß nicht, wo die Walze ist.«

Die Erlauchte Goodnight neigte ein wenig den Kopf.

»Dann könnten wir Birgitta natürlich auch umwidmen«, sagte sie, »gleich als Nächste. Sie hat sehr starke Tricksy-Anteile, vielleicht könnte sie einfache Dateneingaben übernehmen. Das Problem ist nur, in einem von hundert Fällen überleben Nachtwandler die Umwidmungsprozedur nicht. Ich weiß nicht, ob es Birgitta treffen würde, aber manchmal hat man einfach Pech.«

Mir war schon klar, was sie damit andeuten wollte. Ich sollte mitspielen – oder Birgitta würde sterben. Aber auch diesbezüglich hatte ich keine Garantie, dass das nicht sowieso passieren würde.

»Ich weiß nicht, was Sie von mir hören wollen«, sagte ich. »Ich habe die Walze nicht.«

Die Erlauchte Goodnight musterte mich lange. »Sie würden mich nicht anlügen, oder?«

»Vermutlich doch«, wandte ich ein, »was einige Dinge angeht – Sie wissen schon, bei persönlichen Angelegenheiten. Aber in dieser Frage nicht, nein.«

»Sicher?«

»Ja.«

»Und das ist auch absolut akzeptabel und verständlich«, gab Goodnight zurück, die mich plötzlich wieder anstrahlte. »Wir mussten nur ganz sichergehen, das war alles.«

Weiterhin lächelnd bat sie Aurora nun, da die »Einführung« vorüber war, mir mein Quartier zu zeigen.

Es war nicht weit vom Labor entfernt, nur eine Treppe und ein Stück den Flur entlang. Diese Nähe hatte, so vermutete ich, nichts mit der allgemeinen Belegung im Komplex zu tun, sondern technische Gründe. Wenn sie versuchen würden, mich in den Dreamspace zu locken, um mit invasiveren Methoden nach Informationen zu suchen, dann würden sie einige Maschinen dafür brauchen.

Aurora zeigte mir das Apartment und sagte, ich solle es mir gemütlich machen; bis mein Sicherheitsstatus geklärt war, würde ich einstweilen bleiben müssen.

»Wir können schließlich nicht zulassen, dass jemand von RealSleep das Unternehmen infiltriert, nicht wahr?« Sie lachte. »Und dann an Kiki Bericht erstattet.«

Ich zeigte mich verständnisvoll. Natürlich, das wäre dumm gewesen.

Dann wünschte sie mir eine gute Nacht, und die Tür schloss sich. Ich hörte, wie draußen ein Riegel vorgeschoben wurde. Einen Augenblick stand ich da und lauschte, wie sich ihre Schritte draußen auf dem polierten Holzboden entfernten, dann warf ich meine Jacke über eine Stuhllehne und sah mich um.

Die Wohnung war geräumig, warm und in gepflegtem Zustand. Zwei Zimmer, Auslegeware, ausgestattet mit allen modernen Annehmlichkeiten, aber komischerweise fehlten mir Klytämnestra und die charmante Verkommenheit des *Siddons* 901. Ich ging ins Bad, drehte die Dusche auf und betrachtete im Spiegel meine vielen Bissverletzungen, von denen sich allerdings nur eine entzündet zu haben schien. Nachdem ich den Eiter aus der Wunde gedrückt hatte, desinfizierte ich sie mit etwas Wodka, den ich in der Minibar entdeckte, und wechselte dann die Verbände. Nach der Dusche hüllte ich mich in den bereitgelegten Bademantel, legte mich aufs Bett und dachte über meine Lage nach. Zunächst hatte ich überlegt, so lange wach zu bleiben, wie ich konnte, um HiberTech keinen Zugang zu meinem schlafenden Verstand zu ermöglichen, aber bei genauerem Nachdenken erschien mir das keine gute Idee. Nach zwei Tagen oder mehr würde ich irgendwann doch einschlafen, aber dann hätte ich vermutlich kaum noch Energie und Widerstandsgeist, um mich ihren Plänen zu widersetzen. Besser wäre es, jetzt *gleich* zu schlafen, solange ich noch Kraft besaß und mein Verstand nicht von Erschöpfung ausgelaugt war.

Also schaltete ich das Licht aus und starrte an die Decke, versuchte, Schlaf zu finden. Es dauerte eine Stunde. Dann spürte ich, wie sich der Raum verdunkelte, es gab ein paar Blitze, eine alles umfassende, schimmernde Dunkelheit folgte und …

Dreamspace

»… Träume sind nichts anderes als die zufälligen, verschwenderischen Fehlzündungen des Gehirns, ein Netz aus Gedanken und Erinnerungen, die vom schlafenden Verstand zu einer fortlaufenden Erzählung verbunden werden, weil die Hirnrinde bestrebt ist, das Chaos in einen geordneten Zustand zu überführen. Eine Verschwendung von Energie, von Hirntätigkeit, eine unnütze Beanspruchung kostbaren Lebensfetts, das gebraucht wird, um den Menschen wieder aus der Dunkelheit zu leiten …«

Presseerklärung von HiberTech zur Markteinführung von Morphenox, Juli 1975

Ich hörte die Möwen kreischen, bevor ich sie sah, überlagert vom Rauschen des auflaufenden Wassers und des Windes, der durch die Spannseile pfiff, mit denen die Schornsteine der *Argentinian Queen* gesichert waren. Ich sog tief die salzhaltige Luft ein und roch die Frische der Brise mit dem leichten Hauch verrottenden Seetangs der Sturmküste. Als ich die Augen öffnete, befand ich mich wieder am Strand von Rhosilli auf der Gower-Halbinsel, vor mir lag das Wrack, hoch und trocken auf der weiten Sandfläche. Der Traum war *genau so* wie in den vergangenen Nächten.

Realer als real. Von einer Sache abgesehen. Ich war nicht Birgittas Charlie, ich war mein eigenes Charlie-Ich, immer noch im Bademantel, mit den Bissverletzungen und den Jodtupfern am ganzen Körper. Es war immer noch derselbe Traum, aber jetzt erlebte ich die Aktive Kontrolle nicht in der ersten, sondern in der dritten Person – das hier, so nahm ich an, war Dreamspace.

Charles und Birgitta saßen unter dem Sonnenschirm und unterhielten sich leise, hin und wieder lachten sie, berührten einander, küssten sich. Gern würde ich behaupten, dass ich bei diesem Anblick über jegliche Eifersucht erhaben gewesen wäre, aber sie brannte wie ein dumpfer Schmerz in meiner Brust.

Dann war da das glucksende Lachen, und das kleine Mädchen lief ihrem Strandball hinterher, während Birgitta und Charlie ihre Liebesschwüre tauschten, wie zuvor, wie immer und immer wieder.

»Ich liebe dich, Charlie«, sagte Birgitta.

»Ich liebe dich, Birgitta«, sagte Charlie.

Eine Stimme drängte sich in meine Gedanken.

»Wo sind wir hier?«

Als ich mich umwandte, stand Aurora vor mir. Sie trug eine Bluse mit Blumenmuster und einen weißen Rock über einem gestreiften Badeanzug, und sie war gebräunt und sah gut aus, mit längerem Haar, das weniger graue Strähnen aufwies, und volleren Körperformen, die sie weitaus gesünder wirken ließen als die hagere Überwinterin, als die ich sie kennengelernt hatte. Vermutlich kann man sich im Dreamspace idealisieren. Abgesehen davon war sie immer noch bewaffnet und trug eine Bambi am Gürtel, während ihr blindes linkes Auge in seiner Höhle rotierte.

Aurora sah sich neugierig um, als sei sie in ihrer Küche auf einen bisher unentdeckten Schrank gestoßen und wollte nun herausfinden, wozu er diente.

»Wir sind auf der Gower-Halbinsel«, sagte ich. »An einem herrlichen Wochenende, an das man sich gern erinnert. Ein Ort, den man wieder aufsucht, wenn man niedergeschlagen ist und eine kleine Flucht vor der Realität nötig hat, um sie vor seinem inneren Auge wieder auferstehen zu lassen.«

»Sehr romantisch«, gab Aurora zurück. »An den Sonnenschirm erinnere ich mich. Das ist ein Traum von einem der Krankenpfleger, die wir verhörten, nachdem die Walze verschwunden war. Wie hieß er doch gleich?«

»Charles Webster.«

Sie schnippte mit den Fingern. »Richtig. Webster. Dabei ist allerdings nichts herausgekommen, wenn ich mich recht erinnere. Wieso sind wir dann hier?«

»Das ist der Traum, den Sie mir in den letzten Nächten im *Sarah Siddons* in meinen schlafenden Verstand projiziert haben«, sagte ich, »durch die Wand aus Zimmer 902.«

»Unsinn, Sie haben eine frische Don-Hector-Aufnahme bekommen. Wir tauschen sie immer wieder aus, weil sie sich abnutzen, wenn sie fünf oder sechs Mal abgespielt worden sind – sie zerkratzen leicht und verlieren dann ihre Details.«

Ich zuckte die Achseln. »Ich weiß nur, dass ich träumte, Webster zu sein, am Strand, und von dort ging es zum blauen Buick.«

Sie runzelte die Stirn, bis ihr offenbar eine Idee kam. »Mit einem Ruck und einem Knacken?«

»Ja«, erklärte ich, »mit einem Ruck und einem Knacken.«

»Das hatten wir bisher noch nie«, sagte sie, nun wirklich beeindruckt. »Wir zeichnen Träume auf Wachswalzen auf – zum einen, weil Edisons Erfindung nie wirklich weiterentwickelt worden ist. Aber es gibt noch einen anderen, praktischen Grund. Können Sie sich denken, welcher das ist?«

»Ich habe keine Ahnung.«

»Es ist so: Eine Walze kann etwa acht Traumminuten speichern. Die Aufzeichnung einer einzigen Nacht kann daher zwanzig oder mehr Walzen hervorbringen. Wir haben die Träume von Don Hector behalten – im Archiv haben wir um die siebenhundert von ihm gelagert –, aber wir können nicht alle aufbewahren, und daher haben wir die Träume ohne weitere Bedeutung …«

»… gelöscht«, vervollständigte ich.

»Genau«, bestätigte Aurora. »Wer auch immer an dem fraglichen Tag Löschdienst hatte, war wohl nicht wirklich gründlich und hat daher Reste von Websters Traum am Anfang der Walze übersehen.«

Nun begriff ich. Alles, was ich von Birgitta und Charles gewusst hatte, war mir von einem Zentimeter schimmernder, blauer Rillen am Anfang eines Wachszylinders vermittelt worden. Ohne den Riesenzufall, dass ich ausgerechnet von dieser Walze beschallt worden war, hätte mir die Begegnung mit Birgitta unter dem Auto weiter nichts bedeutet, und höchstwahrscheinlich wäre ich gar nicht eingeschritten, als Aurora sie hatte ausmustern wollen. Wäre sie nicht meine Traum-Frau geworden, wäre sie jetzt tot.

»Ich werde dafür sorgen, dass die Walze vernichtet wird,

sobald wir fertig sind«, sagte Aurora. »Aber nun zu etwas anderem. Wissen Sie, weshalb ich hier bin?«

»Sie wollen wissen, wo die Walze ist.«

»Volle Punktzahl. Und, werden Sie es mir verraten?«

»Ich weiß nicht, wo sie ist.«

»Sie sind nicht gut im Lügen, Charlie. Ich habe den Dreamspace schon genutzt, als man Sie erst aus der Samenspritze geschossen hat, und ich bin gut darin. Wenn man in seinem eigenen Traum unterwegs ist, dann kann man ihn gestalten, aber hier sind wir gleichrangige Schauspieler im Traum eines anderen. Ich kann ihn so formen, wie ich es möchte, und ich kann Sie dazu bringen, das zu tun, was ich will. Ich kann etwas aus Ihrem Unterbewusstsein lösen, was Sie nicht an die Öffentlichkeit gezerrt haben wollen, ich kann sogar dafür sorgen, dass Sie sich genau wie dieser dämliche Pfleger Ihren Verstand rausschwitzen und nichts Besseres mehr sind als ein Nachtwandler. Wie hieß er gleich wieder?«

»Webster.«

»Danke. Also … wo war ich?«

»Beim Verstand rausschwitzen, bis ich so ende wie Webster.«

»Genau – bis Sie nur noch dazu taugen, einen Golfcart zu fahren. Unser Angebot sieht so aus: Sie sagen uns, wo die Walze ist, und wir holen Birgitta zurück und bringen Sie wieder ins Land der Lebenden. Was halten Sie davon?«

Ich sah mich am Strand um und blickte von der *Argentinian Queen* zum Sonnenschirm von phänomenaler Größe und Pracht.

»Wenn ich nicht auf den Handel eingegangen bin, als Goodnight ihn mir anbot, warum glauben Sie dann, ich würde Ihnen gegenüber anders reagieren? Davon abgesehen weiß ich nichts von einer Walze.«

Plötzlich fegte ein kalter Wind über den Strand und brachte ein paar Schneeflocken mit. Der Fotograf war gerade aufgetaucht und bot Birgitta und Charles seine Dienste an, genau wie zuvor.

»Sehen Sie?«, sagte Aurora. »Ein unbewusster Hinweis. Sie *werden* es mir sagen. Es ist schwer, *nicht* an etwas zu denken, wenn man danach gefragt wird. Also ist er irgendwo draußen in der Kälte?«

»Ich weiß es nicht.«

Aurora trat einen weiteren Schritt auf mich zu, und ganz plötzlich war sie dreimal so groß wie zuvor. Mir wurde eng um die Brust, und für einen winzigen Augenblick glaubte ich, ich würde gleich erwachen und vor alldem hier in Sicherheit sein, aber Aurora nahm mein Ohr zwischen Zeigefinger und Daumen und drückte so fest zu, dass ich einen kleinen Schrei ausstieß.

»Jetzt«, sagte sie, »bevor ich *wirklich* Ernst mache, eine letzte Chance. Sagen Sie mir, wo die Walze ist.«

Sie beugte sich zu mir, und ihre Zähne schienen sich zuzuspitzen. Unwillkürlich musste ich an Schwester Contractia denken, die ihre Zähne spitz zugefeilt hatte, bevor ihr Mutter Fallopia das verbot.

Obwohl es sehr wehtat, schloss ich die Augen, konzentrierte mich und bewegte mich weg von Aurora, weg vom Strand, weg von dem Traum. Kurz wurde ich mir bewusst, wie ich in der Wohnung im HiberTech-Komplex auf dem Bett lag und zwei Techniker auf mich herabblickten, dann stand ich neben dem blauen Buick unter dem azurblauen Himmel. Neben mir war das Picknick ausgebreitet, und über mir erhob sich die Eiche, um deren Stamm die großen Steine aufgeschichtet waren. Auf ihnen saß Don Hector. Alt, ergraut, müde. Es waren keine Hände zu sehen außer seinen und meinen, und auch Aurora war nicht da. Sie würde mich erst noch finden müssen.

Der Alte fing meinen Blick, und ich ging zu ihm. Die Sonne lag warm auf meiner Haut. Er aß ein Sandwich, und auf dem nächsten Felsblock stand ein Glas perlender Champagner. Jede Einzelheit war zu erkennen. Jede Textur, jeder Geruch, jedes Geräusch.

»Ist das Ihr Traum oder meiner?«, fragte er und winkte mich heran.

»Ihrer«, sagte ich, »mit einem kleinen Hauch von mir.«

Er lächelte und klopfte auf die großen Feldsteine. »Wissen Sie, *wieso* man diese Brocken hier rund um den Baum aufgehäuft hat?«

»Das frage ich mich schon eine geraume Weile.«

»Die Bauern haben ihre Felder gepflügt«, antwortete er. »Und jedes Mal, wenn sie dabei auf einen solchen Stein gestoßen sind, wurde er herausgezogen und beiseitegerollt. Normalerweise brachte man sie nur bis an den Feldrain, aber wenn es dort einen Baum gab, legte man sie dort ab. Diese Steinhaufen stehen für die harte, körperliche Arbeit – sie sind das flechtenbewachsene Palimpsest einer landwirtschaftlich geprägten Lebensweise aus der Zeit vor der Mechanisierung.«

»Ich habe die Walze«, sagte ich unvermittelt, »aber ich muss wissen, was ich damit tun soll.«

»Sie müssen sie zu Kiki bringen.«

»Ich *bin* Kiki.«

»Dann ist meine Mission erfüllt, meine Arbeit getan.«

»Ja, aber was tue *ich* jetzt?«, fragte ich. »Mir ist im Moment nur ganz wenig klar.«

Er lächelte. »Holen Sie sie zurück«, sagte er dann. »Bringen Sie sie nach Hause.«

»Okay – aber wie?«

»Ich denke, das wissen Sie schon. Viel Glück, Charlie.«

Wumms

Don Hector wurde brutal von dem Steinhaufen gerissen und stürzte zu Boden, wo er sehr still liegen blieb. Als ich mich umwandte, stand Aurora mit einem Wummser da. Sie sah nicht sehr zufrieden aus. Nein, das ist nicht der richtige Ausdruck. Sie wirkte extrem *angepisst*.

»Glauben Sie, ich war noch nie zuvor im Dreamspace? Glauben Sie vielleicht, Sie könnten mir eine lange Nase drehen? Ich habe über eintausendvierhundert Stunden Traumzeit hinter mir, Matschbirne, und ich habe größere Geheimnisse aus den Köpfen widerstandsfähigerer Menschen geholt als aus Ihrem.«

Ich war nicht besorgt. Jetzt war ich ihr einmal entkommen, das würde mir auch wieder gelingen.

»Sie waren es, der Don Hector in der Realität umgebracht hat, oder?«

»Er hatte den Blick dafür verloren, was für eine gute Arbeit wir hier leisteten«, sagte Aurora mit einem halben Lächeln. »Und wir hatten das Gefühl, dass er von einem Aktivposten zur Belastung wurde. Aktivposten – gut, Belastung – schlecht«, fügte sie hinzu, für den Fall, dass ich ihre Aussage vielleicht nicht verstanden hatte.

»Die Rückholung von Nachtwandlern war nur der Anfang«, sagte ich. »Er hatte zudem ein völlig nebenwirkungsfreies Morphenox entwickelt, das kostengünstig und einfach synthetisiert werden konnte. Er wollte damit an die Öffentlichkeit. Keine Geheimnisse, Morphenox sollte für alle zugänglich sein. Auch für alle unter der magischen Gehaltsgrenze, für die Osmanen, für die aufstrebende Südliche Allianz – für jeden. Ein globales Winterschlafdorf, mit gleichem Schlaf und gleicher Würde.«

Es dauerte ein paar Sekunden, bis sie wieder das Wort erhob.

»Na und? Da Sie es niemandem erzählen werden, ist es so, als hätten Sie es nie herausgefunden. Also, wo ist die Walze?«

Wieder konzentrierte ich mich mit aller Kraft und bewegte mich woandershin – dieses Mal zu dem verlassenen Morpheleum, schimmlig und verfallen, mit seinen steinernen Bögen, dem Schmutz und den vom Wind zusammengewehten Blättern. Webster trug seine Krankenpflegeruniform, und Don Hector war zurück und bedachte mich mit einem seltsamen Blick, als hätte ich nicht anwesend sein sollen. Tatsächlich war ich auch nicht anwesend. Ich war eigentlich allein, das war alles meine eigene Erfindung. Ich träumte meinen Traum, tanzte meine eigenen Schritte. Aktive Kontrolle in der ersten Person, aber nicht länger an einen Zieltraum gefesselt. *Freestyle.*

»Hallo, Matschbirne«, sagte Webster fröhlich. »Ich habe schon gehört, dass du Birgitta geholfen hast.«

»Ich hätte mich dabei geschickter anstellen sollen.«

»Das denke ich von mir auch.«

Dann sah er sich um und entdeckte Don Hector. Panik erfüllte sein Gesicht.

»Nein, nein, nein«, rief er. »Genau das will Aurora doch! Don Hector mit mir in Verbindung bringen! Geh woanders hin, oder wach auf. Geh, jetzt! Geh!«

Aber es war zu spät. Aurora stand in dem Lichtstrahl, der durch das Dach über dem Altar ins Innere drang, und wirkte seltsam gebieterisch.

»Also war es *doch* Webster«, sagte sie. Wieder versuchte ich, die Szene zu wechseln, aber Aurora packte mich am Arm und verdrehte ihn mir so, dass sie mir das Handgelenk umknickte. Vermutlich war das ein erprobter Trick: jemanden an einen bestimmten Traum zu fesseln, indem man seinen Verstand so mit Schmerzreizen überflutete, dass er sich nicht mehr genügend konzentrieren konnte.

»Ich bin beeindruckt«, sagte sie. »Sie haben ein Naturtalent fürs Träumen; ich habe Jahre gebraucht, um das zu beherrschen, was Sie da tun.«

Dann hob sie den Kopf und sprach. Inter-Traum-Agenten wie sie arbeiteten vermutlich mit einem Kollegen zusammen; einer begab sich in den Traumzustand hinein, während ein zweiter seine gemurmelten Erkenntnisse überwachte. Ich stellte mir vor, dass Aurora irgendwo in meiner Nähe bei HiberTech auf einem Bett lag und im Schlaf sprach.

»Don Hectors Kontakt war doch dieser Webster«, sagte sie. »Finden Sie heraus, wo er gewohnt hat, und schicken Sie jemanden dorthin.«

Es gelang mir, mich ihrem Griff zu entwinden, und kaum dass der Schmerz nachließ, konnte ich mich wieder konzentrieren. Sofort fluteten die kleinen, nackten Hände durch die offene Tür herein, wimmelten umher, wanden sich und fielen übereinander in dem Bemühen, in den

Tempel hineinzudrängen. Sie stürzten sich auf Aurora, aber die sah sie nur kurz an, und sie schmolzen zu trockenem Herbstlaub zusammen.

»Was wird das denn? Ein Amateurwettbewerb? Also, bevor ich jetzt alle möglichen Schrecken entfessele: Wo – hat – Webster – die – Walze – versteckt?«

»Geh nicht dorthin, Matschbirne«, flehte Charles, aber sosehr ich mich auch bemühte, ich schaffte es nicht. Plötzlich befand ich mich in der Lobby des *Cambrensis*, ich saß auf dem Sofa, Zsazsa gegenüber, die mich misstrauisch betrachtete.

»Wir kennen da eine abgelegene Farm in Lincolnshire«, begann sie, »dort wohnt Mrs. Buckley …«

»Ja, ich weiß«, sagte ich, »und bei ihr reifen jeden Juli die Erbsen.«

Ich hörte, wie sich die Haustür öffnete. Wieder war es Webster. Andere Kleidung, dasselbe Gesicht. Alle Träume, die ich gehabt hatte, vermischten sich zu einem.

»Lass nicht zu, dass Aurora den Zylinder findet.« Er sah sich nervös um. »Denk nicht einmal daran. Am besten denkst du *nicht einmal daran, nicht daran zu denken*. Denk an *Bonanza*.«

»*Bonanza*?«

»Oder an *Tausend Meilen Staub*. Spielt keine Rolle. Denk an eine Hauswand, eine Krabbe, Radiohörspiele, Mott the Hoople, die Kathedrale in York. Ganz egal, Hauptsache, es blockt sie ab.«

Aurora marschierte in die Lobby und sprach wieder mit ihrem unsichtbaren Beobachter. »Es ist das *Cambrensis*. Unsere kleine Matschbirne führt uns direkt dorthin. Das hier ist meine zweitausendsiebenhundertste Trauminvasion«, bemerkte sie dann und marschierte direkt auf mich zu. »Da bekommt man einen Blick für die Ausreißer, die In-die-Irre-Führer, die Ausweicher, sogar für die Weltenerschaffer, Gestaltwandler und Abschweifer. Sie bolzen hier herum und hinterlassen dabei eine so breite Spur, dass jeder Laie ihr folgen könnte. Also: Wo ist die Walze?«

»In der Wäschekammer.«

»Das haben Sie jetzt viel zu schnell preisgegeben. Noch einmal: Wo ist die Walze?«

Es ist schwer, nicht an das zu denken, woran man nicht zu denken versucht. Ich versuchte, uns woandershin zu bringen – zurück zur Gower-Halbinsel, ins Wincarnis, auf die Ponderosa, zum letzten Fat Thursday im Pool, aber es war nicht leicht, und einen Augenblick später standen wir in Charlie Websters früherem Zimmer.

»Sehen Sie?«, sagte Aurora. »Das könnte alles so schmerzlos laufen. Und wissen Sie was? Sie müssen mir nicht einmal sagen, wo die Walze ist. Sie müssen es nur denken. Und das werden Sie irgendwann. Zimmer 106«, sagte sie dann an ihren Beobachter gewandt, »bringen Sie Ihr Team dorthin.«

Ich konzentrierte mich mit aller Kraft auf den ersten Gedanken, der mir durch den Kopf ging, um sie abzublocken, und rief mir Billy DeFroid ins Gedächtnis, wie er den Nachtwandler im Obstgarten des Pools gefunden hatte. Die Apfelbäume trugen noch keine Blätter, die Trockensteinmauer war unter dem Gewicht der Schneewehen teilweise zusammengebrochen, und die Überreste der Schneemänner, die immer zuletzt tauten, waren noch zu sehen. Der Nachtwandler war ein Mann mittleren Alters, der schon fast verhungert war und vor sich hinmurmelte.

»Im Kamin versteckt?«, fragte Aurora mit einem Lächeln, nachdem diese Information ärgerlicherweise ungebeten in meinem Kopf aufgetaucht war. »Auf welcher Seite? Schon gut, Sie müssen es nicht aussprechen, Sie haben es gerade gedacht.«

Sofort gab sie die Information weiter: »Im Kamin, linke Sei…« Sie unterbrach sich, trat auf mich zu und sah mir fest in die Augen. »Vergessen Sie's. Es ist im Tickethäuschen des Vergnügungsparks gleich hinter dem Museum.«

Eine Sekunde später befanden wir uns genau dort. Auf dem Boden des kleinen Raums lagen Broschüren für die Attraktionen des letzten Jahres verstreut, die Temperatur lag bei minus 20 Grad, und durch die vom Schnee bedeckten Fenster blinzelte nur schwaches Licht hinein.

»Die untere Schreibtischschublade«, sagte Aurora mit überlegenem Grinsen. Ich lehnte mich gegen die Wand neben der Tür, dann ließ ich mich auf den Boden gleiten und umschlang den Kopf mit den Armen.

»Vielleicht bluffe ich ja auch«, sagte ich in verzweifeltem Ton und zitternd vor Kälte, während mein Atem als weiße Wolke vor meinem Gesicht emporstieg. »Vielleicht ist die Walze gar nicht hier.«

»Es war ein guter Versuch«, räumte sie ein. »Beinahe wäre ich auf Ihre *Cambrensis*-Story hereingefallen. Da macht sich Erfahrung doch bezahlt, denn nach einer Weile spürt man instinktiv, wenn jemand lügt.«

Sie lachte, entspannte sich und setzte sich auf einen Stuhl, der passenderweise gerade dastand. In der Realität würden die HiberTech-Agenten jetzt versuchen, sich einen Weg durch den Blizzard zu bahnen, um das Tickethäuschen zu durchsuchen.

Aurora zog einen Flachmann aus ihrer Tasche und nahm einen Schluck.

»In der Welt draußen trinke ich nicht mehr«, erklärte sie, »aber hier kann ich tun, was ich will. Allerdings wird man im Traum nicht betrunken, jedenfalls nicht richtig, das ist das Dumme daran.«

Sie bot auch mir die Flasche an, aber ich lehnte ab, und sie steckte sie wieder weg.

»Sie hätten einen guten Traumanalysten abgegeben«, sagte sie in ruhigem Konversationston. »Ihre Technik ist zwar ungeschickt und ungestüm, hat aber echtes Flair.«

»Wenn ich einwilligte, für Sie zu arbeiten«, fragte ich, »holen Sie dann Birgitta zurück?«

»Ich würde sagen, dieser Zug ist abgefahren. Darauf hätten Sie einsteigen müssen, als wir Ihnen das entsprechende Angebot machten. Aber hey, das Leben ist voller Enttäuschungen. Oder sagen wir lieber: *Ihr* Leben ist voller Enttäuschungen. Meines ist ungewöhnlich erfüllt.«

»Was ist mit Toccata?«, fragte ich, und Auroras blindes Auge fuhr in seiner Höhle herum, bis es mich anstarrte.

»Was soll mit ihr sein?«

»Glauben Sie, dass Sie je Ihren Frieden damit machen werden, dass Sie beide ein und dieselbe Person sind?«

Plötzlich erfassten mich beide Augen mit einem gefährlichen Blick, und tatsächlich wirkte es auf seltsame Weise so, als ob sie mich ganz normal anstarrte. Aber dann wanderte ihr linkes Auge wieder nach oben, richtete sich gen Decke, und sie war wieder ganz ihr altes Aurora-Ich.

»Sie sollten den Verschwörungstheorien von Schamanen-Bob weniger Aufmerksamkeit schenken«, schnaubte sie. »Toccata und ich dieselbe Person? Lächerlich.«

Aber ich konnte ihr ansehen, dass dieser Gedanke sie gründlich erschüttert hatte.

»Wann war das letzte Mal, dass Sie Toccata persönlich gegenüberstanden?«, bohrte ich weiter. »Haben Sie das überhaupt jemals getan?«

»Nein, aber so gesehen könnte jeder, dem ich noch nie begegnet bin, ich sein. Millionen von Menschen. Was ist mit Ihnen? Haben Sie jemals Carmen Miranda getroffen? Persönlich, meine ich?«

»Zufällig ja.«

»Gut, schlechtes Beispiel. Was ist mit Dylan Thomas?«

»Den nicht.«

»Warum könnten Sie dann nicht auch er sein und nicht nur Sie selbst?«

»Weil er tot ist?«

»Gut, das war vielleicht auch ein schlechtes Beispiel. Hören Sie, es ist nicht meine Schuld, dass Toccata so feige ist und mir bei jeder Gelegenheit aus dem Weg ...«

Ein Klopfen an der Tür unterbrach sie. Aurora kniff die Augen zusammen.

»Versuchen Sie bloß keinen Blödsinn, Matschbirne.«

»Mit mir hat das nichts zu tun«, sagte ich, und das hatte es wirklich nicht – es war die schimmernde Mrs. Nesbit. Aber sie war nicht hier, um uns zielgruppenorientierte Werbung zu verkaufen, sondern brachte eine Nachricht aus der Außenwelt, und ich wusste bereits, worum es sich dabei handelte. Schließlich hatte ich Dr. Gwynne gebeten, eine seiner Golgotha-Sprengladungen im Tickethäuschen zu deponieren und es so einzurichten, dass der Sicherheitsstift herausgezogen wurde, sobald jemand die untere Schreibtischschublade öffnete.

»Drei sind tot, einer wird vermisst, und das ist jetzt schon der zweite Sno-Trac, der an diesem Abend zerstört wurde«, ließ Goodnight durch Mrs. Nesbit ausrichten. »Wir müssen eine Schippe drauflegen. Wenn Sie meinen, dass Sie damit nicht anders fertigwerden, dann initiieren Sie 110B. Danach packt jeder aus.«

Ich wandte mich wieder an Aurora. Wie alle Machtmenschen kam sie nicht gut damit zurecht, verloren zu haben, aber noch mehr machte ihr zu schaffen, dass jemand sie ausgetrickst hatte. Jetzt ging es plötzlich nicht mehr um die Walze, sondern darum, wer den Sieg davontrug. Es war etwas Persönliches geworden.

»Ich habe Ihnen doch gesagt, dass sie nicht hier ist.«

»Sie haben mich an der Nase herumgeführt«, knurrte sie. »Sie haben mir diesen Zirkus mit dem *Cambrensis* vorgespielt, damit ich nicht merkte, dass Sie eine falsche Fährte legten. Ich nehme alles zurück. Sie sind sehr gut. Aber das zögert den Ausgang dieser Angelegenheit nur hinaus. Wir brauchen die Walze immer noch, und jetzt wird mit harten Bandagen gekämpft. Wollten Sie schon mal wissen, wie es ist, wenn man bei lebendigem Leib von Nachtwandlern gefressen wird?«

»Das müsste ich verneinen.«

»Sie rammen Ihnen die Nägel in Ihr Bauchfleisch«, sagte sie, »und dann weiden sie Sie aus, während Sie noch am Leben sind. Das löst ein Entsetzen aus, das mit keinem anderen Horror zu vergleichen ist; wir nennen es Nachtschrecken 110B. Es läuft dann so: Ich werde Sie zu jeder vollen Stunde bei lebendigem Leib auffressen lassen, jede Nacht, wochenlang, solange es eben dauert. Wollen Sie wissen, wo der Rekord liegt?«

»Bei zwölf?«

»Bei siebenundvierzig. Aber da glaubten wir schließlich, er wüsste nichts. Es war dieser Krankenpfleger. Wie hieß er gleich?«

»Webster.«

»Genau. Er muss aus ziemlich hartem Holz geschnitzt gewesen sein, um das überstehen zu können. Uns geht nicht oft jemand durch die Lappen. Sind Sie bereit?«

Sie wartete die Antwort nicht ab, und mit einem Mal waren meine Füße mit zwei Blöcken aus durchsichtigem Eis am Boden festgefroren. Ich sah einen Schatten, der am Fenster des Tickethäuschens vorbeiglitt, dann noch einen. Die Nachtwandler draußen gaben leise, flüsternde Geräusche von sich, ein Zauberwürfel klackerte, und Miss Glitzerkrönchen ging raunend die Einkaufsliste für eine Mahlzeit durch, die sie niemals zubereiten würde. Genau dasselbe hatte ich erlebt, bevor sie mich im *Cambrensis* angefallen hatten; es war ein dumpfer, hilfloser Schrecken, der Übelkeit und Schweißausbrüche auslöste. Ich zitterte, als die Nachtwandler durch die Tür hineinzukriechen begannen; einige schoben sich an den Wänden, einer unter dem Dach entlang.

»Ich mache Ihnen ein Angebot«, sagte ich.

»Wir sind mit den Verhandlungen durch, Charlie. Je eher Sie uns sagen, wo die Walze ist, desto eher ist das alles vorbei. Und ich meine, gänzlich vorbei. Einer meiner Agenten wartet nebenan, um ein speckiges Kissen auf Ihre wertlose Matschbirne zu drücken, sobald ich aufwache und ihm den Befehl dazu erteile. Es wird nicht schnell gehen, aber es wird endgültig sein. Und Sie *werden* es uns sagen. Das tun sie alle.«

»Außer Webster«, sagte ich.

»Ja, na gut, *außer* Webster«, gab sie leicht gereizt zu. »In Zukunft werden wir es Hunderte Male durchziehen, bevor wir abbrechen. Daraus kann man nur lernen. Also, es sieht so aus: Sie werden jetzt einmal, zweimal, dreißigmal bei lebendigem Leib gefressen, und am Schluss sind Sie tot, und wir haben die Walze. Ihre Entscheidung.«

Die Nachtwandler kamen näher; sie machten eklige, geifernde Geräusche und bewegten sich langsam und berechnend. Ich versuchte, zu den Feuertälern zu springen, aber es gelang mir nicht. Bei alldem hatte ich übersehen, dass ich mager und müde war und immer noch unter meiner Narkose litt. Aurora hingegen war absolut fit. Der erste Nachtwandler, der nur aus Nägeln, Zähnen und Hunger zu bestehen schien, war noch einen knappen Meter von mir entfernt, als sich die Erlauchte Goodnight wieder zu Wort meldete.

»Es ist etwas passiert«, erklärte sie durch das Mrs.-Nesbit-Medium, und Aurora hob die Hand. Die Nachtwandler blieben abrupt stehen, starrten mich aber weiter gierig an.

»Wir haben einen Trupp ins *Cambrensis* geschickt und festgestellt, dass der HotPot dort gar nicht abgeschaltet wurde«, sagte Mrs. Nesbit. »Außerdem sind etwa dreißig Nachtwandler im Gebäude.«

Aurora sah mich an. »Jonesy und Toccata«, erklärte sie dann, nachdem sie meine Gedanken perfekt ausgelesen hatte. »Holen Sie die Nachtwandler heraus und lassen Sie diese sofort umwidmen. Nein, warten Sie. Sicherer wäre es, sie einfach auszumustern – zusammen mit Birgitta und Webster. Wir können nicht riskieren, dass einer von ihnen zurückgeholt wird.«

Und in diesem Augenblick klappte ich zusammen. Ich dachte daran, was ich mit der Walze gemacht hatte, und Aurora entdeckte es sofort.

»Portiersloge im Souterrain«, sagte sie triumphierend, »hinter dem Schädlingsgitter über dem Lüftungsschacht.«

Sie gab die Information an Goodnight weiter. Mrs. Nesbit erklärte, die Nachricht verstanden zu haben, und fragte Aurora dann, ob sie den Traumzustand verlassen, Worthing ausmustern und sich dann ausruhen wollte.

»Jetzt ziehe ich das hier noch durch«, erklärte Aurora jedoch. »Ich möchte Matschbirne zeigen, was mit Leuten passiert, die mich ärgern. Davon abgesehen macht es Spaß. Wir sehen uns später.«

Goodnight stimmte ihr zu, und die schimmernde Mrs. Nesbit verschwand.

»Also«, sagte Aurora, »das war doch gar nicht so schwer, nicht wahr? Wenn Sie uns das früher gesagt hätten, wären Sie vielleicht sogar noch am Leben. Zwar hirntot und am Steuer eines Golfcarts, aber noch am Leben.«

»Und wenn ich noch einmal tausend Jahre leben würde«, stieß ich hervor, »dann würde mir doch nie wieder ein Mensch begegnen, der so widerlich wäre wie Sie.«

»Eine kühne Behauptung«, gab sie aufgeräumt zurück. »HiberTech ist ein großes Unternehmen, und ich bin lediglich diejenige, die die Drecksarbeit erledigt. Wer ist schlimmer? Das Monster, das handelt, oder das Monster, das die Richtlinien bestimmt und die Befehle gibt?«

Inzwischen war mir das längst egal. Tränen der Hilflosigkeit rannen über meine Wangen und gefroren, bevor sie auf den Boden fielen. Ich hatte versagt – wieder einmal. Als ich den Kopf hob, kamen die Nachtwandler wieder langsam näher. Es waren ungefähr zehn, die sich alle die trockenen Lippen leckten, während sie mich anstarrten. Einigen fehlten Körperteile, sie waren in Lumpen gekleidet, und der Gestank von verfaulendem Fleisch, Schweiß und Exkrementen war überwältigend. Verzweifelt versuchte ich meine Füße freizubekommen, aber es wollte mir nicht gelingen, und schon hob der erste Nachtwandler meinen Bademantel hoch und strich mit seinem dreckigen Fingernagel über meinen Bauch. Ich versetzte ihm einen harten Hieb gegen den Kopf, aber ich hätte genauso gut eine Bowlingkugel schlagen können – die einzige Auswirkung war, dass mir die Hand wehtat.

Ich schloss die Augen und ergab mich meinem Schicksal. Wenn Webster es hatte aushalten können, würde es auch mir gelingen.

Doch während ich mich gegen das Schlimmste wappnete, geschah – nichts. Nach einigen Momenten öffnete ich vorsichtig ein Auge und stellte fest, dass das Kartenhäuschen verschwunden war; wir standen auf einem unversehrten weißen Teppich aus leicht gewelltem, tiefem Schnee, die Geräusche waren gedämpft, und eine dumpfe, leere Weiße erstreckte sich in alle Richtungen. Die Nachtwandler beachteten mich nicht mehr, denn etwas im Blizzard hatte sie aufgeschreckt, und sie horchten auf wie aasfressende Wölfe, die bei ihrer Mahlzeit von Jägern gestört wurden. Binnen weniger Sekunden hatten sie sich in alle Winde des Schneesturms zerstreut, und Aurora und ich blieben ganz allein zurück.

»Ist das wieder einer Ihrer Tricks, Worthing?«

»Nein«, sagte ich ebenfalls verwirrt, »das kommt nicht von mir, das schwöre ich.«

Wir starrten beide in die weiße, triste Leere um uns herum, aber es war nichts zu sehen, außer der glatten Schneefläche und den weich fallenden Flocken. Ich tat einen Schritt zurück. Der Eisblock um meine Füße war geschmolzen.

Aurora zog ihre Bambi, aber sie wurde ihr aus den Händen gerissen und trudelte ins Weiß davon. Wir tauschten einen Blick, und dann ertönte aus der tiefenlosen Leere das glucksende Lachen eines Kindes.

»Was ist das?«, verlangte Aurora zu wissen, als eine plötzliche Windbö den Schnee aufwirbelte.

»Das ist die Gronk«, sagte ich schlicht.

»Es gibt keine Gronk, Worthing.«

»Das dachte ich zuerst auch, aber seit ich hier bin, habe ich ein paar Dinge gelernt. Das Wintervolk kann hier in unserer Traumzeit frei umgehen und zieht von einem zum anderen, wie Mäuse sich hinter der Wandvertäfelung eines Hauses bewegen. Träume ernähren sie, Träume erwecken sie zum Leben. Sie warten, sie üben sich in Geduld, und hin und wieder dringen sie ein in unsere Welt und lassen jenen, die Unrecht tun, Gerechtigkeit widerfahren.«

Sie starrte mich an, aber ich glaube, sie wusste, dass ich die Wahrheit sagte.

»Wir können sie gemeinsam bekämpfen«, schlug sie dann vor. »Zu zweit können wir ihr mit geballter Kraft standhalten.«

»Ich muss ihr nicht standhalten«, sagte ich. »Sie will nicht mich, sie wollte mich nie. Sie ist wegen Ihnen hier: der leckerste Happen auf dem ganzen Sektor-12-Teller.«

Aurora blickte hinaus in den stetig fallenden Schnee. Wieder ertönte ein leises Lachen, und der Winter öffnete sich, machte sich bereit, um sich an der Scham der Unwürdigen zu laben. Ich spürte, wie ein Stückchen Eis mein Herz durchdrang, als mich der Winter in seiner Dunkelheit willkommen hieß, und dann sah ich zu, wie Aurora die Last ihrer Sünden abgenommen wurde, wie ein verirrter Reisender seine Körperwärme an die Umgebung verliert. Jeder Mord, jede Lüge, jedes Verhör drang aus ihr heraus. Ihre Miene wandelte sich, zeigte erst Angst, dann Erkenntnis, dann Trauer, Reue, Schuld und schließlich … *Scham*.

»Oh, süße Gnade«, flüsterte sie und schlug sich die Hand vor den Mund, *»was habe ich getan?«*

Und kaum dass sie sich ihrer enormen Sünden vollständig bewusst geworden war, verschwand sie. Wieder war alles still, der Schnee rieselte sanft herab, die Luft war frisch und ruhig.

Ich blieb nicht lange allein. Eine kleine Hand fasste nach meiner, und als ich hinabblickte, lächelte ein kleines Mädchen in einem Badeanzug und mit einem Strandball unter dem Arm zu mir herauf, und der Schnee schmolz auf ihren Wangen.

»Hey, Gretl«, sagte ich.

»Hey, Charlie«, gab sie zurück. »Sie war unwürdig, weißt du.«

»Ich weiß.«

Wieder drückte sie meine Hand.

»Du bist edler und weiser, als du selbst begreifst, Charlie. Es ist wichtig, dass du das weißt.«

»Danke«, sagte ich, »aber so fühle ich mich gar nicht. Die Leute von HiberTech werden gleich alle Nachtwandler aus dem *Cambrensis* ausmustern, auch Birgitta und Webster. Ich selbst werde im Schlaf erstickt werden, sobald man merkt, dass Aurora nicht mehr da oder tot ist, oder wie auch immer das, was mit ihr geschehen ist, sich in der Realität auswirkt, und mein Plan, die Nachtwandler zurückzuholen, fußte sehr stark darauf, dass ich am Leben bleibe.«

»Da können wir vielleicht etwas unternehmen«, sagte Gretl. »Ich habe das Gefühl, dass Aurora nicht ganz so tot sein wird, wie du vermutest. Es gibt einen Grund dafür, dass ich ihr nicht die Kleider oder den kleinen Finger abgenommen habe. Sie braucht all das noch. Hier ist sie schon.«

Eine Gestalt kam durch den Schnee auf uns zu. Ich erkannte sie nicht an ihrem Gesicht, sondern an dessen Ausdruck. Sie wirkte verängstigt und ein wenig verwirrt. Oder vielmehr, *sehr* verwirrt.

»Ich fühle mich sehr seltsam«, sagte Toccata, die mich mit beiden Augen klar fixierte. »So, als würde ich aus einem ziemlich verrückten und unwahrscheinlichen Traum aufwachen.«

»Noch sind Sie nicht wach«, widersprach ich, »aber Sie werden es gleich sein. Und dann gibt es ein oder zwei Dinge, die Sie dringend für uns erledigen könnten.«

Sie neigte leicht den Kopf. »Gehört dazu vielleicht, HiberTech in die Knie zu zwingen?«

»In der Tat.«

»Dann immer heraus damit.«

Erwachen

Kiki (Substantiv; der, die): Begriff aus der walisischen Hibernationsmythologie. Ein guter Wintergeist, der sich im hibernationellen Traumzustand manifestiert und nach allgemeiner Überzeugung unerfahrene Schläfer daran hindert, zu tief in den Hibernationsabgrund hinabzusteigen. (Vergl. Legenden: Gronk, Slink, Schlafkäfer, Thermalovaur.)

In dem verzweifelten alliterativen Bemühen, die Ersten zu sein, die einen festen, wiederkehrenden Begriff für die Geschehnisse prägten, sprachen die Pressejournalisten vom »Wunder von Wales«, der »Magie der Marschen« und der »Sensation von Sektor 12«. Nichts davon bürgerte sich wirklich ein. Historisch und auch medizinisch sprach man später immer nur von dem »Erwachen«.

Insgesamt waren es 61 Nachtwandler im Sektor 12, die plötzlich feststellten, dass sie erwacht waren, einer nach dem anderen, in Intervallen von fünf dreiviertel Minuten und über einen Zeitraum von sechs Stunden. Fünf von ihnen waren an verschiedenen Orten im Sektor beherbergt worden, acht waren noch draußen unterwegs, eine nicht bestätigte Zahl von 12 wurde aus den Umwidmungslaboren von HiberTech gemeldet, und eine ganze Gruppe von 36 Nachtwandlern wurde, ohne dass es dafür einen Grund oder eine Erklärung gegeben hätte, im *Cambrensis*-Dormitorium entdeckt.

»Ich fühlte mich, als hätte ich mich gerade erst in Port Talbot zum Schlafen eingerollt«, berichtete einer, »und im nächsten Augenblick wanderte ich in goldene Dralon-Vorhänge gehüllt durch die Eiswüsten von Sektor 12.« Ein anderer erwachte auf einem OP-Tisch, als er gerade ausgeschlachtet werden sollte, und eine Frau erklärte, sie habe, soweit sie wüsste, »fünf Jahre lang geschlafen«, während sich ihr Ehemann um sie gekümmert habe, der dann aber bei einem HotPot-Störfall ertrunken sei. »Davon wusste ich jedoch nichts«, fügte sie hinzu, »bevor ich bei HiberTech auf einem Golfcart wieder zu mir kam.«

Die Zeit, in der sie gewandelt waren, hatte bei ihnen allen körperliche Spuren hinterlassen: zahllose Kratzer, Erfrierungen oder fehlende Finger, außerdem in manchen Fällen Mangelernährung oder der Verzehr völlig ungeeigneter Substanzen. Einer Person, die nicht namentlich genannt werden wollte, mussten zwei Pfund Teppichunterlage aus dem Magen entfernt werden, außerdem Teile eines Autoreifens, siebzehn Knöpfe – allesamt blaue – und die teilweise verdauten Schädel von drei Katzen. Psychologische Nachwirkungen schienen sich glücklicherweise im Rahmen zu halten. Beinahe alle Erwachten beschrieben die Erfahrung ähnlich der normalen Hibernation, was sie rein theoretisch betrachtet auch gewesen war, lediglich ergänzt um vage, halb vergessene Träume dessen, was sie vielleicht getan haben mochten, und einer bleibenden Vorliebe für rohe Kutteln und nicht ganz durchgebratenes Schweinefleisch.

Die berühmteste Erwachte war die Sängerin und Tänzerin Carmen Miranda, die sich trotz ihres vorgerückten Alters anschließend stark bei einer Kampagne engagierte, die eine Untersuchung der potenziell gefährlichen Nebenwirkungen von Morphenox durch die Regierung forderte.

»Trotz gründlicher Recherche konnten wir nicht herausfinden, wie und warum es zu diesem Phänomen kam«, erklärte die Erlauchte Goodnight bei einem seltenen Fernsehauftritt vier Wochen nach dem Erwachen. »Sicherlich könnten wir darüber spekulieren, ob rückblickend auch andere Nachtwandler hätten zurückgeholt werden können, aber letztlich ist das völlig unbewiesen. Wir sind natürlich sehr froh über dieses noch nie dagewesene Ereignis und stellen dazu gegenwärtig gründliche Forschungen an. Wir werden bei den Untersuchungen der Regierung vollständig kooperieren und haben Morphenox vom Markt genommen.«

Es war ziemlich so wie erwartet.

Es waren zu viele gewesen, als dass HiberTech die ganze Sache hätte vertuschen können. Daher tat man unternehmensweit überrascht und zeigte sorgfältig einstudiertes Erstaunen, falsche Begeisterung, angemessene Nachdenklichkeit und vorgeschobene Zerknirschung. Die Geschichte beherrschte nach dem Frühlingserwachen etwa einen Monat lang die Schlagzeilen, bevor man sich wieder wichtigeren Themen zuwandte, wie beispielsweise dem neusten Winterschwund-Planziel, neuen, eiskalten Beweisen für einen den ganzen Planeten erfassenden »Schneeball-Effekt« und natürlich dem aktuellsten Zuschauerliebling bei *Albions Supertalent* – ein als Clown verkleideter Mops, der den »Lambeth Waltz« bellen konnte.

Drei Tage nachdem Aurora von der Gronk geholt worden war, traf ich mich mit Toccata im Wincarnis. Sie hatte bereits ihre Kündigungen eingereicht – als Hauptkonsul sowie auch als Sicherheitschefin bei HiberTech.

»Ich kann nicht mein Leben lang so tun, als wäre ich zwei Menschen« sagte sie, »und außerdem lässt sich die Tatsache nicht mehr verbergen, dass ich jetzt auch mal schlafen muss.«

»Wie fühlt es sich an?«, fragte ich.

»Es ist … *herrlich.*«

Da sie die seltsamen Augenbewegungen ihrer vormals gespaltenen Persönlichkeit nun nicht mehr bewerkstelligen konnte, hatte sie es sich angewöhnt, eine Augenklappe zu tragen, die sie schlicht auf die andere Seite schob, wenn sie ihr aktuelles Ich wechselte.

»Meinen Sie, dass irgendwer Verdacht geschöpft hat?«, fragte ich.

Sie schüttelte den Kopf. »Dazu ist viel zu viel los. Es wäre natürlich nützlich gewesen, wenn ich bei HiberTech geblieben wäre, um für RealSleep zu spionieren, aber ich habe überhaupt keine Erinnerung an irgendetwas, was Aurora gesagt oder getan hat, und von daher hätte es nicht lange gedauert, bis ich aufgeflogen wäre. Ich habe verbreiten lassen, dass ich mich aufgrund psychischer Probleme zurückziehe. Das hat offenbar niemanden überrascht, und einige Leute wirkten tatsächlich erleichtert.«

Schamanen-Bob brachte uns unseren Kaffee, und wir warteten, bis er wieder verschwunden war, bevor wir weitersprachen. Toccata war in jener Nacht bei HiberTech aufgewacht und hatte geistesgegenwärtig so getan, als sei sie Aurora. Auf diese Weise hatte sie anordnen können, dass ich am Leben gelassen wurde, da ich »eine große Hilfe« gewesen sei, und sie sorgte auch dafür, dass die Nachtwandler nicht mehr zur Ausmusterung geschickt wurden. Am nächsten Morgen, nachdem der Sturm nachgelassen hatte, holte sie mich bei HiberTech heraus, aber vorher war ich noch einmal eingeschlafen – und hatte Großes geträumt.

Die Sache ist die – man braucht keinen Somnagraphen, wenn man dank eines hilfsbereiten Wesens wie der Gronk in die tiefen Träume von Nachtwandlern vordringen kann, und man braucht keine Walze von Don Hector, wenn man im Gedächtniswettbewerb von Swansea Town den zweiten Platz erreicht hat, weil man sich 648 zufällig aneinandergereihte Wörter – für die man genau sechs Minuten zum Aufsagen braucht – nach nur zweimaligem Vorlesen merken kann. Noch bevor ich Foulnap im Museum aufsuchte, hatte ich mir die Walze im *Cambrensis* zwölfmal vorgespielt, um sie mir genau einzuprägen, und jedes Mal hatten sich die Nachtwandler vor der Tür der Portiersloge versammelt. Schließlich hatte ich befürchtet, dass man bei HiberTech das Versteck des Zylinders doch irgendwie aus mir herauspressen würde, und generell ist es nie verkehrt, für den Notfall eine Rückversicherung zu haben. Vielleicht war es genau so etwas gewesen, das Jack Logan die ganze Zeit im Sinn gehabt hatte – aber das werde ich nie mit Gewissheit sagen können. Vielleicht war die Gronk kein Teil seines Plans gewesen, aber mein Gedächtnis bestimmt.

»Wohin werden Sie jetzt gehen?«, fragte ich Toccata. »Jetzt, da Sie im Ruhestand sind, meine ich.«

»Ich habe ein Haus auf der Gower-Halbinsel«, sagte sie. »Ich würde mich freuen, wenn Sie mich jedes Jahr besuchen kämen. In den letzten beiden Augustwochen. Ich habe nicht viele Freunde.«

»Ich auch nicht.«

Und so tat ich das, jedes Jahr, bis sie achtzehn Jahre später eines natürlichen Todes starb. Manchmal gingen wir zu dem verlassenen Leuchtturm am Ende des Strands von Whiteford Sands, manchmal nach Oxwich Point, wo wir an dem seltsam geformten Baum stehen blieben, bevor wir zum Meer hinabgingen und dann dem Küstenweg nach Port Eynon folgten, um dort Fish & Chips zu essen. Am letzten Tag meines Aufenthalts gingen wir jedes Mal zum Mumbles Pier und holten uns auf der Seebrücke zu einem großen Becher Tee einen Toast mit Muscheln, Algenpaste und dick geschnittenem Speck, den wir dann unter freiem Himmel verzehrten, während die Möwen versuchten, die Reste zu ergattern.[65]

Manchmal trafen wir Birgitta und Charles in Port Eynon, wo sie heute wohnen. Sie malt, und er kümmert sich um ihre Töchter. Ich hatte nur noch einmal mit Birgitta gesprochen, zwei Wochen nach dem Frühlingserwachen, als sie und Charles sich darauf vorbereiteten, Sektor 12 zu verlassen.

»Hallo, Hilfskonsul Worthing«, sagte sie, als ich eines Morgens meine Wohnungstür öffnete. Ich war im *Siddons* geblieben. Irgendwie gefiel es mir dort, und außerdem hatte ich große Zuneigung zu der gemalten Klytämnestra entwickelt.

65 Ich möchte jedem Leser und jeder Leserin unbedingt empfehlen, dasselbe zu tun.

»Sag einfach Charlie«, bat ich und versuchte, sie nicht anzustarren. Charles' Rückkehr hatte die Melancholie, die ich zuvor an ihr beobachtet hatte, völlig vertrieben. Ich liebte sie immer noch, und das blieb viele Jahre so, aber ich denke, in letzter Konsequenz war es Websters Liebe, die mir von seinem Traum geblieben war. Falls ich auch nur die Hälfte von dem mitbekommen hatte, was er wirklich empfand, mussten die beiden miteinander außergewöhnlich glücklich sein.

Birgitta fragte mich, ob ich das Bild noch hätte, das sie von mir gemalt hatte, und ob sie es wiederhaben könnte. Für mich ging das in Ordnung; auf diese Weise sparte ich 500 Euro. Als sie es abholte, fragte ich sie, ob sie sich an irgendetwas aus ihrer Nachtwandler-Zeit erinnern könnte.

»Ich weiß noch, dass ich unter einem Auto lag«, sagte sie und dachte angestrengt nach. »Und dass mir jemand in der Badewanne die Haare abgeschnitten hat. Davon abgesehen – niente. Nix.«

Sie betrachtete mich mit ihren durchdringenden Veilchenaugen und hob dann die Hand mit dem fehlenden Daumen.

»Den Unterlagen nach wurde ich ausgemustert, aber irgendjemand beschloss wohl, dass es sich lohnen würde, mich am Leben zu lassen, und verschonte mich. Und offenbar wurde ich in meinem Zimmer im *Siddons* auch versorgt. Demnach stehe ich bei irgendwem enorm in der Schuld. Weißt du irgendwas darüber?«

Ich hätte ihr gern gesagt, was ich fühlte und was ich getan, was ich riskiert hatte, um sie sicher unterzubringen, und wie knapp alles gewesen war, aber das hätte die Dinge nur verkompliziert. Und wenn ich ehrlich war, dann hatte sie die Liebe ihres Mannes gerettet, die durch mich lediglich kanalisiert worden war. Er hatte ebenso viel dazu beigetragen wie ich.

»Eigentlich sollte ich dir das gar nicht erzählen«, erklärte ich daher, »aber dein Daumen wurde von Jonesy in die Bücher eingetragen. Sie weilt nicht mehr unter uns, aber ich habe das Gefühl, sie könnte etwas mit deiner Rettung zu tun gehabt haben. Wir alle schulden ihr eine Menge. Das hier habe ich bei ihren Sachen gefunden. Ich vermute, es gehört dir.«

Damit gab ich ihr das Polaroid, das sie und Charles am Strand von Rhosilli zeigte, und sie betrachtete das verblichene Foto lange.

»Das waren glückliche Tage.«

»Auch für mich«, sagte ich, »die Gower ist von Dauer.«

»Ja«, sagte sie gedankenverloren, »die Gower ist von Dauer.«

Dann lächelte sie, küsste mich auf die Wange und sah auf ihre Uhr.

»Wir müssen uns beeilen, dass wir unseren Zug nicht verpassen. Alles Gute, Charlie – und vielen Dank.«

Und das war alles, obwohl ich glaube, dass sie sich im Laufe der Zeit an mehr erinnerte, denn ich bekam fünf Jahre später plötzlich *cartes de bon hiber* von ihr, Charles und den Mädchen. Bis heute bewahre ich sie in dem Schuhkarton unter meinem Bett auf. Nach sieben Jahren wandten sie und Charles sich über entsprechende Kontakte an RealSleep und deuteten an, dass sie gern wieder in der Kampagne mitarbeiten würden, aber ich ließ ausrichten, dass sie beide ihre Aufgaben so mustergültig erfüllt hatten und das globale Winterschlafdorf zum Teil auch ihr Verdienst sei, sodass eine weitere Beteiligung ihrerseits nicht mehr erforderlich war.

Laura Strowger musste bis zum Frühlingserwachen warten, bis die Fotolabore wieder öffneten und sie ihren Film entwickeln lassen konnte, und das Beweismaterial erwies sich zwar als ungewöhnlich und bestechend, ließ aber verschiedene Interpretationen zu. Nicht dass es noch eine Rolle gespielt hätte: Sie hatte ihre Kindsoption komplett wiedererlangt, ohne jegliche Einschränkungen.

»Ich glaube, HiberTech hat inzwischen einen so schlechten Namen, dass man neue Kontroversen um jeden Preis vermeiden wollte«, berichtete sie mir bei der Sonnenwendfeier, als Sektor 12 sattgrün leuchtete und ganz anders wirkte als in seinem tristen Winterkleid. »Und der Kauf verbriefter Kindsobligationen passte wohl nicht gut zu dem mühsam aufpolierten Firmenimage.«

»Was ist mit Treacle?«

»Für ihn sind das Spielchen von Profit und Verlust. Mal gewinnt man, mal verliert man. Er kann damit leben.«

Laura blieb in Sektor 12 und wurde ein Teil des Teams, neben Fodder, nachdem dieser von seiner zweijährigen Auszeit zurückgekehrt war. Mit den Farnesworths hatten wir keinen Ärger mehr, und Laura rettete mir später einmal das Leben, als ich bei Llanigon unter einem Sno-Trac eingeklemmt wurde, eine Tat, für die sie sehr viel Lob erhielt.

Ich selbst blieb im Winterkonsulat von Sektor 12, und innerhalb von fünf Jahren stieg ich zum jüngsten Hauptkonsul aller Zeiten auf. Schwester Zygotia war extrem stolz, und sogar Mutter Fallopia zeigte sich brummend beeindruckt und schenkte mir eine Schachtel Schokokugeln.

»Aber mit den anderen teilen!«, setzte sie hinzu.

Bis heute wird meine Wäsche in jeder Nacht auf geheimnisvolle Weise zusammengelegt.

»Das ist im Service inbegriffen«, sagte Gretl, als wir uns am Frühlingserwachen plus 2 trafen. Die Konsuln hatten sich zerstreut, Schnee und Eis waren getaut, die Bevölkerung war wieder zum Leben erwacht, hungrig, mager und noch ein wenig durcheinander. Wir hatten Moody, Roscoe und Suzy durch ein neues BahnTech-Team ersetzt, und der erste Frühlingszug fuhr mit nur 5,6 Sekunden Verspätung in Talgarth ab – eine beeindruckende Leistung, die allerdings trotzdem nur für den zweiten Platz im Pünktlichkeitswettbewerb zum Frühlingserwachen in Mittelwales reichte.

Ohne Morphenox wurde ab der folgenden Saison allerorten wieder geträumt, und allgemein war man der Ansicht, dass es so besser war. Der Winterschwund ist zwar wieder gestiegen, aber es gibt keine Nachtwandler mehr, und die Regierung investiert stark in wirksame Ernährungsstrategien, um vor dem Winter ausreichend an Gewicht zuzulegen. HiberTech arbeitet immer noch an der Entwicklung einer Morphenox-Variante ohne Nebenwirkungen, aber bisher ohne Erfolg. Don Hector hatte seine Arbeit gut abgeschirmt und das Geheimnis in seinem Traumverstand bewahrt, zu dem ich jedoch Zugang habe.

Ich werde gut überlegen müssen, was ich mit diesem Wissen anstelle.

Gretl ist mir immer einen Schritt voraus, wenn ich mich an den Strand von Rhosilli träume, spielt mit ihrem Strandball und lässt das vertraute, glucksende Lachen hören, das jetzt fest in mein Gedächtnis eingebrannt ist, während ich in der Nähe eines orangeroten Sonnenschirms von phänomenaler Pracht und Größe am Strand sitze. Heutzutage liegt niemand mehr auf dem Handtuch darunter – die früheren Besitzer sind inzwischen so glücklich, dass sie sich nicht mehr in schöne Zeiten zurückträumen müssen.

»Alles, was ich bin, ist jetzt in dir«, sagte Gretl, als wir zusahen, wie die Sonne über Worm's Head versank und die Wellen laut wie eine Trommel gegen den Rumpf der *Argentinian Queen* schlugen. »Also, stirb mir nicht weg, wenn's geht – einen passablen Wirt zu finden ist schwerer, als man sich vorstellen kann.«

»Ich werde mir Mühe geben.«

»Gut«, sagte Gretl. »Also – was hast du in deinem ersten Winter gelernt?«

Ich dachte nach.

»Ich könnte von Loyalität sprechen und von der Kälte, von Tunnock's Teacakes und der schrecklichen Schönheit dieser Jahreszeit. Vom Wintercode, der uns Überwinterer zusammenhält, oder von der Einsamkeit der Seelen, die den Winter ihr Zuhause nennen. Aber ich denke, die wichtigste Erkenntnis von allen ist wohl diese: Der Winter ist keine Jahreszeit, er ist eine Berufung.«

»Da bin ich ganz deiner Meinung«, sagte Gretl lächelnd, während die Sonne über der Gower-Halbinsel versank.

Wieder einmal.

Danksagung

Mein Dank gilt erst einmal dir, liebe Leserin, lieber Leser, dass du mir während der Phase, die ich inzwischen meine Schreibblockade 2014-2016 nenne, die Treue gehalten hast. Dass du noch immer hier bist (und dass du, wenn du bis zu dieser Stelle gekommen bist, höchstwahrscheinlich auch das ganze Buch durchgelesen hast), ist ein Zeugnis dieser Treue, für die ich enorm dankbar bin. Ich kann mich für die Pause nur ein weiteres Mal entschuldigen (ich suche noch immer nach den Gründen) und hoffe, dass ich wieder zu dem Rhythmus zurückfinde, der mich in der Vergangenheit ein Buch pro Jahr fertigstellen ließ.

Mein Dank gilt auch der schätzenswerten Carolyn Mays bei Hodder, die nie den Glauben daran verlor, dass ich eines Tages doch noch ein Buch abliefern würde, und die mir eine große Stütze war. Ebenso danke ich Andrea Schulz und Allison Lorentzen bei Penguin, und besondere Dankbarkeit gilt Will Francis für seine stetige Ermunterung, kompetent unterstützt vom Team bei Janklow und Nesbit.

John Wooten ließ sich wieder einmal auf meine mit »ja, Jasper, das wäre entfernt möglich« überschriebene Methode zum Faktencheck ein und bot mir entscheidende Hilfe und Unterstützung bei der theoretischen Funktionsweise der HotPots und der Vortexkanone.

Josh Landy aus diesem Buch gibt es tatsächlich, und er

ist ein großartiger Mensch. Zur Unterstützung unserer örtlichen Schule und der Flüchtlingsgruppe des Bezirks Hay and Talgarth wurde sein Erscheinen in diesem Buch versteigert, und für seine Großzügigkeit gilt ihm üppigster Dank. Ich wollte nicht nur seinen Namen an irgendeiner Stelle auftauchen lassen, sondern Josh als eigenständige Figur gestalten, und er ließ sich mit viel Enthusiasmus auf dieses Abenteuer ein. Ein großer Teil des Dialogs und der Beschreibung von Joshs Persönlichkeit stammt von ihm selbst – vielen Dank, dass er alles so leicht gemacht hat.

Bleibt mir nur noch, mich bei Simon für unsere donnerstäglichen Mittagessen zu bedanken, bei meinen Kindern für das unendliche Glück, das sie mir schenken, und bei Ozzy, dessen konzentrierte und unendliche Begeisterung fürs Stöckchenholen eine echte Quelle der Inspiration bildete.

Jasper Fforde
März 2018